新英米文学会　編

英米文学を読み継ぐ

——歴史・階級・ジェンダー・エスニシティの視点から——

開文社出版

英米文学を読み継ぐ——歴史・階級・ジェンダー・エスニシティの視点から——

目次

Ⅱ　階級

Ⅲ　ジェンダー

Ⅳ　エスニシティ

はじめに

新英米文学会は、一九七〇年に「新英米文学研究会」として誕生してから、四〇年目を迎えました。学会の創設当時、英米文学研究は、大学の講座制に代表されるような旧来のヒエラルキーなど、かならずしも自由で開かれているとはいえない部分を多く残していました。そのような状況に対して、私たちは、既成の権威や流行に追従することをやめ、主体的な問題意識にもとづいた分析と、対等な立場を尊重する視点にたって、歴史や社会に対する感受性を集団として育んできました。さらに、文学研究を一部の専門家や研究者の枠組みにとどめるのではなく、広く市民に開かれたものとしてとらえ、大衆文化や映像作品まで含めた文化現象を、英語の文献に学びながら、広く研究し成果を公表してきました。

二一世紀に入ってから英米文学研究を取り巻く状況は大きく変わりました。大学の英米文学科の再編・縮小、「実用的」英語や「コミュニケーション能力」重視という傾向は、中世以来の長い歴史をもつ文学作品の研究を通じてこそ体得できる、真に必要な総合的な人間観、社会を把握する力を習得することをむしろ困難にしているように映ります。

また、二〇一一年は、文学研究に携わるものにとってその真価が問われる年となりました。東日本大震災とその後の原発事故と深刻な放射能汚染は、「このような状況下で文学にはなにができるのか」を問いかけています。

英米文学研究がかならずしも、人々の生活に直結するものではないとしても、被災し、日々の生活と未来の不安にさいなまれている人々にとって、文学がどのような力になりうるのか。この問いは、文学と社会、文化と人々のあり様を研究の中心にとらえて研究してきた私たちに、深刻な問いを投げかけています。

これらの問いにこたえるひとつのヒントは、文学研究をあらためて、人の生きる社会と文化の総体の中でとらえ直す視点にあると考えます。そのような視点に立った文学研究は、「総合人間学」とも呼びうるものです。

本書は、文学作品や批評理論、映画論を含む多様な文化理論の紹介と、新しい読み方の提案をめざしています。英米の各時代を代表する作家・作品に関しては旧来の読みを一新する新しい視点からの読み方を提案し、さらに、従来、目を向けられることが少なかった作品や作家群の発掘にも意欲的に取り組みました。

それらの読みの提案を行なう各論文を、第Ⅰ部「歴史」、第Ⅱ部「階級」、第Ⅲ部「ジェンダー」、第Ⅳ部「エスニシティ」というテーマにもとづいて配しています。

本書を手にとられた皆さんにとって、各論文があらたな文学作品の読み方と、この時代における文学研究の意味を発見し、再確認するものとなることを願ってやみません。

みなさまの忌憚のないご意見をお寄せいただければ幸いです。また、本書が若い世代の研究者が育つ一助となることを心より願っています。

新英米文学会四〇周年記念論集編集委員会
編集長　坂本　恵

Ⅰ　歴史

第一章

ジョナサン・スウィフト『ドレイピア書簡』（一七二四）の持つ歴史的意味

松本節也

はじめに

スウィフトの作品についての論で比較的軽視されてきたのは、彼とアイルランドとの関係である。最近のスウィフト研究で、特にそのことを重視しているのは、キャロル・ファブリカントである。彼女はアイルランドは「スウィフトの本質の不可欠な部分であり、彼が世界を見る観点の本質的な要素であり、彼の著作の繰り返される思考様式と構造における不可欠な特徴を成している」と述べている[1]。この『ドレイピア書簡』は、特にアイルランドとイングランドとの関係を扱ったスウィフトの代表的な作品の一つである。

この作品の表向きの著者は、M・B・ドレイピアという、ダブリンで「アイルランド製の毛織物と絹物を扱う、かなり良い店を持っている」[2]（七）［この作品からの引用頁数はこれ以降すべて漢数字］商人ということになっているが、これは真の著者、ジョナサン・スウィフト（一六六七―一七四五）の被っているマスクである。そのマスクの意味を、マクミンはこれは勇者にふさわしい変装であり、腐敗と専制にたいする闘いで身命を賭したことでスウィフトが最も評価した古代の有徳の士、マーカス・ブルータス（Marcus Brutus）を暗に指し、それはM・Bのイニシャルのうちに認められると言う[3]。以下、このM・B・ドレイピアすなわちスウィフトが当時のアイルランドで、ウッドの硬貨に象徴されるイギリス政府の腐敗と専制にたいして、いかに闘ったかを述べる。だがこの論では第一書簡から第四書簡までとし、その後の書簡は、特定の個人や限定された問題を扱い、内容も補足的なので、一部を除き、本論では対象外とした。

1　この書簡をめぐる情勢

一七二〇年代初頭のアイルランドでは、主としてカトリック教徒である圧倒的多数の原住アイルランド人社会は、同じくカトリック教徒であるアングロ・アイアリッシュを含めて無力であり、少数ながらプロテスタントであるイギリス人が当時のアイルランドでは、支配階級をなし、自分たちこそアイルランドを代表する者との意識を強く持っていた。しかし、そのアイルランドは海峡を越えてイングランドから植民地扱いをされ、その抑圧策のもたらす政治上や経済上の問題が重なり、世論がイングランドと対立することも起きるようになった。ウッドの硬貨をめぐる紛争もその一つであった。

当時、国王が通貨を発行する大権を有していたので、「ウィリャム・ウッドという投機欲に駆られた鉄器製造業者が」「アイルランド向けの銅貨を製造する特許を得られれば、大儲けができる[4]」と思い、国王ジョージ一世の愛人に巨額の賄賂を渡して、国王から特許を得たことが発端となった。その結果一七二二年、時の首相、ロバート・ウォルポールはその特許を認可した。このことはアイルランドの議会にも行政機関にも、何の相談もなく行なわれたが、その噂はアイルランドに流れはした。「アイルランド人民を犠牲にして巨額の利益を見込んだもの」と思われ、「少なくとも必要量の五倍と見積もられる」、「一〇万ポンド以上を一四年にわたって鋳造する権限を与えられ、同時に大量の質の悪い貨幣の密輸を防ぐ」措置もとられていないことなどで、反対の声が上がった[5]。一七二三年九月アイルランド議会の下院は、その特許状の調査を求め、両院はウッドを非難し、その銅貨を流通させることのないよう指示がなされることを求めた。王の返書は、その年の一二月、議会で読まれたが、特許状に対する反対論を裏づける文書や証人を送ることを求めるだけのものであった。その鋳造を止める公的な措置は取られず、ウォルポールは枢密顧問官から選んだ調査委員会を設けはしたが、ウッドの硬貨に問題無しとの回答が出ただけであった。

議会の他にアイルランド教会のキング大主教や他の反対運動の指導者たちは、このウッドの硬貨を拒否する運動を始めていた。スウィフトは、『ドレイピア書簡』の書き手として、その運動の一翼を担うだけでなく、その運動を大きく飛躍させる主役として登場する。

2　第一の書簡（一七二四年二月）

題名が「アイルランド王国の商人、商店主、農民、一般庶民へ」とあるように、支払いから受け取りまで、日常、ウッドの硬貨と最も関り合いを持つ階層へのアピールである。

その硬貨の予想される使用例が、かなりの頁を割いて述べられているのは、そのゆえである。たとえば、ウッド貨で給与を払われた兵隊が、市場や酒場でその硬貨で支払おうとし、受け取りを拒否する商店主や酒場の亭主との間で起こすであろうトラブルなど、商人には身近な例を挙げる。この後で商人であるドレイピアも受け取らないと言って同じ立場を強調する。地代を払う農夫も、半年分を払うのに硬貨を馬三頭で運ばなければならない（六）など、甚だしい例を挙げる。それに続けて、金持ちたちが硬貨の運搬用に使う馬の数が三桁四桁と増えていく例などは、まさに途方もない誇張であり、そのような例が多用されるが、「重要なことは、ただ新通貨がどう見ても、全く価値の無いものだという印象を創りだすことである」[6]。価値の無い悪貨の被害を蒙る層には、聖パトリック寺院首席司祭のスウィフトより、金銭を扱う服地商人ドレイピアのほうが説得力を発揮する好例である。

さらにウッドのような「つまらぬ奴」が国王陛下の国璽（王印）を得ることができる事情を説明し、「彼がイギリス人であり、また高い地位の後援者もいて、金をどこに、すなわち、国王に口が利け、他の偉い人たちにうまい話をしてくれるような方々に、渡したらよいか、よくよく承知していたようだ」（五）と言うあたり、まさに大胆不敵である。国王の愛人への賄賂やウォルポール内閣や宮廷の腐敗について、誰もが聞いたり、噂をしたりすることがあっても、文書で取り上げることまでは、ためらうような権力の内情をまさにずばりと突いている。冒頭のＭ・Ｂのイニシャルに込められた、真の著者スウィフトの精神の大胆不敵さが、商人のマスクから顔を覗かせている。

またこの文中でウッドが「イギリス人である」と言われる言葉に含まれている意味も見逃せない。その後で、アイルランドの下院がウッドの特許の件を怒りをもって受けとめたことにたいしてその当のウッドが印刷物で答えると自信たっぷり述べたことにたいし、その態度を「自分が我が国の議会の議員を全部合わせたよりも立派な人間であると言わんばかり」（五）と評する。「我が国」とは、もちろんアイルランドのことであるから、この彼の不遜な態度はイギリス人が属国と見なしているアイルランドを見下す態度に通じるもので、その後の書簡でウッドの硬貨による損失という当面の問題を超えた政治的歴史的な問題にまで発展していく、イングランドとアイルランドとの不平等な関係を象徴している。

しかしこの当面の問題での不平等な関係を覆すため、ドレイピアが最も力点を置き、繰り返し述べることになるのは、この特許では、アイルランド人はこの悪貨を受け取ることを義務づけられていないとの確信を持て、ということである。「国王陛下の特許が、この通貨を受け取ることを貴方がたに義務づけていないように、法は国王が好しとする如何なる通貨であれ、臣下に受け取ることを強いる権力を与えてはいない」（八）と王の専制に歯止めを掛け、立憲政治の原則を提起する。ただ表向きは、商人というマスクをかけているので、ドレイピアは自らの信念を展開するというよりは、法律の専門家から法的歴史的な証明を与えられたかたちにする。その上でドレイピアすなわちスウィフトは、ウッドの悪貨を拒否することを提案する。この態度は、やがて第四の書簡で、全アイルランド人の抵抗運動を提起し・組織する段階に至るが、第一の書簡はそれへの最初の導入部となる。

3　第二の書簡

表題「出版者ハーディング氏への書簡、一七二四年八月一日の氏の新聞に載りし、ウッド氏の半ペンスに関する記事に関連して」とあるように、この書簡のきっかけはハーディングの新聞に載ったイングランドからのニュースである。

内容は、イギリスの枢密院の調査委員会の審問で「我が国の商人や貿易業者の幾人かが、この地では銅貨を極めて必要としていると一致して述べた」（一五）こと、また国王がウッドの硬貨を王立造幣所で分析させたが、所長のアイザック・ニュートン卿が、「ウッドがすべての点で契約条件を満たしていた」（一六）と報告したこと、「すでに一万七千ポンド鋳造していて、合計四万ポンドになるように銅を準備させた、特許状はもっと大量の鋳造をする権限を与えているけれども、商業上の緊急な必要が無ければ、それ以上は鋳造しないことに甘んずる」（一七）とのウッドの提案などである。ウッド貨によってアイルランドの金・銀貨が吸い上げられるのではないかという不安に、ウッドはその硬貨と交換にアイルランド製品を受け取ると申しでて、「何人（びと）も一回の支払いで彼の硬貨の五ペンス半以上を受け取る義務を課せられないと」（一八）と付け足したこと等である。

まさにドレイピアが第一の書簡で作り上げようとした闘う体制に向かって、ウッド自らが真向から飛びかかってきたことになる。これにたいしドレイピアは、その証人なる者たちは、祖国を裏切ったウッドの共犯者に過ぎないと、その証言を一蹴する（一五）。貨幣の分析結果も数枚の硬貨を良質のものにして検査に出し、合格させただけと（一七）これも一蹴する。四万ポンドに限定する提案も、「商業上の緊急な必要」などウッド自身が決めることで、緊急事態はいつまでも続く（一八）等々と、すべて一蹴する。

ドレイピアの最も痛烈な一撃は、提案の最後の「何人も一回の支払いで……」と付け足しの提案で示されたウッドの態度に向けられる。第一の書簡でも、ウッドのような「つまらぬ奴」が「我が国の議会を全部合わせたよりも立派な人間であると言わんばかり」と評したが、この第二の書簡では、「この何人も……」の表現が、ウッドの傲慢さをより顕著に示す例とされる。この表現によってドレイピアは「あらゆる支払いの場においては、その硬貨が出されたら、この王国のすべての臣下に、それだけの（五ペンス半までの）額は受け取ることを義務づけると彼が主張していることは明らかである」（一九）と解釈する。言い換えれば、ウッドの「……以上を受け取る義務を課せられない」の主張を裏返して、「……までは受け取る義務を課そう」としていると解釈する。「義務を課せられ」の語が大文字の OBLIGED で表現され、アイルランド人を「すべての臣下」と言い換えることで、「彼」

とアイルランド人の関係は、国王と臣下の関係に変わる。

ドレイピアは、この書簡でも他の書簡でも、国王といえども、金・銀貨以外のいかなる貨幣も臣下に受け取ることを強いることを、法は認めていないという原則を繰り返し述べているので、ウッドがその原則を破って、違法な大権を振るったと解している。これは一種のレトリックであるが、ドレイピアが彼を少し前の箇所で「この卑小にして専制的な似而非君主」（一九）と呼んでいることと符合する。ここではドレイピアならぬスウィフトの痛烈なアイロニィの手法が存分に活かされている。

イーレンプライスは、この第二の書簡の特徴の一つに、「アイルランドの王国と特許権所有者との間の紛争のドラマ性を維持するため、スウィフトはその事件をジョージ王あるいは彼の政府から切り離し、それを完全にウッドに責任を負わせた[7]」ことをあげているが、ウッドを国王並みの存在という虚構に変えて、ドラマ性の質を高め、盛り上げたと言ってよいかもしれない。しかし同時にイーレンプライスは、スウィフトが「一人の人物への攻撃を、別の（高位の）の人物を攻撃する衝立にしている」とも述べている。ウッドという一介の金物商人とそれによって脅かされるアイルランド王国という「不均衡な対立関係を捉え、それに含まれている言外の意味を風刺的に導き出す。そのゲームはウッドの実力と彼に帰せしめられる行為との間を見て、すぐ分かるギャップによっている[8]」。衝立の背後にいるのは、ウッドに前記の「違法な大権を振う」切っ掛けとなる特許権を与えた国王ジョージ一世であり、それを行政面で推進したイギリス政府の首相、ロバート・ウォルポールである。この書簡でのウッドへの真向からの風刺によって、間接的に攻撃されているのは彼らである。ドレイピアは皮肉たっぷりに言う。「アイルランドにおける国王の所得は四〇万ポンド近くあるが、それをウッドの銅貨で受け取るように、大臣たちが勧告することなど考えられようか、その銅貨では五万ポンドにまで減額してしまうから」（二一―二二）。イーレンプライスの言う「言外の意味」とは、ウッドを通してアイルランドを苦しめているイングランドの支配体制であり、それを代表する国王や首相などは第三、第四と書簡が進むにつれて、直接、風刺の対象になっていく。第二の書簡はその導入部にあたる。

4　第三の書簡

題名「ウッドの半ペニー貨に関するイングランド枢密院の調査委員会の報告書と呼ばれる文書にたいする若干の所見――アイルランド王国の貴族及び郷紳の方々へ」の宛名に見られるように、第一と第二の書簡とは異なり、商人ドレイピアより上流の社会階級の読者を想定して書かれている。また第二の書簡は、新聞で報じられたことへの緊急の対応という性格のものであったので、対象を簡略に扱い、一蹴するかたちをとったが、この書簡は印刷物として送られてきた文書の細部を検討する形をとる。

その結果、読者の知的水準や判断力に合わせる必要もあり、「服地商の振りをしているとさえ、ほとんど言えないくらいで、いずれにせよ役から外れて」「その報告書全体にたいする、注意深く、道理に基づいた回答[9]」を行う。服地商という「ペルソナの謙遜ぶりを示しはするが、その重要な目的は、時折、印象的な控え目の言葉が挟まれる形で、スウィフトが、穏やかな論理性を彼の論議に与えることが出来るようにするためである」[10]。いわば、商人のマスクをしながらも、第三の書簡はスウィフト自身の理性と判断力で報告書を批判する。

ここでは一例として過去のアイルランドの硬貨鋳造の歴史に関して述べられたもののみを挙げることにする。報告書はアイルランドで流通させる銅貨の鋳造がイングランドで許可された前例があることを重視しているが、じつは通常はそのようなことは無く、一六八〇年と一六八五年の混乱時代だけのことで、「この地［アイルランド］の王の審議会」の勧告を伴って認可され、しかも特許権所有者は、その銅貨を金貨や銀貨と交換する義務を負っていた。また半ペニー貨に「ギザギザがつけられていて贋造防止策が取られていたなど（四二）、そのような例外的な特許であっても、厳しい条件がつけられていたことを考えれば、アイルランドの議会にも枢密院にも何の相談もなく、ウッドの思いのままの条件で認可された今回の特許とは大きく異なることが詳細に述べられている。このようにアイルランドの歴史や法を踏まえての論証は、アイルランドの貴族や郷紳たちに、自国の歴史に関する法的条件を検証する機会を与えるものとなっている。これは謙遜して自分のことを「法律には全く不慣れな無学な一商店主」（二九）と称するドレイピアではなく、語りかけられている貴族や郷紳たちと同等の人、スウィフト自身が語っていると言ってよい。

そのスウィフトならではの大胆な発言は、次のような表現にはっきりと示されている。このようなことがイングランドで起きて、その議会や枢密院がイングランド王国に破滅的な結果をもたらす恐れのある特許の撤回を請願し、全国民が極めて強い恐怖心を抱いたら、「国王陛下は、どうしたらよいか、半時間も考えこんだりなさるであろうか？　国王陛下にそのような勅許を撤回することに反対の助言をする大臣などいるだろうか？」（三〇）等と述べて、ドレイピアというよりむしろスウィフト自身が、イングランドでは有り得ないことがアイルランドに押しつけられようとしていることに抗議する。それに続けてアイルランド人もイングランド人と同じ自由な民ではないか、アイルランド人も同じ国王の臣下ではないか等と述べた後、それなのに「イングランドでは私は自由人であり、その私が海峡を渡ることで、六時間後に奴隷になるのか」（三一）と厳しい批判をしている。第一の書簡では、ウッドに集中砲火を浴びせ、第二の書簡では、ウッドを通して間接的に国王や首相のウォルポールを批判していたのが、第三の書簡では、彼らをウッドという衝立の背後から引きずり出し、彼らのアイルランドにたいする政策、アイルランドをイングランドの植民地として扱おうとする政策を真向から批判している。ダウニングは「この章句においてスウィフトはイングランドによるアイルランドの抑圧にたいする彼の反対論の特徴を示している。……国事への発言権を含めて、諸権利や諸特権を有する自由人として扱われるのではなく、国王の臣下としての生得の権利を否定されている。そのことがスウィフトを怒りと憤怒に駆り立てた[11]」と指摘する。また「私が海峡を……」の表現には、青年期、アイルランドからイングランドに渡り、さらに一七一〇年から三年間、トーリー政権の一員としてイングランドにいたが、その後アイルランドで政治的亡命者のような経験をしたスウィフトの姿と重なる。また「アイルランド人もイングランド人と同じく自由な民ではないか」という表現は、『アイルランド国産品の広範な使用等を勧める提案』（一七二〇）等のパンフレットに見られる、イングランド政府によるアイルランドの経済その他へのさまざまな抑圧政策に抗議の声を上げてきたスウィフトの怒りの心情と重なる。

この怒りの心情は、この書簡の終わりのほうで、風刺の鋭さを増すことになる。そこでは、スウィフトは再び商人ドレイピアのマスクをかぶり直す。商人のような市井の人たちが日常慣れ親しんでいるのは聖書であり、第一の書簡でも第二の書簡でも、この書簡でも聖書からの引用が数多く見られるのは、そのマスクに相応しいが、聖パトリック寺院で説教を行なう首席司祭スウィフトの顔でもある。ただこの場合の聖書の利用では、貴族や郷紳を対象にしているため、絶妙な風刺の技巧で楽しませることも忘れない。

ドレイピアは自らを旧約聖書の「サムエル記」に出てくる、投石器と石をもって戦うダビデに擬し、ウッドをその戦いの相手のゴリアテに擬すが、ウッドすなわちゴリアテを描くのに、「聖書の形象を示し、その類似性を厳正に追及する振りをする」[12]、「頭には黄銅の兜を頂き、身には鱗とじの鎧を着ている。その鎧は五千シケル。また足には黄銅のすね当てを着け、肩には黄銅の投げ槍を背負っていた」[13]（四八）とあるように、ウッドと銅貨の関係が、聖書の言葉に言い換えられている。だがドレイピアは戦闘の条件は、敗者が勝者の僕《しもべ》になることだと述べた後、「論理の対称性が崩れ」「ダビデは再びダブリンの明敏な服地商となる」[14]。ドレイピアはウッドを僕にしないと言う。「正直を旨とする人だったら、誰だって、彼のことを信用して店など任せるには相応しい者とは思わないから」（四八）

と見事なオチをつける。イーレンプライスは、この旧約聖書を利用した表現について、「スウィフトがその怒りの勢いに任せて、馬鹿馬鹿しい対応物を持ち出す時、よく起こることだが、滑稽感と憤りが一緒になる」[15]と言う。ここに挙げた例は、その好例であり、とりわけマスクである商人ドレイピアの言葉でスウィフトがウッドに下した判定において、風刺は最高に冴えわたる。

5　第四の書簡

第四の「アイルランドの全国民への」書簡の出版の日付、一七二四年一〇月一三日は、前任の無能なグラフトン卿に代わって、新しい総督としてカートレット卿がダブリンに到着する日であった。「危機的な時が近づいていることは明らかであった」「アイルランドは今や王の特権に異議を唱えていると非難されていて、カートレットは強硬策を取るためにやってくると言われていた[16]」。これにたいしてスウィフトは傍観していなかった。彼は最も激烈で攻撃的な第四の書簡を準備し、「印刷させ、カートレット卿が到着した、まさにその日に配布されるように手配した[17]」。新しい総督の就任による国民の動揺を食い止め、アイルランドでのウッドの硬貨にたいする彼の反対運動に冷水を浴びせようとする、ウッドの試みを粉砕し、さらに運動の大義を全国民のものにし、大同団結を一層強めようとするスウィフトの意向が、書簡を全国民宛にさせたことは言うまでもない。

この書簡でも鋳造の特権を有する国王といえ「純正貨、すなわち金貨あるいは銀貨でないかぎり、人民にそれを強制することは出来ない」と二度も触れ（五四、五五）つつ、この書簡でも鋳貨にかかわる過去の例を挙げたり、アイルランド議会の請願への回答にあたる報告書への反論を新たな形で展開した後、新総督の派遣にふれる。

「ウッドのような取るに足りない奴が、自分の用件でアイルランド総督を急遽この地に派遣させるほどの信用を国王や大臣諸侯の間に持ち得るなんて、全く理解に苦しむ」（五七）と、カートレット卿とウッドを後援する国王や大臣たちとの間にくさびを打ち込むことも忘れない。その上でカートレット卿を念頭においてと思われるが、アイルランドの人民はウッドの硬貨を絶対に受け取らないし、反対の請願をした議会を説得などできないと続ける。

さらに全国民一致しての反対の愉快な一例として、イングランドの宮廷や政府の人脈や賄賂などを使って、高給目当てでアイルランドの「教会・政府・軍の空席［もちろん高位の］を埋めるためにイングランドから派遣された人々も皆、我々の側についている」（六一）と、皮肉たっぷり付け加えることも忘れない。これは第二の書簡で、アイルランドの広大な地所からの地代でイングランドで贅沢な暮らしをしている不在地主たちも、ウッドの屑かねで払われたら、収入が「八分の一か一〇分の一になってしまうことに甘んずることになろう」（二一）と、皮肉まじりに述べていたのと同類の人々のことを指している。いずれのグループもスウィフトが常々イングランドによるアイルランド搾取の具体例として非難している対象である。イギリスから来た総督なら、頼りにせざるを得ないアイルランド在住のイギリス人の上層階級まで、ウッドやウォルポールや国王に対抗させるという図式ほど皮肉な歓迎の辞はないであろう。

スウィフトが新総督に訴えたいと最も強く願っていることは、アイルランドとイングランドとの対等の関係である。アイルランドは従属国であり、アイルランドの国民はイングランドの国民とは異なり、奴隷あるいは隷属の状態であるとする論を、ドレイピアは次のように反論する。

イングランドとアイルランドのあらゆる法令を調べたが、アイルランドをイングランドに従属させる法律など無いし、我々はイングランド人と同じ王を戴く義務を負って来たし、従って彼らも我々と同じ王を戴く義務を負っている。というのはその法律は我が国自身の議会によって作られたのであり、当時の我々の祖先は（それ以前の治世はどうあれ）何やら訳の分からぬ従属下に身を置くような愚か者ではない、今その従属とやらが、法や理性や常識の面での如何なる論拠も無しに語られているが。（六二）

その後に続く論ほど、新総督に強烈な印象を与えたものはないだろう。ここではウッドの流したデマのうち、アイルランド人が「叛乱の準備を整えている」「イングランド国王へのアイルランドの従属関係を断ち切る心構えでいる」（六一）という挑発的な言辞を逆手にとり、次のような架空の話にすり替える。「神に次いで私が従っているのは、我が主君・国王と、私自身の国の法律であり、イングランドの人民に従っているなどと、毛頭考えていないし、万一、イングランドの人民が我が主君にたいし叛乱を起こすようなことがあれば（とんでもないことだが）、陛下からのご命令があり次第……進んでイギリス人にたいし武器を取るつもりでいるほどである。またそのような叛乱が、万一イングランドの王座に王位僭称者を据えるほど成功するものと分かったら、私はその僭称者がアイルランドの王になるのを妨げるため、私の血の最後の一滴まで流してでも、その地の法令を破ることも辞さないだろう」（六二）。これはジョージ一世というイングランドの国王への忠誠という表向きの形を取りながら、アイルランドの自立性を逆説的に主張する、スウィフトならでの表現の好例である。これはあり得ない状況を仮定し、ドレイピアに代表されるアイルランド人民は、イングランドからの圧制には抵抗するという挑発的な意思表示でもある。

その上で歴史的な前例を挙げることも忘れない。「イングランドの議会が、この王国をその地で制定した法で拘束する権力を握ったことが幾度かあったが、最も国を愛する人たちやイングランドの最良のホイッグ党員たちに加えて、この地で生まれたイギリス人の紳士、著名なるモリヌークス氏(18)によっても（真理と理性と正義の論によって反対し得るかぎり）真っ先に公然と反対された」と過去の抵抗の例をあげた後、「被治者の同意なき政治はまさに奴隷制と定義できる」と結論づける。その奴隷状態を象徴するように、完全武装した一一名が、シャツ一枚の一人を屈伏させる例をあげた上で、拷問台で「出せる限りの呻き声を出す自由まで拒まれた例はない」（六二、六三）と、その結論に強烈なイメージまで加えて、この一節を終える。その結論部分についてダウニィは「ついにスウィフトは、彼自身の心に最も迫ってくる問題をはっきり言葉に表わした。彼は婉曲な表現法を直接的な表現法に取って代えた」[19]と評する。これはスウィフト自身の思想を表わしている。

スウィフトは同じ年の一二月一四日に出した、今回は取り上げない後半の書簡の一つ、「モレスワース子爵への書簡」の中で、そのモレスワースやロックやモリヌークスその他、彼が親しく読んだ著者たちの名を挙げ、「その方々は、自由は全人類が本来持つ資格を有するものであり、不法な力以外の何ものも奪うことの出来ない恵みであると語っています。……自由とは人民が自らの同意をもって作られた法によって治められることのうちにあり、その逆が奴隷状態であるということは、極めて無条件に、かつ広く同意されている原理であると常々思っておりました」（八六－七）と記している。ドレイピアのマスクを被りながら、スウィフトが語っているのは、それらの思想家や政治家と共通する彼自身の思想である。第四の書簡では、その思想が展開されたのである。

新総督を驚かせたのは、前記の「武器を取る」との挑発的なパフォーマンスである。その前提は国王への謀反を許さず、叛乱には叛乱をもって応えるというもので、「王位僭称者」という仮定的な条件つきであるが、イングランド人とアイルランド人との間での内乱である。これを「被治者の同意なき政治は奴隷制」の言葉と併せて考えれば、アイルランド人も同じジョージ一世のもとで平等な国民であるのに、自国の造幣所すら持てず、貪欲なイングランドの一商人の悪貨を、その国王とその政府によって強制されようとしているのは、奴隷状態と同じだとする、アイルランドからの精一杯の抗議のパフォーマンスを、「武器を取る」という言葉で表現した一種の誇張法である。

新総督カートレットはスウィフトの旧友であり、彼がダブリンに赴任する前に、スウィフトはウッドの特許状をこの国では「これまでに企てられたもののうち最も破滅的な計画だと思わない者はいない[20]」との個人的書簡を彼に送っていた。だが赴任してすぐ突きつけられたこのパフォーマンスを彼は放置できず、印刷業者を訴追し、著者を見つけた者には報酬を与えるとの布告を出すことを枢密院に求める。その正体は枢密院も一般の人々も皆知っていたが、密告者は一人も出なかった。何故ならこの書簡はアイルランドの人々の怒りを反映し、その共感を得ていたからである。

このパフォーマンスは、この書簡の文脈の中では、ウッドが伝える、彼を支える圧制者を代表するイングランド政府のウォルポール首相のパフォーマンスと、質の違いは別にしても、その激烈な攻撃性という点では、釣り合いを持たされてもいる。その終わりに近く、ウッドがその印刷物の一つで、「ウォルポール氏は、彼の黄銅貨を我々［アイルランド人］の喉に押し込むだろう」と露骨に言っているのが紹介される。また「この半ペンスを取るか、我々の常用するブローグ［革製の靴］を食うか、どちらかをしなければならない」という噂が流されたり、また「この同じ偉い人［ウォルポール］が、彼の硬貨を火の玉にして我々に飲みこませると誓った」（六七）という新聞記事が紹介される。ウッドによって誇張されたウォルポールの言動は、このようにまとめられると、ウォルポールは道化よろしく自らのパフォーマンスを戯画化してみせることになる。

これらのことを実際にやったらどうなるかと、ウッドの所有する銅貨や金属を溶解して、喉に入るくらいの大きさの火薬入りの中空の玉を作ったら、等々（六八）、馬鹿馬鹿しい架空の実験や工程をあれこれ並べ立てたうえ、それに要する物的人的数量を計算するなど、ドレイピアというよりスウィフト自身、その得意技の戯画化の手法で相手のパフォーマンスを仕上げてみせる。ドレイピアの「武器をとる」のパフォーマンスに拍手した民衆は、ウォルポールのパフォーマンスには腹を抱えて笑ったことだろう。ここには風刺家スウィフトの面目躍如たるものがある。

このような風刺的表現をまじえながらも、アイルランド人の怒りを真向からぶつける第四の書簡のドレイピアを評して、キンタナは「人民の雄弁家」と呼ぶが、その「強い印象的な態度とドラマチックな表現」[21]の雄弁は、イングランド政府の抑圧体制に抵抗するアイルランドの人々に勇気と確信を与える。スウィフトはなお書簡を書き続けるが、遂に一七二五年八月、ウッドの特許は撤回され、アイルランドは勝利する。

6　「全国民」とは？

最後に、この第四の書簡が宛てられた「全国民」とは誰を指しているかを考察し、この作品がアイルランドの歴史にたいして持つ意味を考えることで終えることにする。

アイルランド史家のベケットは、スウィフトが述べている「全国民」とは、彼がその聖職者である「国教会に属する狭い社会」を指していると言い[22]、原住民であるカトリック教徒は全く含まれていないと解釈する。「アイルランドのカトリック教徒も彼の硬貨に反対する連合に加わった」というウッドによる非難には、ドレイピアは「彼らがその件では一度も動くことなど申し出ていないことは良く知られている」（五三）と否定はする。だが「アイルランドの全国民」という表題を、マリーは「スウィフトが巧みに用いて」いて、「連合したプロテスタントとローマ・カトリック教徒ということを暗示するように意図された[23]」ものであるとする。例えば、「ウッドの硬貨を拒否しているのは生粋の英国人であるが、アイルランド人も拒否することを求められれば、当然そうすると思うが」（六七）とのドレイピアの文を引用する。もちろんここで言われているアイルランド人とは、圧倒的な多数者であり、ほとんどがカトリック教徒である原住民のことである。このような間接的な言及には、「生粋の英国人」のドレイピアの立場が反映されてはいるが、マリーはその他にも、ドレイピアの訴えに応えて、様々な職人のギルドで出された硬貨拒否の署名入りの声明を挙げ、それにかなりの原住民のアイルランド人の名前が出ていると指摘している[24]。これらの人々は当時のアイルランドの下層社会に属する人々でもある。

ファブリカントは、そのスウィフトの評伝の中で、アイルランドの各地を旅して、底辺の人たちと接触することを好んだスウィフトの姿を詳しく伝えているが、この書簡に関連して、次のように述べている。ドレイピアが「彼の商品を染色したり、アイロンをかけたりする人たちのために自分の利益など放棄する」（八二）ことで「彼らの苦境を憐れむ気持ちを表わす」彼の行為を、「寺院の特別区域の通りを何度も歩いては、貧しい人たちに施しをしているセント・パトリック寺院の首席司祭を思い出させる行為」であると言う[25]。

スウィフトがアイルランドの愛国者と呼ばれるのは、彼がイングランドによる長期の抑圧と支配の歴史的背景の中で、複雑な形をとっている様々な身分・党派・宗派の声を一つにして、とりわけイギリス系アイルランド人と原住民のアイルランド人を、利害を超えて団結させ、闘う体制をつくろうとした態度によってである。この書簡の「全国民」という表現には、彼が心を痛め、その救済に尽力した下層社会も含まれていたことは間違いない。

第四の書簡の最後のしめくくりの中で、ドレイピアは、腐敗し・堕落したイングランド政権の代表者、ウォルポールを「その清廉なること、腐敗のつけいる余地なきがごとく、その富裕ぶりも、誘惑の魔手とはかかわりなし」と、世評とは正反対に、わざとらしく皮肉たっぷりに褒めちぎったあと、「そちらのほうからの危険は全く無く、その恐るべき権力と争う必要はなく」と、この悪貨との勝負でのアイルランド側の勝利を予告し、我々は「平和裡に我がブローグと馬鈴薯を所有したままにしておかれるだろう」（六八）と書いて終える。この風刺とユーモアにあふれる表現で使われたブローグと馬鈴薯は、アイルランドのイギリス人ではなく、原住民のアイルランド人の下層社会の日常生活を代表するものである。この締め括りの言葉には、たとえウッドの悪貨との闘いが勝利に終わっても、アイルランドの最下層の人たちの苦難は終わるものではないことが暗示されている。だが同時に「ブローグを履く者、馬鈴薯を食べる者としてのアイルランドの愛国者というイメージは、ウッドの半ペンスにたいする闘いへのスウィフトによる、恐らく最も大胆な貢献であり、彼の階級の他の人たちによって受け入れられていた一体感よりも、広く包括的なアイルランドとの彼の一体感を強調している」[26]。この『書簡』はその点で大きな歴史的価値を有している。

注

（1）C.Fabricant, *Swift the Irishman*, fr.*The Cambridge Companion to Jonathan Swift*, ed. C. Fox, Cambridge UP, 2003, p.48.

（2）*The Prose Writings of Jonathan Swift*, ed. H. Davis, X, *The Drapier's Letters & Other Works*, 1724-1725, Oxford: Basil Blackwell, 1941, rpt.1966, p.7. 以下、同書からの引用は文中の引用箇所の後に（　）内にページ数を漢数字で表示。

（3）J. McMinn, *Jonathan Swift*, MACMILLAN, 1991, pp.114-5.

（4）I. Ehrenpreis, *Swift: The Man, His Works And The Age*, Vol.3, *Dean Swift*, Methuen, 1983, p.187.

（5）*The Prose Writings*, X, Introduction by H. Davis, p.x.

（6）J. M. Murry, *Jonathan Swift: A Critical Biography*, New York: Farrar, Straus & Giroux, 1967, pp.359-360.

（7）I. Ehrenpreis, op. cit., p.221.

（8）ibid, pp.221-222.

（9）J. M. Murry, op. cit., p.363.

（10）W. B. Ewald, Jr., M. B. Drapier, fr. *Swift, Modern Judgements*, ed. A. N. Jeffares, MACMILLAN, 1968, p.176.

（11）J. A. Downie, *Jonathan Swift: Political Writer*, London, Boston & Henly: Routledge & Kegan Paul, 1984, p.241.

（12）D. Donoghue, *Jonathan Swift, A Critical Introduction*, Cambridge UP, 1969, p.158.

（13）旧約聖書、サムエル記、上、17章、5（日本語の聖書［日本聖書教会刊、1955年］はbrassを「青銅」と訳しているが、青銅はbronzeであるので、「黄銅」と訳した。

（14）D. Donogue, op. cit., pp.1158-159.

（15）I. Ehrenpreis, op. cit., p.242.

（16）R. Quintana, *Swift: An Introduction*, Oxford Paperbacks, 1962, p.132.

（17）H. Davis, op. cit., p.XVII.

（18）モリヌークス［William Molyneux, 1656-98］: アイルランドの哲学者・政治家。ロックの友人、バークリーの心理学説に影響を与えた。他方アイルランドの立法的独立を主張。著書「立法権なきアイルランド」（コンサイス人名辞典　三省堂）。

（19）J. A. Downie, op. cit., p.242.
（20）The Correspondence of J. Swift,ed. H. Williams, Vol. III, Oxford UP, p.12.
（21）R. Quintana, op. cit., p.133.
（22）J. C. Beckett, *The Anglo-Irish Tradition*, New York: Cornell UP, 1976, p.54.
（23）J. M. Murry, op. cit., p.368.
（24）ibid, pp.367-368.
（25）C. Fabricant, *Swift's Landscape*, John Hopkins UP, 1982, p.253.
（26）Fabricant, *Swift the Irishman*, p.58.

※なお本文中、筆者の加筆はすべて［　］で示した。

第二章

ウィリアム・クーパーと動物の権利
――『課題』第六巻を中心に――

植月恵一郎

はじめに

二〇一〇年秋、日本の多くの地域で例年になく、クマが山から下りてきて街中に出没し、一時マスコミを賑わせた。落命した人もあったり、児童にクマ除け鈴が配られたり、警察や消防団まで巻き込んで大捕物になった地域もある。一〇月一四日のＮＨＫの調べでは、四月から九月までの半年ほどの間にクマに襲われた人は、二三都道府県で八四人に上り、前の年よりも三〇％ほど多かった。人間の営為との直接的関係は不明だが、餌となるドングリが不作のためだったらしい。当然銃殺すべき獰猛な野獣なのか、それとも愛すべきプーさん、テディベアとして保護すべきなのか。人々はクマとの付き合い方がつかめないまま不安を抱えている。

現在の我々が四足獣や昆虫に対して抱くのと同じ感覚を、すでに一八世紀イギリスの詩人ももっていた。拙論では、ウィリアム・クーパー（一七三一－一八〇〇）の、「神が田舎を創り、人間が町を創った」（『課題』（*The Task*）一巻七四九）の一節で有名ではあるものの、これまでじゅうぶんな議論がなされてこなかった『課題』（一七八五）を取り上げ、とくに第六巻で彼が主張した《動物の権利》（animal rights）について現代的視点を含め考察してみたい。クーパーは、生来憂鬱症に見舞われ、自殺未遂をするほどで、嵐や難破の彼独特のイメージでも知られるが、代表作ともいえる『課題』は、もう一つの有名な「私は傷つき、群れを離れた鹿」（三巻一〇八）の一節を含み、イギリスの田園の素朴な隠遁生活の喜びに平安を求める心情、自然に対する共感などを全六巻の無韻詩で詠い上げており、ロマン派の先駆として、一八世紀後半の詩壇を代表する詩人でもある。

私が友人として名を挙げたくないのは
（洗練された礼儀作法やすばらしい思慮分別で
魅力があっても、感受性を欠いていて）
虫一匹でも不用意に踏み潰す人だ。
不注意に踏み出した一歩で夕暮れ時に公道に
這い出した蝸牛を踏み潰してしまうこともあろう。
しかし、慈悲心があるものは、予め気を付けて

傍らへよけ、その虫を生かしておくものだ。（『課題』六巻五六〇―六七）

「虫一匹でも不用意に踏み潰す人」は、「感受性（sensibility）を欠いて」いると詩人は言う。たとえその人が「洗練された礼儀作法やすばらしい思慮分別（sense）で／魅力」があっても、生きものに対する慈悲心、感受性の欠如した人との交流を詩人は遠慮したいと言う。

視野に入れておきたいのは、ちょうど『課題』の出版を挟む時期にある、印刷は一七八〇年だが出版は一七八九年のジェレミー・ベンサムの『道徳および立法の諸原理序説』の有名な次の一節だ。

脚の本数、皮膚の絨毛の多さや恥骨の突端といったものが、感覚をもつ存在を同じ悲運に追いやる理由としては、どれも不十分と認識される時代が来るであろう。……成熟した馬や犬の方が、比較するまでもなく、生後一日か一週間か一ヶ月の乳児よりも付き合いやすいだけでなく、理性的な動物である。とはいえ、仮に他の点を比較したとしても、それが何になるだろう。問題は、動物に理性があるのかでもなければ、話せるかでもなく、苦痛を経験するのかということである。（ベンサム 三一一）

ここでの主張は、理性と感受性の優先順位の逆転である。[1] それまでは「動物は痛みなど感じない。打たれた犬の悲鳴が苦痛の表現でないのは、鍵盤を叩かれたとき鳴り響くオルガンの音が楽器の感じる痛みの表現ではないのと同様である。動物の吠え声や身もだえなど、内的感覚作用と何の関係もない、単なる外的反射に過ぎない」（トマス　三三）と考えられてきたが、理性よりも感受性を優先する意識が一八世紀中頃から一般に浸透し、動物も痛みを感じていると思えてきた。

実はすでに中世から動物には人間と同等の権利と義務を付与されていた。ただし、それは法的な措置で、動物にとっては過重な負担でしかなかった。

英国で記録に残る最古の法では、動物は人間のもつ権利と義務を暗に賦与されていた。ゲルマン法の贖罪金の賠償額は一家の成員すべてに設けられており、女性や農奴だけでなく家畜もこれに含まれていた。……

一九世紀になるまでには、英国の当局は動物たちに死刑を宣告することをやめていた（中略）。ヴィクトリア時代の終わり頃、エドワード・ペイソン・エヴァンズはこうした変化を絶賛して、「粗野で野蛮な中世の裁判の概念」……に対する「洗練された人道主義的な近代の裁判の概念」の勝利の幕開けを示す証拠であると述べた。（リトヴォ　一―二）。

リトヴォは「動物の法的役割が制限されたということは、人間と動物の関係が根本的に変化したことの現れ」（リトヴォ　二）であり、その原因の「大部分は啓蒙思潮と結びついた新しい知識獲得法と応用法の結果」（リトヴォ　三）としている。それは、動物が旧い義務を捨て、新しい権利を獲得した瞬間と言い換えていいかもしれない。

拙論では、《感受性》に注目し、時代を経てそれが次第に研ぎ澄まされてきたというよりも、本来人間がもつ性質の優先順位が一八世紀中頃から変わり始めた、つまり理性や思弁などよりも感受性や知覚が優先され始め、以後ロマン派の作品に顕著となっていく時代にあって、とくに動物に対する人間の感受性を（一節参照）、さらに動物自身の感受性を（二節参照）前景化することで、クーパーの『課題』とくに第六巻は《動物の権利》を主張する作品として成功していることを明らかにしたい。

もとよりクーパーは、厳格な不殺生戒を実践しているわけではない。人間の主たる生活空間に侵入してきた「毒があるかもしれない」地を這うものについては、殺生を認めている。

地を這う虫は、見るからに気味悪く、
毒があるかもしれず、
招かれざる客として、整然とした
憩いのための場所、奥の間や
寝室、食堂へ侵入してきたら、死ぬこともある。
必要な行為なら、非難も招くまい。（『課題』六巻五六八―七三）

この人間と他の生物との明確な棲み分けを認識し、境界侵犯は死を招く場合がある点もクーパーの特徴の一つと言っていいだろうが、詳細は「おわりに」の節で触れることにする。

全六巻五千行余りの『課題』は全体としては、その自伝的記述、思想原理の類似からワーズワスの『序曲』の先駆的作品とふつう見做されている。しかし、

もし私の歌が、動物と悲歎の間に立ちはだかり、
暴君に一人でも虐待される者への憐れみを教えられるなら、
私は報われ、こうした詩作への苦労も
した甲斐があったと思われる。（『課題』六巻七二五－二八）

という一節を考えると、第六巻だけにとどまらず、『課題』全体が人間という「暴君」に対して過度の負担に喘ぐ動物たちの立場に立ち、憐れみを請い、《動物の権利》を主張する作品になっていると仮定していいのではないだろうか。

1　競走馬の場合

動物に対して「自ずからほとばしる慈しみの心そのものは何ら目新しいものではない」（トマス一七三）し、「一八世紀になると、感受性そのものは変わらないが、ずっと広く普及して」（トマ

ス　一七四）いき、とくに流行をみる社会現象にまでなってきた原因の一つは、近代以降、動物とくに牛、馬などは、農作業の道具としてはもちろん、人々の移動手段として、また郵便等の移動も支える通信手段としても大きな役割を果たし、さらに羊やその他の家畜類を含め、果ては食料としても人類は急激に大きく動物たちに依存してきたことを意識し始めたことが挙げられるだろう（トマス　一二六）。『課題』には、牛、野兎、鶏、リス、鹿、羊、ライオン、蛇、鳥ではカケス、カササギ、鳶などが登場するが、とくに馬とロバについて三例考察しようと思う。それは当時の農作業、交通手段、動力源、食物、衣服はもちろん、娯楽に至るまで動物を搾取していた社会にあって、

ロンドンの通りは車を引いたり荷物を運んだりする馬や犬であふれていたし、道行く人々は、スミスフィールドの家畜市場へ引かれて行く牛や羊の群れにしばしば出会ったものだ。こうした家畜の多くは、人間を乗せた馬やロバの多くと同じように、明らかに疲れ切っていたか苦しんでいた。通りを外れると（といってもすぐ見つかるのだが）、屠殺場があり、働けなくなった馬を処分する廃馬処理場があった。（リトヴォ　一一二五）

こうした状況の中で、とくに依存度が高かったと推測される馬やロバを取り上げるのが最も妥当と思うからだ。

さて競馬好きの人には次の引用のような意識はまずないのかもしれないが、イギリス発祥の重要な

文化現象の一つである競馬に関して、賭博批判などという視点ではなく、クーパーは競馬とはその主役である馬に対する虐待であると素直に見なしている。

人間に仕えるお供の中で最も気高い、
障害物競走馬も証人だ。馬は、
疑いもせず直ちに自分の殺し屋を背に乗せ、
命がけで喘いでいる脾腹や脇腹から
血を流し、遥かかなたのゴールまで終日
突進し、着くと息絶える。
慈悲を求めてやまぬ人間が、これほど無慈悲とは。
人間の申し立てに唯唯諾諾とする掟は、その違反者に
何の判決も下さないのか。――何もしないのだ。
人間の方は生きて、（まるで残虐行為が立派な功績である如く）
なみなみと注がれた大杯を傾けながら、
そんな醜い勝利を自慢し、哀れな
馬を絶賛して騒ぎ立てても、己自身の名誉だと
賢しらにも考えているらしい。（『課題』六巻四二五―三八）

「人間に仕えるお供の中で最も気高い」のが馬、とくにこの場合、競走馬である。馬自体、人間以上に気高い可能性を秘めているという認識は当時あったらしい。それはイギリス文学でもおそらく十指に入る『ガリヴァー旅行記』の有名なフウイヌムの挿話でも明らかなように、醜悪で下品な人間ヤフーに対して高貴な生きものとして描かれ、その国は一種の馬のユートピアでもある。クーパーの場合、とくに野生馬を改良して到達した芸術品とも言えるサラブレッドに言及していることは疑いない。

有名なオークスは、一七七九年五月一四日に行われたし、ダービーも一七八〇年五月四日にどちらもエプサムで行われた。『課題』と同じ年に出版された『競馬暦』によると（山本 八三）、「マッチ」とは二頭による雌雄を決する対戦で、「プレート」とは、予め賞品、賞金を決めておき、それを争うレースである。プレート競走は杯を争うレースではあるが、形式はマッチ・レースの形を取る事もあった。「これに対して、『ステークス』は、多数頭の出走が一般化する近代になって流行るようになった形式である。そして出走者の出し合う賭金がそのまま賞金になるのが原型であった」（山本 八四）。

また「三頭以上のハンディキャップ・レースがニューマーケットで初めて公式に行われた」（山本 一三五）のも一七八五年であったし、一七六六年リチャード・タタソールが馬を専門とする取引会社を設立し、ほぼ二〇年後の一七八五年頃、その敷地面積は一五エーカーにも及んだという（山本 二〇二―〇三）。「ウィリアム・ピックなる人物が、北部ヨークシャ限定ではあるが、一七〇九年から八五年までの競走記録をすべて集めた競走史書（*Authentic Historical Racing Calendar*）を出した」（山本 二五七）のが、一七八六年のことである。そしてサラブレッドの血統を記した有名な『サラブレッド血統書』（*GSB*）が出たのが、一七九一年であった。一七七六年、つまり『課題』出版一〇年程前には、セント・レジャー提案の三歳牡牝馬によるレースが始まっていた。「それまでにない特徴は、何よりも一回きりの勝負ということにあった。すでに再三指摘しているように、最終勝者を決めるまでに何回も競走を繰り返すのが当時の一般的な形式だった」（山本 八八）。

こういう歴史的文脈の中で、おそらくクーパー自身目撃したであろう「殺し屋」と評された競馬の騎手も、今では馬主が騎手となる事はまずないが、当時は「馬主自身が所有馬に騎乗し出走することも、近代以前ではふつうの風景だった」（山本 八九）のだから、まず馬主と考えていいだろう。そして馬主となるのはもちろん庶民ではなく、ジェントルマンや貴族階級に属する者に違いない。「この国の競馬は、やはり、言辞のうえ、表象のうえだけでなく、実態として貴族・ジェントルマンといった有閑階級の人びとによるものなのである」（山本 八五）とすれば、クーパーの競馬批判は、ジェントルマン階級以上の馬主たちに対する階級批判でもある。しかし、いくら批判しようとも実態は次のようであった。

英国動物愛護協会は、障害物競馬のような上流階級の娯楽に対して厳しい言葉を投げかけたときもあったけれども、（協会は障害物競馬のことを「教育と財産から見て、もっとよい行いをするはずの多くの人々がふけっている残酷な行為」だと述べた）、こうした場合に法的手段を取ることはほとんどなかった。（リトヴォ　一三四）

2　バラムのロバの場合

さて次はバラムのロバに言及する個所を見ておきたい。

神はバラムのかたくなな心を憎まれた。
彼は預言者であったので、罪なき動物を、
いわれもなく、打ちすえはしなかったかもしれない。
彼はその上に乗っていたのだ。ロバが折よく抵抗し、
彼を救った、さもなければこの無慈悲な占い師は、死んでいただろう。
神は、人間の公平さが、まったく正当な言い分があるとはいえ、
なかなか浸透していかないのをお認めになり、
その仕事はご自身のものとされた。物言わぬ
無力な犠牲者たちに、危害に対する鋭い感覚を、
自分の力に対する認識力を、復讐する

抜け目なさを与えたので、しばしば動物の方が
人間を裁いているように見える。
伝説ではなく、健全な知性の一人が語った、
(もし神の摂理を嘆願する話が、現代人の眼には
伝説のように思えるなら、) 古代の話によって、
この教義を明確にしよう。(『課題』六巻四六七―八二)

バラムは、メソポタミア生まれの預言者で、モアブの王バラクの要請により、イスラエルの民を呪いに出かけたが、途中、自分のロバに戒められたことで知られる。当初バラムは王の要請を断わっていたが、報酬に心を奪われ、その要請に応じてしまった。神はこれを怒り、神の使いをバラムのロバの前に立ちはだからせ、止めようとした。まずバラムの前に抜き身の剣を下げた神の使いが立ちはだかったので、驚いたロバは急に駆けだし、道端の畑の前に入り込んでしまった(『民数記』二二章二三節)。バラムは訳が分からず、慌てて鞭をあて、道に戻した。次に、神の使いはブドウ園の石垣の間の道に立っていた。「その姿を見るなり、ロバは身をもがき、身体をぎゅっと石垣に押し付けたので、バラムは足を挟まれてしまった」(二二章二五節)。怒ったバラムはまたロバに鞭をあてると、さらに神の使いは道幅の狭いところに立ちふさがってしまった。これでは通りようがなく、ロバは道にうずくまるしかなかった。神の使いが見えていないバラムは、とうとう頭にきて、ロバを引っぱた

いた。ロバは「どうして私を三度もぶつんですか」と尋ねると、「おれを馬鹿にしたからだ」とバラムは答えた。でも「これまでに一度でもこんなことをしたでしょうか」とロバが反論し、「いや、ない」とバラムが認めた途端、彼の心眼が開き、剣を抜いて行く手に立ちはだかっている神の使いがようやく見えた（二二章三一節）。

以上が元となった『聖書』の要約であるが、クーパーの該当個所は、動物であるロバは「危害に対する鋭い直観力」、「自分の体力に対する明敏な認識力」、さらに、「やられたらやり返すあの抜け目なさ」を付与され、直ちに神の使いを認めて止まったのに対して、《存在の大連鎖》から言えば、より神に近い位階にあるはずの人間であるバラムにはそれが認識できず、最初から神の使いを認めているロバを何度も打ち叩き虐待してしまった（『民数記』二二－二四章参照）故事に由来している。そこから今では「バラム」とは、「当てにならない預言者（味方）」の意味であったり、俗語で「（新聞記事などの）埋草」といった不名誉な意味で用いられている。

詩人はロバの方がバラムよりも神に近い存在であるという印象を与えることに成功している。

3　ミサゲイサスの馬の場合

三例目（『課題』六巻四八三－五五九）は、古代コーンウォール地方の伝説で、その詳細は不明だが、八〇行程にも及ぶ挿話である。「神や善を侮り、無神論者を敢えて自称し、／極悪非道の限りを尽くし、残忍冷酷な気性の」若きミサゲイサスと「篤い信仰心で名高く／高齢のためもあるが、それ以上に知恵の豊かさのため／人々の尊敬を受けるに相応しい」エヴァンダーの話である。二人は陸地の先端、断崖絶壁にいる。エヴァンダーはミサゲイサスに、「慈愛に満ちた笑みを浮かべ、物静かにかつ控えめに／しかも真に相手を思いやる心の優しさが伝わるように」、世の理を説いた。これに反発した若者ミサゲイサスは、「死をも恐れねぇ鉄みてぇな／肝っ玉を作るのに、迷信みてぇな気休めなんか／要らねぇんだ」と言うや否や、崖淵に向かって突進した。

だが、馬に乗ったこの悪党があえて恐怖の跳躍に
挑んだけれども、もっと道理をわきまえた乗用馬の方が
死を拒否し、すばやく向きを変え
さもなくば、そこでその蹄が崩れかかった崖縁を押しただろうに、
乗り手の裏をかき、意に反してその命を救った。

……

己の恐るべき決意を改めたかもしれないものに
ますます激昂し、ふたたび、破壊されるべき熱意で
破滅を求め、烈しく鞭を入れ、
拍車を血に染めた。（『課題』六巻五一六―二七）

が、これも失敗する。神が向こう見ずな男より「はるかに賢い／馬に対しもっと長く生きるよう定められていたために／馬に免じて」、ミサゲイサスを助けられたのだ。したがって、この挿話は、すでに検討した第一節で述べた人間に虐待を受ける競争馬と、第二節で議論した神に祝福され、鋭い直観に恵まれたロバのエピソードを巧みに融合したような挿話になっているのは明らかだ。

話はさらに進展し、二人が旅を続けていると、今度は突然ミサゲイサスの馬の方から、「命ぜられるまでもなく、急に鼻を鳴らして暴れ出し」、崖淵へ突進していき、縁に着くなり急停止した。その途端傲慢な若者は馬の背から放り出され、眼下の岩礁へと真っ逆さまに転落し、「意外な時に、意外な最期を／たった一人で遂げる破目になったのだ」[2]。クーパーはこの挿話の最後を次の言葉で締めくくる。

こうして神は二つの正義を果たした。
愚者には、自ら選んだ恐るべきことの犠牲とし、
馬には、安全な復讐の道を与え給うた。（『課題』六巻五五七－五九）

以上三例、実際クーパーが目撃したであろう騎手の競走馬への虐待、『聖書』のバラムのロバへの虐待、コーンウォール地方の伝説におけるミサゲイサスの馬への虐待を順に見てきたが、クーパーは

一貫して物言わぬ他者を慈しむ心のない人間の愚かさを指摘するのに対して、動物は無垢であり神に愛されていることを指摘している。

当時の馬やロバに対する虐待の様子を述べておこう。

もし馬が御者が望むほど速くまた遠くまで走る事を嫌がったり、できなかったりすると、御者は言うことをきかせるために、ありとあらゆる許容されない方法を試してみるだろう。殴るというのがいちばんありふれた戦術であるが、訴追報告に列挙されたその道具には、鞭、革紐、棒だけでなく、鎖、シャベル、干し草用熊手、ナイフ、その他様々な金物類が含まれている。……

こうした種類の残虐行為の犠牲になったのは馬だけではない。……ロバが殴られた話が多数載っている。（リトヴォ　一三八―一三九）

このように「目撃者の感情も法律による禁止も横柄に無視して、残虐行為は公道で行われるのが普通であった」（リトヴォ　一三八）。今の自動車や鉄道に当たる役割を当時馬やロバが果たしていたことに思いを馳せれば、おそらくそういった動物への虐待は日常茶飯事であったことは想像に難くない。それまでごく限られた空間で過ごしてきた人間が、交通機関の発達で、人々の移動が始まり、グランド・ツアーはもとより、国内の旅行も盛んになってきた時代であった。折しもピクチャレスクの流行に刺激され旅行熱は高まり、自然や風景に人々の関心は集まり、景勝地へ詣でることで自然への感受性は磨かれたことは疑いない。

自然がいったん恒常的な対立物でなくなってしまうと、愛情をもって眺められるようになり、針が人間の方に振れると、自然に対して郷愁の念さえわいてくるようになった。こうして、個人的なペットにも下等な被造物全般にも……感傷的な愛着をもつことが一九世紀後半に広まった。こうした新しい事態は文学や美術にも反映していて、きわめて秩序だった美学原理に取って代わったのが、不規則性や抑制の欠如を評価する価値観であった。野生は醜いというよりむしろ魅力的なものになり、野生動物は、小作農や異国情緒のある外国人らと同類であるとますます分類され始め、軽蔑よりもむしろ共感を喚起するものであったろう。(リトヴォ 三)

しかし、同時に旅行熱に伴う暗い面があることも指摘しておかねばならない。

人々は自分自身や物資の輸送のために動物に依存していたという単純な事実は、動物の災いにたいして広大な展望を開いてくれる。ジョン・ゲイの『トリビア』(一七一六)は一八世紀以降のロンドンの街のごくありふれた場面を記述している。

……

アメリカ人でクエーカー教徒のジョン・ウールマンは、英国旅行中、乗合馬車の使用を拒否した。彼らの恐ろしい旅は、馬を殺したり、盲目にしたりすることがよくあることを、他の友人から知った。同じ理由で、彼は郵便制度を使おうとはしなかった。一八〇九年ロード・アースキンは、議会で演説し、郵便事情のごくふつうの光景に言及し、「馬が喘いでいる——何ということだろう！　文字通り鞭の下で死んでいくのだ」。（パーキンズ　一四）

4　動物虐待の起源

本来エデンは、「無邪気な戯れの場」であり、「そこには未だ不安はなく、不安の元も生じなかった」。しかし、周知のように、「罪」が全てを台無しにした。「人間の反逆が／未だ世に尽きることのない悪の、あの本源的事件が、／人間の己に対する反逆という罰を受け」、全体の調和が、楽園から失われたのは『聖書』では事実である。クーパーが動物虐待の起源を求めたのは、『創世記』一章二八―三〇節にある人間は「動物の主人なのだ」という一節であったのも当然であろう。

　これを起源とし、迫害や虐待を
人間は自分より劣るすべての種に加え、
情け容赦なかった。人間を楽しませることが、

そして怒りの興奮を、あるいは、己の卑しい欲望を
満足させることが、人間の説明では、
じゅうぶんで正当な理由だ。そのため鳥や獣は
苦しみを受け、川は銛を打ち込まれた
住人たちの血で染まった。
大地は、無防備にして無垢なものに対する
戦いの重荷の下で呻吟し、一方、人間は
周囲の全てのものを餌食にするだけでは飽き足らず、
不必要に苦しめ、一〇倍の苦悩を加え死に至らしめ、
まず痛めつけておいてから、貪り食うのだ。（『課題』三八四－九六）

「この時」とはもちろん《堕落》の時だ。

ノアとその子孫である全人類に
勅許状が与えられ、それによってわれわれは
動物の肉を無条件相続地として保有しており（hold in fee）、
食するすべての生きものに対し、生殺与奪の権を当然要求する。（『課題』六巻四五〇－五三）

さらに『創世記』九章三－五節の記述を詩人は確認する。

要するに、中世の「聖アウグスティヌスやアクィナスは、人間には他の被造物を殺す権利がないというマニ教の教義を冷笑的に拒否していた」が、一七世紀英国国教会の神学者ランスロット・アンドルーズも「それに追従して、殺生を禁じた第六の戒律は人間以外には適用できない」（トマス 二二）とした。たとえばトマス・ホッブズは『聖書』にある人間の優越性を認めなかったものの、彼でさえまだ、「『野獣とは盟約を交わせない』ので、動物に対する義務などありえないという点では同意していた」（トマス 二二）のである。

キリスト教は「世界でも類のない人間中心主義の宗教だ」とし、現代の恐るべき環境汚染の淵源は中世の教会にあると、中世史の碩学リン・ホワイト（Lynn Townsend White）は非難しているが、これはたしかに「宗教を過大評価しすぎ」（トマス 二二－三）ている。問題は宗教と言うよりも資本主義にあり、マルティン・ルターがすでに述べているように、「私有財産の占有こそ人間と獣との本質的な差異」（トマス 三一）であり、カール・マルクスが指摘しているように、

ユダヤ人さえ行わなかったようなやり方で自然界の略奪へとキリスト教徒を赴かせたのは、宗教のせいではなく、私的所有と貨幣経済の到来がその原因であり、《自然の神格化》に終止符を打ったのは、いわゆる「資本の偉大な文明化作用」と彼が呼んだものに他ならない。（トマ

ス　一二三）

先に述べたホワイトは次のように批判修正されている。「前キリスト教世界の古代ローマ人は、後続の中世キリスト教徒よりもはるかに効率的に自然資源を略奪していた」（トマス　一二三）。実際古代ローマでも

アリストテレスが、動物は感覚を有するが理性（reason）を欠いており、自然界のヒエラルキーのなかでは人間よりはるかに下位にあって、したがって人間の目的のために自由に使える資源であると主張して後世に影響を与えた。（ドゥグラツィア　四）

ということはよく知られている。もちろんこれに対する異端的見解、ピュタゴラスの動物はかつて人間だった者が輪廻転生したものかもしれないとか、テオフラストスの動物はある程度思考能力を有するという見解もあったが、アリストテレスの見解が圧倒的であった。結局、

聖書は、神は自らの姿に似せて人間を創造したのであり、われわれ人間は自分たちが決めた目的のために動物も含めてあらゆる天然資源を自由に使ってよいのだと主張し、アリストテレス的な動物観を大いに強化してきた。……中世において、アウグスティヌスやトマス・ア

クィナスのようなキリスト教哲学者たちは、理性の欠如が動物の人間への従属を正当化すると主張した。……ルネ・デカルトは、自然の一部である動物を、理性だけでなく感情（feelings）もまったく持たない「有機的な機械」とみなすことは当然であると考えた。（ドゥグラツィア五一六）

こうした虐待を正当化する伝統をクーパーはじゅうぶん認識した上で、「だが、その文書の内容をよく注意して読んでみよ／専制君主の如き暴虐は、その中のどこにも／許されてはいない」と、言わば精読による脱構築を実践する。

それを承知の上で食べ、汝の食物に
感謝せよ。罪によって、肉食となったが、
死肉は食してよいものの、生ける獣は殺すなかれ。
万物の統治者は、自らが万物に恵み豊かな
存在で、その注意深い耳で、大鴉の雛や
獅子の幼子が、和らげられない飢餓の
苦痛にたいして憐れみを請えば、
しっかりと聞き届け給おうが、

多くの場合、報復の手を差し伸べ、
獣にたいしてさえ寛容を要求する自然の掟を
不当に踏みにじる者を打ちすえてしまわれる。（『課題』六巻四五六―六六）

しかしこれが冒頭で述べたように、時代は理性ではなく感受性優先へと変化し、ことは動物だけではなく、女性の権利の擁護や奴隷解放などとほぼ軌を一にしていることも注意しておいていいだろう。

動物の苦痛が道徳的な向上を必要とする人たちによって引き起こされているとしたら、動物保護のために働くことは、同時に、人間の魂の救済と社会秩序の維持を促進することにもなるのであった。……動物愛護のための法律制定をもっとも早くから主張したひとびとのなかにウィリアム・ウィルバーフォースやその他の福音主義者たちがいたことも驚くにはあたらない。……動物愛護の運動は、苦痛への気遣いを放埓の抑制や社会秩序の維持と結びつける福音主義者の支持した他の改革運動としばしば比較されてきた。（リトヴォ　一三二―一三三）

実際クーパーは、政治には無関心だったが、奴隷売買には熱心に敵対していた。ハンフリー・プリマットやバーボールド夫人も黒人奴隷制度と異教に対しての不寛容に反対した。ジェームズ・グレインジャーは、を老齢の農業肉体労働者にいっそう親切な施しを行うよう請願して『獣の創造に対する弁明』（一七七二）を終えている。（トマス　一八四－八五）

おわりに

クーパーに対する評価を二例引用しておきたい。まず《動物の権利》に関して、ブレイクやスマートを圧倒する影響力があったという見解である。

文学に実際の影響力があるとすれば、一八世紀の作家の中で、動物に対する態度の変化や改革を刺激することで、ウィリアム・クーパーほど影響力のあった作家はいない。彼は、説教や小冊子や議会でも何度も引合いに出され、ときには諳んじられていた。彼は、このテーマに関して、最も急進的で最も雄弁な詩人ではないけれども、ウィリアム・ブレイクやクリストファー・スマートよりずっとマイナーな詩人だが、クーパーは、彼らよりはるかに世論に訴え、感動を呼んだ。（パーキンズ　四四）

次は、クーパーの詩はエコロジカルな認識も深めており、「感受性の詩の重要な遺産」であるとする見解である。

クーパーの中に、動物の権利に配慮した最もメリハリのある表現、一八世紀に徐々に卓越していったエコロジカルな認識の重要な局面を私たちは見出す。それは、動物を感情のないオートマトンと見做したデカルト的視点や、自然は人間の使用のために搾取してよい無尽蔵の原料の宝庫であるという世間的な概念に挑むものである。……自然界の自律性に対する敬意が増したことや、その世界の保全に人間の責任があるという、それに対応した見解は、感性の詩の重要な遺産となった。（マキューシック 一二三―四）

冒頭でクマと人間の距離の取り方をつかめないでいる現在の状況を述べたが、結局、クマは森で生き、人間は里で生きる方が安定している。森の中には彼らの生活があり、人間と距離を保って暮らすことを願っている動物だと考えることができるはずだ。

だが、それら本来の生活領域内におり、
人間に何の害も与えず、宙を飛び
広々とした野原で遊んでいるときは、そうしてはならない。
そこで彼らは特権を与えられている。そこで彼らを狩ったり、

危害を加えたりする者は、違法行為によって有罪だ、
自然を形成するとき彼らに住処を意図していた
自然界の理法を乱したからだ。
要するにこうだ。人間の利便、健康や安全に
抵触するならば、その権利と要求が
優先され、他者のものは抹消できよう。
そうでないなら、彼らはすべて、最も下等な存在でも
自由に生き、その生活を享受できるのだ。
ちょうど至高の英知でそれら一切を創られた
神がまず自由に造られたのだから。（『課題』六巻五七四－八七）

クーパーは棲み分けることで共生が可能なことをすでにじゅうぶん意識していた。さらに人間の動物に対する責務もよく自覚していた。

理性によって、ましていっそう
聖なる恩寵の認識力によって、
われわれのためにだけ存在し、われわれに仕え、

死んでいく被造物とおおいに区別して、われわれには責任があり、
神は、いつか将来、何ら卑しくもなく、
つまらなくもない信託財産を
虐待する者を厳しく処罰されよう。
われわれは優れているけれども、しかし彼らは人間の助けに
それほど依存しておらず、むしろわれわれが彼らに依存している。
彼らの力強さ、敏捷さ、用心深さは、われわれの弱点を
補うべく与えられたのだ。（『課題』六巻六〇一―一一）

二〇一〇年は国連の定めた「国際生物多様性年」で、京都に次いで日本の都市の名を冠する二つ目の議定書が生まれた。一〇月に名古屋で開催された生物多様性条約第一〇回締約国会議（略称COP10）で採択されたものである。生物多様性条約は、一九九二年リオデジャネイロにおいて開催された国連環境開発会議（地球サミット）において、砂漠化対処条約、気候変動枠組条約とともに誕生した。その目的は、三つ（①生物の多様性の保全、②生物多様性の構成要素の持続可能な利用、③遺伝資源の利用から生ずる利益の公正で衡平な配分）であったが、いずれにしても自然に対する人間の責務をじゅうぶん認識すべきときで、それはすでにクーパーが指摘していると言っても過言ではない。否、クーパーの先見性を認めるよりも、現代のわれわれはクーパーの主張から一歩も出ていない、

少なくとも《動物の権利》に関する限り、われわれは未だ一八世紀イギリス・ロマン派の感受性をほぼそのまま継承していることを認識すべきときではないだろうか。

注

（1）《感受性》といった場合、現在は、感覚器官を媒介して受け入れる精神の認識能力というような意味で使われていると思うが、拙論では基本的に sensibility の訳語として使用している。類語としては、sentiment, sentimentality, sensitivity, delicacy, susceptibility, sympathy など多数あるが、本論集の編集方針である一般の方にも分かり易い記述にするという点を尊重し、最も素朴な形で、一八世紀的理性に対立するものと考えておく。「啓蒙主義が理性を強調したのに対して、感傷主義（sentimentalism）は、元々一七四〇年代から七〇年代の感受性（sensibility）の流行と合致していた」（Dabundo, Laura ed. *Encyclopedia of Romanticism: Culture in Britain, 1780s–1830s*. Routledge, 1992, 519）し、「歓喜も悲嘆も両感情とも賞賛して、ロマン派の作家たちは感傷主義のもつ反理性的な（antirational）支持に多くの関心がある」（Dabundo 520）からだ。図式的・感覚的には、フライ（Frye, Northrop）が規定した、一八世紀とは「爬虫類的古典主義、まったくもって冷たく乾いた理性から、哺乳類的ロマン主義、すっかり温もりのある潤った感情へと文学が移行した時代」（Salusinszky, Imre ed. *Northrop Frye's Writings on the Eighteenth and Nineteenth Centuries*. Toronto: U of Toronto P, 2005, 7）という二項対立でいいと思う。

『西洋思想大事典』の該当箇所は大いに参考になるが、紙幅の関係で省略するものの、ＯＥＤの sensibility の記述を確認しておくだけでも、議論が大きく逸脱することを防ぐことができるだろう。この語の使用は「一八世紀中葉までは稀である」こと、知覚や五官で感知する能力の意味ももちろん古くからあるが、拙論では五や六の項目の意味で考えている。とくに後者の記述は、「一八世紀および一九世紀初頭に使われて（後には多少なりとも珍しい）、洗練された感情をもつ才能、風情への繊細な鋭敏さ、また苦痛に対して容易に共感し、文学や美術で感動的なものに直ちに揺さぶられること」となっており、初例は一七五六年である。

一八世紀の感傷主義の目覚めを入念に分析したものとしては、Harwood, Dix. *Dix Harwood's Love for Animals and How*

It Developed in Great Britain. Edited, introduced, and annotated by Preece, Rod and Fraser, David. Edwin Mellen, 2002.（1st published in New York: Columbia University, 1928.）が古典的だが、新しいところから言うと、Brewer, John. "Sentiment and Sensibility," Chandler, James ed. *The Cambridge History of English Romantic Literature*, Cambridge UP, 2009, 21-44, 事典類で分かり易いのが Barker-Benfield, G. J. "Sensibility," McCalman, Iain ed. *An Oxford Companion to the Romantic Age: British Culture, 1776-1832*, OUP, 1999, 102-14である。新歴史主義の大家 McGann, Jerome の *The Poetics of Sensibility: A Revolution in Literary Style*. Clarendon Press, 1996も大いに参考になる。他に Jones, *Chris. Radical Sensibility: Literature and Ideas in the 1790s*. Routledge, 1993. 他に Barker-Benfield, G. J. *The Culture of Sensibility: Sex and Society in Eighteenth-Century Britain*. U of Chicago P, 1992, さらに Mullan, John. *Sentiment and Sociability: the Language of Feeling in the Eighteenth Century*. Clarendon Press, 1988や、簡潔によくまとまったものとしては、Todd, Janet. *Sensibility: An Introduction*, Methuen, 1986 や S. C. Chakraborty, S. C. '*Sentiment*' *and* '*Sensibility*'*: Their Use and Significance in English Literature*. Folcroft Library Editions, 1973 などを参照していただければ幸いである。

感受性のほかに人間と動物の関係に大きな変更を迫った重要な考え方として、汎神論的な「万象のうちにある一つの霊（A soul in all things）」（六巻一八五）がある。

万物の主は、自らが万物に満ち渡り、
生きとし生けるものを維持し、命そのものである。
自然はその結果の名称にすぎず、
原因は神である。（『課題』六巻二二一－二二四）

プロティノス以来といわれるこの考え方は、後のワーズワスの「ティンタン寺院」、『序曲』、コウルリッジの「真夜中の霜」、「アイオロスの竪琴」などに見られる概念と通底するが、紙幅の関係で詳細は稿を改めたい。

（2）この伝説に似た話が、児童向けの教訓話として一八一三年に出版される。トリマー（Sarah Kirby Trimmer）の『びっくり仰天』（*Fabulous Histories*）である。

ジェンキンズ坊ちゃんは、「ハリエット嬢ちゃんの犬をつかまえて……その犬と猫をいっしょにつなごうとポケットの中から紐をさがし」ながら登場する。彼は成長しても動物を虐めつづけただけでなく、機会があれば人間も虐めつづけた。そして叩いてばかりいる馬から振り落とされて死んだが、誰にも惜しまれなかった。それとは反対に、心やさしく貞淑な母親によってきちんと教育されたベンソン兄妹は善意あふれる幸せな大人に成長した。こうしたジャンルの物語では、動物に優しくすることは、完全に責任をもって社会の義務を引き受けることを表わす約束事であるのに対して、動物虐待は、社会の義務からの逸脱に等しいものとされていた。（リトヴォ　一三二）

引用参照文献

デヴィッド・ドゥグラツィア『一冊でわかる動物の権利』戸田清訳、岩波書店、2003年。

ベルント・ブルンナー『熊――人類との「共存」の歴史』伊達淳訳、白水社、2010年。

山本雅男『競馬の文化誌――イギリス近代競馬のなりたち』松柏社、2005年。

Bentham, Jeremy. *An Introduction to the Principles of Morals and Legislation*. Oxford: Clarendon Press, 1879.

McKusick, James C. *Green Writing: Romanticism and Ecology*. Basingstoke, Hampshire: Macmillan, 2000.

Oishi, Kazuyoshi. "The 'Scions of Charity': Cowper, the Evangelical Revival, and Coleridge in the 1790s," The English Literary Society of Japan ed. *Studies in English Literature*, English Number 50 (2009) 45-64.

Perkins, David. *Romanticism and Animal Rights*. Cambridge University Press, 2003.

Ritvo, Harriet. *The Animal Estate: the English and Other Creatures in the Victorian Age*. Harvard University Press, 1987.（ハリエット・リトヴォ『階級としての動物・ヴィクトリア時代の英国人と動物たち』三好みゆき訳、国文社、2001年）。

Sambrook, James ed. *William Cowper*: The Task *and Selected Other Poems*. London & New York: Longman, 1994.（テキストには本書を用い、訳については、ウィリアム・クーパー『ウィリアム・クーパー詩集――『課題』と短編詩』林瑛二訳、慶應義塾大学法学研究会、1992年を参照させて頂いた。）

Thomas, Keith. *Man and the Natural World: Changing Attitudes in England 1500-1800*. Penguin, 1984.（キース・トマス『人間と自然界――近代イギリスにおける自然観の変遷』中島俊郎、山内彰訳、法政大学出版局、1989年）。

＊本研究は、文部科学省科学研究費補助金　基盤研究（B）「文学研究の「持続可能性」――ロマン主義時代における「環境感受性」の動態と現代的意義――」（研究課題番号二二三二〇〇六一）の一環である。

第三章

ウィリアム・ブレイクの「蝶」の一解釈
——作者の生涯と時代を踏まえて——

青木晴男

はじめに

『ブレイク詩選集』（一九五七）の編注者フレデリック・ワイルズ・ベイトソンは、その序文でウィリアム・ブレイク（一七五七—一八二七）の簡単な評価史に触れ、おおよそ、次のように述べている。ブレイクの詩全体が理解可能になったのは比較的最近のことである。トマス・ハンフリー・ウォードの『英国の詩人』（一八八〇）においては、「ブレイクは気の違った詩人と呼ばれてきたが、その非難は、ある種の限定付ではあるものの認められなければならない」。A・E・ハウスマンの『詩の名称と特質』（一九三三）では、「ブレイクをあらゆる詩人の中でも最も詩的にしたのは」彼の狂気であり、ブレイクは「私達に巧みに意味で汚染されていない詩を書き残してくれたので、詩的情緒以外のものは何も認識できないし問題にもならない」。しかし、今や、一世代にわたるブレイク研究（たいていは大西洋を越えた国の研究）のおかげで、意味がないとしてハウスマンが賞賛したブレイクのファンタジーの世界は、完璧に合理的で説明可能な枠組みで理解可能なものとなった。ブレイクは気が違っていたのではなく、理解が困難だっただけである。一つの意味のレベルがどこで始まり、別の意味のレベルがどこで終るのか、……ブレイクは一度にあまりに多くのことを言おうとするあまり、どのレベルの意味に重点が置かれるのかが明確ではない。

このような困難性のため、今まで十分な説明的注のついたブレイクの詩選集を出版しようとした編者はいなかった。しかし、誰かが始めねばならず、多くの点で十分とはいえないが、この選集につけた注は、ブレイクの詩の理解に多少とも役立つだろう。

以上がベイトソンの序文の要約である。このような発言の後五〇年以上が経過し、ブレイクの詩の全体的理解はかなり進展していると思われる。が、比較的理解しやすいと思われている『無垢の歌と経験の歌』（一七九四）所収の短詩においても、簡単には理解し難い詩がいくつか見受けられる。この論考では、上記の詩集中、「経験の歌」に収められている'The Fly'を取り上げ、この詩において、最初の三連と比し、なぜ第四連―五連が理解困難なのか、ブレイクの生涯と時代も考慮しながら、そこに混在しているいくつかの意味のレベルを解きほぐすことで、この詩の持っている潜在的意味を顕在化させてみたい。

1　‘The Fly’　第四―五連の曖昧さ

『ブレイクの詩とデザイン』及び『ブレイク辞典』では、‘fly’や‘flies’について、それぞれ、「ブレイクの時代には、‘fly’は蝶をも意味した」、「ブレイクの‘fly’は、彼の他の作品から判断して蝶である」としており、更に後者では、「ブレイクは、‘flies’を〝小蠅〟、〝Los の子ども〟、〝魂の再生のギリシャ的象徴〟にも使用している」と指摘しているので、ここで取り上げる‘The Fly’もこのような意味の複合体として解釈されるべきかもしれないが、日本語訳する上では便宜上、‘fly’を「蝶」と訳出した。

Little Fly,　　　　　　小さな蝶よ
The summer’s play　　　お前の夏の戯れを
My thoughtless hand　　私の心ない手が
Has brushed away.　　　払いのけてしまった。

Am not　　　　　　　　私は
A fly like thee?　　　　お前のような蝶ではないのか
Or art not thou　　　　あるいはお前が

A man like me?

For I dance,
And drink, and sing,
Till some blind hand
Shall brush my wing.

If thought is life
And strength and breath,
And the want
Of thought is death,

Then am I
A happy fly,
If I live
Or I die.

私のような人間ではないのか

なぜなら、私が踊り
飲み、歌うのは、
行き当たりばったりの手が
私を払いのけるまでの間だから。

考えることが生であり
力でありそして息であるなら
考えることをしないことが
死であるなら

私は
幸せな蝶である
生きようが
死のうが。

一読して、二連目で人間が蝶と相互互換的に喩えられているのは、生物種の進化段階を重視する人からみればあり得ないことと考えられるかもしれないが、ブレイクがなぜこのような比喩を使用したかは、三連目まで読めばそう理解困難なことではない。それは、人間も蝶も、より長い時間（宇宙や地球の創造から今日までの時間）を尺度にすれば、生きている時間の長さの差はそれほど問題にするほどのことはなくなるし、(1) また、三連で示されるように、蝶も人間も共に他の存在によっていつなんどきどういう理由があるのかわからないまま、命を奪われると考える「私」を理解できるからである。この場合の「他の存在」は、蝶にとってはthoughtless（不注意で軽率な）人間の「私」であることは明らかであるが、人間の「私」にとっては、より高次の存在、神のような存在なのか、あるいは、blindを「行き当たりばったりの、目に見えない」と解釈して「私」に反感を持つ他の人間かは定かでない。しかし、いずれにしても、この詩の最初の三連は、シェイクスピアの『リア王』四幕一場三八－三九行の「蝶のいたずらっ子に対する関係は、ちょうど我々人間の神々に対する関係と同じである。彼ら（いたずらっ子や神々は）遊び半分で我々（蝶や人間）を殺す」を連想させる。

しかし、次に、Ifで始まる四連目の条件節とそれを受ける最終連の結論部まで読み進んだとき、（1）thoughtとはどのようなことを意味しているのか、（2）「thoughtが生で、thoughtの欠如は死」とはどういうことなのか、更に、（3）「thoughtが生で、thoughtの欠如が死ならば、自分は幸せな蝶である。生きようが死のうが」とはどういうことなのか、いくつかの疑問が生じてくる。

以下、これらの点について順に考えていきたい。まず（1）であるが、thoughtを広く心のはたらきと考え、「思考力」、「意識」、「思慮」等と解釈してみると、四連の「thought は生であり……、thought の欠如は死であるならば」は、「人間は思考し意識し思慮している限りは生きているが、それがなくなれば死であるならば」と字義通りに解釈できる。更に、一連の thoughtless (thought が欠如した) hand が蝶の死を、三連の blind (この語も thought が欠如したのとほぼ同じ) hand が「私」の死を、それぞれもたらすことを考えるなら、thought の欠如は自己のみならず他者の死をももたらす(他者に危害を加える)という含意も生じてくる。そのように考えたとき、五連の「生きようが死のうが、私は幸せな蝶である」は、「thought があろうが、thought が欠如しようが、私は幸せな蝶である」と解釈できる。ということは、この詩の「私」は作者ブレイクと解釈できるので、ブレイクはこの詩の執筆時(一七九三年頃)には、何らかの理由で thought の有・無(=生・死)を重視しておらず、thought の有・無は定かではないが瞬間瞬間を楽しく充実して生きているように見える蝶に、自分を重ねて見ていたと考えらえる。(2) それは、一七八七年ブレイクの一〇歳年下の弟ロバートが彼の看病も虚しく一九歳で死んだ時以降ずっとブレイクが使い続けた弟のノートの中の一七九三年の項に、「私は五年も生きないだろう、一年でも生きられたらそれは驚異だ」と書きしるしていることからも推測できる。ということは、彼は生涯のこの時点で、thought よりも、楽しく瞬間瞬間を生きる生き方の必要性・大切さを実感していたということになるが、四 - 五連について更に解釈を深めるためには、ここでブレイクの生涯と時代について簡単にふれておかなくてはならない。

2　ブレイクの生涯と時代(3)

'The Fly' が執筆されたと考えられる一七九三－四年頃までを中心にブレイクの生涯をたどると、彼は一七五七年、ジェイムズ・ブレイクとキャサリン・ハーミティッジの両親の次男としてロンドンで誕生する。この頃のロンドンは中心地から少し足を伸ばせば野原や畑が見える田園風景が広がっており、ブレイクは四歳で神のビジョンを見たと言われ、また後に、ペッカム・ライの野原で天使がいっぱいになっている木を見る。こうして彼の散歩のコースだった田園は彼が一二歳以降に書き出した抒情詩において、彼の想像的世界の芯である「無垢」(子供の純真なこころの状態)の象徴的舞台となった。彼の誕生後、一七六〇年三男ジョン・ブレイク(両親の寵児だったが、自堕落な面があり、向こう見ずな日々を送った後入隊して戦死)、一七六二年四男リチャード・ブレイク(幼児期に死亡)、一七六四年女の子キャサリン(唯一の妹)、一七六七年五男ロバート・ブレイク(一七八七年一九歳の若さで肺結核で死亡、以後ブレイクはこの弟と「想像の世界」で一緒に生き語らい続けたと言われる)と、四人の弟妹が生まれるが、括弧内に記した理由で彼らとは死に別れる。生き残ったブレイクにとって、非国教徒であった両親は冷酷というわけではなかったにしても無理解であったらしい。すなわち、父親は、非凡な感受性を持って生まれつき感情の起伏も激しかったブレイクとは正反対の人間で、寛容なところがあり「程よい欲望、程よい楽しみ」の持ち主だった。活気のない母親もブレイクに対し非共感的だったようだ。ブレイクは、一歳半しか違わない弟ジョンが母の愛情を受ける一方で、自分には母の愛情が向けられないことでも傷心したらしく、ベイトソンによれば、それがブレイクの激しく異常な主観的世界――作者独自の風変わりな想像的ヴィジョンの世界――を促したと同時に、絵画的センスが並外れて鋭かったブレイクをますます自分の創造したビジョンの世界にのめり込ませて行ったと推測している。

しかし、両親の無理解にはブレイクにも原因があった。少年期のブレイクはしばしば両親（のような普通の大人）からみれば、白昼夢としか思えない体験を語る子であった。少年ブレイクは、ロンドン郊外の田園への散歩を習慣とするようになって以降、帰宅時に両親に「裸眼で天使を見た」とか「旧約聖書の預言者たちと話をした」と語った。ブレイク七歳の頃、ダルウィッチから帰宅したブレイクから「大枝を輝く翼が星のようにキラキラと飾っている」天使たちでいっぱいの木を見たとか、「野原の木の下で預言者エゼキエルを見た」と聞かされた両親は、「子供っぽい白昼夢」や原罪に繋がる「冒涜的嘘」の出鱈目を語る子供は強い鞭打ちによって性格矯正するべきだと考え、彼を叩いて懲らしめた。これに対し、自尊心と感受性豊かな少年は罰の不公平さに怒り、ほとんどヒステリー状態にまでなったため、両親は注意して少年を扱わなくてはならないと悟るようになる。ブレイクが学校に一度も通わなかったのは、このような奇怪な話を語る少年が通常の学校の規則になじめず罰せられることを両親が恐れたためと、少年の才能を見抜いた知人からの忠告――ブレイク少年は他の子供と同じように扱ってはならない――も影響したらしい。

小学校に通わなかったブレイクは、しかし、デッサンの才能を見抜かれて一〇歳頃デッサン学校に通い始め、一一―一二歳頃から抒情詩を書き始め、一五歳頃から彫版師ジェイムズ・バザイアに弟子入りする（二二歳まで）。以後ロイヤル・アカデミーに入学）。一七七六年一九歳の頃アメリカ独立戦争勃発。一七八〇年二三歳頃、ロイヤル・アカデミーで初めての水彩画展を開くが、六月ゴードン暴動に巻き込まれ、また、仲間の芸術家と共にフランスのスパイという間違った容疑で逮捕される。一七八二年二五歳頃彼より五歳年下の読み書きのできないキャサリン・バウチャーと結婚。翌年『詩的スケッチ』を印刷するも出版されず。翌一七八四年父死亡。更に、三年後の一七八七年一〇歳年下の弟がブレイクの寝ずの看病も虚しく一九歳で亡くなった時、ブレイクは弟の霊が喜びで両手を叩きながら天井を突き抜けて昇天していくのを見た。この体験は、二週間の不眠の看病という極度の緊張の後に彼に訪れたもので、その後の彼の物事の観方を根本から変えてしまう革命的変化だった。ビアーによれば、「それまでは、現実から一歩身を引いた安全な場所で、詩の中で想像的世界を楽しく超然とうたっていたが、今や、この幻視的体験を、人生の真に把握・解釈すべき現実として人生の中心に据えるようになる。そこから彼は、五感は、それによって世界が知覚できる器官どころか、人間の生来の幻視力――人間が現実を観る本当の尺度――が徐々に窒息させられ息の根を止められてしまう監獄であるという前提ですべての彼の信念を構築しようとした。……以後、幻視的ビジョンの優越性が彼のテーマかつモードとなり、人間が幻視的ビジョンの世界から陥落したことが彼の心を占めるようになる。」（Beer 六〇）

以後、ブレイクは弟のスケッチブックを、彼の詩、散文、デッサン用のノートとして使い始め、一七八八年三一歳頃には彼の心の革命的変化を表す『自然宗教というものはない』、『すべての宗教は一つである』を出版。[4] 一七八九年頃最初の預言書である『ティリエル』を執筆、[5] スウェーデンボルグ協会に加入、フランス革命勃発、[6]『セルの書』、[7]『無垢の歌』彫版。一七九一年『フランス革命』がジョセフ・ジョンソンの下で印刷されるが出版されず。[8] 四月奴隷貿易廃止法案が下院で否決。メアリー・ウルストンクラフトの『現実生活からの独創的物語』に挿絵を描く。ランベスに引っ越す。一七九二年『アメリカ』を執筆・部分的彫版。下院で奴隷貿易廃止法案通過。七月ブレイク三五歳母死亡。九月フランスの侵略がヴァーミで止まる。一七九三年一月フランスでルイ一六世処刑、二月英・仏戦争へ。ウィリアム・ゴドウィンの『政治的正義』出版、ブレイクの『こどもたちのために――天国の門』[9]『アメリカ』『経験の歌』出版、一〇月ブレイクは『無垢の歌』『ティリエル』『天国と地獄の結婚』『アルビオンの娘達のビジョン』の案内書を書く。'The Fly' が執筆されたと考えられるこの頃、ブレイクのノートには「私はもう五年も生きないだろう。一年でも生きられれば、驚異だ。」と記されている。なぜ、ブレイクがこの時期にこのような寿命の短さに言及したのか理由は定かではないが、おそらく、家族の死（ブレイク三〇歳までに弟三人と妹の死、二〇代で父の死、三〇代で母の死）を体験すると同時に、米や仏の革命、英米戦争、英仏戦争など社会の激動期・反動期を鋭く意識し、自由主義・共和主義を標榜した自分の身に危険を感じていたことが影響していたと考えられる。一七九三－四年『ヨーロッパ』が執筆される。一七九四年『無垢と経験の歌』が合本で初めて出版される。

その後、ブレイクは預言書を次々と執筆し、ついに一八二七年六九歳でこの世を去る。「ブレイクは栄光に包まれ、日曜日の午後六時に亡くなった。彼がイエス・キリストを通して救済を求めながら、自分が生涯見たいと思い、そこでは、自分が幸せであると述べていた国へと旅立つのだと彼は言った。死ぬ直前の彼の顔は美しかった。彼の眼は輝き、彼は天国で自分が見たものを急に歌い始めた」（当時一八歳であったジョージ・リッチモンドがパーマーに宛てた手紙）(10)

3　'The Fly' 第四－五連の解釈

以上みてきたように、ブレイクは、生来から、すべての生き物が共存する調和的世界を「無垢」の状態として幻視する人であったが、特に一七八七年弟ロバートの死をきっかけに、彼は幻視体験を第一義的に重要なものとして経験世界の出来事を照射するようになった。同時にこの頃からフランス革命への共感を通じて共和思想にも浸るようになり、'The Fly' が執筆されたと考えられる一七九〇年代前半期のブレイクの心の中では、フランス革命以後の世界の中に多くのロマン主義者達が夢見た至福ミレニアムの到来を期待し、それを、彼が幻視した「無垢」状態の人類における歴史的実現と期待した。しかし、期待した歴史の軌跡が、ロベスピエールの恐怖政治後、血で血を洗う党派争い、フランスの諸外国侵略、英仏戦争、革命の影響を恐れたイギリス政府の弾圧政治などにより、共和思想を自分の thought としていたブレイクは身の危険を感じた。一七九三年彼がノートブックに書き付けた

「自分には余命がいくばくもない」という趣旨の彼の不安はそのことを語っているのではないか。そこから、ワーズワースが仏革命への幻滅から幼少期に慣れ親しんだ湖水地方の自然に沈潜し、徐々に自分を取り戻していったように、ブレイクも幼少期から慣れ親しんだ幻視的ビジョンの世界（「無垢」の世界と「無垢」を通して見た「経験」の世界）に没入し、次々と預言的・神秘的世界を繰り広げていったのではないだろうか。

このような二点——フランス革命への幻滅と幻視的ビジョンへの回帰——をおさえて、もう一度、'The Fly' に戻り、一章の三つの疑問——（1）thought とは何を意味しているのか、（2）「thought が生で、thought の欠如は死」とはどういう意味か、更に、（3）「thought が生で、thought の欠如が死ならば、自分は幸せな蝶である。生きようが死のうが」とはどういうことか——に立ち返ってみよう。先ず（1）であるが、thought を一八世紀当時、理性を西欧社会改革の共通の確かな道しるべとした共和思想ととると、（2）それを信じる者にとっては当時、生であり、力であり、息でもあったし、そうした思想を放棄したら死を意味するように思えたが、一方でそれは保守主義者達との対立を生むイデオロギーでもあり、それがルイ一六世の処刑、ジャコバン党の恐怖政治以後の党派争いと殺し合い、ジョージ三世治下のイギリスでの弾圧政治を引き起こし、多くの犠牲者を生んだ。一連において、夏のひと時を楽しげに飛び回っている蝶（蝶にしてみればその人生そのもの）を「私」のなにげない無意識な行為（thoughtless hand）で払いのけて殺してしまったという事実が、恐怖政治やイギリスの弾圧政治の下で「私」にも起こりうる事態（政府官憲の手が延び逮捕、牢獄入り、処刑ということになりかねない事態）と二重写しに「私」の心に映じたのではないだろうか。自由を人間にとっての最も重要なことと見て、'dance, ―And drink, and sing' で表現される「無垢」状態を信条として現実世界を生きようとしている「私」も、「無垢」状態で楽しく生きていた蝶が不用意で無思慮な手によって命を奪われたように、共和思想を持たない反対派の手（thoughtless hand）、見えない手（blind hand）によって、命を奪われる危険を感じ、それが三連に現れているのではないだろうか。

おわりに

では、どうして、その結果、(3)「thought が生で、thought の欠如が死ならば、自分は幸せな蝶である。生きようが死のうが。」ということになるのだろうか。今までのように、thought を単に共和思想と解釈するだけでは狭い解釈のようである。[11] そもそも、ブレイクは幼少期から幻視体験の人であり、一七八七年弟ロバートの死を通じて、一八世紀後半以降のイギリスという経験世界（自分と社会の在り方）を、「想像力（詩的才）の門」を通じて批判的に観ていこうとした人である。また、「エネルギーこそ、肉体から生じる、唯一の生である」と考えたブレイクは、「生来的知識・本能を否定し、生まれながらの赤ん坊の脳は白紙であり、現実世界で五感と理性を通じてこそ人は知識・思想をもつようになる」と考えたジョン・ロックを、五感を重視し生来的神聖なビジョンを否定するベーコン、ニュートンの延長線上の思想家として拒否する。thought を、このようにフランシス・ベーコンから始まるイギリス経験論思想とその延長線上で科学革命を起こし、古い社会体制を批判した理性を基盤にした啓蒙思想と広く解釈すると、それは、フランス革命前後に一時期それに共感していた時期はあったにせよ、ブレイクが最も重視した想像力・詩的才（Poetic Genius）と本来的には矛盾するものとなる。そして、そのような思想とそれと対立する思想が争いを繰り返すような現実世界では、「私」は thought の世界から抜け出し、次のような「無垢の予兆」最初の四行に示されている幻視ビジョンの世界を拠り所として生きていくことになる。

一粒の砂の中に世界を観て
野生の花の中に天国を観て
あなたの手のひらの中に無限を持ち
一時間の中に永遠を持つ

幻視ビジョンの世界では、実はすべての生き物の命は神からの流出であり、「すべて生きているものは神聖」[12]であるという平等の世界であり、自然（蝶はその一部）の命も人間のそれと本質的には変わらないものとなる。[13]従って、「私」は「蝶」でもあり、現実世界でも「無垢」状態を本来的あり方とする幻視世界でも、命の本質を喜びと観ていたブレイクにとって、死ぬことは「変化」の一つであり、しかも幻視世界の天国に戻ることであるから、「幸せ」と感じられたのではないだろうか。

注

（1）ウィリアム・エンプソン『曖昧の七つの型』（二三―五）。エンプソンは第一の型の曖昧の例として、アーサー・ウェイリー訳の陶淵明の詩から次の二行を引用して、以下のように述べている。

Swiftly the years, beyond recall.
Slemn the stillness of this spring morning.

「人間の心は、時間を測る二つの物差しを持っている。大きいほうは人の一生を単位とする物差しであり、……小さいほうは、意識における瞬間を単位とする物差しであり、……二つの物差しは別次元のものと思えるほどかけ離れている。……このswiftとstillを私は曖昧だと言いたい。というのも、確かにこの二語は、それぞれ異なった時間の尺度に照らして理解されるべきではあるが、両者のあいだで、二つの時間の尺度は一つの認識に包含されて、読者の心に置かれるからである」（岩崎宗治訳、七九―八二）。私達が'The Fly'の第二連を読むとき、人と蝶（あるいは蠅）が有するそれぞれ異なる二つの時間尺度が読者の心の中で一つに「包含」され、私達は人と蝶（あるいは蠅）に共通する命の短さと尊さについての一体的認識に誘われるように思われる。

（2）Damon（二三九―四四）によれば、ブレイクは、蝶や蠅などの小さな生き物も彼の想像力の世界では「思考」や「意識」を持っていると考えていたらしい。

（3）以下の記述は主に、Batesonによるが、一部、Gilchrist, Wilson, Beer, Johnson and Grantも参考にした。

（4）Damon（四〇二）によれば、共に哲学的論文で、最初の彩色印刷を試みたもの。前者は警句からなる二つの連続物で第一部は五感を基に構築されるロックの哲学を「詩人・預言者がいなければ、哲学と実験科学はやがて万物の割合を問題にするだけで立ち止まって、同じ単調さを繰り返すのみ」と批判。第二部も「すべての物事に無限を観る者は、神を観る。割合だけを見る者は自分だけしか見ていない。それゆえ、私たちが神次第であるように、神も私たち次第なのだ。」と、当時の哲学や科学的思考を批判。後者は、「詩的才（想像力）が真の人間で、それは、人間の肉体と万物の形を創造する。無限の変種はあるものの、すべての人間は詩的才において同じである。哲学のあらゆる派は詩的才が生み出したもの。すべての宗教は詩的才の各国ごとの異なる理解の仕方から生まれる。旧約と新約の二つの聖書は詩的才の独創性から生み出されたもの。」と詩的才（想像力）を評価する。

（5）Damon（四〇五）によれば、この詩の「ティリエル」は西の王すなわち肉体を表し、この詩は理性の時代の終焉時の物質主義の腐敗と失敗を分析したもの。

（6）弟ロバートの死の体験後、五年間ほど（一七九二年頃まで）ブレイクは、政治家や社会改革家（自由の友、ロンドン通信協会のメンバー達）と交際するようになり、トーリー党の友人に冗談半分に、彼の額の形からして生まれながらの共和党員だと語ったとされる。赤い帽子は彼の赤い輝かしい髪のカバーとしてはうってつけだったので、仏の恐怖政治によって赤色の象徴の意味が変わってしまうまで、自由少年団の中で唯一人それを被ったままロンドン街を颯爽と歩いた。（Wilson 四五）

（7）主人公のセルは、経験の世界の一歩手前で母になることを考えて怖くなり、経験の世界に入れない無垢な少女。が、谷間の百合（彼女自身の無垢）、雲（受精能力のある男性）、虫のついた土塊（赤ん坊を抱く母親）に不安を抱えて質問を続けるうちに、命（人生）はそれ自体素晴らしいもので、万物は自分に考えられる以上に深い気づかない目的を有していることを知る。死とは変化に過ぎず、すべての変化は以前の私たちの死であることを知る。セルは虫の食物になること（変化すること）に祝福を見出す（利己的愛からの脱出）。セルは、想像力（北の門）を通して、死という未来の地に入り、彼女自身の墓地から五感の力を嘆く声、特に目覚めた性の声、を聞く。

（8）仏革命の原因と推移を公平に分析しようとしたが、そして、急進派の印刷屋J・ジョンソンは出版に同意したが、政府の圧力が大きすぎ、また、ブレイクが預言した出来事が生じなかったため、途中で断念。第一巻だけ残り、残り六巻は失われた。第一巻目も一九一三年になってやっと出版。

（9）ブレイクにとって、こどもとは無垢の状態であり、そこから「栄光の雲を引きずってやってくる」（ウィリアム・ワーズワースの「オード」からのこの言葉はブレイクを喜ばせた）永遠の世界に近く、まだ経験の世界によって汚されていない存在である。子供は想像力の肥沃さの象徴でもあり、キリストの中にある神聖な人間性から流出してくる永遠の創造物でもある。

（10）松島正一編『対訳ブレイク詩集』（岩波文庫、二〇〇四年）に所収の「ブレイク略伝」三四〇頁。

（11）フランシス・ベーコンからジョン・ロックにつながる経験論的思想、啓蒙思想のみならず、古代ギリシャの哲学者ソクラテスから近代の哲学者ブレーズ・パスカルやルネ・デカルトに至るまで「思考とその力こそが人間を人間足らしめている特質」とみる見方、すなわち「人間は他の動物と異なり、言語を持ち思考力があるがゆえに万物の長であり、それが故に、この思考力を十分使えば人間らしく生きることにつながり、使わなければ下等動物と同じになり、人間的には死に等しい」との考え方まで含んでもいいかもしれない。ブレイクは、これらはすべて想像力・詩的才を軽視・無視することにつながる考え方であるとして拒否した。

（12）『天国と地獄の結婚』の中の「自由の歌」、『アルビオンの娘達のビジョン』、『アメリカ　預言』などの作品中に現れる詩行。

（13）Damon（一三九）によれば、ブレイクは、思考力は人間の特権ではなく、蠅や蝶などの人間以外の生物も持ち合わせていたと考えていたようである。すなわち、フェルパム時代（一八〇〇－三）のブレイクは、「砂粒よりも小さな小蠅は命の本質的喜びを表しており、心もあり、脳は天国と地獄に開かれていて、その内側は素晴らしい広大な世界で、その門は開け放たれている」（*Milton* 20:27）と考えていた。

引用参照文献

Bateson, F. W. ed. *Selected Poems of William Blake*. London: Heineman, 1957.

Beer, John. *Blake's Visionary Universe*. Manchester: Manchester UP, 1969.

Damon, S. Foster. *A Blake Dictionary: The Ideas and Symbols of William Blake*. Revised Edition with a new forward and annotated bibliography by Morris Eaves, Lebanon: UP of New England, 1988.

Empson, William. *Seven Types of Ambiguity*. London: Chatto and Windus, 1970.

Essick, Robert N. ed. *William Blake: Songs of Innocence and of Experience*. California: Huntington Library, 2008.

Gilchrist, Alexander. *The Life of William Blake*. 2nd edition. London: John Lane The Bodley Head Ltd., 1880.

Johnson, Mary Lynn and John E. Grant ed. *Blake's Poetry and Designs*. New York: W. W. Norton & Company Inc., 2008.

Stevenson, W. H. ed. *The Poems of William Blake*. New York: W. W. Norton & Company Inc., 1971.

Wilson, Mona. *The Life of William Blake*. London: Oxford UP, 1971.

松島正一編『対訳ブレイク詩集』岩波文庫、2004年。

第四章

クローゼットの風景画家
――アン・ラドクリフ『ユドルフォーの謎』における言語風景――

袖野浩美

はじめに

一八世紀末英国ゴシック小説の代表的作家、アン・ラドクリフ（一七六四―一八二三）が描くヒロインたちは、エリザベス・ボールズの述べるように、ゴシック小説における迫害されるヒロインであると同時に、「風景の旅人」である（ボールズ 二〇〇八）。一連のラドクリフの作品の舞台となるのは、古色蒼然としたゴシック様式の城でも、廃墟でも修道院でもない。風景こそが最も重要な物語の舞台となっている。四作目となる『ユドルフォーの謎』（一七九四、以下『ユドルフォー』）では、物語のおよそ三分の二が風光明媚な自然描写に割かれていると言ってもよい。

興味深いのは、物語が設定されている南フランスやイタリアへは、ラドクリフ自身は生涯一度も訪れたことがなかったということである。作品中に描かれる異国の風景は、すべて、絵画や友人たちの話、旅行記、詩、劇、小説などから得られた情報をもとに描かれた、彼女の想像力によるフィクションの世界であった。

ラドクリフが、訪れたことのない異国の地を舞台として選び、詳細な風景描写にこだわり続けたのはどういう理由があったのか。また、ゴシック的恐怖を演出するうえで、風景の虚構性はどのような機能を担っていたのか。本稿では、代表作『ユドルフォー』を中心に、自然風景というレトリックを用いてラドクリフがどのようにゴシック小説における恐怖を構築していったかを考察していきたい。

1　風景の効用

英国ゴシック小説の傑作のひとつとされている『ユドルフォー』は、実はゴシック小説だけでなく、近代文学におけるさまざまな散文ジャンルの要素が盛り込まれた作品である。女性の出会いと結婚が描かれたオースティン的なロマンスの側面もあり、成長をテーマとした教養小説（Bildungsroman）や、過剰な情緒の抑制を説き示す道徳小説の側面も持っている。しかしこの作品を最も的確に位置付けているのは、「女性版ピカレスク小説」と述べたエレン・モアズであろう（モアズ　一二六）。ヒロインであるエミリー・サントベールは、故郷である南フランスプロヴァンス地方へ、そしてアルプス越えをしてイタリアへ入り、ナポリ、ピレネー山中にあるユドルフォー城、リヴォルノ、そして再びフランスの故郷へと戻ってくる。一八世紀中葉のピカレスク小説さながらの冒険を経験しながらさまざまな試練や危険を乗り越え、大団円を迎えるというわけである。物語の大部分を旅という形で空間移動が占めているこの小説では、風景は単なる舞台設定にとどまることなく、プロットや人物造型に深く関わる存在感を示している。

「美徳（virtue）と審美眼（taste）は同じものである」（五〇）とサントベール氏が言うように、ラドクリフの作品においては一貫して自然に対しての美的感覚が登場人物のキャラクターを決定づけている。[1]自然に対する反応や感受性は、道徳的な優劣を示す一種の指標となっているのである（マクミラン　五五）。エミリーは、ソネットを創作し、歌を歌い、絵をたしなみ、豊かな自然に囲まれた故郷ラ・ヴァレーの「荒々しい森の道」を散歩することを好んだ。そして「静寂さと雄大さが胸を打つほどの山の目のくらむような断崖絶壁」（九－一〇）が何よりも好きな風景であった。プロヴァンスへの旅に先立ちまっさきに用意したものは風景をスケッチするための道具一式である。父サントベール氏も園芸が目下一番の楽しみであり、邸宅の周囲に「大変趣味のよい改良（improvement）」（七）を行っていたとされている。[2]旅の途中、危険や不便を承知しながらも、周囲の変化に富んだ美しい風景を楽しむため、あえて険しい山道を進むことも度々あった。このように、登場人物たちの聡明さや思慮深さ、豊かな感受性は、自然美やそれにまつわる芸術への態度を通じて描かれている。

一方、世俗的で虚栄心が強い叔母のシェロン夫人などは、自然に対して無関心であり、美的感受性や想像力が乏しい人物として描かれる。家柄や財産、世間体が人づきあいにおける絶対的基準であり、素姓の不確かなヴァランクールとエミリーとの交際に断固として反対する。モントーニのイタリアの邸宅へ向かう途中、聳え立つ崖や急流などに遭遇した際、エミリーが「かつて経験したことのないような驚嘆と興奮と歓喜とがさまざまに入り混じった感情」を抱いたのに対し、シェロン夫人はただ「震えおののいた」だけである（一六六）。また、モントーニは「どんな風景もほとんど気にせず」、「深く考え事をしているせいで周囲の物事から完全に気が逸れていた」というほど、徹底して美に対して感受性をまったく示さない（一七一）。『ユドルフォー』では、ピクチャレスクな風景への無関心は、人間に対する無慈悲や無理解のアレゴリーとなっているのである。

美的感覚は、以上のような人物造型だけでなく、登場人物同士の関係や評価にも大きく関わる。死者を悼み、メランコリックな憧憬にふけったりノスタルジーに浸ったりするのも自然の中であり、若い恋人たちが慎ましやかにロマンスを育むのも、離ればなれになった二人が互いを思い出すのも、風景の中である。風景は、『ユドルフォー』において、登場人物を結び付ける、言葉は発さないが作品全体に浸透するコミュニケーション伝達のためのメディアなのである（コステルニック 三八）。以下のヴァランクールに対するサントベール氏の意見からは、人物評価をするうえで、風景美への研ぎ澄まされた感性が最も重要視される価値観であり、共感や親しみを生み出す要素となっていることがわかるだろう。

彼（サントベール氏）はヴァランクールと話し、彼の優れた意見に耳を傾けることに大いなる喜びを感じた。彼の熱っぽく質朴な姿は、彼を取り囲む周囲の光景によってさらに魅力的なものに思われた。そしてサントベール氏は、彼の感性のうちに、世間との交渉によって偏見を抱くことのない公平さと、高潔な心の持つ品位を見出していた。（四九）

以上見てきたように、『ユドルフォー』における風景は、単なる物語の背景ではなく、それ以上の機能を果たしている。風景に反応する作中人物の心理作用や、風景との関係性に焦点を当てているのである。ラドクリフの作品は、この風景の効用に注目したという点において、異国の風景をゴシック小説における単なる道具立てのひとつとして用いていた従来のゴシック小説とは異なる側面を持っているといえる。

2　「言葉にならないような」風景

ラドクリフがはじめて本格的な旅行へ出かけたのは、『ユドルフォー』が出版されたのち、当時の女性作家にしては破格の五〇〇ポンドの印税を使って出掛けたオランダ・ドイツ旅行と、湖水地方を中心としたイングランド国内の旅行であった。つまり、それ以前の作品で描かれている異国の風景は、すべて、絵画や友人たちの話、旅行記、詩、戯曲、小説を読んで得た情報をもとに書かれた、彼女の想像力によるフィクションの風景だったのである（デッカー　七三）。作品内で描き出される南フランスやイタリアへは、ラドクリフ自身生涯訪れることはなかった。

一度も訪れたことのない場所、それも実在する異国の風景を数百ページにわたって詳細に描き出すことなど、可能だったのだろうか？　一八世紀は、道路設備や宿泊施設のインフラ発達によって旅行が一般的になり、いわゆる観光産業がはじまった時代だとされている。そして、アディソンやデフォー、フィールディングなど同時代の有名作家たちが旅行をテーマとした作品を次々と発表していくにつれ、旅をし、それを記録するということが知的階級の人びとにとってファッショナブルな行為となっていった。一般読者たちも、読み物としても楽しく、知的好奇心も同時に満足させてくれる旅行記を熱狂的に読みふけったという（バッテン　二一—三二）。

デッカーによれば、一八世紀前半までの旅行記は、特定の職業人に向けた実務的な情報を盛り込んだ客観的な語りが中心であったが、ラドクリフが執筆活動をはじめたロマン派時代にさしかかる頃には、多くの旅行作家は、個人的で気取らない口調で旅先の風景や、旅人個人の意見や感想を好んで語り始めるようになった。それまでは、旅行記は現実に存在する「外界の」風景を題材としている以上、リアリスティックで実務的な散文として見なされ、文学的ヒエラルキーのうちでも低い位置でしかなかった。しかし、ロマン派の潮流が次第に拡大を始めるにつれ、旅の記録が個人的な視点から描かれるようになると、旅行記は旅人その人の「内面の」旅（interior voyage）を描いたものとして次第に芸術的価値を認められるようになった。詩的想像力を伴った、一種の創造的活動として見なされるようになったということである。そして、同時代のピクチャレスク美学や崇高美の議論から大いに影響を受け、旅行記作家たちは絵画のヴォキャブラリを積極的に取り入れながら旅先の風景の描写をはじめた。

ラドクリフの伝記作家であるノートンによると、彼女はこうした同時代の旅行文学はもちろん、崇高美に関する最新の美学理論の熱心な読者でもあった（ノートン 七七）。当時、グランド・ツアー帰りの貴族らによってイギリス国内に大量に持ち込まれたイタリアの風景絵画に加え、それらを模写した安価な風景画が、比較的裕福な新興中産階級の家庭でも飾られるようになっていたことが、『ユドルフォー』が描かれた背景にあるのは間違いないだろう。以上のように、部屋の中から出なくとも、見知らぬアルプスの風景を数百ページにわたって詳細に描くことは可能であった。すなわち、『ユドルフォー』は、ゴシック趣味だけでなく、旅行文学や風景美学など同時代の人びとの関心を一挙に取り入れた一八世紀後半のイングランドが生み出した文化的産物であると言ってよいだろう。

かくして夥しい風景描写はラドクリフの代名詞となったが、実際にこうした風景を目にした時は、どのように感じ、それをどのように描いたのだろうか。オランダ・ドイツ旅行の翌年に出版された旅行記には、まるで『ユドルフォー』を読んでいるかのような風景が次々とあらわれ、彼女の想像力が作り上げた虚構の風景が、現実におけるそれらと何ら遜色もないように一見思われる。しかし、彼女は小説を描いていたクローゼットの中からは思いもよらなかったような感覚を、旅に出てはじめて味わうことになる。

（読者の）想像力を相手に、さまざまに変化するこのような光景を描写することは難しい。岩や木、水などの同じイメージや、「大きな」（grand）「広大な」（vast）「崇高な」（sublime）などの同じ形容詞の繰り返しは、どうしても避けられないことなのだが、紙の上では冗長に見えるにちがいない。それでも、自然界でのそれらの原型は、たえず輪郭や配置を変えながら、目には新しい光景を見せ、心に対しては新しい陰影の効果を生み出しているのである。（『オランダおよびドイツ西部をめぐる一七九四年の旅』四一九）

ラドクリフは、「風景を表現したい」という強い思いとその「不可能性」との葛藤に行きあたる。言語表象の限界やそれに対する諦念、無力感などは、詩の世界では伝統的なテーマであったが、特定の自然の描写を求められる旅行作家にとっては、当時、切実な問題であった（バッテン 一〇一）。ラドクリフもまた、小説家として架空の風景を描く際にはまったく感じなかったであろう、言葉によってしか人に伝えることができないというもどかしさをここではじめて経験している。それは、言葉を武器にする者としてのペンの無力さであったかもしれないし、文字どおり筆舌に尽くしがたい現実の美への屈服であったとも考えられる。

しかし、ラドクリフはフィクションの世界で風景を描き続けた。旅行後に執筆された『イタリア人』（一七九六）、『ガストン・ド・ブロンドヴィル』（一八二六）では両作品とも旅行では訪れることのなかったイタリアを舞台として選んでいる。どうして彼女が再び想像の風景を描きはじめたのか、それを知る手がかりは、遺作となった『ガストン・ド・ブロンドヴィル』の冒頭部分にあるかもしれない。イギリス人旅行客がアーデンの森にさしかかった際、『お気に召すまま』のような幻想的な光景を期待して辺りを見渡してみるが、その期待に応えてくれるようなものは何一つ見当たらない、という場面である。

「ああ」と彼は言った、「あの魔法のような光景は、夜明けの薄明かりにも、夕暮れ時の赤々とした光にも、その姿を現わしてはくれないのだ。ただ、舞台上で、あのちっぽけな照明に照らされた時にしか、現れないのだ。……シェイクスピアが描いたまさにこの場所で、私は、楽しい夢のような気分から、退屈で平凡な現実世界へと突然目覚めさせられたような気分だよ」。
（『ガストン・ド・ブロンドヴィル』三―四）

登場人物のこの落胆の言葉には、ラドクリフが旅先での風景を前に、作家としての挫折感を感じた際の、アンビバレントな思いを読み取ることができる。現実の風景の美しさを認め、風景を描写することへの不安感を抱きながらも、詩人や作家の想像力が築き上げる虚構の世界もまた、抗いきれない魅力を持っているということに気付いたのではないだろうか。そして、作家として、フィクションの風景の中に留まることをひそかに決意したのではないだろうか。

『ユドルフォー』は作家としてのこうした重要な決断をする以前の作品であるが、それゆえ、私たちは、ラドクリフの奔放な想像力が描き出した最後の自然風景を楽しむことができると言ってよいだろう。

3　『ユドルフォー』における“word-painting”

再び『ユドルフォー』に議論を戻そう。ラドクリフの一連の作品は、当時の崇高美学の正確な実践であるといわれるほど、ウィリアム・ギルピンやエドマンド・バークの論じた概念が物語のうちに機能している。彼女が風景を一幅の絵画、一個の「芸術品」(objet d'art) として認識していたことは、視覚的形容詞、視覚的動詞の多用という点からもうかがえる。高さや空間性を示す“grand”“lofty”“vast”“hollow”“massy”または“tint”“glowing”“hue”“twilight”“shadowy”“dim”“ruddy”など色の濃淡や光の加減をあらわす語が頻出する。さらに、“perceive”“observe”“discern”“recognize”などの知覚動詞が目立って使用されていることも特筆すべきである。デュランは、読者が「観察する」エミリーと視点を共有することによって、彼女の思考に介入することができ、自然風景をエミリーの心象風景として認識するようになる、と論じている (デュラン　一七九)。それゆえ『ユドルフォー』では、繰り返される自然描写が単調なリアリズムへと陥ることなく、作品全体をエミリーの個人的体験、「内面の」旅として読むことができるかもしれない。『ユドルフォー』は、ロマン派時代における旅行文学の一変奏と見なしてもよいだろう。

また、ラドクリフの作品には一貫して、身体的感覚がほとんど伴わないことも特徴のひとつである。もちろんゴシック小説ではお約束の幽閉や監禁は描かれるものの、同時代のマシュー・ルイスが描くヒロインのように、強姦されることも、殺されることもない。暗闇に閉じ込められ、視覚を奪われることに関しては精神的圧迫感を募らせるが、そのほかの身体的拘束に伴う不快感については、ほとんど言及されることはない。『ユドルフォー』でエミリーは、身を切られるような辛い出来事にどれほど見舞われようとも、結末では傷一つない身体で、無事に故郷ラ・ヴァレーに恋人と共に帰ってくることができるのである。

身体感覚の欠如は、登場人物たちと風景との関わり方からも観察することができる。

　この景色は、サルヴァトーレ（・ローザ）がもし生きて入れば、キャンバスの題材に選んだかもしれないようなものだった。サントベール氏は、この場所のロマンティックな雰囲気にひどく感じ入り、突き出た岩の陰から突然、山賊が飛び出してきたらいいのにと期待さえした。そして旅のあいだずっと身につけている武器に手を添えたままでいた。（三〇）

山賊やジプシーとの遭遇は、道路設備や宿泊施設が整うようになりつつあった一八世紀末でも、ヨーロッパの山間部を通る旅行者にとって大きな不安要素のひとつであった。[5]ところが、サントベール氏は山賊に脅えるどころか、一八世紀のイングランドで人気の高かったサルヴァトーレ・ローザの絵を思い浮かべ、こうした緊迫した状況を楽しんでいる。むしろ山賊たちを、ピクチャレスクな風景に趣を添える人物、つまりは好ましい絵の構成要素として、積極的に歓迎さえしているようである。危険に備えて「武器に手を添えた」のも、単なるポーズであろう。エミリーもまた、窓から城に近づいてくる山賊らしき男たちを見つけた際、父親と同じように好奇心をかきたてられ、「彼らの姿は荒涼とした周囲の風景にあまりにぴったりであったので」スケッチしていた自分の絵のなかに山賊の姿を描きこんだほどである（二七六）。登場人物たちはこうして多くの場面で美的快楽を優先し、現実的な危険性への意識はきわめて希薄である。彼らの自然風景に対する姿勢は一貫して、対象から一定の距離を置いた超越した立場を維持しているように感じられる。

言い換えれば、彼らの風景に対する姿勢は、ギャラリーで額縁の中の風景画を鑑賞する人のそれに近い。マクミランの指摘するように、たとえば、モントーニがユドルフォー城をはじめてエミリーたちに知らせる場面では、彼のしぐさはまるで「自分のサロンで一番自慢の絵画を指さす好事家のよう」である（マクミラン　五四）。

「あれが」とモントーニが数時間ぶりにはじめて口を開いた、「ユドルフォーだ」。エミリーは物憂げな畏怖の念でもって城を見つめ、それがモントーニの城であることを理解した。なぜなら、夕日によって照らされていたけれども、城の特徴であるゴシック様式らしい巨大な佇まいや、今にも崩れそうな薄黒い色の壁が、城の姿を陰惨で崇高な姿にさせていたからであった。

（二二六－二二七）

さらに、作品中に繰り返し現れる窓のモチーフが、こうした登場人物たちの視点を象徴しているだろう。サントベール氏は馬車の窓から、エミリーは城の窓から山賊を眺め、ピクチャレスクな周囲との調和を楽しんでいる。それは、窓を隔てたこちら側は、山賊に襲われることも、恐ろしい断崖絶壁から落下することもない、安全が確実に保障されているからこその超越的態度といえるだろう。つまり馬車や城の窓は、風景を切り取って枠づけし、見る者と風景とを心地よく、安全な距離に保つ額縁の役割をしていると考えられるだろう。これは、ラドクリフが風景画を見ながら物語を書いたということの何よりの証拠かもしれない。作者が風景画をみるような視線で、登場人物も物語の風景を眺めているのである。

4　ピクチャレスクの条件

美学用語を駆使し、ギルピンらの提唱したピクチャレスクの概念を忠実に再現しようと試みたところで、その風景が「ピクチャレスクな風景」であるためには、ある条件がさらに必要である。若い女性読者がゴシック・ロマンスに心酔することの危うさをパロディ化した『ノーサンガー・アベイ』（一八一八）のヒロイン、キャサリン・モーランドの困惑がそれをよく示している。

彼らは絵を描きなれている人の目で田園を眺め、本物の審美眼を持つ人に特有の熱心さで、この景色を一幅の絵に仕立てることができるかどうかを、決めていたのである。こうなるとキャサリンはすっかり途方にくれてしまった。彼女は絵の知識などなかったし、ましてや審美眼など持つはずもない。……彼女がわずかに理解できたことは、これまで彼女がこの件について知っていたわずかばかりの知識に、矛盾するように思われた。どうやら良い眺めというのは、高い山頂から望むものではなく、また、澄み切った青空は晴天の証拠にはならないようだった。彼女は心の底から自分の無知を恥じた。（オースティン『ノーサンガー・アベイ』九九）

「ピクチャレスクな風景」が成立するためには、風景のなかにどんな要素が含まれているかは問題ではない。風景のうちに適切な構成要素を取捨選択して知覚できる審美眼や教養、さらにそれを絵として構成することのできる主体的な視点を持つかどうかが問題なのである。オースティンによるキャサリンの人物造型が、『ユドルフォー』のエミリーの裏返しとなっていることは、言わずもがなであろう。エミリーこそ、「絵を描きなれ」、「本物の審美眼」を持った、風景を「一幅の絵に仕立てる」ことができる素養が備わった理想的なヒロインなのである。彼女は、趣味のスケッチをする際にも、窓から見える風景をそのまま模写するのではなく、適切な要素を「選び出し」、「配置」することができる。

彼女［エミリー］は、夢中になって窓から見える風景から素敵な特徴をいくらか選び出していった。そしてそれらを絵の中で組み合わせ、彼女の豊かな想像力がその絵に仕上げのひと筆を加えた。こうしてささやかなスケッチを描いている時には、彼女はいつも絵に趣を添えるような風景によく合った登場人物を配置し、素朴だが胸を打つような物語をつむぎだすことがしばしばあった。（四一九）

風景を眺め、ピクチャレスクな風景画を構成し、そこから物語を作り出していくエミリーは、『ユドルフォー』を描くラドクリフの姿と重なりあう。私たちは、ここで『ユドルフォー』が実は、エミリーの描く壮大な風景画であると同時に、彼女のつむぎだした幻想的な物語であるかのような印象さえ受けるのである。以上のように、『ユドルフォー』の中でさまざまな恐怖を経験するエミリーは、風景美を正しく鑑賞できる洗練された感受性と想像力を持ち、ピクチャレスクな風景を主体的に知覚することのできるヒロインであることがわかっただろう。

5　幽霊の出ないゴシック小説

『ユドルフォー』には、タイトルにもあるようにさまざまな謎が散りばめられている。エミリーの肖像画を盗んだのは誰なのか？　サントベール氏が大事にとっていた手紙の束は誰のものなのか？黒いヴェールの下にエミリーが見たものは何なのか？　ユドルフォー城の前城主ローレンティーニに何があったのか？夜に修道院から聞こえてくる歌声は何なのか？　『ノーサンガー・アベイ』でも、『ユドルフォー』を読みかけているキャサリンが嬉々として「黒いヴェールの謎」について話す場面がある。しかし「ラドクリフ夫人の作品は全部読んだ」というヘンリー・ティルニーの態度には、軽い嘲笑や皮肉めいた様子が明らかに見てとれる。この二人の『ユドルフォー』をめぐる温度差とは一体何なのだろうか。それを知る鍵は、結末の作者による謎の種明かしにあるかもしれない。つまり、幽霊であるかと思われた多くの超常現象は、実は、幽霊でも何でもなかったというのである。ゆえに、ラドクリフの作品は、マシュー・ルイスやC・R・マチューリンらの幽霊などの超自然がふんだんに描かれたゴシック小説と区別され、後世の批評家たちに「合理的ゴシック」(rational Gothic)、または「保守的ゴシック」(conservative Gothic) と呼ばれるようになる。ラドクリフの作品には、後期作品の一部を除き、幽霊は登場しない。(6)

クレアラ・リーヴは、『オトラント城』(一七六四) の空から落ちてくる巨大兜や歩き出す肖像画などを「暴力的」な超自然描写であると批判した。そして、超自然を大幅に排除するかわりに現実に即した蓋然性を重視した、いわば『オトラント城』の「書き換え」を行ったが、その彼女の『イギリスの老男爵』(一七七七) においてさえ、合理的には説明できない超自然的現象は含まれている。(7)しかし、ラドクリフが作品で描いたものは、一見したところ超自然のようだが、その正体は幽霊そのものではない。ラドクリフの「説明される超自然」(explained supernatural) は、同時代および現代の批評家からはしばしば否定的に言及されてきた。読者の興味や好奇心をむやみに掻き立ててしまったあまり、そうした期待に十分応え、納得させられる説明をするのに失敗してしまっている、という理由からである。ヘンリー・ティルニーの冷ややかな態度は、ゴシック・ロマンスに熱狂する若い女性に対するものというよりは、『ユドルフォー』の結末に期待していた熱心な読者としての落胆の一端であると見なすことができるかもしれない。

ブラウンが指摘するように、ラドクリフは、ゴシック小説がゴシック小説らしくあるために、安直に幽霊を登場させることはなかった。謎めいた雰囲気を描き出すのに彼女が必要としたのは、「幽霊の見かけ」(the appearance of ghost) だったのである (ブラウン 一六一)。たとえばラドクリフはそうした「見かけ」を"seem like"や"appear"のような言葉で表現する。あえて断定することを避け、曖昧で不確実な言い回しを用いることによって、得体のしれないものに遭遇した登場人物の動揺や不安を表現する。それは、ヒロインのこうした感覚を共有する読者の緊張感や恐怖感をも、増幅させる効果があったと言ってよいだろう。

ラドクリフはさらに、そうした不安などを引き起こしているのは、実は、得体のしれないものそのものではなく、受け止め手の感性や心理の問題であるということを暗にほのめかしているように思われる。たとえば、"she [Emily] thought"、"she fancied"、"she imagined"などの繰り返しが、ラドクリフの真の意図をよくあらわしているのではないだろうか。『ユドルフォー』を心理小説の系譜のうちに位置付けるテリー・キャッスルは、こう分析している。

ラドクリフは、人間の心理そのものが超自然的な存在であると描いてみせた。たとえ幽霊や亡霊がきっぱりと表舞台から排除されたとしても、それらは、少なくとも隠喩的には、小説の主要登場人物の持つ幻視的な空想（the visionary fancies）のうちに再び姿をあらわすのである。……ラドクリフはこうした幻影（phantasma）がどのように立ち現れるかを明確にしている。つまり、幻影は洗練された感性の産物であり、多感な心に特徴的な投影物であるのだ。（幽霊に）とりつかれるということは、小説のロマンティックな神話によれば、思いやりあふれる想像力を示すということである。冷酷で退屈な人物（モントーニや手下の山賊たち）はこうした幻覚を見ることはないが、愛することを知るエミリーやヴァランクール、サントベール氏のような人物は、まさに文字どおり、他者の精神にとりつかれてしまうのである。（キャッスル xxiii）

「洗練された感性」や「多感な心」の持ち主だからこそ、目には見えない何かに敏感に反応し、想像力がはたらく。ラドクリフは、このような「共感」（sympathy）や「感受性」（sensibility）、「想像力」（imagination）などの一八世紀には積極的に奨励されていた感性と、ゴシックにおける恐怖心や戦慄とを、『ユドルフォー』において融合させているといえるだろう。言い換えれば、同時代美学観とリンクさせた word-paining によって描かれた世界があるからこそ、完成される恐怖文学であるといえるのではないだろうか。

キャッスルは、"mystery"（謎、神秘）という語が元来キリスト教における神秘という意味合いで用いられてきたが、一八世紀には、科学的に証明することができないという根拠で、宗教的な神秘や奇跡さえも懐疑的に捉えられるようになったため、本来の効力を失い始めていたと考察する。たしかに、一八世紀の啓蒙思想は、合理主義精神の名のもとに、幽霊の存在や、古くからの迷信を盲目的に信じる人びとを、野蛮で下世話なものとして軽蔑する傾向にあった。ゴシック小説家の多くが中世の異国を舞台に選んだのも、宗教的神秘への信仰が根強くあった中世や異国であれば、超自然現象がある程度正当化できると考えたからである。逆に言えば、当時のイングランドでは、すでにそのような精神的地盤は失われていたということの証拠である。ラドクリフは、このように、ますます世俗化してゆくこの世界の中で、情緒の重要性が薄れつつあるという事実に気づいていたというのである（キャッスル xxi）。

ゴシック小説における究極の恐怖を模索していく過程で、ラドクリフは、得体のしれない不気味なもの（the numinous）が、人間のうちにこそ内在するということに気付いたのではないだろうか。その恐ろしさは、前時代的な迷信や無教養ゆえのものではない。啓蒙思想の光によって照らされてはじめて明らかとなった、光の届かない人間心理という深遠な闇である。

ラドクリフは、謎めいた超自然現象をすべて合理的に説明してしまうことによって、それまでの恐怖は登場人物たちの心理的現象にすぎないということを明らかにしている。しかしそれは、必ずしも未知なるものへの不安や恐怖が解消されたということを意味するわけではない。むしろ、私たちが対峙する未知なるものとは、私たちたち自身の心の中に確実に存在しているということを暗示しているのである。

おわりに

以上、『ユドルフォー』における恐怖の本質を突き詰めていくと、同時代の美学理論や旅行文学のヴォキャブラリを駆使した言語風景が、単に時流に即した舞台装置ではないように思われる。つまり、歩き出す肖像画や巨大な兜のような従来のマテリアルな恐怖ではなく、得体のしれない気味悪さや目には見えない恐怖を描き出すためには、それらを繊細に感じとることのできる想像力豊かで多感なヒロインが必要となる。ラドクリフは、そうしたヒロインの人物造型の枠組みとして、物語そのものをピクチャレスクな風景画として描いたのではないだろうか。同時代に美徳とされた芸術への鋭い感受性や教養、鑑識眼を備えたヒロインと、それを取り囲む風景美があってはじめて、ラドクリフ流の恐怖譚が成立するのである。

『オトラント城』がゴシック小説の始まりを告げてからおよそ三〇年、次なる段階へと入りつつあったゴシック小説は、ラドクリフに至って新たな恐怖を描く物語へと展開する過渡期にあったといえる。のちのゴシック小説では、こうした人間心理における未知の領域である無意識や潜在意識が、狂気や分身というモチーフとなって発展していった。ラドクリフの一連の作品、とりわけ『ユドルフォー』は、誰もが抱える精神の闇に着目し、その恐ろしさをあぶりだしたという点において、名実ともにゴシック小説史で最も影響力のあった作品のひとつであるといってよいだろう。

注

（1）アン・ラドクリフ『ユドルフォーの謎』からの引用は、Ann Radcliffe, *The Mysteries of Udolpho*. Ed. Bonamy Dobree Oxford: Oxford UP, 1998）による。以下同様にページのみを数字で示す。

（2）時代錯誤であると指摘される箇所のひとつ。時代設定は一六世紀後半のフランスとイタリアだが、サントベール氏が行っていたとされる「改良」とは、地所を所有する上流階級の人びとの間で一七四〇年以降にイギリスで流行した造園術の用語である。詳しくは *The Mysteries of Udolpho*, 633.

（3）Rictor Norton, *Mistress of Udolpho*, 104.

（4）ただし作品の時代設定は一六世紀であるため、山賊に襲われる危険性は作品発表時の一八世紀後半よりも高かったことは言うまでもない。

（5）死後出版された『ガストン・ド・ブロンドヴィル』には説明されない超自然現象が描かれていると論じる批評家もいる。

（6）主人公のセオドアが正当な爵位継承者であることが判明し城に戻ると、城のすべての扉がひとりでに開き、トランペットが鳴り響いて彼を城に迎えいれた。

引用参照文献

Austen, Jane. *Northanger Abbey*. 1818. London: Penguin Popular Classics, 1994.（ジェイン・オースティン『ノーサンガー・アベイ』中尾真理訳、キネマ旬報社、1997）

Batten, Charles L. Jr. *Pleasurable Instruction: Form and Convention in Eighteenth-Century Travel Literature*. Berkley: U of California P, 1978.

Brown, Marshall. *The Gothic Text*. Stanford: Stanford UP, 2005.

Bohls, Elizabeth. *Women Travel Writers and the Language of Aesthetics, 1716-1818*. Cambridge: Cambridge UP, 1995.（エリザベス・A・ボールズ『美学とジェンダー——女性の旅行記と美の言説』長野順子訳、ありな書房、2004）

Castle, Terry. "Introduction" to Ann Radcliffe, *The Mysteries of Udolpho*. Ed. Bonamy Dobree. With an Introduction and notes by Terry Castle. Oxford: Oxford UP.

Dekker, George. *The Fiction of Romantic Tourism: Radcliffe, Scott, and Mary Shelly*. Stanford: Stanford UP, 2005.

Kostelnick, Charles. "From Picturesque View to Picturesque Vision: William Gilpin and Ann Radcliffe." *Mosaic; a Journal for the Comparative Study of Literature and Ideas* 18（1985）: 31-48. U of Manitoba P.

McMillan, Dorothy. "The Secrets of Ann Radcliffe's English Travels". Ed. Amanda Gilroy. *Romantic Geographies: Discourses of Travel, 1755-1844*. Manchester: Manchester UP, 2000.

Moers, Ellen. *Literary Women*. New York: Oxford UP, 1977.（エレン・モアズ『女性と文学』青山誠子訳、研究社出版、1978）

Norton, Rictor. *Mistress of Udolpho: The Life of Ann Radcliffe*. London: Leicester UP, 1999.

Radcliffe, Ann. *A Journey Made in the Summer of 1794, through Holland and the Western Frontier of Germany*. 1795.

________. *The Mysteries of Udolpho*. Ed. Bonamy Dobree. With an introduction and notes by Terry Castle. Oxford: Oxford UP, 1998.（アン・ラドクリフ『ユードルフォの謎Ⅰ、Ⅱ』惣谷美智子、堀田知子訳著、大阪教育図書、1998）

________. *Gaston de Blondeville*. Ed. Frances Chiu. Chicago: Valancourt Books, 2006.

Reeve, Clara. *The Old English Baron*. 1778. Oxford: Oxford UP, 2003.

第五章

ドライサーとポー
——宇宙論作家として——

村山淳彦

本稿は、ドライサーとポーの知られざる類縁性を、両者がともに晩年に傾倒した宇宙論という角度から探ろうとする試みである。私はかねてからドライサーがポーに私淑した事実に関心を抱いてきたが、本稿も先に公にした別稿「ドライサーはポーの徒弟?」に続く試論にあたる。ドライサーとポーの類縁性を明らかにするなどとは、文学史の通説という条理を逆なでするような企てということになるであろうが、そこにどのような意味を見いだせるかということについては、また稿を改めて論じるとしても、さしあたってここでは両者の宇宙論を比較してみたい。

ポーは衆知のとおり、最晩年に宇宙論『ユリイカ』を出版した。一八四八年にこの最後の書物を刊行して一年余りの後に、謎の死を遂げたのである。ドライサーも晩年は独自の宇宙論を仕上げようと苦闘したが、ついにまとめきれないまま亡くなった。このことはあまり知られていないかもしれない。しかし、膨大な遺稿が残っており、これが後に他人の手により編集されて、『生についての覚え書き』という本として出版された。

『生についての覚え書き』は、ドライサーが宇宙論構築の企ての果てに遺した残骸の抜粋にとどまるけれども、生前に発表したいくつかの著述からは、この企ての目ざしていた方向がもう少し鮮明に浮かび上がる。その種のテクストとしてまず、ふつうは哲学的エッセー集と理解されている奇書『ヘイ、ラバダブダブ』所収の、ほとんど上演不可能なレーゼドラマ三本のなかから、とりわけ「夢」と「走馬燈」をあげたい。

「夢」は、サイファーズという化学の教授が友人たちとの議論で独自の宇宙論を主張し、その夜この宇宙論を裏書きするような夢を見るという筋の戯曲である。サイファーズの宇宙論は、たとえばつぎのようなセリフからうかがえる。

「ぼくが言おうとしているのは、こういうことなんだ。われわれの知るかぎり、あらゆる生命の基礎は細胞だ――細胞発生、細胞増殖、細胞配列といった具合。そんなこと、今さら言うまでもないよね。さて、ここからがぼく独自の考えだ――もちろん単なる仮説だけど――つまり、いっさいがどこか他所でなんらかの形で発生したのかもしれない、いわば、何かないし何者かの頭脳のなかで前もって造られたのかもしれない。そしてそいつが定向進化か化学の作用によってどこからか方向づけられ、いわば映画みたいにスクリーンに投影されているのさ。だからわれわれは画素からなる映像にすぎず、ビット記憶素子でできている動画のような映像であって、ただ、どこか他所から電信かテロートグラフで送られてきてるのさ。今では電気的にドットを連ねて構成されている、ああいうドット・ピクチャーみたいなものでね。そいつが無数に、無線にせよ有線にせよ高速で送られてきて、なんらかのスクリーンみたいなものに投影される——エーテルか何かの元素でできてるスクリーン——ぼくの言いたいことがわかるね。」

（六一―六二）

この宇宙論には、「定向進化」とか「テロートグラフ」とか、この戯曲が執筆された時代の刻印を色濃くとどめる用語があらわれてくるにしても、当時最先端の科学や技術を取りこもうとしている気配が見える。

万物が「何かないし何者かの頭脳のなかで前もって造られ」、それが「なんらかのスクリーンみたいなものに投影される」映画のようなものこそこの世界にほかならないという、「夢」に描き出された宇宙論は、「走馬燈」でも基本的に引き継がれている。「走馬燈」は、それぞれ「生誕の家」、「生の家」、「死の家」と題された三場からなる。「生誕の家」では、冒頭につぎのようなト書きがあり、けだるそうな「宇宙の主」の頭脳からいろいろな想念が退屈まぎれに生みだされて、それらの想念の出現が宇宙の開闢であると描き出される。

（力としての「宇宙の主」がぐったりとしていながらも、おおよそは穏やかに休んでいる。かすかな脈動が始まる。何の思案も理屈もなく、もぞもぞと闇雲に、分離と個性という想念が生まれる——狂おしい夢である。限りない空間に横たわる巨躯の茫漠とした全身がほの見えてくる。（中略）その鼻の穴からモクモクと炎のような霧が吹き出てくる。明確な形を見せるにいたった両こめかみから、光の柱が二本突っ立つ。いくつもの燃え立つ太陽や流星が飛び出してきて、「主」の頭のまわりを旋回する。奇怪な形姿の存在が雲霞のごとくあらわれる——けだもの、鳥、魚、角や翼を有するものが。それらは、思念が形づくられたり霞んだりするにつれて、あらわれたり消えたりする。）（一八三）

こうして始まった宇宙は、「死の家」では、「宇宙の主」の頭脳からあらわれた万物がふたたびつぎつぎに回収されていくことによって終末を迎える。

「宇宙の主」（空間いっぱいに身を伸ばしてうつぶせになり、今にも消え入りそうである。ただ輪郭のあちこちが見えるのみだが、額と顔は截然としている。）静かに！　静かに！　もうじゅうぶんだ！　もうたくさん！　もう終わりだ！　以前の状態に戻るがいい。永遠から永遠に帰るのだ——夢だ——夢だ！　ウオッホッホッホッ！（深いため息をつく。）（中略）おまえは私のなかへ戻ってこい！（ため息をつくと、薄れはじめ、完全に消え失せていく。）

（二〇〇）

つまり、「宇宙の主」がいっさいを取り戻して吸収し、宇宙を元の木阿弥に帰するだけでなく、「宇宙の主」自身も消えるとされている。こうなると、「夢」、「走馬燈」に描き出された宇宙像は、現代の科学的宇宙論でビッグバンと呼ばれる段階から、ビッグクランチと呼ばれる段階へいたると解される宇宙進化論をなぞっているようにも見えてくる。さらに、宇宙の生成から終末にいたる過程は、「宇宙の主」にとって退屈しのぎの足しになる気まぐれの産物でもあるかのように描かれている以上、何度でも繰り返される可能性が高いと受けとめられる。

このような宇宙観は、ドライサーがチャールズ・フォートからアイデアを借りてきたものであると見られてきた。フォートは一八七四年生まれだからドライサーより三歳年下の、後に超常現象研究の先駆者として知られるようになった異才である。ドライサーは、『シスター・キャリー』不評による挫折から立ち直りはじめて雑誌編集者をしていた一九〇五年頃にフォートと知り合い、その才能を高く評価して彼の短編小説の原稿を買い取るとともに、各方面に彼を売り出すために尽力した。フォートの遺した四大トンデモ本の第一作『呪わしきものに関する本』は、ドライサーが出版者リヴライトと掛け合って無理矢理刊行させたものである。ドライサーはフォートを称賛する文章や手紙をたくさん書いており、ある手紙ではフォートを「ポー以後にあらわれたもっとも魅力のある文学者」(一九三〇年八月二七日付フォート宛の手紙、*Letters* II 五〇七)と呼んで、フォートをポーに比しているのがおもしろい。一九三一年には一部の熱心なフォート・ファンによって超常現象研究会「フォーテアン・ソサイアティ」が結成されたが、フォート自身はそんな怪しげな団体に関係したくないとして加入を断ったのに対して、その初代会長におさまったのはドライサーであった。

一九一五年頃にフォートは、小説とも論文ともつかぬ『X』および『Y』の原稿をドライサーに預け、閲読を依頼した。『X』は火星人が登場する宇宙論であり、『Y』は、北極からアクセスできる地球内部の空洞に、知られざる人類が文明を築いているとするシムゾニア伝説にもとづいた作品だったといわれる(不思議なことに、フォートの著作には私の知るかぎりポーへの言及が見いだせないのであるが、シムゾニアはポーも『アーサー・ゴードン・ピムの物語』などに用いた素材である)。ドライサーはこれらの原稿にすっかり惚れこみ、触発されて「夢」や「走馬燈」などを執筆するとともに、フォートに『X』の出版を強く勧めたのだが、妙なことにフォートは気乗り薄で、ドライサーが大いに悔しがったことに、やがてその原稿を破棄したらしい。だが、フォートの伝記で、未刊の草稿なども含めてフォートとドライサーの関係について調査したジム・スタインマイヤーは、「『X』は大部分、ドライサーとの会話から着想を得、ドライサーの考えを偶然——あるいは意図的に——補完するようにしつらえられていたのであろう。フォートはドライサーの関心に完璧に迎合し、科学と思弁を混ぜ合わせて途方もない形而上学的ごった煮に仕立てていた」(一四一)と見ている。そうだとすれば、『X』はフォートとドライサーの合作に近かったと考えられ、フォートが『X』を出版するようにドライサーにさんざん口説かれたにもかかわらず、渋りつづけて結局発表しなかったのも、自分の著作であると言いきれるかどうか、多少の疑念を持っていたからかもしれない。すると、一九一〇年代に奇妙な戯曲の形で書かれたドライサーの宇宙論は、フォートの受け売りどころか、ドライサーの独創であったと見なしてもさしつかえないことになる。戯曲「夢」にしても、思いもよらず異次元世界にワープする男の話であるという筋書きにおいて、ドライサーがフォートと知り合うよりもずっと以前に書いた初期短編小説の一つ「黒アリ戦士になった男マキューエン」を引き継いでいる。

ドライサーが宇宙論などという一見不似合いなジャンルに手を染めた背景には、新聞記者や雑誌寄稿家として生計を立てていた頃、読者の嗜好に投じてさまざまな題材を片っ端から取りあげたなかに、降霊術などの疑似科学も含めた科学のトピックについての取材を得意にしていたという事実も介在していたと思われる。後に雑誌編集長として辣腕をふるったときも、誌面に科学読み物を登載することに熱心だった。たとえば、『シスター・キャリー』前のドライサーの雑誌記事を集めたヨシノブ・ハクタニ編『雑誌記事選集』第二巻「第六部」、および『雑誌記事拾遺』「第二部」は、ともに「科学、テクノロジー、産業」と題され、この方面の記事が何本も収録されている。ただし、ドライサーの科学に対する関心は、たんに文学市場の需要に応える動機から生まれただけでなく、真摯な探究心に支えられてもいたと見なければならない。その点はポーも同様で、やはり雑誌記事作家として、また雑誌編集者として、科学読み物に大いに関与したし、改めて言うまでもなく、短編小説でも科学的な素材を利用した作品をたくさん書いた。かくてドライサーもポーもジャーナリストとして成功を遂げたのであるが、にもかかわらずこの職業を嫌悪したことにおいても両者相通じていた。

ドライサーがふたたび宇宙論の構築に熱中するのは、一九三五年から一九三七年にかけての時期である。この頃彼は、科学や哲学の探究に没頭し、天文学、物理学、生物学、生理学などの多数の書物を漁ったり、かつて啓発を受けた生理学者ジャック・ロエブが所属していた、ニューヨークのロックフェラー医学研究所やマサチューセッツ州ウッズホール海洋生物学研究所などの科学研究施設を訪れて、科学者たちに直接面会質問したりしながら、膨大な断片を書きためた。それが『生についての覚え書き』の素材である。そのいきさつについて私は旧稿「ドライサーの一九三〇年代」で述べたので、ここでは省略する。ただ、ドライサーがこの探究に埋没する前、一九三四年に発表した、研究計画構想をまとめたような二つのエッセー、「汝、幻影」と「個性という神話」に触れておきたい。

これらのエッセーから浮かび上がる宇宙像は、一九一〇年代に戯曲にあらわされた宇宙像とあまり変わらない。それは、「汝、幻影」ではつぎのように述べられている。


私はささやかな集合体であり、私ならざるさらに微細な、驚くほど整合的に作用する存在——ないしエネルギー容器からなっている（とはいえ、これらの要素に矮小なものは一つもなく、その配列が攪乱されたら、私——いわゆる私という存在——が終わるかもしれないし、終わるほかないとさえいえる）。さらに、これらの要素は、私——すなわち、これらの要素よりは多少大きいとはいえ、これらの要素に意識されているか、されていないかもわからないメカニズム――の部分をなしながら、私という構造の部分として私のなかできわめて快調に機能しているし、私は、これらの要素のおかげで、また、それよりも高度の、われわれすべてを支配している別な力のおかげで、私と同様のほかのメカニズムに立ち交じりながらけっこううまく機能している。これでとてもうまくいっているので、ついには、私は個人として力能をそなえた存在であるというよりは、何か外部のもっと大きな知的活動体の知力か企図のためのメカニズムであると思えてくる。この知的活動体は、私や、私を現在の姿にあらしめるのに役立ってくれている微細な実体をこしらえたのだが、おそらく自身の目的を心に秘めてのことではないであろう。言い換えれば、私はまるごと個人として生きているのではない――そうではなくて、何か別のものによって生かされているのであって、それがそれ独自の用途のために私をこしらえ、ほかのあらゆる形ある事物や要素や力を利用するとともに私を利用しているのである。（二八七―八八）

ここで「何か外部のもっと大きな知的活動体」と呼ばれているものは、かつての戯曲に「宇宙の主」として登場したものに通じている。これはまた「偉大な創造的エネルギー」とも呼ばれ、「意味をこめてにしろ、意味などとは無関係にしろ、みずからを表現したいという、すさまじく重大なのか、無駄で些細なのか、判然としない欲望ないし気分」を抱えている「サムシング」（二九〇）であるともいわれている。

「個性という神話」では、この「サムシング」の自己表現としての宇宙が、「このような見世物に甲斐があるのかということについてどうやら懐疑的であるように思われるサムシングが上演する上等のショー」（三四二）であると論じられている。生前に発表されたこれら二篇のエッセーを踏まえてこそ、『生についての覚え書き』のなかの、たとえば「宇宙という名のメカニズム」という断章の意味も明らかになるのではないだろうか。ドライサーの宇宙論が一九三〇年代にどのあたりまで到達したのかを示すために、以下に「宇宙という名のメカニズム」からの一節を、あまり知られていない著作でもあることだし、多少長くなるのも厭わずに引用する。

宇宙には、大きな太陽や小さな太陽がいくつもあり、包括的な天体や島宇宙、それから彗星、惑星、衛星、小惑星、星の破片、光子、電子、宇宙線、原子、元素などがあることを考えてみてほしい――すべてが不易の法則に支配されていると信じられている。しかも万物が、われわれの存在や運命の根源をなすとてつもない力の不可欠な部分として、畏怖の念をかき立てている。にもかかわらず、人間や動物に立ち交じっている者として人は、みずからの状態や運命を考察する自由をやはり有している。というのも、現代の物理学者や化学者によれば、そういう状態や運命は千差万別であるからだ。何十億、何百億もの銀河が存在しようとも、すべてが老いていきつつある。すべてが、始原となるどこか共通の中心から外側に向かって遠ざかりつつある。すべてが、各太陽系や恒星が体現する原子の壮大な狂乱を放散させつつある。それらは源から分かれ、たがいに遠のいて、秒速一八六、〇〇〇マイルの高速で去っていく。それにしてもいずこへ。何を目ざして。エーテルか。空間＝時間と呼ばれるあの見分けもつかぬ何物かをか。科学ははっきりしたことは言わない。再集合、再統合の過程が起きるのかもしれない。だが、どのようにしてかはわかっていない。

しかし他方で、人間はこの壮大な運動とみずからの関係を研究することを許されている。なぜならば、マックス・プランクが主張したところによれば、「われわれ自身は自然の一部であり、それゆえわれわれが解こうとしている謎の一部である」からだ。すなわち、島宇宙やいくつもの太陽系を作り上げ、われわれが空間＝時間と呼んでいるものを占めているのと同じ諸要素——光子、電子、原子、宇宙線——が、われらの太陽系や地球や細胞原形質やわれわれ自身を作り上げているからであり、われわれはその不可欠の部分であって、それがまたわれわれの一部なのである。このことから明らかなように、この運動の謎を解こうと努めているのは、「個人として」などという誤った表現であらわされるわれわれだけでない。むしろ、この運動自体がわれわれを通じてこの謎を解こうとしてもいるのである（中略）。そしてわれわれは、この運動を通じて、あるいはこの運動（それによって与えられるわれわれの動機）ゆえに、この運動やわれわれを創造したものの謎のみならず、その一部としてのわれわれ自身の謎をも解決しようとする。（一〇）

これらの文章からドライサーの世界観を要約すれば、宇宙には「創造的エネルギー」が横溢しており、これが森羅万象に浸透していて、万物の運動や作用の根本的な原因となっているという見方である。この「創造的エネルギー」の正体については不可知なものと見なすのがドライサーの建前上の立場であるが、「知的活動体」とか、「サムシング」とか呼んだりして、神という名を使うまいと苦心しているものの、結局は擬人化しうる神に近い存在であることをしぶしぶ認めている。ただ、この存在に道徳的な究極善はなく、宇宙の万物がこの存在の部分であり、その気まぐれな自己表現の産物であって、われわれの知る宇宙とは、この存在がある種のスクリーンに投影した自己表現のようなものであると解釈される。さらにこの断章には、人間は宇宙の一部であるとともに、宇宙は人間の一部であるなどという、全体と部分の関係が奇妙に反転する見方も含まれている。

宇宙とはスクリーンに映った像のようなものだという見方は、マーク・トウェインの未完の遺作『不思議な少年第四四号』の結末にあらわれる世界観にも類似しており、この類似性は興味深いが、どういう関係があるのか。ここでそこまで考察する余裕はない。現代の天文学や物理学にもとづく宇宙論は私には近づきがたいけれども、たとえば佐藤勝彦による啓蒙書では、人間の科学によってとらえられる宇宙がスクリーンに映った像のようなものだと見る最先端の理論が、私にもなんとなく想像できるように紹介されている。この理論によれば、宇宙がたとえば一〇次元ないし一一次元の世界と想定され、「私たちの三次元の空間は、高次元空間の中の「三次元の膜」のような存在である。私たちの三次元の空間で膜と言えば、紙切れのように縦と横しかない二次元であるが、高い次元の空間の中には三次元の膜も数学的に存在できるのである」（一〇七－一〇八）とされる。このように多次元の空間に浮かぶ膜のような宇宙はブレーン宇宙と呼ばれる。「「ブレーン」という言葉は、英語で膜を意味するmembraneを省略して作られた造語である」（一〇八）。この膜に映る像のようなものが、われわれの観察する宇宙だというのである。

宇宙の運動になんらかの知性の働きを認めずにいられない性癖について言えば、現代の科学的宇宙論の一部に根強く息づいている「人間原理（Anthropic Principle）」が想起される。松田卓也によれば、科学的宇宙論は、科学という以上「宇宙原理（Cosmological Principle）」（「宇宙は一様かつ等方である」）によるのが普通とはいえ、いまや「人間原理」の宇宙論も無視できなくなっているという（二三五）。現代の最先端の科学者が、「この宇宙は認識されなければ、存在しないのと同じことである。逆にいえば、宇宙を認識するわれわれ人間が存在するということは、この世界はそのようにうまく仕組まれているはずだということになる。つまり宇宙は人間を生み出す目的をもって設計されているともいえる」（二二七－二二八）などと言い、「つまり私のいいたいことは、目的因をたんに非科学的としてしりぞけるべきではないということである。科学が進めば、さらに自然の巧妙なからくりが見えてくると思う。その最終的なからくりが人間原理であるかもしれないのだ」（二二九）と論じている。量子力学における観測問題を踏まえた不確定性原理が認められると同様な意味で、科学的宇宙論にも、知的生命が存在する謎を含めて考えれば「人間原理」が登場しても不思議ではない。こうなると、ドライサーの宇宙論は「人間原理」によるブレーン宇宙に似ていると言えないこともない。

とはいっても、ドライサーやフォートの宇宙論を現代の科学的宇宙論に伍するものだとか、それに取って代わりうるとかなどと言いたいわけではない。しかし、宇宙論は科学者が構想したところで、厳密な意味で科学の領域内に踏みとどまるだけでは完成するはずのない企てであり、どこかから先は想像力に頼らざるをえない高度に仮説的なモデルにとどまる以上、文学者の想像と質的に異なるとは限らないのではないか。一個の人間は無数の原子を含んでおり、素粒子からなる原子の構造モデルが、太陽系の形に似ていることを知るにいたった程度の子どもなら、人間は一個の銀河系か宇宙に等しいし、逆に銀河系ないし宇宙は、われわれの惑星を素粒子として包含する巨人のようなものではないかなどと空想しても不思議ではない。文学者の宇宙論もこのような空想をもっと精緻に仕組んだものではないかと思われるが、このような空想と科学的宇宙論とはまったく縁もゆかりもないと言いきれるであろうか。そこにはまた、宇宙という極大と素粒子という極小の両極端が突き詰められると一致するという科学的宇宙論が、ウロボロスのイメージに見られる神話的想像力に通じているのと同様の趣きを認めることができよう。ただしドライサーもフォートも、科学が人間の知性のすべてであるとは信じていなかったし、科学万能を奉じることの愚行を忘れなかったとはいえ、科学に敬意を払い続けた。その点はポーも変わらなかった。

ポーは、拙稿「「盗まれた手紙」の剰余」で論じたように、詩人、文人であるだけでなく数学者、科学者でもあるという、D――大臣やデュパンを通じて示唆されているポー自身の自画像を確証するかのごとくに、『ユリイカ』で当時の天文学の最先端の知識を披瀝して、天文学に通暁しているさまを思いきり衒う。そうしながらポーは、宇宙の始まりとして神の意志が「始原粒子」（二〇七）に結実したと論じ、「全一性」（二〇七）ないし「絶対的単一性」（二二四）を体現するこの「始原粒子」から宇宙が始まるとする宇宙生成論を展開する。

この［絶対的単一性が万物の源であるという］観念は、仮にもそれがよしと認められるならば、もう一つの観念もこれと密接不可分な関係にあるものとして認められるほかなくなる――もう一つの観念とはすなわち、われわれが現在知るとおりの星の宇宙の状態――つまり、空間にはかりしれないほど広く散在している状態――の観念である。さて、この二つ――単一性と散在――の観念が結びつくには、第三の観念――つまり放射の観念を考慮に入れないわけにいかない。絶対的単一性が中心であると受けとめられるならば、現存する星の宇宙は、その中心から放射された産物だということになる。（二二五）

「始原粒子」からの「放射」として宇宙をとらえる『ユリイカ』の宇宙生成論は宇宙の膨張を論じており、現代の科学的宇宙論でも有力と見なされるビッグバン理論と同型である。ポーはさらに宇宙の未来について「大終焉」（三〇八）を予想し、それをつぎのように描き出す。

諸星団それ自体は、凝縮の過程を経ながら、とてつもない加速度で、共通の中心に向かって突入していく——そしてついには、星族の堂々たる末裔たちは、その物質的な壮大さや、全一に回帰しようとする欲求の霊的激情にのみ見合うような、電気の千倍もの速度で接近し、閃光を発するとともに一つに合体する。この不可避の破局は間近に迫っているのである。（三〇八）

これは、現代の一部の宇宙進化論で提起される、ビッグクランチと呼ばれる宇宙収縮のヴィジョンを先取りしていると見ることもできよう。現代では、ビッグバン理論をとるとしても、宇宙の進化論にもとづく将来像は、現状のまま維持されるか、永遠の膨張が続くか、いつか収縮に転じるか、いずれの可能性もあると考えられているが、ポーの宇宙論は、いつか収縮に転じると見るビッグクランチ理論に通じている。その点は、宇宙の生成消滅を「生誕の家」、「生の家」、「死の家」の三段階で描こうとしたドライサーの「走馬燈」の宇宙観にも近い。ポーは、今日から見ればごく制約されている天文学的知見をもとにしても、この程度の仮説に到達するに足る科学的推論の能力を有していたと見せつけているのである。

ポーのビッグクランチ理論は、「エイロスとカルミオンの会話」、「モノスとウナの対談」、「言葉の力」などでも、宗教的エスカトロジーの響きをより鮮明にとどめながら描き出されている。これら諸篇は、『ユリイカ』のための予備的習作ともいうべき作品であるが、おもしろいことに、ドライサーの宇宙論の最初の試みが戯曲の形式を借りていたのと似て、やはり戯曲めいた対話篇になっている。しかし『ユリイカ』は、副題で示されるように、数学的な意味でもっとエレガントな「散文詩」として構成されていて、しかもここにおける終末は、つぎのくだりに見られるとおり、それですべてが終わってしまうというのではない、いわば偽の終末として描き出されている。

だが、ここで話を終わりにすべきであろうか。否、ちがう。宇宙の凝結と消失にいたってわれわれが直ちに思い浮かべることができるのは、新たな、おそらくそれまでとはまったく異なる一連の形勢が生じる——再度の創造と放射が始まり、また収縮を繰り返す——ふたたび神意の作用と反作用が起きるかもしれないということである。全法則中最高位を占めるあの法則、すなわち周期性という法則に想像力をゆだねれば、これまで本書で思いきり思弁の翼を広げて考察してきたあの運動が、何度も何度も永遠に更新されると信じても——否、期待してもかまわないのではあるまいか。神の心臓の鼓動一回ごとに、新たな宇宙があらわれて膨張していき、その後収縮して無に帰すると。

ところで、さて——この神の心臓とは——それは何であろうか。それこそわれわれ自身の心臓なのである。（三二一）

書物の結末近くあと四、五ページを残すだけの箇所にある、この引用最後の短いパラグラフから、『ユリイカ』の真の特異性が忽然とあらわになる。宇宙は、ドライサーが「走馬燈」であらわした「サムシング」の頭脳の働きならぬ心臓の鼓動のように、生成と消滅を繰り返すと描かれるとともに、

「それこそわれわれ自身の心臓なのである」という、強調のイタリック体であらわされた一文によって、たとえば科学的にリスペクタブルな宇宙論を期待する類の読者の足もとをすくうような、アイロニーを湛えたどんでん返しが導入され、それまで客体として扱われてきた宇宙の運動が、ここで一気に主体の営為に変換されるのである。「みなさんが宇宙と呼んでいるものは、この方［神的存在］が拡張している現在の存在形態にすぎない」（三一四）という、本書最後の長いパラグラフのなかの一文が意味しているのは、「この方」の心臓が「われわれ自身の心臓」であると断言されているからには、宇宙がわれわれ自身の延長にすぎないということになる。これこそ、「人間原理」どころではない人間中心の宇宙論であろう。このように見てくると、宇宙とは、卑小な人間ないし詩人を部分として含む、絶大な超越的存在の自己表現にほかならないと見る宇宙観が、ポーとドライサーによって共有されていると言えるのではないだろうか。

両者のこの一致点の基盤をなすのは、両者が、宇宙とは人間を包摂する超越的存在の表現であると見る広い意味での「人間原理」に立つ宇宙論に賭けていると同時に、それとは反対の、環境決定論を共有することであろう。ドライサーがハーバート・スペンサー的な環境決定論、進化論を奉じていたことについては改めて論じるまでもないであろうが、しかし見落とされてならないのは、『シスター・キャリー』第一〇章に「スペンサーをはじめとする現代の自然主義哲学者たちは、自由主義的なことをいろいろ言っているけれども、人間は道徳に関しては幼稚な感覚しか持っていない。この方面には、進化の法則に従うだけではすまない側面がある」（六八）と書いているように、ドライサーが社会進化論を相対化しており、この理論に依拠していたとしても便宜的でしかなかったことである。

他方、便宜的程度の環境決定論ならば、ダーウィン以前のポーもときに持ち出した。たとえば「アッシャー家の崩壊」では、かつて拙稿で論じたように、ロデリック・アッシャーとその館の相同性について、ロデリックの信念として、個人は自分を取りまく世界の歴史や、無機質界も含むいっさいの環境に浸透しつくされ、それに束縛されて、「その結果は、数世紀にわたって彼の一族の運命を形づくり、アッシャーを今［語り手の］見るような人間に――現在のアッシャーに――作りあげたあの無言の、だが執拗な恐ろしい影響のなかに見出される」（四〇八）という見方が披瀝されている。だが、この決定論は一方的な決定で終わらず、個人が外界の諸影響のいわば結晶だとすれば、個人は宇宙に決定されていると同時に、宇宙に対して反作用を及ぼす回路も与えられていると見なされ、そのような見方は、「［ロデリックの］心からは暗黒が、あたかも固有の特性でもあるかのように、一条の絶え間ない憂愁の放射線となって、精神界物質界のあらゆるものに注がれていた」（四〇五）という語り手の観測によって示されている。「ウィリアム・ウィルソン」においても、主人公が「家系の特徴を遺伝的に受けついでいる」とともに、「人間には統御できない環境の奴隷」（四二七）であると語られている。決定論はまた、「言葉の力」でアガトスが、詩人の発する「言葉の物理的な力」に言及し、「一語一語が地球の大気に対する衝撃ではないか」（一二一五）とオイノスに語っているくだりからもうかがえる。たとえば空気を振動させる言葉の力が全宇宙に影響を与えるなどという、環境決定論とは逆方向とも見える作用も、じつは、一粒子の変動が究極的には全宇宙に影響を与えずにおかないという決定論的宇宙観に根ざした思考回路から発想されている。

ポーがこのようなものの見方に立って徐々に宇宙論的な構想を築いていったのは、まさか科学的宇宙論そのものを提起しようとしたわけではなく、ドライサーと同じく、ともすればグノーシス主義的な宇宙観に陥りがちになりつつも、ぎりぎりのところで踏みとどまって、芸術家の「力への意志」とニーチェの呼んだものに駆り立てられながら、自己が外界から乖離している上に自己自身も分裂しているという実状にあるこの世界を、力業によって一元論的に統合しようとし、そうすることによって思考可能性の範囲を示そうとしたからだと受けとめることもできよう。私がドライサーと都市の関係を論じた旧稿で示唆したように（一一五―一一七）、ドライサーとポーはともにフラヌールであったと見なしうるが、ジェイムズ・ワーナーによれば、フラヌールとしてのポーは「宇宙の観相学」に行き着くことになった。ドライサーが宇宙論を書こうとしたのも、私淑したポーの真似をしたからだなどと見なすのは事柄の矮小化であり、あたらない。そうではなくて、両者は、著述活動にシリアスに取り組むうちに、やがて生涯を終えることを意識しだしたころに宇宙論などという不可能な企てにあえて乗り出し、宇宙全体を解き明かしたいというファウスト的企てに知的探究の目標を仮託するにいたるという気組みにおいて、また、自我の追究が宇宙へ及び、宇宙の探究が自我へ収斂するという往還の仕方において、主客の対立にもとづくデカルト、カント由来の哲学的潮流から離脱しようとする気運をうかがわせ、互いに似た営みにふけったということであろう。

＊本稿は、二〇一〇年一〇月一〇日、立正大学における日本アメリカ文学会全国大会シンポジウム「ドライサーともう一人のアメリカ人作家――その関係から見えてくるもの」でおこなった報告を書き改めたものである。

引用参照文献

Dreiser, Theodore. "The Dream." *Hey Rub-A-Dub-Dub*. 60-73.

_______. *Hey Rub-A-Dub-Dub: A Book of the Mystery and Wonder and Terror of Life*. New York: Boni & Liveright, 1920.

_______. *Letters of Theodore Dreiser: A Selection*, 3 vols. Ed. Robert H. Elias. Philadelphia: U. of Pennsylvania P., 1959.

_______. "McEwen of the Shining Slave Makers." In *Free and Other Stories*. 1918; Reprint, St. Clair Shores, MI: Scholarly P., 1971.

_______. "The Myth of Individuality." *The American Mercury*, XXXI, 123 (March 1934) : 337-42.

_______. *Notes on Life*. Ed. Marguerite Tjader & John J. McAleer. University, AL: U. of Alabama P., 1974.

_______. "Phantasmagoria." *Hey Rub-A-Dub-Dub*. 182-200.

_______. *Selected Magazine Articles of Theodore Dreiser: Life and Art in the American 1890s*. 2 Vols. Ed. Yoshinobu Hakutani. London: Associated UP., 1985, 1987.

_______. *Sister Carrie: An Authoritative Text, Backgrounds, and Sources, Criticism. Second Edition*. Ed. Donald Pizer. New York: Norton, 1991.

_______. *Theodore Dreiser's Uncollected Magazine Articles, 1897-1902*. Ed. Yoshinobu Hakutani. Newark: U. of Delaware P., 2003.

_______. "You, The Phantom" (*Esquire* 2, November 1934). In *Theodore Dreiser: A Selection of Uncollected Prose*. Ed. Donald Pizer. Detroit: Wayne State UP., 1977. 286-90.

Fort, Charles. *The Complete Books of Charles Fort: The Book of the Damned/New Lands/Lo!/Wild Talents*. New York: Dover, 1974.

Murayama, Kiyohiko. "Dreiser and the Wonder and Mystery and Terror of the City." *The Japanese Journal of American Studies*,

19 (2008): 103-21.
Poe, Edgar Allan. *The Collected Works of Edgar Allan Poe, Vol. II, Tales and Sketches 1831-42*. Ed. Thomas Ollive Mabbott. Cambridge: Harvard UP, 1978.
_______. "The Colloquy of Monos and Una." Mabbott, 607-19.
_______. "The Conversation of Eiros and Charmion." Mabbott, 451-62.
_______. *Eureka*. In *The Complete Works of Edgar Allan Poe, Vol.16*. Ed. James A. Harrison. New York: AMS, 1965. 179-315.
_______. "The Fall of the House of Usher." Mabbott, 392-422.
_______. *The Narrative of Arthur Gordon Pym of Nantucket*. New York: Penguin Books, 1999.
_______. "The Power of Words." Mabbott, 1210-17.
_______. "William Wilson." Mabbott, 422-51.
Steinmeyer, Jim. *Charles Fort: The Man Who Invented the Supernatural*. New York: Tarcher / Penguin, 2008.
Twain, Mark. *No. 44, The Mysterious Stranger*. Berkeley: U. of California P., 1982.
Werner, James V. *American Flaneur: The Cosmic Physiognomy of Edgar Allan Poe*. New York: Routledge, 2004.

佐藤勝彦『宇宙論入門——誕生から未来へ』岩波書店、二〇〇八年。

松田卓也『人間原理の宇宙論——人間は宇宙の中心か』培風館、一九九〇年。

村山淳彦「「アッシャー家」脱出から回帰へ」『民主文学』第五〇〇号（二〇〇七年六月）、二一二—二二頁。

———「ドライサーの一九三〇年代」『一橋大学研究年報・人文科学研究』二六（一九八七年五月）、五三—一二二頁。

———「ドライサーはポーの徒弟？」『北海道アメリカ文学』第二六号（二〇一〇年）、三—一六頁。

———「「盗まれた手紙」の剰余」小林憲二編『変容するアメリカ研究のいま』彩流社、二〇〇七年、九九—一一六頁。

第六章

E・M・フォースターの『インドへの道』とウォルト・ホイットマンの「インドへの道」
――『インドへの道』に見るフォースターのホイットマンへの傾倒――

松井恭子

はじめに

E・M・フォースター（一八七九―一九七〇）の小説『インドへの道』（原題 *A Passage to India*）（一九二四）とウォルト・ホイットマン（一八一九―一八九二）の『草の葉』（一八五五）の中に収められている詩「インドへの道」（原題 Passage to India）（一八七一）のタイトルは不定冠詞がついているかいないかの違いだけである。フォースターがホイットマンを意識したことは想像できるが、出版当時から長い間フォースターは『インドへの道』と「インドへの道」の関連性について一切語らなかったため、真相は長い間謎であった。しかし一九五九年、イタリアで講演をした際、初めてフォースターは『インドへの道』のタイトルをホイットマンの「インドへの道」からとったことを認めたのである。この事実は、一九八三年に死後出版の『デーヴィーの丘』にその講演原稿が載ったことで、ようやく明らかになった。その講演原稿でフォースターは、次のような説明をしている。

『インドへの道』は政治的なことよりもっと広いものについて書いたものである。つまり永続する住処を求める人類についての探求、インドの大地やインドの空に具現している宇宙、マラバー洞窟に潜む恐怖、クリシュナの誕生によって象徴される救済について書いたものである。この作品は、哲学的で、また詩的なものであり、またそうなるよう私は望んでいる。このような理由からこれを書き終えたときに、作品のタイトル『インドへの道』をホイットマンの有名な詩からとってつけた。（「三つの国」二九八）

これによって『インドへの道』のタイトルは、フォースターが「インドへの道」を意識してつけたことが明白になった。しかし、この説明だけではどのようにフォースターはホイットマンの影響を受けていたのか、またこの二つの作品の共通点は本当にあるのかどうか理解することは難しい。意外にも、まだこの二つの作品は詳しく比較検討して論じられていない。この二作品の関連に関して僅かながら触れている批評家も、それぞれひとこと程度しか書いていないのである。その上、それらの意見は分かれている。例えばラストン・バルーチャは、「インドへの道」は「そもそも一八六九年のスエズ運河開通を記念して書かれたのであるから、『インドへの道』との共通点はない。理想を高揚して語るホイットマンのごまかしの語り口をフォースターは暴こうとしているのである」と書いている（一〇四―〇五）。また、ベニタ・パリーは、ホイットマンとフォースターのインドの神秘主義の捉え方は全く異なると指摘している（三七）。一方、ジョン・ビアは『インドへの道』におけるイギリス人とインド人の衝突は、結末にて「精神」と「物質」、あるいは、「愛」と「不寛容」といった対立の課題へと広げられているため、ホイットマンの理念とこの小説は無関係とは言えない」と述べている（一九七）。

本論文ではこの二作品を比較検討することによって、接点と相違点を見出し、フォースターはホイットマンが読者の心の眼に映し出そうとした世界をどのように捉え、それを『インドへの道』にどう取り入れたのかを考察し、『インドへの道』の理解への助けとしたい。

1　『草の葉』の後期の詩に属する「インドへの道」

まずは「インドへの道」の内容をみていく。冒頭で「東の海を西の海に結びつけ、ヨーロッパとアジアのあいだに道」（三節）[1]を作ったスエズ運河開通（一八六九年）とアメリカの東側の大地と西側の大地を繋げた大陸横断鉄道の完成（一八六九年）とヨーロッパとアメリカの通信を可能にした大西洋横断海底ケーブル（一八六六年）に目を向けている。しかし、科学や技術の進歩は「商売」や「輸送」（二節）に貢献しているからといって、それを手放しで称えてはいけないと警告し、アメリカ国民が今すべきことは、こういった人間の成し遂げた偉業を精神の可能性に結び付けることであると歌う。また、「ジェノバの人よ、……あなたの夢の正しさを、あなたの見つけた岸辺が実証する」と三節で歌い、一五世紀の大航海時代のコロンブスを登場させている。これは、彼が大陸発見の夢を実現させたように一九世紀のアメリカも大志をもって「インドへ渡ろう」と言っているのであろう。現在と過去にも橋がかけられているといえよう。

さらに世界各地にも橋がかけられ、東西を問わず次々と人々が繋がっていくことをホイットマンは思い描いている。「ヨーロッパが、アジア、アフリカと、そして彼らが『新世界』と、契りを結ぶさまが、／さまざまな国土、地形が、祝いの花輪を捧げ持ち、君のまえで踊るさまが、／たとえば花嫁と花婿が手に手をとって踊るように」（六節）と歌う。ホイットマンは一九世紀末から進展するグローバル化を前に、諸国民を越えた普遍的人類社会の到来を求め、それを人類愛を謳う詩の形に昇華させているのである。

しかし、それだけでも不十分であると語る。目に見えるものだけで満足してはいけない、「歴史の深みにもぐって潜むかずかずの聖典や伝説」（二節）に目を向けようと歌うのである。「インドへ渡ろう、おお魂よ、／アジアの神話、原初の寓話を説き明かそう」（二節）と歌い、さらに「魂よ、いっそ原初の思念の国へ渡り行こう、／……芽生えの頃の聖典の国へ」（七節）行こう、と誘うのである。インドを「理性の初期の楽園」であると呼び、インドは「過去へ、過去へ、知恵が生まれ無垢な直観が健全である場所」と歌っているのである（七節）。ゲイ・ウィルソン・アレンが指摘しているようにホイットマンの言う「インド」は、「人間性、宗教、人類のすべての夢が生まれた原点であり、精神のシンボル」（四二九）といえるものだと考えられる。つまり、ホイットマンが思い描いていたインドとは、現実としての一九世紀末のイギリス植民地下にあったインドではないといっていいだろう。詩の最後においても「魂よ」「インドよりさらにかなたに渡っていこう」と呼びかけ、最終的にはホイットマンは魂、言い換えれば精神を形而上学的な世界、宇宙的なものと結びつけようと呼びかけ、詩は終わるのである。

さて、これから二作品の比較考察を進めるのにあたりいくつかのポイントが考えられる。まず、「インドへの道」で異なる国々がまた、「さまざまな種族、隣人たち」（二節）が結ばれると語られ、ホイットマンが『草の葉』で一貫して主張していた自由と平等と友愛という人間の基本的精神に基づき、すべての国の人民を互いに結び合わせるという理想は、この詩にも打ち出されていることは明白である。一方『インドへの道』は、インド人とイギリス人の友情が民族の壁を乗り越えられるかというテーマに挑みながらも、いかにそうした友情の絆を結ぶことが難しいかを暗示している。結末では、西と東とが結びあうことはなく、たとえあるとしてもそれは延期されると語られ、またアジズとフィールディングの友情はまだ「この地上では」では成立しないと示唆されている。そのため『インドへの道』はこのようなホイットマンの和合という理念を実はためらいの眼で見ているとも解される。しかし、安易にそう捉えていいのだろうか解明する必要がある。

ホイットマンもフォースターもインド的宇宙観や神秘主義を否定していないと推測できるが、果たしてその取り入れ方は同質なものか、そうではないのか。この点を明らかにすることも『インドへの道』を理解する上で参考となると思われる。さらに、フォースターの批評家ジュディス・シェラー・ハーツが「インドへの道」における「ホイットマンの徹底的な楽観主義的展望」を『インドへの道』は持ち合わせていない（六二）と指摘しているが、これは単純な解釈でかなり修正を加えなければならない見解であるように思われる。確かに『インドへの道』は、二〇世紀的なニヒリズムを意識し、人間、また人類を限界ある小さな存在ととらえながらも、不安を抱える人間の可能性を模索している小説である。そのため確かにはっきりとした楽観的展望は提示されていない。そもそも「インドへの道」において楽観的展望が示されているのか、というとそれは疑問に思われる。

そこでまずは、「インドへの道」にホイットマンの楽観的姿勢が表れているか否かについて検討するためにこの詩を考察する。ホイットマンは、『草の葉』の初版を出版して以来、まさに草が成長するように増補改定を重ね、「インドへの道」が出版された一八七一年までには五版を重ねた。他方で、興味を引くことに「インドへの道」を書き始めた頃、ここで『草の葉』を打ち切り、新たに *Passage to India* と題する詩集を出版することを考えていたようである（エリッキラ 二六五）。ところが、その計画は実行されず、「インドへの道」も『草の葉』に収められてしまった。その理由として、一八七三年から中風の発作に度々襲われ、身体がすっかり衰弱してしまったこと、また、詩が売れず、貧困生活の中、焦燥に駆られていたことが考えられる。しかし、それ以上に大きな理由は、南北戦争後、国は分裂を免れたもののホイットマンが敬愛の念をいだいていたリンカーンが暗殺され、さらには急速な経済発展にともなって、アメリカが強烈な事業欲と物欲が正当化される、いわゆる金メッキ時代となってしまったことだった。収賄などの腐敗が、政界、経済界に行き渡り、腐敗したグラント政権はそういった汚職に対する厳しい姿勢を取らなかった。一八六〇年末から一八七〇年代のアメリカは「建国以来最悪だったといってもいい」（猿谷　一五〇）状況に陥ってしまった。ホイットマンはこういったアメリカ社会に対し、今までにないほどの危機感と絶望感を抱いたのであった。

「インドへの道」と同じ年に発表した論文『民主主義の展望』（一八七一）は、散文でありながらも、そのテーマに「インドへの道」と共通性があるとみなされている。[2]その論文集でホイットマンは次のように語っている。

合衆国の社会状態は、蝕まれ、粗雑で、迷信にかぶれ、しかも腐敗しきっている。行政上の社会、つまり、法律によってつくられた社会も、さらに個人が自由意志でつくった社会も、みな同じ状態にあるのだ。最も重要なものであるが、道徳的良心という人間固有の力は合衆国にとっても、人間にとっても脊柱にあたる。しかし、いまではまったく活力を失っているか、ひどく衰弱して未熟のままであるかのように思える（『民主主義の展望』九）

ここからも世界最初の民主主義国家を樹立した母国に対して、自信をもってこのままアメリカは前進するべきだと煽り立てているのではないことが理解できる。清水春雄をはじめホイットマン批評家は、南北戦争以後に書かれた後期の詩には概して「南北の融合、道義国家を願うというように、観点も個人的から国家的へとの推移があり」「性のイメジャリーは影をひそめたとき」であるという見解を示している（一九三）。

2　『草の葉』の初期の詩と異なる「インドへの道」

後期の詩に分類される「インドへの道」をホイットマンの初期の詩と比較すると、確かに読者を安心させてくれるホイットマンらしい楽天的な包容力や気さくさが薄れている印象を受ける。初期の詩には自己イメージと重なる「ぼく」は、自由にいろいろな場所に出かけ行動的であった。具体的な描写で描かれる自己の姿がかなり多くあり、例えば、人里離れた自然の中を、岸辺を、大都会の街を闊歩する詩人の姿を読者に積極的に見せている。その好例として、初期の代表的な「ぼく自身の歌」の三三篇の一部を紹介したい。

［ぼくは］都会の四角な家々のそばで——丸木小屋のなかで木こりたちと野宿し、街道の轍をたどり、干上がった峡谷や細い流れの川床を辿り、タマネギ畑の草をむしり、ニンジンやパーソニップの畝を鍬で除草し、大草原を渡り、森の中をぶらつく、

……
朝のあいだはずっとブロードウェイを行ったりきたり、ショーウィンドウーの厚い板ガラスに鼻ずらをぺしゃんこに押しつけながら覗いてまわり、その日の午後は大空の雲を仰ぎ、あるいは小道をくだり岸辺を辿ってぶらぶら歩く、(「ぼく自身の歌」三三篇)

以上のようにホイットマンは空想の翼を自由に広げ、エネルギーに満ち溢れた行動を読者に伝え、自分と他者を隔てている壁を取り除こうとしている。ところが、「ぼく自身の歌」に強く打ち出された「自己のイメージの飛翔」(清水　五二)は「インドへの道」にはみられない。

このような自己の飛翔とは対照的に、「インドへの道」では広大な「円体」、つまり地球上に住む様々な人間が「さまよいながら、憧れながら」「満たされぬ心を抱いて」(「インドへの道」五節)いる姿を不安げに静観している詩人の存在を感じる。例えば詩の五節において、人生の意義を未だ見つけられず、人間の魂は満たされないままであることが歌われている。

アジアにあった楽園から次第にくだり、四方めざして広がり行きつつ、/アダムとイヴの登場となり、彼らのあとに無数の子孫がつづいて行く、/さまよいながら、憧れながら、好奇の思いに促されて、瞬時も休まぬ探求を繰り返し、/問いかけては裏切られ、混沌のさなか熱にうなされ、ついに満たされぬ心をいだいて、/ひっきりなしにあの悲痛な反復句を呟きつづける、／「魂よ何ゆえ満たされぬ」、「今はいずこへ、おお裏切り者の人の世よ／ああ、熱にうなされるこの子供らの心を誰が一体鎮めてくれる、この休みない探求を誰が正しいと言ってくれる、……」（「インドへの道」五節　強調筆者）

人類の友愛より人類の苦悩がそこに見てとれ、ここには、まるで天空にさまよう小さな人間の集まりを見ているといった視点が感じられる。さらに「瞬時も休まぬ探求を繰り返し、問いかけては裏切られ、……満たされぬ心を抱いて、ひっきりなしにあの悲痛な反復句を呟きつづける」という箇所は、『インドへの道』の結末で、アジズとフィールディングが友情を望みながらも引き裂かれる際に繰り返される「駄目だ、まだ駄目だ」という言葉を連想させる。この言葉は、一個人の声ではなく、まるで人間界を観察しているインドの神殿、貯水池、空飛ぶ鳥が声を合わせて、「まだ駄目だ」と反復しているかと『インドへの道』において描かれている。さらに最後に予言者として「空」は、異なるものの和合を求めてはいるものの、この二人の男性だけに向かってだけでなく、地上の人間全体を見下ろすように「その地上では駄目だ」という言葉を繰り返し呟いている。また、「反復句を呟きつづけ」ていたヒンズー教徒ゴドボレの祈りをも連想させる。「神よ、来てください、来てください、来てください」と何度頼んでみたところで、神は来てくれないとゴドボレは言う。これは数々の問題を抱えながら一向に解決されず、不安や焦りを感じている人類の孤独を伝える言葉でもある。実はこうした『インドへの道』に通じるペシミズムが、「インドへの道」に頭をもたげてきていることが読み取れるのである。

　興味深いことにホイットマンの初期の詩では、素朴で主体性をもった多様な個々人、「民主的個人」にしっかりと目が向けられたのに対し、「インドへの道」では、個人は「アダムとイヴ」の「あとに続く無数の子孫」として大勢の民衆の中に埋没している。以前は、個性が最大限大切にされる社会、そして、すべての人が平等である社会が民主主義の理想を集約していると力強く説き、そのためにもあらゆる生業にたずさわる個人、年齢も異なる個人が果たす役割の重要性を強調していた。その個人とは、例えば、大工、航海士、教会の執事、紡績女工、農民などである（「ぼく自身の歌」一五節）。ホイットマンの理想をことごとく裏切る病んだアメリカ社会から民衆を正しい道へと導くには、今まで彼が信頼を寄せていた個人に期待を寄せるだけでは不十分であると考えざるを得なくなったであろう。このような見方から個人は全体という概念に吸収されていると思われる。しかし、それでも民衆を救いたいという願望から、ホイットマンはインドに表象される思弁的で精神的な世界が日常の生活の外側に存在することをアメリカ国民に指し示そうとしたのではないかと考えられる。

3　『インドへの道』の客観的視点

　以上のように「インドへの道」には主観から客観への視点の変更、民主主義に根差した和合、インド的精神世界への憧れと追求というテーマがあった。これらの点を踏まえて、この詩と『インドへの道』との比較すると、まず、「インドへの道」と同じく、『インドへの道』もそれ以前のフォースターの作品と異なり、主観的視点から客観的視点への移行が認められる。

冒頭において、家屋も人間も泥で作られたように見えるインド人の町と高台にある整然としたイギリス人の居留地、その両者の頭上を覆うのは、空のみであると語られている。登場人物がまだ姿を見せる前に、高く果てしなく広がるインドの空とその下に広がる殺伐とした平らなインドの大地の存在が知らされる。そして突如、その「空がすべてを決定する——気候と季節だけではない、大地が美しくなる時期をもさだめるのだ。空の力を借りなければ、大地は無力に近い——花が少し咲くだけである」と語られている（『インドへの道』三〇）。言語を持たない神秘的な空は、インド的表象であり、それが、世俗の世界、言い換えれば人間文明に対置されている。つまり、宇宙の無限性の対極に存在する傲慢な人間世界の限界が暗示されているのである。おもしろいことにホイットマンも「インドへの道」の九節で「インドよりさらにかなたに渡って行こう、おお大地と空の秘密よ」と歌い、「空」と「大地」という言葉を使っている。精神のシンボルとしてのインドを思い描く際に空を形而上学的含意を持つものとして捉えているのであろう。上述の「空の力を借りなければ、大地は無力に近い——花が少し咲くだけである」という言葉から「インドへの道」と同様、発展を目指してきた人間の行動を客観的に大きく見直すべきであるという『インドへの道』の視点が、空をめぐる言葉に表れているのである。

『インドへの道』の前に書かれた小説、『ハワーズ・エンド』、『眺めのいい部屋』、あるいは『モーリス』、またその他の短編作品においても、「ロンドン郊外における中産階級の住宅地」内の人間模様という等身大の人間にスポットを当てていた。そこには、個人の人間関係の中で登場人物が自己を発見し、自己認識を深めるという共通するパターンがあった。しかし、『インドへの道』は今までの構図を破ろうとしていることが冒頭から伝わってくる。フォースターはインドやエジプトに滞在した一九一二年から一九二二年の間に、帝国主義の現場体験、戦争を含め、イギリス人が一生かかってもできない幅広い経験をした。インドから帰国後『インドへの道』を執筆中、大学時代の友人宛の手紙に以前から追求していた「personal relationship」は、「人間を単純化して見ているにすぎない」と感じるようになり、考え方が少々変わったと書いている。様々な人々の心理葛藤が深刻化し、人間が非力で小さい存在になる中、フォースターはホイットマンが「インドへの道」で意識していたのと同様に、個人的な人間関係では手に負えない国や社会を意識したのであろう。しかし、続けて次のようにも書いている。「かつて私が思っていたより、人間はもっと複雑であり、もっと豊かであり、また、以前より愛を育てることは難しくなっていると同時に、愛はより栄光あるものだと感じます」（マルコム・ダーリングへの手紙、一九二四年九月一五日　六(二)）。この言葉から、個々人が成し遂げる見事な成果にみとれることはなくなってもフォースターは、処女作以来追い求めてきた個人的な人間関係の意義、または、人間個人に究極の価値を求める意義を『インドへの道』においてもまだ探求しようとしていると理解できるのである。

こういったフォースターの考え方は、一九三八年に書かれたエッセイ「私の信条[3]」にも確認できる。

ナチズムが台頭し始め、世界に戦争の嵐が吹き荒れそうな状況において、フォースターの持つ武器とは、「寛容、善意、同情」（六七）であるという。それらは「軍靴に踏みにじられる一本の花」（六七）程度の弱さであることは承知しているが、暴力が永遠に世界を支配するわけではないだろうと考えているのである。このようにフォースターは一貫して個人の精神力の復活を信じ、人間性と自由の勝利を信じていた。この「寛容、善意、同情」を基本にして成り立っているのが、フォースターの言う個人的な関係である。また、この個人的な関係は、言い換えれば人間同士の分け隔てない意識や信頼から成立する友情や友愛とも言える。しかし、『インドへの道』において、アジズとフィールディングはこういった友情を望んでいても最終的に袂を分かつしかなかった。最大の理由は、確かにフィールディングは他の在印イギリス人とは異なり、民族や人種の壁を越えてインド人と個人的な人間関係を築こうと努力を重ねるが、他方で、彼はインド政庁による植民地統治に反対せず、それは継続されるべきであるという考えを持ち続けたからである。しかしながら、この二人の間で実現不可能であっても、実は、この友愛のテーマはインド的な表象として描かれているクリシュナの祭りに表れている点に次は注目する。それによって、既に述べたホイットマンの友愛の思想と『インドへの道』にあらわれている友愛の思想との関連性を探っていく。

4 『インドへの道』の包括的世界観とホイットマンの友愛思想

シンバルや他の楽器の音や人々の叫び声が秩序なく響きわたる中、クリシュナの誕生を祝うヒンズー教の祭りの様子が『インドへの道』に描写されている。無秩序な浮かれ騒ぎのように見えても、参加者は宇宙を包む暖かい愛を感じ、疎外感を感じることなく個と個が結びつき、また個と全体が合一していく歓喜に包まれている。「彼らはすべての人々、全世界を愛した。彼らの過去の断片、人生の些細な出来事が一瞬浮かび上がってきて、宇宙全体の暖かさの中へ溶け込んでいった」(『インドへの道』二五九)と語り手は感動とともに伝えている。無差別の精神や包括的な精神がそこにあるからである。この祭りは理路整然とした美の対極にあっても、そこには過去の因習的美学に勝る優しい連帯感が創造されていることが感じられる。

神秘思想『ウパニシャッド』の中でブラフマンは、宇宙の最高実在であり、アートマンは個体の本質である。そして、このブラフマンとアートマンが一つに合わさることを瞑想により体験することが、絶対の救済であると『ウパニシャッド』は説いている。「この合一体験において、個体意識は消滅し、この世におけるあらゆる区別は消滅する」(服部 二三五)という考えがヒンズー教の基本にある。なかなか心が満たされなかったゴドボレは、祭りを通してついにクリシュナという究極の実在に心で触れあい、合一体験を持ったのであろう。それ故彼は、目の前に温かさとすべての愛が宿っていることを感じる。このように感じることにより否定、差別はすべて消滅し、この祭りの最中、ゴドボレの心象風景に慈しみ深いムア夫人が浮かびあがり、彼女と意識の上で繋がっていることを感じるのである。「脂とほこりにまみれながら、ゴドボレ教授はもう一度彼の魂の生活を発展させた。彼はますますはっきりとムア夫人をもう一度見た。……彼はヒンズー教徒の僧侶であり、彼女はキリスト教徒だったが、そんなことは問題なかった。……ともかく、彼自身が神になって、彼女を愛し、また彼女になって『神』にむかって、『来たれ、来たれ、……』と言う……」（『インドへの道』二六二－六三）。ここに民族の異なる人間が結びついている。善意ある人格の持ち主のムア夫人は、すでに彼女の精神を通じてイスラム教徒、ヒンズー教徒、在印イギリス人の心に繋がり、彼らが調和のある営みを目指すよう導いていた。故に、ゴドボレもクリシュナの祭りを通して、人の和に結びつくのである。「『無限の愛』はクリシュナとなってインドの人間だけでなく全世界を救った」（『インドへの道』二六〇）と語り手は述べている。一見対立してみえる二者のうち、合理的にどちらか一方がより優っていると考える排他的な姿勢をフォースターは一貫して否定してきた。フォースターが感じとったこのヒンズー教の祭りの包括的世界観と合一の精神に彼の友愛思想の中核にある自由、平等、善意、寛容の精神を重ねているのである。これには単なる社会規範に化して人に影響を及ぼそうとするキリスト教の拘束を逃れて、人間に潜む自然な感情を尊重したいというフォースターの願望も含まれているであろう。

フォースターに先立って、善も悪も一切をひっくるめて現実を肯定し、互いの人格を認めあうヒューマニスティックな社会を目指す友愛思想を説いていたのはホイットマンである。「インドへの道」において異なる人間を結び合わせる友愛のイメージが歌われていたが、無差別の愛を生きた民主主義の理念にしっかりと載せているのは、彼の初期の詩である。その中で自由平等論や寛容の精神を訴える彼は、美しいものを美しいと讃美するのではない。ホイットマンの眼に映るものは、ひとつとして劣るものはなく、あるがままに完全であり、すべては美しいとしている。これが鮮やかに伝わる一例として次の詩に注目したい。

ぼくは善ばかりを歌う詩人にあらず、悪の詩人たることも辞さず。
美徳だとか悪徳だとか、一体だしぬけに何を言うんだ、
悪だってぼくを駆り立てるし、悪の矯正だって駆り立てる、どっちになってもぼくは平気だ、
……
ぼくは育ってきたものなら何だろうと根っこに水をそそいでやる。（「ぼく自身の歌」二二節）

また、ホイットマンが「ぼく」という言葉で表現する自己のイメージは、「ぼく」でもあり、君でもあり、同時にすべての人間の代表者である。個はそれぞれが等しい価値を持っているという理念があるからである。例えば、「ぼく自身の歌」の一六節で次のように歌っている。

ぼくは老いてもいるし、若くもある、愚かでもあるし、賢者でもある、

他人のことには無頓着で、いつも他人のことを心にかけ、
父親らしくて母親らしく、大人でありながら子供でもあり、
粗野な素質を詰め込まれ、繊細な素質も詰め込まれ、
あまたの民族からなる「民族」のひとり、このうえなく小さくてこのうえなく大きく、
……
あらゆる肌の色のあらゆる階級、あらゆる身分あらゆる宗派にぼくは属し、
ぼくは農民、職工、芸術家、紳士、船乗り、クェーカー、
囚人、情夫、無頼漢、弁護士、医者、それに牧師。(「ぼく自身の歌」一六節)

個はそれぞれが等しい価値を持ち、等しく宇宙の形成に役立っているというホイットマンの思想とフォースターが描いたクリシュナの包括的世界観に共通点がみられる。つまり、フォースターは、ホイットマンの「インドへの道」また、それ以上にホイットマンの初期の詩において彼が説いていた友愛思想に傾倒していたと理解できる。長年に渡って、ホイットマンの影響について、フォースターは沈黙を続けたが、それは二〇世紀初頭イギリスにおいてホイットマンが、ホモセクシャルの読者から圧倒的な支持を受けていた事情があると考えられる。つまり、イヴ・セジウィックによると「ホイットマンを賞賛することは、自分が同性愛者であることを表す暗号としても機能」(二〇六)したということである。道徳主義に対抗するがごとく、この世のものはすべて平等、価値があるとかないとか

そんな区別は存在しないと言い切るホイットマンの友愛言説は、同性愛者に彼らの行き詰った人生を前向きに捉えなおす勇気や希望を与えたものと容易に想像できる。自らの同性愛的傾向からフォースターも、ホイットマンの包容力に自己を蘇生させられるような救いを感じた面もあったであろう。

以上考察したことから、フォースターは、友愛思想を表すためにヒンズー哲学を用いた。しかし、これは勿論宗教としてのヒンズー教の教えそのものに救済を見たのではない。西欧の近代合理主義を批判するために、西欧世界とは異なる基盤の上に構築されたヒンズー教世界に対極的価値を見出しているのである。換言すれば、ヒンズー教世界を単に「非西欧世界」と定義するのでなく、「独自の価値観を持つインド世界」として認めることで、西欧世界への批判概念となると考えているのである。我々の常識からは、クリシュナの祭りの自己陶酔の世界が、人類を救済する力をもっているとは考えられないが、フォースターも当然同様な見方をしていたのである。デワス藩王の顧問役として招かれたインド滞在中、彼が見たこの祭りについて書簡に以下のように述べている。「宗教的な恍惚状態と、ふつうの人間が酔っぱらった状態と、どこがどう違うのか私にはわかりません。神様のおかげで酔っぱらうのだと考えれば、さぞかし楽しいだろうとは思います。でも、このことでは私はすっかり頭が混乱してしまいます。……私はヒンズー教徒の服装をしていますが、ヒンズー教徒には絶対になれそうもありません」(『デーヴィーの丘』六四)。ヒンズー教的文化の混沌が示す神秘的な推進力や包括的な概念は、あくまでも非現実という想定の中に留まっているとフォースターが考えていたことは明らかである。しかしそれでも近代合理主義的精神に対する批判概念としてヒンズー教哲学に依拠した理由は、論理、言葉だけですべてを決定し、心、精神をないがしろにする西欧文明に参加できない自分をフォースターは感じたのである。彼は、理性、言い換えれば論理だけでは足りないと『小説の諸相』(一九二七)で明確に述べている。

人間の理性とは、威厳を示すことができるような人間の器官ではありません。ですから理性を誠実に働かせるのには、折衷主義でするしかないのです。……人間は強い印象を人々に与えつつも、真実そのものであるというわけにはいかないのが残念です。(一二三)

この人間の理性や理屈だけを過信したくないという願望が、『インドへの道』にも明確に示されている。クリシュナの「救いにはすべての物質とともにすべての精神が参加しなければならない。」また、それは「完全な円」となることを目指している(『インドへの道』二六一)と語られ、これはまさに、「インドへの道」のテーマの中核である。「既知なるものには見向きもせず、既知なるものの支配を逃れ、天をめざして登り行く寓話たちよ」(二節)とホイットマンは歌い、魂、つまり人間の精神や感情は、物質主義や合理主義に簡単に押しつぶされるべきではないと訴えている。物質的世界に対峙し、国民を突き動かすような求心力を持つ概念に国民の目を向けさせることで、国民的な一体感を持たせることができるとホイットマンは考えたのだと思われる。『インドへの道』も断片としてしか存在しない個人の不安や虚しさを察知しながら、個人が大きな全体を作っていけることを希求している小説と考えられる。従って、フォースターは「インドへの道」を基本的には引き継ごうという意識をもってこの小説を執筆したと考えられる。

しかしながら、大切な相違点もある。ホイットマンは「インドへの道」において、理想と現実を近づけようと試みたが、フォースターと異なり、深く絶望に陥ってしまい、結局のところ現実から離れ観念的になってしまったことである。ポジティヴな価値を喪失したアメリカ国民を救済したいと願い「インドへの道よりさらにかなたへ渡って行こう」と繰り返し歌い、「求心的な世界」への道、すなわち、「インドに表象される精神的な世界」に向かう抽象的な道、passageへ国民を導こうとする。しかし、このインドは、ロマンティシズムとともに最大限理想化された観念的にとらえられたインドに過ぎない。亀井俊介がホイットマンは後期の詩において「宗教的デモクラシー」などの「観念に入り込むことによって問題の解決をはかった」（四〇）、と指摘していることは、間違いなく「インドへの道」にも当てはまる。ホイットマンが観念的な世界に入っていくことを裏付ける事実として、「インドへの道」を発表後、彼は政治的なエッセイや社会にかかわるテーマでは一切執筆しなくなってしまったことがある。また、晩年の詩は「涅槃希求の態度をますます強め」（新井 二二四）、なお一層精神界に頼っている。

一方、『インドへの道』は、ニヒリズムにも絶望にも走らず、宗教的な色合いをただよわせることもなく、生きた人間の堂々たるビジョンを失っていない。ホイットマンと対照的にこの小説の出版後フォースターは精力的に評論、エッセイ、書評を出し続け、現実のさまざまな問題を追及し、世俗の権威から弱者を守ろうとする立場で現実的な人間観や文化論を論じている。

おわりに

フォースターは、ホイットマンと異なり神秘的なインドだけでなく現実のインドを背景にして『インドへの道』を描いた。そして、その現実のインドに寄せたフォースターの期待にホイットマンの民主主義思想が反映されている。そこで、最後にこの点について触れたい。まず、結末でアジズが変化を見せることは見逃せない。これには第一次大戦後インドナショナリズム運動が盛んになり、インドの民衆がイギリスによる弾圧に対して抵抗運動を始めた頃の歴史的事実が重ねられていると考えられる（ダス 一三一四）。アジズは冤罪事件前、イギリスの植民地支配によってもたらされたインドが抱える問題を深刻には考えず、イスラムの栄華を誇った過去のムガール帝国を心の拠り所にして生きていた。しかし事件後イギリスのインド支配を拒み、「インドは統一国家にならねばならぬ！……ヒンズー教徒もイスラム教徒もシーク教徒もみなひとつになるのだ」（『インドへの道』二八九）と熱く語る。アジズはインドが民族的結合を目指し、国民国家になるべきだという考えを持ち、ロマンチストから、ナショナリストに変貌していく。フォースターはエッセイ「インド藩王国の真理」においても大多数のインドの人々が「自分がアフガン人だ、ペルシア人だ、ラージプート人だなど」と言っていることが民主主義の確立を邪魔していると指摘している。(4) フォースターは、ばらばらのインドの人々がインド人であると自覚し、国民、つまりネーションとしてひとつになることが、民主主義を確立させる第一歩であることをよく理解していたのである。

　言うまでもなく、自由平等思想が国民全体に定着することなくして、民主主義の発展も全世界の友愛なども望みえないという考えが、ホイットマンの『草の葉』の基本である。一九世紀末、参政権を拡大させたアメリカ民主主義は、粗野で無謀な民主主義としてトーマス・カーライルやマシュー・アーノルドやラディヤード・キプリングをはじめとするイギリスの知識人の批判の矢面に立たされていた（カプラン　三三五－三三六、グリフィン　五五－八、北原　一七三－七四）。このようになかなかイギリス人に評価されない「アメリカのナショナリズム」（ロセッティ　一八）を土台にして詩を書いたホイットマンをフォースターは認めていたのである。

　イギリス人はインドに民主主義が存在していないことが、インド統治に好都合なことであるとして利用していた。インドに民主主義が欠如していることを理由に、イギリス人がいかに手前勝手な主張をしていたかを歴史家の山本達郎は次のように説明している。「インドという一国民は存在しない、均質な一国民がそこにいない以上選挙と代議制度による西ヨーロッパ的民主主義はそこに成り立たない、それが成り立たない以上多くの特殊な社会集団がそれぞれ集団別に自己を主張し、それを支配者であるイギリスが裁いていくという政体が適当であり、これなくしては力の弱い社会集団の利益は擁護されない」（二九一）。インドにはもともと多民族、多宗教、多人種などの分裂的な要因があるが、これを克服して社会経済の近代化を進め、民族として一体となることが国民国家樹立への道であることをイギリスは当然わかっていた。しかし、逆にイギリスはインド人の「分裂を拡大し、分裂のないところに分裂を作って統治の安泰を計る政策」（山本 二八九）を取り続けていた事実をフォースターは自分の眼で目撃していた。

このようなインド政庁の独裁的権力を彼が批判の眼で見ていたことを証明する出来事が、『インドへの道』の出版直後、一九二四年に起きている。イギリス人ダイヤ将軍下の行政官であったイギリス人マイケル・オドワイアーが、あるインド人公務員を名誉毀損で訴え裁判を起こした。そのインド人公務員が出版した著書にオドワイアーが一九一九年のアムリトサル虐殺事件当時、インド人を大勢虐殺したと書かれたからである。しかし、ダイヤ将軍こそ、アムリトサルの虐殺事件を引き起こした軍事指揮官である。彼が、アムリトサルにある空き地で武器を持たずに集会を開いていたインド人に対して一斉射撃を命じた張本人であった。その結果、三七九人ものインド人が殺害され、一二〇〇人が負傷する大事件が起きたのである。一九八〇年代から従来知られていなかった史料が掘り起こされた結果、英国内の新聞が故意にこの虐殺事件の顛末を報道していなかった事実も明らかになった（シャープ 一一四）。裁判の話に戻ると、この裁判のイギリス人裁判官がダイヤ将軍の熱烈な支持者であったため、オドワイヤーに一方的に加担し、オドワイアーが勝訴する結果となった。フォースターはこの不公正な判決に腹を立て、抗議の意思を表明するためにその裁判官に『インドへの道』を一冊送りつけたのである（ファーバンク 一二二―一二三）。従って、時代状況の制約の中で、『インドへの道』は、インド人が自ら立ち上がり、民主主義を勝ち取ることを支援していたと考えられる。

以上から、ホイットマンとフォースターが活躍した時代には五〇年の隔たりがあるにも拘わらず、両者とも西欧近代社会の限界を強く意識していたことがわかる。二人とも西欧近代社会が必ずしも普遍的な世界ではないことを理解していたのである。そのため、西欧近代社会の限界を乗り越えることが二人の課題になった。その結果、フォースターもホイットマンも従来、近代西欧人が評価することのなかったインド的宇宙観や神秘主義に意義を見出して、それを作品に取り入れたのである。しかし、その取り入れ方は同質ではなかった。M・ジミー・キリングスワースが指摘しているように、「インドへの道」は「抽象的な世界、つまり宗教的な普遍的救済説に向かっている」(八〇)。換言すれば、この詩は世俗的な願望の一切を捨てて、心を静め、ひたすら内面への道を歩むこと自体に救済があると主張していると読み取れ、この点が『インドへの道』と大きく異なっている。『インドへの道』は、現実の雑多な世界との絆を断たずに人間を見ている。「インドへの道」は、アメリカ社会の泥沼から這い上がれない民衆に対する批判的評価と、人類愛の精神で和合することが可能な民衆に対する肯定的評価という二つの間で、揺れ動いていた。『インドへの道』も同様な揺らぎを僅かながら呈していることは否定できない。しかし、この作品は何よりもホイットマンの友愛言説を精神的支柱とすることで、絶対的な一つの見方に固執せず、人類が人種や文化等の違いから生じる溝を乗り越えられるという希望を捨てるべきではないという視点を示すことができたのである。

注

（1）ホイットマンの詩の翻訳は、酒本雅之の訳を参考にした。
（2）Kaplan, 338 参照。
（3）E. M. Forster, "What I Believe" in *Two Cheers for Democracy*.（San Diego: Harcourt Brace, 1979）.
（4）E. M. Forster. "The Mind of Indian Native State" in *Abinger Harvest*.（San Diego: San Diego: Harcourt Brace, 1964）333.

引用参照文献

Allen, Gay Wilson. *The Solitary Singer: A Critical Biography of Walt Whitman*. New York: Grove Press, 1959.

Beer, John. "The Undying Worm." *E. M. Forster: A Passage to India: A Casebook*. Ed. Malcolm Bradbury. London: Macmillan, 1970.

Bharucha, Rustom. "Forster's Friends." *Modern Critical Interpretations E. M. Forster's A Passage to India*. Ed. Harold Bloom. New York: Chelsea House, 1987.

Das, G. K. "*A Passage to India*: Socio-historical Study." *A Passage to India: Essays in Interpretation*. Ed. John Beer. Houndmills: MacMillan, 1985.

Erkkila, Betsy. *Whitman the Political Poet*. New York: Oxford UP, 1989.

Forster, E. M. *Abinger Harvest*. San Diego: San Diego: Harcourt Brace, 1964.

_______. *Aspects of the Novel*. Harmondsworth: Penguin, 1974.

_______. *The Hill of Devi*. London: Edward Arnold, 1983.

_______. *A Passage to India*. Ed. Oliver Styallybrass. Harmondsworth: Penguin, 1979.

_______. *Selected Letters of E.M.Forster: Volume Two 1921-1970*. Ed. Mary Lago. Cambridge: The Belknap Press of Harvard UP, 1985.

_______. *Two Cheers for Democracy*. San Diego: Harcourt Brace, 1979.

Furbank, P. N. *E. M. Forster: A Life*. Florida: Harcourt Brace, 1978.

Griffin, L. H. "A Visit to Philistia," *The Fortnightly Review.* Jan., 1884.
Herz, Judith Sherer. "Listening to Language." *A Passage to India: Essays in Interpretation*. Ed. John Beer. Houndmills: MacMillan, 1985.
Kaplan, Justin. *Walt Whitman: A Life*. New York: Simon and Shuster, 1980.
Killingsworth, M. Jimmie. *The Cambridge Introduction to Walt Whitman*. Cambridge: Cambridge UP, 2007.
MacMillan, Margaret. *Women of the Raj*. London: Thames and Hudson, 1988.
Metcalf, D. Barabara and Thomas R. Metcalf. *A Concise History of Modern India*. Cambridge: Cambridge UP, 2006.
Parry, Benita. "The Politics of Representation in *A Passage to India.*" *A Passage to India: Essays in Interpretation*. Ed. John Beer. London: Macmillan Press, 1985.
Rossetti, William Michael. "Prefatory Notice." *Poem by Walt Whitman: Selected and Edited by William Michael Rossetti*. La Vergne: Bibliobazzar, 2008.
Sharpe, Jenny. *Allegories of Empire: The Figure of Woman in the Colonial Text*. Minneapolis: University of Minnesota Press, 1997.
Whitman, Walt. *Democratic Vista*. New York: Liberal Arts Press, 1949.
_______. "Passage to India." *Leaves of Grass*. New York: W. W. Norton & Company, 1973.
新井正一郎『ウォルト・ホイットマン：架け橋のアメリカ詩人』英宝社、2006年。
猿谷要『検証　アメリカ五〇〇年の物語』平凡社、2009年。
清水春雄『ホイットマンの心象研究』篠崎書林、1957年。
亀井俊介『近代文学におけるホイットマンの運命』研究社、1970年。
北原靖明『インドから見た大英帝国：キプリングを手がかりに』昭和堂、2004年。
服部正明『古代インドの神秘思想：初期ウパニシャッドの世界』講談社学術文庫、2005年。
ホイットマン、ウォルト『草の葉』酒本雅之訳、岩波書店、1998年。
ホイットマン、ウォルト『民主主義の展望』佐渡谷重信訳、講談社、1993年。
山本達郎　編『インド史』山川出版、1973年。

第七章

一九五〇年代のファミリー・シットコムを裏返す
——戯画的ノスタルジア映画としての『カラー・オブ・ハート』——

藤田秀樹

1　二〇世紀末期のアメリカとノスタルジア映画

一九八〇年代及び一九九〇年代のアメリカ映画においては、たとえばタイム・トラベルといったファンタジー的モチーフや回想・回顧のようなノスタルジックな様式などを通して、現在から過去への遡行という主題が繰り返し立ち現れる。「ノスタルジア映画」(Jameson 一九六)と形容されるジャンルが、この時期のアメリカ映画の一潮流を成している観さえある。具体例の一部として『ワンス・アポン・ア・タイム・イン・アメリカ』(一九八四)、『バック・トゥ・ザ・フューチャー』(一九八五)、『スタンド・バイ・ミー』(一九八六)、『ペギー・スーの結婚』(一九八六)、『フィールド・オブ・ドリームズ』(一九八九)、『わが心のボルチモア』(一九九〇)、『ブロンクス物語』(一九九三)、『フォレスト・ガンプ』（一九九四）、『カラー・オブ・ハート』（一九九八）などを挙げることができる。新たな世紀、さらには新たな千年期の到来を目前にして、アメリカ社会全体が自らの過去を顧みることを通して現在の意味を再確認しようという、集合的自己省察の衝動にかられているかのようである。

一方で、ノスタルジアという語が示す通りこれらの映画からにじみ出る過去への郷愁、愛惜、憧憬といった感情は、当時のアメリカ社会を覆っていたある種の不安や危機意識を映し出すもののように思える。二〇世紀のこの最後の二〇年間においてアメリカ社会は分裂の度合を強め、それにつれて、全ての人々によって共有される一つの共同体としてのアメリカという観念はますます実感しにくいものになっていった（Moss 五九七）。社会が多文化主義的傾向を強める中、ハイスクールや大学のカリキュラムは「文化戦争《カルチャー・ウォーズ》」の戦場となり、女性、アフリカ系やアジア系などの人種的マイノリティ、同性愛者、宗教のファンダメンタリストなどがそれぞれの立場からカリキュラムの改正を要求した（Moss 五九七）。このように、アメリカ社会は多様な価値や主義主張が錯綜する場となった。同時にこの時期には、経済においても人々を不安にさせるような動向が顕在化した。アメリカの貿易赤字は急速に拡大し、中東や日本の投資家たちはアメリカの資産を次々と買い占めていき、一方で自動車やエレクトロニクス製品などのアメリカ国内市場においては、外国企業がそのシェアを堅実に伸ばしていった（Moss 五七二）。『バック・トゥ・ザ・フューチャー』と『ペギー・スーの結婚』の冒頭でわれわれは、トヨタやミツビシ、サンヨーといった日本企業の製品のコマーシャルがテレビから流れるのを耳にするが、これらは、自国が経済的に外国企業に侵食されつつあるとアメリカ人が感じざるをえないような時代の雰囲気を伝えるものであろう。実際、八〇年代半ばまでにはアメリカ経済はグローバルな経済秩序の中に組み込まれ、アメリカ人の経済活動の多くが外国企業の重役室で下された決定の影響を受けるようになっていくのだが、多くのアメリカ人はそれをアメリカの自律性の喪失や相対的衰退の兆候と感じ取ったのである（Moss 五七二）。

このような状況の中、レーガン政権化の八〇年代には、過去への回帰という心性が浮上する。「二〇世紀のアメリカは道に迷ってしまっており、従来まで支配的だった過剰に寛容な態度を備えたリベラルな文化によって誤った方向に導かれてきた」のであり、ゆえに「時計をより素朴なアメリカに、伝統的な権威がそれと敵対する人種的、性的、政治的、経済的勢力によって疑問視されることがなかった時代に戻す」（Prince 三四二）ことが模索されたのである。この引用の中のアメリカを誤った方向に導いた「リベラルな文化」とは、明らかに一九六〇年代後半以降のそれを、具体的には公民権運動、性革命、フェミニズム、カウンターカルチャーといった変革運動によって育まれた文化を指しているのだろう。つまり、アメリカ社会が多様性の容認へと大きく舵を切り始める六〇年代後半以前の時代に時計を戻すべき、ということになるのだが、事実、前述のノスタルジア映画の中で八〇年代のものの多くが五〇年代から六〇年代初めにかけての時代への回帰をテーマとしている。特に五〇年代は、少なくとも大衆の意識の中では、決まり文句のように「素朴で無垢で幸福で、広範囲にわたるさまざまな信条を人々が一致して支持していた」（Foreman 一）時代、いわば平穏でのどかなコンセンサスの時代と感受されるものであった。さらには、一九五九年に当時の副大統領リチャード・ニクソンとソ連の首相ニキータ・フルシチョフの間で交わされた、いわゆる「台所論争」が示すように、アメリカが自らの豊かさと製品の卓越性を誇示しえた時代、そしてベトナムとウォーターゲートで自国に対する自信を喪失する以前の時代に他ならなかった。実際、映画に話を戻すなら、『スタンド・バイ・ミー』においてこの時代は、永遠に失われ決して取り戻すことのできない黄金時代として、『バック・トゥ・ザ・フューチャー』と『ペギー・スーの結婚』においては、そこに回帰することによって苦渋とフラストレーションに満ちた現在をよりよいものに変えることができる時代として描き出される。

そこで本論では、二〇世紀末期に生きる主人公が一九五〇年代の世界に迷い込む物語である『カラー・オブ・ハート』(*Pleasantville*)を取り上げる。『バック・トゥ・ザ・フューチャー』や『ペギー・スーの結婚』と同様にタイム・トラベル・ストーリーだが、この映画で興味深いのは、他の二つの作品では主人公があくまで自分の個人的な過去に回帰するのに対して(『バック・トゥ・ザ・フューチャー』の場合は主人公の出生以前の過去だが、結婚前の自分の父母と深く関わるものであるがゆえに、やはり彼自身の存在や現在のありように直結するものである)、主人公の兄妹が五〇年代のテレビのシチュエーション・コメディ(以下、シットコムと略記)と呼ばれる連続ホームドラマの世界に入り込むという設定になっていることである。この映画の原題(邦題はほとんど意味不明)である「プレザントヴィル」とはそのシットコムのタイトルであり、その物語の舞台となる郊外住宅地の名前である。いわば大衆によって共有・享受された五〇年代の「物語」の中に入り込むのである。

このシットコムは当時のシットコムの典型である郊外住宅地に住む白人ミドルクラスの核家族を描いたものだが、「多くの人々にとって一九五〇年代といえば、当時のいくつかのシットコムに描かれた郊外住宅地の幸福な白人ミドルクラスの家族のイメージを思い起こさせるものだった」（Spangler 四九）。かようにこのタイプのファミリー・シットコムは人々の意識の中では五〇年代という時代の心象風景のようなものであり、また「幸福な時代」という時代像形成にもっとも貢献した大衆文化表象であろう。

二〇世紀末期の感性と価値観を持つ主人公の闖入は、当然のことながら物語の安定した秩序を、暗黙の了解とされていた約束事や前提を攪乱し、やがて物語を従来のものとは全く異質なものへと変容させていく。さらに、五〇年代シットコムが忌避し隠蔽しようとしたものが立ち現れてくるのである。ある物語に沈潜し、それと主体的に関わり、そこに内在する不自然さや矛盾を暴き出すことで物語を裏返し、そこから新たな意味を掘り起こすこと。それはあるテクスト、言説を「読み直す」という行為を連想させる。大衆の意識の中でしばしば五〇年代アメリカ社会を縮図的に表現したものとみなされるジャンルのテクストをこのように解体・再編集していくとすれば、『カラー・オブ・ハート』は、単なる懐旧や失われたものの復権や伝統回帰といったものとは別様の視座から過去と向き合おうとする作品なのではあるまいか。以上のことを念頭に置きつつ、この映画の分析を試みる。

2　九〇年代の憂鬱と五〇年代の「愉楽の町」

まず『カラー・オブ・ハート』の物語がどのように語り起こされるかを見ていく。そこから物語の語り口、主人公の人物造型、そして現在と五〇年代がまずはそれぞれどのような時代として定位されているかなどを窺うことができよう。スクリーンに最初に現れるのは、めまぐるしい画面の切り替えとそれに伴うさまざまな色彩や映像や音声のモンタージュ的交錯である。これは明らかにテレビのザッピングを表すものだが、やがて画面はある白黒映像に固定される。それは古いテレビ番組の再放送専門チャンネルであり、五〇年代に放映された白黒のシットコム『プレザントヴィル』の予告が流される。そこでは登場人物たちやシーンのいくつかが断片的に点描され、同時にナレーションが物語の特徴を要約するかのように三つの惹句を発する。一つ目は、帰宅した父親が妻に「ハニー、ただいま《アイムホーム》」と呼びかける場面に添えられた「愛情のこもった挨拶《ウォームグリーティング》」という語句、二つ目は食卓上のあふれるほどの量の食事が映し出された時の「適切な栄養摂取《プロパーニュートリッション》」という語句、そして最後は夫婦が別々に寝るツインベッドが映し出された時の「安全《セーフ》なセックス」という語句である。後述することになるが、これらはいずれも五〇年代のファミリー・シットコムの世界を端的に言い表すものである。いずれにせよ、これらの断片的な映像から垣間見えるのは、和やかで平和で幸福な世界である。「プレザントヴィル」という語が暗示するように、まさにそこは、楽しいことばかりの「愉楽の町」なのである。そしてナレーションは、「現在よりもやさしく穏やかな時代へフラッシュバック」という言葉で予告を結ぶ。

予告が終わると画面は暗転し、やがてそこに「昔々……」（Once upon a time）という字幕が現れ、過去への回帰というモチーフを観客たちに予感させる。同時に、この言い回しは御伽噺でよく用いられる語りだしの決まり文句であることから、その「昔々」の物語が、過去の現実の写実的な再現というよりは、どこかファンタジー的な趣を持つものであることをも予感させるかもしれない。事実、物語はそのような展開を見せることになる。

そして場面は、いかにも現代風（一九九〇年代風）の若者たちが集うハイスクールの構内の点描へと切り替わる。まもなく、カメラは一人の若者に焦点を定める。主人公の一人、デヴィッドであり、正面を向いたまましきりに誰かに話しかける。するとそれに続いて画面には、無言のままやはり正面を見つめる美しい少女が現れる。この切り返しショットが何度か繰り返され、観客はデヴィッドがこの少女に話しかけているものと思い込む。ところが少女のショットがズームアウトすると、実は彼女がボーイフレンドとおぼしき別の若者と一緒にいることが明らかになる。デヴィッドはそれを離れたところから見つめ、そのあこがれの少女に向って一人芝居のように彼女の耳に届くことのない言葉をむなしく発していたのにすぎないのである。このいささか情けない物語への導入は、彼の人物造型を物語るものでもある。つまり彼は、内気で夢想的世界に引きこもりがちなタイプといえる。実は彼は冒頭に予告が流された『プレザントヴィル』に熱中しており、そのトリヴィアに精通した番組「オタク」なのである。古いテレビドラマへの耽溺からも、彼の現実逃避的な側面が窺える。

それではデヴィッドを取り巻く九〇年代の現実とはどのようなものなのか。彼の一人芝居の直後に流される、ハイスクールの三つの授業の様子が興味深い。最初の授業では教師が、これから世の中はますます厳しい競争社会になっていき、よい仕事を得ることはさらに難しくなる、と語る。二つ目の授業ではHIV感染拡大の可能性が、三つ目の授業では近年のオゾン層減少や将来的な地球温暖化に伴う大災害頻発の可能性が、それぞれ話題になっている。このように物語の冒頭で、現在及び将来は、さまざまな問題が山積し生きにくく希望の持てない時代であることが強調される。

さらに場面はデヴィッドの家庭へと切り替わるが、ここでもわれわれは彼を取り巻く現実の一端を眼の当たりにする。彼はいつものように『プレザントヴィル』を見ているが、ドラマのいくつもの場面で、登場人物の台詞を彼らに先んじて暗誦してみせる。しかしわれわれの目を引くのは彼のこのようなオタクぶりではなく、彼の家庭の雰囲気である。テレビの中では和やかな家族の団欒が展開するが、デヴィッドの家では、彼の母が別れた夫（つまりデヴィッドの父）と電話で言い争いをしている。母のとげとげしい声を拒絶するかのように、デヴィッドはテレビのボリュームを上げる。テレビの中の家庭の和やかで幸福そうな様子と、現実のブロークン・ホームの寒々しさとのコントラストが際立つ。デヴィッドの『プレザントヴィル』への熱中はこのような現実からの逃避であると同時に、現実では得られないものをテレビの世界に求めようという一種の代償行動のようにも見える。

このように物語は、不幸な現在と幸福だった過去＝五〇年代という構図を先ずは提示する。ここで観客は、「昔々」への回帰による現在の救済、再生といった展開を期待するかもしれない。ところでこの作品には、デヴィッドに加えて主人公と呼びうる人物がもう一人登場する。デヴィッドの妹ジェニファーだが、彼女は兄とは全く対照的なタイプである。ハイスクールの構内のシーンで、悪びれる様子もなくタバコをふかす姿で登場する彼女は、異性との交際しか頭にないような奔放な少女として物語に導入される。この兄妹が奪い合いの末壊してしまったテレビのリモコンを前にして途方にくれているところから物語は大きく動き出す。呼ばれたわけでもないのにテレビ修理屋を名乗る不思議な老人が現れ、二人に奇妙なリモコンを渡す。これを作動させたために二人は『プレザントヴィル』の世界に吸い込まれるのだが、このテレビ修理屋は、ウラジミール・プロップによる魔法昔話の構造分析において「贈与者」と呼ばれる、主人公に呪具を与える役割を担う人物類型を連想させる（六一―七九）。デヴィッドとジェニファーは、この呪具＝不思議なリモコンの力によって異界へといざなわれるのである。二人はそれぞれ、『プレザントヴィル』のパーカー家の息子バッドと娘のメリースーに変身する（以下、『プレザントヴィル』の世界にいる間の二人をそれぞれデヴィッド／バッド、ジェニファー／メリースーと表記する）。いわば新しいアイデンティティを身につけるのである。このように彼らは突然非日常的な世界に投げ込まれ、従来の自我を喪失し、さまざまな試練を経験することになるが、このプロセスは通過儀礼を思わせる。この作品は一種のイニシエーション物語でもある。

3　「愉楽の町」という世界

実は『プレザントヴィル』は五〇年代に実在した番組ではなく、この映画のためにつくられたフィクショナルなものである。しかし五〇年代ファミリー・シットコムの暗黙の約束事や前提を忠実に踏襲しており、このジャンルの雛形のような様相を呈している。まず中心となる一家のパーカー家は、ホワイトカラーの父ジョージ（御多分に洩れず仕事が何かは不明）、母ベティ、そして二人の子供バッドとメリースーで構成される郊外住宅地に住む白人ミドルクラスの核家族である。さらにこのコミュニティ全体が白人ミドルクラスの空間であって、アフリカ系やアジア系は全く登場しない。実際、五〇年代の主要なファミリー・シットコムは、このように白人だけの世界であった（Watson 三六）。

前述のように、映画冒頭の予告における三つの惹句も当時のシットコムの定式を暗示するものである。まず「愛情のこもった挨拶」は、舞台となる家庭が、夫婦はもとより家族のすべての成員同士が親密に言葉を交し合う和やかで安定したものであることを示すものであろう。事実、当時のシットコムは、まさにこのように「皆が仲良く、皆が幸せで、皆がいっしょにいたがる」（Kutulas 五一）世界であった。さらに、仕事を終えて帰宅したジョージがベティに「ハニー、ただいま」と呼びかけることは、家庭のある形態を暗示している。つまり、外で働くブレッドウィナーの父と彼の帰りを待つ専業主婦の母という、伝統的なジェンダー役割分業に基づく家庭だということである。こうした家庭のあり方もまた、当時のシットコムの定式であった（Haralovich 六九）。

二つ目の「適切な栄養摂取」はジャンクフードとは無縁の豊かで満ち足りた食生活を指すものだが、これは五〇年代アメリカ社会を彩る主要なイメージの一つ、「物質的な豊かさ」を表すものだろう。経済学者ジョン・ケネス・ガルブレイスの一九五八年の著作のタイトルがいみじくも示唆するように、「豊かな社会」が五〇年代の時代精神であった（Boyer 二〇六）。当時の冷戦下のプロパガンダ合戦でアメリカの指導者たちは豊かさに裏打ちされたアメリカ的生活様式を資本主義の勝利として喧伝したが、この生活様式を縮図的に具現するのが郊外住宅地の白人ミドルクラスの核家族であった（May 八）。ゆえにファミリー・シットコムが描く、豊かな食生活のみならず自動車や大型冷蔵庫などの消費財を享受する家庭生活は、その「豊かな社会」を反映し、またそのイメージを再生産するものだったといえる。

三つ目の「安全なセックス」は、本来はコンドームなどの使用によりエイズのような性病感染を予防して行う性行為を指す語句だが、夫婦用のツインベッドが暗示するのは、そもそも性に関わる表現や問題が存在しないことであろう。事実、当時のシットコムでも、夫婦はツインベッドで別々に寝ていたのである（Spangler 三二）。過剰で退廃的な性が氾濫する現代の文化表象とは対照的に、五〇年代シットコムにおいて性は隠蔽されるべきものだったのである。

『プレザントヴィル』は、このように五〇年代ファミリー・シットコムの定式をなぞりながら、和やかで幸福な家庭とコミュニティの物語を展開させる。そこからは、深刻な政治や社会の問題、過激なものや扇情的なものは排除されている。「プロットを駆動する程度の対立はあっても、三〇分のドラマが終わるときまでには、皆が再び幸福になっていた」(Kutulas 五一）という五〇年代のファミリー・シットコムの様式通りに、常に物語が楽しく幸せな状態に予定調和的に収斂していく世界なのである。

ところで興味深いのは、九〇年代の感性と価値観を持つ兄妹が登場人物として介入することにより、これらの暗黙の約束事が戯画化されてその姿を露呈することである。それらは不自然で矛盾したものとして彼らの前に立ち現れる。いわば物語の虚構性があらわになるのである。具体的には、それは次のような形で現れる。子供が二人いるにもかかわらずベティはまだ夫とセックスをしたことがなく、セックスが何かすら知らないこと。プレザントヴィルの天気は常に晴れで、雨は存在しないこと。バスケットボールではどんなでたらめなシュートをしても百発百中であること。火というものも存在せず、消防士の仕事は木から降りられなくなった猫の救出であること。トイレの中に便器が存在しないこと。これらはいずれも、不快なもの、危険なもの、性的なものは存在せず、あるのは楽しいことばかり、という約束事に起因するものである。いわば暗黙の了解事項であった物語の約束事が、パロディ化、戯画化されることで浮き彫りになるのである。視聴者という受け手が介入することで、物語はメタ・シットコムのような様相を呈し始める。

舞台であるプレザントヴィルがどのような構造を持つものなのかも明らかになる。ハイスクールの地理の授業内容を不可解に思ったジェニファー／メリースーが、プレザントヴィルのメインストリートはどこに通じているのか、プレザントヴィルの外には何があるのか、と質問すると、教師も同級生も怪訝な表情を浮かべる。やがてメインストリートはそれを辿っていってもまた最初に戻るという円環状になっていること、つまりプレザントヴィルは外部というものがない自己完結的な閉じた世界であることが明らかになる。この構造は、常に楽しく幸福な結末に収斂するという物語自体の構造に見合ったものともいえる。

さらに彼女は、ここにある書物全ての中身が白紙であることにも気づく。つまり新しい知識を獲得し探求するということがありえないのである。かようにプレザントヴィルは、外部の異質なものや新しいもの、変化や不確実性といったものが存在しない世界なのだ。物語は不動のタイムテーブルに従って進行する。それゆえソーダショップの主人ジョンソンは、そこでアルバイトをするデヴィッド／バッドが予定通り店に現れないと、表面の塗装がはげるまでカウンターを拭き続けることになる。この変化を受け入れない閉じた世界で、たとえ途中で些細な問題が生じても、「三〇分のドラマが終わるときまでには、皆が再び幸福になる」という予定調和的な物語が反復されるのである。

4　変容する『プレザントヴィル』の世界

やがて、兄妹がそれらの不自然さに介入することによって物語が変容し始める。特にこのシットコムに対して予備知識も関心もなかったジェニファー／メリースーは、物語内の秩序を攪乱するトリックスター的な役割を演じる。実際、物語変容の端緒となるのが、彼女による性の導入である。彼女はボーイフレンドのスキップと半ば強引にセックスをし、ベティには「性教育」を行ったうえに自慰の仕方まで教える。その結果、ファミリー・シットコムにおいて母親が自慰をするという冒瀆的なシーンが出現し、それに呼応するように、家の外にある立ち木が燃え上がる（ここにも性的なイメージが込められているかもしれない）。性の導入に連鎖して、存在しないはずの火までが出現するのである。

さらに、性の導入はある顕著な視覚上の変化をもたらす。本来白黒の世界であるにもかかわらず、性を経験した人々の周囲で、事物が少しずつ色を帯び始めるのである。白黒映像の中にカラー映像が点在するという手法は最新のコンピュータ・テクノロジーの所産だが、それは平明でのどかな物語世界に生じ始めた亀裂であり、その鮮やかな可視化である。そしてそれはウィルスのように広がっていく。特にそれは若者たちの間で顕著であり、彼らは「恋人たちの小道《ラバーズレーン》」と呼ばれる公園で公然とカーセックスを行うようになる。いわば物語に生じた亀裂を通して、シットコムが隠蔽してきたものが噴出し始めるのである。

性の広がりと連動して、若者たちの間で新たな知への渇望が芽生える。立ち木が燃え上がったときにデヴィッド／バッドが呆然とするばかりの消防士たちに消火の仕方を教えたことから、若者たちは火の扱い方を知る者として彼に畏敬の念に似た感情を抱く。そして、プレザントヴィルの外には何があるのか、といった新たな知識を彼に求めるようになる。かようにデヴィッド／バッドは、プロメティウスのような存在になる。さらに彼とジェニファー／メリースーが記憶を辿りながら『ハックルベリー・フィンの冒険』の物語を若者たちに話して聞かせたことをきっかけに、書物の頁に次々と文字が浮かび上がる。その結果、若者たちの間で読書熱が沸き起こる。彼らは新しいものや変化を求め始めるのである。同様の変化はソーダショップの主人ジョンソンにも現れる。もともと絵が好きだった彼は、物語が定めるクリスマスのときだけの装飾画作成に飽き足らず、常に創作をしたいと思い始める。このような知と創造への欲求の高まりに伴って、色はますます広がっていく。白黒というほとんど単色に近い変化のない世界が、多様な色彩に彩られていく。

そして変化の波はパーカー家にも及ぶ。ジェニファー／メリースーの「性教育」により性に目を開かれたベティは、無意識の中に潜んでいたジョンソンへの思いを自覚するようになる。すると彼女の顔は色を帯びる。そしてついにジョンソンのもとで一夜を過ごすまでになる。彼女が初めて家を空けた晩に、帰宅したジョージの反応が面白い。彼はいつものように「ハニー、ただいま」と呼びかけるが応答はなく、家の中は真っ暗である。当惑した彼は台所などを歩き回りながら、「私の夕食はどこだ？」を連発する。まるで事態をベティというひとつの人格の不在としてではなく、自分の夕食とそれを作って待っている人間の不在として受け止めているかのような印象を与える。言い換えれば、彼にとって衝撃的なのは、自分の家庭におけるジェンダー役割分業の破綻なのである。「ハニー、ただいま」という「愛情のこもった挨拶」の実体が垣間見えるようだ。

この夜は物語の大きな転換点となる。デヴィッド／バッドは、本来はホワイティのガールフレンドであるはずのマーガレットとデートすることになり、「恋人たちの小道」に出かける。そこでマーガレットは、木に生っている林檎を摘み取り、彼に与える。「楽園喪失」を連想させる場面である。楽園喪失の予兆はもう少し前の場面にも現れる。デヴィッド／バッドが図書館から画集を借りてきてジョンソンに見せる場面だが、二人で開く画集の最初の頁に載っているのがルネッサンス期の画家マザッチョの「楽園追放」なのである。「愉楽の町」という楽園の終焉が近いことが暗示される。

九〇年代からやってきた兄妹が介入することで、楽しいことばかりの物語は次第に解体され、物語が排除・隠蔽してきたものが次々と立ち現れ、別様の物語を紡ぎ始める。そしてこの夜、存在しないはずの雨がプレザントヴィルに降り始める。最初は怖々と見つめていた若者たちも、デヴィッド／バッドに促されて雨の中に飛び出し高揚する。洗礼とそれに伴う再生・更新のイメージを強く感じさせる場面である。一方、ジェニファー／メリースーにも大きな変化が起こる。本を読むことなどなかった彼女は、プレザントヴィルにやって来てから知的探求の面白さに目覚め、この夜も読書に熱中する。そして翌朝、白黒だった彼女もカラー化している。テレビドラマの世界に入り込むという通過儀礼的試練を通して、彼女はこのような内的変容を遂げるのである。

5　ユートピアからデストピアへ

「楽園喪失」の暗示とともに、物語は荒涼とした局面を迎える。その予兆は、物語の転機となる夜に現れている。「夕食」の不在に狼狽したジョージはボーリング場に駆け込むが、そこでは町長のビッグ・ボブをはじめとした男たちがボーリングに興じている。ジョージに起こったことを知った男たちは色を失う。さらに、そこにいるロイという男のシャツに焼印のようなアイロンの焦げ跡がついていることが発覚する。彼の家でも、妻が家事に対するレジスタンスを始めているのである。ビッグ・ボブは扇動政治家のような調子で語りだす。「これは単に、ジョージの夕食やロイのシャツの問題ではない。この町を偉大なものにした価値を我々が保持したいかどうかという問題なのだ」。ビッグ・ボブにとっては、ジェンダー役割分業に基づく家庭こそがプレザントヴィルの秩序を支えるものなのである。

ところでこのことは、五〇年代アメリカ社会における家庭をめぐるイデオロギー編成を考えると興味深い。当時は冷戦の緊張が高まった時代だが、国家の指導者のみならず多くのアメリカ人にとって、家庭の安定こそ核攻撃などの冷戦の脅威に対する最上の砦に思えた（May 九）。家庭が社会秩序や国民の道徳心の要と位置づけられたのである。そして、うまくいっている家庭とは、男も女も伝統的なジェンダー役割を守る安定した家庭ということになった（May 一〇四）。当時のファミリー・シットコムがひたすら描き続けた家庭像は、このような社会的要請と無縁ではあるまい。ビッグ・ボブの言葉は、ファミリー・シットコムが担わされたイデオロギー戦略を図らずも暗示するものではあるまいか。

さらにビッグ・ボブは次のように言葉を継ぐ。「決断の時が来た。我々はこの問題にひとりひとりで取り組むか、それとも皆で一緒《トゥギャザー》に取り組むか？」。期せずして、男たちから「トゥギャザー」の連呼が涌き起こる。ここもパロディ的な意図が込められた場面であろう。「トゥギャザネス」

(togetherness)は五〇年代の幸福な家庭生活を表す一つのキャッチフレーズであった。それは一つにまとまってチームのようになった幸福な家族を意味するものであり、テレビ視聴から休暇の小旅行に至るまで、家族全員参加で何かをすることが理想的な家庭生活のあり方とされた。当時の代表的なファミリー・シットコム『パパは何でも知っている』のテーマはこのトゥギャザネスだった(Moss 三六四—六五)。しかしこの場面では、男=父親たちだけが集まって「トゥギャザー」を叫んでいる。しかもその連呼は、秩序を脅かす「不穏分子」に対して彼らが主導する排斥と圧制の始まりを告げる鬨の声となるのだ。ジェンダー役割分業をはじめとしたファミリー・シットコムの秩序の根底には、常に家父長制的権力が潜んでいることを暗示するような光景である。

それまでのユートピアのようなのどかな物語世界は、重苦しいデストピアの様相を呈していく。ジョンソンの店の前に掲げられたベティの裸体画に憤激した住民が店の中に乱入し、破壊の限りを尽くす。また広場では、若者たちを扇動するものとして、書物が次々と炎に投じられる。レイ・ブラッドベリの『華氏四五一度』(一九五三)を思わせる焚書の悪夢が現出する。このような思想統制、言論統制は、当時の赤狩りという政治病理を想起させる。実際、全米の図書館から「左翼的」な書物を排除しようとするジョセフ・マッカーシーの運動は深刻な影響を及ぼし、上記のブラッドベリの小説が出版されたのと同じ年に、全米図書館協会が「読書の自由は我が国の民主主義にとって必要不可欠なものだ」とする声明を発表したのである(Seed 七八)。さらにわれわれの前に興味深い事態が展開する。色を帯びた人々は「色つき《カラード》」と呼ばれるようになり、店々には「色つきお断り」

(No Coloreds) という看板が掲げられる。すでに述べたように、政治や社会の問題は五〇年代ファミリー・シットコムの世界には馴染まないものだが、ここでは、当時のアメリカ南部における厳然たる社会的事実としての「人種隔離」がこのような形で活写される。

6　大団円

混乱の中で、デヴィッド／バッドも内的変容を経験する。ベティが男たちに囲まれ危害を加えられそうになると、彼は猛然とその中の一人を殴り倒す。すると、それまでずっと白黒のままだった彼も色を帯びる。内気で現実逃避的なオタクが、決然と行動する勇気ある若者に生まれ変わったのである。やがて彼とジョンソンは、社会秩序を乱したとして裁判にかけられる。我々は法廷のシークエンスの冒頭で、二階の傍聴席を「色つき」の人々が、一階を白黒の人々がそれぞれ占めているのを目にするが、これはアメリカ映画『アラバマ物語』（一九六二）からの映画的引用であろう。『アラバマ物語』と同様に、ここでも「カラード」が「冤罪」で法廷に立たされるのである。

デヴィッド／バッドは裁判長を務めるビッグ・ボブに次のように語る。「あなたがこの町を楽しいままにしておきたいのはわかる。でも、もっといいものがたくさんある。例えば、愚かなもの、セクシーなもの、危険なもの、はかないもの。これらはすべて、常に人間の中にあるんだ」。彼はプレザントヴィルでの経験を通して、楽しいだけの世界がいかに奇怪で不自由なものかを、あえて「不快なもの」と向き合うことが個人にとっても社会にとっても健全なことを痛感したのである。同時に彼の言葉は、「愉楽の町」の物語に耽溺して自らの時代の「不快なもの」から逃避していた自分自身にも差し向けられた自己省察の言葉でもあろう。

さらに彼は、ジョージにも語りかける。「母さんがいないのを父さんが悲しんでることはわかっている。でも悲しいのは、単に料理や掃除をしてもらえないからじゃない。別の理由があるはずだ。……今の母さんは父さんが初めて会ったときと同じくらい綺麗だろう？　元の色のない状態に戻ってほしいと本当に思うかい？」。「料理や掃除」といった「役割」を超えたところでベティを受け入れることを、彼はジョージに求めている。この言葉に心を動かされたジョージは涙する。すると彼も色を帯びる。それは他の人々にも波及し、ついにはプレザントヴィル全体がカラー化する。

九〇年代からやって来た兄妹は、このように『プレザントヴィル』というシットコムを解体し、全く別様の物語に変えてしまう。それと関連して、この映画の末尾に挿入された場面が興味深い。色鮮やかなカラーの風景の中で、『プレザントヴィル』のジョージとベティが仲むつまじくベンチにすわっている。ジョージがベティに、「これから何が起こるんだろうね？」と尋ねると、ベティは微笑みながら「わからないわ」と答える。そして同じ質問をジョージに返すと、彼も「わからない」という。カメラはベティをクロースアップで捉え、それから少し左にパンすると、隣にいるのはジョージではなくジョンソンになっている。彼も「私にもわからないな」という。兄妹が駆け抜けたあと、このシットコムは、「どうなるかわからない」という、あらゆる物語展開の可能性に対して開かれたものとなったのだ。

おわりに

テレビ修理屋からもらったリモコンを使って九〇年代に戻ってきたデヴィッドは、恋人と旅行に出かけたはずの母が家で泣いているのに気づく。彼女はデヴィッドにいう。「あんたの父さんがまだここにいた頃には、この生活こそ期待していたものだ、と思ったものだ。あの頃の私は、しかるべき《ライト》家や車を持ち、しかるべき生活を送っていた」。するとデヴィッドは、「しかるべき家や車なんてものはないよ」と語る。つまり彼は、家にしろ生活にしろ、こうあるべき、などというものはない、というのである。家庭のあり方にも規範などない、ということであれば、かつては目をそむけていた自らのブロークン・ホームの状況もそれなりに受け止めようということなのではないか。さらにそれは、世紀末期のアメリカにおける五〇年代憧憬の要因ともいえる多元主義や相対主義を、むしろ肯定的に受け止めようという姿勢にもつながるものなのではないか。そんな息子を見て母が、「どうして急にそんな利発な子になったの?」と尋ねると、デヴィッドは、「今日は楽しいことがあったんだ」と答える。彼は異界での試練を経て生まれ変わった人間として元の世界に戻ってきたのであり、ここで彼の通過儀礼は完結したのである。

デヴィッドはまた、物語の無力で受動的な読み手から、積極的に参加し、物語に潜在するものを掘り起こし新たな意味を生み出す読み手へと変身したのだが、『カラー・オブ・ハート』は、このような読みの実践をファンタジー的な筆致で描き出したものといえる。その実践は、あるシットコムを通して、ともすれば平穏で無垢で幸福な時代という単色で塗り固められがちな一九五〇年代像を揺さぶり、快も不快も明も暗もある、いわばさまざまな力や価値という多様な色が交錯するものという時代像を浮かび上がらせたのである。そしてそれは、甘美なものではあるが、ともすれば過去を一面化、神話化しがちなノスタルジアという感情に絡め取られることなく、歴史や過去、さらには現在と向き合うことを提起するものでもある。

フィルモグラフィ

Pleasantville. Dir. Gary Ross. Perf. Tobey Maguire and Reese Witherspoon. New Line Cinema, 1998.

引用参照文献

Boyer, Paul. "The Postwar Period through the 1950s." *Encyclopedia of American Social History*. Ed. Mary Kupiec Cayton, et al. 3 vols. New York: Scribners, 1993.

Foreman, Joel. "Introduction." *The Other Fifties: Interrogating Midcentury American Icons*. Ed. Joel Foreman. Urbana: U of Chicago P, 1997.

Haralovich, Mary Beth. "Sitcoms and Suburbs: Positioning the 1950s Homemaker." *Critiquing the Sitcom: A Reader*. Ed. Joanne Morreale. Syracuse, NY: Syracuse UP, 2003.

Jameson, Fredric. “Postmodernism and Consumer Society.” *Studying Culture: An Introductory Reader*. Ed. Ann Gray and Jim McGuigan. 2nd ed. London: Arnold, 1997.

Kutulas, Judy. “Who Rules the Roost?: Sitcom Family Dynamics from the Cleavers to the Osbournes.” *The Sitcom Reader: America Viewed and Skewed*. Ed. Mary M. Dalton and Laura R. Linder. Albany: State U of New York P, 2005.

May, Elaine Tyler. *Homeward Bound: American Families in the Cold War Era*. New York: Basic, 2008.

Moss, George Donelson. *America in the 20th Century*. 3rd ed. Upper Saddle River, NJ: Prentice Hall, 1997.

Prince, Stephen. *A New Pot of Gold: Hollywood under the Electronic Rainbow, 1980-1989*. Berkeley: U of California P, 2000.

Seed, David. *American Science Fiction and the Cold War: Literature and Film*. Chicago: Fitzroy Dearborn, 1999.

Spangler, Lynn C. *Television Women from Lucy to Friends: Fifty Years of Sitcoms and Feminism*. Westport, CT: Praeger, 2003.

Watson, Mary Ann. *Defining Visions: Television and the American Experience in the 20th Century*. 2nd ed. Malden, MA: Blackwell, 2008.

プロップ、ウラジミール『昔話の形態学』1928年、北岡誠司・福田美智代訳、白馬書房、1983年。

第八章
キャサリン・アン・ポーターの「休日」における愚か者の意味

加藤良浩

はじめに

短編小説「休日」の主人公は、精神的な悩みを抱えていた語り手の「私」である。[1] テキサスの奥地にあるミューラー農場へ休暇で出かけた彼女は、安らぎを感じさせてくれるミューラー家の人々や周囲の豊かな自然に触れることで、やがて悩みを解消していく。しかし、その休暇の終わりに、ミューラー家の葬儀に遭遇した彼女は、長女でありながら今や家族の家政婦として働くオッティリーと馬車に同乗するとき、「私たち二人は等しく人生の愚か者であり、等しく死からの逃亡者なのだ[2]」（四三五）と自らに語りかけるのである。この「愚か者」という認識は何を意味するのだろうか。

これまで「休日」については、「人生における労働の苦しみの物語」（Core 一二四）といったように、過酷な自然の中で生活する人々の労働に着目した視点や、「外的な秩序によって愛情が損なわれることを語り手が理解することを主題とした物語」（Unrue 一〇三）といった、秩序によって疎外されてしまう人間の愛に着目した視点から論ぜられてきている。また主人公の「私」とオッティリーの関係の描写においては、「完全には理解し合えない隔絶した人間の状況を描いたもの」（Brinkmeyer 一一三、Hardy 一〇六、Unrue 一〇三）という解釈がなされてきているが、「私」がオッティリーを見た際に自らに語りかける「愚か者」という言葉の意味をめぐっては、作品と関連させた議論はほとんどなされていないようである。

「休日」は、キャサリン・アン・ポーター（一八九〇―一九八〇）が自信をもって完成させ、『アトランティック・マンスリー』誌に送った作品である（Givner 四三四）。実際、一九六二年度のオー・ヘンリー賞第一等を獲得したこの短編は、多くの批評家にすぐれた作品と評せられてきている。[3] ポーターの伝記を書いたギブナーによれば、「休日」の題材は、ポーターの最初の結婚が破綻を迎えようとしていた際に訪れた東テキサスの農場での体験にもとづいているという（Givner 九八、一七一）。「休日」は最初の原稿が書かれてから二五年ほど経た後ようやく出版されることとなったが、[4] それほど時間がかかったのも、「まだ若すぎて自分自身にふりかかった出来事に、気持ちの上で対処ができなかったためである」（Porter v）とポーター自身は述べている。

この作品の考察にあたっては、作品の着想が得られた一九〇〇年代初頭の時期における、テキサスの農民の置かれた社会的、経済的状況を考え合わせることが必要であろう。主人公の「私」が「愚か者」という認識を抱いたのはミューラー家の人々の生活に触れることを通してであったが、彼らの生活がどのような影響を受けていたのかを知ることが、彼女の抱いたその認識を理解する上で重要な手がかりとなると思われるからである。

本論では作品の展開を追いながら、最後に「私」が自らに語りかける「愚か者」の意味とは何かについて考察することにしたい。

1　ミューラー家の人々との出会い

語り手の「私」は、しばらく一人で快適に休暇を過ごせる場所はないかと友人のルイーズにもちかける。「その当時、まだ若すぎて抱えている悩みにどう対処したらよいかわからなかった」(四〇八)彼女は、悩み事から逃れるための場所を必要としていたのである。ルイーズが休日を過ごすのにうってつけだと紹介した場所は、「テキサス奥地の農場地帯に住む、旧式のドイツ人の百姓一家」の住まいであった。ルイーズによれば、「正真正銘の家父長制度」を保持したその家庭は「住むには不快だが、ちょっと訪れるにはとてもすてきな類の所」であり、そこに住む人々は「みんなとても健康で気のいい人たち」であるという。およそありそうにない人物や場所や状況を魅力的なものに思わせる才能を備えたルイーズの話は信憑性に欠ける感があったものの、「私」は彼女の勧めるままテキサスの奥地にあるミューラー農場へ行くことに決める。

ミューラー農場近くの田舎駅で、「のろのろと走る汚らしい小さな列車から、まるで運送の荷物のように、びしょ濡れのプラットホームに放り出された」（四〇八）「私」は、失望を覚えざるをえない。「吹きつける風」（四〇九）にさらされ、「荒涼とした土色のみすぼらしい景色」を見たとき、その場所が「春の約束のほかは何も美しいものがない」ように感じられたからである。ミューラー家から一人の少年が彼女を迎えに来るが、その少年が乗ってきた馬車も滑稽さを感じるほどみすぼらしいものであった。ミューラー家の外観もわびしさを免れてはいない。隆起したまる裸の地面のてっぺんに位置するその家は、「つつましくも最も不毛な土地を選んで建てられた待避小屋」（四一一）のようであり、「やせて痛ましいまでに」（四一〇）醜く見えた。そして、狭い窓とけわしく傾斜した屋根を見て重苦しさを感じた彼女は、そのまま踵を返して帰りたいとすら思う。

ミューラー家の人々は「実際的で不屈な、土地持ちのドイツの農民」（四一三）、つまり素朴で、健康で、自分たちの土地を守るために懸命に働く人々であった。ルイーズが使っていたという屋根裏の部屋を見た「私」は、初めて見たとは思えないほど、なつかしくなじみのある場所だと感じる。さらに、ミューラー家の人々と初めて挨拶したとき、「分厚く慎み深い」（四一一）彼らの手が、みな「暖かく、たくましい」と感じたように、一見無愛想に見えながらも、親切な人柄を備えた彼らに「私」は親しみを覚える。また彼女の耳には「彼らのだみ声の暖かい声音は快く響いた」（四一三）。このように感じたのは、彼らの声そのものが暖かく響いたことに加え、言葉のわからない「私」は話の内容そのものを理解する必要がなかったからである。その状況は、悩みを抱え精神的圧迫を感じていた彼女にとって、「他人の心や、他人の意見、他人の感情から絶えず圧迫されないですむ」静寂の中の状況、すなわち「安らかに身をかがめ、自分自身の中心へと戻っていき、結局私を支配しているのはどのような生きものなのか見つけ出す」静寂に満ちた状況であった。こうした静寂の中で自分自身を見つめ直す機会に恵まれたことに加え、朝から晩まで休むことなく身体を使って働く「ミューラー家の人々の精神の神秘的なほどの不活発さ」（四一八）に触れた「私」は、ほどなくして、「心の中でひそかに苦しみのしこりとなっていたもの」が次第にほぐれ出し、悩みから解放されるように感じる。

「筋肉ばかり使う生活」を送り、精神の活動が不活発であるように見えるミューラー家の人々は、本能的な生命力を備えた動物を彷彿させる人物としてコミカルに描かれている[5]。たとえば、ドイツの農民らしい骨太の骨格と「肉体そのもので存在を示すほどの強靱な精力と動物的な力強さ」（四一六）を受け継ぎ、やせてきゃしゃな感じを与える娘のハッツィーは、母牛から子牛を引き離そうとする際、駄々をこね暴れる「子牛の怒り狂った声に負けないほど甲高い陽気な声」（四一四）で笑う。家族のペット的存在とも言える娘のグレッチェンは、甘やかされた子供特有のずるそうな微笑をうかべ、「たえずあくびの出そうな、怠惰で健康的な若い動物」（四一六）の雰囲気を漂わせ、彼女の生まれたばかりの赤ん坊は、泣きわめき、「子牛のように母親の乳を飲む」（四二八）。また、「たえず本能的なやさしさで」（四一九）子供たちを見守るアネッティエとグレッチェンは、「猫が子猫を育てるのにも似て、ひたむきに世話をし」、彼らに手をやくことは決してないように見える。

筋肉ばかり使う生活を送るミューラー家の人々の姿、すなわち人間に備えられた本能的な力を行使した生活を送る彼らの姿が、「私」には周囲の自然とある種一体化して映っていると考えられる。そしてこの意味では、彼らが備える本能的な生命力の強さは、厳しい自然環境の中で突如として芽生える、豊かな自然の描写と並行して描かれることで強調されていると言えよう。近くの細い小道を散歩しながら春のきざしを探すのに熱中していた「私」は、ゆるやかな変化が続いたある日、柳の枝や黒イチゴの小枝に緑色の繊細な芽がついていることに気がつく。「色が一晩で変わった」（四一九）のだ。彼女が予測したように、その翌日には「風にそよぐ黄金色の緑で、谷間や木々や川の縁が活気にあふれ、羽のようにやわらいで映る」ようになる。夕方暗くなった頃、「果樹園に入っていくと木々は蛍火ですべて花開いたようであり、立ち止まって長い間眺めていた後、驚嘆の思いにかられながらゆっくり歩き出す。これほど美しいものにまだ出合ったことがない」、と彼女は思う。

2　勤勉さと効率性重視が持つ意味

ミューラー家の人々は動物を彷彿させるような、本来生まれながらに備わった力を十分に行使する人間に見える一方で、きわめて勤勉で、仕事の効率性や物事の秩序を重視する人々であることに「私」は気づく。彼らは、一つの仕事を終えるとすぐにまた別な仕事に取りかかるといったように、誰もがいつも休みなく働き疲れているように見えた。けれども、彼らにとっては、それが「当たり前の姿ではないことなど知るよしもない」（四二一）ように彼女には思える。また仕事の効率にも配慮する彼らは、早朝から働くため黄色いランプの光で朝食をとった後、「男たちは熱いコーヒーの最後のお代わりは帽子をかぶったまま飲み」（四一七）、日の出頃に馬に鋤をつけて出て行く。一方、家に残った娘のアネッティエは、「よく太った赤ん坊を紐で結わえて背負いながら、部屋の掃除、ベッド作りを片手でやってのける」（傍点引用者）（四一七－一八）。

秩序や規律を重視する彼らの姿勢は、家父長制度を維持しようとする行動に端的に表れていると言えよう。夕食の食卓につく際には、家長であるミューラーおやじが上座の席にすわり、ミューラーおかみが夫の後ろに黒い大きな丸石のようにのっそりと立つ。若い男たちは一列に並び、結婚している者のいすの後ろには、夫に給仕するために妻たちが立って並ぶ。子供たちも例外ではない。食卓では騒々しくむさぼるように食べていた彼らは、前庭で遊ぶ際には決まりに従っておとなしくままごと遊びに興じ、食事や昼寝のために声をかけられると至って従順に大人の指示に従う。

ミューラー家の人々は、どの顔にも「薄青色で目じりが上がった目」（四一一）があり、どの頭にも「タフィー色の髪」（四一一－一二）がのっているように「私」には見える。ミューラー家の人たちとは直接血のつながりがない娘の夫ですら相貌が兄弟のように類似していた。彼らの類似は外見にとどまらず、明確な断定を避けようとする「種族特有の懐疑主義」（四一七）という気質の点でも見られた。結局、彼らは「みな義理の息子にいたるまで、一人の人間が分かれて幾人かの外観をもつようになった」、つまり同一と言ってよいほど、酷似した外見と性質をもつ人間が何人も同時に存在するに至ったと彼女には思えるが、こうした同一性や類似性が、勤勉を一様に至上のことと受け止め、仕事の効率や物事の秩序を重視し実践する彼らの姿を語り手の「私」に強調して見せる効果をもたらしているように思われる。

不毛な土地を耕しながらも、秩序と効率が功を奏してミューラー氏は財産を築く。マルクスの『資本論』をあたかも人生の処世訓として愛読していた彼は、「直接に生産する者たちの財産である剰余価値を搾取する者としての資本家」（マルクス 五七一―七三）の立場になることは避けようとしていたはずである。だが、現実の生活はその教訓とは無関係であった。蓄えた資産で土地を購入した彼は、その土地を近所のほとんどの農民に貸すことによって、共同体の中で一番豊かな暮らしをしていた。もっとも彼自身は、自分を資本家と見なしていたわけではない。他の誰よりも安い値段で土地を貸し、銀行に財産を没収されそうな農民には資金を貸し付けることで彼らを救済していただけではなく、現在資金に窮している労働者であっても、将来的にはどこよりも安く自分から土地を購入できる可能性があると考えていたからである。

ミューラー家の人々が勤勉を至上のこととし、秩序や仕事の効率を重視する一つの理由は、「生活と土地は切り離せない」（四一三）と考えるためである。こうした見解を抱くのは、「土中深くツルハシを突き刺してはどこであろうとその土地にしがみつこうとする」性向を保持する彼らが、「やせて痛ましいまでに」（四一〇）醜く見える彼らの住む家屋に似た、荒涼として、不毛な特質を備えた土地を選んだからであろう。彼らがあくまで自ら選んだ不毛な土地で生きていこうとするかぎり、目に見える形での秩序や効率を求め労働に励まなければ、豊かな生活はおろか満足な生活を送ることすらできなかったにちがいない。

当時テキサスのみならずアメリカ全般において、農業自体が不安定であることに加えて利益をもたらさない産業となっていたが（ギルバート 八六）、このことも、彼らが勤勉や秩序と仕事の効率を重視する背景として考慮する必要があるように思われる。商品作物の生産向上のために機械化は必須となり、多くの農民は多大な借金を背負うことになったにもかかわらず、生産過剰により農産物価格が下落したため借金に比して利益が見合わなくなっていった（川島 九三）[6]。こうした状況の中で、当時利用されていた収穫物留置権という制度は、とりわけ現金をもたない南部の農民を追い込む原因として作用したと言える。現金を所有しない農民のために作られたその制度は、作物の抵当権を得た商人に二五％の利子を支払う義務を課したために、皮肉にも、現金を所持しない農民からは現金以外の資産を奪うこととなったからである。債務の返済ができず農場をとられて小作人に転落する農民が特に南部の地域で多く見られた（猿谷 五〇八―一四）[7]。また、一八九〇年代から一九一五年にかけて、ワタミハナゾウムシという害虫がメキシコからテキサス州に蔓延したが、この虫は綿花を生産するすべての南部諸州にはびこり大きな被害をもたらすこととなった（バーダマン 一四〇）[8]。とりわけ南部の農民を取り巻くこのような厳しい事情から見て、「二〇世紀初頭のテキサスでは、小規模な農業を営む農民はぎりぎりの生活をすることを強いられていた」（Tanner 一〇三）のは当然のことだったのかもしれない。もちろん、今やミューラー家は小規模な農家ではない。だが、そうした当時のテキサスにおける厳しい状況を考えた場合、自分たちの身を守るため、生き抜いていくために身につけた手段を彼らは容易に手放すことができなかったと考えられる。

3　オッティーリーへの接し方から見えるもの

ミューラー家の中で、唯一他の人々と違っているように見えたのは、お手伝いのオッティリーである。生まれつきひどく身体が痛々しく損なわれている感がある彼女は、不自由な足をたえず引きずりながら料理の皿を持って駆け回り、邪魔になる人がいると自らさっと身をかわしていた。「私」には、彼女がこの家で「唯一独自の個性」（四一五）をもった人間であるように思える。

ミューラー家の人々の徹底した効率主義に「私」が気づくのは、お手伝いだとばかり思っていたこのオッティリーが、実際はミューラー家の長女であることを知ったときである。ある日、オッティリーに招かれるまま「すすけて窓がなく、いやな臭いの立ちこめる」（四二五）部屋に入っていった「私」は、彼女の一枚の写真を見る。写真に映っていたのは、かわいらしくにっこりと笑っている五歳位に見えるドイツ人の女の子であり、アネッティエの二歳の子供と不思議なほど似ていた。この写真を見て、彼女の顔に「ミューラー家の目尻の切れ上がった水色の目と、高い頬骨」（四二六）を認めた「私」は、オッティリーがミューラー家の長女であることを確信する。このとき「私」は、オッティリーの一枚の写真が彼女と「私」の生命の中心部分をつなぎ、「彼女と私の人生が同類となり、互いの一部にさえなった」と思う。オッティリーとの一体感を「私」が感じたのは、一人悩みを抱えることにより一種の疎外感を感じていた彼女が、家族から疎外されているオッティリーに共感し同情の念を感じたからであろう。オッティリーがミューラー家の一員でなかったならば、あるいは、一員であったにしても初めから身体に障害をもつ人物であったならば、彼女固有の苦悩に共感することで生まれた、彼女との結びつきを「私」は感じなかったにちがいない。しかしオッティリーは、「かつてはしっかりした脚と賢い目をしたオッティリーであった」ことを認めながら、「今も内面はオッティリーのままである」。つまり、精神的肉体的に自由を奪われ家族からも疎外された現在とは異なり、以前は健康で聡明な家族の一員として受け入れられていたことを知っているがゆえに、その違いに悩み苦しまなければならないのである。「そこに立ちつくし、身体を震わせて声をたてずに泣き、手の平で涙をぬぐう」オッティリーの姿を見たとき、「私」は「生きているゆえの苦しさ」を彼女が感じていると見てとるが、それはやはり、生きていくかぎり、かつての姿と現在の姿の歴然とした違いが苦悩を引き起こさずにはおかない彼女自身の現実を理解したからにちがいない。

「私」から見て、ミューラー家の人々がオッティリーを家族としてではなく完全な手伝いの労働者としてみなす原因は、自分たちの身を守るためである。「オッティリーの思い出とともに生きることはできない彼らは、ひたすら自分たちを守るために彼女のことを忘れるしかなかった」(四二七)。つまり、秩序の維持と精神の安定化をはかり、効率の良い労働に励むために、彼らは不具の身となったオッティリーを家族の一員から排除したのである。悩みに翻弄されてきた自分自身とオッティリーの姿を重ねた「私」は、生きているかぎり、もはや苦悩を免れることができなくなったオッティリーのことを忘れることはできないだろうと思う。だがその一方で、「ミューラー家の人々はオッティリーを他にどうすることができたであろうか」（四二七）と考えざるをえない「私」は、彼らの姿勢に少しずつ共感を覚えていく。「病人や不適格者を甘やかすのは社会でも階級でもない。人間は生きているかぎり、自分に割り当てられた分担を果たさなければならない」とすれば、彼らこそ「奥深い的確な本能でもって、オッティリーの災難を受け入れ、彼女の状況とともに生きていくすべを身につけている」（四二八）と彼女は思う。つまり彼らは、オッティリーを有能な労働者と見なすことにより、自分たちの利益を損なわないまま、彼女独自の分担を果たすことができる人間として処遇することを可能にしていたが、その個人の独立を守ろうとする姿勢に「私」は賛意を感じる。言いかえれば、「人のことを気の毒だと思うこと、自分自身をかわいそうだと思うことに対する彼らの毅然とした拒否の姿勢に、私自身は大きな美点と勇気を見いだし」、その個人の独立した価値を守ろうとする彼らの確固とした姿勢に共鳴したのである。(9)

もっとも、そうした彼らの姿勢は、秩序の維持と精神の安定化をはかり、労働の効率を維持するための手段として生まれたものであり、オッティリーという個人そのものを尊重する姿勢から生まれたものではない。ミューラー家の人々のオッティリーへの接し方を評して、「彼らはひたすら自分たちを守るためにオッティリーのことを忘れるしかなかった」と「私」は述べているが、この言葉にはやはり、秩序を重視するあまりオッティリーへの愛情を断ち切ったミューラー家の人々への失望感や一種非難の気持ちが込められているにちがいない。しかし、それでもなお、彼らに対するそうした「私」

の気持ちがさほど強く感じられないのは何らかの要因があるからではないか。ミューラー家におけるオッティリーの処遇の難しさを指摘したタナーが、その根拠として、「生活することが困難だったテキサスの片田舎では、働ける者は誰でも働かなければならなかった。しかもその労働は、家族の利益のためでなければならなかった」（Tanner 一二八）と述べている。ミューラー家の人々を「私」が必ずしも非難していない原因は、そのように、生活すること自体が厳しい状況の中で、オッティリーの処遇で彼らに矛盾するかのような特別なはからいを期待することは困難である、と彼女が感じたことと関わっているように思われる。障害を抱えたオッティリーを家族の一員として扱おうとするかぎり、他の者と同様に独立した個として認めることと、障害を抱える彼女のための特別な配慮をする、すなわち彼女への特別な愛情を示すといった、矛盾する二つの行為を同時に行うことが求められるであろう。彼女がオッティリーもミューラー家の人々も非難しない一つの理由は、厳しい生活環境にいる彼らに、そうした相反する行為を要求することは困難であると感じたからではないか。

4　「死からの逃亡」と「愚か者」の意味

ミューラー家の人々が重きを置く効率主義は、ミューラーおかみの死によりその真価が問われることになる。突然の豪雨に見舞われたミューラー家の人々は、みな協力して洪水の被害を最小限に食い止めようとする。とりわけ勤勉なミューラーおかみは、家畜をなだめ囲いに入れようとする男たちを手伝っただけではなく、生後一日しかたっていない子牛を背中に背負って納屋のはしごを登って干し草の上に置き、水かさの増す中で、乳牛を小屋の中に並ばせ全部の牛から乳をしぼる。「疲れ切った顔をしながら」（四二九）も、彼女はこうした作業を「何とも思っていないかのように」（四三〇）、一人で成し遂げたのだった。翌日の朝には嵐もおさまり雨もほとんどやむ。だが、納屋の屋根はたわみ、植えた作物はすべて根こそぎ流され、おびただしい数の溺死した動物が水に浮かんだり囲いに引っかかったりしている光景が見られた。「作物はすべて植え直す必要があり、この季節の労働はむだになった」のだ。災難はそれだけではなかった。朝食のときミューラーおかみは、顔をまっかにしながら、「こんなに頭が痛いのはどうしたんだろう。ここもだ」（四三一）、「どこもかしこもだ。ああ本当に気分が悪いよう」と言った後ベッドに横になる。ミューラー氏は妻の横に膝をつきやさしく話しかけるが、返事がないとわかると突然人前かまわず大声をあげて泣き、大粒の涙を流しながら、「ああ、どうしよう、どうしよう、銀行には一〇万ドルもあるっていうのに」とうめいた後、周囲にいる家族を睨みつけながら、まるで自分が誰なのかわからなくなり、母語さえも忘れてしまったかのように、「教えてくれ、一体それが何の役に立つっていうんだ（"and tell me, tell, what goot does it do?"）」とただたどしく述べ、途方にくれ果てた心境を吐露する。自分の経済力が瀕死状態の妻の前では無力であること気づいた彼は、何をなすべきか皆目見当がつかなかったからである。

「私」はオッティリーをミューラーおかみの葬儀に参列させようとする。だが、輸送手段として残されていたのは、彼女をミューラー農場まで連れてきた際、みすぼらしくも滑稽にも見えた壊れたバネつき馬車と毛むくじゃらの子馬だけであった。このときも「私」は滑稽な光景を目にする。「私」が何とかオッティリーを馬車の座席に座らせ手綱を取ると、「子馬はまるで攪拌器のように身体を揺さぶり、しぶしぶとした足取りで傾きながら進む一方で、車輪は全く品がない喜劇的な威張りようで楕円の形に回りながら進む」（四三四）。最善の結果になるよう念じつつ、「私」はこの陽気で滑稽な動きを注意深く見守る。

やがて馬車に同乗していたオッティリーが「顔のしわを醜く変化させ、喉をつまらせてちょっとすすり泣いたかと思うと、突然楽しげに笑いだす」（四三四）が、それはこうした滑稽な雰囲気を彼女が感じたことと無縁ではない。オッティリーが笑いだした理由は、「太陽の暑さ」、「明るい大気」、「ピーコックグリーンの空」、「わけもなく楽しげに揺れる車輪」といったように、彼女が見たり感じたりした「これらの何かが彼女に届いていたからだろう」と「私」は思う。つまり、周囲の明るく陽気な雰囲気を彼女が感じ取ったことに加えて、「わけもなく楽しげに揺れる車輪」の滑稽な動きに合わせて進む自分の現在置かれている状況が、滑稽で何やら楽しいと感じたからだと「私」は推察する。

「私」は、これまで悩みに翻弄され孤独を味わってきた自分こそが、家族から孤立した彼女の唯一の理解者であり協力者であるとの思いを抱いていた。だが、子馬をとめ、オッティリーの顔をしばらく見つめていたとき、彼女はそれが「皮肉な間違い」（四三四）であったことに気づかざるをえない。「オッティリーに対して私ができることは何もない、私は自分勝手にも彼女に対する自分の気持ちを軽くしたいと願ってみたが彼女は他の人たちと同様に私にも手の届かぬ存在である」。「私」は障害を抱え家族からも孤立したオッティリーに援助の手を差しのべようとしたが、それは彼女の姿を見ることに耐えられなかった「私」が自分の気持ちを軽くするための行為をしようとしたに過ぎなかった、つまり自分勝手で一方的な思いを抱いたに過ぎなかったのだ。けれども、その一方で、「私」は彼女にこれまでしてきた自分の行為がまったく無駄であったわけではないと感じる。

しかし私達の間にある隔たりを、いやむしろ、彼女が私から遠い存在であることを否定し、橋をかけようとしたことで、ほかの誰にたいするよりも彼女に近づくことができたのではないか。そうなのだ。私たち二人は、等しく人生の愚か者であり、等しく死からの逃亡者同士なのだ。私たちは少なくとも一日多く生きのびたのだった。楽しい祭り気分の午後に、その幸運を祝い、盗みとったささやかな休日と、春の息吹と自由を満喫したいと思った。（四三四—三五）

障害を抱え孤立しているとはいえ、個として独立した人間である彼女にしてあげられることは何もなかった。だが、彼女との間に橋をかけようとしたことにより、二人の間の距離が他の誰よりも近づいたように思う。このように感じたのは、「私たち二人は、等しく人生の愚か者であり、等しく死からの逃亡者同士なのだ」（四三五）という認識、すなわち愚かであるがゆえ等しく死を逃れることができない者同士であるという認識に「私」が至ったからだと考えられる。すると彼女が語るこの「人生の愚か者」とは何を意味するのだろうか。とりわけ、ミューラー家で過ごしてきた彼女にとってその言葉はどのような意味をもつのか。このことを理解する手がかりは、「私」をミューラー農場まで運んだ際の馬車の描写に示唆されているように思われる。

私は馬具を観察してみたが、本当にわけのわからない代物だ。それは思いもかけない部分でくっつき合い、結合のためにはぜひとも必要だと思われる部分でははずれていた。きわどい場所では毛のようなロープの切れ端で大まかに修理される一方で、必要ではないように思える場所では、ほどくのが不可能と思えるほど針金でしっかりと縛られていた。（四一〇）

結合のため必要ないように見える部分はしっかり固定されている一方で、是非とも必要だと思える部分は固定されていないか、大まかな修理しかなされていない。この皮肉で滑稽な状況は、豊かな生活のため物質的な効率を求めながらもその追求の努力が災いして、一家の大黒柱とも言うべきミューラーおかみを失う結果を導いたミューラー家の人々の生き方と重なって「私」には回想されたのではないか。アンルーは、ミューラー家の人々が秩序や物質的な価値のみ重視する冷徹な人々だと指摘している（Unrue 一四七）。しかし、彼らの「分厚く慎み深い、暖かくてたくましい百姓の手」を見て「かすれた暖かい声」を聞いたとき、彼らが暖かみを備えた人間であると「私」が感じた事実や、彼らと暮らす生活の中で彼女の心の傷が癒えていったことを考慮した場合、彼らは特別冷徹で物質的欲望を備えた人々ではなかったように思われる。そのミューラー家の人々が重きを置く効率主義が、不毛な土地で生き抜くため、ぎりぎりの生活から抜け出すために身につけた生き方であるとすれば、それ自体を責めることはできないであろう。この意味では、彼らの「愚かさ」は物質的な効率を求めたことそのものにあるというよりも、その一方的な追求方法にあると言える。財産を保持しようとして家族一番の働き手のミューラーおかみを失ってしまった例に見られるように、効率を追求するあまり、その追求とは次元が異なるように見える人間そのものを尊重する姿勢を保持しなかったため、効率の追求とは逆の結果がもたらされてしまったからだ。もちろん、ミューラーおかみの行為は彼女自身の判断にもとづいてなされたものではあるけれども、人間の精神よりも物質ひいては物質を守るための効率を重視するこの彼女の行為は、ミューラー家の人々がオッティリーの処遇を決断した判断基準と一致しているという意味において、ミューラー家の精神を代表したものと言うことができる。結局、ミューラーおかみの例が示すように、人間の精神面の軽視は物を生産する働き手の喪失へとつながるかぎり、長期的な観点で見た場合、人間の精神という目に見えない価値を尊重することが物質的な生産性の向上にもつながる賢明な生き方であると言えるが、このことがわからず目先の利益にとらわれ、意図とは逆の結果を招いたミューラー家の人々のアイロニカルな状況を、すなわち、生きるための手段として身につけた効率や合理性の追求そのものが、予期せずして意図とは反対の結果を導いてしまうといった彼らの愚かさがもたらした状況を、「私」は心の中で、馬具の描写に見られる滑稽な様子に重ねたと考えられる。

それではどのような経緯で、オッティリーと「私」が「等しく人生の愚か者であり、等しく死からの逃亡者なのだ」との考えが「私」の脳裏に浮かんだのだろうか。ここで注目したいのは、その考えは、ミューラー家の人々の置かれた皮肉で滑稽な状況を私に意識させるきっかけをもたらした馬車に乗っていた際に浮かび上がってきたということである。このことに加えて、彼女の脳裏に浮かんだその考えと彼女をミューラー家まで運んだ「わけのわからない」馬車とがいずれも喜劇的要素を備えているという事実が、これら両者の結びつきをいっそう密接なものにする要因として働いていると考えられる。この場面の直前においても、馬車の「車輪は全く品がない喜劇的な威張りようで楕円の形に回りながら進み」、また楽しげに笑い出したオッティリーが、まるで身体で喜びを表すかのように、「ゴロゴロとよろめきながら進む馬車の滑稽な動きに合わせて、頭をぐらぐらとうなずいているかのように見せていた」（四三四）と描写されているように、二人を取り巻く状況の喜劇性が繰り返し強調されている。こうして強調される喜劇性が滑稽な馬車に乗った「私」自身によって知覚されていることにより、その喜劇性が、同じ状況で馬車に乗り合わせたオッティリーと「私」とミューラー家の人々の置かれた皮肉で滑稽な状況とを、「私」の脳裏で融合させる作用をもたらしたように思われる。すなわち、語り手の「私」によって知覚された喜劇的状況が、互いに他の力によって翻弄されざるをえない、弱小で愚かな人間存在であるオッティリーと彼女自身をミューラー家の人々の愚かさと結びつけ、「私たち二人は、等しく人生の愚か者であり、等しく死からの逃亡者同士なのだ」という認識を彼女にもたらしたと考えられる。

そしてさらには、この「等しく死からの逃亡者」であるのは「私」とオッティリーだけではないということに着目した場合、「私」が述べる「人生の愚か者」という定義が当てはまる対象は、彼女とオッティリーという枠を越える可能性をもちうると言えるだろう。つまり、「死からの逃亡者」が死から逃れようとはするが、自分の意思だけでは生き続けることさえ決定できない者であるかぎり、「私」が語る「人生の愚か者」という言葉は、彼女を含めた弱小な存在としての人間一般を示唆することになるのではないか。言いかえれば、その言葉は、自分の命の行方もわからず先の見通しも立てることができない、愚かで脆い存在としての属性を備えた人間一般を意味することになるのではないか。

おわりに

これまで見たように、「休日」においては、テキサスの不毛な農場に住むミューラー家の人々が、生き抜くための手段としての労働効率の追求と人間への愛情の付与という、矛盾を孕む二つの価値を両立できずに愚かさを露呈する結果となった。しかし、とりわけ二〇世紀初頭のテキサスの農場という、普通であればぎりぎりの生活を送ることを余儀なくされる場所においては、この相反する二つの価値のバランスを見極め、先を見据えた賢明な判断をすることは容易ではなかったにちがいない。

ポーターの最初の結婚は九年で破綻を迎えた。作品冒頭で描かれる「鹿のように逃げだす」

（四〇七）との描写は、彼女がその結婚状態から逃げ出すことを指しているとギブナーは述べている（Givner 九八、一七一）。また、ギブナーによれば、当初から順調ではなかった彼女の結婚生活が九年も続いたことの方がむしろ不思議であり、その原因はひとえに経済的理由にあったという（Givner 九六）。ギブナーが指摘しているように、最初の結婚の破綻と「休日」が密接な関わりをもつかぎり、次のように言うことができるのではないか。すなわち、女性として自立を求めながらも、もはや愛情を感じることのない夫に経済的に依存しなければならないという矛盾した状況に直面し、この直面した難事からひたすら逃げることしかできない人間としての無力さを感じた彼女は、そのとき感じた心の葛藤と無力感をミューラー家の人々の置かれた状況と重ね合わせ、主人公の「私」に託して表現したのだ、と。[10] このように見た場合、馬車に乗るオッティリーを見て「等しく人生の愚か者であり、等しく死からの逃亡者同士なのだ」と述べる「私」の言葉には、弱小であるがゆえに愚かな属性をもたざるをえない人間に対する、ポーターの理解と共感が込められているように思えるのである。

注

（1）ディムイによれば、「休日」は「農園」と並び、ポーターの短編の中でも例外的に主人公が一人称で語っている作品である。またディムイは、この語りの方法によって、私がミューラー家の人々について語る内容に信憑性を与えていると指摘している（DeMouy 一六六）。

（2）テキストは Porter, Katherine Anne, *The Collected Stories of Katherine Anne Porter*. San Diego: Harcourt Brace, 1972. を使用。

以下括弧内に引用ページ数を示す。訳は「休日」（小林田鶴子訳、『蒼ざめた馬、蒼ざめた騎手』、あぽろん社、一九九三年）をもとに、筆者が加筆修正を加えた。

（3）たとえば、『アメリカ短編小説』の中で、「休日」はまさに偉大な小説家の作品であるとボス（Voss）は述べている（Tanner 一三一）。

（4）最初の「休日」の原稿は一九二四年に書かれ、その後一九三〇年代初頭と一九五〇年代に書き直された後一九六〇年に出版された。結局出版された作品は最初の原稿に極めて近いものであった（Porter v）。

（5）アンルーは、こうしたミューラー家の人々が動物にたとえられている原因として、彼らの人間性の欠如をあげている（Unrue 一〇四）。

（6）一八六〇年に国民総生産の六〇％を占めていた農産物は一九〇〇年には二〇％へと低下し、経済における農業の相対的地位は低下した（川島 九三）。その後一九二〇年頃に至って、急増する都市部の人口は農村部の人口を追い抜くこととなった（斎藤 一二一）。

（7）アメリカが繁栄した一九二〇年代においても、農業はアメリカ全体でふるわず、慢性的な不況に苦しまなければならなかった（アレン 一七八－八〇）、（斎藤 一一八－一九）。

（8）ミューラー家の人々がどのような作物を生産していたかについては語られていない。しかし、彼らの住まいが、綿花の栽培が盛んであった東テキサスであったことから見て、多かれ少なかれ、この被害の影響を受けたと考えられる。

（9）オッティリーの処遇に対して取った、ミューラー家の人々に対する肯定的な見解については、タイタス（Titus 一〇一）を参照。

（10）ギブナーは、ポーターの最初の結婚が破綻した原因として、夫の親族との不仲と子供に恵まれなかったこと、そして自立を求める傾向を彼女がもつようになったことをあげている（Givner 九五－七）。

引用参照文献

Brinkmeyer, Robert H., Jr. *Katherine Anne Porter's Artistic Development: Primitivism, Traditionalism, and Totalitarianism*. Baton Rouge: Louisiana State UP, 1993.

Core, George. "'Holiday'. A Version of Pastoral." Ed. Robert Penn Warren. *A Collection of Critical Essays*. Eaglewood Cliffs, N.J.:

Prince Hall, 1979.
DeMouy, Jane Krause. *Katherine Anne Porter's Women: The Eye of Her Fiction*. Austin: U of Texas P, 1983.
Givner, Joan. *Katherine Anne Porter: A Life*. London: Jonathan Cape, 1983.
Hardy, John Edward. "Katherine Anne Porter's 'Holiday'." Ed. Darlene Harbour Unrue. *Critical Essays on Katherine Anne Porter*. New York: G.K. Hall & CC, 1997.
Porter, Katherine Anne, *The Collected Stories of Katherine Anne Porter*. San Diego: Harcourt Brace, 1972.
Tanner, James T. F., *The Texas Legacy of Katherine Anne Porter*. Denton: U of North Texas P, 1991.
Titus, Mary. *The Ambivalent Art of Katherine Anne Porter*. Athens: U of Georgia P, 2005.
Unrue, Darlene Harbour. *Truth and Vision in Katherine Anne Porter's Fiction*. Athens: U of Georgia P, 1985.
カール・マルクス『資本論　第一巻（下）』今村仁司・三島憲一・鈴木直訳、筑摩書房、2005年。
キャサリン・アン・ポーター『蒼ざめた馬、蒼ざめた騎手』小林田鶴子訳、あぽろん社、1993年。
ジェームス・M・バーダマン『ふたつのアメリカ史』、東京書籍、2003年。
ハワード・ジン『民衆のアメリカ史　上巻』猿谷要監修、富田虎男、平野孝、油井大三郎訳、明石書店、2005年。
フレデリック・L・アレン『オンリーイエスタデイ――一九二〇年代・アメリカ』藤久ミネ訳、研究社、1975年。
マーティン・ギルバート『アメリカ歴史地図』池田智訳、明石書店、2003年。
川島浩平・小塩和人・島田法子・谷中寿子編『地図でよむアメリカ』雄山閣、1999年。
斎藤　眞『アメリカ現代史』山川出版社、1976年。

第九章

過去を想像（創造）することのモラル

――イアン・マキューアンの『贖罪』を読む――

三村尚央

はじめに

イアン・マキューアンが二〇〇一年に発表した『贖罪』を読むことは、丹念かつ流れるような描写で緻密に構成された物語への耽溺と、そこから急に揺り起こされるような結末での驚きを保証してくれるだろう。そして覚醒した後に読者は、他の優れた文学作品がそうであるように、冒頭から再読してそこから立ち現れる物語に秘められていた別の顔を見いだすことになる。

物語は主人公である一三歳の少女、ブライオニー・タリスが創作に没頭しているところから始まる。彼女は当初劇作に熱を上げているが、やがて物語創作へと興味を移す。しかし、彼女のイマジネーションは取り返しのつかない罪を引き起こしてしまう。『贖罪』は一言で言うなら、ブライオニーが犯してしまった罪に対する、長い年月をかけたつぐないの物語であるが、それは我々が一般的に考えるような形では行われない。端的に表現するなら、それは自らの罪について、真実と虚構を織り交ぜた作品の一つとして語ることであった。『贖罪』の中で彼女が行った「つぐない」は読者を混乱させ、「完璧な失敗」（Boerner 四六）と断言する評者さえいた。

本論では、彼女の行為がつぐないとして妥当なのか否かという点ではなく、事実を別様に語ることが「つぐない」になりうるとすれば、いかなる意味においてか、という観点から検証するが、それは結果として、過去について語る（書く）ことにおける「真実／フィクション」の関係と、それに伴う倫理的責任についても考察することになるだろう。

1　ブライオニーの罪

『贖罪』は四部構成となっており、始まりの舞台は一九三五年夏のイギリスである。ブライオニー・タリスは両親と暮らしており、一〇歳年上の姉のセシーリアはケンブリッジ大学を卒業してタリス家に戻ってきていた。すでに家を出ていた兄のリーオンも、休暇で一時的に戻ってきていた。リーオンは友人として若きチョコレート会社の社長、ポール・マーシャルも伴っていた。またタリス家に縁の深い人物として、使用人の息子であるロビー・ターナーがいた。ロビーはその生い立ちにもかかわらず、タリス氏に実の息子同様に可愛がられていた。つまりリーオンやセシーリアとは幼なじみでもあり、セシーリアと同じくケンブリッジ大学に通わせてもらったが、さらに医学部に通って医者を目指すつもりであった。

一三歳のブライオニーは劇作に夢中で、タリス家を訪れていた従姉弟たちを巻き込んで、自分の脚本による上演会を計画中であった。そんな中、ブライオニーは家の窓から見える噴水の側に立つセシーリアとロビーを目にする。

水盤の胸壁の側には姉が立っており、姉と向かい合う形でロビー・ターナーがいた。足を開き、頭をもたげて立っているロビーの様子にはどこか儀式を思わせるものがあった。プロポーズでもしているのだろうか。だとしても、ブライオニーにとって不思議はなかった。……が、いささか不可解なことに、ロビーは今や王者のごとく片手を挙げ、セシーリアには抗うすべのない命令を下さんとするようだった。姉がロビーに抵抗できないとは不思議なことだ。ロビーの強請によってセシーリアは服を脱いでいた、それもおそろしく速く。（上 六八－六九）[1]

結局セシーリアは下着姿で噴水の中に潜りそして上がってくるが、遠く離れた二人の会話が聞こえないこともあって、その不思議な光景はブライオニーにとって一つの啓示となる。それは彼女が初めて垣間見た大人の世界であり、その謎に満ちた光景は彼女の創作意欲を強くかき立てるものであった。ロバート・マクファーレンが指摘するように、マキューアンの作品において子供から大人への成長というテーマは繰り返し取り上げられている。『贖罪』においてもブライオニーは年の離れた姉やロビーたちを通じて大人の世界を垣間見てゆくが、彼女にとっての大人の世界への目覚めとは「段階的なものではなく、濃密で特異な時点を境にした『啓示』の瞬間」（Macfarlane 二三）なのである。しかし、実際に大人の世界を前にして彼女はそれが思っていたようなものではなかったことに気づく。大人になるということは、空想に満ちたおとぎ話的な世界を離れて、秩序と分別によって世界を理解することではなく、「『いま・ここ』の不可解さ」（上 七〇）に直面することであり、それを定義するには想像力を通じた物語化が不可欠だということであった。少女のブライオニーが大人の世界へ参入し始めるこの場面には、それ以後は物語が不要になるどころか世界を理解するためには想像力を通じた物語化がますます重要になることが示されているといえるだろう。その結果、秩序への志向と想像力が時に激しく相克し、「芸術家としての気質が人生の混乱に突き当たったときに、秩序への欲望がより不確定な結果を引き起こす」（Kemp 四六）こともありうるのである。

ブライオニーが噴水の側でのセシーリアとロビーのやりとりを目撃したのは全くの偶然であるが、そうした偶然が他にいくつも積み重なり、結果的に少女ブライオニーに取り返しの付かない罪を犯させる。タリス家に滞在中だったブライオニーの双子の従弟が行方不明になり、夕闇のなか皆で手分けして捜索する。そしてその最中、双子の姉である一五歳の従姉ローラが何者かに暴行を受けてしまう。ローラを発見したブライオニーはその直前に立ち去る黒い人影も目にしていたが、彼女はそれがロビー・ターナーに違いないと断定してしまう。

以前にブライオニーはロビーがセシーリアに宛てたラブ・レターを盗み読みしたことがあり、そこに書き連ねられた猥雑な言葉にショックを受けていたのである。だがその手紙も、ロビーがラブ・レターの内容を何度も推敲する合間に戯れに書いたものであった。そして渡すつもりのなかった方をうっかり取り違えて、それと気付かずにセシーリアに渡すよう偶然出会ったブライオニーに託したのであった。

ローラに暴行を働いた相手が暗闇の中ではっきりとは見えなかったにもかかわらず、確信に満ちたブライオニーによる「告発」の結果ロビーは逮捕され、彼と恋人になったばかりのセシーリアは引き離されてしまう。ロビーは収監された後に第二次世界大戦に徴用される。『贖罪』の第二部はダンケルクから撤退するロビーの視点から、戦闘の激しさや緊迫感、兵士たちの過酷な状況が生々しく描かれている。ロビーとセシーリアの間では手紙のやりとりのみが続けられるが、厳しい検閲のために直接的に愛情を伝える言葉は使うことができない。初めて二人が肉体的に結ばれた時の高揚感も「図書室の静かな片隅」（下 七〇）という凡庸な言い回しに込めて、二人にしか通じないやり方で間接的に確認しあうのがせいぜいである。

2 ブライオニーの「つぐない」

第三部はブライオニーが第二次世界大戦に従事する見習い看護婦として働き始めるところから始ま

る。ある時ブライオニーは休暇を取って、姉のセシーリアの元を訪ねる。もちろん、自分が過去に犯してしまった取り返しのつかない罪を詫びるためであるが、偶然にもそこでやはり休暇を取って訪れていたロビーにも再会する。ロビーはブライオニーへの怒りを隠すことなくむき出しにする。「はっきり言ってやろう。君の首をここでへし折るか、外に出て階段から投げ落としてやるか迷っているところだ。」（下 二五六）ブライオニーはロビーに詫び、新たに真犯人を示唆する。そして、それを聴いたロビーは彼女に全てを白日の下にさらすように行動するよう求める。ブライオニーは必ず実行することを約束して彼らは別れる。

だが読者が目にするのは、ブライオニーのつぐないは決してロビーが求めていたような形では行われなかったという事実である。『贖罪』の最後に付け加えられた「ロンドン、一九九九年」と題された一節は、三人称で語られていたそれまでの三部とは語りのトーンが変わって、七七歳になったブライオニーが一人称でそれまでの人生を回想するスタイルで展開される。そこで明らかになるのは、第三部で彼らが別れた後、ブライオニーは小説家になり成功したということである。そして驚くべきことに、第三部まで語られてきた『贖罪』の物語は実はブライオニーによる小説の一部だったことが彼女自身によって語られる。しかも、ブライオニーとセシーリア、ロビーの再会の場面は事実とは異なる彼女の創作だったのである。実際はロビーは戦場で病気のために亡くなり、セシーリアは地下鉄の駅で爆弾事故のために亡くなっていた。つまり二人は「二度と会わなかった」（下 三〇四）のである。

ブライオニー自身の説明によると、これこそが彼女による「つぐない」の一環なのである。

この五九年間の問題は次の一点だった。物事の結果すべてを決める絶対権力を握った存在、つまり神でもある小説家は、いかにして贖罪を達成できるのだろうか？　小説家が訴えかけ、あるいは和解し、あるいは許してもらうことのできるような、より高き人間、より高き存在はない。小説家にとって、自己の外部には何もないのである。なぜなら、小説家とは、想像力のなかでみずからの限界と条件とを設定した人間なのだから。（下 三〇六）

『贖罪』の記述自体が彼女の贖罪を求める欲求の産物であると言えるが、結果的に出てきたのは自らの過ちを忠実に記録することではなく、彼女が犯した過ちの結果離ればなれになってしまった恋人同士が再会を果たすという、事実とは異なる創作であった。そしてやはり事実に反してブライオニーは彼らに事実を白日の下にさらすことを約束するところで原稿は幕を閉じるのである。

以下では、『贖罪』の結末でブライオニーによって示される、いわゆるポストモダン的な物語の構築性が実は物語当初から周到に暗示されていることを検証してゆくとともに、想像力によって事実とは別様の世界を作り上げることがいかなる意味で「つぐない」となりうるのか、ということについても考察してゆきたい。

3　意識の流れと想像（創造）された過去。それを記述する言語の可能性

『贖罪』の第一部はブライオニー、セシーリア、ロビーたちの心理や意識に焦点が当てられて、それらが丹念に描写されてゆく。その手法は作品中でヴァージニア・ウルフが言及されることも示すように、「意識の流れ」を詳細に写し取るかのようなモダニズム的な記述法を踏襲したものといえる。それを端的に体現するのが、ブライオニーの母、エミリーの語りである。彼女は偏頭痛に悩まされており、しばしば暗い部屋に引きこもっている。しかしそこで彼女の感覚はかえって研ぎ澄まされ、まるで意識だけの存在となって屋敷の中の様子を自由に感知できるようになっているのである。「触手のような意識が寝室の暗がりからひそかに伸びて、誰にも見えない全知の存在として邸内を動き回れ」（上　一一六）、そしてまさしく「ダロウェイ夫人のように」（Cormack 七三）、屋敷内の様子や家族についての彼女の意識（についての記述）が展開する。

真実だけが自分の手元に戻ってくるのであり、自分は居ながらにしてすべてを知っているのだった。……壁ひとつ隔てた会話も――壁ふたつ隔てた会話ならいっそうのこと――核心の表情やニュアンス以外のすべてをはぎとられて届いてきた。……自分は暗がりで横になりながらすべてを知っているのだ。実際にできることが少なければ少ないほど、意識されることは多くなった。（上　一一六）

たとえば、廊下を通るブライオニーの足音を聞いて、エミリーは娘の状態をたちどころに把握する。

はるか下で金属がガシャンとぶつかる音がしたが、これは鍋の蓋が床に落ちたのだろうか――無意味なロースト・ディナーの準備が始まったのだ。……寝室の外の廊下に階段からの足音がするのを聞きつけた彼女は、くぐもった足音だからこれは素足、つまりブライオニーだと考えた。暑い季節には家で靴を履こうとしないのがブライオニーだ。（上一一五）

このように人物たちの意識の流れを的確に捉えた第一部での描写はモダニスト的なイメージは、「究極の名人芸」（Cowley 一七）という評が的確に示すように非常に洗練されたものだといえよう。だが、これらの描写全体がブライオニーによる創作であることを知っている我々には、それらはかえって「うまくできすぎている」という印象すら抱かせる。ブライアン・フィニーが指摘するように『贖罪』のモダニスト的手法は、描写のリアリティを立ち上げるよりも「キャラクターたちの構築性（constructed nature）を強調すると同時に、現実世界にふくまれる構築性」（Finney 七六）へと目を向けさせるように機能しているのである。

それと同時に第一部では、書き手としてのブライオニーの出発点を明示するかのように、彼女にとっての言葉と世界との関わり方が示される。少なくとも一三歳当時の彼女にとって物語を書くこととは「世界を秩序立て」（上 一三）て、「ミニチュア化したい」（上 一八）という欲望をみたすことであり、言葉とは世界を秩序づけて整理するための道具なのであった。ブライオニーは物語を書くとから、一度は劇作へと移ろうとするが、気まぐれで言うことを聞かない現実の人物に演じさせる演劇よりも、言葉が作品内の人物や事物と一致する小説の方が可能性に満ちているように映ったのだった。彼女にとっての言葉と事物とのあるべき関わり方とは、言葉が世界にぴったりとゆるみなく寄り添うような状態であり、そうした言葉を媒介にして書き手と読み手の間に「何者もさしはさませず」正確な意思の伝達が行われることであった。

物語とは一種のテレパシーだ。インクで紙に記号を書き付けることによって、自分の精神から読者の精神へと思考や感情を伝えることができるのだ。この魔術的プロセスはあまりに当たり前のもので、誰もわざわざ驚いたりはしない。あるセンテンスを読むことは即ちそれを理解することであり、指を曲げるのと同様、そのあいだに挟まる物などなかった。記号が解きほぐされるのに必要な間合いなどないのだ。「城」という言葉を見れば、城はもうそこにある（上 六七―六八）

だが、すでに確認したように『贖罪』の第一部で意識の流れに代表される、モダニズム的な手法が用いられている最終的な理由の一つは、その詳細な記述が表面的に達成しようとする意識や世界そして過去（歴史）の忠実な描写ではなく、むしろ主観性というヴェールによって、そうした「事実の確固たる再現と伝達」という観念の境界をぼやかすためである。その結果、『贖罪』の丹念な語りは作品世界のリアルな手触りを喚起しながら、同時にそのリアリティがポストモダン的な描写（表象）の不可能性に裏打ちされていることを暴露する結末の布石ともなっている。

『贖罪』の第四部では出版社からなされた提案が、より事実に近かったはずの草稿に「想像力という霧」（下 三〇三）をかけて、事実を曖昧にすることであったことが明らかにされる。また物語の序盤でも出来事をそのまま語る（思い出す）ことの困難はすでに示されている。噴水の側でのロビーとセシーリアとのやりとりの描写について、語り手によるコメント[2]が突如挟まれる。「自分が回想しているのはあの遠い日の朝ではなく後年に語りなおされたあの朝であること、それらはブライオニーも承知だった」（上 七四）。ブライオニーが遠くから眺めていた二人の光景は、実はタリス家の家宝である花瓶をめぐるものであった。過失から割れて水中に沈んでしまった破片を拾い上げるために、セシーリアは素早く下着姿になって潜っていったのである。

二、三秒後、両手にひとつずつ磁器の破片を持ってセシーリアが浮かび上がったときには、ロビーも彼女が自らあがるのを手伝おうとするほど愚かではなかった。華奢な色白のニンフは、筋肉隆々のトリトンよりもよほど効果的に水をしたたらせながら、破片を注意深く花瓶のそばに置いた。……ロビーはそこに存在せず、セシーリアの意識から追放されていたのであり、これもまたひとつの罰だった。（上 五六―五七）

　だがこれさえも、ブライオニーによる創作という可能性を通してみると、語り手（後のブライオニー）が「そしてまた、あの日にじっさい起こったことが自分の発表した作品によって意味づけをされており、それなくしてはもはや思い出せないことも分かっていた。（上 七四）と記すように、事実の伝達という点では甚だ心許ないものとなってしまう。そして回想された過去は、その直後の四章冒頭でセシーリアが修理する花瓶のように、どんなにうまく元通りになったように見えても、そこには「三本の細いぎざぎざ線が地図に描かれた川のように合流している」（上 七六）のである。

　物語中で言及されるこうしたモチーフは、たしかに物語の構築性を暗示するものである。だが、ブライオニー（そしてマキューアン）は真実をこのように事実を曖昧にすることで我々をどこへ導こうとしているのだろうか？　幾重もの想像力のヴェールで覆うことによって、「壁があった方が真実が把握できる」エミリーの意識のように、より伝わるものがあるのだろうか？　我々が物語の中で生きていると言うことが、即我々のアイデンティティは不確かなものだとか、我々はみな語られたフィクショナルな存在にすぎない、ということを意味するわけではない。[3]むしろ、コーマックが指摘するようにマキューアンは『贖罪』でそうしたポストモダン的な相対性と幻想性と戦おうとしている（Cormack 七八）のである。

4　『贖罪』に見られる言葉と世界の関係性――言語の物質性

ブライオニーによる暴露は、『贖罪』における時代設定やヴァージニア・ウルフなどの固有名詞、そしてその記述様式が想起させるモダニズムのスタイルが、実際はポストモダン的な認識にも裏打ちされていたことを明らかにする。批評家ロバート・イーグルストンは、小説におけるモダンからポストモダンへの推移の一つに「表象の不可能性」をいかに表象するかという関心があったことを『倫理批評』で指摘する。作品内でのキャラクター同士の言動を通じてある道徳的価値観（そしてその妥当性）を具体的に表現する態度に加えて、そうした倫理的価値観が作品内で立ち上げられてゆく言語的プロセス（すなわち語りの様式）に関心が向けられるようになる。

ヒリス・ミラーの『読むことの倫理』やポール・ド・マンの『読むことのアレゴリー』における議論を受けながら、イーグルストンは「倫理」が純粋な不変の理念ではなく、言語機能（語り）によって生み出されるものであることを強調する（Eagleston 七一）。

「ド・マン以後、倫理の法の立場は変わってしまった」とイーグルストンは指摘する。「言語と語りはもはや転覆的な読みを行うための『橋』ではなく、倫理の法が実体化してゆく場となったのである」（Eagleston 七三）。だが、それと同時に物語としての倫理の規範が特権的な位置づけを失い、他のテクストと同様「誤解と誤読」（Eagleston 七三）へと開かれてゆくことも意味していた。ミラーによるカント読解は、テクストがある道徳的価値観を示そうとするときに小説や詩といったフィクション同様に、メタファーやアレゴリーの形式を利用していることを露呈した。それはつまりあるテクストが倫理や道徳を表現しようとするときに表象的な限界に突き当たっていることも意味していた。
ここで言葉と概念という観点から『贖罪』に目を向けると、第一部で展開されていたブライオニーが理想とする言語観は、すでに見たように、言葉と世界がぴったりと一致した状態であった。それを反映するように、「意識の流れ」に代表される手法が用いられていた。それはこれまでは表現されるすべを持たなかったものに形を与えようとする、表象の可能性を拡張してゆくモダニズム的な試みであるとも言えるかもしれない。そこで語られた言葉はすなわち世界や事物であるのだ。あるとき、ブライオニーが盗み見た、セシーリアに宛てられたロビーの手紙には、女性器を指す言葉が記されていたが、実際に人が口にするのは聞いたことがないにもかかわらず、その言葉が意味するところは少女にも明確に伝わってしまう。

なによりもあの言葉はそれが指しているものにぴったりであって、ほとんど擬態語的な響きさえあった。最初の三文字、cとuとnのなめらかにえぐれて半ば閉じた形は、解剖学の図版のように明瞭だった。十字架のtのもとにうずくまる三つの姿。（上一九五）

そしてすでに確認したように、ここで採用されている、文字一つ一つにその語が意味する対象の手触り（あえていうなら物質性）を宿らせるかのような、言語と事物を一体化させる少女ブライオニーの言語観は、『贖罪』の語り全体がそうであるように、すでに裏切られているのである。『贖罪』全体を記す書き手としてのブライオニーの立場は、むしろそうした事物と一致する言語観とは一線を画したものであるはずである。

ポストモダン的な意味での「言語の物質性《マテリアリティ》」とは言葉に指示対象の性質を憑依させることではなく、むしろそれを妨げる言語自身の独立性（singularity）だといえる。ド・マンは『理論への抵抗』において言葉とそれが指す意味の乖離を強調する。

語と文の関係は文字と語の関係に似ている、つまり、語との関係で見た場合、文字は意味を持たない、それには意味がないのです。語を綴るときにはいくつかの意味のない文字を口に出し、それらはその語のなかでひとつに結びつきますが、しかし、そのひとつひとつの文字の中には語は現前しません。この二つは相互に完全に独立したものなのです。ここで文法と意味の、語（Wort）と文（Satz）の乖離と呼んだものは、語の物質性、独立性であり、表面上は安定した文の意味を引き裂き、文に意味の横滑りをもたらすその仕方であるのです。その横滑りによって意味は消失し、消え失せ、また意味に対するすべての統御は失われてしまうのです。（ド・マン『理論への抵抗』一八〇）

そして彼の議論を受けてマーティン・マックィランが、「『魚』（fish）という語の意味はそれを構成する文字――f, i, s, h――のどのなかにも存在せず、その全体のなかに存在する。……われわれはありのままの魚と経験的に出会うことはない。また、「魚」という語の文字と関係をもつことさえない。むしろわれわれは「魚」という比喩全体を幻想として経験している」（一六三）と例示するような言語観は、ブライオニーが（少なくともテクストの表面上で）示そうとしていることとは真っ向から対立するものである。『贖罪』のテクストに底流する書き手としてのブライオニーの意識を念頭に置きながら再読しているわれわれが注目すべきは、「文彩が伝達するものと、文彩そのものが達成するものとの間にある根本的な乖離」（ド・マン『理論への抵抗』一八〇）だといえよう。

両者の乖離についてまとめておくなら、モダンの議論では言葉が世界をいかに再現（表象）しているか、ということが問題になるが、その表象可能性そのものが検討の対象となることはない。それに対して、ポストモダン的な関心のもとでは、フィクションにおいて世界を表象しようとする身振りそのものが検証され、「表象の限界線」（Gibson 五七）と不安定性が露わにされてゆく。だが後述するように、ポストモダン的な言語観は言語（テクスト）と世界のつながりを決して否定したわけではない。むしろ、両者のスムーズなつながりを否定して、その乖離を念頭に置きながら両者の関わり合いを練り直した（Karnicky 九）のである。そして、こうしたギャップを創造性や自由へと転化してゆく可能性について検討したのがポストモダン的フィクションの倫理とも言えるのではないだろうか。

過去を起こったままに直接語ることの困難に直面して、語り手は必然的に間接的な表現に頼ることになる。『贖罪』においても、ロビーとセシーリアが手紙の中で暗号のように「図書室の静かな片隅」という表現を通じて愛を交わした場面を暗示していたことはすでに述べたが、同様の表現はロビーがセシーリアに愛を告げる場面でも用いられている。「I love you」という言葉が直接書き記されるのではなく、物語上の叙述の上では「空疎な芸術や空疎な演技が束になっても究極の価値を減ずることのできない、あの三つのシンプルな言葉」（上 二三五）と言い換えられるこの場面は、『贖罪』を書くブライオニー（そしてマキューアン）が依って立つ位置を示しているともいえるだろう。

換言すると、そうした想像力と比喩的な言語を通じた間接的な表現方法こそが小説の生命線だとさえいえる。第三部の終わりで、ブライオニーによって真犯人が明らかにされる。しかしそれは彼女自身が第四部で説明するように、当人たちが生きている間は決して人目に触れることがなく、やはり彼らの死後に控えめに事件の真相を伝えることしかできない。たしかに現実世界のルールから見るとそのような説明ができよう。だが別の見方をすると、事実を直接示さずに闇の中に置き続けるスタイルを貫き続けることは、小説家としてのブライオニーの矜持であるともいえよう。

ロビー、セシーリア、ブライオニーの再会の場面が、過去の事実を文字通りに伝達するものではないというブライオニーの告白により、読者はそれまでよりも隠喩的な読みを強いられることになる。こうした隠喩的な機能の導入に加えて、彼女は自分のテクストを何度も書き直していたという事実によっても、たしかな「真実」は失われてゆく、より正確には、「文字通りの表象」という意味での「真実」を保証する意味体系が不安定になってゆくのである。

つまり、ブライオニーによる最後の暴露が衝撃的なのは、彼女が「本当のことを伝えていなかったから」ではなく、彼女の暴露によって、それまで連ねられてきた言葉たちすべてが暗示的な意味の膨大な連鎖に変容してしまう途方もなさのゆえだといえよう。

『贖罪』の重要な要素の一つが現実を解釈したり、それを表現するのに必要な想像力の働きであることは疑いないが、マキューアンはあるインタビューで、「ブライオニーの罪の原因は現実と非現実の境が分からなくなるまでに想像力を働かせてしまったことにある」(Noakes 八五)と述べている。一三歳の夏の日に部屋の窓から見えたセシーリアとロビーの様子の不可解さを自らの想像力で補ったことに始まる一連の出来事の連鎖は、取り返しの付かない結果を引き起こしてしまう。マキューアンにとって想像力が秘める危険性とは「事実と非現実との区別がつかなくなってしまうこと」(Noakes 八五)」であり、意図せずに残酷な言動を引き起こす原因となってしまうことである。つまり『贖罪』全体が「自己正当化の形式としての物語る行為」(Noakes 八六)を利用したブライオニーのつぐないだともいえる。

だが、ここで一つ新たな疑問が浮かぶ。彼女が生涯とらわれ続けている罪悪感の原因である一三歳の夏の出来事(第一部)が、そこに至るまでに彼女に降りかかったさまざまな偶然が重なった結果、自分の想像力が暴走してしまったがゆえの仕方のないものだった、という正当化を目的としたものであれば、戦場のロビーの立場から想像された第二部や、実際には二度と会うことがなかったロビーとセシーリアが再会する場面を描いた第三部などは、必要がないどころか誠実なつぐないとはかけ離れているようにすら思われる。しかも、草稿を何度も書き直していることも、マキューアン自身が説明するように「彼女は事実を伝達する勇気が持てなかった」(Noakes 八五—八六)ことの証明と言えるだろう。

ブライオニーは最後に「神が贖罪することがありえないのと同様、小説家にも贖罪はありえない——たとえ無神論の小説家であっても。それは常に不可能な仕事だが、そのことが要でもあるのだ。試みることがすべてなのだ」（下 三〇六）と述べる。それは過去の贖いを達成することは不可能、と取れるかもしれない。けれどわれわれはここで、『贖罪』の中で示される想像力の功罪に目を向ける必要がある。

ブライオニーが犯してしまった一三歳の時の罪は、現実と虚構の区別がつかなくなってしまうという、想像力がもたらしうる悪影響の一例と言える。そして我々がもう一つ検討すべきは、彼女の行ったイマジネーションによるその後の出来事の脚色（もしくは創造）と書き直しという行為が「つぐない」として持つ意味であろう。ブライオニー自身が述べるように、彼女の行為は読者の「本当は何が起こっていたのか」（下 三〇五）という気持ちを否応なくかき立てる。しかし彼女は現実をありのままに伝えることが小説家として最もふさわしい行為なのかと自問し続け、その結果自らの作品を何度も書き直す。つまり、彼女は現実に起こった「事実」を伝えることからどんどん遠ざかっていったわけだが、彼女の行為を単なる現実逃避や開き直りではなく、想像力の新たな可能性を切り開くものとして再定義することも可能なのではないだろうか？

5　読むこと（書くこと）の倫理——遂行的言語としての隠喩の働き

ヒリス・ミラーは『読むことの倫理』で、現実を模倣する立場としての写実主義を取り上げて、写実主義という言葉が一般的に喚起する、現実とそれを忠実に模倣する、あるがままの事実に一致する言語（「比喩的ではない指示的な言語」（ミラー 九四））という対立構造に注目する。そして、そこで働く言葉のメカニズムを精査してゆく過程で、「ありのまま」に現実を描写することを信条とするはずの写実的言語が、実際はメタフォリカルな用語法をも利用しており、それなしには存立しえないことを明らかにする。別言すると、そこでは「写実的な小説（フィクション）」という可能性自体が検証されているのである。

やや乱暴であることを承知でまとめてしまうなら、ミラーは「『現実』のなかに確固たる根拠を持っていると主張している」（ミラー 一〇五）はずの写実主義においてさえ、厳密な意味での「模倣」が達成されていないことを確認した上で、指示的な言語によって世界を模写すること以外の小説の存在意義に我々の目を向けさせようとする。彼は写実主義においても、表面的には拒絶している比喩的な用語法をこっそり裏口から導き入れるように利用して作品世界を構築する効果の一つとして、現実の模写という従属的存在に甘んじるのではなく、現実とは似て非なる世界を立ち上げることで現実の方を変容させる「遂行的な」（九九）力を持っていることをあげる。

ミラーは隠喩の中でもさらに一ひねり加えられた用法である混喩[4]（catachresis）に注目する。そうした比喩的な用語法によって暗示的に表現されることで、文字通りの「指示的な」用語法による模倣以上の操作が加えられ、その結果「すでに存在しているものに名を与えるというよりはむしろ、『現実』の世界の中で、名を与えなければ生じなかったであろうことを生じさせる」（ミラー 一〇二）のである。

また、ミラーは小説の作品世界が構築されるに当たっても、これと同様の操作が行われていることを指摘する。彼はジョージ・エリオットの『アダム・ビード』が彼女の父親を基にした自伝的要素を含んでいることを指摘した上で、それがいわゆる写実性とは一線を画すものであることを主張する。つまり作品中のアダム・ビードは実在の父親の「忠実な記述」ではなく、「おそらく自分の父親を『基』としながらも、言葉が遂行的な力として機能しうる虚構の領域に彼を移し変え」ている（ミラー 一〇二）のである。

言語レベルでの、語と対象との「隠喩的つながり」が、物語レベルでの外部世界と作品世界とのつながりに反映されているわけであるが、こうした関係は『贖罪』において小説家としてのブライオニーが想像した、ロビーやセシーリアの、ありえたもう一つの生についても当てはまるように思われる。『贖罪』を再読して我々が胸を痛めるのは、第一部で小説家としての後年のブライオニーがロビーに語らせる、自分の二〇年後を思い浮かべる場面である。

二〇年というと、はるか未来の一九五五年だ。そのときまでに、自分はいかなる大事なことを学んでいるだろうか？　その先三〇年ばかりは、より慎重なペースで進む時間があるだろうか？

一九六二年に五〇になった自分を考えてみると、五〇という歳は熟年ではあっても無為の老年ではないはずで、おそらく自分は経験豊富な世慣れた医者になっており、人生の背後にはさまざまな秘密の物語や悲劇や成功が積み上げられているだろうという気がした。（上　一五八）

なぜブライオニーはこうしたことが実現し得ないことを十分に自覚しながら、こうした空想を彼に語らせたのだろうか？　さらに彼女は新たな書き直しの可能性として、彼女の七七歳の誕生パーティにロビーとセシーリアが居合わせている（下　三〇六）ことすら挙げる。彼女が執拗に事実とは似て非なる（時には全く異なった）エピソードを自らの作品世界に組み込むことで達成しようとしたつぐないの意義とは何なのだろうか？

新たな虚構世界を創作する意義について、ミラーはそうした虚構世界は現実とは独立した従属的存在なのではなく、現実と密接に関わっており、比喩的な言語を駆使してそうした虚構の別世界を創造することは、現実の側に影響を及ぼす遂行的な行為であることを強調する。

混喩という比喩による事物の新たな命名は、完全に遂行的である。混喩は世の中に、何か全く新しいこと、原因では説明できないなにかをもたらす。すべての遂行文がそうであるように、たとえ言語のなかの既存の語を用いなければならないとしても、こうした語を今までに聞いたこともないような意味へと新たに方向付ける。また混喩は「現実世界」において、混喩によらなければ生じなかったであろうことを生じさせる。（ミラー 九九）

現代に生きる我々にとっては、事物をありのままに記述する言語の可能性などほぼ潰えようとしているが、ミラーが整備しようとするのはそうした事物と言葉の間のギャップを限りなく縮めるのでなく、むしろそれを積極的に利用した混喩的な言語を用いることで、そこに「別の何か[5]」が利子として付け加えられ、そうしなければ存在しえなかったものを現実世界に生じさせる想像力の遂行的な力であった。現実世界にはほとんど実体を持たない、「無」としての言語構築物（小説）が現実世界の変容という「有」を生じる力をミラーは「無限のゼロ」というまさしく遂行的な言い回しで表現している。

写実主義は、現実から離れ、また現実へと戻る方程式の中に、乗数としてあるいは除数として、無限のゼロを入れるのだ。このゼロは、根拠も実態もないにもかかわらず、何かを生じさせる力を持っている（ミラー 一〇五）

これを、『贖罪』に照らし合わせるなら、ブライオニーが理想としていた、事物に寄り添って世界を忠実に写し取るかのような写実的言語観とテクスト全体に底流しているのは、実はそこに「無限のゼロ」を付け加えることによって、現実とは似て非なる場所に書き手と読み手をいざなうポストモダン的な意識だと言えよう。そして、どうしようもなくそこに付きまとう事実と記述の間のギャップを創造性へと反転させたのが、実際にはあり得なかったロビーとセシーリアの再会なのである。

6　起こりえなかった過去と未来の中でのつぐない

我々はこれまで、比喩表現（混喩）を単なる現実の模倣ではなく、遂行的に用いることで現実の方を変容させる可能性を示したミラーの議論を経由することで、現実的なものの上に創造的なものが重ね合わされ、両者が陥入しあってゆく働きを確認した。そのうえで、我々は『贖罪』においてブライオニーが行った事実に反する創作が自分の疚しさを和らげようとする単なる自己弁護ではなく、むしろ罪悪感を忘れることなく生き続けようとする倫理的責任の問題につなげてゆけるように思われる。意図しなかったこととはいえ、ブライオニーはロビーとセシーリアに対して取り返しのつかない罪を犯した。そして、事件の当事者である二人が亡くなってしまっている今、現実的な意味で彼らにつぐなうことは不可能であろう。だが、「それゆえに」ブライオニーも事件を忘れてしまうか、「それにも関わらず」罪の意識とつぐないの意識を持ち続けるかは、彼女にとって一つの選択であったはずである。

彼女が原稿に手を加え続けることで人物たちは文字通り別の生を生き始めるが、それはひとりよがりの自己弁護と見えるかもしれない。だが、作品中で彼らを生きのびさせることで、彼女も罪悪感を忘れることなく生き続けることができるともいえるのではないだろうか。たしかに、彼女自身が書き付けるように、「完全な贖罪などありえない」（下 三〇六）。けれど、事態をそのまま記述することができないということが、即ちつぐないの希望を持つことは無駄だということにはならないはずである。

ブライオニー（そしてマキューアン）が示す、起こりえたかもしれない未来、そして起こりえなかった過去のヴィジョンは、想像力の悪しき働き（暴走）に巻き込まれて取り返しのつかない失敗をしてしまった人間が、それを取り戻すことの不可能性を認識しつつ、同じく想像力の働きを統御して、贖いの希望を断つことなく紬ぎ続ける一つの形を示しているとは言えるのではないだろうか。

注

（1）本論 *Atonement*, Vintage, 2001 によるが、引用は日本語訳は『贖罪（上・下）』（小山太一訳、新潮社、二〇〇三年）による。

（2）ドミニク・ヘッドも指摘するように、それが六〇年後のブライオニー自身である可能性は極めて高い（Head 一六四）

（3）マキューアンはあるインタビューで「自分について知ることは決してできないということが、すなわち我々は相対性の沼の中で生活しているということにはならないはず」（"Journeys" 一二九）と答えている。だが、その罠から抜け出すことの困難も認識していて、小説の利点はそうした「人間が自らを欺くプロセスを示すことに長けている」（同上）こととも考えている。

（4）catachresis の訳語としては「濫喩」なども知られているが、本稿では訳書に則って「混喩」とした。

（5）だが、それと同時に「この新たなものがなんなのかは予測できないし、起こった後に言い当てることも不可能」（ミラー 一〇三）という彼の言葉が示すように、明確な事前の見通しや計画に基づいて創作を行うことも不可能なのである。そして、このような遂行的な言語の働きはド・マンが「言語の物質性（materiality）」と呼ぶもののとも関連しているように思われる。言語とその指示対象を繋ぐものが持つギャップ（ゆるみ）を拡張的に利用することで、今までは存在しなかった言語と指示対象との新たな「隠喩的つながり」が生まれるのである。

引用参照文献

Boerner, Margaret. “A Bad End.” Rev. of *Atonement* by Ian McEwan. *The Weekly Standard*. 29 Apr. 2002: 43-6

Cormack, Alistair. “Postmodernism and the Ethics of Fiction in *Atonement*.” *Ian McEwan*. Ed. Sebastian Groes. London: Continuum, 2008: 70-82.

Cowley, Jason. “Telling Tale.” Rev. of *Atonement* by Ian McEwan, *Times*（London）, 22 Sep. 2001: 17.

De Man, Paul. *Allegories of Reading*. New Haven & London: Yale UP, 1979.

_______. *The Resistance to Theory*. Minneapolis: U of Minnesota P, 1986.『理論への抵抗』大河内昌・富山太佳夫訳、国文社、1992 年。

Eagleston, Robert. *Ethical Criticism: Reading after Levinas*. Edinburgh: Edinburgh UP, 1997.

Finney, Brian. “Briony’s Stand Against Oblivion: Ian McEwan’s *Atonement*.” *Journal of Modern Literature* 27.3（2002）: 68-82.

Gibson, Andrew. *Postmodernity, Ethics and the Novel: From Leavis to Levinas*. London and New York: Routledge, 1999.

Head, Dominic. *Ian McEwan*. Manchester: Manchester UP, 2007.

Karnicky, Jeffrey. *Contemporary Fiction and the Ethics of Modern Culture*. New York: Palgrave Macmillan, 2007.

Kemp, Peter. “A Masterly Achievement,” Rev. of *Atonement* by Ian McEwan, *Sunday Times*（London）, 16 Sep. 2001: 46.

Macfarlane, Robert. “A Version of Events.” Rev. of *Atonement* by Ian McEwan, *Times Literary Supplement*. 28 Sep. 2001: 23.

McEwan, Ian. *Atonement*. London: Vintage, 2001. イアン・マキューアン『贖罪』（上・下）小山太一訳、新潮社、2003 年。

_______. Interview with Jonathan Noakes. *Ian McEwan: The Essential Guide*. Margaret Reynolds and Jonathan Noakes. London: Vintage, 2002: 10-23. Rpt. in *Conversations with Ian McEwan*. Ed. Ryan Roberts. Mississippi: UP of Mississippi, 2010: 79-88.

_______. “Journeys without Maps: An Interview with Ian McEwan.” *Ian McEwan*. Ed. Sebastian Groes. London: Continuum, 2008: 123-34.

マーティン・マックィラン『ポール・ド・マンの思想』土田知則訳、新曜社、2002 年。

ヒリス・ミラー『読むことの倫理』伊藤誓・大島由紀夫訳、法政大学出版局、2000 年。

Ⅱ　階級

第一〇章

少年サタンは問いかける

——世の中の滑稽な事柄を笑い飛ばせる日が来るだろうか——

井川眞砂

マーク・トウェイン（一八三五―一九一〇）の遺稿「不思議な少年」（“The Mysterious Stranger Manuscripts”）には、それぞれ異なる三種類の未完の物語が存在し、そのいずれにも、今日では人びとに広く知られた作中人物〈不思議な少年〉が登場する。三編中の一編「少年サタンの物語」（“The Chronicle of Young Satan”）で活躍する〈不思議な少年〉は、天国を追われた「悪魔《サタン》」の甥だと称し、地球を訪れてオーストリアの片田舎に現れると、村の三人の少年と友だちになる。そして彼らに人類の歴史を示しながらそれを審判し、自分の物の見方・考え方を伝授していくのである。本稿では、その〈不思議な少年〉サタンの言説に注目することによって、彼が人類の歴史をどのように捉えているか、また王でも貴族でもない一般庶民をどう見ているかを考察しようとする。それというのも、少年サタンが自ら提唱する「笑いの武器」の担い手に一般庶民が想定されているからであり、人類の歴史を動かし得る存在として彼が抱く庶民への関心と期待がここに含意されているのではないかと思われるからである。そうであるとするならば、晩年のトウェインの歴史意識を探る上でそれは重要な意味合いを帯びてくるのではなかろうか。

1　「少年サタンの物語」――きわめて良質な原石

ジョン・S・タッキーが『マーク・トウェインと少年サタン』(一九六三)において、またウィリアム・M・ギブソンが『マーク・トウェインの「不思議な少年」三手稿』(一九六九)において明らかにしているように、アルバート・B・ペインがトウェインの死後一九一六年に出版した『不思議な少年――あるロマンス』(*The Mysterious Stranger, A Romance*)には、途方もない「編集上の不正行為[1]」がある。その事実が判明して以来、〈不思議な少年〉をめぐり、また晩年のトウェインの著作に関わって、数多くの議論がなされてきた。[2] そうした議論が可能になったのは、上記ウィリアム・M・ギブソン版によって、トウェインの遺稿三種類が、すなわち「少年サタンの物語」、「学校のある丘」("Schoolhouse Hill")、および「不思議な少年、第四四号」("No. 44, The Mysterious Stranger")が、書物の形で読めるようになったからである。そのギブソン版のペイパーバックが翌一九七〇年に出版され、早くも同年、日本でそれを読むことができたのは、まことに幸いだった。三手稿はいずれも未完であるとはいえ、〈不思議な少年〉が本来の活躍をするのは、そのオリジナル版においてだからである。本稿で取り上げる「少年サタンの物語」は、手書き原稿四二三頁（一一章）として遺され、マーク・トウェイン・ペイパーズ&プロジェクトによるテクスト校訂作業を経たのち、他の二手稿とともにシリーズ「マーク・トウェイン資料集《ペイパーズ》」の一環としてギブソン版に収録された。

しかし、そうした事実は一般読者まで広がることはなく、合衆国の読者の多くが、手軽に読めるペインの流布本を依然として読み続けた。その結果、「トウェインが執筆した本物の著作は背後に隠れて世に知られぬままだというのに、世間では偽造版『不思議な少年――あるロマンス』が大手を振って出回る」（タッキー、まえがき）状況が半世紀以上も続いたのである。そうしたなか、マーク・トウェイン・ペイパーズ&プロジェクトから普及版「マーク・トウェイン叢書《ライブラリー》」の出版が開始され、三手稿の中で唯一結末を備えた『不思議な少年、第四四号』（一九八二）が単行本として世に出された。これによってようやく一般読者もトウェインの「本物の著作」を手軽に読むことが出来るようになった。また一方、これによって〈不思議な少年〉をめぐる問題がようやく解決したかに思われたし、さらには学問上の問題の決着さえついたかと見るむきもあった(3)。しかし、単行本出版のために選ばれた一編が「少年サタンの物語」ではなく、「不思議な少年、第四四号」であったためか当初の思わくは外れ、現に今日もなおペインの流布本がひきつづき広く読まれている。おそらくは今後もそうした状況が続くだろうという。

ところで日本においても合衆国とよく似た現象が起こっている。名訳で知られる中野好夫訳『不思議な少年』（岩波文庫）は、じつはペインが編集した流布本の翻訳である。だが、その翻訳が日本で紹介されると好評を博し、それ以来、今日もなお同訳書が読み継がれているのである。その翻訳事情をざっと振り返れば、中野好夫訳『不思議な少年』（岩波文庫）は、一九六九年六月の初版以来一九九八年には四九刷を数え、九九年一二月の改版後も、すでに一一刷を重ねている（二〇一〇年一二月現在）。改版にあたり、岩波文庫は新たに亀井俊介による「解説」を加え、その解説によって、トウェインの三種類の遺稿の内容や、ペインによる流布本の編集上の問題等について、コンパクトだが丁寧な説明を付している。ただし作品本体が従来通り中野訳の流布本であることに変わりはない。この改版に先立つ一九七六年には、他に講談社から渡辺利雄訳「不思議な少年」が、やはりこれもペインによる流布本の翻訳で『世界文学全集 五三』に収録・出版された。一九九〇年代に入ると「マーク・トウェイン叢書」中の『不思議な少年、第四四号』が、大久保博訳（『不思議な少年 四四号』、角川書店、一九九四）や、山本長一・佐藤豊訳（『ミステリアス・ストレンジャー 四四号』、彩流社、一九九六）によって出版された。

その一方で、岩波文庫の改版『不思議な少年』は、その後も毎年のように増刷りされ、売れ行きは今も良好である。同文庫編集部によると、同翻訳は初版以来ずっと途切れることなく増刷りを重ね、この四〇年間にざっと二〇万部を出版したという。[4] すなわち、その間、ペインの手になる流布本が、マーク・トウェインの作品として、日本の読者に届けられたことになる。トウェインが執筆した本物の〈不思議な少年〉は、『不思議な少年、第四四号』以外は、日本の読者に「知られぬまま」である。中野好夫訳（初版）は、ギブソン版と同じ一九六九年の出版であり、中野は「訳者あとがき」で、「マーク・トウェインは、最後までこの作品を未完成のままで遺したらしい。したがって、いくつかの原稿が存在していたという。それらが編集されて出たのが一九一六年の初版であった」（二三八）と述べ、当時の日本にあっての状況説明をしている。

「少年サタンの物語」は、ペインの流布本『不思議な少年――あるロマンス』の基《ベース》になったトウェインのオリジナル版である。しかし、この「本物」は、学術図書以外には出版されていないため、当然のことながら合衆国内であっても読者範囲も限定され、一般読者が読み比べる機会は少ないと思われる。グレッグ・カムフィールドの比喩を借りて喩えるならば、原作は、まるで「金のとれる鉱山」（八九）のようである。そうであるにもかかわらず、そこから流布本を掘り出す際に、編者ペインは「きわめて良質な原石」（同八九）を発掘跡に残し、トウェインの「痛烈な諷刺を無害な空想小説《ロマンス》」（同八九）に変えてしまったのであり、それによって、読者が受け入れやすい作品にしたのである。しかしその事実をまったく知らせなかったペインの罪は、はなはだ大きいと言わざるを得ない。なぜならそれによって晩年のトウェインの著作が誤解されたまま伝播することになったからである。本稿の目的のためには、トウェインの「金のとれる鉱山」中に「きわめて良質な原石」を、それも庶民の描写に関する「原石」を掘り出す必要がある。なぜならそれらの「原石」の真の輝きのひとつひとつに、批評家たちさえ必ずしも注意深い目を向けているとは限らないからであり、またその輝きを日本の読者に伝えたいと思うからである。

トウェインのオリジナル・テクストと読み比べるならば、ペインの流布本には、試算によると大小合わせて優に一〇〇箇所以上もの削除・修正の手が加えられている。それは、原作のたっぷり「四分の一」(ハースト 二〇〇二) にも及ぶ大量の削除・修正を意味する。そうした手入れの結果、トウェインの真剣《シアリアス》な描写が流布本では大きく歪められているのである。合衆国においてのみならず日本においても、この流布本の読者がなお大勢いることを考えれば、原作との差異の一端なりとも具体例によって示す意義はあるだろう。ペインによる削除・修正の問題点は、私見によれば大きく七点に分類・整理できる。(5) しかし、そうした問題点について、これまで個々に十分な議論がなされてきたとはいえず、そもそも言及されていないものさえある。その問題点のひとつが、「庶民」(common people) に関する削除・修正であり、流布本では庶民に対するサタンの考え方が十分伝わらないか、誤解されてしまいかねない。本稿では、少年サタンが表明する一般庶民への関心と期待をトウェインの原作から復元し、サタンが語り手に問いかける言葉「世の中の滑稽な事柄を笑い飛ばせる日が来るだろうか」の意味を検討しようとする。

2　「僕は天使《エンジェル》だよ」

トウェインが「少年サタンの物語」を執筆したのは、ウィーン滞在中の一八九七年一〇月から一八九八年一月までと、一八九九年五月から一〇月まで、およびロンドン郊外のドリスヒルに滞在中の一九〇〇年六月から八月までの間である。すなわち、それは世界一周講演旅行を終えてロンドンでその旅行記『赤道に沿って』を執筆後、ウィーンに到着した年の秋から、巨額の借財を完済して合衆国に帰国する直前までの時期にあたる。

　世界一周講演旅行中のノートブックや『赤道に沿って』、および「少年サタンの物語」といった一連の著作には、その叙述の調子《トーン》にある共通性が認められる。トウェインは旅行中のノートブックの書き込みに、作家としての自責の念をこう漏らすのである。「お粗末な世界、役立たずの宇宙、そして恥ずべき情けない人類といったものを嘲笑する諸々の本、卑劣な企みを丸ごと笑い飛ばし嘲《あざけ》る諸本――そうした本でこの世の中が溢《あふ》れ返っていないとは、何と奇妙なことだろう……私はどうしてそうした本を書かないのか」（傍線部はトウェインによる強調[6]）、と。ギブソンやカムフィールドは、この口調と同じ調子を「少年サタンの物語」に認め、その調子を体現するサタンが作中人物としての役割を見事に果たしている点を指摘する（ギブソン 一六、一九、カムフィールド 八九）。旅行中に記したノートブックの調子は、自ずと旅行記『赤道に沿って』の口調とも重なってこよう。たとえば、白人によって離島に幽閉され絶滅したアボリジニのある種族の哀しい最期を報告する箇所は、「世の中には滑稽な事柄がたくさんある。自分たちの方が未開人より啓けていると思う白人の考え方もそのひとつである」（旅行記 二一三）といった口調であり、その調子がサタンの声の響きにきわめてよく似ていることに気づくのである。もしかしたら、すでに『赤道に沿って』の中に、少年サタンの声の響きが先取りされているのかもしれない。「少年サタンの物語」の調子には、旅行記とのそうした類似点がある。その一方、人物造形の点では、旅行記形式の中に収容しきれないサタン像の自在な表象が、「物語」中、フィクションならではの形態で実現している様を楽しむことができる。地上の人間の愚かな行為を躊躇うことなく審判し、容赦なく笑い飛ばす作中人物――それが、天国からやって来た不思議な少年サタンである。旅行記形式の枠内ならば、そうした人物造形はとうてい叶うまい。そのサタンについて物語の語り手はこう述べる。「いつもは快活で気持ちのいいサタンだが、その気になれば冷酷なほどひどいことを言った。それに、人間のすることが彼の気をひくと、いつだってその気になった。いつも人間を鼻であしらい、人間に対して優しい言葉を使うことなど絶対になかった。どうしたら人がサタンのように振る舞えるのか、私には分からない」[7]、と。サタンにとっては、真実こそが礼儀であり、作中、彼は真実を語る勇気の持ち主、批判者としての役割を担う。とはいえ、サタンは批判する対象を選ぶのであり、人間の存在そのものに攻撃を加えるわけではない。この点を、あらかじめ確認しておきたい。サタンの一連の言説はここに立脚しているのであり、その観点から人類の歴史や庶民に対する彼の考え方を表明するのである。

「言っておくけど、ぼくのおじさんも、かつては天使だったんだからね」（四八）と念を押すこの少年は、自分が「天使《エンジェル》」（四七）であることを間違わぬよう地上の友だちに再確認する。一方トウェインは、この少年に「天使」の性格が付与されることを読者に納得させる。少年サタンを「悪童天使《バッド・ボーイ・エンジェル》」と呼ぶのは、『マーク・トウェイン――ユーモアの運命』（一九六六）の著者ジェイムズ・M・コックスである。「たしかに彼は天使だが、その名が悪魔との繋がりを明かしている。それでも彼は悪魔ではないし、邪悪ですらない。サタンは悪童天使なのである」（二七五）、と述べている。悪童天使だとは、なかなか楽しい呼称である。天使であるからには、彼が神を直接攻撃することはない。

語り手は村の教会のオルガン奏者の息子、テオドール・フィッシャーである。テオドールはサタンとの出会いを次のように語る。

> まもなく、木々の間を通り抜け、私たちの方に向かって少年が一人やって来た。そして腰をおろし、まるで私たちを知っているかのように親しげに話しかけ始めた。しかし私たちは応えなかった。というのも、少年はよそ者で、私たちはよそ者には慣れていなかったし、恥ずかしかったからだ。その子は真新しい上等の服を着ていて、なかなかの美少年であるうえに、ほれぼれするような顔立ちであり、声もよくて気持ちよい。のびのびとして屈託がなく、しかも上品で、村の子どものようなだらしなさや不作法さ、そしておずおずしたようなところなどまったくない。私たちはこの少年と友だちになりたいと思った。（四五）[8]

天使の魅力と快活さは、幽霊の陰鬱さとは無縁のものである。幽霊は「ねっとりとした冷たい手」（四四）をして「とてもぼんやりした姿で、音もなく空中を漂い」（四四）夜中に現われるが、「天使は陽気で快活であり、幽霊のようには見えない」（四四）。トウェインが物語の主人公に幽霊ではなく天使を選ぶ点に、本物語を執筆する作者の姿勢と決意が表れているように思われる。晩年のトウェインに関しては、ややもすれば暗さが強調される傾向にあるが、明るさと魅力を備えたこの天使の性格は特筆されてよいだろう。サタンは、村の少年たちばかりか読者をも魅了する明るさと魅力をもち、物語の主調を形成する。世界の不合理を笑い飛ばし、成長期の村の子どもたちに根気強く語りかける少年天使が、この物語の主人公なのである。彼は啓蒙者であり、また作者の代弁者でもある。

3　王様のために働き、血を流し、必要とあらば身代りに死ぬ

語り手のテオドールは、物語を語る現在にあってはすでに老人である。彼は、エーゼルドルフ（＝ドイツ語で「愚か者の村」の意）でのイノセントな少年時代を振り返りながら、少年サタンと出会った忘れえぬ体験を、人生経験を積んだ今日の観察眼から、ときにはアイロニーを織り交ぜて語っていく。

舞台は〈一七〇二年、五月〉（三五）[9]。オーストリアは「世界から遠く離れて、眠りこけ」（三五）ており、村人たちは、もっぱら善き〈カトリック教徒〉になるように、そして「王様をたいそう敬い」、「王様のために働き、血を流し、必要とあらば身代りに死ぬ」ようにと教えられている。こうした一般庶民の暮らしについて、語り手は不満や批判を述べるわけではない。だが、アイロニーが十分加味された物語冒頭部の語りは、一般庶民の置かれた状況や、オーストリア社会の階級体制を明瞭に

伝えるものになっている。

エーゼルドルフは、私たち少年にとって天国だった。私たちは学校の勉強にあまり悩まされることもなかった。おもな躾《しつけ》といえば、善き〈カトリック教徒〉になって、聖母マリア様と教会と聖者たちを何にもまして崇めること、そして王様をたいそう敬い、王様のことを話すときには息を殺し、またその肖像画の前では脱帽することなどだった。王様は日々のパンと地上のあらゆる恵みを施してくださる慈悲深いお方なのであって、私たち自身は王様のために働き、血を流し、必要とあらば身代りに死ぬというたった一つの使命を授かってこの世に送られてきただけの存在なのだと思うように躾けられた。これ以上のことは知る必要もなかったし、じっさい知ることを許されもしなかった。神父が言うには、庶民にとって知識を得ることは善くないばかりか、なまじっか物事など知ると神様が定められた運命に不満を抱くようになりかねず、神様としては神の計画に対するそうした不満にとうてい耐えられないのだ。それは嘘じゃない。なぜなら、神父は司祭からそう聴いたのだから。（三六、傍線部はペインによる削除箇所。さらにペインは、〈カトリック教徒〉を《キリスト教徒》に変更。他には、この第一章＝全八頁中、ほぼ五頁分を削除。）

村の少年たちにとっては天国のように見えたエーゼルドルフ村だが、そこは絶対王制下にあり、庶民は王様のために働き、血を流し、必要とあらば身代りに死ぬように躾けられている。一般庶民は知識を得ることさえ許されていない。どうやらカトリック教会がそれに加担している様子である。そんな村の様子をアイロニカルに伝えながら、語り手は、サタンが投げかけたかつての問い――庶民はどうして愚かなのか、なぜ臆病なのか――に対し、老人になった今、まるでサタンに応答するかのように語っている。

道徳観念について、「そのころの私は、人間にはそういうもの［道徳観念］があるのを誇りに思ってよいのだと知っているにすぎなかった」（五五）ので、ピーター神父にそれがどういうものなのかを少しおずおずと尋ねると、神父は「なに、それは善と悪とを区別する私たちの能力だよ」（六〇）と答える。だが、人びとが身につけている既成の道徳観念なるものは、サタンの嘲笑の対象となる。[10]彼は、そうした既成の道徳観念が単なる社会的構築物であり、実体のない空疎な言葉に過ぎないことを教えようとして、一瞬のうちに、フランスのとある大きな工場へと語り手を連れていく。工場で働く人びとを見学しながら、サタンは既成の道徳観念が何たるかその実態を示すのである。そこでは、男も女も、幼い子供たちまでもが熱気に蒸され汚物と埃にまみれて奴隷のように働いている。工場主の下、低賃金で労働する庶民たちはぐったりして疲れと飢えとで倒れかかっており、エーゼルドルフの村人の労働や暮らしよりも過酷に見える。

いいかね、これもまた**道徳観念**なんだよ。工場主は金持ちで、まことに敬虔で尊い。だが工場主がこの哀れな兄弟姉妹に支払っている賃金というのは、餓死ぎりぎりやっと免れる程度のほんの僅かなものにしか過ぎぬ。労働時間は一日一五時間、夏冬を問わず朝〈五時〉から夜八時までだ。小さな子どもたちだって変わりはしない。豚小屋みたいな住居から片道四マイルを毎日歩いて通っている。雨の日も、雪や霙の日も、嵐の日も、ぬかるんで泥んこの道を往復するんだ。来る年も来る年もね。睡眠時間は四時間。まるで犬小屋で暮らすみたいに一部屋に三世帯が想像も絶する悪臭の中に住んでいる。そして病気にかかって蝿のように死んでいく。ところで、この哀れなみすぼらしい連中だが、罪でも犯したというのかい。いいや、何にもしちゃあいない。連中が神父の気に障るようなことでもしたというのかい。いいや、何にもしちゃあいない。この連中は神父の手飼《ペット》いなんだよ——連中は働いた賃金で神父を肥え太らせてやっている。神父の生計のために働かなくてはならんのだ。こんな酷い目に合うような、何をしたっていうんだい。まったく何にもしちゃあいない。あるといえばただ、君たち人間という馬鹿げた生物に生まれてきたというだけじゃないか。……罪もない価値ある人間がどんな目に合うか、もう分ったろう。これでも君たち人間は理にかなったことをするとでもいうのかい。……工場主たちに善悪の区別を教えているのも、これまた**道徳観念**なんだよ——その結果がこれだってことは君ももう分ったろう。こんな状態で働いても連中は犬よりましだって考えているのかもしれない。あーあ、君たちは何と筋の通らん、理屈に合わん族《やから》であることか。何とくだらない——いやもう、話にもならん。（七三—四、太字はトウェインによる大文字表記箇所、傍線箇所はペインによる削除部分、さらにペインは、〈五時〉を《六時》に変更。）

サタンは道理にかなわぬことを笑い、それらを破壊するシンボル的な存在である。話し終わると彼は大真面目に人間を笑いだし、りっぱな王や古い家柄の貴族に対する村の少年たちの誇りを笑い飛ばす。彼の笑いは「聴いている方の気分が悪くなるほど」（七四）の嘲笑である。ジェイムズ・M・コックスの評によれば、このように厳しい道徳的批判にさらしたり、苛烈な諷刺的軽蔑を投げつけたりすることは、諷刺という野蛮なアイロニーを行使することであって、その笑いは、「ユーモアのある笑い（humorous laughter）」ではなく、「諷刺的な笑い（satiric laughter）」（二八六）である。したがって、コックスは本テクストが「諷刺的な」物語であって、「ユーモアのある」物語ではない点を強調する。

重ねて触れておけば、諷刺的な物語だからといって、サタンが、人間存在そのものをあげつらってその存在を攻撃したり、人間の誠実さや思いやりを笑ったりするわけではない。この工場で彼が笑い飛ばすのは「工場主」や「神父たち」であり、彼らの認識を支える「**道徳観念**」であって、けっして「罪もない価値ある人間」を嘲笑うわけではないのである。もっとも、「価値ある人間」については、その愚かさを笑っており、働く連中がこうした過酷な労働条件であっても「犬よりましだ」と考えているならば愚かだと見做している。先に私は、サタンが批判する対象を選ぶと述べたが、彼の批判に耳を傾けることによって、その対象が、「王様」、「古い家柄の貴族」、「工場主」、そして「神父たち」[11]であり、一般庶民と階級的に対立関係にある人々であることが分かってくる。一方、工場で働く一般庶民を、サタンが「罪もない価値ある人間」と呼んでいることに注目しておきたい。

4　「戦争でいったい誰が儲けるというのかい」――国王や貴族だけじゃないか

オーストリアの片田舎にいて、サタンは「たびたび未来の歴史を引き寄せる」[12]。その歴史とは〈今から二世紀後〉の未来の歴史、すなわち一九世紀末の歴史であり、トウェインが本テクストを執筆している現在（一九〇〇年）を指す。

今から二世紀後には、キリスト教文明は最盛期に達し、君主制はなお存続する……イギリスは、けたはずれに強大になり、かつてどの国も浴したことのない最高の栄誉を手に入れるよ。だがその栄誉も、たった一つの恥ずかしい小さな戦争で失ってしまい、戦争の悪臭と汚れとを永遠にイギリスに齎《もたら》すようになるんだ。一握りの金持ち山師を喜ばせるために、イギリスの政治家は、ほんの小さなキリスト教農業国の二カ国に喧嘩をしかけ、その六つの村に、まだどこの国へも攻め入ったことのない最強の軍隊を送って小さな国を押し潰し、その国の独立と領土を奪い去る。イギリスはこの行為が誇りうることだと大騒ぎして言い分けの宣伝をするのだが、心の奥では恥入り、かつては自由と栄誉と正義の旗だったのに今や掠奪者の象徴になってしまった穢れた国旗のために嘆くのだよ。（一五六、傍線箇所の全文はペインによる削除部分。「今から二世紀後」の「恥ずかしい小さな戦争」とは、ボーア戦争［一八九九―一九〇二］を示唆する。）

ペインは、原作の〈今から二世紀後〉の表記をすべて《今から二―三世紀後》に修正するか、あるいは該当箇所の全文を削除してしまうため、具体的な年代や年号が流布本では完全に曖昧なものになってしまう。それによって、作品に対する作者の歴史意識もまた完全に曖昧なものに改変させられる。ヒトラーが支配する第二次大戦中のドイツで、ベルトルト・ブレヒトは「真実は真実でないものとのたたかいのなかで書かねばならぬ。したがってそれは、一般的な高級な曖昧なものであってはいけない」（一一）と述べたが、ペインは、サタンの具体的な批判をまさに一般的で曖昧なものに、つまりはロマンス仕立てに変えてしまう。年代や、人名・地名などの固有名詞の明記がことごとく削除されるのはその所為である。「今から二世紀後」にこの戦争がなぜ始まるのか、サタンの分析は具体的である。「一握りの金持ち山師」たる資本家のために、イギリスの「政治家」が画策して国家と軍隊を動かし、「小さな農業国の二か国」に攻め入ってその国の独立を奪う——これが実態であり、事の真実だというのである。

第六章での旅は「他の場所ではなく中国」（一一二）であり、義和団の乱（一九〇〇年）を見せてヨーロッパ列強による中国の植民地化が進行するさまを説明する。

キリスト教の宣教師が中国人を激怒させてしまい、中国人は暴動を起こしてその宣教師を殺してしまう。その結果、中国人は、殺された宣教師の補償として六二〇〇万倍に相当する領土の提供や、現金、教会の建設などによって弁償しなければならなくなる。しかし、中国人はそのことでいっそう激怒し、侵略者から受けた侮辱と圧迫に抗して無思慮な反乱を起こすんだよ。これがヨーロッパにとっては、中国に干渉し、中国を飲み込むチャンスになるんだ。王権を戴くヨーロッパのキリスト教徒の掠奪者たちは、この好機をみすみす無駄にしたりはしない。それじゃ君に、血なまぐさい光景がつぎつぎと続くさまを見せてあげるよ。そしたら君も、カインから始まって、今から二世紀後まで続く文明の進歩というものがどういうものであるかに注目するようになるだろう。(一三六―一三七、傍線箇所の全文をペインは削除する。)

「ヨーロッパのキリスト教徒の掠奪者たち」が見せる中国でのふるまいをサタンから聞き、同じ「ヨーロッパのキリスト教徒」としてエーゼルドルフの少年たちは恥じ入り、傷つく。だが、そうした少年たちの様子を知りながらもサタンはきわめて冷淡に笑いだす。感傷的な心境とは無縁の彼の批判は痛烈であり、「天使以外の誰だって、そんな風に振る舞おうにも振る舞えやしないだろう」(一三七)と語り手が思うほどである。

しかし、単なる批判に終わらないのがサタンである。ひきつづき、彼は、一般庶民にとっての戦争の意味を問い、それを地上の友だちに考えさせようとする。

戦争でいったい誰が儲けるというのかい。ほんの一握りの強奪者、国王や貴族だけじゃないか。連中以外には誰も儲けやしない。しかもその国王や貴族たちというのは、君たちを軽蔑し、君たちが触りでもしたら、汚いものにでも触られたように思うんだ。会いたいとでも言えば、門前払いを食わせる。それなのに君たちはそんな連中のために奴隷のようにあくせく働き、戦い、そして命まで捨てるんだ。しかもそれを恥ずかしいと思うどころか、誇りにさえ思っているんだからね。連中の存在そのものが、君たちにはいつまでも続く侮辱であるはずなのに、君たちは怖がって憤慨することもしない。いわば君たちの両腕で養われている乞食が連中なんだよ。なのに、その君たちに対して、まるで乞食にでも対するように恩人ぶっているんだ。話し方だってまるで奴隷に対する主人の言葉じゃないか。しかも君たちの方でも、主人に対する奴隷の言葉づかいそっくりに対応している。君たちも口では尊敬するようなことを言っているかもしれない。だが心の中では――もちろん心あらばの話だけれど――そういう自分自身を軽蔑しているに決まってるんだ。（一二八）

戦争で儲けるのは「一握りの強奪者、国王や貴族だけじゃないか」、庶民にとって戦争が何の役に立つのかとサタンは問い、戦争においても、やはり、一般庶民が王や貴族と階級対立的な関係にある点を地上の少年たちに考えさせる。同時にサタンは、庶民があまり賢いとはいえない点、いまだに愚かなままであり、王や貴族を怖れ、臆病なまま彼らに媚びている点を指摘し、友だちを啓蒙し続けるのである。

5　「世の中の滑稽な事柄を笑い飛ばせる日が来るだろうか」——笑いの武器の提唱

「地球を訪れ、人類を哀れみ審判する」（ギブソン 一九）少年サタンは、彼の認識を地上の友人に忍耐強くここまで伝授してきたが、サタンの言葉はいったいどこまで受けとめられたのか、またサタンの提起する「笑いの武器」を人びとが使える日は来るのか。サタンと語り手が「ユーモアの感覚《センス》」について交わす遣り取りの中でそれを見ていきたい。

物語の中でサタンが力説するユーモア論議は、マーク・トウェインが示す「ユーモアの感覚《センス》」についてのほとんど唯一の定義だという（コックス 二八六）。それを端的に記せば、「ユーモアの感覚」とは、「世の中の滑稽な事柄に対する認識力／感覚《センス》」ということになるだろうか。ただし、それがろくでもないユーモアの感覚ならば、低級なつまらぬ滑稽をせいぜい馬鹿笑いする程度にすぎず、サタンにとっては、そのようなセンスは問題外である。なぜなら、重要なのは「世の中に何万と存在する、もっと高級な滑稽」（一六四）であり、そうした「高級な滑稽」を笑い飛ばすことにこそ意味があるからである。しかし問題は、その高級な滑稽が人間の曇った眼には見えていないことである。求めに応じてサタンは、人間が気づいていない何万とある高級な滑稽の具体例として、宗教や、王権や、貴族階級などを列挙し始め、そうした具体例を「いちいち挙げるのに一時間も費やす」（一六五）。さらに「残りを挙げようとするならば一カ月はかかるだろう」（同）と言い、「どんな宗教であれ、可笑しくてたまらぬほど滑稽であり、そうした可笑しさを撒き散らさぬ宗教などどこにもありはしない」（一六四―一六五）と言うのである。ついで、「世襲制の王権や貴族階級についていえば、これほど滑稽なものは他にないよ。だけど、それに気づいているのは王族と貴族たちだけなんだからね」（一六五）と言うかと思えば、こうも言う。「共和制も民主制も含めて、どんな体制下であれ、世の中はおかしなごまかしや馬鹿げたことで溢れているじゃないか。それなのに、その体制下でそれを支える人びとがそうしたことに気づいていないんだ」、と（一六五、以上の傍線箇所はすべてペインによる削除部分）。世の中の滑稽な事柄を暴くという、こうした辛辣なサタンのユーモアのセンスは、きわめて諷刺的だといえよう。

ジェイムズ・M・コックスには、サタンのそうした感覚《センス》は「まったくユーモアの感覚ではないのであって、まさにそれは諷刺の感覚である」（二八六）。こうしてコックスはユーモアと諷刺とを截然と分け、サタン作品の笑いをハンク・モーガンの世界に繋げるとともに、「ハック・フィンの笑い、すなわちハック・フィンの世界とは無関係である」（同）とするのである。その結果、「マーク・トウェインのユーモア」を失ったサタンの物語は、トウェインの著述の最期を皮肉な結末にしたと、彼の著書『マーク・トウェイン――ユーモアの運命』において結論づける（二八六―八七）[13]。しかし、トウェインのユーモアがその辛辣の度合いを増すからといって、本稿は少年サタンの世界とハック・

フィンの世界とを無関係なものとして捉えはしない。

サタンの認識が村の少年たちにどこまで伝授できたかを知るには、語り手の認識の変化とその成長ぶりを見るのが有益だろう。語り手の成長ぶりこそ本物語にとって重要であり、これぞオリジナル原稿復元の要諦なのである。

サタンとのつき合いの中で、私の考えは影響を受けていた。もちろんサタンの方が強力な人格を持っており、私のは弱かった。だから私は、彼の方こそ正しいのだと考えがちであった。けれども私はそれを言いはしなかった。ただ、私たち人類は進歩している最中なのであって、今は理解することができない多くのことも、理解することができるようなところまで、やがてはそのユーモアの感覚も成長するだろうとだけ言ったのだった。（一六五、傍線箇所の全文をペインは削除。）

人類は「進歩している最中」であって、「やがてはそのユーモアの感覚も成長するだろう」と応答する語り手。こうした認識をペシミズムや厭世主義によって説明するのは難しいだろう。「世界から遠く離れて、眠りこけ」ていた村の少年の認識が、このように大きく変化するさまをトウェインは描くのである。それはまるで、アメリカ西部の田舎町で少年時代を過ごしたトウェイン自身の認識が、後年大きく変化した様を振り返るかのごとくである。本物語を執筆していたこの時期、トウェインは自伝の執筆を開始しており、ミズーリでの少年時代を思い起こしていたという。ペインが全文削除するこの部分に、語り手の認識の成長、それを齎すサタンの役割、そしてトウェインの執筆姿勢を読み取ることができるだろう。今や語り手はサタンの方こそ「正しい」と考えがちであり、「やがては」人びとの「ユーモアの感覚も成長するだろう」と、少年なりに人類の未来を予測・展望するのである。語り手のこうした言葉・反応を受けとめたからであろうか、じつはこのとき、サタンの方でもそうした人類の未来を予測して語り始める。彼は未来の歴史を手繰り寄せ、「笑いの武器」の有効性を歴史上「今世紀中」(＝一八世紀中)に実現する事例から例証するのである。こうした事例に、トウェインはいつも歴史的事実を適用する。しかしその具体的な例示も、その時代の明示も、ペインによって削除される。

人間がこれらの幼稚な愚かさを見破り、笑い飛ばしてしまう――つまり、笑い飛ばすことでそれらを一挙に無くしてしまう日が来るだろうか。というのは、君たち人間は、貧しいけれども明らかにひとつだけ、これはじつに強力な武器を持っている。つまり笑いだよ……たったひと吹きで巨大な嘘を粉みじんに吹き飛ばしてしまうことができるのは唯一〈**笑い**〉(Laughter)だけなんだ。〈**笑い**〉による攻撃に立ち向かえるものは何もない。それなのに君たち人間はいつも笑い以外の武器で騒がしく戦っている。君たちはこの笑いの武器を使ったことがあるかい。いや、あるもんか。いつも錆びつかせて放ったらかしにしているだけじゃないか。いやしくも人間としてこの武器を使うことがあるかい。いいや、あるもんか。そんな分別も勇気もないんだ。やがて、たったひとりでも英雄が現れ、その笑いの武器を使って一撃を喰らわせる日が来れば、老いぼれぺてん師も滅びるんだよ。今世紀中に、ロバート・バーンズという百姓が長老派教会を笑いの武器で打ち負かし、スコットランドを教会の束縛から解き放つょ。（一六五一六六、傍線箇所はペインによる削除部分〔ロバート・バーンズやスコットランドといった具体的な固有名詞表記は、削除される〕、〈　〉内ゴシックはトウェインによる大文字表記強調箇所、だがペインはそれを小文字に修正。）

笑いの武器についてのサタンの熱弁は、世の中の滑稽な事柄・愚かさをユーモアの感覚によって見破り、それを笑いの力で吹き飛ばせというものである。銃を武器にする戦争ではなく、笑いの力を活用して、それを武器にせよと言う。近い将来スコットランドで起こるはずの、この歴史上の事例において、笑いの武器を使うのはロバート・バーンズという「百姓」〔＝一七五九－九六、貧しい百姓の息子、スコットランド方言で優れた詩を作る〕であり、その攻撃対象は「長老派教会」である。これまでサタンが説いてきた、王（や貴族）と一般庶民との階級対立の関係や、滑稽な事柄の筆頭に挙げた世襲制の王権・貴族階級や教会のことを思い起こせば、笑いの武器を使う者が誰であるかは明らかであろう。スコットランドで「百姓」が笑いの武器を使って「教会」に「一撃を喰らわせる」と、その地域は「教会の束縛から解き放」たれる、そんな事態が近い将来実現するよ、とサタンは予告するのである。その限りにおいて、サタンは、笑いの武器を使った解放の日が近いことを告げている。つまり、サタンも語り手も、ともにそうした日がやがて来ると見通しているのである。こうした認識は、サタンが語る「君たち人類の進歩は満足なものだとはいえない。今こそもう一度新たに出直すべきときだ」（一二三四）という認識に符合する。

だがその直後、語り手のそうした未来への予測にサタンがブレーキをかける行為は示唆的である。

「もう一度たずねるが、ユーモアを理解する君たち人間の能力が成長して、**法王の無謬性**とか**神を劣位者にする法王の威光**といった滑稽な事柄を見抜ける日が来るだろうか」

「来ると思うよ」

「いつだね」

「うーん、僕が生きている時代ではないけれど、たぶん、一世紀後には何とか」

すると新聞が一部、サタンの手の中にぱっと現れた。

「二世紀後でも無理だよ」と彼は言ってのけ、次のように続けた。「僕がそれを証明しよう。今から二世紀後に、イタリア王が暗殺される」（一六六、ゴシックはトウェインによる大文字表記箇所であり、傍線箇所はペインによる削除部分。）

今や自らの頭で一定の判断ができる語り手は、現在は見抜けぬ多くのこともやがては見抜ける日が来ることを展望でき、その未来を一世紀後と予測する。しかしサタンは、あっさりとそれを打ち消し、「二一世紀後でも無理だよ」と言うのである。「やがて」その日が来るにしても、それはすぐに来るわけではないと教えたいのかもしれない。主観的な願望像によって現実を置き換えるわけにはいかないのである。サタンは、「今から二一世紀後」の新聞を広げ、イタリア王ウンベルト一世暗殺事件（＝一九〇〇年）で露呈した「法王の無謬性」という滑稽な事柄に人びとがいまだ気づかないことを示して見せる。[14]

本テクスト執筆の現在は一九〇〇年であり、トウェインが見るところ、人びとにまだそれを見抜く眼力はない。これが執筆当時のトウェインの時代認識であったろう。現実を願望像と置き換えることを拒むとき、現実への批判が始まるのである。一九世紀末、合衆国はヨーロッパ列強とともに植民地争奪戦に加わったのであり、中国へも宣教師を派遣していた。そうした現実に目を向けるならば、その暗澹たる様を嘆き、憤らざるをえないのではないか。トウェインは、彼の嘆きや憤りを少年サタンに代弁させている。そして、サタンの怒りは、善良なピーター神父を狂人にさせてしまうほどの怒りの中に表わされている。「正気でしかも幸福だなんていうことが絶対にあり得ないっていうことくらい、君にも分らないのかなあ。正気の人間で幸福だなんてことはありえないんだよ。つまり正気の人間にとっては、当然人生は現実なんだ。現実である以上どんなに恐ろしいものであるかはいやでも分る。狂人だけが幸福になれるのさ」（一六三―六四）とサタンは言うのである。

「二一世紀後でも無理だよ」という言葉自体に未来があるわけではない。しかし永久に無理だと言っているのではない。そこに含意されるのは、こうした愚かさが永久に続くことはあるまいとする認識ではないか。サタンは人類の歴史を一〇〇年、二〇〇年のスパンで考えている。そもそもそうした思考方法それ自体にこそ意味があるだろう。いまや語り手も一〇〇年後の未来を予測しているのである。だが、作者がこれを執筆している今現在はまだ、人びとが笑いの武器を行使しえてはいない――それが現実である。トウェインの時代認識は、そうしたところにあったのではないか。彼にとっては、その現実は歯痒くもあり、情けなくもあり、また苛立たしくもあったかもしれない。それでも彼の胸中には、少年サタンに代弁させたような、庶民の力の成長にひそかに期するものがあったのではないか。トウェインのオリジナル原稿「少年サタンの物語」から、晩年のトウェインが庶民に託したひとすじの希望が読み取れるように思われるのである。

＊本稿は「第六回マーク・トウェイン研究国際会議」（エルマイラ大学、二〇〇九年八月六－八日）第三日目のパネル（司会、マイケル・キスキス）で報告した内容に加筆したものである。また、科学研究費補助金・基礎研究（C）（課題番号二二五二〇二二五）の交付を受けた研究成果の一部である。

注

（1）“an editorial fraud” (Gibson 1). トウェインの晩年の秘書であり、彼の死後はその文学遺産管理人となったアルバート・B・ペインは、ハーパー・アンド・ブラザーズの総支配人フレデリック・A・デュネカと共にトウェインのオリジナル原稿を勝手に操作・編集し、『不思議な少年――あるロマンス』を、作者の「辞世の作」であるとして出版した。ギブソンは、彼の編書の序論でトウェインの三手稿について、およびペインによる編集上の問題点について詳述している。

（2）近著に、「不思議な少年」執筆一〇〇周年記念シンポジウム（エルマイラ大学、二〇〇八年一〇月）の成果をまとめた論文集『執筆一〇〇年を迎えたマーク・トウェイン『「不思議な少年、第四四号」再考』（ミズーリ大学出版、二〇〇九）がある。

（3）しかし学問上の問題の決着は今後の議論にかかっており、『不思議な少年、第四四号』については、なお「さらなる分析と評価が必要である」（Kahn, *Encyclopedia* 531）といえよう。そうした努力の成果のひとつが、注2にあげた論文集である。

（4）二〇〇九年九月七日、および二〇一〇年一一月四日、本稿筆者への電話回答。

（5）参照、拙論（髙見眞砂）「晩年のマーク・トウェイン（その一）——『不思議な少年』の編集上の問題点について」（一九七三）。

（6）[Mark Twain's] Notebook 28, TS 34-35（10 November 1895）quoted in Gibson on page 16. トウェインのノートブックの日付から判断すると、彼はオーストラリア／ニュージーランド滞在中にこれを書き留めたと思われる。ノートブックへの記入内容については、バンクロフト図書館「マーク・トウェイン・ペイパーズ&プロジェクト」で、その手書き原稿を閲覧・確認することができる。

（7）「少年サタンの物語」八〇頁。以下、本文中の引用箇所は、ギブソン版の頁数を（　）内数字で示す。また、引用箇所中の傍線部はペインによる削除部分を示し、〈　〉内はペインが変更・修正を加えた箇所を示す。

（8）サタンに魅惑される様を、語り手はこうも表現する。「私たちが何を感じたか言葉では伝えられないほどであり、それはもう恍惚とでもいうものだったが、恍惚というものは言葉になるものではない。それは音楽のような感じなのだ」（五四）、と。

（9）原作の時代設定〈一七〇二年、五月〉を、ペインは《一五九〇年、冬》に変更してしまう。この冒頭の年号変更によって、原作は重大な影響を受けることになる。トウェインが意味深長に示唆する作中の時代や年号が、これによって、すべて修正ないしは削除されざるを得なくなり、時代を指示するアイロニーはすっかり台無しになり、ことごとく「一般的で曖昧なもの」になってしまうのである。

（10）トウェインが使う小文字の道徳観念を、ペインはすべて大文字の道徳観念に変更してしまう。そのため、トウェインが大文字と小文字を使い分け、小文字の道徳観念によって文字どおりの「善悪を区別する人間の能力」を指し、大文字によって、いわゆる「既成の道徳観念」を指示するその意図が無視されてしまう。ジェイムズ・M・コックスは、ペイン版を使っているためか、トウェインが小文字の道徳観念を使用する場合があることにまったく気づいていないと思われる。ギブソンもまた、この問題点に言及することはない。以下、トウェインのテクスト中の大文字表記箇所を、本稿ではゴシックで示す。

（11）ヨーロッパのキリスト教国では、（アメリカとは異なり）教会は歴史的に国家権力と結び付いていた（リプセット　一九）。

（12）「少年サタンの物語」に関するトウェインのマージナル・ノート（Gibson, Appendix A: Marginal Notes 410）。

（13）コックスがペインの流布本をテクストにして論じるのは、トウェインの原稿のもともとの状態を考えれば、流布本は「じつに素晴らしい出来栄えである」（Cox 二七一）と彼が判断するためだが、もちろんジョン・S・タッキーはそれに反論する。ただし興味深いことに、タッキーに「見事な反論」を加えられたことによってコックスは彼自身の結論が見出せたと、その著書の序論で明かしている（vii）。

（14）イタリア王は、暗殺されたときにローマ法王から破門されていたが、王妃は亡き王にカトリック教徒としての祈りを奉げたいと願い、それを法王に嘆願する。法王は、一旦は正式に許可したにもかかわらずそれを取り消し、迷走ぶりを見せる。サタンは、まさにその迷走こそが法王の誤謬の露呈であると見抜き、この点で「**法王の無謬性**」を笑うのである。だが、その滑稽に人びとは気づかない。したがって、人類は一九〇〇年であっても、いまだ笑いの武器を有効に使うことができていない。

引用参照文献

Camfield, Gregg. *The Oxford Companion to Mark Twain*. New York: Oxford UP, 2003.

Cox, James M. *Mark Twain: The Fate of Humor*. Princeton: Princeton UP, 1966.

Csicsila, Joseph, and Chad Rohman, eds. *Centenary Reflections On Mark Twain's No. 44, The Mysterious Stranger*. Columbia, Missouri: U of Missouri P, 2009.

Gibson, William M., ed. *Mark Twain's Mysterious Stranger Manuscripts*. Berkeley: U of California P, 1969.

Hirst, Robert H. Note on the Text. *No.44, The Mysterious Stranger*. By Mark Twain. Berkeley: U of California P, 1982. 201-2.

Kahn, Sholom J. *Mark Twain's Mysterious Stranger: A Study of the Manuscript Texts*. Columbia, Missouri: U of Missouri P, 1978.

——. "Mysterious Stranger, The." *The Mark Twain Encyclopedia.* Eds. J.R.LeMaster and James D. Wilson. New York: Garland Publishing, Inc., 1993. 530-3.

Tuckey, John S. *Mark Twain and Little Satan: The Writing of The Mysterious Stranger.* West Lafayette: Purdue University Studies, 1963.

——. *Mark Twain's "The Mysterious Stranger" and the Critics.* Belmont, California: Wadsworth, 1968.

——. Foreword. *No. 44, The Mysterious Stranger.* By Mark Twain. Berkeley: U of California P, 1982. ix-x.

Twain, Mark. *Following the Equator and Anti-Imperialist Essays.* 1897. Ed. Shelley Fisher Fishkin. New York: Oxford UP, 1996.

——. "The Mysterious Stranger." *The Complete Short Stories of Mark Twain.* Ed. Charles Neider. New York: Doubleday & Company, Inc., 1957.

——. *No.44, The Mysterious Stranger.* Berkeley: U of California P, 1982.

井川眞砂「大英帝国植民地への旅——『赤道に沿って』世界を一周するトウェイン」『マーク・トウェイン 研究と批評』、第4号、2005年、51-61頁。

亀井俊介「解説」、『不思議な少年』（中野好夫訳）、岩波書店、改版、1999年、239-51頁。

高見眞砂「晩年のマーク・トウェイン（その一）——『不思議な少年』の編集上の問題点について」『英語英米文学論集』（奈良女子大学英語英米文学会）、第1号、1973年、32-59頁。

——「晩年のマーク・トウェイン——サタンの性格と役割」『現代英語文学研究』（現代英語文学研究会）、第3号、1975年、1-41頁。

トウェイン、マーク『不思議な少年』（中野好夫訳）、岩波書店、初版、1969年。

——「不思議な少年」『世界文学全集五三』（渡辺利雄訳）、講談社、1976年。

——『不思議な少年 四四号』（大久保博訳）、角川書店、1994年。

——『ミステリアス・ストレンジャー 四四号』（山本長一・佐藤豊訳）、彩流社、1996年。

ブレヒト、ベルトルト「真実を書く際の五つの困難」、『今日の世界は演劇によって再現できるか——ブレヒト演劇論集』（千田是也訳）、白水社、1976年。

リプセット、シーモア・M『アメリカ例外論』（上坂昇・金重紘訳）、明石書店、1999年（Lipset, Seymour Martin. *American*

Exceptionalism: A Double-Edged Sword. W. W. Norton & Company, 1996)。

第一一章

ハーディの「笑い」

山根久之助

はじめに

トマス・ハーディ（一八四〇—一九二八）は、『テス』『ジュード』等の悲劇的作品で知られている。しかし、彼の幾つかの短編小説、中・長篇小説には「笑い」も描かれている。

本論では、彼の笑いを含む短編小説が『テス』等、悲劇的作品と同時進行的に書かれていた事実に着目し、殆ど無視されて来たハーディの幾つかの喜劇的短編小説(1)等に示された喜劇的描写・記述を参照して、彼の「笑い」を分析する。さらに、これまでの研究も視野に入れながら作家ハーディの「笑い」の意味を考えてみたい。

1　ハーディの稟性・著作歴と悲喜劇

（1）ハーディの稟性

一般的にハーディは「悲観的作家」と言われている。そのような傾向は、幼少時に虚弱で村の少年たちと一緒に遊ぶことも出来ず内省的になることがあったこと、幼少時からの優れた記憶力などからもたらされた。自己や他者を客観視する心の眼が透徹していたために、虚弱な自己を無用な人間と見る傾向があったこと、また、ロンドンから遠く離れたドーセットの田舎にも産業革命の矛盾が影響し始め、悲惨の度を増す村人の生活[2]や地域社会の崩壊を見たハーディは「悲観的世界観」を持つに至ったとも考えられる。[3]

しかし、呻吟する庶民の様々な困難の原因を彼は認識することが出来なかった。十分な社会科学的知識を持たなかった彼は〝神〟のような存在が、これといった方向性もなく無意識的に人々の運命を左右することによって悲劇がもたらされると考えたのである。[4]

彼の作品には「自然」「天」などの表現で、人知ではいかんともしがたい力が存在すると書かれた箇所が散見されるが、最終的には、叙事詩『覇王たち』（*The Dynasts*）に於いて「宇宙に内在する意思」（Immanent Will）として描かれている。この非情で盲目的、且つ絶対的力を持つ存在によって、庶民は勿論ナポレオンのような権力者さえも、操り人形のように支配されるのである。[5] 人々の困難を除去する方向を認識していないゆえに、彼の世界観は悲観的にならざるを得ない。『テス』や『ジュード』に代表される悲劇的作品は、このような中で書かれたのである。

（2）ハーディの著作歴と悲喜劇

ハーディの著作歴を見てみると、確かに初期の作品はハッピーエンドに終る作品が多く、年齢を重ねるにつれて主人公が死亡する悲劇的作品が増えてくる。つまり、ハーディは加齢するにつれて悲観的世界観を持つに至ったと考えられる。(6) しかし『テス』『ジュード』など、悲劇的作品を書いた時期に、彼はいくつか「笑い」を含む短編やユーモラスな章句を表した。(7)

庶民生活の悲惨・困難を見ると同時に、ハーディは村人の楽天性・大らかさ・滑稽さも見ていたのである。織田正吉は次のように述べている。

実在の姿をできるだけ実像に近づけて見るために、視線の方向を一つに固定せず複眼で見るセンスがユーモアの重要な組成部分である。(8)

ハーディは、村人たちを「複眼」で見、彼らの困苦の中に可笑しさをも見ていた。彼の小説で「笑い」を提供するのは殆ど村人たちである事実は、このような事情から来ている。

（3）半ば見る立場

風刺の笑い・ユーモアの感覚は、自己や他者を一定の距離を置き、違う角度からみて初めて生まれると言われているが、ハーディの生い立ちや経歴を考えると、彼がユーモアの感覚を持つ立場にいたことは納得できる。

彼は、村の子どもらの遊ぶ様子を離れて見ていることが多かったが、彼の生家の社会的位置により完全に彼らから隔絶した存在にもなれなかった。その結果、悪童に苛められ悔しい思いをすることもあったに違いない。弱い立場の人間は、自ずと相手の感情の動きに敏感になるものであるが、それがハーディの人間を見る眼を磨いたと言える。

一八八五年六月末、自分が設計し「マックス・ゲイト」（Max Gate）と名付けた家を、生まれ育った村近くの町ドーチェスター郊外に建て、終生そこに住み続けたことに彼の立場が表れていると言える。[9]

その結果、基本的に「地方に住む者の視点」で人間を、作品世界を見ることが可能になったのである。地方に住む人たちと一定の距離を保ち、ある程度客観的に見ながら自分も地方の人間の一人として好悪の感情もまじえて見る立場である。そう考えると、ハーディは、地方に住む人たちを「半ば見る立場」にあったと言える。そこからハーディの「肯定的笑い」や「否定的笑い」が生じるのである。

（4）自己に跳ね返ってくる笑い

「半ば見る」対象は、村人たちだけでなく作者自身のこともある。村人が為す愚行の根は自己の中にも存在すると自覚すれば、彼らを笑ってばかりはいられない。彼らへの共感や反感と同時に、救い難い自己の性《さが》も思い起こされ、彼らに投げつけた笑いは自己に跳ね返り、自己をも皮肉な眼で眺めざるを得ない。

それは特に、性に関して人を笑うときに自覚される。〝若気の至り〟で最初の妻、エマ・L・ギフォード（Emma Lavinia Gifford）と結婚して程なく、互いに気まずい状況になっていたからである。エマとの結婚生活は幸せとは言えぬものだった。時には身分の違いをひけらかす彼女との立場の違いも顕在化し、年を取るにつれ不適切なことを言い出したりする彼女に次第に魅力を感じなくなっていったのである。(10)

彼の作品に登場する夫婦の殆どが、愛情が失せた状況で皮肉に描かれるのは、彼が目にした夫婦がそのような状態だっただけでなくハーディ夫妻自体がそうだったからである。

性衝動に衝き動かされて結婚はしたものの、結婚生活では性格の違いが顕在化して幸福になれぬ夫婦の姿は、喜劇的作品とは言えぬ「幻想を追う女」や「ハードカム家の二夫婦の物語」、また長編『日陰者ジュード』など、ハーディの多くの短編・長編小説に描かれている。

ハーディの短編集の一つ『人生の小さな皮肉』には「リール踊りのバイオリン弾き」や、『カンタベリ・テイルズ』に似た形式の短編集『昔の人々』が所収されている。この短編集に『人生の小さな皮肉』というタイトルをハーディが付けたのは、人生には期待していたこととは異なる状況に陥ることが多い。それが人生というものだという人生観ゆえである。一八八七年一〇月、ハーディは次のようなメモを書いている。

もし、笑劇の表面下にあるものを見通すことができるなら、君はそこに悲劇を見、その逆に悲劇の深刻な結末に目をつむるなら、君はそこに笑劇を見るだろう。[11]

ハーディは、同じ状況でもそれを深く見るか、浅く見るかによって悲劇にも喜劇にもなり得ると言っているのである。

このような認識は、自己も含め人間が被る運命を、一定の距離を置いて見詰めることから生じる。自己や他者を客観視する心の眼によって、人々の運命・人生に或る皮肉を感じ、そこからハーディ独特の「皮肉な笑い」が生じたと考えて良い。「苦笑い」と言い換えることもできる「笑い」である。[12]

同様の見解を喜志哲雄は、シェークスピア劇に登場する道化を例に挙げて述べている。道化は当事者ではないので事態を別の視点から見ることができ、「すべてを相対化」して見るというのである。[13]

2　「笑い」の分類と考察

（1）ハーディの「笑い」の分類

ハーディの「笑い」を比較分析し、仮に四つに分類して考えてみたい。[14]

第一は、「肯定的・共感的笑い」である。この「笑い」の主体・対象は、主に下層階級の人たちであり、彼が幼少の頃から見聞し、ともに生きていた村人たちであった。

第二は「否定的・反感的笑い」である。これは冷笑・嘲笑とも換言できる。この「笑い」の対象は、地方地主など田舎において高い地位を有する者たちである。下層の人間が上層の人間を嗤《わら》っているのである。

第三は、「否定的・反感的笑い」に分類可能な笑いではあるが、堕落した牧師や教義を嗤う「反宗教・反教会的笑い」である。特に短編「教区牧師と書記の失策」には、教会に関わる人間の偽善・怠慢が顕著な形で描かれている。

第四は、「性に関する笑い」である。性は、ハーディの根源的テーマの一つであるが、この「笑い」は、ハーディの結婚観とも関わり、喜劇的、或いは悲劇的要素を持つ笑いである。

以下、これら四つの分類に沿って幾つかの短編等の喜劇的章句を考察する。

（２）肯定的・共感的笑い

この「笑い」はドーセットの下層農民や職人たちを描くときにもたらされることが多い。彼らの原型は、石工として父に雇われていた職人たちや、ハーディが子どもの頃よく見聞した村人たちである。彼らの滑稽な言動、彼らとの楽しい思い出が共感と懐郷の思いをこめてユーモラスに描かれているのである。[15]

「チャンドル婆さん」[16]の主人公は、赴任して来たばかりで教区の事情が分からぬ副牧師が写生に出掛け、昼食を摂りに入った家のお婆さんである。

彼女は、副牧師が写生しているのを見て、「ほんまに、時間つぶしに絵を描いてさえいればいいというようなお人がいるのは結構なことじゃ」と皮肉まじりの庶民的感想を述べる。副牧師は、その婆さんがしばらく教会に来たことがないのは耳が聞こえないためだと知り、「耳ラッパ」を買うが、役に立たない。熱心な副牧師は、より効果的な音管を付けることを提案する。

「音管を据え付けるんですが、音管の下の口を説教壇のすぐ下のあなたの座る席に付け、管は説教壇の中を上に伸びて、上部の端は鐘状になっていて、聖書台の直ぐそばに来るようにするんです。説教者の声は鐘状の口から入り、下って聞く人の耳に直接伝わるのです」(一六八)

その結果、婆さんは説教を聴くことができるようになる。ところが、婆さんの吐く息に籠もる「玉葱シチュウ」の強烈な臭いが……。副牧師は、ついハンカチで音管を塞ぐ。が、その後、婆さんに出会うと「よう聞こえましたよ、……これからはハンカチで音を止めたりしないでよ」と言われる。

しかし、その後も、はっか、リンゴ酒、塩漬けキャベツ等の堪え難い臭いに悩まされる。この「試練」(一七〇)は次の日曜日にも繰り返され、堪え切れなくなった副牧師は音管を取り外すことにする。

その一、二日後、婆さんから会いたいとの伝言が届く。婆さんの非難を予想し一日遅れて訪問すると、その二時間ほど前に彼女が亡くなったことを知らされる。そして彼女が、

「わたしゃとうとう本当の友だちを見つけたよ。あの人は千人に一人の人じゃ。老人を嫌がらない人で、私の魂も、金持ちの魂と同じく、救う値打ちがあると考えておられるのじゃ」（一七二）

と副牧師に感謝していたことを知る。副牧師は、「ペテロ」（一七二）のように慚愧《ざんき》の念に打たれる。

彼は柔和な青年で、歩きながら眼に涙を浮かべた。小路の人影のない所に来ると、彼はじっと立って考え、それから埃っぽい道路にひざまづき、片手で肘を支え別の片手で顔を覆った。（一七二）

この作品の特色は、逆転の視点の意外さである。つまり、作品の初めからずっと副牧師の視点で書かれ、老婆の臭い息に閉口する若い牧師の状況に読者は可笑しさを感じてきた。ところが、最後になって「女の人」が間接的に副牧師に伝える形にはなっているが、老婆の視点から見ると副牧師には耐え難かった状況が、老婆の魂を救う全く違う状況に映っていたという逆転の意外さが、副牧師だけ

でなく読者の心も打つ。

その結果、読者は、副牧師の慚愧の念を共有すると同時に、息の臭い庶民そのものの老婆だが、彼女の大らかな感謝の心を知って温かくほのぼのとした気持ちにさせられるのである。

子どもたちを読者と想定して書かれた短編「くしゃみが止まらぬ泥棒たち」(17)も庶民感覚に溢れ、温かく楽しい読後感を与える作品である。

父親の代わりに町まで用足しに出かけた一四歳の少年ヒューバートは、帰途暗くなってから深い森を通る。その途中で三人の追剥に襲われて縛られ、乗っていた馬を奪われる。

何とか縄をほどいて歩けるようになり、行き着いた邸宅ではクリスマス・イヴの晩餐会の準備ができているのに誰もいない。そこに聞き覚えのある声が……。隠れた少年の耳に先程の泥棒たちがこの屋敷の宝石を盗む計画をしているのが聞こえてくる。泥棒たちは家人が寝静まるまで隠れていようと押入れに入る。

不審な声を聞いて飛び出していた家人たちが戻って来、ヒューバート少年は初め疑われるが、クリスマス・イヴだからと准男爵である主人がとりなし、そこで御馳走に与《あずか》る。そのうち、何かして見せてくれと言われた少年は、自分は「奇術師」だと名乗り嗅ぎ煙草を押入れの上部から振り掛ける。何度も上から嗅ぎ煙草を降りかけられた泥棒たちは、くしゃみを止められず掴まってしまう。

この短編小説の可笑しさは、押入れに隠れた泥棒たちが嗅ぎ煙草を振り掛けられくしゃみが止まらなくなって捕まるところである。さらに最後に准男爵からのお礼として、この邸宅でエリザベス女王やチャールズ王が眠った最高級の寝室で休んでほしいと言われるがそれを断る。

そして自分の馬が無事であることを確認できたことがヒューバートには他の何よりも嬉しいことだったと作者は付け加えている。自作農民の息子を、このように独立不羈《ふき》の心がある誇り高い少年として描いたところに、ハーディの庶民としての気概が示されている。

『緑樹の陰で』[18]の前半は、クリスマス・イヴに村の家々を回ってクリスマスを祝う歌を奏して歩く聖歌隊員のユーモア溢れる会話が展開する。

「ところで、あのすみっこにいるおやじだがね」ウィリアム爺さんを指して運送屋が言った。

……「一五の小僧っこの時と同様、今でも音楽のためなら餓死したって良いと言うんだからね」

「ええ、本当ですよ」と……マイケル・メイルが言った。

「音楽と食うことの間には、ある種の親しい結びつきがあるよ」……それから、喉の別の片隅を咳払いして「おれは、以前、カスターブリッヂの『三人の水夫』というちっぽけな食い物屋で食事をしていたんだ。すると外でブラスバンドが鳴り出してね。あんな素晴らしいバンドがあるとは……。俺はその時肝臓と肺のフライを食っていたんだ。よく憶えているよ。……俺はどうしてもその音楽に合わせて噛まずにはいられなかった。バンドが八分の六拍子でやると、俺も八分の六拍子で噛むんだ。バンドが普通の調子でやると、俺の歯も、寸分の狂いもなくそ

れと同じ調子で肝臓と肺を噛み砕く。素晴らしかったよ、あれは。ああ、あのバンドが忘れられんよ」（五七－五八）

ハーディの小説に登場する多くの人物は音楽に敏感に反応するが、ここでは、耳に入ってきた音楽のリズムに合わせて噛んでしまっていたという庶民的感覚のユーモアが描かれている。生存するために食べることは必須だが、それと音楽を結びつけた意外性に読者は可笑しさを覚えるのである。さらに読者は、この描写から庶民の生命力や楽天性まで感じ取れるのではないだろうか。

この作品はハーディ初期の作品で、聖歌隊員の青年ディックとファンシー・デイの恋が最終的に成就しハッピーエンドに終る楽しい作品である。

その中で特に聖歌隊に属する村人達の個性的描写が、引用のように素朴なユーモアを以って描かれているので読者の心を暖かくするのである。

『狂乱の俗世を遠く離れて』[19]でも、噛むことに関するユーモアが描かれている。新たに地主となった恋しいバスシーバ・エヴァディーンの下で羊飼いとして働き始めたゲイブリエル・オウクを、次のように村人は大らかにもてなす。

「物分りのよいお人だ」とジェイコブが言った。

「そうとも、そうとも、全くその通りだ！」と元気のよい若者が言った。……

「それから、ほんの一口だが、お嬢さんがよこしてくれたパンとベーコンがあるだよ、羊飼いさん。リンゴ酒は肴があると喉の通りがよくなりますだ。あまりきつく噛まんようにな。そいつを持って来る途中で落としたんでちょっとじゃりじゃりするかもしんねえからな。まあ、それだってきれいなごみさ。お前さんの言う通り、それがどんなごみか、わしら皆知っとるし、お前さんも、見たところ気難しいお人じゃなさそうだからな、羊飼いさん」

「そうです、そうです——根っから気難しくない性質《たち》で」と愛想のいいオウクは言った。

「歯を噛み合わさなければ、砂っぽさなんてわからんですぜ。ああ、工夫ひとつで何でも出来るってのは、素晴らしいことだ!」(六二—六三)

このように、村人たちの、細部に拘らぬ開放的で大らかな気性が共感をもってユーモラスに示され、主人公オウクも、このような村人の一人として開放的で大らかな人物に描かれている。

この作品もハーディ初期の作品で、主人公の羊飼いオウクのヒロイン・バスシーバへの恋が、様々の困難を乗り越え成就する。この作品で主人公オウクは、自然とともに逞しく生き、羊飼いとしても他の農事にも優れた知見《ちけん》を有する男として描かれ、その長所を発揮してバスシーバの心を最終的に獲得するのである。

この二人を取り巻く村人たちも、羊洗い等の農作業を通し、個性的でユーモラスに描かれており、この作品を田園の風趣《ふうしゅ》に富んだものにしている。

「楽団員としてのアンドレィの経験[20]」は、村人の大らかさと音楽を組み合わせた喜劇的短編である。聖歌隊の一員の「私」が見たユーモラスな〝経験〟とは次のようなものである。当時、聖歌隊は、クリスマスの週に荘園の館でお偉方たちのために演奏し、その後にご馳走に与かるならわしだった。その習慣を知っていたアンドレィは、音楽のことは何も知らないのに楽団に加えて欲しいと言い出す。楽団員は彼に冷たくしたくないので、古いバイオリンを貸してやった。それで彼はお屋敷では出来るだけ自然に見えるように振舞っていたのだが、郷士のお母さんの目に他の楽団員のように演奏していないことを見抜かれてしまう。


「お前さん、他の人たちと一緒に楽器を弾いていないようだが、どうしたの？」

「奥様、運悪く……ここへ来る途中で転びまして弓を折ってしまったんです」

「ああ、それはお気の毒に……修理できませんの？」

「出来ませんです、奥様、……めちゃめちゃに壊れたんですから」

「私が何とかしてみましょう」と奥様。

次の『喜べ、すべてのまどろむ人々よ』の曲を私たちが弾き終わると夫人がアンドレィに言いました。

「古物を置いてある屋根裏部屋で弓をみつけてもらいましたから……さあ、これで伴奏はみな揃いましたよ」（二三二）

仕方なくアンドレィは、弓を弦に触れずに盛んに動かして演奏する振りをしていたが、彼がバイオリンを逆さに持っていたので皆の注目を集め、ごまかしが露見してしまう。卑劣な詐欺師としてアンドレィは館から追い出され、二週間後には家を立ち退くよう命じられる。ところが、郷士夫人によってお屋敷の裏口から入れてもらってご馳走に与り、やがて立ち退きの命令も沙汰止みになったという話。

この物語は、聖歌隊の一員でもなく楽器の演奏も全くできないのに、ご馳走を食べたい一心で聖歌隊にもぐりこんだ男の庶民的で滑稽な失敗談に過ぎないが、アンドレィに対して楽団員は暖かく、田園の支配者・郷士もそのような村人に過酷ではない。大らかな「古き佳《よ》き時代」を思わせる〝事件〟で、作者の村人への暖かい眼も感じるのである。

（3）否定的・反感的「笑い」

第二は、冷笑・嘲笑とも換言できる否定的・反感的「笑い」である。この「笑い」は、地方地主など、田舎において高い地位を有する者が対象となっている。このような「笑い」が描かれた背景を考えてみると、ハーディの生家の社会的地位の低さが挙げられる。彼の父親は石工の棟梁で、数名の職人を雇ってはいたが、最下層の村人と殆ど同様の生活だった。そのような家族の長男として生まれたハーディから見て威張りくさっているように思えた近隣の小地主など、社会階層的に上位にあった者たちに対する反感が作者にあったと考えるのは自然である。

『らっぱ隊長』[21]に於いては、主人公のジョン・ラヴディーが勇敢で男らしく思い遣りに満ちた男として詩的にさえ描かれているために、批判の対象であるフェスタス・デリマンの描写は、アンリ・ベルクソンが主張する通り、外面描写により、諷刺が効いている。[22]社会的に上位にいるはずのフェスタス・デリマンは、彼の叔父の地主に臨時に雇われているクリップルストローに次のように揶揄《やゆ》されている。

「おや、クリップルストロー、きょうは元気かね？」……

「中くらいですよ。……デリマン様。ところで、あなた様は？」

「かなりのもんさ。ところで……僕のこの軍靴を点検してきれいにしておくれ。……叔父の、この豚小屋みたいな所は軍人が来るべき場所じゃないんだ」

「はい、デリマン様、きれいにいたしましょう。……」……。

「奴は全くの欲張りさ」……。

「良家の方がそんな言い方をなさっちゃいけませんよ。……身内の方の悪口は仰《おっしゃ》らないようにしなけりゃなりませんな」

「奴はけちんぼさ」

「そうですねえ、だんな様。……そのしまり屋ってことは、ご立派な老紳士方の天性じゃないんですか。……」……。

「だんな様、あなたがフランス軍を怖れておられんように、私も奴らを怖れないでおれたら好いんですがね。……」

「そんなことは気にせんようにしなけりゃ、クリップルストロー、僕みたいにね。そうすりゃ、そのうちそんなことは自然とどうってことはなくなるさ。……」

「それで皆は、あなた様がこの夏倒れるときには男らしく死ねるだろうとも言っていますよ」

「僕が倒れる時には、だって？」

「そうですとも、デリマン様。お可哀そうに！　あなたが軍人墓地で腐ってしまっても、私はあなたを忘れませんよ」

「えっ、どうして皆は僕が死ぬだろうなんて思うのかね」とその兵士は不安そうに言った。

（五三―五四）

虚弱でおとなしい少年だったハーディは、身分が上位にあることを誇示し暴力的行為をしがちなフェスタス・デリマンのような存在によって悔しい思いをし、そのような人間を嫌悪していた。空疎な性格、臆病なくせに自己顕示欲が強い彼の性格描写など、彼に対する執拗な揶揄・嘲笑は、作者の実体験を窺わせるものである。

織田正吉は、攻撃性の笑いとして、

親和性と反対の性質で、……ばかなことをする者、……無知、けち、好色、臆病、……嘘つき、ずるさ、身勝手など、性格のマイナスの面や道徳的欠陥もこの笑いの対象になる[23]と定義している。自己中心的で、目下の者には威張り散らしているが、内実は臆病者というフェスタス・デリマンの姿は、織田の定義をほぼ満たしている。その彼を下層の者が嘲笑しているのは、ハーディの思いを反映しているのである。

（4）反宗教・反教会的笑い

ハーディの小説には、教会での礼拝とか宗教的行事に熱心でない庶民が多く出てくる。それは、教会での礼拝の重要な部分を担っているはずの聖歌隊員も例外ではない。

「教区聖歌隊の大失策[24]」では、敬虔なキリスト教徒であるはずの聖歌隊員たちもごく普通の庶民で、教会で聖歌を演奏する楽器は同時に世俗の曲を奏するためにも使われていたことから生じた「大失策」が描かれている。

クリスマスを終えた日曜日の、ロング・パドル教会中二階での演奏が、彼らが聖歌隊として教会で演奏する最後になってしまった顛末がユーモラスに語られている。

この楽団は〝優れた演奏者〟で構成されていた。つまり、彼らは賛美歌だけでなく世俗の曲も上手に弾くことが出来たのである。その年のクリスマスの時季には、毎晩のように祝宴に呼び出され、団員は殆ど眠ることが できなかった。

その上、その日はひどく寒く、暖房のない中二階の楽団員の席は我慢できないほど冷えた。それで、午後の礼拝時には身体を温めるためにブランデーとビールを混ぜたものを持ち込み、皆で少しずつ飲んだ。その日は殊の外長い説教で、楽団員たちは説教が終るのを待っているうちに眠り込んでしまった。

ついに説教も終わり、聖歌隊の少年が、「始め、始めだよ！」と皆を起こしたが、真冬の夕方のこと。真っ暗でどこにいるかも分からない楽団員達は半醒の状態で、こともあろうに「洋服屋たちの中の悪魔」という陽気なジッグ舞曲を弾き始めた。クリスマスパーティのダンス会場と間違えてしまったのである。誰も踊り出さないので団員のニコラスが、

「先頭の組は手をつないで！　それから、曲の終わりにバイオリンをきしませたら、男の人は皆ヤドリギの下で、相手にキスを！」（二三五）

と大声で怒鳴る。下品な世俗の曲が教会内部で荒れ狂うので、牧師は「止め、止め、止めい！　これは何事だ！」と叫ぶが、自分らの演奏の音でよく聞こえない楽団員たちはますます大きな音で演奏する。それを聞いた郷士は、自分自身不道徳な人間だったが、

「こうした無礼で恥ずべきことは許さん！　絶対に！……仮令《たとい》天使たちが降りてきたとしても、お前達のような猥らな楽手は一人といえども今後、この教会で演奏はさせんぞ」（二二五）

と厳命し、昔ながらの聖歌隊はすっかりお払い箱にされてしまう。それ以降は、二二曲の新しい賛美歌を正確に弾くことのできる手回しオルガンが導入されたのだった。暖を取るために酒を飲むと言う庶民的対策が仇となったのである。

この短編では、日頃は神を冒涜するような生活をしている郷士の命令で、倹《つま》しい暮らしの中でささやかな楽しみとして音楽を奏してきた庶民の、昔から育んできた聖歌隊楽団の伝統が絶えてしまったことへの愛惜と抗議の念が示されている。と同時に、クリスマスのミサで世俗の曲を楽団員に弾かせることで、教会に対するハーディの嗤いも感得できるのである。

「教区牧師と書記の失策」[25]では、教会の偽善・怠慢に対するハーディの反感がより顕著に描かれている。

酒好きのアンドレィと、「からだの事情」から彼の気が変らぬうちに結婚式を挙げようと焦っている女性ジェイン。そして「教会では厳格」だが、教会の外では狐狩りが大好きなビリー・トウグッド牧師とその書記が登場人物である。

結婚式を挙げようと教会にやって来た二人だが、アンドレィは、その前夜近所の子の洗礼祝いに出ていて酔っ払い、足許が覚束無い。それを見たトウグッド牧師は、アンドレィの酔いが醒めるまで二人の結婚式を挙げないと言い張る。交渉の結果、二時間後アンドレィの酔いが醒めた頃に教会に戻り挙式することになる。そして二人を、アンドレィが逃げ出さぬようにとのジェインの頼みで教会の塔に閉じ込め、牧師と書記は帰宅する。

ところが、貴族や紳士階級の狩人たちが狐狩りに出掛けるらしい様子を目にすると、牧師と書記は矢も盾もたまらず狩に出掛け、アンドレィとジェインのことを忘れてしまう。それで二人を翌朝まで塔内に放置して置く結果になってしまった。ジェインは今にも産気づく状態だったが、幸い、大事に至らなかった。物語の最後は次のように結ばれている。

このことが知れたのはずっと後のことでした。やがてそれは人々の口にのぼり、今では彼ら自身もそれを笑っているのです。ジェインが苦労して手に入れたのは、結局は大した掘出物などではなかったのですが、面目を保ったことは確かだったんです」（二三〇）

この作品では、第一に教会内では「厳格な牧師」なのに、教会から出ると狐狩が大好きという〝殺生坊主〟を描くことで、教会牧師の意外な現実・偽善を暴露・諷刺している。[26] 第二に、〝出来ちゃった婚〟および世間体を繕うために、二日酔いの男と結婚する状況をこのようなエピソードとして描き、結婚の現実をユーモラスに暴露して一般的に広がっている結婚の神聖さとかロマンチックな思い込みに冷水を浴びせている。

（5）性に関する「笑い」

「教区牧師と書記の失策」を反教会的笑いに分類したが、〝出来ちゃった婚〟を扱っているという点では、性に関する笑いに分類可能な作品でもある。登場人物が性に翻弄され、人生の悲喜劇を演じる作品は長編・短編を問わず、ハーディの大きなテーマである。

「大うそつきのトウニ・カイツ」(27)と題する短編も、多くの女に声をかけて窮地に陥る男をユーモラスに描いている。

市場から荷馬車に乗って家に帰る途中、トウニ・カイツは、ユニティ・サレット、ミリー・リチャーズ、ハナ・ジョリヴァーの三人の娘に出会う。ユニティ・サレットに頼まれて荷馬車に乗せてやり、彼女の美しさにあらためて気づかされるが、行く手にミリー・リチャーズの姿を見かけ、ユニティ・サレットに荷台のシートの下に隠れてもらう。

ミリーも荷馬車に乗せざるを得なくなるが、今度はハナ・ジョリヴァーが行く手の二階の窓から見ていることを知り、ミリーにも御者席のすぐ後ろの空袋の下に隠れるよう頼む。

目前の女性の魅力に勝てぬトウニ・カイツは、最後に乗ってきたハナの美しさに、なぜ自分がミリーやユニティと結婚しようとしたのかと思う。次の引用はハナとトウニの会話である。

「ミリーさんとの話はもう決まったんでしょ、きっと」

「いや、はっきりとは……」

「どうしたの？ ひどく小さな声だけど、トウニさん」

「ええ、少し喉が嗄れていてね。まだ、はっきりとは……と言ったのさ」

「えーっと、そのことについてだけど……」

彼の目は彼女の顔に、彼女の目は彼の顔に注がれました。彼はどうしてハナに求婚するのを止めるようなばかなことをしたんだろうと思ったんです。彼は彼女の手を取り、気持ちの高まりをもうどうすることもできなくなり、ミリーもユニティのことも何もかもすっかり忘れて、「いとしいハナさん」と思わず叫んでいたんです。（一九八）

その後、馬車は左車輪を下にして横倒しになり、三人の娘は道に放り出される大騒ぎになる。そこにハナの父、ジョリバー氏が登場してハナは父と去り、ユニティもハナに捨てられたトウニに「あの人の残りもので我慢しろっていうの。あたし厭よ」と立ち去る。結局、トウニは最後に残ったミリーに、

「ね、ミリーさん、……どうも運命は、あんたと俺、でなかったら一人ぼっち、と決めているらしい。なるべくしてなるんだよ。どうかね、ミリーさん？」

「あんたさえ良かったら、トウニさん。あんたがあの人たちに言ったこと、本心じゃなかったのね?」

「一言だって本気なもんか!」(二〇三―〇四)

と言って、ミリーと結婚することになる。

トウニが「大うそつき」になってしまったのは、彼には眼前の女性が最も美しく見えてしまうこと、女性との衝突を怖れ、女性にはっきり自分の考えを言えないという気弱さがあったからである。この作品が読者を笑わせるのは、眼前の女性に心を動かされやすいが女性に強い態度を取れぬ気弱なトウニ・カイツが陥ってしまう窮状である。

彼は悪人ではなく意志の弱い庶民そのもので、ハーディはそのようなトウニ・カイツの可笑しさを暖かく、且つほろ苦く描いている。トウニ・カイツの弱点は自分自身の弱点ではないと確言できなかったからである。眼前の女性が最も美しく見えてしまうのは、トウニ・カイツだけではない。

『らっぱ隊長』(28)で、これと同じことをハーディは、主人公ジョンの弟ロバートに語らせている。


「きみは多分信じないだろうけど、男というものは最愛の人から遠く離れていて港に戻ってくると……最愛の人への気持ちはそのままで別の女に一時的な感情を持つことができるんだよ。その感情は、最愛の人に対するのと同じ根から出ているんだけどね」(三三六)

ロバートが言っている「同じ根」とは性のことである。作者は船乗りが上陸すると、それまで抑制されていた性の捌け口を目前の女性に求めるのが男というものだと言っている。

ロバートの行動を心理的な面から説明することもできる。『人はなぜ笑うのか』と題する書で志水・角辻・中村は、外国旅行など興奮状態に置かれると人間は性的にも興奮し、カップルが生まれる可能性が高くなると指摘している。長い船旅を終えて上陸した喜びの興奮状態の中、ロバートは眼前に現れた女性に恋してしまったとも説明できるのである。(29)

『ダーバヴィル家のテス』(30)でも男が眼前の女性の美しさに幻惑され窮地に陥るという認識が次のユーモラスなエピソードとして語られる。

酪農場の朝、攪乳器は回っているのにバターができない。その折、酪農場主のクリック氏は、以前雇っていた男が若い娘に手を出して、そのお袋さんにこっぴどい目に遭わされた話を居合わせた皆にする。

「ひと頃、うちで乳搾りに雇っていたジャック・ドロップてえ野郎が、向こうのメルストックの若い娘に言い寄って、これまで何度も女たちを騙したように、その娘も騙したんでさあ。ところが、今度ばかりは勝手の違う女を相手にしなけりゃならなくなったんでさあ。と言ってもそりゃ、当の娘じゃねえんですがね。……娘のお袋が戸口にやって来るのが見えたんです。まるで牡牛でも倒せそうな真鍮の金具のついたこうもり傘を手にしてね。……『さあ、こいつあ、大変だ！』とジャックは窓から二人を見てこう言うんです。『俺は、あの女に殺される！　どこへ逃げよう――どこへ――？　俺の居所をあいつに言わねえでくだせえよ！』ってね。こう言うと奴は、空の攪乳器によじ登り、そのはね蓋を開けて中へもぐり込んで内側から蓋を閉めちまったんですよ。その直後に娘の母親が乳舎に飛び込んで来ましてね。『悪党め――どこに居やがるんだ？　ひっつかまえたが最後、奴の面を引っ掻いてやる！』って言いましてね。……

「ところで、その婆さん、どんなにして察しをつけただかわからんが、奴がその攪乳器に隠れとることを嗅ぎつけたんでさあ。婆さん、一言も言わずに巻揚機をつかむと（当時は手回しでしたからね）、ぐるぐる奴を回したんでさあ。ジャックは、中でバタン、バタンとやり出したんで『ああ、助けてくれ！　攪乳器を止めてくれ！　俺を出してくれ！　これじゃ、リンゴの搾りかすになっちまうよ！』と奴は攪乳器から顔を出して喚いたんでさあ。……『止めるもんか、生娘を疵物にした償いをつけるまではな！』『攪乳器を止めろ、この鬼婆あ！』と奴は悲鳴をあげる。『よくも鬼婆とほざいたな、この騙《かた》り者め！』と婆さん。『五ヶ月も前から、おらをお義母さんと呼ぶのが本当だったに！』こうして攪乳器はどんどん回り、ジャックの骨もまたガタガタ音を立てるという始末。

「ええ、わしらの誰も思い切って仲に入ろうとはしませんでした。それで、とうとう奴は、娘に償いをするって約束しましたよ」（一七一―七二）

テスの心身を傷つけた、アレック・ダーバヴィルとの件に類似したこのエピソードは、直接関わりのない人たちには「笑い話」となるが、妊娠・出産さえ経験させられたテスにとっては「笑い話」どころではない。彼女は青ざめた顔で外に逃れるが、読者以外、そこに居合わせて酪農家クリック氏の話を聞いた他の誰も、この「笑い話」が彼女の心の傷を抉《えぐ》り、その結果彼女が痛ましく動揺したことに気づかない。「笑い話」が別の立場から見ると、全く異なる意味を持って受け取られることを示す一例である。[31]

「西部巡回裁判の途上にて」[32]は、出張先で「性」に衝き動かされて田舎娘と深い仲になり、その後続けた文通で愛を深めたと思っていたが、字を満足に書けない娘に代わって手紙を書いていたのは別の女で人妻だったという喜劇的設定になっている。それが露見する場面は次の通り。

「アンナ、何だい、これは？」彼はじっと見つめながら言った。

「それは、……あたしには、この程度にしか書けないということです」と、彼女は涙にむせびながら応えた。

「ええっ、そんなばかな！」

「書けないんですの!」彼女はすすり泣きながら惨めな気分で……言い続けた。「あの手紙はあたし――あたしが書いたんじゃないんです。……」

彼はしばらく立っていたが、……客間のイーディスのところに戻った。……

「多分、こうだったんですね?……あなたはずっと彼女の代書人だったんですね?」

「そうするしかなかったのです」

「あなたがぼくに書かれた言葉は、すべて彼女の言ったものですか?」

「すべてではありませんわ」

「実際はほんのわずかだけでしょう?」

「そうです」

「彼女の名になってはいるものの、毎週くださった手紙の大部分は、あなたご自身の考えでお書きになったのですね?」……

「あなたは、このぼくを欺き――破滅させたんだ!」(一三四―一三五)

自分自身の幸福とは言えぬ夫婦生活、周囲に見られる冷めた夫婦像から結婚に対して懐疑心を持つようになったハーディは、この作品の主人公である若い弁護士チャールズ・ブラッドフォード・レイに「法的にはぼくは彼女と結婚しました。……でも、精神的にはあなたと結婚したのです」と言わせ、法的結婚を嘲笑の対象にしているのである。

字を上手に書けぬお手伝いの娘に代わって娘の恋人に恋文を書いているうち、充たされぬ夫婦生活から生じた自分自身の心情を籠《こ》めてしまう人妻の心理や、その手紙を自分が恋する美しい娘が書いたものと思い込んで娘と結婚し、自分の出世の望みを絶たれる若い下級法廷弁護士が〝自業自得〟と諦めざるを得なくなる皮肉な運命を描いたこの作品は、結婚制度を皮肉る喜劇的作品と見做しても良い。

おわりに——人間の尊厳を守る「笑い」——

産業革命下、悲惨な状況に置かれていた人々。彼らを救うことのできぬ宗教や、教会関係者の堕落。蔓延する人間疎外状況を惹き起こす原因を科学的に認識し、解決の方向を展望することができなかったハーディは、感受性が鋭いだけに悲観的になるのは理の当然であった。その上彼は、自分自身、逃れられぬ男女の性の桎梏に悩んでいた。

ハーディは、身分意識の強い一九世紀イギリスで、自分が下層階級出身であることを隠そうとした。上流知識人たちと作家として交際するようになると、そのような人たちと交際できるようになった誇り・自負の気持ちと同時に劣等感や反発心も、胸奥深く抱えるようになった。それは妻のエマとの関係を悪化させる一因ともなった。

しかし、このような悩み・緊張状態を凌駕・解消する、作家としての創造力が高揚した時期が彼にはあった。それは、一八八九年一一月から一八九五年一一月までの六年間である。[33] その間にハーディは、『テス』『ジュード』等の代表作を刊行しただけでなく、喜劇的短編小説なども著したのである。この頃の彼は、親しくしていた者たちの死など多事多端ではあったが、それらさえ彼の創造力を刺激し、創作の力となった。人間としての充実、作家としての高揚感が彼に人間を透徹して見る眼を与えたのである。

小田島雄志は、シェイクスピアが現実を見る時、「一歩引いてみる目を持っていた」と次のように述べている。

私は、一歩引いて見る目はリアリズムの目だと言っています。その反対はアイデアリズム＝理想主義で、人間を真善美でしか見ない。しかし人間はそれだけじゃなく、偽物もあるし、悪い部分、醜い面もある、つまり偽悪醜が対置されます。人間には両面があります。そのときに、だめな部分を冷たく批判し、切り捨てることをシェイクスピアはしていません。そういうところも含めて人間なんだから、そこをすくい取って生きていこうよ。そういう人間味ある温かみ、しゃれっ気がユーモアだと思います。リアリズムとユーモアの一体化はシェイクスピアの大きな特徴です。(34)

シェイクスピアは、人間をリアルに見てその清濁を温かく包み込んでいると小田島は言っている。ハーディも、この時期には、人間を悲観的にだけ見るのではなく「一歩引いて」リアルに見詰め、共感、反感、冷笑、時にはアイロニーの笑いを以って描いているのである。

ハーディにとって「笑い」は、一時的にせよ上下関係を取り払い、悩み・緊張を解消する治癒効果を持っていた。彼にとって「笑い」は、「精神の平衡」を保ち[35]、心のバランスを得るための精神の調節機能だった。「笑い」は、ハーディにとって、古い秩序を打ち破り新しい視点を創り出すものであり、自分を見失わぬために不可欠のものだった。「笑い」は、彼の人間としての尊厳を守るための「心理的武器[36]」だったのである。

注

(1) Dale Kramer, ed., *Critical Approaches to the Fiction of Thomas Hardy* (London: The Macmillan Press LTD, 1979), 156.
(2) Robert Gittings, *Young Thomas Hardy* (London: Heinemann Educational Books Ltd, 1975) 15-9.
(3) Michael Millgate,ed., *The Life and Work of Thomas Hardy* (London: The Macmillan Press Ltd., 1984) 214.
(4) M. Millgate, 179, 290.
(5) 喜志哲雄『シェイクスピアのたくらみ』(岩波書店、2008年) 74頁で「人間は自らの意志に基づいて行動しているつもりでいる。しかし、実は人間を超えた絶対的な存在によって動かされているのではないか」とシェイクスピアの〝世界劇場〟の観点が述べられている。
(6) M. Millgate, 182-83. また、一般論ではあるが、志水・角辻・中村『人はなぜ笑うのか』(講談社、1994年) 一八二―八三には「加齢するに連れて人は笑わなくなる。冷笑などは逆に中高年に多い」という主旨の記述がある。
(7) ハーディは、『テス』『ジュード』等の悲劇的長編小説を書いている時期に、次に示すように、喜劇的作品を書いている。一八九一年『ダーバヴィル家のテス』。一八九四年「リールのバイオリン弾き」、「大嘘つきのトウニ・カイツ」、「教区牧師と書記の失策」、「楽団員としてのアンドレィの経験」、「教区聖歌隊の大失策」等の喜劇的短編を含む『人生の小さな皮肉』

を刊行。一八九四年『日陰者ジュード』出版。

(8) 織田正吉『笑いのこころユーモアのセンス』(岩波書店、2010年)一九四–九五。

(9) R. Gittings, *YTH* 1975, 213. マックスゲートに住み始めてからのハーディは、あまり近隣の者達と付き合おうとしなかった。そこに彼の複雑な思いが示されている。つまり、〝名士〟になったという思いが、そのような態度を彼に取らせたのであろう。それでも、終生故郷の町の郊外に住み続けたという事実は、彼の故郷に対する思いが断ち難かったことを示している。

(10) Robert Gittings, *YTH* 209-14.

(11) M. Millgate, 224.

(12) 織田正吉、2010年、(二一四)「第三者の目で自分を眺めると、他人のおかしさは自分の姿の写しとわかる。人間は滑稽で、愚かで、ものかなしい存在であることにおいて自他の区別はない。」

(13) 喜志哲雄、「シェイクスピア」2008年、(八二)「道化の歌はすべてを相対化する。……それは、人間と世界とを突き放して眺める歌、いくらか理屈っぽいことを言うなら、すべてを相対化する歌である。」

(14) 織田正吉、2010年、(二一〇–〇一)。織田は、笑いを次の三つに分けて論じている①親和性②攻撃性③娯楽性(緊張緩和)

(15) R. Gittings, *YTH* 201.『狂乱の俗世を遠く離れて』を著わしたハーディは、働く人たちを熟知する類稀な才能の作家として認められた。

(16) Thomas Hardy, *Old Mrs Chundle*: included in *Thomas Hardy; An Indiscretion in the Life of An Heiress* (Oxford New York: Oxford UP, 1998), 164-72. 引用文末の括弧内の数字は、この本のページ数を示す。以下、どの作品からの引用文末でも、同じく当該本のページ数を示す。

(17) Hardy, *An Indiscretion* (1998), 36-42.

(18) Hardy, *Under the Greenwood Tree*, (London: Macmillan & Co. Ltd, 1969), 57-58.

(19) Hardy, *Far from the Madding Crowd*, (London: Macmillan, 1971), 62-63.

(20) Hardy, *Old Andrey's Experience as a Musician*: included in *A Few Crusted Characters in Life's Little Ironies*, (London: Macmillan London. 1971), 230-03.

(21) Hardy, *The Trumpet-Major*, Oxford UP, 1991 as a World's Classics paperback, 53-54.

(22) アンリ・ベルクソン『笑い』林達夫訳、(岩波書店、1991年) 一五四「喜劇の生まれる観察の流儀は……外面的観察である。」
(23) 織田正吉『笑いのこころユーモアのセンス』(岩波書店、1991年) 二一〇。
(24) Hardy, *Absent-Mindedness in a Parish Choir*: included in *A Few Crusted Characters*, 1971, 233-36.
(25) Hardy, *Andrey Satchel and the Parson and Clerk*: included in *A Few Crusted Characters*, 1971, 220-30.
(26) Dale Kramer ed. *Critical Approaches to the Fiction of Thomas Hardy*, 164. 本書の 'How to read *A few Crusted Characters*' の章で筆者は牧師らの心理が描けているので文学になっていると評している。
(27) Hardy, *Tony Kytes, the Arch- Deceiver*: included in *A Few Crusted Characters*, 1971, 194-204.
(28) Hardy, *The Trumpet-Major*: (1990), 336.
(29) 志水・角辻・中村『人はなぜ笑うのか』(講談社、1994年) 一三四。
(30) Thomas Hardy, *Tess of thed'Urbervilles*, (London: Macmillan London, 1972), 171-72.
(31) アンリ・ベルクソン『笑い』林達夫訳 (岩波書店、1991年) 一四―一五。
(32) Thomas Hardy, *On the Western Circuit*, included in *Life's Little Ironies*, (London: Macmillan London.1971), 109-37.
(33) Robert Gittings, *The Older Hardy* (London: Heinemann, Educational Books, 1978), 65.
(34) 小田島雄志『シェイクスピアの人間学』(新日本出版社、2007年) 四〇―四一。
(35) 織田正吉『笑いのこころユーモアのセンス』(2010年) 四九。
(36) 志水・角辻・中村『人はなぜ笑うのか』(1994年) 一五二。
ヴィクトール・E・フランクル著『夜と霧』(池田香代子訳、2002年) 七一。

「ユーモアも自分を見失わないための魂の武器だ。ユーモアとは、……ほんの数秒間でも、周囲から距離をとり、状況に打ちひしがれないために、人間という存在にそなわっているなにかなのだ。」

引用参照文献

Gittings, Robert. *Young Thomas Hardy*, London: Heinemann Educational Books Ltd, 1975.

________. *The Older Hardy*, London: Heinemann Educational Books Ltd, 1978.
Hardy,Thomas. *An Indiscretion in the Life of An Heiress*, New York: Oxford UP, 1998.
________. *Far from the Madding Crowd*, London: Macmillan , 1971.
________. *Jude the Obscure*, London: Macmillan London Ltd, 1973.
________. *Life's Little Ironies*, London: London: Macmillan London Ltd, 1971.
________. *Tess of the d'Urbervilles*, London: Macmillan London Ltd, 1972.
________. *The Trumpet-Major*, Oxford: Oxford UP, 1991.
________. *Under the Greenwood Tree*, London: Macmillan & Co Ltd, 1969.
Kramer, Dale. Ed. *Critical Approaches to the Fiction of Thomas Hardy* The Macmillan Press Ltd., 1979.
Millgate, Michael. *The Life and Work of Thomas Hardy*, London: The Macmillan Press Ltd., 1984.
織田正吉『笑いのこころユーモアのセンス』岩波書店、2010年。
小田島雄志『シェイクスピアの人間学』新日本出版社、2007年。
喜志哲雄『喜劇の手法―笑いのしくみを探る』集英社、2006年。
――――『シェイクスピアのたくらみ』岩波書店、2008年。
志水彰・角辻豊・中村真『人はなぜ笑うのか』講談社、1994年。
フランクル・ヴィクトール・E『夜と霧』池田香代子訳、みすず書房、2002年。
ベルクソン・アンリ『笑い』林達夫訳、岩波書店、1991年。

第一二章

メルバリーとジャイルズに見るハーディのダブル・バインド
――『森林地に住む人々』――

髙橋和代

はじめに

一八八七年に刊行された『森林地に住む人々』は、トマス・ハーディ（一八四〇―一九二八）による長編小説で、ハーディの生まれ故郷ドーセット州（旧ウェセックス）にある小さな村を舞台にした、いわゆる「ウェセックス物語」に属する。

世間から隔絶されて、時が止まっているかのように佇む森林地の中にある村、リトル・ヒントックに住む二つの家族、富裕な材木商メルバリー家と、自作農のウィンターボーン家にまつわる過去の経緯がこの作品の重要な構図をつくり出しやがて一人の青年、ジャイルズ・ウィンターボーンの悲劇へと発展していく。

グレースという美しい娘を持つジョージ・メルバリーの野望は、都会の寄宿学校を出た彼女に良家の子息との結婚を通じて階級移動を達成させることである。

しかしその一方で、昔残酷な手口で友人ジョン・ウィンターボーンから婚約者を奪ったことに対する償いとして、ジョンの息子のジャイルズ――木を伐採し街まで運搬する他、りんご酒を製造、販売する自作農――と娘グレースを結婚させるという昔からの誓いを心に秘めてもいるが、娘の成長につれてその誓いも揺らぎ始めている。昔の罪を償うという、娘に対する期待とは両立不可能とも言えるこの誓いに、グレースもまた、一応暗黙のうちに婚約者の立場にあるジャイルズもともに翻弄された揚句、ジャイルズは、その後人妻の身となったグレースのために傷ましい死を遂げる。

しかし彼の死後、グレースは自分のために死に赴いたジャイルズを忘れて医師である夫のもとに戻り、二人でリトル・ヒントックから出奔する形で物語は結末を迎え、この作品が悲劇なのか悲喜劇に属するのか判断し難い問題作となっている。

『森林地に住む人々』の純朴な青年ジャイルズは、マイケル・ミリゲイトがその『トマス・ハーディの生涯と作品』で語っているように（九九）、ハーディの父親と、その父親のりんご酒づくりを喜んで手伝ったハーディの幼い頃をも髣髴させる人物として登場する一方、教育に過剰なまでの期待をかけるメルバリーとその娘グレースには、パトリシア・オールデンも指摘しているように、父親のように現状に甘んじることなく昇進せよと叱咤するハーディの母親とそれに応えるハーディが反映されている（オールデン　四五）。本論では、メルバリー、ジャイルズ両者のいずれに対しても共感を抱きつつ、そのどちらにも一体化できないハーディが、板挟みの心境にあって書き上げた『森林に住む人々』を階級という視点から考察してみたい。

1　教育が生む格差と教育の内容

メルバリーが人前で声高に娘の教育、教養を誇示し、リトル・ヒントックの人間達とはいかに違うかを強調する場面が、本人の意図とは裏腹に滑稽な感を醸し出してしまっている。彼がそれほど強調する教育とはどのようなものであるかを検討してみたい。

オールデンは次のように述べている。

産業革命と民主主義運動に弾みがついた一九世紀には、何百年も経た階層制の排他的階級制度に対し、高度に成層化してはいるが、流動的な階級構造が取って代わり、次第に個人の社会的地位は生まれによってではなく銀行預金口座と職業によって決まるようになっていく。このような社会的変化は一八世紀にその源流をたどることができる。しかし、中流階級のごく少数にではあるが、選挙権を普及させた一八三二年の選挙法改正案は徐々にとはいえ、社会、政治体制に変革の時代を呼び寄せた。その変革の中で、地主貴族と紳士は産業拡大と商業的企業に関わる新興階級と結びついた（五）。

　こうした時代背景と社会状況のなか、メルバリーは少年時代、貧しさのゆえに教育を受けられなかった無念を晴らすために、ひたすら働き続けて財をなし、企業家に近い材木商となって成功するが、その経済力を基盤に標準以上の教育を娘に受けさせた今、願うのは娘が上の階級に移動することである。

　娘グレースをジョージ・ウォトンの言う「市場価値の高い商品」（五四）に仕立てることは、そのままグレースがジャイルズには手の届かない存在になることであるが、それはメルバリーにとって望ましい事態であり、過去に裏切ったジョン・ウィンターボーンとその息子ジャイルズに対する二重の裏切りにつながることも心の隅では承知のことと言える。

　グレースが、自分の教育費を支払うために引き出された小切手の写しを何気なく見て父に言う。「私にも、馬や荷馬車や小麦と同じ位に沢山かかったのね」するとメルバリーが「それ位かかったからといって気にするな。おまえがずっといい見返りをもたらすさ」と答える。森林地に住む一人の人間が物神化される。（ウォトン　五四）

「私をそんな風に考えないで！」、「ただの動産だなんて」（八九）と父に訴えるグレースではあるが、その彼女が自分にかかった教育費を馬や、荷馬車、小麦にかかった経費と同列に見て比較するところに、彼女の生育環境が表れている。「おまえがずっといい利潤をもたらすさ」ともとれるメルバリーの使う「見返り」という語に、娘の教育費の支払いは、彼女の階級移動を期待しての「投資」（ウォトン 五四）であることを読みとることができる。

メルバリーが賞讃し誇示する娘グレースが身につけた教養は、人と人を分け隔てる道具であるが、具体的にはいかなるものを指しているのだろうか。

ジャイルズのグレースに対する気後れが語られるいくつかの場面から、彼女の受けた教育の中味、身につけた教養とは、洗練されたマナーや服装、古典の知識であると推測される。そうした教養の全ては、彼女がリトル・ヒントックを離れ、都会の寄宿学校で修得したものである。冒頭で、メルバリーに頼まれてシャートン・アバスの街へグレースを迎えに行くときのジャイルズが、自分の服装に対して覚える引け目、グレースの際立った立ち姿、彼女がジャイルズを見つけてから声をかけるまでの一瞬のためらいにも、二人の間の隔たりが垣間見られる。

教養あるマナーはその持ち主を、他の人々からバッジやタイトルのように的確に分断し、また実際に分断するように意図されていたのであり、教養とは一般的に確立された中流階級の作法、趣味、習慣と同一視された。アクセント、服装、社交的談話でのゆとり、一定水準に達した礼儀、古典に精通していること、そうした内面の洗練が表に現われた形としての教養はかなりの程度学校で修得された。（オールデン 九）

オールデンが言うように、中流階級上層部の威光を保つためにも、その子弟に対する教育カリキュラムの中で欠かせないものの一つが古典の学習そのものであったことは（七）、寄宿学校で学んだグレースの言葉にも読みとることができる。地主のチャーモンド夫人の館を訪ねた帰りみち、待ち受けていたジャイルズにグレースが話す言葉はかれの理解を越えている。ジャイルズにはロレンス・スターン、アレクサンダー・デュマの名を挙げその文体について語るグレース、チャーモンド夫人と親しく会話できる立場にあるグレースと自分との婚約は、とても維持される見込みのないものに思われてくる。

その一方でジャイルズは、自分とグレースを隔てる教育を、金銭の力で手に入れたものと捉えている。「彼女の父親はその野心から、村の住民の誰をも遥かに超える知識や教養という手段を彼女のために購入した」（六三）のだと考える彼は、「どうやってあの男があのような娘を持つに到ったのか」（一一八）と驚嘆する医師のフィッツピアーズに、「金でできないことなどありますか」と冷笑し、「ヒントックの娘だって、早くに家を離れてしかるべき施設に入るなら、それなりの頭脳と器量に恵まれてさえいれば、どんな淑女にも負けない位に垢抜けしても不思議はないでしょう」と言い放つ。

メルバリー自身が「年間一〇〇ポンド近い金額で娘を学校に出すことができた」（三〇）と口にする、金銭で買える教育に対して、ジャイルズは強い願望、憧れを示すことはない。しかし教育そのものに対して強い意欲を持たないこと自体、ジャイルズにとって教育とは手の届かないものであり、その効用も想像つかないものであって、彼が教育から隔絶されている階級にいることの証でもある。それでも彼がグレースとの結婚に一縷の望みを託す理由の一つに、メルバリーが「娘はおまえのものだ」と言ったという事実があり、またグレースが幼馴染みであるというよしみ、彼女の実のある人柄、そして彼女が身につけた教育、教養が、彼にとっては、二人を引き離す決定要因になるほどのものとは思えないことにある。「社会的慣習、仕掛け――人為的生活形式をまるで人生の重大なことであるかのように扱う厳格な正当教育を受けた」（オールデン 四七）中流階級上層部の人々によって確立された「作法、趣味、習慣……アクセント、服装、社交的談話」（九）等の修得を旨とする教育内容から見えてくるものは、それら全てがそのまま男女の交際において互いに異性を惹きつけるために有利に作用する条件であり、優雅で洗練された交際術獲得を約束するものであり、下の階級を寄せつけないための防止策として極めて効果的に機能し、中流階級上層部の格式を保つ結婚が代々繰り返されていくことを可能にする決定的要素になっているということである。

したがって結婚を意識する、あるいは実際に結婚したカップルのうちの片方だけがこうした教育を受けた場合、二人の行く先には困難が生じることは当然予想される。こうした困難を乗り越えて結ばれるカップルが、ハーディの『緑樹の下で』（一八七二）や『狂乱の群衆を遠く離れて』（一八七四）において描かれるが、サイモン・ガトレルによれば、後に作者は『緑樹の下で』の作風は楽観的にすぎたと述懐してもいる（二三）。

しかしこの二作品の他に、『青い目』（一八七三）や『森林地に住む人々』も含めて、ハーディの作品に現われるテーマの一つは、中流階級上層部の子弟を対象とした教育の功利主義・形骸化であり、そうした教育による差別化がもたらす人間の不幸である。更に教育を受けた者と受けていない者の間に生じる溝であり、その両者が結婚することの困難である。

2　階級意識の封印

ジャイルズが自分は教育を受けたグレースにふさわしくない粗野で教養のない自作農であると思うときにも、決して自分を医師フィッツピアーズと比較しないことは、かえって彼の意識の奥に封印された階級意識をうかがわせる。「階級」というテーマに正面から向きあうことを敢えて回避するハーディが描く作品世界に、自ずと浮かび上がる人間関係図を読み取ってみたい。

ティム・ドーリンによると、実際地方の新しい階級社会では、土地を所有する者と所有していない者の間の中間地帯にいる終身借地人は階級関係から外れた、社会的地位を持たない人々になる。ハーディはまさにその立場にあって階級移動に懸命だったことになる（一二九）。

『森林地に住む人々』に登場する人物はまるで階級の無い社会で暮らしているかのように、個人と個人が言葉を交わしている感をもたらすのは、彼らがいずれも所属する階級が曖昧だからである。親の資産を受け継ぐ長男ではなく、医師という職業で身を立て、住む地を転々とするフィッツピアーズも、地主でありながら地元にいつかない資産家の未亡人で元女優のチャーモンド夫人、そして住む家を失ったジャイルズもみな、デラシネである。そしてメルバリー父娘といえども例外ではない。父親が企業家となって、村人との関係が変わるなか、娘のグレースは街の学校で教育を受けたあとリトル・ヒントックに戻ってみると、親しく語らう相手を見出せない。

娘を中流階級上層部に押し上げようとするメルバリー自身の先祖であるメルバリー家の人々とウィンターボーン家の人々はともに自作農の世襲借地人、あるいは終身借地人であったばかりか、親戚関係を結んでもいて、貧富の差は大きいものの、同じ階級に属していたという歴史を辿ってきている。

新婚旅行も終る頃、グレースが夫フィッツピアーズと滞在する「ウェセックス伯亭」の中庭に、ジャイルズを見かけてそのことを夫に伝えると、「自分はあの庭で働いている人達と違う種族という気がする」（一七八）とフィッツピアーズが答える際に、「種族（species）」という語を使っていることは驚きに値する。

この場合階級（class）よりも、生まれながらに持ちあわせた、親から受け継いだ素質、遺伝までも含む根本的違いが強調されている。普段フィッツピアーズに威圧感を受けているグレースがこの場で懸命に反論する言葉にそのことはうかがえる。「それならば私とも違います。だって私の血はあの人達の血と同じですから」（一七七）。

これに対するフィッツピアーズの反応は、同一の血統、慣習を持ちあわせる種族とは「別の種族」（一七七）を見る思いで妻に向けた驚きの視線である。教育によって乗り越えられない生まれの違いがここで両者に再認識された瞬間である。だが、こうした生まれ、名門、貴族の血筋こそはメルバリーが求めたものである。

二人の結婚後間もなく、夫とチャーモンド夫人との密会が続くようになる。娘を気遣うメルバリーに向かって、グレースは「父さんがあんなに私を入れたがっていた上品な学校だって、行かせてくれない方がよかった」、「学校の友達は、私がどこから来ているのか、親は皆の親ほど立派ではないし、何をしている人かも知っていたのよ」（二二一）と言い出す始末で、メルバリーは父親として身の置き所のない思いも味わう。グレースが使う言葉を、「何をしている人」は、原文では個人の職業を含めた生まれながらの「身分（station）」になっている。ここでの彼女の言葉は具体的には材木商を指すのであって、メルバリーが目指す移動可能な、競争・闘争によって上昇することもあれば、転落することもある階級（class）ではない。したがってメルバリーは、自分にはどうすることもできない問題を、娘につきつけられていることになる。

これと対照的に、ジャイルズが、チャーモンド夫人の館から喜色満面の様子で帰ってくるグレースに、「何故あのような階級の人達に夢中になるのか」（六七）と問いかける際、「階級（class）」を用いている。この「階級」という語を含むジャイルズの発言は、チャーモンド夫人が元女優で、鉄の商いによって財産を築いた成り上がり貴族の未亡人ということを把握したうえでの発言である。ジャイルズ自身には、階級帰属意識は希薄であっても、この場で「階級」を使うことによって、さしあたり、チャーモンド夫人は自分やグレースとは別の集団に属することを強調している。グレースが自分の手の届かないところに行ってしまうことを阻止しようとする自衛本能から、無意識のうちに出た言葉といえる。

パトリシア・インガムは、rank や station に代わって、二、三のグループから成る class という語の使用が時代の大勢となっていった経緯には、一九世紀前半の機械打ち壊しや、チャーティスト運動とそれに続く反動、抑圧の歴史があったと述べる。そうした抵抗と抑圧が、ジャーナリズムでの論議において、言語による抵抗と弾圧となって再現されるなか、「階級」が定着していったと『ジェンダーと階級の言語』でインガムは述べている（四）。

そして「固定した、rank や station から成る垂直に組織された社会図が徐々に廃止されていった」（インガム 四）時代背景を念頭に置いてメルバリーの談話を読むなら、彼の階級移動にかける願望をみてとることができる。

メルバリーがフィッツピアーズのところへ娘の健康についての相談を口実に訪ねて行くと、彼からグレースとの交際の許可を求められる。有頂天で帰宅したメルバリーは、娘に対して、「おや、このいたずら者。一体何をしているんだ？　家に帰って来てまだ半年も経たないうちに、おまえの父親の地位に収まりきらずに、上の階級を荒らしまわって」（一五六）とグレースにはおよそ似つかわしくない言い回しで「地位（rank）」と「階級（class）」を口にする。

実際、グレースがフィッツピアーズに嫁ぐ前に、メルバリーは自分の先祖を「自作農だとか、世襲借地人だとか、そんな地位」にあったと述べて、フィッツピアーズの先祖は領主だったのであり、「そんな家柄の人間と縁組する」ことの幸福をグレースに説き聞かせている（一五八）。メルバリーにとって重要なのはフィッツピアーズの職業柄ではなく、彼が「旧家の出」（一五八）という事実である。

それゆえ、フィッツピアーズよりはるかに下に位置すると認める「親から受け継いだ地位という個人に関わるrank」（インガム 九）を自分に使い、その自分とリトル・ヒントックの人々を同じグループに括るclassは避けているが、娘がいよいよ参入する可能性が見えてきた地主貴族の人々に階級・classを用いて両者を対比させている。しかしメルバリーがその後フィッツピアーズから受けるのは侮りと裏切りである。

前述の如くジャイルズの場合には、自作農という自覚があるだけで、自らの階級帰属意識を示す言葉は彼の口からは聞かれない。「自分自身の出自である階級に対するハーディの認識は、正確には階級と言えるものではなく、互いに違っていることを本質とする個人の集合である」（ウォトン 四四）ということがそのまま該当する人物としてジャイルズは描かれている。一八六七年に書かれた、『選挙法改正に関する試論』で著者のジョージ・C・ブロドリックは、「階級とは純然たる人為的集合体以外の何であるのか？　その集合体たるや立案者の思いつきもしくは意図による」おびただしい数の人間から成る代物ではないかと問いかけていることを、ジェフリィ・クロシックが紹介している（クロシック 一六〇）。「英国ヴィクトリア朝社会を記述する言語には、学術用語が記述するとされる全体としての関係性についての認識が欠落していた」と述べたうえで、「ヴィクトリア朝の自由主義イデオロギーに目立つ特徴は、社会組織に関する公的で正式な概念の不在だった」と結んでいる

（一六〇）。

その結果、クロシックによるとヴィクトリア朝の書物に広く見られるようになるのが、社会的記述に使われる公的言語の多様性である。ヴィクトリア朝初期に比較して、中期には「階級（class）」という語は、その響きが強烈さを失い、公的論議では、「経済的基準よりも道徳的規準」に重きを置く折衷主義の語彙に場を譲るようになる。例えば「労働者階級（working class）」や「中流階級（middle class）」の代わりに、「援助に値する貧しい人達（deserving poor）」、「立派な職人（respectable artisans）」、「紳士（gentlemen）」などが挙げられる（一六一－六二）。ハーディが言う「知識があり、興味を起こさせる階級（interesting and better informed class）」（『テス』三七二）も、階級という語は使われているが、折衷主義の語彙使用例のうちに入るといえる。

ヴィクトリア朝作家であるハーディも、当然時代の風潮に感化されている。そのうえ出自に対する複雑な思いも加わって、彼の作品には「個という単位が、見た目で階級のなかの一断片へと変形」されることへの拒否がある。「階級という観点はハーディの著作の中では常に視覚消失をきたしている。しかし作品そのものが見落としているもの、知覚の構造に欠落を生じる原因となっているものは、放置されたり無視されているものではなく、作品内に几帳面に存在していながら、境界を決定する理念が未解決の為に視界からは排除されているものである。最終的な分析をするなら、ハーディの作品において見えていないものは、露呈すると非常な痛みを伴う階級構造における自作の位置と役目である。絶えず階級闘争のイメージが産出される一方で階級闘争の必要性は否定される」（ウォトン　八四）というハーディ論は、ピーター・ウィドウソンの次の論によって補完される。

しかしながらハーディの政治拒否（自ら認めるように）は、宇宙を支配する中立的で無意識の力（「内在する意志」）という非系統的概念——確かな社会、政治哲学の欠落による形而上学的な置き換えに終っている。宗教（神によって支配される宇宙）と唯物主義（人間によって支配される歴史）の狭間で、いわゆる彼の「覇王」（一九〇八）の劇詩に見られる世界観は、後期ヴィクトリア朝知識人としてのハーディの位置、そして階級の中での彼の位置における矛盾と曖昧性を証明するものである。彼が新しく獲得した社会的地位のために「社会主義」理論に従うこともできず、他方で支配階級の慣習、政治、社会、宗教上の正統派信仰も受け入れられないままに……。（一五〇）

するとジャイルズの破滅は遺伝と環境、時代によって決定されていたのであろうか。それとも最後まで人間としての尊厳を保って悔いなき人生を全うしたと言うべきか。その答えは作品中には見当たらない。

一方で、グレースとフィッツピアーズのその後の言動は、ジャイルズの死の悲劇性、なぜ死ななければならなかったのかという疑問を読者に呼び起こす。

ロバート・ギッティングズによれば、ハーディとエマが一八七四年にパディントンの教会で結婚式を挙げたとき、ハーディの親族は一人も出席しなかったということであるが（二七八）、そのことが想起される箇所が、グレースとフィッツピアーズの結婚式についての話し合いにも見られる（一六四）。ハーディの社会的昇進は弁護士の娘エマとの結婚で果たされるが、「エマには常に自分の地位を下げる結婚をしたという意識があり、ハーディの両親とも親しむことはなかった。結婚後、ハーディは直接の家族を除いて、若き日の労働者階級の友人、親戚との社会的つながりを断つ」（オールデン 四〇）ことになる。

こうした経緯は、現在から過去を切り離したいというハーディの思いがジャイルズの死に象徴されていることを示唆している。

ハーディの後妻であるフローレンス・エミリーによって書かれたとされる伝記『ハーディの生涯』（一九二八―三〇）では――実際は、ウィドウソンが指摘する如く、人々に「認識してほしい自分自身を書き上げた」（一三四）というハーディによる伝記であるが――親戚である人々、「労働者、靴直し、れんが工、大工、農場使用人、日雇い職人、指物師、使用人頭は彼の記憶にない」（ギッティングズ 一八）ことになっている。ハーディによるジャイルズの死という筋書き、自ら書いた伝記における親戚の抹消という選択のいずれも、中流階級上層部に参入したハーディが石工の息子という出自を消し去りたかった心理に裏打ちされていると言える。

3　ハーディのダブル・バインド

家父長的権力を振るうメルバリーにとって、彼に従うジャイルズは教育、職業、階級の全てにおいて彼の意に沿わない存在である。その二人がときに加虐者と被虐者にも見える二人になっていることは何を象徴しているのかを考察してみたい。

昔ジョンから婚約者を奪ったことに対する自責の念からか、メルバリーはかなり無理をして息子のジャイルズに「娘はお前のものだ」（五七）と口にするが、その時「この私の気持ちとしては」と用心深く言い添えることを忘れない。娘に好きな男性が現れればそれまでだが、私としてはそう考えていると伝えることで昔の罪の償いを済ませようとするメルバリーの狡猾さが如実に表れている台詞である。この無きにも等しい約束を頼みにするジャイルズが傷つくことは必至である。そしてメルバリーには、昔傷つけたジョン・ウィンターボーンの息子が職業、経済面で少しでも安定した生活を送れるようにと気遣って具体的に物質面で支援するなどということは決してしないという、企業家として成功した材木商人特有の計算高さもうかがえる。そしてこれとは対照的に彼が経済的、物質的援助を惜しみなく与えたのは、娘婿となったフィッツピアーズである。メルバリーが心に描く将来にジャイルズの仕事が発展する可能性は見られない。

グレースが寄宿学校からリトル・ヒントックへ帰ってくるのでシャートン・アバスの街まで商用で行ったついでに、グレースを馬車に乗せて連れて帰ってきてほしいとメルバリーに頼まれたジャイルズは喜んでその頼みを果たし、グレースを家まで送り届けた後、家の前でいつまでも佇むが家人の誰からも声はかからない。自分の存在を忘れていることに驚きつつも、メルバリー夫妻とグレースの姿に自ら声をかける勇気もないジャイルズは、自分のことなど話題にもなっていないだろうなと自嘲しつつ帰路につく。この場面はメルバリー父娘の本当の気持、父親の「お前のように上品に育った女が、どうやってあの男との粗野な生活に耐えられるのか」（九〇）という本心と娘グレースのジャイルズに対する無関心が象徴されていると同時に、ジャイルズの行く末を暗示する印象深い場面である。

メルバリー家から締め出されたように戸外に立ち尽くすジャイルズは、物語の終末で自分の住む仮設小屋を夫のフィッツピアーズから逃げ出してきたグレースに明け渡し、自らは雨露をしのぎつつ野外に身を横たえる死の直前のジャイルズを予告している。

あるいはジャイルズの自分が置かれた立場に対する無頓着、生きることへの執着心の欠如によって、彼が借地権の期限切れ前に打つべき手を打たずして自分の住む家と他の家作も畑も一切を失うことの予兆であるようにも思われる。彼は常に落ち着くべき場から追われ、締め出されて自分の居場所を失う根無し草、デラシネと言える。

一向に進展しないグレースとの関係を好転させようとして、粗末な家屋にメルバリー一家を招待したジャイルズを見つめるメルバリーは、彼という人物を「信念や感情を持った一個体というより外面だけの物として批判的に見るのだった」（七七）。メルバリーの眼に映る「外面（superficies）」という言葉にはローマ法の「地上物件」という意味も含まれていて、教育もなく定職もないうえに、借地権の期限切れが迫っているジャイルズのこころもとない生活背景そのものを問いつめる現実主義者の厳しさが、夢見る人ジャイルズに向けられる。メルバリーとジャイルズの関係が加虐者と被虐者の構図に見えるゆえんである。

成果こそ全て、眼に見える形としての外面、教育、その教育で達成する階級移動と財力こそ価値あるものとする現実主義者の即物的判断基準を敢えて否定することなく直視する作者の姿勢がここにある。

フローレンス・ハーディが『ハーディの生涯』の序文で述べる言葉にも、そしてフローレンスが本文で紹介する数々のエピソードにも野心と無縁なハーディが語られ、強調されるが、ウィドウソンが指摘するように、それらは実はハーディ自身によって書かれている。そのなかでも注目すべきは、彼が友人に語った「自分は昇進を計る人生ではなくて、情緒を大切にする生き方を好む」（五三）という言葉である。

情緒を大切にする生き方で想い起こされるのが、『窮余の策』（一八七一）に登場する父と息子である。建築事務所に勤める製図主任で文学を愛する青年と、農夫で二ヶ月だけりんご酒製造に勤しむ父親はまさにハーディ父子そのものと言える。その父親の「親切すぎて損をすることもあるが、無分別というわけではない。慎ましやかな気質でユーモアもあるが、しばしばうつ状態にもなり総じて上の空といった表情を見せることもあった」（一一九）と描かれる夢見る人物像はジャイルズにも酷似している。

ここにメルバリーとジャイルズの両者にハーディのダブル・バインド、母親に背中を押されて努力を重ね、中流階級上層部に達した現在の自分と、幼い頃から情緒に生きる父に影響されてきた自分とのダブル・バインドを読み取ることができる。

その一方でハーディは、ジャイルズを冷遇するメルバリーに加担してもいる。あまりに従順で抵抗する術を知らないジャイルズへの苛立ちがある。

メルバリーの描写では、彼の利己主義、狡猾、冷酷という負の部分を容赦なく露呈し、加虐者に仕立てる一方で、ジャイルズに対しては、自分を顧みずに相手を思う彼の心、慎ましさを強調することに徹している。しかしこの描き方には、極端に美化されたジャイルズが次々に不運に見舞われる筋書きを通して、彼を同情を引くだけの被虐者に貶めたあげくに、情緒だけでは生き残れないというハーディの、自分の生き方への正当性も含まれている。加虐者、被虐者両方の立場を知るハーディによるメルバリーとジャイルズという人物造型が生まれたと言える。

4　メロドラマと悲劇の混在

登場人物を支配する「社会、経済の力学を再生産する階級制度の馬鹿げて、恣意的で区別するあり方」（ウィドウソン　二一三―一四）を示すために、ハーディはこの作品で、グレースとジャイルズを結婚が約束された組み合わせにして、ジャイルズにとっての悲劇がその約束に端を発する物語にしている。住む家を失い、教育もなく、将来性ある仕事に就いているわけでもないジャイルズのライバル、フィッツピアーズが通俗小説に登場するヒーローのように紋切り型の存在、すなわち良家の子息、教育・教養の点で申し分なき容姿端麗な医師として描かれたのもそのためと考えられる。こうしてこの作品はメロドラマと喜劇の要素を併せ持つ一方で、その悲劇性もとうてい看過することができない作品となっている。

かつてジャイルズの父からその婚約者を奪ったメルバリーは「娘を市場価値の高い商品」（ウォトン 五四）に仕立てるべく労を惜しまず働き成功したのに対して、もう一方の婚約者を奪われたウィンターボーンは投げやりに日々を過ごして、息子ジャイルズのためにわずかな金額で終身借地証に息子の名を付け加えることができたにも関わらずその労を怠り、教育を受けさせる努力も怠っている。結局この作品はジャイルズが父の無気力により、グレースに匹敵する値打ちを持つ商品に仕上がらなかったという筋書きなのであろうか。作者はメルバリーと同じ視点でジャイルズの犠牲を描いているのであろうか。

むしろ優勝劣敗のダーウィニズムでは説明しつくすことができないジャイルズの払った犠牲に関しては、ウィドウソンの以下の論が説明としては相応しい。

個人が犠牲になるということは――そしてこのことは著しく見過ごされてきたハーディの側面であるが――その犠牲は決して形而上的なものとしてではなく、むしろ具体的、物質的、社会的成り行きとして呈示されている。教育、農業、借地契約と謄本保有権、結婚、列車旅行等々は物質的事柄であり、批評が何を述べて来たにせよ、ハーディの意図が何であったにせよ、こうした物質的事柄が彼の小説世界の基本的構造を組み立てている。……ハーディの作品は個人的人間としての主体性という概念をも疑問視する。人格は相争う社会的、心理的決定要素の結節点にすぎず、そうした決定要素、もしくはその影響によるイメージ、あるいは表象にすぎないとでも言うかのように。（例えば新興成金のアレク・ダーバヴィルという芝居じみた、メロドラマの悪役）。（七四）

ジャイルズを破滅に導いた社会的決定要素の一つは、終身借地権の期限切れによる小屋の取り壊しであり、それに伴う全財産の消失であり、住む家を失ったことによる不都合が引き起こした重い病である。さらに小屋の取り壊しの直接原因となったのは、すなわち地主のチャーモンド夫人の気まぐれな決断を誘発したのは、ジャイルズにとって不運なチャーモンド夫人との遭遇であった。

メルバリーの用命で四頭の馬が引く大きな荷車に積んだ五トンもの材木を、街へと運ぶ馬方につき添って夜明けの街道を行くジャイルズ一行は、チャーモンド夫人が乗る馬車と鉢合わせになる。馬の向きを変えるようにという馭者の命令に従わず、ジャイルズは自分達一行が引き返すことの難儀を訴え、道を譲らなかったのは、そのとき車上の人がチャーモンド夫人であるとは知らなかったためでもある。退避所の堤に横づけになったその馬車と擦れ違いざまに、「あの無礼な男は誰？　メルバリーではないでしょうね」（九八）という女性の声を聞き、その声の主がチャーモンド夫人であると馬方から知らされて、彼は後悔と不安に襲われる。借地権の問題、メルバリーにかかるであろう迷惑に対する懸念がジャイルズの胸を過ぎる。

シャンタ・ダッタが指摘するように、作者はまさに『オイディプス』さながらの場面（七六）をジャイルズに用意して、彼の悲劇の幕開けにしている。

チャーモンド夫人に恐れを抱いていた彼には、自ら陳情に出向く勇気もなく、嘆願書を、それも彼女がイタリアへ旅立った後のヒントック・ハウス宛てに出すのが精一杯である。夫人の逗留先に転送されると信じて待つジャイルズに届いた返事は代理人からの断りである。彼は全てを諦めてしまい、再度直接会って訴えることを考えもしない。

その後グレースとフィッツピアーズが結婚し、そのフィッツピアーズとチャーモンド夫人は密会を続ける仲になる。或る晩、女中からジャイルズが家を失った経緯、自分の代理人が契約の書替を断ったことを聞いたチャーモンド夫人は、自分の一時の気まぐれが招いた事態を憂慮する。何らかの措置を取らなくてはと思うだけの人間味を彼女は持ち合わせていることに、ジャイルズが思い至らない境遇にあるのが惜しまれる成り行きと言える。ここでもハーディは政策としての土地問題ではなく、あくまで個人対個人の問題として扱っている。

しかしフィッツピアーズとの欧州旅行中に彼女は昔の愛人に射殺されてしまうというセンセーショナルな事件が発生し、ジャイルズの苦境に対する打開策は講じられないままに物語は終わる。社会的決定要素と心理的決定要素が絡み合ってジャイルズの不運は連鎖状に続くが、作品自体も、類型的人物から成るメロドラマの要素と悲劇の要素が絡み合って進行していく。チャーモンド夫人まで届かなかった手紙、夫人に対するジャイルズの思い込みと誤解、夫人の横死の全てが、あと一歩のところで運命が分かれる通俗小説のサスペンスを生み出している。

初めてジャイルズの誠実な人柄、優しさを思い知った父娘は彼を頼り、今度はフィッツピアーズとの離婚が成立したら、グレースと再婚できるという望みをジャイルズに抱かせるが、結局離婚は不可能ということが判明し、ジャイルズが心に受ける傷は一層深まり、それを耐え忍ぶ彼の心延えが涙を誘う筋立てとなっているが、ここで終らないところにジャイルズの悲運がある。

時期同じくして、チャーモンド夫人が横死するという事態が起きたため、フィッツピアーズはグレースのもとに帰って来るという連絡が入る。グレースは夫を受け入れる気になれずに夜の森を歩きまわってジャイルズの昔炭焼き小屋だった仮設住居に辿り着く。ジャイルズは自分を頼って来たグレースに対して信義を守るためにも、彼女に小屋を明け渡し、重い病にかかった後の衰弱しきった体を野外に横たえて命を落とす。

最後まで一貫して、グレースへの想いを抱き続けるジャイルズである。しかし、二人の間に会話らしきもの、真の対話は全く成立していない。ジャイルズの想いは理想化され、偶像化されたグレースへの想いであり、執着であり、そのためにジャイルズは死に赴くことになる。

それ故、グレースのために殉死した高潔なる精神の人という形容は、そのままではジャイルズにあてはまらない。ジャイルズはいずれこの事態が悲しい結果に終るであろうことを予感しながらも、グレースを離したくないという一瞬の我欲から、夫の許へ帰るように説得して身を引くという潔さを示すことができなかったことになるからである。ジャイルズがそれと気付かず我欲を通した最初で最後である。それと同時に、グレースがなぜ夫から逃げまわる必要があったのかということは重大な疑問である。グレースがジャイルズにかくまってもらわなければならないような危機的状況になかったのだとすれば、ジャイルズは読者の眼に滑稽な存在とうつり、彼の死の悲劇性は損なわれる。

それでも、グレースの胸中は別にして、彼がグレースの名誉を守り、彼の信義を貫いたのは（病後の自分が野外で夜を過ごしたのは）、離婚が不可能と知ったうえで、その事実をまだ知らない彼女に一度だけキスした「自分に対する処罰」、「体制側が現状を維持するために求めるある種の内的抑圧」（オールデン 六〇）からであり、分相応を押しつける体制側の論理である。その抑圧にはメルバリーに対する恐れも含まれている。本作品は、社会的決定要素（ジャイルズが住む世界の限界）と心理的決定要素（幼い頃の想い出の延長線上にある）の連鎖が、常に二心に揺れるグレースの理想化、偶像化を誘い、その偶像化された女性を求めてやまないジャイルズの見当識障害がもたらした悲劇と言うこともできる。しかし時代と社会における自己の位置関係を把握できないというこの見当識障害は、ジャイルズ個人だけが抱えるものではなく、オールデンも指摘するように、ヴィクトリア朝後期の社会そのものが有する欠陥でもあり（六七）、それには前述のように「社会組織に関する正式な概念の不在」も含まれる。

ウォトンが述べるように、「階級社会の物質的矛盾」を告発しようとする一方で、「階級などは存在しないものとして解決しようとするハーディの耳触りのいい談話」（八四）による筋運びにジャイルズは翻弄されて悲劇的結末へと追いつめられていく。物語冒頭では、経済的格差、教養の違いを受け入れてジャイルズに娘グレースを嫁がせようと思うメルバリーであったが、やはり階級という問題にこだわり続けて、フィッツピアーズを娘の夫に選ぶ。しかし彼の不実を知ると、階級など問題にせず誠実なジャイルズと娘グレースが再婚できればと願う。グレースも結婚によって、類まれな地位にある人間が必ずしも立派であるとは限らないことを知る（二一八）。こうしたメルバリー父娘の心の動きをありがたく受け入れ、彼らの自己本位な移り気には眼をつぶったのも、ジャイルズが欲望する対象をグレース以外に持てなかったためでもある。

このことは『森林地に住む人々』という作品の舞台が、リトル・ヒントックという過疎の森林地にある村に設定されていることに加えて、ジャイルズが自立した自作農であり、その仕事内容によってはメルバリー家に依存していたことなどが関係しているのであり、彼は仲間を持つことなく孤独である。作品に欠けているものは、ジャイルズが周囲と親しく言葉を交わす場面である。雑談や噂話を楽しむのは、ジャイルズの使用人やメルバリーの常雇、下請けの旋盤工、木挽き、農夫達であり、ジャイルズがその輪の中に入ることはない。

「一九世紀英国南部における農業の変化とは、労働者が次第に雇い主から離れた集団」（エバットソン　一四六）になっていったことであり、「共済組合、居酒屋、密猟隊といった合流点から成るネットワークを通じて野外で働く人達は自分達の声をあげることを知った」（一四六）のだが、ジャイルズはそうした状況、動きから外れている。彼は「農民の抵抗と行動が育っていったこの状況を不問に付した」（一四六）ハーディによって造型された人物であり、「農業労働者より疑いもなく位は上で、知識があり興味を起こさせる階層」（『テス』三七二）に属するため、すなわち所属する階級を持たない存在（déclassé）であるために孤立している。その結果ジャイルズはグレース一人に夢を託すほかない状況の下で破滅したと見ることができる。

おわりに

これまでの考察、検討を終えて、依然として読む側には腑に落ちない点が残る。気力に欠けるという弱さはあるものの、いかなる苦境にあっても、ジャイルズが徳の鑑であるかのような言動を重ねる点である。ジャイルズに石工であった父のイメージを重ねるハーディとしては、経済的基準ではなく道徳的規準において、どの階級の人間にも優る立派な人物として描きたかったという気持ちは想像するに難くない。しかしそのことによりこの作品には、メルバリーの冷酷な仕打ちにジャイルズが落胆することはあっても、決して怒りの声を上げることなく耐えるという涙なしには読めない筋書きに、ジャイルズの傷ましい死を嘲笑するかのようにグレースとフィッツピアーズが手に手をとって村から出奔するという筋書きが加わることで、メロドラマとブラック・コメディが混在する結果になっていることは否めない。

それにはエバットソンが言うように、ハーディが自分自身を中流階級上層部に身を置いて、『ドーセットシャーの労働者』（一八八三）というエッセイを書いたときと同様、自作農ジャイルズの怒り、嘆きの声を記すというより「ブルジョア側からの哀れみの対象」（一五〇）として彼を描いていることも影響している。そのことがジャイルズをひたすら可哀想な人物に仕立ててハーディの自己弁護に利用されていると同時に、彼に政治意識を持たせることなく、見当識障害に陥らせてもいる。

ハーディの出自と作家として成功を遂げた中流階級上層部にいる自分の立場とのダブル・バインドが、ジャイルズの死を悲劇と見て極限の悲しみに耐えるなかで彼が示した人間としての尊厳を讃えるのか、階級移動を果たした人間の眼から見て階級闘争、生存競争に生き残るための現実主義を貫くメルバリーに従った娘グレースが賢明な道を選んだということになるのかについては曖昧なままである。メルバリーは取り残されて、娘の夫はいつまで貞節を守れることかとつぶやくのも結論を出せないハーディの立場のあらわれであり、グレースの不実に対する読者の反応が気懸かりになっているハーディの防衛手段なのであって、その後グレースは不幸になると予告しているわけではない。

結局、この作品がどのジャンルに属するのか答えが出ないのは、ハーディ自身が抱えるダブル・バインド、彼の価値観の曖昧さによるものであり、一人一人が社会における地位、境遇によって別々のドラマを生きているためである。ジャイルズは悲劇を、メルバリー父娘は悲喜劇を、チャーモンド夫人はメロドラマを、フィッツピアーズはその両者の仕掛け人、脇役として生きている。そして一人一人は社会的決定要素、心理的決定要素から成る結節点として描かれ、それぞれが孤立している。様々なジャンルを混在させる『森林地に住む人々』は、ハーディという一人のヴィクトリア朝後期の作家が抱える、切り捨ててきた過去に対する弁明と悔恨というダブル・バインドを露呈しているという点で極めて興味深い作品になっている。

引用参照文献

Alden, Patricia. *Social Mobility in the English Bildungsroman: Gissing, Hardy, Bennet, and Lawrence*. Ann Arbor: UMI Research Press, 1986.

Crossick, Geoffrey. "From gentlemen to the residuum: languages of social description in Victorian Britain." *Language, History and Class*. Ed. Penelope J. Cornfield. Oxford: Basil Blackwell, 1991.

Dolin, Tim. "The Contemporary, the All: Liberal Politics and the Origins of Wessex." *Thomas Hardy and Contemporary Literary Studies*. Eds. Tim Dolin and Peter Widdowson. London: Macmillan, 2004.

Dutta, Shanta. *Ambivalence in Hardy: A Study of his Attitude to Women*. London and New York: Anthem Press, 2000.

Ebbatson, Roger. *Hardy: The Margin of the Unexpressed*. Sheffield: Sheffield Academic Press, 1993.

Gatrell, Simon. *Thomas Hardy and the Proper Study of Mankind*. Charlotteville: UP of Virginia, 1993.

Gittings, Robert. *Young Thomas Hardy*. Harmondsworth: Penguin, 1978.

Hardy, Florence Emily. *The Life of Thomas Hardy 1840-1928*. London: Macmillan, 1975.

Hardy, Thomas. *Desperate Remedies*. 1871. Ed. Patricia Ingham. The World's Classics. Oxford: Oxford UP, 2003.

———. *Under the Greenwood Tree*. 1872. Ed. Simon Gatrell. The World's Classics. Oxford: Oxford UP, 1985.

———. *A Pair of Blue Eyes*. 1873. Ed. Alan Manford. The World's Classics. Oxford: Oxford UP, 2005.

———. *Far from the Madding Crowd*. 1874. Ed. Suzanne B. Falck-Yi. The World's Classics. Oxford: Oxford UP, 2002.

——. *The Woodlanders*. 1887. Ed. Dale Kramer. The World Classics. Oxford: Oxford UP, 1996.

——. *Tess of the D'Urbervilles*. 1891. Ed. Juliet Grindle and Simon Gatrell. The World's Classics. Oxford: Oxford UP, 2005.

Ingham, Patricia. *The Language of Gender and Class: Transformation in the Victorian novel*. London and New York: Routledge, 1996.

Milligate, Michael. ed. *The Life and Work of Thomas Hardy by Thomas Hardy*. London and Basingstoke: Macmillan, 1984.

Widdowson, Peter. *Hardy in History: A study in literary sociology*. London and New York: Routledge, 1989.

Wotton, George. *Thomas Hardy: Toward a Materialist Criticism*. Dublin: Gill & Macmillan, 1985.

本文中の訳文については以下の翻訳を参考にした。

ハーディ、トマス『森に住む人たち』瀧山季乃訳、株式会社千城、1981年。

——『テス（下）』井上宗次、石田英二訳、岩波書店、2008年。

——『窮余の策』福岡忠雄訳、トマス・ハーディ全集一、大阪教育図書株式会社、2009年。

第一三章

労働者階級のハリウッド
——無声映画時代の文化闘争と初期チャップリン映画——

後藤史子

はじめに

現在においては小国の国家予算ほどの多額の製作費をかけて作られるアメリカ映画だが、初期無声映画の時代以来、労働者階級によって享受されてきたことは広く知られるところである。映画草創期には、ニッケルオデオンと呼ばれる粗末な映画館がどんな労働者の居住区にも建てられ、観客はたった五セントを払って「貧者の楽しみ」を享受した。

初期無声映画の内容についてはこれまでも様々な角度から研究がなされてきたが、その多くは珍奇な風俗を映した風俗もの（そこには性風俗ももちろん含まれていた）、大列車強盗ものをはじめとする活劇、あるいはドタバタ喜劇など、労働者たちが休日や一日の労働のあとで見る気晴らしとしてのプログラムが映画会社によって提供されたと考えられてきた。

フィルムの消失をはじめ、無声映画の内容についての考察は制約が多い。しかし、独特な研究手法によって初期無声映画の考察に新たな知見を持ち込んだのが、スティーヴン・J・ロス著『労働者階級のハリウッド――サイレント映画とアメリカにおける階級の形成』（一九九八）である。本書においてロスは、無声映画の中には労働者の生活や労働現場での労使の対立などを取り上げた「労働者階級映画」と呼びうる映画が労働者自身によって製作され、その多くが映画館で上映されたと主張している。

ロスは「階級」に関して、E・P・トムソンの「経済的であると同時に文化的な構成体」という定義をまず掲げ、人が自分の社会階級を認識する方法は「社会における自らの地位を理解するように仕向ける言説や言語」に依拠しているとする（xiii）。ロスによれば、映画こそその「言語」の一つであった。その映画が、二〇世紀初頭にアメリカに移住してきた移民労働者に対して、彼らが帰属する「階級」とはどんなものなのかを教えることによって労働者階級意識を形成していったこと（八七）を、ロスは丹念に考察している。

本書が出版されてから一〇年以上が経過したが、英語圏の映画や映画史を論じた書物の中で無声映画が話題になる多くの場合に、この画期的な書は引用されてきた。しかしながら、日本の映画研究の場に正式に紹介されたことはないようだ。そうした状況の中で本書を紹介することは意義を持つと考えられる。さらに、その議論を踏まえて具体的な作品を分析することもまた、重要であると思われる。

本論ではロスの著作の概要を紹介するとともに、その議論を検証すべく、ロスも触れているチャールズ・チャップリン（一八八九―一九七七）の初期短編映画を検討する。

1　労働者階級映画

ロスの言う無声映画初期とは、最初のニッケルオデオンができた一九〇五年からアメリカが第一次世界大戦に参戦した一九一七年までである（四二―三）。この時期は映画産業がハリウッドに一極集中する前で、小さい映画製作会社が全米の都市に転々と存在していた時代である。

「労働者階級映画（ワーキングクラス・フィルムズ）」という言い方はアメリカ映画史では馴染みがないが、これについてロスは、「あらゆる労働者の生活や彼らが労働現場の内外で直面する諸問題を描く映画」（四二）と定義付けている。映画史でよく使われる「労働映画（レイバー・フィルムズ）」という言葉は、労働組合や労働組合員、労働争議を描いた映画だけに限定して使われる傾向にあるため、ロスは非組合員である労働者をも含め、労働者の描写の範囲を広げる目的で新しい言葉を作ったのだ（四一）。

ロスによれば、先の定義によって見積もると、一九〇五年から一九一七年にかけての労働者階級映画の数は少なくとも六〇五本にのぼる（四二）。しかし六〇五本のうちロスが映画の全体もしくは一部を実際見ることができたのはわずか九一本である（二九三）。初期無声映画は、前述したようにその多くが消失している。とりわけ労働組合や労働争議を描いた映画は検閲によってそのフィルムのほとんどが破壊されている。そこでロスが採用した新しい方法とは、作品ごとに同時代の様々な活字資料（チラシやポスターなどの宣伝材料、新聞記事や広告など）に当たることによってプロットや製作者の意図などを「復元」していく方法だった（四二）。

ロスの指摘について興味深いことは、映画がその草創期においてプロパガンダとして各階層から注目されていたことだ。当時の映画は一巻物か二巻物（一〇～二〇分程度）の短いものが主流で製作費は安価だった。映画会社（発明者としてパテントを主張していたエジソンの会社と、それに対抗して新移民の新興事業者たちが続々と創始した中小の映画会社）が映画を製作しただけでなく、主にプロパガンダの手段として、会社経営者の団体、慈善団体や改良主義者の団体、女性参政権推進団体、そして労働組合、さらには労働者であり映画製作者である個人たちが映画を製作・上映していた[1]（三五）。

映画会社内部にいた映画製作者が当時の社会改良的風潮に影響を受けて労働者階級映画を作り上げる場合もあった。たとえば映画草創期の巨匠Ｄ・Ｗ・グリフィス（一八七五－一九四八）はその一人である。彼のバイタグラフ社における初期短編は、労働者に対する共感と金持ちへの批判精神が顕著であるとロスは指摘している（三七）。さらには、金持ちに対する揶揄に満ちた数多くのドタバタ喜劇を作ったチャップリンも労働者階級映画の製作者とみなされる（四五）。

社会改良をめざす映画には労働者や女性の待遇の悲惨さに同情したメロドラマが多かった。それに対して、労働側と資本側との闘い、階級間の対照及び葛藤を中心に描く映画も数多くあった。ロスは労働者階級映画を大きく二つに分類して、前者を「社会問題映画」、後者を「労働資本映画」とする（四八）。ロスがとりわけ注目するのは「労働資本映画」で、これは無声映画初期において二七四本あるとしている（五七）。ロスはこの「労働資本映画」をそのイデオロギー的立場によって五つに分類している。それは、「保守」、「リベラル」、「ポピュリスト」、「過激」、「反権威」である（五七）。

「保守」と分類される労働資本映画は、経営者側の立場を代表して労働組合幹部を外国の革命思想に被れたアジテーターとして非難し、労働者を無知で妄信的な暴徒として描き、労使関係は最後には良心的な経営者の判断によって解決すると説くのだが、他の四種類の映画はそれぞれの立場から経営者に対抗する内容となっているという（五七）。ロスによれば、労働資本映画のうちこの時代に最多なのは「リベラル」派の映画だった。このカテゴリーの映画は、無責任な資本家を批判しつつ、無辜の労働者が搾取される状況を嘆く。しかしながら階級間の闘争を決着させるのは、直接闘争に関与しない部外者（聖職者、改良家、政治家、経営者の娘など）となっている（五七―八）。

「ポピュリスト」派映画について、ロスはその製作者は「世界を二つの階級、すなわち生産者と非生産者に区分して見る、一九世紀におけるポピュリスト党や労働騎士団のイデオロギー」を持つと指摘し、「この場合の生産者は生活のために働く人々（そこには金持ちもいれば貧乏人もいる）を含み、非生産者は他人の作り出した富によって生活する」「独占者」であるとしている。両者の闘争は当事者によっては解決がつかないが、結局独占者が破滅することで片が付く。ロスは、バイタグラフ社時代のグリフィスを「ポピュリスト」派に分類し、この時期の代表作として、フランク・ノリスの小説を原作とした『小麦の買い占め』（一九〇九）を挙げている。さらにロスは、グリフィスが、彼のよく知られるクロスカッティング（同時に起こっている二つ以上の出来事を示すために、二つ以上のショットやシークエンスを交互に織り混ぜる編集技術）の技法を、従来言われてきた追いかけのサスペンスを表現するためだけでなく、貧富の差を対比するために使っていることも指摘している（七七）。「過激」派映画については、作家アプトン・シンクレアが製作した映画『ジャングル』（一九一四）が例として挙がっている。労働組合や活動家を英雄として描くこの派の映画は、全体に占める比率は極めて低いとされる。検閲によって破壊されているため、ほとんど見ることができない（七〇）。

さらにロスは、チャップリンの初期無声映画を「反権威」派に分類している（八〇－一）。「反権威」派は階級対立の解決を描くことはないが、労働者の側から権威を揶揄する。ロスは、チャップリンが俳優として最初に所属したキーストン社のマック・セネットによるキーストン・コップスのドタバタ喜劇もこの派に含めている。ロスによれば、セネットが陽気に描いた警官は、労働者階級にとって「権威の象徴」であり、彼らがひたすらヘマを繰り返すスピーディーな追いかけは、当時労働者に最も人気のあった「反権威」の映画であった。さらにロスはチャップリンについて「その時代の最も偉大な反権威派喜劇映画人」（八〇）と評価する。

以上のようにロスによれば、労働者が観客であった初期無声映画時代において、労働者階級映画は様々なジャンルにまたがりながら一つの中心を構成した。映画は、他の時代と同様にエンターテインメントであったが、労働対資本の関係に敏感で高度に政治化されていた。観客である労働者をターゲットに、社会改良家、経営者、政府当局、そして労働者や労働組合やラディカルな思想をもつ製作者たちは、それぞれ自分たちの解決策を労働者に提示しようと競い合った。無声映画初期において映画はまさに階級間の文化闘争の場となったのだ。

2 労働者映画運動

前述した様々なイデオロギーによって支えられた「労働資本映画」の中で、保守的な映画以外は、「労働者映画運動」を形成していたとロスは指摘する。ロスによれば、自身が労働者であった映画製作者たちや労働者の立場に立つ映画作家たちは、労働組合などの財政的支援を得て、たとえば各地のストライキを支援したり、冤罪事件に巻き込まれた労働者を救援するために、労働運動や社会運動の中で映画を製作したり、労働側を批判する保守的映画に対抗して映画を製作した（八六―七）。

それら映画の多くは劇場で公開され、中にはニュース映画や記録映画もあったが、多くは劇映画であった。製作者たちはより多くの大衆を惹き付けるために、劇映画においてはメロドラマや恋愛映画の手法を用いた（八七）。

ロスによれば、第一次世界大戦前において労働者映画運動が興行的に最も成功させた映画は『夕暮れから夜明けまで』（一九一三）である。これは自身労働者だったフランク・E・ウルフが個人的な資金の上に労働組合などの寄付を得て製作した五巻の長編劇映画だった。ウルフは、ハリウッドのスタジオを借り、プロの俳優を使って撮影し、自ら監督・脚本に当たった。恋愛あり暴力あり階級闘争ありの内容で、ドキュメンタリー映像をフィクションの随所に取り入れたいわゆる「ドキュドラマ」の先駆的作品だったことも含めて意義をもつ映画だったとロスは述べている。大都市の劇場で公開されてニューヨークだけでも五〇万人もが見た（九五－七）。

ロスはこの他、巨大労組「アメリカ労働総同盟（ＡＦＬ）」が資金提供して製作した『大義の殉教者』（一九一二）、社会主義者であり映画製作者のレオン・ワイスが製作した『何をなすべきか』（一九一四）を、労働者映画運動の中で製作された代表的な作品として挙げている。この二作に、先のウルフの作品を加えた三作はいずれもメロドラマの形式に拠っているが、ブルジョア的で個人主義に陥りやすいこのジャンルを階級的に変容させたとロスは見ている。つまり、三作は個人の欲するものが他者との共同と集団的行動によって最もよく成就されることを主張した（一〇〇）。

労働者階級映画は一九一七年まで製作され鑑賞され続けた。それが突然停止するのが一九一七年四月、アメリカの第一次世界大戦への参戦のときであった。戦時の要請が国民生活の中心を占めるようになり、映画における階級闘争も幕を閉じるかに見えた。

映画研究者は一般に、第一次世界大戦後に社会問題を扱った映画は急速に衰退していったと論じるのだが、ロスは、事態はもっと複雑だと主張している。階級間の闘争を扱ったいわゆる「労働資本映画」は戦後増えているというのだ。大きな変化はその内部におけるイデオロギーの比重にあり、戦前三四％だった「保守」派映画が戦後六四％へと著しく増大し、「リベラル」派映画は逆に四六％から二四％へと激減した（一一六）。ロスはこうした保守的な傾向がその後のハリウッドの流れを決定していったとする。

保守化の原因の一つは、第一次世界大戦を契機とした映画産業構造の変化にある。戦前の映画は全米各地で分散して作られていたのだが、戦時においていよいよわれわれの知る「ハリウッド」が勃興するのである。「ハリウッド」は、ロスにとって、映画の製作・配給・公開を映画会社一社が統合するスタジオ・システムに基礎を置いて展開した映画産業のあり方を象徴する（一一八）。

さらに、一九一七年から一九一九年にかけてアメリカを席巻した「赤の恐怖」[2]が映画の保守化に拍車をかけた。映画に対してとりわけ敏感に反応した国と地方の政府がチャップリンを含む映画人をブラックリストに挙げるのは、この時に始まった（一二七）。

ロスが映画の保守化のもう一つの原因として挙げるのが映画産業内部での労働組合運動への弾圧である。ハリウッドの労働組合は戦前から職能別組合として複数あったが、この時期、全体を統合した組合の創出を図ろうとする動きが出てきた。これに対して、経営者側の団体「映画製作者連合（MPPA）」は断固として対抗する。一九二一年までには労働組合統合の動きは抑え込まれてしまった（一三一）。

しかしながら、ここで再び労働者映画運動は盛り返したとロスは指摘する。この時代の運動の特徴は、ハリウッドに対抗して労働者階級映画の製作会社が立ち上げられたことだ（一四三）。一九一八年、鉄道乗務員組合が「モーティブ映画会社（MPCA）」を立ち上げた。この会社はニュース映画一本を製作しただけで破産してしまうのだが、この後も次々と映画会社はできていった。ロスによると、そのうち最も成功したのがシアトルに本拠地を置く「連邦映画会社（FFC）」とロスアンジェルスを拠点とした「労働映画会社（LFS）」であったという（一五一）。FFCの第一作『新しい弟子』（一九二二）はシアトルとニューヨークの一流劇場で公開された。LFSは一九二二年に『対照』を製作・公開した（一五五）。

その他の労働者階級映画の製作会社としては、「国際労働者助成会社（IWA）」がある。IWAは「ソビエトロシアの友」というニューヨークのラディカルや慈善家たちの団体が作った映画会社で、ソ連に関する数本の先駆的ドキュメンタリー映画を作り上げた（一五五－五六）。その一方で巨大労組AFLは、戦後再び映画製作に出資する。作られたのは『労働の報酬』（一九二六）で、五巻の長編劇映画だった（一五六）。

復興した労働者映画運動が生んだ四作品――上記三作にIWAの作品『パセイック製織工場ストライキ』（一九二六）を加える――は、ロスによればハリウッド作品に遜色をとらないほどに技術的に優れており、作品的にも価値が高いとされる（一五七）。

しかしこうした画期的な労働者階級映画は、戦前以上に集中化された配給システムの前に容易に普通の映画館では公開できなくなってしまう。今や、ハリウッドのメジャー会社を経営する大立者たちは、ブロック・ブッキング方式(3)を使って全米の映画館に自らのスタジオの映画を公開させるシステムを確立していた（一一九－二〇）。そして労働者映画運動が留めを刺されたのは、ハリウッドがファンタジーの帝国として中産階級を取り込もうとした局面においてだった。

3　ハリウッドの中産階級化と労働者階級映画の終焉

一九二七年ニューヨークに登場した豪華な映画の「宮殿」ロキシー。こうした豪華な映画劇場が建設されたのは、映画会社が労働者だけでなく富裕層や中産階級からも集客して「階級横断的なファンタジー」（一七五）へ映画を変容させようとした結果だったとロスは指摘する。戦後の爆発的な生産力の増大が社会に余剰を産み出し、本格的な消費社会が到来するのが一九二〇年代であった。ロスによれば、アメリカの言論界では、一九世紀後半から、主に自営者から成る中産階級（自営農民、商人、専門職、工場経営者を含む）と、その他大勢の労働者階級とを区別するようになった。二〇世紀初頭になると自営者は減り続け、今度は大企業において給与を受けて働く専門職従事者、マネージャーやスーパーバイザー、会計士、販売員、事務職従事者といった、いわゆるホワイトカラー層が急増した。一九〇〇年代から増加し始めたこの層は、一九三〇年までには全労働人口の四分の一を占めるに至る。言論界では階級を、「ブルーカラー労働者階級」と、より古い中産階級（一九世紀から続く意味での自営者）に加え上記ホワイトカラー層を含む「『新しい』中産階級」とに色分けするようになった（一七八－七九）。

しかしながら、そのような編成が事態を解決したわけではなかったとロスは言う。ホワイトカラー層、特に収入的には富裕とはいえない部分は中産階級なのか労働者階級なのかという問題は、当時の言論界の注目する課題だった（一七五）。ホワイトカラー層自身も確固とした階級意識を持っていたわけではない。彼らは自分たちがブルーカラー層よりも階級的には上であると思いたかったが、大半が収入面では熟練労働者よりも低いというのが現実だった（一八九）。

ロスの指摘で面白いのは、ホワイトカラー層を資本と労働の双方が自分たちの陣営に取り込もうとする文化闘争の局面において、消費がその戦場となったという点である。もちろん、資本の側にとって、ホワイトカラー層を取り込むとは、彼らの賃金を上げることではなく、イデオロギーの面で資本の側を目指すようにさせ、労働者階級と袂を分かつよう促すことであった。

資本側は消費能力をもとにして階級意識を語り、収入の問題を隠そうとしたとロスは述べる（一八〇）。中産階級の消費スタイルを手に入れさえすれば中産階級になれるのだと、資本の側はホワイトカラー層の憧れを刺激する。そこで繰り出された戦法が「商品の民主主義」（一八〇）という寓話である。ロスはローランド・マーチャンドの次のような説明を引用している。「貧乏な市民でも、賢い買い物を選択すれば……この国の百万長者たちが持つのと同じ商品を所有することによって彼らとの平等を見出すことができる」（一八〇）。

この寓話が、ハリウッドの経営者たちの採った「階級横断的なファンタジー」の戦略に直結することは明らかだ。経営者たちのターゲットは、階級移動に関してとりわけ敏感なホワイトカラー層だった。彼らは、ブルーカラー労働者への転落を恐れると同時に、消費スタイルによって上の階層へ近づこうとする階層だったのだ。経営者はまず豪華な映画館を作ることによって、ホワイトカラー層に「この国の百万長者たちが持つのと同じ商品を所有する」特権意識を与えたのだ(一八二)。「階級のない」「宮殿」となった映画館で上映されるにふさわしい映画は「階級横断的なファンタジー映画」(一七五)となった。ファンタジー映画は、ホワイトカラー層を主人公として、コメディ、メロドラマ、ドラマと多様なジャンルに渡っていた。こうした映画のサブジャンルとして「社交界映画」(一九八)がある、とロスは指摘する。「社交界映画」とは、たとえば、運命のいたずらにより上層階級に闖入した労働者階級やホワイトカラーの、多くは女性主人公が、上層階級の怠惰や浪費に出会って持ち前の職業倫理により道徳的優越を示しつつ階級上昇を遂げる様子を描いている[4]。こうしたファンタジー映画はホワイトカラー層の優越感を刺激しつつ上層階級との和解を示した。そして観客に上層階級の豪奢な生活をしっかり窃視させて彼らの憧れを刺激した(一九八)。

一九二三年から一九二九年までの間に公開された約七〇〇本の映画のうち労働資本映画はわずか四八本、一年間に平均七本で、これは、一九一七年四月から一九二二年一二月までの年平均三〇本から見ると著しい減り方だった(一九七-九八)。

労働者映画運動に与する製作会社は、ハリウッドの配給システムによって映画の公開を阻まれ、トーキー化によって莫大に膨れ上がった製作費の前に製作を阻まれた。さらには再び連邦及び州政府による検閲が上映中止やフィルムのカットを続けたので、これらの製作会社は次々と消滅していった(二一一七)。こうして二〇世紀の最初の一〇年に始まった労働者映画運動は一九三〇年をもって敗北したとロスは結論づけている（二三九）。

4　キーストン時代のチャップリン映画

ロスは、チャップリン映画における「中産階級の勤勉のエトスに対する陽気なからかい」（八一）を反権威の一つのテーマとして高く評価し、「中産階級のリスペクタビリティが巧みに揶揄される」（八二）ことも評価している。本論の後半では、チャップリンの習作時代とも言われる映画会社三社での作品の大半を見ることによって、ロスの見解を検討する。私が見ることのできたのは、チャップリン出演作六二本のうち四八本である。[5]

ロンドンのミュージックホールのボードヴィリアンだったチャップリンは、一九一三年にアメリカのキーストン社に招かれ、翌年俳優として映画界にデビューした。このキーストン社ではその後数本の作品の原作者・監督もこなしている。さらに自由な映画創造を求めたチャップリンはキーストン社を離れ、一九一五年に自由裁量の効くエッサネイ社に移籍し、一九一六年にかけて一四作を作った。その一九一六年、会社とのトラブルが元で今度はミューチュアル社に移り一九一七年まで彼の後の傑作の基礎となる作品を生み出した。

チャップリンが初期の頃から創造し始め、後に彼の主要な作品の主人公となったのは、誰もが知るあの放浪者チャーリーである。この放浪者チャーリーのキャラクターを階級に注目して考えたときまず気づくことは、「放浪者」チャーリーはいつも浮浪者であるわけではなく、労働者になって働いたり、求職や仕事に失敗して浮浪者に戻ったりして、放浪者と労働者の間を移動していることである。さらに、チャーリーは上の階級の令嬢との恋愛関係を通して、富裕な中産階級の家庭にしばしば闖入する。このパターンは既にキーストン時代から見られる。

たとえばキーストン社の主演女優メイベル・ノーマンドと共同監督したとされる『チャップリンの総理大臣』（一九一四）。スラム街のレストランで働く給仕のチャーリーが公園で令嬢と出会い意気投合してパーティに誘われる。彼は偽の名刺を使ってどこかの国の伯爵兼総理大臣を名乗り、令嬢のパーティに入り込む。デイヴィッド・ロビンソンによれば、次のエッサネイ時代以降に頻繁に登場する「偽伯爵のプロット」（一七三）のこれは最初のものである。チャーリーの飲食のマナーは令嬢に嫌疑を抱かせるが、なんとかごまかしたチャーリーは再びレストランに出勤。思いがけなく令嬢と仲間たちがスラム探訪と称してチャーリーの働くレストランへ乗り込んでくる。そこで正体がばれてチャーリーは令嬢にひっぱたかれて終わりになる。

この映画には当時中産階級の間で流行した「スラミング」が描かれ、チャーリーが上流社会へ入り込んだのと対を成して、裕福な若者たちが労働者居住区へ移動する。しかしながら、スラムのレストランに行った令嬢たちは、精一杯のもてなしをする給仕たちを終始汚いものでも見るように相対しているという風に描かれる。スラミングがスラムの環境を改善しようとする中産階級の改良主義者たちの主導で行われたことを考えると、ここではそれが皮肉に取り扱われていることがわかる。

キーストン時代の映画にはチャップリンの労働組合やストライキに対する見方も垣間見られる。『チャップリンのパン屋』（一九一四）では、レストランの地下で働くパン職人たちが集まって仕事をボイコット、挙句の果てはパンの中にダイナマイトを仕掛けて店を爆破しようと企てる。こうした暴力的なストライキの描写には当時の社会に広がっていた「世界産業労働者組合（ＩＷＷ）」への偏見が背後にありそうだ。こうしたストライキのステレオタイプ化は後年のミューチュアル社での作品『チャップリンの舞台裏』（一九一六）でも、今度は映画撮影所の裏方の労働者のストライキを描く中で繰り返されていて、あまり変わっていない。チャップリンの初期無声映画は権威を揶揄する労働者階級映画であるにしても、その労働組合に対する見方は極めて類型的だったといわざるを得ない。(6)

5　エッサネイ時代からミューチュアル時代へ——多様化する中産階級批判

さて、チャップリンのエッサネイ時代、ミューチュアル時代においては階級を意識したストーリーが本格的に展開される。このストーリーは、チャップリン演じる二種類のキャラクターをめぐって展開する。

キャラクターの一つはお馴染みの放浪者チャーリーで、この時期には頻繁に上層中産階級の社会に出没することになる。彼の階級移動の中で、中産階級と労働者階級、さらにはそこにホワイトカラー層も加わって、階級・階層が対比的に描かれる。もう一つのキャラクターは、放浪者チャーリーとは明らかに違う本物の紳士である。彼は放浪者チャーリーと同じ口髭を生やし、帽子を被り、ステッキを持っているが、見るからに仕立ての良い服（多くの場合タキシード）を身につけ、中産階級のいるべき場所で違和感なく行動する人物である。この紳士の特徴は、常に酔っ払っていることである。[7]

不思議なことに、後者の人物像について特にチャーリーと区別して考察する批評家は少ないようだ。しかし、このタイプはチャップリン映画にこの後継承されていくキャラクターとして重要であり、放浪者チャーリーと区別して考察すべきであると思われる。このタイプは後年の傑作『街の灯』（一九三一）におけるハリー・マイヤーズ扮する「百万長者」として継続して現れる。すなわち、このタイプの紳士は酔っ払ったときには人間的な本音を表すことができ、労働者階級や浮浪者とも親近感を持って接することができるのである。もっとも『街の灯』ではチャップリンによる上層の階級への観察は一層深化し、この紳士が昼間素面でいるときは労働者との約束など一切忘れてしまう冷酷さを持つことが描かれることになる。

この紳士のキャラクターが最初に登場するのは、エッサネイ時代の『チャップリンの寄席見物』（一九一五）である。この映画でチャップリンは、寄席を見物する上層階級の紳士ペスト氏と労働者ラウディ氏の二役を演じている。劇場で騒動を繰り広げるペスト氏の役はチャップリンがロンドンのカーノー座に所属していた頃の当たり役だったが、この映画はそのドタバタ劇『唖鳥』の映画化である（ロビンソン　一四七）。

映画ではまず、寄席が上演される劇場が上層のお歴々が座る一階と労働者が陣取る二階とで、服装やマナーの面で対照的であるように描かれる。二階席では下層の人々がやじを飛ばし安酒を食らって喧嘩まで始め、ラウディ氏は酔っ払って一階へ落ちそうになる始末。彼は舞台の火を見ると消火ホースでそれを消そうとして劇場中に大混乱をもたらす。

泥酔した紳士のペスト氏は、周囲の観客やオーケストラの団員といざこざを起こし、彼らに怒りを表出させることによって、自らの階級のお上品な上面を剥がしてしまう。果ては自ら舞台に上がってインチキ手品を暴露してみせ、満場の拍手を浴びる。しかしここでペスト氏がしたことは二階席の労働者やラウディ氏がしたこととなんら変わりがない。劇場の出し物が俗悪なことは、始終野次を飛ばす労働者階級にもお見通しなのだ。カーノー座の舞台がこれほど一階と二階の間の階級のギャップと共犯を描いていたかどうかわからないが、チャップリン映画ではそれが明白に描かれていることが確認できるだろう。

初期短編映画でのチャップリン演じる紳士は、主に中産階級を揶揄するために使われている。ミューチュアル社での『午前一時』（一九一六）は、紳士の一人芝居である。酔っ払って深夜に帰宅した彼は眠りにつきたい一心で二階の寝室に辿り着こうとして調度品をめぐってさんざんな災難に巻き込まれる。立派な調度品を所有していてもそれに翻弄される中産階級の生活ぶりが揶揄される。

『霊泉』（一九一七）でもチャップリン演じる紳士はアル中である。舞台は健康に良いといわれる霊泉の湧き出る保養地で、お上品なご婦人方や怪我の治療に訪れた紳士たちが霊泉を飲みリハビリに励んでいる。チャップリンの紳士は霊泉の薦めにまったく耳を貸さずトランクに偽装して持ち込んだ酒瓶を始終飲み干す。この紳士が引き起こす騒動の中で偶然に酒が霊泉に入ってしまい、湯治客がみな二日酔いになってしまうという落ちとなる。当時は労働者階級の泥酔の問題が社会問題となっていたが、実はアルコールに手を焼いていたのは上層の階級だったということがこの短編では暴露され、健康ブームに群がる中産階級の人々が皮肉られる。

6　放浪者チャーリーの階級移動

さて、お馴染みの放浪者チャーリーをめぐる短編映画もまた、階級を意識したものになっている。この分野はさらに二つに分けられる。一つは放浪者チャーリーが上層の社会に紛れ込み階級間のギャップが描かれるもの、もう一つはチャーリーが労働者の生活に関わるものである。

まず、放浪者チャーリーが上層の社会に紛れ込むストーリーが頻繁に繰り返されることに驚かされる。列挙すると、エッサネイ時代に『チャップリンの駆落』（一九一四）、『チャップリンの女装』（一九一五）、『チャップリンの改悟』（一九一六）があり、ミューチュアル時代では『チャップリンの放浪者』（一九一六）、『チャップリンの伯爵』（一九一六）、『チャップリンのスケート』（一九一六）、『チャップリンの冒険』（一九一七）がある。

『駆落』と『伯爵』では、「偽伯爵のプロット」が展開される。しかも浮浪者たちが上層社会に紛れ込む際にエドナ・パーヴァイアンス扮する令嬢との恋愛が絡まる。彼らは公園などの公的な場所でエドナと出会うことによって、あるいは偶然のチャンスを得て、上層社会へ闖入する。『伯爵』についてロスは「中産階級のヨーロッパ貴族制へのオブセッション」（八一）が皮肉られていると指摘しているが、これは、貴族階級が存在する英国からやって来たチャップリンだからこそ描きえた、アメリカ中産階級への皮肉といえるかもしれない。

チャップリン映画では社交界のパーティや食事でのマナーにおいて労働者階級と上層の階級が対比されることが多いが、この二作でもそれは繰り返される。スープを音立てて飲む、スパゲティをずるずると吸い込む、銀食器を見れば思わず懐に入れてしまう、といった下層の人々の行いは上層の人々の驚きと笑い、そして最後には嫌悪を呼ぶ。しかし、チャーリーたちは自分たちが顰蹙を買っていることなどお構いなしに令嬢をめぐる恋の鞘当に熱中することによって、上層の階級の気取りを笑い飛ばしてしまう。

「偽伯爵のプロット」はさらに『スケート』、『冒険』でも使われている。前者はドタバタの追いかけっこが全編を飾るものの、中産階級家庭を皮肉に観察する点が面白い。エドナ扮する令嬢とその父親は恋人同士のように親密である一方で、父も母も双方が浮気相手を持っているという設定に、表面上はお上品な中産階級の家庭が実際は崩壊寸前であるという皮肉を盛り込んでいる。後者もドタバタ喜劇の要素が濃い作品で、脱獄囚のチャーリーが海を泳いで逃亡中に溺れていた金持ち母娘を救出、令嬢に感謝され、艦長を名乗って上層階級の家庭へ入り込む。恋のライバルとなる紳士の大男は、溺れていた自分を助けたチャーリーを恋人に近づけまいとして海へ蹴り落とす。チャーリーは周囲に悟られないように巧妙に恋敵へ蹴りの復讐をしたり、恋敵が令嬢の家族に嫌われるように狡猾に立ち回って男の評判を落としたりする。しかし、この映画をはじめチャーリーの身分違いの恋はそれほど深刻にはならず、最後は警官に追いかけられ、恋などさっさとあきらめて一人で逃げてしまうことも多い。

チャップリンの初期短編映画では会社におけるホワイトカラーの人々も描かれる。『チャップリンの掃除番』（一九一五）がそれだが、銀行を舞台として、登場人物のうち、掃除番という最下層労働者がチャーリー、出納係が上層ホワイトカラーの管理者で、両者の中間ともいえる下層ホワイトカラーが出納係の秘書エドナである。チャーリーは秘書に一方的に恋をしており、エドナは上司の出納係に惹かれているが、出納係は彼女に関心を示さない。登場人物はそれぞれが上の階層の人物に報われない好意を抱いているが、上層部へ招き入れられることはない。

ロビンソンはこの映画について、「愛の告白をそっけなく拒絶されたチャーリーが、その大きく見開かれた目に悲しみを浮かべながらエドナを見つめる場面は、喜劇映画にはきわめて稀な深いペーソスを醸し出している」（一九〇）と指摘して、この頃のチャップリン喜劇の変化を指摘している。その変化は、チャップリンが階層や階級の差に関係する、より継続的なドラマを生み出していく過程で起こったと考えられる。自分よりも上層の地位にいる女性に対する恋愛がより深刻に描かれるようになることと相俟って、悲劇的な契機が創り出されてくる。その過程は、これから先長編劇映画を作ろうとする彼の企図のためにも必要だった。(8)

以上のような意味から見て、『放浪者』は、階級移動のテーマをめぐる諸作の中で注目すべき作品である。ここでチャーリーは、相手の少女と共に最後に階級を移動するのだが、この階級移動は問題含みである。まず、放浪者チャーリーは流しのバイオリン弾きとして登場。ジプシーの一隊に紛れ込み、ここで少女エドナと仲良くなる。ちなみに彼女を雑役婦にして虐待しているジプシーの母と息子は醜く粗暴に描かれており、ここにはチャップリンのジプシーに対する偏見が垣間見られる。(9)

チャーリーはその後ジプシーからエドナを救い、二人は盗んだ馬車で共同生活を始める。まだ女性らしい身づくろいすら知らない少女の顔を洗い髪を梳かしてやるチャーリーは、恋人というより父親のようである。この作品のいくつかの場面は後の傑作『キッド』（一九二一）や『サーカス』（一九二八）の予兆となっていると言われるが、この場面もその一つだ。少女はこの後、森の中で出会った上層階級の画家の青年に惹かれていく。青年を仰ぎ見ながら熱心に話し込む少女の姿に、チャーリーは失恋の悲しみを味わう。ここでもまた、恋敵が上層階級であることに伴ってペーソスが生まれている。

さて、青年の絵は展覧会に展示され、それを見た金持ちの中産階級の中年女性は昔生き別れになった自分の娘であることに気付く。夫人は直ちに娘のもとに自動車を走らせ、母娘は感動の対面をする。母は娘を家族として招き入れる。こうして車に乗せられる少女はしかし、途中ではたと気づく。字幕には「まことの恋の芽生え」と出る。娘は泣きながら懸命に車を戻すことを主張する。戻った少女はチャーリーを引っぱり込み、車が二人を乗せて出発するところで映画は終わる。

ロビンソンはこの作品のドラマ性を高く評価しながらも、最後の場面は唐突過ぎると指摘している。そして、この後上層の階級にチャーリーが適応できるのかはかなり疑わしく、落ち着かない結末だと述べる（一七一）。まさしくその通りなのだが、このエンディングは、『キッド』のラスト——チャーリーの育てた孤児が最後に中産階級に成り上がった生みの母のもとに戻り、チャーリーをも招き入れる——においても繰り返されることとなり、パターン化することになる。とすると、『放浪者』のこの据わりの悪いエンディングには意味があるのではないだろうか。

『放浪者』の結末の唐突さは、チャップリンが最後の場面を階級上昇のハッピーエンドのように見せながら、実は二つの階級が結局は相容れないことを示唆しようとした結果だと考えられる。放浪者の階級と中産階級とは和解することがないのだ。それはエンディングの前の場面で予告されてしまうので、既に明らかにされているといえる。

ラスト近く、エドナを迎えに来た上流夫人はチャーリーに何枚かのお札を握らせてエドナを連れて立ち去ろうとする。このショットは、金を持ってすれば下層階級の人間との縁は簡単に切れると考える上層階級の価値観を映し出す。しかも彼らは、下層の人間の別れの辛さなど一顧だにしない。それに対してチャーリーは金を断り、少女を抱きしめて別れを惜しみつつ新たな人生へ踏み出すよう彼女を励ます。こうして貧しい放浪者は親の役割を貫くのだ。ここには、上層の階級の人々と対比する形で、貧しい人々の道徳的優越が描かれているのである。

こうして、ロスが中産階級化するハリウッド映画の特徴として指摘した階級横断による階級の和解は、放浪者チャーリーが上層の社会に闖入した数々の短編作品の中において、チャップリンの後年の長編と同様、決して果たされることがない。チャップリンは、ロスのいう「反権威」派の映画作家として、権威ある中産階級を揶揄しただけでなく、階級の和解について疑義を呈し続けたといえる。

7　労働者の生活描写の深化

放浪者チャーリーをめぐる無声短編映画の二つめの分類、労働者の生活に関わるものとしては、エッサネイ時代の『チャップリンの仕事』（一九一五）、『チャップリンの舟乗り生活』（一九一五）、ミューチュアル時代の『チャップリンの勇敢』（一九一七）、『チャップリンの移民』（一九一七）がある。このうち最後の二作はチャップリンの無声短編映画の傑作と呼ばれることが多い。

『仕事』の冒頭は、修理屋の助手であるチャーリーが、中産階級家庭の家の修繕をするために修繕道具をいっぱいに積んだ荷車を引いてすごい勢いでやって来るようすを正面から捉える。チャーリーは路面電車に轢かれそうになり、坂道で後退しつつも、重い荷物を引く重労働に従事しなければならない。おまけに彼は修理屋に鞭打たれながら労働に従事するのである。迫り来る市電のクローズアップ、シルエットで浮かび上がる坂道での苦闘するチャーリーの姿の暗さは、コミカルな動きで演じられているにも拘らず圧倒的なイメージを作り上げている。

この場面についてロビンソンは次のように述べている。「これは、奴隷労働を忘れがたいほどグロテスクに、滑稽でありながら恐ろしく描いた一連のイメージである。奴隷労働がこれほど大胆かつ創意を持って映像化されたことは、一〇年後にソヴィエト・アヴァンギャルド派（彼らはチャップリンの崇拝者だった）がそれに挑戦するまで、どこにも見出すことはできない」（一四四）。

他方、『勇敢』では貧困や飢えや暴力がストレートに描かれる。最初登場するチャーリーは路上生活者として街の隅にうずくまっている。その孤独で空腹に苦しむ姿、いつもの無表情とは違う暗く悲しい表情があまりにリアルで喜劇であることを忘れさせるほどだ。貧困な街にある伝道所は彼らにつかの間の安らぎを与えるが説教は貧困の解消にはならない。それでも伝道所の魅力的な女性エドナに諭されてチャーリーは警官の募集に応募する。

貧困な街は暴力で満たされている。この界隈は、力の強い者が制する弱肉強食の世界なのだ。一人の暴れ者が支配し、人々は彼の顔色を伺って隠れて生きている。なぜ下層社会で暴力が蔓延するのか。チャップリンは、乱暴者の大男が、仕事のない中で自らが誇示できるたった一つの能力である肉体的な力を示すために全エネルギーを暴力に発散する姿を描く一方で、この男が家庭では稼ぎのないことを責める妻に対して頭が上がらない様子を描くことによって、貧困という原因を提示する。

この乱暴者の前に、警官はみな生贄として次々に倒れ、病院に担ぎ込まれている。ここでの警官は、権力の代理人というより、労働災害に合っている公務員労働者として描かれる。

その乱暴者を警官チャーリーは智恵を使って撃退してしまうのだが、警官としてのチャーリーは、飢えて金もない女性が露天商から小麦粉を盗むのを目撃して教会で説かれていた「慈悲」という言葉を思い出し、手当たり次第に野菜を盗むのを手伝って女性に与えてしまう。ここには、慈悲を説きながらも実際には飢えも貧困も救えない宗教への皮肉が利いているし、貧者が盗むには理由があるのにそれをまったく考慮せずに懲罰に専念する従来の法の執行者への皮肉もある。

乱暴者は復活し街の不良勢力と共にエドナを誘拐して警官チャーリーに襲いかかるが、チャーリーはこれも沈静させる。平和が訪れた街で、あの乱暴者を含めたギャングたちは改心し、警官チャーリーはエドナと一緒に伝道所へ向かうところで映画は幕を閉じる。出来過ぎたラストだが、警官は少なくとも個人の立場としては権力の側に立つのでなく民衆の側に立つことは実は可能であって、そういう警官が増えることが労働者の生活を安定させることにもつながるというメッセージが伝わってくる。

『移民』はこの時期の集大成ともいえる作品で、チャップリンの労働者階級への理解の深さが滲み出ている。世紀転換期に労働者たちは移民となってヨーロッパからアメリカをめざした。容赦のない船の揺れの中で生活を余儀なくされる三等船室の移民たちの苦労。エドナ扮する移民の娘と彼女の母は、博徒によって有り金全部を盗まれてしまう。力によって支配される弱肉強食の世界。チャーリーはエドナに同情して今度は彼の有り金全部を与えてしまう。有り難さに涙を流すエドナ。

こうした描写はすべて記録映画のような迫真性を帯びている。労働者の労苦は畏敬の念を持って描き出され、こうした描写はチャップリン映画にシリアスさを持ち込んで新たな奥行きを与えている。さらに、船がニューヨークに着いたとき移民たちが自由の女神の方向に一斉に顔を向ける有名なショットは、移民こそがアメリカの労働者だとするチャップリンの認識が画面に定着されたものだと考えられる。

しかし船が岸辺に着いた途端、移民たちを拘束するように縄が張られ検査官が乗り込んできて一人ひとりを審査し始める。移民たちが垣間見た自由は瞬く間に、アメリカの国家権力の下に抑圧される。移民たちがお互い同士別れを惜しむことすら許さない権力の代理人たちの管理ぶりは、非人間的なものとして描かれる。

そして上陸しても、チャーリーは無一文で空腹だ。拾った金を当てにして入ったレストランで偶然エドナに再会する。エドナの喪章から母の死を汲み取ったときの悲しさも一瞬の間《ま》と表情の中に見事に捉えられている。他方で、ここにもチャーリーを慄かせる力が行使されていることが示される。横暴なレストランの給仕は、客の支払いが一〇セント足りないだけでその男をコテンパンに打ちのめして放り出してしまう。拾った硬貨が偽金とわかって冷や汗をかくチャーリー。

しかしこのとき幸運にも、同じレストランに居た画家が、モデルとしてエドナを見初め、二人はレストランへの支払も明日からの仕事も約束されることになる。アメリカはともかくも二人に小さな希望を与えたわけだ。この場面はまた、これから自身の作品の中で対象となるはずのアメリカの労働者たちにチャップリンが与えた励ましなのかもしれない。映画は結婚登記所へ行く二人を映して終わる。

自らがロンドンのスラム街で生まれ育ったチャップリンは、労働者階級の生活について知り尽くしていたはずだ。だが、それをアメリカに当てはめ映像によってこれほど十全に表現したことは、彼の作品でかつてなかったように思われる。労働者の生活を描き出すことができたことで、後のチャップリン映画にもつながる豊かなドラマ性、悲喜劇性が生まれてきたということができる。そして、貧しい者同士が生きていくために助け合う必要性は、初期映画製作を経たあとの傑作短編『犬の生活』（一九一八）の中でさらに深化して展開されることになる。

おわりに

ロスに導かれながらチャップリンの初期作品を見るならば、以下のようにまとめることができる。第一に、ロスの提起した中産階級への揶揄というテーマは、初期映画のほとんどにおいて確認できた。しかも、それは紳士を主役とするなど様々なパターンによって描かれ、とりわけ階級間の移動という頻繁に起こるパターンの中で繰り返されていることが明らかになった。さらに、そのパターンは階級間の格差の認識へと帰結してそれがドラマを生み出していること、階級移動は階級間の和解へ終息することはないことが、新たに確認できた。第二に、労働者の側から捉えた労働や労働者の生活の実態が次第に綿密に描かれるようになり、それによって喜劇にペーソスが入り込んで、後年の傑作に見られるような独特の悲喜劇を予兆していることが確認された。

ここでロスの議論についても改めて考えておきたい。ロスの議論がユニークなのは、今まで見過ごされてきた無声映画における労働者階級映画の存在とその意義を、その後のハリウッドの中産階級化と対比することによって明らかにしたことである。彼の議論の説得性は、映画がその最初の黄金期を迎えたとき、映画の観客が労働者であったことへの洞察にある。労働者に見てもらうために、製作者は彼らを映画に登場させたが、観客である労働者たちは、映し出された己自身や自分たちを雇用する資本家の姿、労働や生活の現場を見て、それが自分たちの知る現実と異なっていた場合には断固としてそのイメージを拒否したに違いない。いつの時代も観客のための娯楽であった映画だが、その草創期において既に、労働者の目を通して現実を見ることのできる機会を経験していたのである。

ロスの議論の問題点も指摘しておかなければならない。それは、彼の一九三〇年以降現代に至る労働者階級映画についての言及をめぐって指摘できる。ロスは一九三〇年代以降も労使の対立を描く労働資本映画は作られたものの、その数は前の時代に比して大幅に減少し、その中で「保守」派映画の比重が圧倒的に大きくなったことにより、労働者階級映画に以前あった多様性が失われたと嘆く(10)。また、一九三〇年代のギャング映画は暴力団と癒着した労働組合幹部や暴徒と化した組合員を繰り返し描くことで、彼らのダーティなイメージを定着させてしまったと憤る。ロスにとっては、ニューディール下の左翼映画人集団によるドキュメンタリー映画も、それらが労働運動に直結せず、以前の劇映画と比較して大衆を動員できなかったため、労働者階級映画として高く評価できるものではない。さらにロスは、現代における労働者階級映画の勃興にとって大事なことが巨大労組からの資金援助だなどと非現実的なことを述べる（二五六）。こうした叙述は、最初に労働者階級映画という概念を、労働組合や労働争議を描いた内容に限定しないために設けたことと矛盾する。

一九三〇年代のハリウッドは、果たしてロスが言うように中産階級化という現象だけで描き出せるのだろうか。ロスによって「あらゆる労働者の生活や彼らが労働現場の内外で直面する諸問題を描く映画」と定義付けられた労働者階級映画は、一九三〇年代から一九五〇年代に、以前とは異なる形で復活したと考えることはできないか。この点において注目できる議論が、マイケル・デニング『文化戦線――二〇世紀におけるアメリカ文化の労働化』である。デニングは、一九三〇年代に勃興した労働組合「産業別労働組合組織（ＣＩＯ）」の運動と結びついた人民戦線の文化活動を論じた本書の中で、映画を含む文化産業の内部において、人民戦線派の文化人たちが労働者や労働組合を象徴的な方法によって描いたことを「アメリカ文化の労働化」として描き出している。この議論によれば、ギャング映画もフィルム・ノワールも、さらには『モダン・タイムス』（一九三六）以降のチャップリン映画も「労働化」の中で読み直されることになろう。ハリウッドの一九三〇年代は新たな政治性を帯びた文化運動の再編期として他の文化領域と連動したことが確認されるだろう。ともあれ、労働者階級映画とチャップリン映画が一九三〇年代以降どのように展開したかについては、稿を改めて論じたい(11)。

最後に、ロスの指摘した労働者階級映画の文脈の中で初期チャップリン映画を考察することの意義を確認したい。チャップリンの場合、その社会意識の高さが彼の映画の階級性に影響していることはよく指摘される。しかしながら、観客のほとんどが労働者であった時代に映画作家としてのスタートを切ったことが、彼の作家性を決定したということは、ロスの議論に導かれて改めて確認できることである。チャップリン自身、自分の映画的出自に拘り続けた。放浪者チャーリーに声を与えてしまうと観客の期待を裏切ることになると考え、映画がトーキーの時代になっても無声映画を最後まで追い続けたのだ。初期チャップリン映画は、労働者階級のハリウッドの中で作られ、同時にそれを作ったのである。

注

（1）この時代に映画製作を行った組織としてロスが挙げているのは、「女性政治連合」、「米国内務省」、「アメリカ銀行協会」、「アメリカ労働総同盟（ＡＦＬ）」である（三五）。

（2）ロスは「赤の恐怖」の原因として、国際的にはロシア革命の成就後開催された四一カ国の共産主義リーダーたちによる第三インターナショナルにおける世界革命の表明、国内的にはこれを受けたアメリカの共産主義政党の誕生と労働争議の過激化を挙げている（一二七）。

（3）映画館の館主に対し、映画会社が自らの会社の製作した映画のみを、館主用の試写なしに自分たちで上映期間を決めて、配給するシステム（一一九）。スタジオ・システムによる独占体制を強化するために導入された。

（4）ロスは「社交界映画」の代表的な監督としてセシル・Ｂ・デミル（一八八一—一九五九）を挙げている。

（5）株式会社ＩＶＣの発売による、六枚のＤＶＤから成る「チャールズ・チャップリン・マスターピース」シリーズは、キーストン社、エッサネイ社、ミューチュアル社における初期短編四八本を所収している。なお、本文で使用した邦題は、大野裕之によるフィルモグラフィー（194-6）を参照した。

（6）その後チャップリンの労働組合運動に対する見方は変化したと思われる。たとえば『モダン・タイムス』（1936）において、チャーリーが偶然手にした赤旗を掲げたところにデモ隊がやって来て先導しているように見えてしまう場面において、その後チャーリーはデモ隊の労働者諸共に警官隊の攻撃を受けることになっていて、チャップリンは労働者側にいるチャーリーをはっきりと映し出しているからである。

（7）放浪者自身が酔っ払っているという設定の短編もある。『彼の好みの気晴らし』（1914）、『アルコール夜通し転宅』（1915）がそれである。ちなみに、日本では初期短編が公開されていた頃、チャップリンを「アルコール先生」という別名で呼んでいた。

（8）『キッド』（1921）には育てた捨て子が中産階級の生みの母のもとに引き取られたところで悲劇的な契機が階級の格差に伴って生まれている。チャップリンはこの後、独立系映画会社を立ち挙げユナイテッド・アーティスツを結成するが、その第一作として悲劇的なメロドラマ『巴里の女性』（1923）を製作した。これは、パリの社交界に出入りする高級娼婦と貧乏画家の悲恋物語で、階級の格差がここでも悲劇を生む。

（9）大野裕之は、『放浪者』でのジプシーへの偏見、『質屋』でのユダヤ人への偏見を指摘しつつ、この二作品のあと、二者への偏見は描かれなかったと述べている（三〇一一）。彼は、『質屋』より後に作られた『霊泉』のNGフィルムを完成版と見比べることによって、『霊泉』の完成版ではNGフィルムにあったユダヤ人の身体的特徴を誇張した場面がことごとくカットされていることを示している。大野によれば、人種偏見は英国のミュージック・ホールの産物であって、チャップリンはアメリカでの映画製作の過程でそれを乗り越えていったとされる（三三一七）。大野のNGフィルムを利用した手法は、ここでの指摘をはじめ数々の重要な考察に繋がっていて注目される。

（10）1930年代から1980年代における労働資本映画の「保守」派の大作映画としてロスは、『F・I・S・T』（1987）、*Blue Collar*（1978）、*Hoffa*（1992）を挙げている。「リベラル」、「ポピュリスト」、「反権威」派の劇映画としては、『麦秋』（1934）、『モダン・タイムス』、『デッド・エンド』（1937）、『怒りの葡萄』（1940）、『わが谷は緑なりき』（1941）、*The Devil and Miss Jones*（1941）、*The Garment Jungle*（1957）、『ウディ・ガスリー――心の旅』（一九七六）、『ノーマ・レイ』（1979）、『レッズ』（1981）、『シルクウッド』（1983）、「過激」派の映画として『地の塩』（1954）、『メイトワン』（1987）を挙げている（244-54）。

（11）拙著にはデニングの議論を踏まえてフィルム・ノワールと労働者階級の関わりについて検討したものがある。また、デニス・ブローは、デニングの議論を踏まえながら、フィルム・ノワールとアメリカの労働者との関係を、第二次世界大戦後の労働運動に重点を置いて論じている。

引用参照文献

Broe, Dennis. *Film Noir, American Workers, and Postwar Hollywood.* Gainesville: UP of Florida, 2009.

Denning, Michael. *The Cultural Front: The Laboring of American Culture in the Twentieth Century.* London:Verso,1998.

Robinson, David. *Chaplin: His Life and Art.* New York: McGrow-Hill, 1985.

Ross, Steven J. *Working-Class Hollywood: Silent Film and the Shaping of Class in America.* Princeton, NJ: Princeton UP, 1998.

大野裕之『チャップリン再入門』ＮＨＫ出版、2005年。

後藤史子「フィルム・ノワールと文化戦線――『ボディ・アンド・ソウル』を中心に――」新英米文学会『NEW PERSPECTIVE』189号　2009年7月25日発行、4-17頁。

『チャールズ・チャップリン・マスターピース　キーストン時代一、二』『同　エッサネイ時代一、二』『同　ミューチュアル時代一、二』ＤＶＤ　ＩＶＣ、2004年。

『Love Chaplin!　コレクターズ・エディション一』（「チャップリン短編集」「キッド」「巴里の女性」「黄金狂時代」「サーカス」「街の灯」）監修　大野裕之、提供　朝日新聞社・日本ヘラルド映画、ＤＶＤボックス・セット　販売　ジェネオン・エンタテインメント、2004年。

『Love Chaplin! コレクターズ・エディション二』（「モダン・タイムス」「独裁者」「殺人狂時代」「ライムライト」「ニューヨークの王様」）監修　大野裕之、提供　朝日新聞社・日本ヘラルド映画、ＤＶＤボックス・セット　販売　ジェネオン・エンタテインメント、2004年。

第一四章

アメリカ文明論としての『モダン・タイムス』
——大量消費文化の台頭と世界不況下の格差社会——

中垣恒太郎

はじめに

チャーリー・チャップリン（一八八九―一九七七）自身が「あるアメリカの物語」と称したとされる（Mellan 三八）『モダン・タイムス』（*Modern Times* 一九三六）に対する再評価の機運が高まっている。工場でのベルトコンベヤーでの作業をめぐる非人間的な労働環境を描いた有名な場面に代表される『モダン・タイムス』的悪夢の状況は、徹底的に効率化がはかられている現代の労働問題に対する諷刺として有効であり続けているのではないか。『モダン・タイムス』は発表当時、従来の喜劇王・チャップリンの笑いを求める同時代の観客の期待に反して、文明批評への傾きが強い点が嫌悪され、それまで右肩上がりで興行成績を伸ばしてきた彼の作品の中では、突出して人気のない作品であった。二〇〇三年の「Love Chaplin! 映画祭」をはじめ、二一世紀に入り「チャップリン・リバイバル」とでも称すべき新たな再評価の動きが世界的に進む中、とりわけ『モダン・タイムス』への関心の高さが際立っているのはなぜなのだろうか。それは、一九三〇年代の時点では発展途上にあった、アメリカ文明の行く末、機械文明・資本主義社会の行く末を、チャップリンが的確に見据えていたからであると言えるのではないか。

『モダン・タイムス』はチャップリンが、H・G・ウェルズ、アインシュタイン、ガンジーなどの世界的文化人との会談を含め、第二次世界大戦の兆しを示しつつあった、各国の政治経済の動向を見聞してまわった世界旅行によって得た洞察に裏打ちされている。「コメディアンが見た世界」(“A Comedian Sees the World”)と題された、エッセイというよりも論文に近い文章をチャップリンは一九三三年九月から三四年一月にかけて雑誌『ウィメンズ・ホーム・コンパニオン』(*Women's Home Companion*)に発表している。チャップリンは生涯、喜劇作家であり続けたのだから、このエッセイを発表した時期に喜劇作家・コメディアンから文明批評家への転換を示したとは言えないであろうが、文明批評家の側面をも併せ持つに至ったとは言えるであろう。彼はこのときの世界旅行で日本を訪れたが、その帰途に「経済解決策」と題した論文執筆に没頭していたとも言われている(Robinson　四五三)。

また、チャップリン自身が『モダン・タイムス』を「あるアメリカの物語」と称していた事実からは、セオドア・ドライサーの長篇小説『あるアメリカの悲劇』(*An American Tragedy*　一九二五)との関連を想起させられる。元来、チャップリンは固有の地名を意図的に作品から排除し、特定の場所を舞台にするのではなく、どの国のどの地域の観客が見ても楽しむことができることを狙いとしていたことで知られる。これは、作品が国境を越えて、多くの人に届けられることを想定しての戦略であり、だからこそトーキー全盛期に至っても非言語による表現、サイレント映画に固執したわけである。初期作品に若干、見受けられる人種や性的なギャグを抹消していったのも、いわばグローバルに受け入れられる作品を追求してのことであった。『モダン・タイムス』においても同様に、特定の地名に対する言及が慎重に避けられている。にもかかわらず、この作品には、一九三〇年代アメリカの時代思潮が的確に反映されている。『モダン・タイムス』は、ドライサーの『あるアメリカの悲劇』がそうであるように、アメリカのどこにおいても起こりうる物語でありながら、アメリカ合衆国のみならず、資本主義経済の中では現在なおも起こりうる普遍的な物語となっている。

映画史家デイヴィッド・ロビンソンによれば、そもそもの『モダン・タイムス』の構想として、「国家」という題名が付けられていた。(1) このことからもわかるように、「国家」、「文明」に対する批評を読み取ることもできよう。「モダン・タイムス（現代）」は、科学技術文明と大量消費文化、管理社会が発達した後の二〇世紀文明の行く末を正確に見据えていると言えるのではないか。また、本来、アメリカが標榜してきた明るい開拓精神、民主主義の理念が、『モダン・タイムス』においては貧困や階級差も孕んだ形で成立していることを浮き彫りにしている。本論では、「百年に一度」と評される二一世紀への世紀転換期におけるグローバル経済不況期の視点から『モダン・タイムス』に見出せる文明批評を再検討する。中でも、チャップリンが諷刺の対象とした、一九三〇年代の大不況下におけるアメリカの姿に目を向けることによって、チャップリンのアメリカ観を探っていくことにしたい。

『モダン・タイムス』は彼のトレード・マークとなる山高帽にステッキ、ダブダブのズボンにチョビ髭からなる、いわゆる「チャップリン・スタイル」の最終作品に位置づけられる。この「チャップリン・スタイル」は、「放浪紳士」として親しまれており、監督であるチャップリン自らが演じる主要キャラクターによるものである。初期作品における模索の中から編み出された「チャップリン・スタイル」に「放浪者連作」とみなしうる作品の系譜を見出すことができる。そしてこの「放浪者連作」のモチーフは、一九世紀英国ロンドンの下層階級で育ったチャップリン自身の成育背景の中からもたらされたものである。チャップリンの「放浪者」が登場するのは、彼の映画出演第二作目にあたる『ヴェニスの子供自動車競走』（*Kid Auto Races at Venice* 一九一五）に遡ることができるが、以後、『モダン・タイムス』に至るまで、「放浪者」像は二〇年の歳月を超えて描き続けられることになる。サイレント映画時代の喜劇役者として、見た目で笑わせる効果を狙ったことにより、放浪者像が産み出された背景があるのだが、ホームレスとして社会の終焉の立場に追いやられている放浪者の人物造型が形成されていくうえで、英国ロンドンの一九世紀末の下層階級出身であるチャップリン自身の実人生が大きな影響を及ぼしている。そしてチャップリン自身が移民としてアメリカに渡り、階級社会英国では成し遂げられなかったであろう社会的・経済的成功を手中にし、民主主義アメリカにおけるアメリカン・ドリームの体現者たりえた事実に注目するならば、『モダン・タイムス』において諷刺されている格差社会の問題はアメリカの理念に反する現実として映っていたにちがいない。

現在のチャップリン研究の状況を概観しておくならば、没後三〇年を超え、それまで公開されていなかった様々な資料の研究・分析が進みつつある。もっとも進展を示しているのは、イタリア・ボローニャのチャップリン・プロジェクトによる作品のデジタル化修復であり、文献資料のアーカイブ化への取り組みもなされている。また、映画史家ダン・カミン、フーマン・メーラン、フランク・シャイドらにより、作品を中心にした二〇〇四年と二〇〇六年の共同研究論集などの形で最新の成果が現れており、とりわけチャップリンが映画界に転進する前の一九世紀末「ミュージック・ホール」での舞台役者時代に関する研究や、いわゆる「チャップリン・スタイル」が形成されていく過程を探る試みに多くの関心が集められている。中でも両論集にも寄稿し、チャップリンのNGテイクをつぶさに検証し、チャップリンの創作態度を実証的にたどった『チャップリン・未公開NGフィルムの全貌』(二〇〇七)などの著作を持つ映画研究家である大野裕之は、国際的なチャップリン研究の牽引者として活躍している。(2)

本論ではこうした近年の研究動向を踏まえ、二一世紀初頭の再評価の文脈を視野に入れつつ、『モダン・タイムス』を、チャップリンによる「放浪者連作」の最終作品として位置づけ、その背景について考察する。チャップリンの育った一九世紀末から、二〇世紀初頭に彼がアメリカ合衆国に渡り、映画産業という新興産業において移民の立場から成功をおさめていくに至った時代状況について今一度注目することにより、『モダン・タイムス』に見出せるチャップリンのアメリカ観を探る。

1　「放浪者」連作の誕生まで——チャップリン・スタイルの確立と「放浪者」像の生成

チャップリンは英国ロンドンの貧しい芸人の両親のもとに生まれている。幼い時に両親が離婚しており、その後も引き取り手の母親が精神病により施設に収容されるなど、兄と共に孤児院を転々とする日々を過ごし、厳しい生活を少年時代から強いられていた。階級社会のロンドンの中でも最底辺にあたる労働者階級の出身である。

チャップリンは新聞売りなどを経て、両親の育ったミュージック・ホールの芸人となり、パントマイム劇やダンスなどの修行を積む。一九〇八年、名門のフレッド・カーノー劇団に入り、酔っ払いの演技により評判をとったことが記録として残っている。一九一三年にカーノー劇団のアメリカ巡業を契機に映画プロデューサー、マック・セネットに見出され、喜劇俳優として契約を交わし、一九一四年にハリウッド映画に登場。さらに一九一五年にエッサネイ・スタジオに移籍し、役者としての出演に加え、短編映画の監督業に乗り出す。一九一六年には破格の契約金でミューチュアル社に迎え入れられ、一九一八年からは自身の撮影スタジオを創設している。現在に至るまで徹底した分業制で知られるハリウッドの製作システムとも異なる、周囲に干渉されることのない形で一作に時間と労力を注ぐことができる環境をこの時点までにほぼ整備している。一八八九年生まれであり、役者の両親を持ったことにより、若くしてミュージック・ホールの舞台に立ったチャップリンにとって彼の原風景は一九世紀末から二〇世紀初頭にかけての英国ロンドンの下層階級に生きる人々の暮らしぶりであった。困窮をきわめていた幼少期の記憶は『チャップリン自伝』（一九六四）においてもくりかえし印象深い逸話として語られている。

アメリカに渡り、役者としてのみならず短編映画製作に携わるようになった一九一四年から、チャップリン・スタジオ確立に至る一九一八年の直前あたりの作品と期間をさして、チャップリンの初期作品と一般にみなされている。その間にチャップリンは試行錯誤を経て、映画製作およびモチーフの両面で自身のスタイルを形成していく。たとえば、ロンドンでの役者時代に得意としていた酔っ払い芸が開花し、「アルコール夜通し転宅」（"Night Out" 一九一五）など、アルコールを飲むことによってまったく人格が変わる様を喜劇として描いている。初期作品においてからすでに日本への紹介もなされ、チャップリンの作品は人気を集めていたが、「アルコール先生」と異名をとるほどこの酔っ払い芸は日本でも人気があった。

後のチャップリンの作品とも一貫した形で、社会の周辺にいる弱者、庶民の目線で人間社会を諷刺する姿勢がこの初期作品においてすでに現れているが、中でもチャップリンのトレード・マークともなるチョビ髭に山高帽、ステッキにだぶだぶのズボンというスタイルがいかにして形成されていったのかという問題に対するチャップリン研究の関心が高まっている。近年、初期フィルムのデジタル修復化およびアーカイブ資料の編纂が進みつつあることが大きな原動力となっている。

その名も『チャップリンの放浪者』（"The Vagabond" 一九一六）という二四分の作品がある。

チャップリンは放浪する音楽家の役を演じており、題名からも「放浪者」連作のもっとも初期の作品に位置づけられるのは間違いないが、後のチャップリンのイメージから想起される「放浪紳士」の像がはっきり打ち出されているのは、[3] チャップリン・スタジオ創設後の作品となる『犬の生活』（*A Dog's Life* 一九一八）以後ということになるだろう。『犬の生活』における放浪者は、住む家を持たず野良犬と共に生活している。その他、チャップリンの代表的な作品と軌跡を共にし、「キッド」（*Kid* 一九二一）、『黄金狂時代』（*The Gold Rush* 一九二五）、『街の灯』（*City Lights* 一九三一）、『モダン・タイムス』などの作品が「放浪者」連作として続く。放浪者であるチャーリーが高嶺の花であるヒロインに懸想するというロマンスの要素が連作を繋ぐ特徴ともなっている。

「チャップリンの放浪者」から『モダン・タイムス』までに至る「放浪者」連作が登場した時代背景は、第一次世界大戦直後から、その直後のアメリカ資本主義の発展期とされる二〇年代の好景気の時代を経て、一九二九年の大恐慌を分岐点に不況の時代の三〇年代にまで及んでいる。本論で主に扱う『モダン・タイムス』はチャップリンの「放浪者」連作における到達地点としてばかりか、一九三六年製作、すなわち、ニュー・ディール期（一九三三－三九）に相当していることからも、第一次世界大戦後から三〇年代までの労働状況の諸問題をもまさに体現している。工業の急激な発展を称揚すべく、合理化、テーラー主義、生産のスピードアップが声高に叫ばれる一方で、労働者の労働条件はまったく整備されておらず、労働組合やその運動は極度に抑えこまれていた。連邦政府レベルの社会政策、福祉政策には見るべきものがなく、「放浪者」に代表される社会の周縁に存在していた弱者に対しては過酷な現実を突きつけるものであった。

そしてその「放浪者」の像は、さらに遡り、チャップリン自身が幼少時に体験した、一九世紀末の英国ロンドンでの下層階級社会における貧民の姿に由来するものである。チャップリンの作品中に登場する他の人物の姿と対照しても、チャップリン扮する「放浪者」の様相は一際目を引くものであり、身なりから生活の困難さが見て取れるだけでなく、決して裕福ではない他の登場人物からも嘲笑の的となっているのは、「放浪者」の様相が時代錯誤の印象を与えるからである。とりわけ一九三〇年代に発表されている『街の灯』、『モダン・タイムス』からは数十年前の、すなわち一九世紀末の貧困階級である「放浪者」像が現代に迷い込んできたかのような錯覚を同時代の観客に与えていたと思しい。このことは『街の灯』のヒロインである「花売り娘」の服装を指して、その貧しい生活ぶりを演出する際に、「あたかもチャップリンの祖母の世代の服装のよう」な、時代錯誤なまでに地味な服装である（Maland *City Lights* 七八）ことが指摘されている通りである。トーキー映画に移行する時代の中でサイレント映画に執着し続けたことからも、チャップリンの作品は常に時代遅れのレッテルを同時代の批評家から貼られ続けてきたが、彼が映画人としての長いキャリアを形成していく中で生み出した「放浪者」像および貧困者の像の中には、彼自身もまたその貧困の只中にあった一九世紀末ロンドンの光景が色濃く反映している。次頁の図版は一八九九年アメリカにおける「放浪者」の像であるが、ダブダブのズボンに杖などの特徴がチャップリンの「放浪者像」と酷似している。チャップリンはさらにこの「放浪者」像に加えて、貧しいけれども上品な身のこなしで、上流階級の紳士的ふるまいを

「放浪者」像 ［1899年］合衆国議会図書館所蔵

思い起こさせる「放浪紳士」の像を形成していく。

同時代およびそれ以前にも「放浪者」や弱者を描く文学作品は多く現れてきていたが、映像文化の領域においてチャップリンの提示した「放浪者」像は、従来、見過ごされ、周縁に留め置かれていた存在に目を向けさせる契機として非常に重要な意義を持つ。政治的・社会的に強固なメッセージを発しつつも、チャップリンの作品はあくまで喜劇として世代を超え、文化的背景を超えて今に至るまで笑いの対象として受け入れられてきているが、背後に示された「放浪者」を取り巻く社会環境の苛酷さはきわめて深刻な問題に満ちている。次項では『モダン・タイムス』から浮かび上がる労働の諸問題に具体的に目を向けてみることにしたい。

2 世界不況下の格差社会——大量消費文化の台頭

『モダン・タイムス』においてチャップリン扮する「工場労働者」(a factory worker) は固有の名前を与えられていない。彼が百貨店で「夜警」の職にありつく場面に描かれているように、仕事にあぶれ、食べ物にも不自由する失業者が増大する一方で、大不況期においても富裕層は存在し、百貨店にはモノがあふれている。食べるために泥棒をしなければいけない層が存在する一方で、消費文化が隆盛している。冒頭で描かれるベルトコンベアの場面もまさに大量生産・大量消費の象徴である。

本論で注目する、アメリカ的価値観についてまず確認しておきたい。アメリカ文化には、アメリカの理念に対して独特の捉え方をしてきた伝統がある。これはアメリカがもともとは移民からなる国であり、自由・平等・民主主義という理念に基づいて建国された実験的な国家であったという事情による。ヨーロッパの階級主義から抜け出し、ピューリタンと称するキリスト教徒たちが自分たちの理想の国家を作り上げるために、様々な困難を乗り越えて海を渡ったことに端を発し、その後連綿と続くパイオニア・スピリッツ、フロンティア・スピリッツ、未来に対する希望こそが今日のアメリカに繋がる基礎を作り上げてきたわけである。もちろん「良くも悪くも」という但し書きを必要とするように、今日の世界における政治経済状況における独善的なまでのアメリカ中心主義の背景ともなるわけであるが、一七世紀においてピューリタンの牧師たちは「丘の上の町」を目指し、他の模範となるように自らを鼓舞しつつも、その崇高な理想が現実の世界においては果たされていないことを嘆いた。アメリカ合衆国はそもそも理念の国としての実験国家を目指し、ピューリタンによる「約束の地（プロミスト・ランド）」の実現を願い、建国された。文学史家サクヴァン・バーコヴィッチによって提唱された「エレミアの嘆き」のレトリックを援用し、鈴木透は、実験国家としてのアメリカ合衆国が、アメリカという叙事詩を織り紡ぐ際に、ピューリタニズムのレトリックが及ぼした影響の大きさを強調する。(4)二〇〇八年の大統領選挙演説をはじめ、現代にまで「アメリカの嘆き」のレトリックは受け継がれており、バラク・オバマもまた歴代大統領の演説の伝統を継承しつつ、アメリカが本来あるべき姿を見失っている現実を憂い、あるべき姿に戻るための「変革」を説くことにより、当選を果たした。

チャップリンはもちろんアメリカ生まれではなく、ロンドン出身で、かつ、後にアメリカを追放されてしまうように、生涯アメリカ国籍を取得せず、コスモポリタン（世界市民）を標榜していた。しかし同時に、彼ほどアメリカの理念を崇高なまま捉えていた人もいなかったのではないか。自由・平等・民主主義、そして未来に対して楽観的なまでに明るい希望を持ちうることがアメリカの「あるべき姿」としてチャップリンには映っていたにちがいない。初期作品の『移民』（"The Immigrant" 一九一四）から、アメリカ追放後にイギリスで製作された『ニューヨークの王様』（*A King in New York* 一九五七）まで、一貫してチャップリンのアメリカ観は、アメリカの理念をたたえ、かつ理念とはまったく異なる現状を嘆く、まさに「アメリカの嘆き」のレトリックの伝統に連なるものと言える。初期作の「移民」では、「自由の国アメリカ」を目指してきた「移民」たちが激しい船の揺れに耐えながらようやく憧れの地にたどりつくと、そこでは厳格な入国審査と貧困の現実が待ち受けている。一方、最後の本格的監督・主演作になる『ニューヨークの王様』は、一般に「赤狩り」により国外追放されたチャップリンの反アメリカ観が発露した私怨の産物としてみなされてきた。しかしここに一九五〇年代に台頭してきたばかりのテレビ文化・ＣＭ（広告）文化に対する諷刺を読みとるならば、二〇世紀アメリカ大衆文化の特質と行く末を的確に捉えているという意味において、チャップリンのアメリカ観が顕著に現れた作品として再評価しうるであろう。チャップリンの登場と前後して、映画の表現手法、そしてアメリカ合衆国の政治・経済・文化をも含む国力もまた飛躍的に発展を遂げることになるが、初期作品の「移民」から、『モダン・タイムス』を経て、後期の『ニューヨークの王様』に至るまで、チャップリンのアメリカに対する諷刺は厳しいものである。貧しいロンドンの下層階級から「移民」としてアメリカに渡り、アメリカン・ドリームの頂点と称すべき大成功をおさめたチャップリンならではのアメリカ観がここには示されている。

3　労働の現場をめぐる「監視社会」化

『モダン・タイムス』作品冒頭の「工場」労働をめぐる場面では、ベルトコンベヤーの現場で働く労働者たちと、それを監視する側の者との格差がはっきりと描かれている。効率重視で非人間的な労働条件を強いられる労働現場に比して、その労働を監視する立場は、衛生面・安全面においても守られ、快適な環境に身を置いている。労働者が怠けていないかどうかトイレの中までカメラで追いかける場面は、一九三六年の段階では技術的にも誇張した表現として提示されていたのであろうが、後にイギリスの作家、ジョージ・オーウェル（George Orwell）が一九四八年に発表する「ビッグ・ブラザー」と称する監視社会のヴィジョン（『一九八四年』）を先取りしている事実に注目したい。

それだけではなく、勤務中のインターネット、メールの利用がチェックされ、公然と勤務査定の対象として扱われることが多い現在、『モダン・タイムス』的悪夢の状況は悪化しつつあるとさえ言える。チャップリン自身もまた後年、『ニューヨークの王様』において、再び「隠しカメラ」「テレビCM」など「テレビ文化の到来」を予見する形で、アメリカ文化における商業主義とメディア状況を諷刺するに至ることを考えあわせても、『モダン・タイムス』における「監視カメラ」への注目は興味深いものである。『ニューヨークの王様』においては、テレビ文化の発達により、主人公である王様までもが「隠しカメラ」の犠牲になり、本人の意思や承諾なしにリアルタイムでパーティに出席中のシャドフ王の様子が生中継される。皮肉にも、民主主義を標榜するアメリカにおいては、王様の権威までもが「民主化」され、マスコミの好奇心の格好の餌食になってしまっている。ゴシップ雑誌による過熱報道、そして「リアリティTV」と称する「隠しカメラ」をも含めて、カメラに写されることが日常化しつつあり、かつインターネットを通じて、公人ばかりか私人までもがプライバシーを奪われかねない二一世紀現在のメディア状況から見るならば、『ニューヨークの王様』で用いられている「監視カメラ」はTV文化のみならず、今日のインターネット・メディアまでをも含めた、アメリカ大衆文化の一つの側面を的確に予知しているように映る。

したがって、『モダン・タイムス』において「工場」が「監視カメラ」を利用していることは徹底した合理主義に基づく労働管理によって生産性を高めてきたアメリカ型労働現場の過酷さを浮き彫りにしていると指摘することができるであろう。徹底的に監視され、効率主義・企業の利益重視が最優先される中で、労働者は精神的に失調をきたすに至るのだが、過酷な労働条件の中で鬱病、統合神経失調症などが社会問題化している現在、そうした労働者の姿はチャップリンの笑いに笑わされつつも笑い飛ばすことができない現実の姿でもある。工場での労働者としての同僚も、後にデパートで「夜警」をつとめる場面において、「夜警」と「泥棒」という対照的な立場で再会することになる顛末もまた、現在の観客にとっては、苦い現実の反映である。

大量生産・大量消費の時代の中で工場は飛躍的に発展を遂げる一方で、既存の労働のあり方を根底から覆してしまう。『モダン・タイムス』においてチャーリー（工場労働者）はかつての同僚であり、ベルトコンベヤーで仕事を共にしていたビッグ・ビルと運命の再会を遂げる。夜警として雇用されたばかりのチャーリーに対し、ビッグ・ビルは「泥棒」の一味としてデパートに侵入する。「生きていく、食べるために仕方なく泥棒をやっている」と訴えるビッグ・ビルの主張をより明確にするために、監督としてのチャップリンは、編集段階で泥棒一味が銀の延べ棒を盗み出す場面を削除している。

ここでさらに重要なのは、ビッグ・ビルが工場の現場を追われるに至った理由、また泥棒をせざるをえない境遇に至るまでの過程もまたまったく語られていないということである。チャーリーがベルトコンベヤーでの仕事に没入するあまり、精神の失調をきたしてしまったように、ビッグ・ビルもまた工場労働を続けられない肉体的または精神的な事情を抱え込んだのかもしれない。そしてチャーリー自身もポーレット・ゴダード演じるヒロインとパートナーとして行動を共にするようになってから後は、自らが率先して仕事を得るべく、仕事を求める失業者の群衆の中に飛び込み、複数の労働現場に配属されている。しかしながらどの仕事もうまくいかず長続きしない。ベルトコンベヤーでの労働は誰にでもできる仕事として作業が極限まで簡素化されているが、職人を養成する伝統的な徒弟制度とは対極的な労働形態であり、すでに前項において確認してきたように、労働者は労働技術の熟練を指導する親方ではなく、作業効率のみを重視する監督者に取り囲まれている。従来の徒弟制度であれば身についたであろう職人としての労働技術がここではまったく蓄積されていないことが『モダン・タイムス』における労働者たちの境遇をより一層、厳しいものにしている。

一九三〇年代は労働争議が頻発していた時代でもあり、チャーリーもまたようやく得た工場労働の職を、皮肉にもストライキの勃発により失ってしまう。仕事を切実に求めている者が、労働者の権利を守るためのストライキによって仕事を失うという皮肉がギャグの形で示されている。

4　浮浪者取締法と救貧院

チャーリーは『モダン・タイムス』冒頭のベルトコンベヤーの場面において精神失調をきたした際に護送車によって連行されるが、その後もくりかえし護送され、収監されることにより、くりかえしのギャグが成立している。それだけでなく、プロットの断片を重ね合わせる形で『モダン・タイムス』のプロットは構成されているのだが、護送車によってチャーリーがどこかに連れ去られる場面がそれぞれのシークエンスを繋ぐ役割を果たしている。精神を病んだチャーリーが運ばれたのは救貧院であり、一七世紀植民地時代にその起源をもつ公的な社会事業制度による。一九二〇年代のアメリカ労働局が行った実態調査によれば、荒廃、貧困が慢性化した状態であり、二〇世紀アメリカにおける急激な経済発展に伴ったホレイショー・アルジャーに代表される成功神話も、救貧院に関わる者たちにとってはまったくの蚊帳の外のものでしかなかったようだ。今岡健一郎は一九二〇年代当時のアメリカ救貧院を調査、分析した後、「アメリカの救貧院の住人たちは、一九世紀と全く変らない、非人間的な生きたまま墓に入れられたような状態」だったと結論づけている(三二)。

『モダン・タイムス』では救貧院での治療に関する場面がまったく省略されている。チャーリーが護送車によって運ばれていった、すぐ次の場面では、チャーリーは工場労働者の身なりではなく、チャップリン映画で馴染みのチャップリン・スタイル、すなわち、放浪者の服装で医者に見送られ、退院しようとする様子が描かれている。「刺激を避けて、安らかな生活を送るように」と助言した後、医者は受付の女性と歓談し、すでにチャーリーのことには何ら関心を示していない。世界はまさに大不況期であり、失業者が職と食べ物を求めて路上を彷徨っている。街は暴力に満ちており、ポーレット・ゴダード演じるヒロインが放浪する契機となったのも、失業者である父親が食糧暴動に巻き込まれて銃殺されてしまい、年少の姉妹たちと離れ離れにされて施設に引き取られるのを拒否したことによる。「刺激を避けて、安らかな生活を送るように」という医者の発言はまったく無責任であり、その後のチャーリーが刑務所の中で安逸さを得るに至るように、過酷な路上よりも刑務所の中の生活の方がはるかに快適であった。実際、家をも失った失業者たちの中には、浮浪罪によって投獄されることを望んでいた者も少なくなかったという。

ここでいう浮浪罪とは、浮浪者取締法(vagrancy law)に基づき、住居不定者の逮捕投獄を認めるものであり、作家のジャック・ロンドンも一八歳の一八九六年に浮浪罪により逮捕され、三〇日ほどの労役を課せられている。(5) また、奴隷解放後に多くの元・黒人奴隷がこの浮浪罪により、逮捕され、プランテーションでの労役を強いられたことでも知られる。『モダン・タイムス』にいたるチャップリンの放浪者連作でも、いたる所に登場する警官は弱者の味方などではなく、体制の秩序を守る側であり、とりわけ住所不定者である放浪者の存在を厳しく監視している。ポーレット・ゴダードが演じるヒロインは父の死後、みなし子となった姉妹たちをそれぞればらばらの施設に引き取ろうとする役人の手から逃れ、放浪を開始する。家も食べ物も仕事も失った彼女は、その途上で知り合ったチャーリーと共に、持ち前の明るさとタフさで放浪生活をより良いものに変えていく。彼女は廃屋同然のぼろ屋ではあるが家も手にし、レストランでのダンサーという職をも手にし、生活が安定しはじめた瞬間に、掴みかけていた生活の拠点を追われることになってしまう。浮浪罪によって逮捕状が出されていることにより、皮肉にも得られたばかりの仕事と安定を奪われてしまうのだ。すでに職も手にし、自立できるだけの力を充分に示しているにもかかわらず、役人から逃げたことが原因で指名手配されていた事情による。

5　持ち家に対する呪縛とアメリカの夢と悪夢

『モダン・タイムス』は発表当時、科学技術の発展に希望を見出そうとする世論に反する内容が敬遠され、それまで右肩上がりで興業成績を伸ばしてきていた他作品とは異なって、成績が大幅に下落し、芳しい評判が得られなかった。

チャップリン扮する「労働者」は精神に失調をきたした後、病院での療養を経て路上に舞い戻るが、大不況下、仕事も住む家もないばかりか、食べ物にも不自由する。偶然、トラックの積荷から落ちた「赤い旗」を振り上げ、運転手に呼びかけようとしたことから、「赤い旗」の後ろに労働運動を展開する労働者の群れが続き、運動の首謀者として逮捕投獄されてしまう。何の保護も保障もなく路上に放り出されるよりも刑務所の中であれば、少なくとも最低限の衣食住は確保されることから、「労働者」にとって刑務所こそが安住の場所となる。アメリカの理想を体現するエイブラハム・リンカーンの肖像画が皮肉にもかけられている独房の中で彼は快適に暮らす。

チャップリンがくりだすギャグの連続は、時代を超え、国境を超え、観客に笑いを誘うが、作品に描きこまれている大不況期の失業者の姿は深刻で暗く、救いがない。だからこそポーレット・ゴダード演じる「浮浪娘」(gamin)がたくましい存在として描かれる必要がある。子供たちに食べ物も与えられず失意に沈む父親をやさしく励まし、年少の弟妹たちに食べ物を持ち帰ってくる彼女は貧困や不景気という重い現実を前にしても、決して失意に沈むことなく、父親の突然の死を前にしてさえ、生きることに対するひたむきさを失うことがない。

『モダン・タイムス』はチャップリンにとってはじめてのトーキー作品であり、放浪紳士チャーリーの系譜においては、最後の作品ともみなしうるなど転換点をなす作品であるが、これまで一人で生き続けてきた放浪紳士が高嶺の花としての相手ではなく、文字通りのパートナーを手に入れたことは大きな意味を持つ。チャーリーもまた、「浮浪児」との出会いによって感化され、孤独に、飄々と生きてきた彼が、二人の人生のために積極的に人生に関与する姿勢を示す転換がはたされるわけである。

中でも『モダン・タイムス』では「家／ホーム」が印象深く描かれている。チャーリーがポーレット演じる「浮浪児」と出会い、行動を共にするようになってすぐに、チャーリーは二人が家をもつ様子を夢想する。裕福に暮らす家のそばでチャーリーとポーレットは二人して座り込み、改めて自己紹介をするなど話を交わす。その脇では、裕福で理想的な夫婦の姿があり、おそらく仕事に出かけるのであろう、夫の出発を見送る幸せな妻の存在がある。いかにも幸せそうなその夫婦の様子をからかいつつも、「労働者」チャーリーが夢想する「家庭」の姿もまた中産階級の典型的な「理想の家庭像」を思わせるものになっている。この「夢の家庭像」は一九五〇年代に郊外化が進み、『パパは何でも知っている』（*Father Knows Best* 一九五四－六〇）、『うちのママは世界一』（*The Donna Reed Show* 一九五八―六六）などのアメリカTVドラマが描く理想の家庭像、マイ・ホームの姿と重なる。この夢想は巡回する警官の登場により破られるが、やがて「浮浪児」が空き家を見つけ、住処を手に入れる夢は実現する。一九三〇年代アメリカにおいて実在した、都市の空き地に建てられていた「フーヴァービル」と呼ばれるスラム街を思わせるバラックそのままのぼろ家が、パートナーとの二人の生活を実現させるのである。チャップリンの作品の系譜上において、高嶺の花としての存在ではなく、パートナーとしてヒロインが機能している点、そして、「放浪紳士」の称号が示すように、家や拠点をもたずに生きてきたチャーリーが切実に「家」と「仕事」とを求めている点に、

『モダン・タイムス』が転換点とみなされる要因を見出すことができるだろう。

今日のグローバル不況の要因ともなったサブプライムローン問題を、家を購入する資金がない、いわゆる低所得者層に家をもつ夢をかなえるための住宅ローンの貸し付けを想起するならば、この場面がより一層、切実に映る。自分の家を「所有する」ことはアメリカの典型的な夢の一つであり、サブプライムローンはそのアメリカの夢に対する庶民の幻想につけ入る形で浸透し、事態を悪化させた。銀行・不動産会社にとって圧倒的に有利な契約が交わされており、彼らの破綻以前には、購入者がたとえ住宅ローンを払いきれなくなっても銀行・不動産会社は抵当権などを楯に損をすることがないように仕組まれていた。不動産バブル到来以前は、自分たちにはとうてい、自分の家を「所有する」ことなどできまいと思っていた低所得者層は、それでも住宅ローンが組めるという甘言に乗せられて、払いきれなくなった後は、家を取り上げられるばかりか、以前よりも悪い生活環境におかれることになる。サブプライムローンを取り巻くアメリカの騒動を経た後に『モダン・タイムス』を見直すとき、「放浪紳士」であり続けたチャーリーがパートナーを得たことで、切実に自分たちの家を「所有」したいという夢想を抱く場面においてこそ、アメリカの夢が悪夢の芽を孕んでいるのだという苦い思いを味わうことになる。

念願の家を手に入れた二人の生活は新婚家庭さながらの様子であってしかるべきなのに、「浮浪児」と「労働者」チャーリーの二人の関係性は意図的に恋愛感情を排した形で描かれている。一緒に並びあって眠る姿すらなく、チャーリーはわざわざ小屋で寝ており、二人が別々に眠る姿が印象的である。

これは当時の映画をめぐる検閲事情、チャップリン自身によるモラルによるものであると同時に、性愛よりも社会から疎外された弱い立場同士の同士愛を強調するものと言えるかもしれない。

また、「放浪紳士」チャーリーの物語の系譜に立つ場合、物語の最後に高嶺の花であるヒロインと結ばれるかのようなハッピー・エンドを思い起こさせつつも、物語の本筋においては絶えず放浪紳士チャーリーは孤独の中に生き続けてきた。ロマンティストでありつつ、同時にリアリストでもある監督チャップリンにとって、『キッド』（*Kid* 一九二一）のような擬似的な親子関係でもない場合に、放浪紳士チャーリーが家族を持つことをどのように想像しえたのであろうか。家を「所有」すること、ヒロインとの新婚生活さながらの二人の生活までは夢想しえても、結婚して子供を持つ家族の像は提示されていない。それどころか、『モダン・タイムス』の結末においては、「浮浪罪」の罪で追われるポーレットと共に、せっかく所有したはずの「家」とレストランでのダンサーと給士の仕事を放棄して二人は旅立ちを余儀なくされるのだ。

6　「放浪紳士」像の終焉――NGテイクから見る『モダン・タイムス』の結末

最終的には破棄された案に、「浮浪児」ポーレットが「尼僧」になるというラストシーンがある。この案は『モダン・タイムス』が「放浪紳士」チャーリーの物語の系譜上に位置するがゆえの苦悩を反映しているように思われる。社会の周縁に位置し、孤独の中に生き続けてきた放浪紳士チャーリーが、放浪紳士であり続けるためにはどのようなラストシーンがふさわしいのであろうか。残されたスチール写真において、ポーレットが修道院に入ってしまったために、チャーリーは再び孤独になり、一人さびしく歩いていく姿が示されている。採用された『モダン・タイムス』の最終場面とはまったく異なる余韻を残す結末になっている。

最終的に選択された版こそがチャップリンの提示した作品そのものであり、破棄されたアイデアは熟慮の結果、必然的に選択されなかったにすぎないのであるが、デイヴィッド・ロビンソン、大野裕之によるチャップリンの遺稿研究、NGフィルム研究は多くの示唆を与えてくれるものであろう。作家アーネスト・ヘミングウェイによる「氷山理論」という創作理論（*Death in the Afternoon* 一九三二）によれば、実際に発表された作品は、氷山の一角に現れたごく一部であっても、その背後、水面下には、読者または観客が様々に想像しうる余地がある。まさにヘミングウェイの作品は、原稿を削り、そぎ落とすことによって成立しているが、チャップリンにおいてもまた、その作品の氷山の水面下には、氷山の一角を際立たせるための膨大なアイデアが存在していたと考えられる。残念なことに『モダン・タイムス』における現存するNGフィルムは、横断歩道をめぐる二分ほどの断片にすぎず、[6]大野も指摘するように「信号（すなわち機械）と警察に管理される人間を揶揄したギャグ」であり、「インパクトに欠けたためか完成版では使われていない」ものである。機械にも体制にも与さない生き方ははたしてありうるのか。このNGテイクにおいては、信号に対しても、体制である警察に対しても、放浪者は奔弄されるばかりで受動的な姿に移るが、完成版『モダン・タイムス』のラストシーンにおける力強い二人の足取りと比べてみると、その対照は歴然としている。

一人ではなく同志と二人でなら、困難であてのない挑戦であったとしても成し遂げられるのではないかという未来に対する希望を、ラストシーンは示唆しているとも言えよう。警察の追っ手から逃れた二人は道端で座り込んでおり、ポーレット・ゴダード扮する娘が悲嘆に暮れ、涙を流している。そこに放浪者チャーリーが励ましの声をかけると、俄然、娘は元気を取り戻す。決意に満ちた娘の表情は硬く、放浪者は彼女に対して笑顔でいることを求めた後に、二人で手に手を取り合って歩みだしていくのだ。

おわりに　二一世紀に生まれ変わる『モダン・タイムス』

『モダン・タイムス』は完成版において、せっかく手に入れた「家」も仕事も放棄して、二人して自分たちの道を模索するために歩みはじめる。従来の「放浪紳士」の物語であれば、ヒロインは高嶺の花の存在であり、『キッド』や『黄金狂時代』や『街の灯』がたとえハッピー・エンドで終わっているとしても、二人の階級、育ちの違いなどを考慮に入れながら、リアリスティックに物語を読むならば、決して幸せとは言えない未来が待ち受けていることを想像しないではいられないだろう。

一方、『モダン・タイムス』のヒロインは孤児の身であり、住む家もない。それまでの「放浪紳士」は常に孤独であり、家も家族もパートナーも持ちえなかった。ポーレット扮する「浮浪児」が修道院に入り、「尼僧」になるという案であれば、チャーリーは再びパートナーを失い、残されたスチール写真が残しているように、一人寂しく道を歩んでいくチャーリーの姿を最終場面で描くことになり、「放浪紳士」の物語は継続していただろう。しかしながら、大不況下に生きる登場人物、そして観客にとっても、家も仕事も食べ物もなく、孤独で生きていく結末はあまりにも過酷にすぎる。ということであれば、失業した「労働者」チャーリー以上に、たくましく苦境の時代を生き延びるポーレットが登場した時点で、放浪紳士の物語は必然的に終焉をもたらすことになったのではないか。失業後、刑務所に入ったチャーリーは路上での生活よりも刑務所暮らしに快適さを見出していた。ポーレットと出会ってからは積極的に仕事を求める意欲を見せる。そしてポーレットもまた、自ら二人の生活のために廃屋を探し出し、レストランでのダンサーとしての仕事を手に入れたばかりか、チャーリーにウェイターの仕事をも紹介している。一人ではなく、二人で歩んでいく最終場面は、まさに放浪を重ねてきた「放浪紳士」チャーリーが孤独ではなくなる瞬間であり、たとえその先が険しい道のりであったとしても、伴侶を得て自分たちの道を自分たちで切り開いていくことを宣言するマニフェストとしても機能している。

『モダン・タイムス』以降、チャップリンは『独裁者』（*The Great Dictator* 一九四〇）では独裁者と床屋の一人二役に挑み、『殺人狂時代』（*Monsieur Verdoux* 一九四七）では結婚詐欺をくりかえすヴェルドゥ氏を演じる。『ライムライト』（*Limelight* 一九五二）では老境の喜劇役者、『ニューヨークの王様』では革命のために国を追われた王様を主人公に据える。「ヴェニスの子供自転車競走」での初登場以降、チャップリンが生み出した最大のキャラクターである「放浪紳士」の姿は『モダン・タイムス』を最後に消えてしまう。『モダン・タイムス』の結末は「放浪紳士」の終焉を如実に示している。これは一九世紀末から登場し、チャップリン映画などいくつかの例外を除いては陽の目があたることがない存在であった「放浪者」「渡り労働者」と呼ばれる層が一九四〇年代頃に路上から消えていった歴史的事実とも符合する。

『モダン・タイムス』を含むチャップリンの主要作品は二〇〇三年の映画祭を契機にデジタル版として修復作業が終わり、新たに生まれ変わりを果たしたが、それればかりではなく『モダン・タイムス』は二一世紀初頭の時代に同時代でも得られなかったほどの高い評価を受けつつある。再度、『モダン・タイムス』が一九三六年という、ニュー・ディール期（一九三三―三九）中期に製作された事実をふりかえるならば、二人が既存の生活の現場に背を向けて決然と歩み行くラストシーンには、先の見えない閉塞した大不況にあえぐ観客に対し、ニュー・ディール、つまり新しい政策、新しい生活様式への期待が、チャップリンのアメリカ文明批評として示されていると言えるのではないか。

注

（1）初期の草稿において「国家」（Commonwealth）という題名が付され、大まかな筋はすでに構想されていた。

（2）日本チャップリン協会が二〇〇五年に発足し、これまでに三回にわたる国際シンポジウムが京都で開催されるなど、日本においてもチャップリン研究は活況を呈しつつある。二〇一〇年一〇月には米国オハイオ州にてチャップリン国際学会が開催されている。
（3）チャップリンの「放浪者」連作に登場する放浪者は、身なりが貧しく社会の最底辺に位置する存在でありながら、志や立ち居振る舞いは上流階級の者を思わせる心優しい紳士であることから、「放浪紳士」と称される。
（4）バーコヴィッチの理論を援用した「アメリカの嘆き」のレトリックについては、鈴木透『実験国家アメリカの履歴書——社会・文化・歴史にみる統合と多元化の軌跡』第一章「アメリカという物語——ピューリタニズムのレトリック」を参照されたい。
（5）ジャック・ロンドンの自伝的回想録『ジャック・ロンドン放浪記』（*The Road* 一九〇七）では、一八九四年の世界恐慌の最中、ホーボーとして貨物列車にただ乗りしたり、物を盗んで捕まったりする日々が綴られている。
（6）ヘラルド版『Love Chaplin!』コレクターズ・エディション（二〇〇四）の特典映像により、現在は視聴可能。放棄された「尼僧」案による最終場面のスチール写真なども、同特典映像収録による「未公開シーン」に収録。

引用参照文献

Beier, A. L., *Masterless Men: The Vagrancy Problem in Britain*, 1560-1640. Law Book Co of Australasia, 1985.
Bercovitch, Sacvan. *American Jeremiad*. U of Wisconsin P, 1978.
Chaplin, Chaplin. "A Comedian Sees the World", *Women's Home Companion*（Sep. 1933-Jan. 1934）.
_______. *My Autobiography*. Simon & Schuster, 1964.『チャップリン自伝』（上・下）中野好夫訳（新潮文庫、1981-92年）。
Hemingway, Ernest. *Death in the Afternoon*. Scribner's, 1932.
Kamin, Dan, Hooman Mehran and Frank Scheide, eds. *Chaplin: The Dictator and the Tramp*. British Film Institute, 2004.
Kamin, Dan and Hooman Mehran, eds. *Chaplin's "Limelight" and the Music Hall Tradition*. Mcfarland, 2006.
Maland, Charles J. *Chaplin and American Culture: The Evolution of a Star Image*. Princeton UP, 1989.
_______. City Lights: *BFI Film Classics*. British Film Institute, 2007.
Manning, Roger Burrow. *Village Revolts: Social Protest and Popular Disturbances in England, 1509-1640*. Oxford UP, 1988.
Mellan, Joan. Modern Times: *BFI Film Classics*. British Film Institute, 2006.

Robinson, David. *Chaplin: His Life and Art*. McGraw-Hill, 1985. デイヴィッド・ロビンソン『チャップリン』（上・下）宮本高晴・高田恵子訳、文藝春秋、1993年。

Stein, Lisa, ed. *Un Comico Vede Il Mondo: Diario Di Viaggio 1931-1932 Di Charlie Chaplin*. Cineteca Di Bologna, 2006.

今岡健一郎「二〇世紀初頭のアメリカ救貧院の実態――アメリカ社会事業史の一断面」『淑徳大学紀要』一二号、1978年1-35頁。

大野裕之『チャップリン再入門』生活人新書、2005年。

――『チャップリン・未公開ＮＧフィルムの全貌』ＮＴＴ出版、2007年。

鈴木透『実験国家アメリカの履歴書――社会・文化・歴史にみる統合と多元化の軌跡』慶應義塾大学出版会、2003年。

藤本武『アメリカ資本主義貧困史』新日本出版社、1996年。

（ＤＶＤ）

『ニューヨークの王様』「Love Chaplin!　コレクターズ・エディション」日本ヘラルド、2004年。

『街の灯』「Love Chaplin!　コレクターズ・エディション」日本ヘラルド、2004年。

『モダン・タイムス』「Love Chaplin!　コレクターズ・エディション」日本ヘラルド、2004年。

Ⅲ　ジェンダー

第一五章

父親不在の娘たち
――『十二夜』における愛の視点――

森本美樹

はじめに

『十二夜』[1]（初演一六〇二年）（Schafer xviii）は、『から騒ぎ』（一五九八―九）、『お気に召すまま』（一五九九―一六〇〇）に続く、シェイクスピア（一五六四―一六一六）の円熟期に書かれた三大ロマンティック・コメディーの最後を飾る作品である。巧みなストーリー展開と、その末に訪れる偶然と幸運がもたらす喜劇特有のエンディングは大いに観客を楽しませる。しかし、喜劇としての完成度の高さもさることながら、『十二夜』の興味深いところは、それ以前の作品には見られない特徴があることだ。それは、結婚を取り仕切る家長（やそれに代わる人物）が登場しないことである。

シェイクスピアは、結婚をテーマに描くとき、娘とその父親を頻繁に登場させている。[2] しかし

『十二夜』では、娘たちの父親が登場しない。ヒロインのヴァイオラは父親を失っており、難破して双子の兄とも死に別れ（たと思い込み）、辿り着いた見知らぬ土地で男装して生きることになる。オリヴィアもまた父親と兄を失い、喪に服している。未婚の娘が保護者を失うことは、社会的な窮地に陥ることでもある。[3] しかしシェイクスピアは、彼女たちを不自由な境地に置くことで、かえって自由を与えているように思われる。男の服を着たヴァイオラは、「女」としての振舞いに制約されなくなり、オリヴィアは、家長の圧力を受けることなく結婚を考えることができるようになっているからである。なぜシェイクスピアは、このような自由を娘たちに与えたのだろうか。

父親不在というのは、シェイクスピアが、近代社会への過渡期にあるイギリスにおいて、新たな人間関係を模索するために設定した一つの試みと言えるのではないか。[4] 本論では、ヴァイオラとオリヴィアという父親不在の娘たちの描かれ方に注目することで、シェイクスピアが見据えた新しい視点に迫ってみたい。それは、喜劇としての軽妙な笑いの中で見過ごされてしまいがちだが、作品の本質を支える重要な要因と考えられるからである。

1　結婚を拒否するオリヴィア

『十二夜』は、イリリアの公爵オーシーノの恋わずらいから始まる。彼が想いを寄せるオリヴィアは、伯爵であった父親を一年前に亡くし、その後、後見人となった兄までも亡くしたために喪に服しており（一幕二場三六―九）、兄を思うあまり、今後七年間は誰にも会わず、「修道女のようにヴェールをかぶり、日に一度は目が痛むほどの涙を流し、部屋で過ごす」（一幕一場二八―三〇）という。しかしこの悲しみで涙に暮れる孤独な身の上が、彼女に与えたものがある。それは結婚相手を自分で選ぶ自由である。この自由が作品の冒頭から与えられていることは、注目すべき点である。なぜならシェイクスピアの描く娘たちの多くは、この自由を与えられないことに悩み苦しんでいるからである。

初期の喜劇『夏の夜の夢』（一五九五―六）に登場するイジーアスの娘ハーミアは言う。

呪われるがいいわ、他人の目で愛（する人）を選ぶなんて。（一幕一場一四〇）

彼女は結婚相手を自分で選びたいと願っているが、その自由は与えられていない。彼女の結婚には、父親と父親の権限を保障する社会が立ちはだかる。最終的にはハーミアの目が選んだライサンダーと結婚するが、妖精の魔力が介在するプロットの中で実現する結婚には、ハーミア自身の選択が貫かれたとは言い難い側面がある。[5]

『ヴェニスの商人』（一五九六―七）のヒロイン、ポーシャは、父親が亡くなっているにもかかわらず、結婚相手を選ぶ条件を父親に縛られている。彼女は、侍女ネリッサへ胸中を吐露する。

ああ、（夫を）「選ぶ」という言葉！ 私には、好きな人を選ぶことも嫌いな人を拒絶することもできないのだわ。生きている娘の意志は、死んでしまった父の遺言に縛られているのだから。
悲しいことでしょう、ネリッサ、私には選ぶことも拒むこともできないなんて。
（一幕二場二〇―三）

ポーシャは、夫を決める箱選びの際、自分の望む相手が父親の遺言通りの箱を選ぶように巧みな言葉で誘導し、その相手との結婚に至る。その意味で、ポーシャは自分で夫を選んでいると言えるかもしれない。しかし、父親の遺言に従っている以上、常に意に染まない結婚を受け入れなくてはならない覚悟を強いられている彼女の意志は、父親の許容範囲から抜け出てはいない。

Ｂ・Ｊ・ソウコルは、シェイクスピアのロマンティック・コメディーでは、親が子に結婚を強要する問題が回避される場合が多いと指摘している（三六）。確かに、『から騒ぎ』のヒーローや、『お気に召すまま』のロザリンドの結婚に、親子の衝突はない。しかしそれは、父親が反対する必要のない結婚だからであり、父親の干渉が全くないということではない。(6)

父親の介在は、結婚が父親の許容範囲にあることを再確認させる働きをする。このことは、娘がいかに強い意志を持って自分が望む相手との結婚に至っていても、それが娘一人の決断で実現したと言い切ることを難しくしてしまう。その父親が『十二夜』では描かれない。そのことは作品をどのように特徴づけているのだろうか。

喪中を理由に屋敷に閉じこもっているオリヴィアは、度重なるオーシーノ公爵の求愛に応じようとはしない。彼女はオーシーノの使いとしてやって来たヴァイオラ（男装してシザーリオと名乗っている）に対して、次のように言う。

あなたの主人は私の心をご存じのはず。彼を愛することはできません。
でも徳が高く、高貴な方だと思っています。
莫大な財産もあり、活発で汚れなき若さの持ち主、
世間の評判も良く、寛大で、学もあり、しかも勇敢な方、
さらに自然が作り上げたその容姿は
魅力的であることも知っています。でも彼を愛することはできません。

（一場五場二六一―六）

ヴァイオラは、この返事をオーシーノに持ち帰ることになるが、このオリヴィアの言葉が結婚を拒否するのに有効に働くことは注目に値する。なぜならば、オーシーノが結婚相手として申し分のない条件を備えているからである。

「申し分のない条件」は、父親にとっては結婚を決める重要な要素となり得る。『ロミオとジュリエット』（一五九四―五）に登場するパリスは、「高貴な家柄の出身で、領地も広く、若くて血筋もよく、さまざまな事柄に優れているとの評判も高く、理想的な容姿も持ち備えている紳士」（三幕五

場　一八〇－三）という点でオーシーノと同様に「申し分のない条件」を持ち備えているが、このことを、父キャピュレットは娘ジュリエットの結婚相手に相応しい理由としている。キャピュレットは、「パリス殿、まずは娘に求愛し、娘の心をお掴み下さい」（一幕二場　一六）と切り出し、結婚における父親の「承諾」など「娘の選択」のほんの一部にすぎない（一幕二場　一七－九）などと言うのだが、ジュリエットがパリスとの結婚を拒むと、途端にその寛容な態度を一変させ、

もしお前が私のものならば、私が気に入った者にお前を与える。
そうでないなら、首をくくるなり、物乞いするなり、餓えるなりして野たれ死ね！
（三幕五場　一九二－三）

と言い放つ。キャピュレットが、「娘の選択」を尊重できるのは、ジュリエットの選択が、キャピュレットの決定に従うという大前提が守られているときなのだ。『じゃじゃ馬馴らし』（一五九三－四）に登場するカタリーナの父バプティスタも、花婿候補のペトルーキオに、「とにもかくにも、まず大切なのは娘の愛だ」（二幕一場　一二八）と娘の気持ちを考慮する発言をしているが、カタリーナの気持ちを確認する以前に、すでにペトルーキオと二人きりで持参金や財産の交渉を済ませ、結婚の契約を交わしてしまう（二幕一場　一一八－二六）[7]。もしも『十二夜』にオリヴィアの父親が登場していたなら、「申し分のない条件」を備えたオーシーノとの結婚をオリヴィアが断り続けることなどできた

であろうか。

『十二夜』の特徴は、オリヴィアの結婚の決断が、彼女自身の選択に完全に任されている点にある。結婚の交渉は直接オリヴィアに持ち込まれる。そして彼女は、オーシーノのことを「徳が高く」「高貴」で「莫大な財産もあり」「活発で汚れなき若さ」を持ち、「世間の評判も良く」「寛大」で「学もあり」しかも「勇敢」で容姿も「魅力的」だと思っていながら、「彼を愛することはできません」と言い、きっぱりと結婚を断っている。ここで意味深いのは、オリヴィアの意志が制約を受けずに貫かれることだ。彼女の結婚を決めるのは、父親でもなく、諸条件でもなく、彼女自身の心なのである。父親が描かれないことで、父親との対立や合意のなかで見え隠れしていた娘の意志は、より独立した形でその姿を現したのだ。そのことによってストーリーの焦点は、結婚を断るオリヴィアの心境に当てられていくことになる。

オリヴィアにとって重要なのは、自分が愛せるかどうかだ。そのオリヴィアにシェイクスピアは「オーシーノを愛することができない」と、実に三度も言わせている（一幕五場二六一、二六六、二八四）。なぜオリヴィアは、結婚の条件には不足のないはずのオーシーノを愛することができないのか。この問いからオーシーノの愛の性質について考察したい。

2　オーシーノの閉ざされた愛と自己矛盾

オーシーノの使いとなったヴァイオラ（シザーリオ）が、もしもオリヴィアと面会できたら何と伝えたらよいかと尋ねたとき（一幕四場 二三）、オーシーノは、こう言っている。「おお、その時は私の愛の情熱を打ち明けてくれ。私の誠意ある言葉で彼女を驚かせるのだ」（一幕四場 二四－五）。この命令を受けてオリヴィアの部屋へ通されたヴァイオラは、ヴェールで顔を覆っている目の前の女性に向けて、「眩いばかりの、たぐいまれな、この上ない美しさ──」（一幕五場 一七一－二）と称賛の言葉を並べ始めるが、すぐに止めて次のように続ける。

あのどうか、この方がこの家のお嬢様なのかお教え願いたい。どの方がお嬢様なのか分からないと、せっかくの言葉が無駄になってしまう。とてもよく練られた文体ですし、覚えるのにも苦労したのですから。（一幕五場 一七二－五）

「覚えるのにも苦労した」という台詞には、オーシーノが一字一句にまでこだわった様子がうかがえる。それゆえに、ヴァイオラは覚えた言葉を始めから伝える使命を帯びている。ところがヴァイオラには、目の前の女性がオリヴィアかどうか分からない。オリヴィアの部屋に運び込まれたオーシーノの言葉は、受取人の見つからない贈り物のように、ヴァイオラの手中で持て余されている。

注目したいのは、その言葉の贈り物をオリヴィアが受け取らないということである。

オリヴィア　重要なことだけ伝えて。褒め言葉は結構です。
ヴァイオラ　残念だ、苦労して覚えたのに。詩のような出来ばえですよ。
オリヴィア　なおさら見かけ倒しだわ。もう言わないで頂戴。（一幕五場　一九三－八）

ヴァイオラは、ここでも「苦労して覚えた」ことを繰り返し、「詩のような」言葉であることを強調する。しかしオリヴィアは「見かけ倒し」だと言って拒絶する。それはなぜなのだろうか。オーシーノは、愛について、小姓として側にいるヴァイオラに次のように語っている。

ここへおいで。もしお前が恋をしたら、
その甘い苦しみの中で、私を思い出しておくれ。
私がそうであるように、真に恋するものは皆、
心がそわそわと落ち着かず、
愛する人の変わらぬ面影ばかりを
追い求めるものなのだ。（二幕四場　一五－二〇）

オーシーノは、「変わらぬ面影」の中に恋人を求めている。オリヴィアに直接会わずして「変わらぬ面影」を追い求めながら、「詩のような」言葉で愛の情熱を示そうとする態度は、オーシーノが、オリヴィアへの愛を飾り立てた言葉の中に閉じ込めて自己満足していることを示していると言えよう。(8) さらに言えば、ヴァイオラが覚えるのに苦労したと繰り返す様子からは、オーシーノの言葉が、女性のヴァイオラには覚えにくく自然なものではなかったことが窺える。ここに浮き彫りになるのは、オーシーノが女性の共感を呼ばない愛の形に囚われているということである。

オーシーノの愛がオリヴィアの心に届いていないことは、彼女の「見かけ倒し」という批判にも顕著に表れている。断られてもなお、懲りずに「あなたの耳には神神しい」（一幕五場二一九—二一〇）、「この上なく愛しい方よ……」（一幕五場二二四）とオーシーノの言葉を伝え始めるヴァイオラを遮り、オリヴィアは、自分で自分の美しさをリストにするなら、「ほどよく赤い上下の唇、まぶたのついた二つのねずみ色の目、首一つ、あご一つ……」（一幕五場二五〇—二）と語る。オリヴィアがリストにするのは事実の羅列であり、オーシーノの「詩のような」言葉とは対照的である。しかし具体的な事実のみを語る様子は、彼女が面影に見出される理想像などではなく、実際に存在する一人の人間であることを示すものである。そしてシェイクスピアは、オーシーノの言葉に共感することなく、彼を愛することができないと繰り返すオリヴィアを通して、オーシーノの愛の情熱が、実在する個人へのものではなく、自己陶酔的に彼自身の中に閉ざされた、独りよがりなものであることを印象づけていく。

オリヴィアに拒絶されていることを受け入れようとせず、高慢に振舞うオーシーノに対して、ヴァイオラ（シザーリオ）は、自らのオーシーノへの報われない恋心を重ねながら次のように言う。

仮にある女性がいて、おそらくいると思いますが、
その女性が、あなたを愛し、あなたがオリヴィアに抱くように
心を痛めていたとしても、その女性を愛せないと伝えたら、
彼女はその返事を受け入れざるをえないでしょう？

（二幕四場 九〇―三）

この言葉に対して、オーシーノは次のように答えている。

女のわき腹は、
愛が私の心臓に与えている、この強く激しい
情熱の鼓動に耐えられはしない。女の心臓は、
深い愛を抱けるほど大きくもなく、一途でもない。
ああ、女たちの愛とは食欲のようなものだ。
その感情は肝臓から湧き上がってはいない。(9) 口寂しいだけだ。
だからすぐに食べ過ぎて、満腹してむかつきもする。

だが私の愛はちがう。たとえるなら底知れぬ海のごとき空腹だ。
いくらでも飲み込み消化できるのだ。
女が私に示す愛と
私がオリヴィアに抱く愛を比べるな。

（二幕四場 九四―一〇四）

オーシーノは、自分の愛を無限とも言える海の深さにたとえ、女性の愛は到底それに及ばないと語る。しかし自分の愛を優位に捉え、女性の愛を軽視する彼の言葉は、自分が愛する女性の愛をも軽んじてしまっている。不覚にもオーシーノは、オリヴィアの愛を、彼女への愛の強さを主張するはずの言葉で見下したことになる。そしてそのことは、劣った愛を抱く女性に向けられたという意味で、彼自身の愛をも卑しめるという自己矛盾を引き起こしている。

一連のオーシーノの描写から見えてくることは、彼の自己矛盾の背景には、女性に対する優越感と自己愛（ナルシシズム）が潜んでいるということだ。[10] この問題を考えるにあたり、ここでエーリッヒ・フロムの次の分析を借りたい。

愛の本質について言えることは、愛を成就させる主な条件は、ナルシシズムの克服にあるということである。ナルシシズム的志向とは、自分自身の中に存在しているものだけを実際の経験として捉え、外界の現象は、それ自体、現実的ではなく、自分にとって役立つものか、あるい

は危険なものかという視点でのみ受けとるものなのだ。（一〇九）

オーシーノに見えていないのは、オリヴィアの愛であり、また彼自身が女性から愛されうるという、相互愛の視点である。『十二夜』の注目すべき点は、オーシーノの愛が成就しない原因を、彼の自己矛盾に起因させていることである。そしてそのことに気付かせる役割を担うのが、「男」として振舞いながらもオーシーノとは価値観を共有していない男装の女性ヴァイオラなのである。

3　ヴァイオラの愛の情熱

オーシーノの発言によって、自らの愛を見下されたことにもなったヴァイオラは、黙ってはいない。

ヴァイオラ　でも私は知っています。――
公爵　何を知っているのだ？
ヴァイオラ　女がどのような愛を男に抱くかということを。
　実に女は我々（男）と同様に誠実な心の持ち主です。（二幕四場一〇四―七）

ヴァイオラは、女性にも愛する心があることを伝える。そして愛を口にせず、蕾の中に潜む虫のように、想いを心に秘めたままじっと耐え忍ぶ女性がいると語って聞かせる。

　これも実に愛ではありませんか。
　我々男は、言葉にしすぎたり、誓いを立てすぎて、
　本心以上の表現をしてしまうことがあります。
　愛はわずかなのに、過剰に誓いの言葉を並べたてるのです。
（二幕四場 一一六－九）

この場面は、心に秘めていたヴァイオラのオーシーノへの想いが最も強く語られるところである。ここで興味深いのは、抑えきれない想いを訴えるヴァイオラの発言が、単なる愛の告白に止まっていないということだ。彼女は、自分の愛がオーシーノの愛に劣ってなどいないことを強調するばかりか、さらに、男の愛は言葉にしすぎて本心からはずれるという虚偽を孕んでいることにまで言及している。しかし彼女の発言は、オーシーノが主張した男女の愛の優劣を逆転させようとはしていない。ヴァイオラの告白が重要なのは、男女の愛に優劣などないと語っている点である。

　男の服を着て女の心を持った自らを「哀れな怪物（poor monster）」（二幕二場 三三）と称し、「私は男だから、ご主人様に愛される見込みはない」（二幕二場 三五－六）と嘆くヴァイオラだが、「男」として振舞ったことが、かえって彼女とオーシーノを近づけていく。男の愛を優位に捉えたまま自己愛の世界に囚われていることに無反省なオーシーノに対して、男の愛の虚偽性を批判できたのは、

ヴァイオラが「男」として彼の傍にいたからである。

さらに、「男」のヴァイオラが、女の愛の存在をオーシーノに知らせることができたのは、男に劣らぬ愛の情熱で彼を愛しているという実感が、ヴァイオラ自身にあったからに他ならない。「（オーシーノの使いとして）誰を口説こうとも、妻になりたいのはこの私なのに」（一幕四場　四二）と嘆くヴァイオラの想いは決してぶれることはない。男女の愛に優劣をつけるオーシーノの価値観を揺さぶるのは、この一途な想いに秘められたヴァイオラの愛の情熱なのである。ヴァイオラの男装は、彼女に女性であることを見失わせることはなく、むしろ女性の愛の強さを際立たせる役割を果たしていると言えよう。

オーシーノは、「哀れな怪物」の正体がわかったとき、ヴァイオラに「小姓のお前は、私を愛するようには女性を愛することはないと何度も何度も言ってくれたね」（五幕一場　二六五－六）と言う。小姓として傍にいたヴァイオラが、自分に幾度となく愛を告白していたことを知ったオーシーノは、彼に劣らぬ愛で、女性から愛されていたことに気付く。この瞬間、彼は現実の女性との相互愛の可能性を掴んでいる。彼は、ヴァイオラに言う。「その手をとらせてくれ。そして女の服を着て見せてくれ」（五幕一場　二七〇－一）。この時、ヴァイオラもまた、愛の喜びを手にする可能性を掴むのである。

ジュリエット・デュシンベリーは、男性社会の中で再び女の姿になるヴァイオラについて、男の姿で一時的に自由を手にしていたヴァイオラが、オーシーノの妻にならねばならない世界に戻ることによって矮小化されると指摘している（二六七）。しかし「戻る」という表現は的確ではないように思われる。なぜならば、ヴァイオラは、女性の愛を見下したままのオーシーノの妻になるのではないからだ。オーシーノは、ヴァイオラの愛が、自分の愛に劣るものではないこと、そしてその愛が自分に向けられたものであることを知ったうえでヴァイオラの手をとっている。オーシーノの優越的自己愛は、妻になるヴァイオラ自身に指摘されることによって変容を遂げているのだ。

シェイクスピアは、その後の二人を描いてはいない。しかしヴァイオラが、夫に服従する妻として「矮小化」されてしまうのではないという視点こそ、シェイクスピアが描こうとしたことではなかろうか。それは言い換えるなら、愛の成就は、男と女が対等に向き合う関係性を実践する過程に、その可能性が見えてくるということである。そしてその可能性を模索するために、「女」としての要素を「男」の前で取っ払って見せたのだとすれば、ヴァイオラの男装には、喜劇的手法以上の意義を見いだせると言えるのではなかろうか。

4　心を動かす愛の形

オーシーノ公爵からの求愛を断り、自分に好意を寄せるサー・アンドルーや執事のマルヴォーリオにも関心を示さないオリヴィアが、男の服を着た女性ヴァイオラ（シザーリオ）に恋する場面は、笑いを誘うコミカルな演出が可能なところである。変装や勘違いは喜劇の常套手段である。しかし、男性のアプローチを断るオリヴィアが、女性のヴァイオラに惹かれることの意味は、滑稽さだけに終始しない。ここでは、オリヴィアが惹かれる根拠ともなるヴァイオラの愛の在り方について考えてみたい。

オーシーノの使いとしてオリヴィアに会ったヴァイオラが、言い付かった言葉から逸《そ》れて「顔をお見せください」（一幕五場　二三三）と願い出たとき、オリヴィアは、「あら、本文からはずれたわね」（一幕五場　二三五―六）と言いながら顔を覆っていたヴェールをあげる。「オーシーノの胸中」（一幕五場　二二七）にあった「本文（text）」（一幕五場　二二三、二二六）には耳を傾けようとしなかったオリヴィアが、「本文」からはずれたヴァイオラの要求には応じる。

ヴァイオラは、求愛を拒絶されたら自分ならばどうするかとオリヴィアに尋ねられると、次のように答える。

あなたのお屋敷の門前に柳の小屋を建て、
そこからお屋敷にいる我が想い人に訴えます。
拒絶された愛に対してしたためた誠意ある歌詞を、
たとえ静まり返った夜であろうと大声で歌いあげ、
あなたの名前を叫んでは遠くの丘に反響させ
次々とこだまする声にも叫ばせます、
「オリヴィア！」と。

（一幕五場　二七二―七）

この言葉を聞いた直後、オリヴィアはシザーリオ（ヴァイオラ）に興味を持ち始める。家の中のオリヴィアに名前を呼びかけるという具体的な行動の提案は、とりたてて詩的でもなく、華美な言葉を並べるオーシーノとは対照的である。しかしこのヴァイオラの大胆な言動が、オリヴィアの心を動かすことになる。

オーシーノのオリヴィアへの愛は、形式的な詩の中に集約されており、その中で恋人は偶像化されている。一方、顔を見たいという要求や、名前を呼びかけるというヴァイオラの行為は、直接オリヴィアと関わろうとするものである。ここで重要なことは、ヴァイオラの言動が、オーシーノの自己陶酔的な愛の表現とは異なり、そこにいる一人の女性を見据えた発言となっていることである。

オーシーノから見ると、自分の愛に応えないオリヴィアは、「最高に無慈悲」（二幕四場　八一）で「残酷」（五幕一場　一〇九）で「むごい女性」（五幕一場　一一〇）であった。オーシーノと同じ視点に立つ批評家は、一家の主として立派に家を取り仕切る力量を備え（四幕三場　一六―二〇）、十分な財産も所有しているオリヴィアがオーシーノの求婚を断るのは、男性社会と関わらずに生きていくことを決意したからであるとか、強情で「不自然」な生き方を選んだことになるとか、あるいは、屋敷に閉じこもること自体、世間を拒絶している証であるなどと見なしたりする（Vickers 三四五―六）。しかしオリヴィアがオーシーノとの結婚を拒絶するのは、彼を「愛せない」からであり、結婚や世間を拒絶しているからとは言い難い。オリヴィアが拒絶するのは、彼女を一人の女性として見ない自己愛に浸る男性と、その男性との結婚を強要する社会なのだ。その証拠に、オリヴィアは、シザーリオ（ヴァイオラ）への恋によってたちまち結婚を望む女性へと変貌する。

シザーリオに惹かれたオリヴィアは言う。

どうしよう？
人ってこんなにも早く恋の病にかかるものなの？
思うに、あの若者の完璧な姿が
私には見えない捉え難いほどの密かな方法で
私の目の中に入り込んだのだわ。まあなるようにさせましょう。（一幕五場二九八－三〇二）

この台詞からは、オリヴィアの心が浮き立つ躍動感が感じられる。彼女は一人の女性としての自分と向き合う可能性を示した相手に惹かれたのである。ヴァイオラは男の服をまとっていたが、過剰な言葉で愛に見合わぬ誓いを立てるという男の振舞いに囚われていなかったことが、オリヴィアの共感を呼んだ。オリヴィアがヴァイオラに惹かれる場面は、父権的な束縛や、一方的で威圧的な求愛から解放された、自由で自立した恋愛が模索される場としても注目できる。

シェイクスピアは、このヴァイオラの愛し方を、オリヴィアの心だけでなく、オーシーノの心をも動かす愛として描いたのである。

おわりに

父親不在の娘たちの言動が浮かびあがらせたのは、オーシーノの愛の性質だった。オーシーノは自らの愛に陶酔し、その愛を優位に位置付けることで、愛する女性のみならず、自らの愛をも貶める矛盾に陥っていた。男の愛を優位に語ってみても、それは優れた愛の証明にはならず、かえって彼を不自由な恋わずらいに迷い込ませる。オーシーノから愛の喜びを奪っていたのは、オリヴィアの冷酷さではなく、彼自身の価値観なのだ。その呪縛から解放されない限り、彼に愛の喜びは訪れない。(11)

ヴァイオラの男装は、女性の愛が男性の愛に劣らぬ情熱を持つことをオーシーノに知らせる役割を果たした。互いの愛が同等であるという視点が示された後に、「哀れな怪物」の変装は解かれ、オーシーノとの結婚にいたる。そこで追究される愛は、非現実的な理想像への一方的な崇拝ではなく、実在する個人と個人の間に築かれる対等な関係の中で模索されたときに喜びへと昇華する可能性を秘めたものとして描かれている。この可能性をより確かなものにするためには、娘は一個人として自分で決断できる立場になくてはならない。そのために、作者は娘たちをひとまず父親不在にする必要があったのである。(12)

シェイクスピアは『十二夜』の中で、個人と個人の現実的な愛を肯定的に描こうとしている。そこには、人間どうしの平等の在り方という近代社会への重い課題が、絶対王政期イギリスにおける新しい人間関係の在り方として追究され、検証されている。この視点がさらに深まるのは後年の悲劇においてであるが、[13]すでに喜劇としての笑いの中に示唆されているところに、この作品の特徴があると言えるのではないか。[14]その意味で『十二夜』は、喜劇と悲劇の狭間にある作品として独特の魅力を放っている。シェイクスピアが巧みに仕組んだ喜劇的なストーリーには、愛の真相を見極めようとする作者の視点が秘められているのである。

注

（1）『十二夜』の使用テキストは、*The Arden Edition of the Works of William Shakespeare, Twelfth Night.*（Eds. J. M. Lothian and T. W. Craik. London: The Arden Shakespeare, 2006, first published 1975 by Methuen & Co. Ltd）。作品からの引用は同書より行い、行数はこれに従う。その他のシェイクスピア作品の引用行数は、統一して *The Alexander Text of William Shakespeare, The Complete Works.*（Ed. Peter Alexander. London and Glasgow: Collins, 1988）に従う。ただし、引用文においては次のテキストも参照している。*A Midsummer Night's Dream.* Ed. Peter Holland. Oxford UP, 1994, *Romeo and Juliet.* Ed. Jill L. Levenson. Oxford UP, 2000. 日本語訳はすべて筆者による。

（2）エリザベス朝の結婚一般については、Ralph A. Houlbrooke、Lawrence Stone 参照。

（3）ヴァイオラの男装も危険を回避するためである。作品の冒頭で、身よりだけでなく、住む家さえ失ったヴァイオラは、オリヴィアの侍女となって身を隠そうとするが叶わないと分かり、小姓としてオーシーノ公爵に仕えようと考える。独身男性の家来には男性がなるものであった事は、エリザベス朝の観客には周知の事実であった。したがって、Catherine Belsey が念を押すように、ヴァイオラが最初に男装することになるのは、あわよくばオーシーノ公爵の妻となるためではなく、社会的孤独に陥った娘が生き抜くための消極的選択からである（七）。

（4）この時代は、G・M・トレヴェリアンの言葉を借りれば、「封建思想と民主的精神が驚くべき共存適性をもっていて」（八二）、人々の価値観も新旧様々に混在していた。

（5）ハーミアは愛するライサンダーと森（＝法の外）へ逃避する。命の危険を冒してでもライサンダーと結婚しようとするハーミアの行動には強い決意が見てとれる。しかしハーミアの結婚には、少々強引な手続きがある。父イジーアスの選んだディミートリアスには、ハーミアへの愛は雪のように溶け去った（四幕一場 一六一―八）と言わせて手を引かせ（しかもこの心変わりには妖精が使う恋の花の力が介在している）、イジーアスには、ハーミアとライサンダーの結婚を認めよという公爵の命令が下る（四幕一場 一七六―八）。厳しいアテネの法に保障されていたはずのイジーアスの父としての権利は、公爵の威力の前に、その効力を奪われる形となる。命令を受けた後のイジーアスに台詞はない。つまり、ハーミアの結婚は、ディミートリアスの心変わりと、公爵がイジーアスの同意を半ば無理強いしたことによって実現するのである。

（6）『から騒ぎ』の場合、娘の望む相手と父親の決めた相手は始めから同じ人物であるため、娘と父親の衝突は起こらない。しかし父レオナートは、ヒーローに、「娘よ、私が言ったことを忘れるでないぞ。ご領主様が結婚の話をされたときの答えは分かっているね」（二幕一場 五六―七）と言い、娘の行動を誘導している。また、『お気に召すまま』では、ヒロイン、ロザリンドの父親は森へ追いやられ、娘とも離れ離れの身であるが、娘の結婚を決める場には登場し、父親としての許可を与えている。五幕四場で男装のロザリンドが父である前公爵に「もし私があなたの娘ロザリンドを連れてきたら、あなたはここにいるオーランドーに娘を与えるのですね」（五幕四場 六―七）と確認すると、前公爵は、「そうするつもりだ、たとえ王国のいくつかを娘に与えようとも」（五幕四場 八）と答えている。

（7）Houlbrooke によれば、一七世紀の結婚は、娘の選択が考慮されるケースが少なからずあったが、それでも娘に対する親の干渉は、息子に対してよりも強く行われていた（六八―七三）。この時代の結婚は、親の決定に子が従うものという風潮と、子供の選択を尊重しようとする価値観が共存するという明らかな矛盾を孕んでいた。シェイクスピアは、寛容な態度を見せる父親を描いているが、自分の意見を曲げてまで娘の要求に応じる父親像は描いていない。

（8）Phyllis Rackin は、オーシーノが叶わぬ愛への苦悩を見せる姿が、過度に理想化された非現実的な女性像を称えるペトラルカ風ソネットに類似すると指摘する。ペトラルカ風ソネットで詩の中心を占めるのは、情熱的な愛を女性に向ける詩人本人の姿であり、愛を向けられる女性ではない。女性は詩人の心を掻き立てる誘因にすぎない。この世のものとは思えぬ美しさを備えもった女性は、光や宝石に例えられ、一人の人間としての人格や個性が描かれることはない（九五―一〇六）。

（9）C. T. Onions, *A Shakespeare Glossary*, Oxford UP., 1911; 2nd ed., 1919; Enlarged and revised by Robert D. Eagleson（Oxford: Clarendon Press, 1986）によれば、「肝臓は愛情や激しい情熱の座と考えられていた」（一五八）。

（10）Carol Thomas Neely は、オーシーノのオリヴィアへの愛は、手に入らない理想化された女性への愛として男性が見せるフェテシズムやナルシシズムの類であると指摘する（一一八）。

（11）シェイクスピアが自己愛の克服を愛の成就に関わらせていることは、オーシーノとマルヴォーリオの対照的な描かれ方にも見て取れる。マルヴォーリオもまたオリヴィアとの結婚を思い込みの中で夢想し（二幕五場 二三―八、三五）、「自己愛に取りつかれている（sick of self-love）」（一幕五場 八九）人物として描かれているからである。公爵と執事と立場は異なるが、オリヴィアに拒絶されたことを一方的に恨み、「こうなったら痛めつけてやる」（五幕一場 一二七）と言ったオーシーノの発想は、マルヴォーリオの最後の台詞となる「みんなまとめて復讐してやる」（五幕一場 三七七）と同質だ。このナルシシズム的発想を抱えたままのマルヴォーリオには不満分子としての暗い影が残される。

（12）『十二夜』以後の諸作品には再び父親が登場するが、明らかに娘との関係は変化している。娘はより自立した形で描かれることになるが、その詳細は別の機会に論じたい。

（13）後年の悲劇とは『オセロー』（一六〇四）である。ブラバンショーの娘デズデモーナは、父親の許容範囲から抜け出し、完全に自分の意志で、オセローとの結婚を決行している。そのことは、オセローの「彼女（デズデモーナ）の目が私を選んだのだ」（三幕三場 一九三）という台詞にも際立つ。デズデモーナの愛については、拙著『オセロー――愛の旋律と不協和音――』「第一章」参照のこと。

（14）個人と個人の愛の問題を丁寧に掘り下げようとすれば、軽快な笑い、変装や勘違いといった喜劇の要素はかえって邪魔となる。つまりこのテーマは悲劇への移行を示唆する。しかしシザーリオ（ヴァイオラ）に恋したオリヴィアが、シザーリオと思い込んだまま双子の兄セバスチャンと結婚してしまう展開などは、偶然と幸運がもたらす意外な結末というべきものであり、これは喜劇的枠組みの中にある。観客を楽しませる喜劇的要素と、もはや喜劇の枠には納まりきらないテーマが混在する『十二夜』は、喜劇の限界と悲劇の到来を予感させる特異性を備えた作品と言えよう。

引用参照文献

Belsey, Catherine. *Shakespeare and the Loss of Eden: The Construction of Family Values in Early Modern Culture.* New Brunswick and New Jersey: Rutgers UP, 1999.

Dusinberre, Juliet. *Shakespeare and the Nature of Women.* 1975. 2nd. Ed. London: Macmillan, 1996.

Fromm, Erich. *The Art of Loving*. New York: Harper Perennial Modern Classics, 2006; first published 1956 by Harper & Row.

Houlbrooke, Ralph A. *The English Family 1450-1700*. London and New York: Longman, 1984.

Neely, Carol Thomas. *Distracted Subjects: Madness and Gender in Shakespeare and Early Modern Culture*. Ithaca and London: Cornell UP, 2004.

Rackin, Phyllis. *Shakespeare and Women*. Oxford UP, 2005.

Schafer, Elizabeth, ed. *Twelfth Night*. Cambridge UP, 2009.

Shakespeare, William. *A Midsummer Night's Dream*. Ed. Peter Holland. Oxford UP, 1994.

_______. *Romeo and Juliet*. Ed. Jill L. Levenson. Oxford UP, 2000.

_______. *The Alexander Text of William Shakespeare, The Complete Works*. Ed. Peter Alexander. London and Glasgow: Collins, 1988.

_______. *Twelfth Night. The Arden Edition of the Works of William Shakespeare*. Ed. J. M. Lothian and T. W. Craik. London: The Arden Shakespeare, 2006; first published 1975 by Methuen & Co.Ltd.

Sokol, B.J. and Mary Sokol. *Shakespeare, Law, and Marriage*. Cambridge UP, 2006; first published 2003.

Stone, Lawrence. *The Family, Sex, and Marriage in England 1500-1800*. New York: Harper & Row, 1979.

Vickers, Brian. *Appropriating Shakespeare: Contemporary Critical Quarrels*. New Haven and London: Yale UP, 1993.

トレヴェリアン、G・M『イギリス社会史1』藤原浩・松浦高嶺訳、みすず書房、2000年。

森本美樹『オセロー――愛の旋律と不協和音――』文芸社、2003年。

第一六章

キャザーとフィッシャー
――女性作家の領域とモラル――

作間和子

はじめに

ウィラ・キャザー（一八七三―一九四七）は、アメリカ文学のキャノンの中に位置づけられている数少ない女性作家の一人であるが、キャノンの中に生き残るためには、彼女なりの周到な戦略が必要であった。若い頃から偉大な作家となって後世に作品を残したいという欲望を抱いていたキャザーは、ホーソーンが「書き散らす女たち」と呼んだ「レディー作家たち」と同一視されないよう一線を画し、他の女性作家から距離を置いたのも、その戦略の一つである。一一歳年上のイーディス・ウォートンとも一切交流せず、人気よりも芸術を重んじる孤高の作家としてのパブリック・イメージを貫こうとした。このため女性作家との交流を意図的に狭く限定していたが、その数少ない友人の中には、劇作家のゾーナ・ゲイルがいる。彼女とキャザー、ウォートンという三人の女性作家をめぐる関係については、批評家デボラ・リンゼイ・ウィリアムズの研究書『シスターフッドでなく』で、ゲイルを中心に三人の手紙から詳しく考察されている。しかし、キャザーの作家生活にとって最も重要な女性作家はゲイルではなく、ドロシー・キャンフィールド・フィッシャー（一八七九―一九五八）であった(1)。実際、フィッシャーはキャザーの大学時代から死ぬまでと最も長いあいだ交友関係を結び、しかもフィッシャーも当時大変な人気作家だったのである。

フィッシャーが創作過程にかかわったキャザーの小説に、『われらの一人』（*One of Ours* 一九二二）がある。それはキャザーが第一次世界大戦を題材にした唯一の長編小説で、戦争の表象をめぐり評価が分かれる問題作でもある。この作品は広く読まれ、同じように戦争で息子を亡くした多くのアメリカ人の共感を誘ったこともあり、ピューリッツァー賞を受賞した。この本を書くにあたり、キャザーは自ら戦争を経験したことがないため、自分の従兄の手紙や体験、そして従軍医師の日記や出版物をもとに執筆し、戦場跡を訪れ、大勢の復員兵士に直接取材を重ねた。小説を読んだ復員兵士たちからは、キャザーの戦場の描写は真実に迫るものであると高く評価されたが（ハリス 六六(三)）、それにもかかわらず、書評では批評家から小説の戦争シーンがリアルではないと批判された。伝統的に、戦争について書くことは男性の特権であるとされてきたなかで、キャザーが男性を主人公に「戦争小説」を書いたことは、いわば「男性の領域」を侵すものとされ、ジェンダーの壁を越えようとしたと見られ、批評家たちの反感を買ってしまったと言えよう。

その窮地を救ったのが、ネブラスカ大学時代からの友人、ドロシー・キャンフィールド・フィッシャーであった。彼女は、日本ではほとんど研究されていないが、当時は最も活躍していた女性作家の一人であった。彼女はキャザーよりも六歳年下であるが、大学時代に短編小説を二人で共作したこともある。そのフィッシャーは、『われらの一人』の出版前の一九二二年にゲラを読んでキャザーに助言をし、出版後は最初に好意的な書評を『ニューヨーク・タイムズ・ブック・レビュー』に書いて、受賞への道を拓いた。このように二人は親しい間柄であったが、しかし、それ以前の一九〇五年から約七年もの間、二人は絶交状態にあったのである。その後は多少の文通は復活したものの、一九二二年まで約一七年間も、フィッシャーはキャザーと会おうとはしなかった。その理由は長い間謎のままであったが、マーク・J・マディガンが、二人の不和の原因を未公開の手紙から発見して、その間の事情を一九九〇年に解き明かした。キャザーの短編小説「横顔」（"The Profile" 一九〇七）の出版をめぐり、その出版を差し止めようとしたフィッシャーとキャザーとの間に深刻な対立が生じたのである（WCDCF）。

このような対立にもかかわらず、二人はこの不和を乗り越えて和解し、一九二二年にはフィッシャーはキャザーのピューリッツァー賞受賞を後押しした。どうしてフィッシャーは、長年の絶交にもかかわらず、この対立を乗り越え、キャザーの窮地を救ったのだろうか。そこには女性作家として、どのような断絶と連帯の関係があったのか。本論は、キャザーとフィッシャーの長く深い交友関係を軸に、キャザーの新しい作家像に迫る試みである。

なお紙幅の関係で、本論では女性作家が直面するジェンダー上の問題のみを前半で扱い、セクシュアリティの問題については稿を改めることを、あらかじめお断りしておきたい。

キャザーは、一八七三年に南部ヴァージニアに生まれ、九歳で西部開拓のフロンティアであるネブラスカに移住した。大学を卒業後、編集者や教師などの職を経たのち、四〇歳でようやく作家として遅いデビューを果たした。その後は四〇代半ばで作家としての地位を確立し、生涯で一二冊の長編小説を出版し、自立した作家生活を全うした。彼女は一度も結婚せず、三四歳以降は死ぬまで編集者イーディス・ルイスとともにニューヨークで暮らした。彼女の作品は没後も一般読者に読み継がれ、今も研究が盛んである。

一方のフィッシャーは、カンザスに生まれ、大学学長の父、画家の母という知識人階級の両親を持ち、社会的にも文化的にも恵まれた環境で育った。当時の女性としては珍しくフランス文学で博士号を取ったのち、結婚してヴァーモント州で作家生活に入り、夫と子ども二人を筆一本で扶養した。生涯でフィクション二二冊、ノンフィクション一六冊を出版した人気作家であったばかりでなく、「ブック・オブ・ザ・マンス・クラブ」という全米規模の選書クラブで二五年間も選書者・書評者を務め、アメリカ中産階級の読書傾向に多大な影響を与えた。パール・バックやリチャード・ライトらを見出したのも、彼女の功績である。しかし現在、フィッシャーの作品はキャザーとくらべてアメリカでもあまり読まれておらず、彼女が博士論文や学術論文で論じられる時は、複数の女性作家との比較対象の一人として取り上げられる場合が多い。

キャザー研究には、伝記的要素と重ね合わせて書かれた評論に優れたものが多い。ジェイムズ・ウッドレスは一九八七年の評伝で、詳細なキャザー像を包括的に提示し、その中でフィッシャーとの交友も取り上げている。同年、シャロン・オブライエンが、ウッドレスが切り捨てたキャザーのレズビアンとしての側面に光を当て、画期的な評伝『ウィラ・キャザー』を発表したが、それ以来、キャザーをレズビアンと捉える視点からのクィア・リーディングも相次いでいる。(2)

一方、キャザーの未公開の書簡などが発見され、自伝的な資料を駆使することによって、作品の読み直しや新たなキャザー像を形成しようとする動きも盛んである。ジャニス・P・スタウトをはじめ多くの批評家が指摘しているように、キャザー研究の多くが自伝的要素に依拠しているのは、彼女の小説そのものがすぐれて自伝的であり（スタウト BCC 四六七）、新たに掘り起こした事実によって説得力のある議論を展開できることが多いからである。

キャザーの手紙は本人の要請により大部分が破棄され、残された物も本人の遺言により出版や直接引用が一切禁じられており、すべての手紙を読むのは非常に困難な状態が続いている。そのような中で、マディガンやスタウトらがキャザーの未公開だった手紙を精査し、その成果を発表したことから、手紙によるキャザー研究にも新たな進展が見られる。スタウトはキャザーの手紙を駆使して、『われらの一人』の創作過程でのフィッシャーの関わりについて詳しく考察している（MWC）。しかし、二人の不和の原因となったキャザーの短編「横顔」を、顔の火傷《やけど》という同じ題材を扱ったフィッシャーの短編「性教育」（"Sex Education" 一九四五）と関連づけて考察したものはまだ無い。

本論では、未出版の手紙を使用するバイオグラフィカルなアプローチを取り入れながら、まず、この二人の女性作家の断絶と和解を通して、そこにどのようなジェンダー上の問題があったのかを考えてみたい。その上で後半では、外部に対しては連帯していたが、その連帯の内側では異質な作家同士の複雑な交流があったことを精査する。そして、二人の対立の原点となったキャザーの短編「横顔」とフィッシャーの短編「性教育」を比較することにより、二人の女性作家の「芸術とモラル」に対する態度の相違について考察し、キャザーの文学の本質にあらためて迫っていきたい。

1　二つに割れた世界

キャザーは一九一三年、初めて独自の題材を見出した二冊目の長編『おお、開拓者たちよ！』を発表した。この小説は、それまでは文学の題材として顧みられなかった「西部開拓の女性」を主人公にしていたため、アメリカらしい清新な題材として、H・L・メンケンら左翼系の新しい世代の批評家たちから好意的に迎えられたことは、つとに知られていることである。その後の一九一八年には同じく中西部を舞台にした代表作『マイ・アントニーア』を出版して好評のうちに迎えられ、一九二〇年代には、『われらの一人』、『迷える夫人』（一九二三）、『教授の家』（一九二五）、『わが終生の敵』（一九二六）、『大司教に死は来たる』（一九二七）と立て続けに長編小説を発表し、舞台も中西部からアメリカ南西部にまで広げて旺盛な執筆活動を続けた。

しかし、一見順調に見えるキャザーの作家生活にも、実は深刻な危機が訪れていた。のちの一九三六年に出版された『四〇歳以下でなく』というエッセイ集の序文に、彼女は「世界は一九二二年かそこらで二つに割れてしまった」(V)と書いている。つまり、一九二二年に何か深刻な事態が起こり、キャザーの「世界」は二つに分裂してしまった、というのである。

一九二二年にいったい何が起こったのだろうか。第一次世界大戦後のジャズエイジに顕著となった価値観の変動と物質主義などにより、旧世代と新世代が分裂してしまったという時代風潮もある。また、一九二二年頃はモダニズムが台頭してくる時期であるが、キャザーはそのモダニズムの主流からは取り残された、一世代年上の作家であった。それだけでなく、キャザーの身辺に起こったことで明らかなのは、一九二二年九月に出版された『われらの一人』という小説に対し、否定的な書評が相次ぎ、キャザーが強い打撃を受けたことである。

この小説は、ネブラスカの田舎に生まれた青年が、結婚生活に破れ、物質的豊かさのみを追い求める農場生活にも生きがいを見出せず、第一次世界大戦に志願して参戦し、生まれて初めて生きる意義を見出して、フランスの地で大義を守ろうとしながら戦死してゆくという物語である。

執筆に約四年もかけ、その間、毎朝目覚めるとまず主人公のことを考えるというほど主人公とともに生き、全精力を傾けた作品に対し、好意的な書評は否定的なものより約二倍多く書かれたのであるが、その数よりもキャザー自身が重視する批評家たちから否定されたことが、彼女にとって大きな痛手となった(3)(ウッドレス WCLL 三三二)。たとえば、『マイ・アントニーア』を高く評価したメンケンは、ネブラスカを舞台にした前半は良いが、後半のフランスでの戦争シーンは「ハリウッドの映画セットで戦われているようだ」と批判している（一四二）。また同じ中西部出身の作家としてキャザーが親近感を抱いていた作家シンクレア・ルイスも、自ら書評することを申し出ながら、「戦争の場面では、主人公クロードはあまりに英雄的で純粋で、あまりに利口で高潔なので、だれも彼のことを信じられない」と評している（一二八－一二九）。また、一世代年下のアーネスト・ヘミングウェイは、批評家エドマンド・ウィルソンへの手紙で、キャザーが他の本から戦争シーンを借用したと批判した（一〇五）。そのウィルソンは、自分では『マイ・アントニーア』を読んだことがないにもかかわらず、キャザーを偉大な作家と評価したメンケンの判断は正しかったのかと書評で疑問を呈し、この小説を、「登場人物は生身の人間らしくない」「まったくの失敗」と酷評した（一四三－四四）。

これらの否定的な書評では、キャザーが熟知しているネブラスカを舞台にした前半は賞賛されているが、後半のフランスでの戦争の部分は、前述のようにリアルではないと批判されている。好意的な批評も数多く書かれ、小説を読んだ多くの復員兵士たちから、キャザーの戦場の描写は真実に迫るものであると高く評価されたにもかかわらず（ハリス　六六三）、影響力のある男性批評家たちから批判された。その点を詳しく見てみると、キャザーが戦争に参加したことがないのに男性を主人公にして小説を書いたため、戦争について書くという男性の特権を侵して「男性の領域」に踏み込み、ジェンダーの壁を越境しようとしたと見られて批判されたのではないか、という様相が浮かび上がってくる。

アンジェラ・K・スミスは、「歴史的にみて、第一次大戦は、男性が支配する領域と定義されてきた。おそらくそれは、戦争経験を語るもっとも根強い表象の多くが、塹壕の戦いのイメージなどで形成されているからだ」（SB 三）と言う。彼女はまた、「歴史は、第一次世界大戦を男性のものとしてジェンダー化してきた」（WW 一）とも述べている。さらに、ジュリー・オリン＝アメントープによると、「戦争について書くことは、久しく男性のみの特権と考えられてきた。第一次世界大戦の間に……単に男性の特権というだけでなく、男性戦闘員の特権となり、非戦闘員が書いたものはますます退けられるようになった」（一二五）という。つまり、キャザーは女性であり、また非戦闘員でもあったので、二重の意味で戦争を書く資格がないと見られたのだ。この点について、サミュエル・ハインズは、「実際に戦った者だけが、戦争について真実を語ることができるという考えは、年長の兵士たちがそれまでも持っていた考えであるが、しかし第一次大戦になって初めて、それが美学の基本をなすようになった。なぜなら、第一次大戦で初めて、実際に戦った兵士が、それを表現する芸術家でもあったからだ」（一五八）と指摘した。その一つの例が、ジョン・ドス・パソスの『三人の兵士』（一九二〇）である。彼は、実際に戦争に参加した経験をもとに、いかに戦争が空虚で人を幻滅させるものであるかを描いた。メンケンの『われらの一人』の書評によると、アメリカが参戦する前は参戦を促す風潮を、戦争中は高揚感を持って戦争を描いた小説が多かったが、戦後にドス・パソスの『三人の兵士』が反戦的に戦争を描いた後は、「第一次大戦についてのアメリカの論調がすっかり変わってしまった」という（一四二）。そして、「不運にも、ミス・キャザーがこの本を読んだとしても、あまり注意せずに読んだのではないか」と推測している（一四二）。しかし、そのメンケン自身にもほとんど戦争経験がなく、メンケンの評価がどれほど正確であるか疑わしい、とオリン＝アメントープは指摘している（一四三）。われわれはメンケンの見方を無批判に受け入れることはできない。

シャロン・オブライエンは、「戦争を、貴い犠牲がはらわれる英雄的な場としてとらえる感傷的で世間知らずの見方は、戦争中には幅広く支持されていたが、一九二〇年代には知識人や作家たちから頑なに非難されたイデオロギーとなった」と指摘し、さらに「この古い感傷的な見方を一見キャザーが支持しているように見えるので、（ピューリッツァー賞の選考委員会を除いては）『われらの一人』は出版以来、現代の戦争を女性作家が非現実的で信頼できない見方で描いたものとして退けられてしまった」と評した（CE 三七九）。キャザーが戦争を美化する考え方を継承しているものと、当時の批評家たちに受け止められたのである。

またオブライエンは、メンケンの書評を読み解き、キャザーの作家としての権威に二つの疑念がつきつけられたことを明らかにしている。一つは、「女性作家として、キャザーは戦争の経験が無いので、戦争小説という男性のジャンルを侵犯する権限を欠いているのではないかという疑念」である。そしてもう一つは、「女性（そして非戦闘員の）作家として、キャザーは戦争を高尚で気高い事業として定義するロマンティックな通念を継続させた、という疑念」である（CE 三七九）。つまり第一に、キャザーは女性であるというジェンダーのせいで、そして女性ゆえに非戦闘員であったので、「二重の意味」で戦争小説を書く権限が無いと見なされたこと、第二に、人々を幻滅させるものとして戦争を書いたのではなく、主人公が生きがいを見出した場として肯定的に描いたために、戦後の批評家たちから否定されたということである。オリン＝アメントープは、「もしキャザーが『われらの一人』を男性のペンネームで発行することを選んでいたら、その書評はどのようなものとなったであろうか」と疑問を投げかけている（一四三）。キャザー自身も一九二三年三月二日の手紙で、この小説をもし匿名で発表していたら、批評ももっと穏やかなものとなっただろうに、と書いている。(4)

『われらの一人』は、肯定的に戦争を描写したと批判されたが、しかしテクストを実際に読むと、戦争に対する幻滅や否定的な言説に満ちているのである。ここでは紙幅の関係で、一例だけ挙げておこう。一見すると英雄的に見える主人公クロードの死後、最終章でその戦死の知らせが故郷の母にもたらされる。母は深い悲しみに打ちのめされるが、母の心の慰めは、戦後の人心の荒廃を息子が見ずに済んだことである。戦後、結局は邪悪さだけが横行しているのをみると、母は大義に殉じて息子が死んでよかったと思うのである。

母は、息子が死から目覚めることを恐れた。息子は、戦後のこの惨めな失望にはとても耐えられなかっただろうから。今度の大戦の英雄たち、立派な軍人精神を発揮した者たちが、戦後復帰した社会から若くして相次いで消えていく。伝説を生みだしたパイロットたち、若者たちの血をたぎらせた士官たち、信じられないような苦難を生き抜いた兵士たちが、静かに次々と自らの命を絶っていく。（中略）彼女は全能の神が、何かひどい苦しみ、恐ろしい終末から息子を救ってくれたような気がした。というのは、新聞を読みながら、この自殺者たちはみな、息子に大変よく似ていると思うからである。彼らは、有り余るほどの期待を持った者たち――戦地で戦うために、途方もないほどの期待を持ち、熱狂的に信じ込まずにはいられなかったような者たちである。そして彼らは、自分たちの期待や信念があまりに大きかったことに気づいて自殺していったのだ。しかし息子は、そのような幻滅にはとても耐えられそうもない息子は――手の届かないところにいる、安全だわ、と彼女は安堵するのだった。（六〇四―〇五）

この場面が小説の最後に置かれている。小説の途中では、確かに主人公のクロードは理想を抱いたまま戦死してゆき、それは幸せなことかもしれないと解釈できるが、しかしこの最終部を読むと、キャザーは戦争を決して肯定的に描いたのではなく、戦争の醜さや空虚さ、幻滅感を母の眼を借りて冷徹に描いている。主人公クロードの理想化された戦争観と作家キャザーの冷めた戦争観の間には、大きなギャップがあることを、多くの書評は見落としているのだ。これほど苦く、戦争の愚かさ、醜さを描いた記述があるだろうか。否定的な書評は、どれだけこの点を評価したのであろうか。

もともとキャザーは、自分の従兄の思いや体験を表現したくてこの小説を書いたのであり、いわゆる「戦争小説」を書くつもりは毛頭なかった、とフィッシャー宛ての手紙で明確に述べている（一九二二年三月八日）。キャザーは従兄の思いを描くことに集中し、従兄が自分の一部のようになっていた。しかし男性の特権とされる戦争を、女性作家が男性を主人公として長編小説で描いたことで、キャザーは女性作家としての領域を超えて「男の領域」に踏み込んだと見られ、批評家たちを刺激してしまったのだ。キャザーは自覚を持って意図的に踏み込んだと思われる。オブライエンは「フィッシャー宛ての手紙が示すように、キャザーは自分が敵対する領域に敢えて踏み込む女性作家であるということを、はっきりと自覚していた」（CE 三九〇）と指摘している。オリン＝アメントープも同様に、キャザーが従兄の体験を小説に書くと決意した時に「彼女はチャレンジに直面していることを知っていた」（一一八）と述べている。このように、キャザーがはっきりと自覚していたからこそ、出版を目前にしたゲラの段階で大きな不安を感じたのだろう。

キャザー自身は『われらの一人』の執筆のために入念な調査を重ね、戦地にも足を運んだが、小説の後半の舞台は自分が熟知していないフランスであり、兵士の経験を欠きながら兵士の体験や感情を描くことに、不安を感じてもいた。そこでその対策として、『われらの一人』が出版される前の一九二二年二月六日に、キャザーは友人のフィッシャーに手紙を書き、小説のゲラを読んで、最後のフランスでの戦争シーンが適切に描写されているかどうかをコメントしてほしい、と頼んだ。『われらの一人』を書き上げ、ゲラの修正という最終段階に入って、この戦争小説をこのまま世に出すことに不安を感じたキャザーは、フィッシャーの助けを借りる必要を強く感じたのだ。

フィッシャーはソルボンヌ大学に留学経験があり、フランス文学の博士号を取得し、第一次大戦中はボランティアとしてフランスの戦地で約二年も活動をしていたので、キャザーよりもフランスや大戦に関する知識がはるかに豊富だった。彼女は戦争を間近で見聞きし、第一次世界大戦を題材にした短編集をすでに二冊も出版していた。またフィッシャーは、「ブック・オブ・ザ・マンス・クラブ」の選書者・書評者を務めており、文壇にかなりの影響力を持っていた（マディガン IKF 五―七）。フィッシャーは、助けを求めるのに最適の相手だったのである。

フィッシャーはキャザーの要請に応えてゲラを読み、キャザーの戦争描写について詳しいコメントをして、キャザーの自信を回復する手助けをした（キャザーの一九二二年三月と六月二一日の手紙）。本の出版後は、他に先んじて『ニューヨーク・タイムズ・ブック・レビュー』に、この小説は戦争についての小説ではなく、ネブラスカ出身の青年についての物語である、と好意的な書評を書いた（一四）。この影響もあり、『われらの一人』は、一方でウィルソンらの批判にさらされながらも、翌年にピューリッツァー賞を受賞し、キャザーは作家としての名声を確立し、その賞金と本の好調な売り上げによって経済的に安定した作家生活をも手にすることができたのである。

ところがこの二人は、それより以前の一九〇五年から約七年間にわたり、ほぼ絶交状態だった。一九一六年にはキャザーからの三通の手紙が残されているが、一九二二年までの約一七年もの間、度重なるキャザーの要請にもかかわらず、フィッシャーは彼女と会おうとはしなかった（マディガン WCDCF 一一七）。

『われらの一人』では強い連帯を見せた二人は、どうしてそれ以前に交友を絶っていたのだろうか。そして二人は、どのように和解したのだろうか。それについては、長年のあいだ謎であったが、一九八七年七月にヴァーモント州アーリントンのフィッシャー邸の納屋で未読の書簡が発見され、一九九〇年にマディガンによって、その謎がようやく解明された（WCDCF）。それは、キャザーの短編の出版をめぐる対立であったのである。

2 「横顔」

二人の不和の原因となった短編「横顔」は、その発端を二人が作家としてデビューする前の一九〇二年にまで遡る。当時キャザーは雑誌の編集者を辞めてピッツバーグで高校教師をしていたが、夏休みに初めてヨーロッパ旅行でパリに行き、フィッシャーの大学院の友人イヴリン・オズボーンを紹介され、パリ周辺で行動をともにした。当時パリでフランス文学を研究していたオズボーンは、顔の左側にひどい火傷の痕（scar）が広がっていたが、まるでその傷痕《きずあと》が無いかのように振舞い、贅沢なドレスが好きなことで知られていた。このオズボーンにインスピレーションを得て、キャザーは顔に火傷の痕があり、華美なドレスを好むヴァージニアという女性を創造して、「横顔」を書きあげた（マディガン WCDCF）。

それではこの短編の何が、キャザーとフィッシャーの間で問題となったのであろうか。それは、顔の火傷とドレス好きのせいで、オズボーンが女性主人公のモデルであるとすぐに特定されてしまうことである。また短編では、顔の傷痕だけでなく、心をも病んでいて、人に傷を負わせる悪意ある女性として描かれている点である。

ここでは「横顔」を、顔に火傷を負った女性主人公ヴァージニアがどのように描かれているかを中心に読み解いていこう。(5) アメリカ人のダンラップは、ウェスト・ヴァージニアの貧しい山村出身だが、若くしてパリに渡り、女性を美しく描く肖像画家として成功を収めた。ある日、ふとした偶然から、カリフォルニアから来た小麦王の娘ヴァージニアの肖像画制作を頼まれる。その娘は派手な衣装が大好きで、美しい顔立ちであったものの、その顔の左側には、目から口にかけてひきつれたような醜い火傷の痕が広がっていた。その傷痕のあまりの醜さにダンラップは初めは嫌悪を覚え、どのように肖像画を描くべきか困惑する。その彼に、ヴァージニアは次のように声をかけた。

「どのように座ってほしいかしら。」

ダンラップは、普通はモデルに自分で決めるよう頼んでいる、と口ごもった。

「それなら、横顔にしたらどうかしら」と彼女はさりげなく提案し、彫刻のある木の椅子に腰をおろした。（一二八）

このように、傷の無い横顔を描くように提案したのはヴァージニア自身である。この言動には自らの傷痕を十分認識しつつも、美しい方の顔だけをダンラップに向け、傷を無視して美しい私だけを見てほしい、というメッセージが込められている。

ダンラップも、傷痕を完全に無視して振舞うヴァージニアの毅然とした態度に次第に惹かれるようになる。そして、「彼女の勇気ある率直さが彼の騎士道精神に訴え」（一二九）、傷痕があるがゆえに、彼女を愛するようになった。ダンラップは傷痕を持つ苦しみをヴァージニアが口にして、自分と苦悩を分かち合うことを夫婦の信頼の証と考えるが、ヴァージニアは傷痕が無いかのようにまったく無視して振舞い、結婚後も二人の間で火傷のことが口に出されることは決してない。二人の間に弱々しい娘エレナーが生まれた後も、派手な装いと華やかな社交は相変わらず、子どもに愛情を全く示さないため、夫と妻の間の溝は広がるばかりであった。ヴァージニアの従妹エレナー（子どもと同名）が家に滞在するようになり、夫が愛情深い彼女に惹かれていることに気づいたヴァージニアは、外出前にアルコールランプを調節し、爆発させて従妹エレナーの顔に火傷を負わせる。そのままヴァージニアは家に戻らず、サンクトペテルブルクで暮らすようになり、やがて離婚手続きを申し出てきた。離婚したダンラップは、醜い火傷痕を持つエレナーと二度目の結婚をすることになる。

この短編は、全知の視点で語られ、ダンラップの心の中にも容易に入りこむが、火傷の傷を負うヴァージニアの心情は直接描かれてはいない。ダンラップの一方的な視点から、彼のロマンティックな心情とその幻滅、結婚生活の破綻が淡々と語られる。そしてこの物語の中心が、顔の火傷である。傷痕を持つ苦しみを自分に打ち明けてくれさえすれば、それが妻からの信頼の証となり、嘘偽りのない夫婦関係が成立するとダンラップは一方的に考えるが、それは傷を持つヴァージニアの心情を全く無視した思い込みである。ヴァージニアは、傷痕を無視することによって、苦痛を乗り越えようとしているが、夫はその心情を理解せず、傷痕を常に意識して妻を苦しめる。この夫の暴力的態度は、娘の気持ちを理解してすべてを受容し、傷痕が無いかのように振舞う彼女の両親の態度とは対照的である。この短編は、傷を持つ女性の苦しみと生き方を周囲の人間がどのように受容するのか、という点にも読者の思いを至らせる。ダンラップは自分の思い込みにとらわれ、ヴァージニアの視点に立って苦痛を理解しようとはしない。

またこの短編は、人間の本性に潜む悪意が描かれた作品でもある。夫が従妹エレナーへ惹かれていくのを察知した彼女のとった行動は、エレナーの顔に火傷を負わせて醜くし、自分と同じ苦痛を与えることだった。単なる嫉妬を超えた、邪悪な犯罪の実行である。しかし火傷にもかかわらず、いや、火傷があるゆえか、ダンラップはエレナーと結婚した。結局、女性の美を尊ぶ肖像画家ダンラップは二度結婚したが、二度とも顔に醜い火傷の傷痕がある女性と結婚した、という皮肉な結末で物語は結ばれている。

このように心に闇を抱え、犯罪をおかしたヴァージニアのモデルが、フィッシャーの友人イヴリン・オズボーンであると世間が容易に特定できるということで、フィッシャーは「横顔」の出版の取り下げをキャザーに迫った。二人の共通点は、顔の左側に火傷の痕があり、派手なドレスが好きという点だけではない。パリにいるアメリカ人という設定や、金持ちの娘であること、火傷痕がまったく存在しないかのように振舞うが、実は火傷のせいで心に深い傷を負っている点、そして絵画に描かれたり写真を撮られたりする時に傷のある側を隠して傷の無い横顔を向ける態度など、オズボーンを示すベクトルは多数存在する(6)（四二〇－四二一頁の写真1、2を参照）。顔の傷痕について書かれるだけでなく、心の闇を暴かれ、人を傷つけるような悪意あるヒロインと同一視されたら、どんなに傷つくことであろうか。それが全くフィクションであっても、人々は事実と虚構の差を正しく認識できない。すでに心身に傷を持つオズボーンにとって、壊滅的な打撃となるであろう。世間が容易にヴァージニアとオズボーンを結びつけると予測できる以上、オズボーンをよく知るフィッシャーが、友人の心象を慮って出版に反対したのも無理はなかったと思われる。

なかでも重要な点は、美容整形の技術や心理学が未発達であったこの時代に、火傷の痕が単に身体的な醜さを表しているだけでなく、火傷が彼女の心をも蝕んでいると描写されていることである。「けれども、火傷痕そのものは、今では些細な事のように思われた。彼［ダンラップ］は、火傷が皮膚よりもずっと深く［心を］蝕んでいることに以前から気づいていた」（一三一）というように、火傷が心の病の象徴として描かれ、ヴァージニアはとぐろを巻く爬虫類にたとえられている（一三三）。火顔の傷だけでなく、心の歪みをも指摘されたとしたら、オズボーンにとって二重の苦痛であろう。加えて、オズボーンはキャザーを親しい友人だと思っていたのである。

その後、この「横顔」出版はどのような経緯をたどったのだろうか。この物語を含む初の短編集『トロールの庭』（*The Troll Garden* 一九〇五）が出版されることが決まり、発行前にそのことを知ったフィッシャーは、一九〇四年一二月に、ピッツバーグにいるキャザーに急ぎ電報を打ち、短編の内容についての説明を求めた（マディガン WCDCF 一二四）。

キャザーは一二月一八日の返事で、短編のヴァージニアは顔の火傷以外はオズボーンと全く似ていないと返答し、加えて、火傷痕はそう珍しいものではない、独身のオズボーンと違ってヴァージニア

写真１　（右から）キャサー、イヴリン・オズボーン（横顔）、友人の兄ピエール・シブー（？）。クリュニー美術館の外で。キャサー所蔵のスクラップブックより。Philip L. and Helen Cather Southwick Collection, Archives & Special Collections, University of Nebraska-Lincoln Libraries

写真２　キャザーとイヴリン・オズボーン（横顔）。リュクサンブール宮殿の前で。キャザー所蔵のスクラップブックより。Philip L. and Helen Cather Southwick Collection, Archives & Special Collections, University of Nebraska-Lincoln Libraries

は結婚しているし、オズボーンのドレスの趣味はヴァージニアほど悪くはない。それに短編はおもにヴァージニアの家庭内の不和を描いたものだ、と反論した。続けてキャザーは、フィッシャーの真剣な調子に当惑し、フィッシャーはことを重大に受け止めすぎているのではないか、私たちは皆こういう問題に関して良心の度合いがそれぞれ違う、と書いている。キャザーは、フィッシャーの激しい反応に当初驚いたように思われる。とはいうものの、良心の度合いについて言及しているところを見ると、モデルのプライバシーを守ることについて、フィッシャーよりも自分の良心の度合いが低いことを最初から認めている。

フィッシャーは問題の原稿を送ってくれるようにキャザーに頼み、一二月三〇日にそれは手元に届いた。フィッシャーはその二日後の一九〇五年一月一日に、キャザー宛てに再び手紙を書いた。

心から、全身全霊で、お願いするわ……残酷で壊滅的な打撃を……彼女に与えないで。イヴリンは火傷のせいですでに人生の幸福を失っているし、あなたに親切にしてくれたのよ。あなたがどれほど正確で忠実に彼女を描いているか、きっとあなたは気づいていないのよ――彼女の美しい髪、美しい手、ドレス好きだけれども他の女性だったら似合うかもしれないドレスを着るという哀れな趣味の悪さ、彼女の無意識――ああ、ウィラ、お願いだから、出版しないで。（中略）私を信じて、このことを気分が悪くなるほど熱心に考えているのよ、もし出版したら、結局はあなたをも、あらゆる点で傷つけることになるでしょう。それにイヴリンを潰してしまうわ——彼女が自分の苦痛をあなたがどう描写したかを知ったら、その衝撃から二度と立ち直ることはできないわ……。（KF 二六—二七）

しかし、フィッシャーの必死の呼びかけに対しても、キャザーは考えを変えなかった。一月五日のフィッシャー宛ての返事でキャザーは、もう初校も出来上がっているし、今でも薄い本がさらに薄くなってしまう、本全体をキャンセルしないかぎり、今さらこの物語を取り下げることはできない。オズボーンがこの本を読むことはないだろうし、自分のことだとは思わないだろう。オズボーンのポートレイトだという意見に賛成できない、という内容の返事を出した。

それに対し、フィッシャーの一月九日の返答は、惨めな失望感に満ちている。「私の手紙を読んだ後でもあなたの考えが変わらないなんて信じられない。私は悪夢の中を歩いているようだわ。（中略）本の出版社に事実を知らせるべきよ」というものだった（KF 二八）。それでもキャザーが事実を出版社に告げずにいると、さらに一月一九日の手紙で、フィッシャーは強い口調でキャザーに事実の開示を迫った。その後の様子は手紙では残されていないが、『マックリュア』誌のオフィスでキャザーとフィッシャー側、そして出版社の三者が集まり、緊迫した会合が持たれたことが、当時『マックリュア』誌に編集者として勤めていた詩人のウィッター・バイナーにより、後に明らかにされている。バイナーによると、その短編が発行されたらオズボーンが自殺するかもしれない、と心配されても、キャザーは短編の取り下げを拒み、「私の芸術は、友人よりも大切なものです」と言い切ったという

（フーヴァー 六二）。結局は、おそらく出版社の判断によるのであろう、キャザーの初の短編集『トロールの庭』から「横顔」は削除されて出版された。しかし深く傷ついたキャザーは、その短編集の冒頭に「フレビアと芸術家たち」という短編を置いた。その短編では、フィッシャーの母親であり画家でもあるフレビアの実名をそのまま主人公の名前として使い、フレビアという画家がいかに芸術家のパトロン気取りで浅薄な女性であるかを手厳しく批判している。この短編の主人公は、元はファルビアという名前だったが、出版時にフレビアに変更されたので、これはフィッシャー家に対する報復といえよう。(7)

『トロールの庭』の出版から三カ月後に、モデルのオズボーンが虫垂炎で急死する。翌年の一九〇六年にキャザーはオズボーンの死を知り、一九〇七年の『マックリュア』誌六月号に、ついに短編「横顔」を掲載した。それについてのフィッシャーの反応は記録に残っていない。

この一連の騒動から浮かび上がってくるのは、作家デビューを賭けて必死だった若きキャザーが、友人の人権や生命よりも、自分の芸術をあくまで優先させようとする態度をとったことである。モデルの人権を守るのか、それとも芸術を人権よりも優先させるのか。小説の登場人物を実在の人物とはわからないようにカモフラージュすることは、作家の倫理としてよく行われていることである。特に作中人物が否定的な要素を持つ場合には、この配慮が一般に求められる。しかし、キャザーは創作を何よりも優先するあまり、登場人物にモデルの特徴をそのままリアルに描きこむ傾向があった。

実は、キャザーがモデル問題を引き起こしたのは、「横顔」が初めてではない。『トロールの庭』に収録された「ワグナー・マチネ」も、実在の叔母をモデルにして、芸術・文化から遠く離れたわびしい田舎の暮らしを描き、故郷レッド・クラウドの町の人々の反感をかったが、それに対しキャザーは「もう一つ短編を書いてさらに怒らせてやる」と手紙に書いている（一九〇四年三月）。先ほど述べた「フレビアと芸術家たち」もそうであるし、『ひばりの歌』（一九一五）のような初期の作品だけでなく、中期の傑作『迷える夫人』や、後期の代表作『大司教に死は来る』のモデルも人物が特定されている。キャザーはモデルがわからないようにカモフラージュするという配慮をあまりしていない。

このようなモデル問題では、近年の日本では、柳美里の例がすぐに思い浮かぶ。彼女が初めて書いた小説「石に泳ぐ魚」（「新潮」一九九四年九月号初出）では、顔に腫瘍がある女性が登場するが、それが柳の実在の友人だとすぐわかるような描写であり、柳はその女性から告訴された。その時、モデルにされた女性が一番苦痛を感じたことは、「外観的特徴は、私の姿で描かれているのに、その言動や人格は私が受け入れ難い性質の人間に歪曲されてあったのです」というものだった。[8] 控訴審判決は、モデルの女性の人格権を擁護し、単行本の出版差し止めを命じた。柳はそれでも、この初めての小説にこだわり、腫瘍の描写を大幅に削った修正版をのちの二〇〇二年に出版し、二〇〇五年には文庫化もしている。顔の傷やあざというものは、ナサニエル・ホーソーンの短編「あざ」にも見られるように、かくも作家の創造力を刺激するのであろうか。[9]

ある意味で、フィッシャーの出版差し止めの判断は、政治的に正しかったのだろう。オズボーン個人の人権を守っただけでなく、もし出版を強行してオズボーンが自傷行為にでも及んだら、大変なスキャンダルとなり、駆け出しのキャザーの作家人生にも傷をつける結果となったであろうから。

3　和解と連帯

さて、本論でさらに問題にしたいのは、ともに作家同士であるキャザーとフィッシャーの芸術に対する態度である。芸術を友人の生命よりも優先させようとしたキャザーに対し、芸術作品よりも友人の人権をあくまで守ろうとしたフィッシャー。フィッシャーは、自分の作品の中でもモデルとなる人物が特定できないよう配慮を尽くし、物語の場所や名前を注意深く変えている。

このようにモデルへの配慮の度合いが大きく異なり、芸術への態度も異なる作家二人が、長年の断絶を乗り越えて、どのように和解したのであろうか。

一九〇五年初頭に起こった出版取り下げのあと、二人は交際を絶っていたが、フィッシャーの父親が亡くなった後、一九〇九年四月一五日にキャザーは短いお悔やみの手紙を送っている。次に残されている手紙は一九一六年の三月一五日付けで、フィッシャーがキャザーの長編小説『ひばりの歌』を気に入ったと書いてくれたことに対し、キャザーが謝意を述べている。しかし本格的な和解は、『われらの一人』を書き進めた頃の一九二一年三月二一日の手紙から始まり、キャザーは作家となるまでの若い頃の激しい苦闘をフィッシャーほど知る者はいない、再び会っておしゃべりできないものか、と書いている。ということは、一九〇五年の「横顔」の不和以来、フィッシャーは一七年間もキャザーと会おうとはしなかったということになる。一九二一年四月九日の手紙では、二人は再び友だちになれると思う、あの腐ったひどい物語［「横顔」］のことであんな騒ぎを起こした私は、本当の私ではなく、馬鹿な私だった。フィッシャーを長年とても大切な友人と思っているので、再びともに時間を過ごしたい、と書き、キャザーの側から熱心に関係修復を求めている。そして、一九二二年二月六日にキャザーは『われらの一人』のゲラを読むように頼み、フィッシャーはその頼みに応えて助言した。

しかし、二人の関係が不和以前のものとは変わってしまったことは、手紙の署名からも明らかである。不和になる前は、キャザーが一〇代に男の子のような髪型や振る舞いをしてウィリアムと名乗っていたことを反映して「ウィリー」（Willie）と手紙に署名していたが、不和が起こったときは「ウィラ・キャザー」（Willa Cather）と署名し、和解後は「ウィラ」（Willa）と署名している。この署名の変化は、二人の関係が単なる大学時代の友人ではなく、新たな段階に入ったことを示している。

これほどの深い不和を乗り越えた後、前述のように、一九二二年二月にキャザーは『われらの一人』のゲラを読んでチェックしてくれるよう助けを求め、彼女もそれを受け入れた。そしてフィッシャーはそのフランスでの場面に対し詳しいコメントをしてキャザーを安心させ、真っ先に好意的な書評を書き、ピューリッツァー賞受賞を後押しした（スタウト MWC 四九）。絶交までしていたキャザーをフィッシャーが助けた理由は、いったい何であったのだろうか。

一つは、古くからの友情とキャザーの劣等感に対する理解から、窮地に陥った友を助けたということである。ネブラスカの田舎町出身のキャザーが、自分よりも教養が高かったフィッシャーに対して長年劣等感や羨望を抱いていたことを、キャザーが一九二二年三月にフィッシャーへ宛てた手紙で告白したことで、フィッシャーがキャザーの真情を理解し、許したのである。『われらの一人』の小説の後半で、農夫だった主人公が戦場で同僚のバイオリニストに感じた劣等感と嫉妬は、キャザーがフランス旅行でフィッシャーに感じた感情と同じものであることを手紙に書き、フィッシャーに理解と共感を求めた。フィッシャーはキャザーの感じていた複雑な嫉妬を理解し、「横顔」で頑な態度をとったキャザーを許したのである（スタウト MWC 五六）。二人の女性はこの時ともに四〇代であった。明らかに、その後のフィッシャーの手紙にはキャザーに対する暖かな気持ちが表れるようになる。

またフィッシャーは、ネブラスカで暮らしたことがあり、第一次世界大戦ではフランスで戦争を間近で見ている。その彼女が、キャザーの『われらの一人』の主人公にリアリティを見出し、フランスの描写についても彼女を安心させ（キャザーの一九二二年六月二一日の手紙）、書評でも小説を高く評価した（一四）。フィッシャーは前半のネブラスカの場面にも、後半のフランスでの戦争に関する記述にも、文学的価値と真実があることを理解するだけのバックグラウンドを持っていたのである。

しかし、キャザーを援護したさらに重要な理由は、「女性作家」が「戦争」を書けるかどうかをめぐって、一世代以上も若い男性批評家から非難されていたキャザーを、女性作家同士の連帯によって救おうとしたことである。フィッシャーは第一次大戦について、一九一八年とその翌年にそれぞれ短編集を出版していたが、それはドス・パソスの『三人の兵士』などが出版されて戦争に対する思潮が変化する前のことであった。また、その短編集はおもにフランスの「銃後の女性たち」を描いていたので、フィッシャーは男性の領域を侵すことなく女性の領域に留まっていると見なされ、男性批評家たちの非難を受けることもなかったのである。さらに、その短編集はスケッチ風の短い作品を編んだものであり、フィッシャーは大衆作家として見られがちであったので、真剣な批評の対象として取り上げられることは少なかった。

しかし戦争について短編集を書いたフィッシャーは、キャザーが男性を主人公に、しかも長編小説という形式で、フランスでの戦争を描こうと試みたことが、いかに困難で挑戦的なものであったかをよく理解していた。また、戦争経験も無いのに女性作家が戦争シーンを描いたことで、男性中心の批評界から非難を受ける事態の複雑さをも理解していたのである。フィッシャーは『われらの一人』の最初の書評の中で、キャザーのことを次のように評している。「現在、戦争について述べる誰とも異なり、ミス・キャザーは戦争に幻滅した人々の苦い言葉をまったく恐れていないし、抜け目ない作家なら皆そうするように、自分がモダンで懐疑的であるという示唆を利口にも時々示すことによって、戦争に幻滅した人々の警戒感を解くという努力もしていない」（一四）。さらに続けて、「実際、ミス・キャザーは彼らのことを考えてもいないし、彼らが彼女のことをどう思うかということを少しも考えていない」（一四）。フィッシャーは、キャザーが従兄の体験を小説に書きたいという一心で、批判を恐れず男性を主人公にして果敢に長編小説を書き上げた勇気を高く評価している。そして、キャザーが戦争小説を描くという男性の領域にあえて踏み込んだその姿勢を評価して、好意的な書評を書いたのだ。

そのフィッシャー自身も、若い男性批評家たちと戦っていた。彼女の手紙には、現代文学についてのシンポジウムで、マルコム・カウリーら若い世代の男性批評家と同席した時に、「私は斧を片手に、手斧をもう片方の手に、ナイフを歯でくわえて、乗り出した。年上の女と若い男の間に礼儀は無用だ……」（KF二八二）と闘争心を向き出しにして論戦した様子が書かれている。

そもそもフィッシャー自身が、男女のジェンダー・ロールを超越していた女性だった。実生活でも一家四人の生計を支えていたのは夫ではなくフィッシャーであり、一九二四年には、夫妻の性役割を逆転させて幸福に暮らす家庭を描いた『ホーム・メーカー』という小説も出版している。そのフィッシャーは、女性作家に戦争は書けないというジェンダー・ロールにとらわれない新しい女性であった。そのフィッシャーは、女性作家に戦争は書けないというジェンダーの壁をキャザーが乗り越え、女性作家の領域を広げたことを評価し、キャザーを応援することで、白人男性が主流の文学界で、女性作家にも戦争を描けることを示そうとした。数少ない女性作家が戦争を背景とした時代に生き残っていくための共同戦線を、ここに読み取ることができる。

4　「性教育」

問題はこれで終わらない。「横顔」のモデルをめぐり二人は対立したが、和解により、また『われらの一人』に対するフィッシャーの支援によって、二人の確執は一見解けたように思われる。しかし、これほど深く対立したモデル問題を二人が完全に忘れ去ることは到底ありえない。実はこのしこりが長く尾を引いていたことを示唆する短編小説を、フィッシャーは一九四五年、キャザーが死ぬ二年前に発表している。タイトルは「性教育」で、翌年のオー・ヘンリー賞を受賞した。「横顔」と同じく顔の火傷を題材にしており、「横顔」を念頭に置いているのではないかと思えるほど、「性教育」はキャザーの「横顔」の幾つかの要素を反転させているのである。

この短編の語り手は「私」という女性で、ミニー叔母さんが若い頃に体験した性にまつわる話を、「私」に三度にわたり再解釈して語り直す。この語り直しが物語の中心である。ミニー叔母さんがまだ一六歳だったころ、健康を損ない静養のために、従兄のマルコム・フェアチャイルドの家でひと夏を過ごしたことがあった。従兄のマルコムは村の教会で牧師を務める三〇代の若い男性で、妻を亡くして三人の子を抱え、親戚の叔母さんに家事を頼んでいた。ミニーも村人もマルコムのことを「聖人」(BOS 一九二) だと思っていた。もとはハンサムな男性だったが、花火が暴発したために、今ではその頰の片側には深紅の火傷の痕が広がり、下唇が垂れさがって常に唇の裏の粘膜が見えた(一九二)。そのせいで、この先どんな女性も棒の先ですら自分に触れようとしないだろう、とマルコムは思っていた。「彼は火傷を負った側の顔を人々に見せないように、顔を背けていた」(一九三)。

ある日、マルコムの家のそばの、大人の背丈ほどもあるトウモロコシ畑の中で、ミニーは道に迷ってしまった。ミニーは悪い男にレイプされる危険を思い出してひとり恐怖に駆られ、薄暗い畑の中をやみくもに走り回って髪が乱れ、服が裂け、ボタンも取れてしまう。やっとのことでトウモロコシ畑から抜け出すと、そこに従兄のマルコムが思索にふけりながら立っていた。とうとう外へ出られた喜びから、ミニーが思わずマルコムに抱きつくと、マルコムの目には欲情が浮かび、ミニーをつかんで顔を近づけ、服をミニーの背中からウエストまで剥ぎ取ろうとした。恐れをなしたミニーはマルコムを振り払って逃げ出し、家へ駆け戻って気を失う。ミニーは「男が……」と言うだけで、マルコムの名前は決して口に出さなかったが、翌朝自分の家に帰されてしまった。

この一六歳の時の体験を、ミニー叔母は結婚して三〇代になった時に、一〇代の「私」たち娘への警告として語る。つまり若い女性が不注意な振る舞いをして純潔を危険にさらさないよう、「性教育」として「私」に物語るのだ。

次に五五歳になったミニー叔母が二度目に「私」に語る時は、同じ話の繰り返しでは決してない。ミニーの息子が女性問題をたびたび引き起こし、駆け落ちの始末をつけるなどの経験を通して、息子の混乱ぶりと男女関係の複雑さをよく知るようになってから得た洞察から、二度目はこのように再解釈をする。当時はもう一六歳で身体は成熟していたが、男女のことには全く無知であった。しかし五五歳の今になってわかったことは、一六歳の娘が、乱れ髪で服のボタンもとれた状態で、突然トウモロコシ畑から飛び出してきて抱きついてきたら、三六歳位の健康な男なら、誰でも好意で抱きついてきたと誤解し、彼女に対して欲望を抱くのは当然である。ミニーがショックを受けたのは、彼の目に浮かんだ欲情ではなく、火傷の痕であった。それがあまりに醜いものだったので、気持ちが悪くなり、逃げ出したというのが真相だったのである。

三度目の語りと解釈は、ミニーが夫を亡くして八〇代になってからである。今になってわかったことは、自分は従兄のマルコム牧師のがっしりした肩や柔らかな髪などの外見の魅力に少なからず魅かれ、好意を持っていたということ、そしておそらくマルコムはミニーが自分に好意を持って抱きついてきたと誤解し、彼女にキスしようとしたのであろう。そして、もし彼の顔に火傷の痕さえなかったら、ミニーも彼を受けいれ、二人は婚約したであろう。しかし、いざ醜い彼の傷痕を間近で見ると、ミニーは思わず叫んで逃げ出してしまった。何の罪もない彼を深く傷つけてしまったことを、今になってしみじみ後悔する。(二〇〇－〇三)。ミニーは、年月を経て初めて彼の真情と自分の行動の酷《むご》さを理解できるようになったのだ。

この短編が同じ物語を三回語り直すことに焦点を当てていることは、この小説の冒頭の一文からも明らかである。「ミニー叔母さんが、少女時代の忘れがたい経験について語るのを私が聞くのは――長年の間《ま》をおいてだが――三回であった」(“It was three times – but at intervals of many years – that I heard my Aunt Minnie tell about an experience of her girlhood that had made a never-to-be-forgotten impression on her.”)(一九一)。結婚生活を経て、性について理解を深め、息子の女性問題で苦労を重ねたミニーが、老年に達して初めて相手の男性の胸中と自分の本心を理解できるようになる。さらに注目すべきは、この物語の結末である。最後の言葉としてミニーがつぶやくのは「かわいそうな男!」(二〇三)。火傷の傷痕ゆえに女性に愛されることのない男の境遇と心中を推し量り、憐みの言葉で結んでいて、男を深く傷つけたことへの悔恨の情が書かれている。さらにミニーは、マルコムの名前を決して口にせず、聖職者マルコムの風評を傷つけなかったことを誇りに思う、と繰り返し述べている。

「横顔」も「性教育」も、同じような顔の火傷から連想して紡ぎ出された物語であるが、物語の質は、このように明らかに違う。傷痕があるのは、「横顔」では冷酷な女主人だが、「性教育」では人望のある男性牧師。「横顔」の女性主人公の名前をキャザーは母親のヴァージニアからとったが、「性教育」ではフェアチャイルドという、バンヤンの『天路歴程』やホーソーンの「グッドマン・ブラウン」を思い出させるような寓意的かつ作為的な名前にしている。物語の場所も、キャザーはモデルのオズボーンと出会った場所パリをそのまま舞台にしているが、フィッシャーはわざわざ文中で場所を「オハイオ――あるいはイリノイだったか」（一九二）というように曖昧にしている。火傷痕も、「横顔」では顔の左側と、モデルと同じ側が特定されているが、「性教育」では「顔の片側に」（一九二）とだけ記し、最後まで左側か右側か特定することすら避けている。

そもそも、「性教育」は、若い娘の無邪気さが結果として相手を傷つけてしまった、という悔恨の物語である。しかも、そのフィクションの中ですら、ミニーは牧師の対面を傷つけないように配慮を見せている。それに対し、「横顔」では、主人公の傷痕が心の闇や歪みにまで及び、子どもに対するネグレクトや、ランプを暴発させるという犯罪行為まで描かれている。二つの物語は、題材は同じでも、かくも異なっている。

5　モデルへの配慮

「性教育」では、火傷のある人物は男性でしかも牧師であり、「横顔」の悪女の設定とはいわば正反対であるので、この二つの短編を顔の火傷という共通点だけで関連づけて考えるのには無理があると思われるかもしれない。マルコムのモデルが誰であるかは明らかにされていないが、しかしフィッシャーが自らの創作の過程を明かしているエッセイを読むと、「性教育」を書いた時に、火傷があったオズボーンと短編「横顔」が彼女の念頭にあった可能性は十分にあることがわかる。

フィッシャーの創作方法は、「短編『火打石と火』はどのように始まり成長したか」（一九二〇）というエッセイに明らかにされている。それによると、村のある年老いた男性の悲劇と悲嘆を間近で感じた時に、フィッシャーは強く共感を覚え、その感情を読者に伝えたいという強い思いに駆られて物語を書こうとした。フィッシャーの創作の動機は、「彼の心の苦しみを物語の中に書き、他の人たちにそれを感じさせようとする」（BOS 二一五）ものであり、強い感情や洞察を読者に伝えたい、というものである。そしてまず彼女が考えたことは、「何よりもまず最初に、老人とその問題に、物語ができる限り似ないようにしなければならない。老人や世間の誰かが、老人のことを描いたのではないかと思ったり、老人が傷ついたりしないように」しなければならない、ということだった（二一六）。そして、そのために考えたことは、「老人の悲劇の正反対は何だろうか。もちろん、恋人たちの悲劇だ。そう、離れ離れになった恋人たち、若く情熱的で、美しい恋人たちでなければならない」(二一六)。このように、老人の悲劇を若い恋人たちの悲劇へと、設定を一八〇度変えてしまうのだ。ひとたび主人公の設定を正反対に置き換えると、その後は頭の中だけでアイディアをふくらませていき、元の人物からすっかり離れてしまう。

フィッシャーのこの創作プロセスを見ると、このように老人から若い恋人たちへと登場人物をすっかり変えてしまうような設定の変更は、フィッシャーの場合よくあることであり、モデルのプライバシーを守るために、すべきことなのである。彼女は、「大きな目で見れば、私の物語はすべて全く同じ起源を持ち、ほかの始まり方で書かれたクリエイティブな物語を私は思いつくことができないのです」(BOS 二一三) と述べ、「私は、本の中の人物が実在の人物と特定されることが決してないよう、ベストを尽くします。その人物の基盤となっているものをとことん考え抜き、その人の外見や境遇の類似点ではなく、その人の本質だけを取り出して描くのです」と書いている (KF 一五八)。このことから、「横顔」とオズボーンを念頭に置きながら、「性教育」では設定を女性から男性に変え、しかも悪女を聖人のような牧師に置き換えることは、フィッシャーの場合十分あり得る。フィッシャーが顔の火傷のことを書く時に、あれほど必死で守ろうとした友人オズボーンと「横顔」のことを全く思い出さないはずがない。たとえ他にもモデルが存在したとしても、執筆時にオズボーンと「横顔」のことも頭に浮かんだはずである。

そしてフィッシャーは、顔に傷がある人のことを書く時は、どのようにモデルをカモフラージュすべきかを「性教育」で示したのではないか。フィッシャーが描いたのは、無邪気にとはいえ傷を持つ相手をいかに傷つけてしまったかを、歳月と経験を重ねた末に洞察できるようになる、という人間としての成長の物語で、キャザーとは異質の小説である。顔の火傷とその苦悩を描く時は、モデルとなる人物に配慮してこう書くべきだ、というメッセージが、「性教育」には込められているのではないか。

フィッシャーが「性教育」を『イェール・レビュー』誌に掲載したのは一九四五年一二月号だが、同年八月二二日の手紙に、興味深い記述がある。おそらく、その頃は「性教育」の構想を練ったり執筆したりしていた時期と重なると考えられる。その手紙には、「痛みというものが回想から消えてなくなるのは、過去に起こった事柄への新しい理解が、年をとるにつれて皆の頭に浮かんでくるからだと思います。それは年をとることの恵みなのだと思います。なぜなら、理解する能力がないということが、人間の存在の本当に耐えがたい悲劇だからです……」(KF 二四五)。これは、オズボーンの悲しみと「横顔」をめぐる事件の痛みについて、長い年月を経た後で、フィッシャーに新しい洞察と理解がもたらされ、それを「性教育」で描いたのではないか。そう読むことも可能だと思われる。

同じ火傷を題材にしているものの、登場人物のモデルに対する二人の配慮の度合いには、明らかな差がある。キャザーは自分の作品を重視するあまり、実在の人物をできるだけリアルに小説で描こうとして、設定をあまり変えず、実在の人物がどう思うかということを軽視する傾向がある。それに対して、フィッシャーはモデルが特定できないようにできるだけの配慮を尽くす。手紙で「私は決して実在の人物を本に書き込んでそれと認識されないよう、徹底的に努力します」（KF 一五八）と述べている。そして、作家アンジア・イージアスカ宛ての手紙では、作中の登場人物が実在の人物と非常に似ているので、そのモデルとなった人物が大変なショックを受ける恐れがないよう、配慮して書き変えるように求めている（KF 一七三）。

しかしその結果、フィッシャーの登場人物にはある種の作為的なものがつきまとう。それは「性教育」においては、マルコム・フェアチャイルドという寓意的な名前であり、マルコムの性格を欠点がなくて「聖人のような」牧師と描き、ミニー叔母や「私」も一面的に描かれ、生き生きとしたリアルな登場人物とは言えない。着想の面白さはあるものの、生身の人間に肉薄するような迫力をもって、登場人物が読者に迫ってこない。

フィッシャーは、大学学長だった父の影響で、文筆活動を通して社会貢献をしようという意欲が強かった。「私は記事や意見を絶え間なく書いてきました。その中で、洗練された上品な態度で生きることを世に広めようと努めてきたのです」（KF 二四〇）と、彼女はペンを通して社会的なメッセージを発することを明確に意識している。そのため、彼女の著作は、時に教育的に響く。また、フィッシャーには登場人物の描写を詳しく書き込み過ぎる傾向があり、読者の想像の余地が乏しく、キャザーはそのことを手紙でフィッシャーに三度指摘した（マディガン WCC 一三―五）。しかし、フィッシャーがキャザーの助言を聞き入れた節はなく、その後も人物描写が詳しい小説を書き続けている。

そもそも二人は創作に対する考え方が異なる。キャザーは、「現実逃避」（"Escapism" 一九三六）

というエッセイで、「芸術は逃避以外のものでかってあっただろうか」と問いかけている。「世界の状況が悪化している時、作曲家や詩人は今こそ怒りの炎を吹き上げるよう宣伝すべきだと言われます。しかし、世界の状況は時々悪化するものですし、芸術は、事態を改善するのに何ら役に立ちませんでした――現実逃避のほかには」（WCOW 一八－九）と述べている。このように、芸術、特に文学に実利的な価値を期待するのは間違いである、とキャザーは考える。彼女は「小説とは、作家が自分の光を照らして人々の経験や感情を映し出そうとする、想像上の作品に過ぎない」（WCOW 一三）と言う。彼女は作品の芸術的価値を高めることを第一とし、作品が実在の人物に及ぼす影響をあまり考慮しない。

それに対し、フィッシャーにとって、「著述は世界に重要な変化をもたらすことができる主要な手段であった。市民を教育し、道徳律を広め、社会変革を起こすための重要な手段だった」（BOS 三）とマディガンが指摘するように、フィッシャーは文筆で社会を変えられると信じていた。そして、フィッシャーはフィクションには二種類あると考え、一九四五年の手紙で次のように指摘した。「二種類のフィクションの創作には、はっきりした違いがあります。読者に人生からの逃避の機会を与えてくれる著作と、人生の奥深い意味について、より深く考える機会を招いてくれる著作の二種類です」（KF 二四六）。前者の著作は、明らかにキャザーの「現実逃避」のエッセイを念頭に置き、キャザーの作品を想定したものであろう。そして、フィッシャー自身の著作が後者に当たることは、彼女の残した手紙からも明らかである。二人の作品は、右記のように、創作の目的意識からして違っていた。顔の火傷という同じ題材を描いていても、そこから紡ぎだされる物語の質がかくも異なるのも当然である。

おわりに

生い立ちも創作に対する考えも違い、絶交状態にも陥ったキャザーとフィッシャーが、再び交友関係を死ぬまで結ぶようになったのは、友情のほかにも、女性作家としてのジェンダー上の必要に迫られたからであると考えられる。キャザーは一九二〇年代に台頭したエドマンド・ウィルソンら一世代以上も若い白人男性批評家たちから非難を浴びた時、古くからの友人フィッシャーに助けを求めた。フィッシャーは第一世界大戦について、すでに二冊の本を出版していた。非戦闘員である女性作家でも、男性を主人公にリアルな戦争小説が書けることを主張することが、二人には共に必要であり、キャザーの長編小説が認められるようフィッシャーは援護したのだ。それは、女性作家が戦争という「男性の領域」に踏み込み、女性作家の領域を広げていく試みを支援したことでもある。二人は、創作に真剣に取り組む女性作家同士として、白人男性主流の文学界・批評界からの批判に耐えて創作を続けていくため、共に連帯する必要に迫られたのである。

しかし、外の批評界に対しては連帯していた二人だが、二人の交流の中身を精査してみると、それぞれの生育環境の違いや創作に対する態度の違いが際立つ。特に、小説を書く際にそのモデルとなる人物をどのくらいカモフラージュするかという配慮が違う点を、顔の火傷を題材にした二人の短編「横顔」と「性教育」で考察した。これは、つまりは創作とモラルに対する考え方の違いに由来する。キャザーは芸術優先で、実在の人物の人権をあまり顧みず、良い作品にするためにはリアルな人物像にぎりぎりまで肉薄しようとしたが、フィッシャーはモラルを重視し、その範囲内で設定を変えて創作をした。「横顔」の出版をめぐって対立した一九〇五年は、フィッシャーがプロの作家として自立する直前の時期である。一九〇六年冬にはフィッシャーは作家として生きていくという決心を固めるようになった（ワシントン 三九）。フィッシャーという作家誕生の大切な時期に、モデルのカモフラージュをめぐる作家倫理を問う問題に直面したことは、その後のフィシャーの作家としての在り方や創作方法に決定的な影響を与えたといえよう。フィッシャーは創作において、モデルの人権を守り、モラルを大切にすることをまず重視した。しかし、それが結果としてリアルな人物の創造を妨げ、フィッシャーの後世における作品の価値を損なっているのではないか。

キャザーは若い頃から偉大な作家として作品を残したいという欲望を強く抱き、芸術を何よりも重視していた。「横顔」をめぐる対立で、モデルの人物の生命よりも芸術の方が大切だ、と言い切ったくらいである。それだけ作家として大きな欲望を抱いていたキャザーの作品は、今日まで読み継がれてキャノンの中に生き残っているが、社会倫理を重視して創作し、読者にメッセージを送ることを目的に創作をしたフィッシャーの作品は、今日ほとんど読まれていない。

ある意味で、キャザーの作家としての成功は、この欲望の強さからも測ることができる。キャザーが一九二五年に出版した小説『教授の家』では、次のように欲望が語られる。

人は、十分に望みさえすれば、何でも達成できる、とセントピーターは信じていた。欲望こそが創造そのものであり、欲望はその創造過程の魔法の要素である。もし欲望の大きさを測ることができる道具があれば、どれだけ達成できるかを予言することができる。（二一九）

偉大な作家になろうとしたキャザーの欲望は、フィッシャーのそれよりもはるかに大きく、そのためにすべてを犠牲にする覚悟ができていた。キャザーの作品が今日まで読み継がれている理由を、キャザーはすでに『教授の家』の言葉の中で、自ら予言していたのかもしれない。

注

（1）ドロシー・キャンフィールド・フィッシャーは、キャンフィールドの旧姓でフィクションを、キャンフィールド・フィッシャーの姓でノンフィクションを発表している（税金対策といわれている）。欧米の論文では、作家名をFisherあるいはCanfield Fisherというように表記しているが、日本語ではキャンフィールド・フィッシャーという表記は長すぎるので、本論では単にフィッシャーと表記することにしたい。

（2）キャザーのレズビアンとしての側面に光を当てた批評は数多くあるが、特に代表的なものとして、オブライエンの他に、ここでは次の二つを挙げておきたい。Marilee Lindeman, *Willa Cather: Queering America*; John P. Anders, *Willa Cather's Sexual Aesthetics and the Male Homosexual Literary Tradition*.

（3）キャザーが男性の登場人物と一心同体のようになることについては、キャザーのレズビアン・アイデンティティとも密接な関連があるが、ここでは紙幅の関係で稿を改めて論じたい。

（4）フィッシャー宛てのキャザーの手紙は、ヴァーモント大学図書館に収蔵されており、筆者は本論で手紙を間接的に引用している。日付が明記されていないものが多い。フィッシャーがキャザーに宛てた手紙は多くが破棄されている。

（5）ここでは「横顔」を十分に論じる紙幅がないが、二〇〇二年の拙論で詳しく論じている。作間和子「変形した身体と受容——ウィラ・キャザーの『横顔』」*New Perspective*（『新英米文学研究』）二〇〇二年、一七六号、六六−七四。

（6）イヴリン・オズボーンが実生活で写真を撮られる時は、常に火傷のない側の顔をカメラに向け、火傷のある側を決して写さなかった事実が写真に残っている。一九〇二年八月に、オズボーンがキャザーとその友人マクラングと一緒に、パリやその近郊で過ごした写真である。オズボーンの写真八枚のうちでも特に、四二〇−四二一頁に掲載した写真一、二は、他の人物たちとは顔の向きが異なり、明らかに不自然な横顔である。オズボーンは、色のコントラストのはっきりした目立つ服を着ている。The Willa Cather Archive, Gallery, Digital Object Identifier, 250, 254. オズボーンの八枚の写真とくらべ、同じパリ滞在中にキャザーとフィッシャーがともに映っている写真は、三枚しかない。

（7）「フレビアと芸術家たち」が、フィッシャーの母親フレビアをモデルにしていることは、ロソフスキーが指摘している。Susan J. Rosowski, "Prototypes for Willa Cather's 'Flavia and Her Artists': The Canfield Connection."

（8）日本ユニ著作権センター、『石に泳ぐ魚』のプライバシー侵害事件（二）、平成一三年二月一五日、東京高裁、損害賠償等請求控訴事件　判決文より。www.translan.com/jucc/precedent-2001-02-15a.html

（9）批評家ジョン・J・マーフィーは、キャザーが「横顔」を書いた時、ホーソーンの「あざ」が念頭にあったかもしれない、キャザーはホーソーンの作品を幅広く読んでいたし、ホーソーン全集がレッド・クラウド［キャザーの故郷］の家にあった、と指摘している（一六一）。

引用参照文献

Acocella, Joan. *Willa Cather and the Politics of Criticism*. Lincoln: U of Nebraska P, 2000.

Anders, John P. *Willa Cather's Sexual Aesthetics and the Male Homosexual Literary Tradition*. Lincoln: U of Nebraska P, 1999.

Arnold, Marilyn. *Willa Cather's Short Fiction*. Athens, OH: Ohio UP, 1984.

Baym, Nina. "Melodramas of Beset Manhood: How Theories of American Fiction Exclude Women Authors." *American Quarterly* 33 (1981): 123-29.

Bynner, Witter. "Autobiography in the Shape of a Book Review." *Prose Pieces*. New York: Farrar, 1979. *Willa Cather Remembered*. Ed. Sharon Hoover. Lincoln: U of Nebraska, 2002. 59-66.

Cardinal, Agnès, Dorothy Goldman, and Judith Hattaway, eds. *Women's Writing on the First World War*. Oxford: Oxford UP, 1999.

Cather, Willa. "Flavia and Her Artists." *The Troll Garden*. Ed. James Woodress. Lincoln: U of Nebraska P, 1983. 7-31.

_______. Letters to Dorothy Canfield Fisher, 1899-1947. Annotations by Frederick Marston and Mark J. Madigan. Dorothy Canfield Fisher Papers. Special Collections, Bailey-Howe Library, U of Vermont.

_______. *Not Under Forty*. Lincoln: U of Nebraska P, 1936.

_______. *One of Ours*. 1922. Willa Cather Scholarly Edition. Lincoln: U of Nebraska P, 2006.

_______. *The Professor's House*. 1925. Willa Cather Scholarly Edition. Lincoln: U of Nebraska P, 2002.

_______. "The Profile." *Willa Cather's Collected Short Fiction 1892-1912*. Lincoln: U of Nebraska P, 1970. 125-35.

_______. *Willa Cather in Europe*. Lincoln: U of Nebraska P, 1956.

_______. *Willa Cather on Writing*. Lincoln: U of Nebraska P, 1920.

_______. *The World and the Parish: Willa Cather's Articles and Reviews, 1893-1902*. Ed. William M. Curtin. 2 vols. Lincoln: U of Nebraska P, 1970.

Dos Passos, John. *Three Soldiers*. 1921. New York: Penguin, 1997.

Fisher, Dorothy Canfield. *The Bedquilt and Other Stories*. Ed. Mark J. Madigan. Columbia: U of Missouri P, 1996.

_______. "Daughter of the Frontier." 1933. Reynolds, *Critical Assessments*, vol. 2, 81-85.

_______. *The Day of Glory*. New York: Holt, 1919.

_______. *Home Fires in France*. New York: Holt, 1918.

_______. *The Home-Maker*. 1924. Chicago: Academy Chicago, 1983.

_______. "How 'Flint and Fire' Started and Grew." 1920. Fisher, *Bedquilt* 213-22.

_______. *Keeping Fires Night and Day: Selected Letters of Dorothy Canfield Fisher*. Ed. Mark J. Madigan. Columbia: U of

Missouri P, 1993.

_______. "Rev. of *One of Ours*, by Willa Cather. *New York Times Book Review* 10 Sept. 1922: 14.

_______. "Sex Education." 1945. Fisher, *Bedquilt* 191-203.

Fussel, Paul. *The Great War and Modern Memory*. New York: Oxford UP, 1975.

Harris, Richard. "Historical Essay." *One of Ours*. By Willa Cather. Lincoln: U of Nebraska P, 2006. 613-75.

Hemingway, Ernest. *Ernest Hemingway: Selected Letters, 1917-1961*. Ed. Carlos Baker. New York: Scribner's, 1981.

Higonnet, Margaret Randolph, Jane Jenson, Sonya Michel, and Margaret Collins Weitz, eds. *Behind the Lines: Gender and the Two World Wars*. New Haven: Yale UP, 1987.

Hoover, Sharon, ed. *Willa Cather Remembered*. Lincoln: U of Nebraska, 2002.

Hynes, Samuel. *A War Imagined: The First World War and English Culture*. New York: Collier, 1990.

Jewell, Andrew, and Janis P. Stout, eds. *A Calendar of the Letters of Willa Cather: An Expanded, Digital Edition. 2007-2010*. The Willa Cather Archive. cather.unl.edu / index.calendar.html

Lauter, Paul. "Race and Gender in the Shaping of the American Literary Canon: A Case Study from the Twenties." *Feminist Studies* 9 (1983): 435-63.

Lee, Hermione. *Willa Cather: Double Lives*. New York: Vintage, 1989.

Lewis, Sinclair. Rev. of *One of Ours,* by Willa Cather. *New York Evening Post*, 16 Sep. 1922: 23. O'Connor 127-30.

Lindeman, Marilee. *Willa Cather: Queering America*. New York: Columbia UP, 1999.

Madigan, Mark J. Introduction. *Keeping Fires Night and Day: Selected Letters of Dorothy Canfield Fisher*. By Dorothy Canfield Fisher. Colunbia: U of Missouri P, 1993. 1-22.

_______. "Introduction: The Short Stories of Dorothy Canfield Fisher." *The Bedquilt and Other Stories.* By Dorothy Canfield Fisher. Columbia: U of Missouri P, 1996. 1-11.

_______. "Regarding Willa Cather's 'The Profile' and Evelyn Osborne." *Willa Cather and Pioneer Memorial and Educational Foundation Newsletter and Review*, 44-1 (2000); 1-5.

_______. "Willa Cather and the Book-of-the-Month Club." Cather Studies vol. 7. Ed. Guy Reynolds. Lincoln: U of Nebraska P, 2007. 68-85.

_______. "Willa Cather and Dorothy Canfield Fisher: Rift, Reconciliation, *and One of Ours*." *Cather Studies* vol. 1. Ed. Susan J. Rosowski. Lincoln: U of Nebraska P, 1990. 115-29.

_______. "Willa Cather in Paris: The Mystery of a Torn Photograph." *Willa Cather: A Writer's Worlds*. Cather Studies vol. 8. Eds. John J. Murphy, Françoise Palleau-Papin, and Robert Thacker. Lincoln: U of Nebraska P, 2010. 62-73.

_______. "Willa Cather's Commentary on Three Novels by Dorothy Canfield Fisher." *American Notes & Queries* 3-1 (1990): 13-15.

Mencken, H. L. Rev. of *One of Ours,* by Willa Cather. *Smart Set* 69, Oct 1922: 140-42. O'Connor, 141-43.

Meyering, Sheryl L. *A Reader's Guide to the Short Story of Willa Cather*. New York: G K Hall, 1994. 206-10.

Murphy, John J. "Willa Cather and Hawthorne: Significant Resemblances." *Renascence* 27 (1975) 161-75.

O'Brien, Sharon. "Combat Envy and Survivor Guilt: Willa Cather's 'Manly Battle Yarn'." Reynolds, *Critical Assessments*, vol. 4, 377-94.

_______. *Willa Cather: The Emerging Voice*. 1987. With a new preface. Cambridge: Harvard UP, 1997.

O'Connor, Margaret Anne. *Willa Cather: The Contemporary Reviews*. Cambridge: Cambridge UP, 2001.

Olin-Ammentorp, Julie. "Willa Cather's *One of Ours*, Edith Wharton's *A Son at the Front*, and the Literature of the Great War." *Willa Cather: A Writer's Worlds*. Cather Studies vol. 8. Eds. John J. Murphy, Françoise Palleau-Papin, and Robert Thacker. Lincoln: U of Nebraska P, 2010. 125-47.

Piep, Karsten H. "War as Feminist Utopia in Dorothy Canfield Fisher's *Home Fires in France* and Gertrude Ahterton's *The White Morning*." *Women's Studies*, 34:159-89.

Reynolds, Guy, ed. *Willa Cather: Critical Assessments*. 4 vols. Mountfield, East Sussex: Helm Information, 2003.

_______. *Willa Cather in Context: Progress, Race, Empire*. London: Macmillan, 1996.

Rosowski, Susan J. "Prototypes for Willa Cather's 'Flavia and Her Artists': The Canfield Connection." *American Notes & Queries* 23.9-10 (1985): 143-45.

_______. *The Voyage Perilous: Willa Cather's Romanticism*. Lincoln: U of Nebraska P, 1986.

Sherry, Vincent, ed. *The Cambridge Companion to the Literature of the First World War*. Cambridge: Cambridge UP, 2005.

Smith, Angela K. *The Second Battlefield: Women, Modernism and the First World War*. Manchester: Manchester UP, 2000.

_______, ed. *Women's Writing of the First World War: An Anthology*. Manchester: Manchester UP, 2000.
Stout, Janis P. "Between Candor and Concealment: Willa Cather and（Auto）Biography." *Biography* 32-3（2009）: 467-92.
_______, ed. *A Calendar of the Letters of Willa Cather*. Lincoln: U of Nebraska P, 2002.
_______. "The Making of Willa Cather's *One of Ours*: The Role of Dorothy Canfield Fisher." *War, Literature and the Arts*. I I. 2（1999）: 48-59.
Trout, Steven. *Memorial Fictions: Willa Cather and the First World War*. Lincoln: U of Nebraska P, 2002.
Washington, Ida H. *Dorothy Canfield Fisher: A Biography*. Shelburne, VT: New England P, 1982.
The Willa Cather Archive. www.cather.unl/gallery.html
Williams, Deborah Lindsay. *Not in Sisterhood: Edith Wharton, Willa Cather, Zona Gale, and the Politics of Female Authorship*. New York: Palgrave, 2001.
Wilson, Edmund. "Rev. of *One of Ours*, by Willa Cather. 1922. O'Connor, 143-44.
Woodress, James. *Willa Cather: Her Life and Art*. Lincoln: U of Nebraska P, 1970.
_______. *Willa Cather: A Literary Life*. Lincoln: U of Nebraska P, 1987.
ウィラ・キャザー『われらの一人』福井吾一訳、成美堂、1983 年。
作間和子「変形した身体と受容――ウィラ・キャザーの『横顔』」*New Perspective*（『新英米文学研究』）新英米文学会、176 号、2002 年、66-74 頁。
佐藤宏子『キャザー――美の祭司』冬樹社、1977 年。
―――解説『マイ・アントニーア』佐藤宏子訳、みすず書房、2010 年。
日本ユニ著作権センター　www.translan.com/jucc/precedent-2001-02-15a.html
柳美里『石に泳ぐ魚』新潮社、2005 年。

第一七章

『キャッツ・アイ』における女性芸術家の成長
――女性たちの絆の回復――

松田雅子

はじめに

カナダの作家マーガレット・アトウッド（一九三九―）の七作目の長編小説である『キャッツ・アイ』（一九八八）[1]は、第二次世界大戦中から戦後にかけてのトロントの白人系社会で、結婚し、母親となり、さらに画家として自己実現を成し遂げた一人の女性の壮絶ともいえる生き方が描かれた作品である。アトウッドは、この「虚構の自伝」を長い年月をかけ入念に準備し、ヒロインのイレインと同じく五〇歳の時に完成させた[2]。この小説では、まず最初に幼い女の子の仲間でありながら、抑圧的な大人社会を背景にエスカレートしていくいじめの生々しさが読者の関心を引くが、次第に、科学者を父に持つイレインが、なぜ科学者ではなく芸術家になったのかが明らかにされる。そして、この試練を皮切りに、作品全体を象徴的な「死と再生」を繰り返しながら苦難の末に成就した、女性芸術家の誕生と成長を描いた作品と捉え、その特徴を解明していきたい。

芸術家小説といえば、イギリス文学での代表的な作品は、D・H・ロレンスの『息子たちと恋人たち』（一九一三）とジェイムズ・ジョイスの『若き芸術家の肖像』（一九一六）がある。イギリスでは、一九世紀半ばに市民の理想である「ジェントルマン」像を追求した教養小説が多数出版されたが、しだいに小説家が芸術家として自立していくにつれて、作家のアイデンティティ形成を描く芸術家小説へと発展していった。ロレンスの場合は、創造的行為が性的行為と対比されていることが特徴であり、精神と身体の二元論によって抑圧されてきた肉体の解放を志向した。ジョイスの場合は、創造的行為は宗教的行為に類似し、アイルランド人のいまだ創造されざる民族的意識を創造するという意欲に燃えた芸術家のイニシエーション小説であった(3)。個人の問題であった自己形成が、共同体の夢と重なるという特徴を持っている。

一方、女性の芸術家小説を振り返ってみると、家父長制社会の中で自立し、創造的活動に従事する芸術家としての女性たちは、男性よりも遅れて出発し、さらに大きな困難に直面する。ジョイスと同様にモダニストであったヴァージニア・ウルフは、『灯台へ』（一九二七）で、自らの分身的な芸術家、画家リリーの創作活動を描いた。ウルフはさらに『自分だけの部屋』で「年に五百ポンドの収入とドアに鍵のかかる部屋を持つ(4)」こと、すなわち経済的自立と精神的独立を、女性小説家誕生の必要条件として掲げた。

第二次大戦後は、南アフリカ出身のドリス・レッシングが『黄金のノート』（一九六二）で、作品が書けなくなった女性作家アンナ・ウルフの苦闘を描いた。アンナの創作活動、政治体験、男性との関係、家庭生活などが描写され、「ひび割れて[5]」狂気を思わせる彼女の内面が詳述される。「自由な女」であろうとして、さまざまな試練と挫折を経験したアンナの生き方が、核兵器が出現して「ひび割れ」てしまった時代背景の中で繰り広げられる。

芸術家小説は、一面では作家の自伝的小説でもある。キャロリン・ハイルブランは女性の自伝を分析し、メイ・サートンの自伝『独り居の日記』が出版された一九七三年を、近代女性の自伝における転回点と名づけた。ハイルブランによると、女性の自伝には「女らしさ」の神話に沿って理想化された人生が描かれることが多く、特に女性に禁じられていたのは、「怒り」「権力に対する欲望」と「自分の人生は自分で決めたいという欲求」を明示することであったという[6]。しかし、芸術家として自立する女性の真の姿を描こうとする小説では、必然的にこのタブーを犯さざるを得ない。時代が移り、これまでの作品では直視することができなかった自らの怒りと苦しみを、サートンは自伝で語り直し、その作品は女性の自伝史におけるターニングポイントとなった。

このようなハイルブランの自伝分析を念頭において、『キャッツ・アイ』を読み返すと、作品の特色がはっきり見えてくる。小説には幼い日に友人たちから受けた苛酷ないじめの有様と、極限までそれに耐えた苦しみ、さらにいじめからの脱却が描かれている。また、しだいにその裏で操っている大人の女性たちの心理と行動が明らかになり、彼らに対する怒りは、主人公の回顧展に展示される絵画作品の中でまるで爆発しているかのような印象を与える。そして、中年を迎えた画家／作家は自らの芸術的達成の道筋を振り返るなかで、このようないじめの心理的後遺症を克服し、許しの境地に到達することで、自己の限界をさらに切り開いていこうとする。その意味で、作品にはアトウッドの文学を読み解いていく重要なかぎが潜んでいる。

『黄金のノート』では、女性作家の生活の中で、男女の関係の在り方が重点的に描かれているが、『キャッツ・アイ』では、女性たちの関係が抱える問題が焦点化されている。セジウィックは、女性同士の関係性の探求は女性のエンパワーメントのために重要であると考え、「女性のホモソーシャルな絆」を結ぶことを「女の利益を促進する女」たちの関わりと定義している。[7]彼女はさらに、家父長的な制度の中では、制度に馴致された女性たちと、そこから自由に生きようとする女性たちの間に対立が生まれてくるので、一致した目標を設定することは難しいと論じている。このことは『侍女の物語』（一九八五）でも大きな問題となっており、また本作品の重要なテーマの一つとなっている。

さらに、第二次大戦後のカナダでは、女性たちを母性的役割に囲い込もうとする社会的圧力が、依然として強いことが示される。そして、抑圧的な生活を強いられる女性たちは自ら家父長制の代理人として、同じ規範で他の女性たちを監視し管理しようとするので、彼らの間には根深い反目が見られる。男性のホモソーシャルな欲望は、「女を交換価値とする制度を産出し、かつ制度によって裏づけられる社会装置である」のに比べると、[8]女同士の絆の構築がいかに困難であるかが本作品では示されている。そこで本稿ではまず第一に、子どもたちのいじめの構造とその背後にある女性たちの問題を明らかにしたい。

『キャッツ・アイ』の各章のタイトルは、最初と最後の章をのぞき、イレインの回顧展の絵の題名からとられ、彼女が抱えてきた問題と怒りが、それらの作品によって明らかにされていく。これまでの伝統的な画題である横たわる裸婦像や、鏡を使った女性の肖像画の構図、あるいは「堕ちた女」など、男性画家の美意識によって築かれてきた西洋美術の王道的手法がパロディとして利用され、女性の視点から脱構築されていく。ヒロインが画家であるという設定は、アトウッド自身の美術に対する関心と才能を反映しているが、絵画の中にイレインの抱えている問題といじめに関するPTSD（心的外傷後ストレス障害）の心理が可視化されているという点は非常に興味深い。

小説では人間の心理的成熟の過程をあらわすために、「死と再生」という加入儀礼の文学的表現がなされる。この作品ではイレインは三回も、文字どおり死の瀬戸際まで追いつめられていく。そのドラマから、女性芸術家の誕生は生易しいものではなかったのだと、改めて痛感させられる。とくに、イレインすなわちアトウッドのいじめ体験は、ディケンズにおける靴墨工場での労働のように、余人にはうかがい知れないほどの深い傷跡を心に残している。そのために、主人公は一種の心理的退行現象を起こし、お守りにしたおはじき「キャッツ・アイ」の冷たさのなかに閉じこもり、表現手段としての絵画の中にその怒りを爆発させてきた。しかし、イレインの成長のプロセスで最も重要なのは、長い間抱えて来た怒りの発散の後に、いかにしてその退行現象を克服し、さらにそれをどのように芸術的創造の発展に結びつけてゆくかという問題である。この自伝的小説の執筆に当たっては、アトウッドもおそらくそれまでの自作の問題点として、登場人物たちの人間関係の冷たさを意識し、それを克服してさらなる飛躍を目指していたのではないだろうか。

やがて成長したイレインは美術教師であった年上の恋人と、同級生の恋人との二つの愛に悩み、男性との関係における試練を体験する。そこで、本稿では、（一）幼少期のいじめ体験とストレス障害、（二）女性としてのイニシエーション、（三）許しと和解への道——女性たちの絆の回復という三つの項目を立て、女性芸術家の成長における問題点を分析していきたいと思う。

1　幼少期のいじめ体験とストレス障害

この小説は、ヒロインの苦しみと怒りが表現されているという点で、前述のように新しい女性の自伝の流れを汲むものである。主人公イレイン・リスリーが少女時代に同級生の女の子たちからいじめを受け、死の瀬戸際まで追いつめられた苦しい体験、それに対する憤りと、いじめのストレス障害から脱却する過程が描かれるからである。ここでは、友人たちのいじめの様相とその克服の過程、また子どもたちのいじめを後押しする大人の女性たちの心理と行動を分析する。

いじめについて被害者の側が語るというストーリーの客観性と公平性を高めるために、作品には意図的に論理的な秩序と構成が与えられている。たとえば、エピグラフには、スティーブン・ホーキングの言葉が引用され、枠組みとして宇宙物理学の統一理論が用いられている。このことは作品に科学的な装いを与えている。

人物間の関係性に関しては、前半はイレインがコーデリアにいじめられるが、後半では精神的な問題で苦しみ頼ってくるコーデリアを、イレインが見捨てるという対称的で図式的なプロットの運びになっている。離婚した夫との関係では、すでにお互い再婚しているが、二人の間で友情が再び回復する様子が強調され、性的な関係も一時的であるが結ばれ、均衡が回復するという展開になる。また、各章の題名はイレインの個展に飾られた絵の題名から取られているという統一性がある。アトウッドが対談の中で、「フィクションのアイデアは想像以上に代数学に近い(9)」と述べているように、構成の技巧性はアトウッドの作品の特徴であるが、他方で、臨死体験でのマリアの顕現がいじめ脱却につながっていく神秘主義的な要素を持っている。技巧性、論理性と同時に、神秘性を併せ持つところが本作品の特徴である。

主人公イレイン・リスリーの父親は昆虫学者で、家族を連れ夏の間は森の中を移動しながら研究を行なっていた。しかし、イレインが八歳の時に父はトロント大学に職を得て、一家はトロントに定住する。兄はいじめの対象となることはなかったが、野性児のように自由に育ったイレインに、制度に順応する女性の生き方を押し付けてくる共同体の圧力が、女の子たちの残酷ないじめとなって彼女を苦しめる。幼いイレインは森の中から出てくるとすぐに、トロントの日常生活に貫徹している、ジェンダーを巡る性の政治学の展開に巻き込まれたのである。

この小説で主人公は幼少期にいじめに遭った体験をあくまでも個人的なできごとと捉えている。そして、他人を肉体的、心理的に虐待することがもたらす負の連鎖を断ち切る必要性を感じる。虐待する心理は、闇の分身としてすべての人間が共有していると考え、ひとつの人格の中でこの二つを統一する理論を求めている。いわば、愛憎の両極に和解の橋をかけようとして、心理的な「統一理論」（宇宙物理学の理論）を求めているのである。主人公は天文学や物理学の論理的な考え方を導入して、個人的な問題を昇華させ、心理的に納得のいく境地に辿りつこうと必死で努力する。アトウッドの問題への、このような文理融合的なアプローチは、『オリクスとクレイク』（二〇〇三）などにもみられるが、作品に幅広い視野をもたらし、彼女の文学の特徴として特筆すべきものである。

冒頭の「時間の流れは、直線的ではなく、空間的だ」という兄スティーブンの言葉から小説が始まり、イレインはこの考えを人間の記憶の持つ特徴として敷衍していく。過去は水のような液状の広がりが重なったものなので、過去を振り返るとは単なる回想ではなく、水の中に飛び込み潜っていくようなものであるとイレインは考えている。記憶を振り返るとは、過去の中に飛び込んで、過去を生き直す必要があると思っている。

イレインはトラウマにつながる記憶を凍らせ、代わりに芸術表現の中で自らの怒りを発散させ、何とか生き延びてきた。このようにしてつらい体験を封じ込めてきたが、この小説を書くことで、ようやくその過去と対話ができる心理的な余裕ができ、新しい現在を構築し、未来を展望することができるような地点に達している。歴史について、E・H・カーの「歴史とは過去と現代とのつきることのない対話である[10]」ということばがあるが、記憶という個人の歴史についても同様のことが言えるだろう。

個人史を振り返るときに、個人的な事柄と同時に、登場人物たちが巻き込まれていた社会的状況を考慮に入れる必要があることは言うまでもない[11]。第二次大戦後の時代思潮に関していえば、一九五〇年代のアメリカの都市郊外に住む専業主婦の抑うつ的な心理を、ベティー・フリーダンが『新しい女性の創造』（一九六三）[12]で分析した。それとほぼ同じころのカナダでの専業主婦の日常が『キャッツ・アイ』では描かれている。女性を家庭における消費者として祭り上げていく、隣国アメリカで急速に勃興する消費社会の影響と、イギリスの植民地支配と伝統的なプロテスタントのメンタリティーを依然として引きずっているという二重性が、当時のカナダの女性たちがおかれていた状況の特徴といえるだろう[13]。『キャッツ・アイ』の第三部「帝国のブルーマー」で、イレインが通う学校の中には、戦後であるが旧大英帝国の雰囲気が満ちあふれていることが詳述されている。このような新旧のジェンダー役割意識が大人の女性にもたらす抑うつ的心理、それらが女の子たちにも大きな影響を与えている。

リスリー一家は、森の中をキャンプして回っていたので、ジプシーのような、移住者のような特異な家族であった。家族自体が共同体の中で、周縁的な存在である。父親は研究者なので、ビジネスに携わっているイレインの友人の父親たちとは、服装から始まって、価値観、さらには生活レベルにおいてもかなりの差違がある。イレインの父親は教会には行かないし、物質的、経済的には恵まれているとはいえないが、もともとそれらにそれほど大きな価値を置いていない。

そのような父と生活を共にする母親も、当時としてはかなりユニークな女性である。買い物、縫い物などの家事よりも、スケートや落ち葉を掃いたりという野外での活動が好きで、周りの人が自分のことをどう思っているかに頓着していない。

母はだらだらと家の中での家事にかまけることはなかった、むしろ秋だったら外で落ち葉をかき集めたり、冬には雪かきをしたり、春には草取りをするのが好きだった。（一三四）

このように両親は一九四〇年代から五〇年代のトロント郊外に住むカップルとしては、比較的自由な雰囲気の家庭を営んでいたといえる。しかし、初めて友達ができ、友人関係を優先するようになったイレインは、そのような母親をまるで子どものようだと考え、友人たちの母親と比較し、否定的な意見を持つようになる。

イレインはキャロル、グレース、コーデリアという三人の女の子と友だちになるが、中産階級の彼らの家庭には次のような特徴が見られる。

（一）父親が家庭外での仕事に従事し、母親は家庭の仕事に専念する専業主婦で、郊外に住む裕福な中流家庭である

（二）日曜日には家族で教会の礼拝に通う熱心なプロテスタントの信者である

（三）女性はカタログショッピングを行い、消費者としての役割を果たす

（四）家庭には電気洗濯機など、家事労働を軽減する電化製品が普及し始める。（オムツを集めて洗濯するサービスも行なわれている）

（一）については、父親たちは昼の世界では不在で、夜になると帰ってきて権力を振るうと描写されている。家父長的なジェンダー役割分担の世界で、父親たちは子どもの目から見ると魔王のような、あるいは童話の青ひげのような、恐ろしいほどにパワフルな存在である。父親たちは競争社会でのストレスを家庭へ持ち帰り、そこで暴力的に発散させたのかもしれない。彼らのうちでイレインの父だけが、昼の生活の中で見える存在である。

二日後、キャロルがいうには、父親がベルトの留め金のところで、彼女の裸のお尻をぶってお仕置きをした。……この証拠を、赤くはれ上がったお尻を、キャロルの父親である親切なキャンベル氏と結びつけるのはむずかしい、ソフトな口ひげを生やし、グレースを「きれいな茶色のお目々さん」と呼んだり、コーデリアを「ロベリアお嬢さん」といったりするお父さんが、あの人が誰かをベルトでぶつところを想像するのは、妙な感じだ。でも、父親たちや彼らのやり方は謎に満ちている。……コーデリアのお父さんはめったにいることはないが、たまに会うと私たちにはとても魅力的にみえた、凝ったジョークを言うし、笑うとまるで広告塔みたいだった。でもなぜコーデリアはあのお父さんを怖がっていたのか。なぜだろう。私の父以外は昼間みんな姿が見えなかった、昼間は母親たちが支配していた。でも父親たちは夜になると帰ってくる。夜の闇が父親たちを家へと運んでくる、言葉で表せないほど本物のすごい力を隠し持って。彼らは見た目ほど単純ではない。それで私たちはベルトの話を信じるほかない。

（一八三）

グレースの父とキャロルの父は体罰を行なっていることが明らかにされ、コーデリアも家族のなかで、姉たちと比べて才能のない子どもとして疎外され、その負の連鎖が仲間へのいじめの温床となっている。

科学者の家庭であるリスリー家の人々は教会には通っていなかったが、イレインはグレースに誘われ、教会へ行き日曜学校に参加する。夫人の姉が中国で伝道していたというスミス家は宗教にきわめて熱心な家庭で、宗教教育を受けてこなかったイレインを、まるで自分たちに預けられた孤児のようにみなし、しつけをしなければと考えている。イレインの両親は、友だちの母親たちから、まともな親とは見なされていないのである。また、二階建ての立派な家に住み、ガーデニングをして花を飾り、宗教に極めて熱心なスミス夫人は、アトウッドの代表作『侍女の物語』の司令官の妻を思わせるところがある。[14]

五〇年代アメリカでは、中流階級の白人既婚女性に専業主婦の生き方、そして母としての役割が強く求められた。戦後社会進出し、エンパワーメントしようとする女性たちを家庭へと押し戻し、かつ家庭を消費の場として位置づけたのである。[15]この作品の舞台は隣国カナダであるが、作品からは、ほぼ同様の傾向がうかがえる。

（三）については、女の子たちはイートンの通信販売のカタログから、さまざまな家庭の必需品を切り取って貼り付け、消費を担う将来の家庭の担い手として擬似的な家庭を作る練習をする。ここではカタログはうやうやしく敬意を持って扱われているが、イレインたちが森の中を移動していたときには、カタログをトイレの紙として使っていたので、消費を象徴するその意味づけが、両者では全く違っている。

このような消費社会の到来について、フリーダンはアメリカの郊外住宅に住む一九五〇－六〇年代の主婦について、女性は専業主婦という役割に囲い込まれ、女らしい生き方であるとして消費の女王にまつりあげられたが、しばらくすると、わけのわからない不満にうつうつとした日々を送るようになったと指摘した。また、一九五九年に行われたニクソンとフルシチョフとの間の「台所論争」をとりあげ、アメリカ史が専門の島田も同様の趣旨のことを述べている。

一九五九年にモスクワで開かれたアメリカ博覧会の会場で、ニクソン副大統領はソ連首相フルシチョフに最新の家電製品を備えたモデルハウスの台所を示して、それが家事の苦痛から女性を解放するアメリカ的生活様式の真髄であること、またアメリカには多様な商品を選択して購入する自由があることを論じ、階級のない社会でだれもが繁栄を享受するという理想に一番近いのがアメリカだと結論付けた。……アメリカ社会における家庭、そしてそのなかの主婦の役割を彼がきわめて重要視していることも示している。だが、豊富なものに囲まれて家事や育児に専念する女性のあいだで、五〇年代半ば以降、精神安定剤が大流行したことは、働く女性の増加とあいまって、この家庭像の不安定さを暗示する。(16)

この小説の背景には女性の生き方について、カナダでもアメリカと同様の現象が起こり始めていて、大人の女性の精神的な抑圧が、女らしさの規範に著しく外れるイレインへのいじめに、はけ口を求めたと考えられる。家庭で消費者としてのみ注目される主婦、植民地で強大な父権をひきずっているように描かれる古い家庭像、それを支える熱心な宗教的慣習などが、女性たちを幾重にも縛っている。幼い子どものイレインにもうすうすそのことがわかってくる。

彼ら（コーデリアの姉たち）の首のまわりにはなにか見えない首輪がかかっている、行動を規制するための。そして、それが何であったとしても、やがては私たちにも首輪はかけられるのだ。（一〇〇）　　（カッコ内は筆者による）

しかし、このいじめ事件で一番問題となるのは、子どもたちの虐待をスミス夫人とその姉がすべて知っており、「あの子のためになる」と積極的にお墨付きを与えている点である。自分に対するいじめは大人の女性たちによって公認され、後押しされていたことを、イレインは耳にしてショックを受ける。しかも、夫人はいじめを神の罰であるといい、宗教を隠れ蓑に虐待の正当化を行なっている。いわば小規模の魔女狩り的な様相がある。

「あの一家から何を期待できるっていうの」とスミス夫人が言う。……「子どもたちもわかっているわ。知っているのよ」

「でも、あの子たち、イレインにちょっと厳しすぎない？」とミルドレッド叔母は言う。叔母の声には、これからまさにおいしい食べ物を味わおうとしているような感覚があった。私がどれくらい厳しくやっつけられているのか知りたくてたまらないのだ。

「神様の罰が当たっているのよ」とスミス夫人はいう。「自業自得で、当然よ」

とたんに熱い波が私の体中を、駆け巡った。……それは異常な形をした憎しみだった、乳房がひとつだけで、ウェストがないスミス夫人の格好をしていた……スミス夫人に対する憎しみが湧きあがってくる、なぜなら私が秘密だと思っていたこと、女の子しか知らない、子どもたちだけのとても大事な秘密なんだ、と思って必死で我慢していたことは、そうではなかったのだから。あの子たちは前もって夫人に話し、許可だってもらっていたのだ。スミス夫人は知っていたし、認めてもいた。でも夫人は止めさせようとはしなかった。それは私にとって「自業自得で、当然だ」と夫人は考えているから。（一九九九）

このように、事件は単なる子どもたちの問題だけではなく、宗教に基づく女性観の相克と社会的背景を持つことが明らかになる。

その後、子どもたちのいじめはエスカレートしていき、その頂点に達するのが、裏庭での生き埋め事件と、渓谷での神秘体験事件である。前者は、コーデリアが自宅の裏庭に穴を掘り、イレインは黒いドレスとマントを着せられ、スコットランド女王メアリーの扮装で穴に入れられたという事件である。そのうえで頭上に板を置かれ、砂をかけられ、生き埋めにされた。メアリー女王がエリザベス一世に反逆した罪で処刑されたように、イレインは女の子たちによって、イギリス帝国の反逆者に仕立てられたのだ。

私は悲しかった、裏切られたという気持ちがした。それから、闇が私を押しつぶした。それから、恐怖心が……穴の中にいた間、自分に何が起こったのか思い出せない。……たぶん、広場には誰もいないのだろう、たしかに、あれは単なる目印にすぎないのかもしれない、その前と後を区別する時の標識だ、私が信頼をなくし、無力になってしまったあの時を指している。（一一六）

ブラックホールに閉じ込められたようなこの出来事は、幼いイレインにとって強烈な体験であった。「穴の中の闇と恐怖と強烈な屈辱感は彼女の無垢の心、他人への盲目的信頼を完全に失わせる」に十分であった。[17]その結果、イレインは自己を肯定していくよりどころを失い、自信を喪失し、全くの無力感に襲われる。そして、それは自我を破壊しかねないトラウマとなる出来事だったので、思い出さないように記憶のなかで、無意識の領域に押さえ込んでしまおうとした。思い出そうとすると藪のなかに、有毒なベラドンナが生えている光景が浮かんでくるようになった。精神的な苦痛を避けるために、何が起こったのかはっきりと想起できないような心理的機制が働き、攻撃的な復讐心だけが残っていく。そして、この体験はイレイン＝アトウッドの創造力の起爆剤となると同時に、彼女の心理を凍りつかせてしまったのである。

そののちも執拗ないじめは続き、渓谷での神秘体験事件が起こる。通学路にある渓谷は危ないので近寄ってはいけないと大人から言われていたが、厳寒の冬の日、コーデリアはイレインの帽子をその谷へ投げ捨て、谷へ降りて取ってくるように命じる。イレインは帽子を取りに行くが、寒さと凍傷のために仮死状態になり、動けなくなってしまう。そのときに、聖母マリアが現われ導いてくれるという神秘的な体験を経験し、ようやく渓谷から脱出することができる。

イレインはこれまで、スミス夫人に対する反抗心から、彼女が信奉するキリストではなく、マリアに祈りを捧げ、自分の祈りを聞いてほしいと願ってきた。父性ではなく、母性的な宗教を求めたといえる。ここでは救済者として聖母マリアが顕現し、願いが聞き届けられたと感じられた。そして、この体験は大きな転換点となり、これ以降いじめグループに対して全く頓着しなくなる。いじめを跳ね返す力を身につけたのである。

このときにマリアは、イレインがお守りにしていたおはじきの「キャッツ・アイ」を捧げ持っていた。しかし、そのお守りは、雪の降る中でガラスの容器のなかに入れられていたのである。マリアが表している母性は、まるで毒りんごを食べた白雪姫のようにガラスの棺に入れられ、凍りついているようなイメージが与えられている。イレインはそれまでにも「キャッツ・アイ」が空で太陽のように輝いているところを夢に見ることがあった。だが、太陽と違ってそれはあくまでも冷たく、その冷たさに思わず目を醒ましてしまうというエピソードがある。

母性を表象する「キャッツ・アイ」がこれほどまでに冷たいということは、イレインの母との身体的ふれあいの欠如を思わせる。実際に、母がイレインのいじめによる心身症的な症状に気づかないのは、二人の間に身体的な親密さが欠けていることを示しているのかもしれない。イレインは爪を噛んだり、毎朝胃が痛くなって吐きたくなったり、足の皮膚をむしりとったりしたあげく、心理的苦痛を感じないようにするために、自由に自分をコントロールして気絶できるほどにさえなっているのに、肉体的な危険信号に気づいてもらえないのである。

友人たちのいじめに悩む自分に気がついてくれなかったので、イレインは母に対する恨みの気持ちを抱き、母と娘の信頼関係まで失われてしまう。現実の女性たちの中に母性を見出すことができないイレインは、マリア像に理想の母性像のイメージを重ねるようになる。そして、再婚した夫とメキシコに行ったときに、イレーヌは自分のイメージに合致するマリア像に対面する。そのマリアは、「失せもの戻しの聖母」（二一九）という名前で、信者はマリアのドレスに自分が失くしたものをピンで留めて、戻ってくるように祈るのである。しかし、イレインは、自分が失くしたものが何なのか、何をピンで留めたらいいのか分からず、ただひざまずくばかりであった。イレインが失くしたものは、おそらくは幼い子どもが、母親や周りの女性たちから受ける身体的な接触も含めた暖かさであり、つながりや絆である。もし彼女が女性たちから十分な愛情を注がれていたら、彼女自身、女性たちとの関係に、それほどの違和感を感じることはなかっただろうと思われる。

トロントの旧植民地の社会で、宗教や制度によって抑圧された女性たちは、他人を、時には幼い子どもを抑圧することによって、そのストレスを発散させている。この作品では、コーデリアとイレインをめぐり、バンパイアのイメージが多用されている。そしてバンパイアにかまれた人間は、自らもバンパイアとなって、また次の人を傷つけてしまうという比喩に象徴される連鎖的な状況が起こっている。

このような負の連鎖に対する批判は、イレインの分身でもある兄スティーブンの、テロによる死のプロットに明確に示される。天才的な宇宙物理学者となった兄は、近代合理精神および近代科学の粋といえるような存在である。しかし、世界に蔓延する復讐心の連鎖によって、あえなく不慮の死を遂げるのである。

彼は「目には目を」という復讐心によって殺された、誰かがそう考えたことによって。

（四二四）

この事件を契機にして、イレインはスミス夫人をモデルにした自分の絵に、激しい憎しみの感情があふれていることは問題ではないかと思う。そして、復讐は憎しみしか生み出さないことと、スミス夫人もまたどこかから移住してきた疎外された女性であったことに思いをはせる。イレインは長い間怨念を抱えて生きてきたが、ようやく許しの境地へとたどり着くのである。

「目には目を」という考えでは、もっと目が見えなくなるだけだ。（四四三）

スミス夫人はどこかもっと小さい町から、都会へと移ってきた。疎外されていたのかもしれない……私がそうだったように。（四四三）

幼いころイレインは友だちからいじめられたために、弱者の惨めな気持ちに敏感になり、このことが芸術家としての出発点となる。言語化することのできない心の闇のメカニズムを絵画として描こうと、芸術家としての道を歩むのである。しかし、その芸術は一面では憎しみの発散であり、いじめに対する防御として「キャッツ・アイ」の凍った母性をお守りに掲げた生き方であった。この氷を溶かし、いかに女性たちと折り合うかがイレインの最終的な探求になる。

このように女の子たちとの問題に悩むイレインは、男の子とは簡単に友達になれるので、「男の子たちは表には出さないけれど、ほんとは私の味方だ」（一八一）と思っていた。しかし、実際には、大学に進んで体験する現実の男女関係はそれほど簡単なものではない。女の子たちとの関係でも、二度死の瀬戸際まで行くような体験をしたが、男性との関係も全く同様であった。

2　女性としてのイニシエーション――恋愛、結婚、出産、育児そして仕事

美術学校で学ぶ若き日のイレインは、二人の男性との恋愛問題に直面する。その中で性的な自由と中絶問題の相克に悩み、妊娠を機会にクラスメートと結婚する。しかし、結婚生活と育児、および芸術活動の両立は難しく、ほどなく離婚することになる。その際の彼女の精神的動揺は激しく、自殺の瀬戸際まで行く体験をする。

美術学校で新しい時代の女性としての道を模索し始めたイレインに、恋愛、結婚、出産、育児、仕事という大きな問題が次々に押し寄せてくる。アドリエンヌ・リッチが言うように、これらの問題は、芸術的にも、経済的、性的にも自立しようとする若いイレインを、母性という制度の中に囲い込もうとする社会システムとの相克であるということができる(18)。女性に母としての生き方のみを求め、能力の発揮を限定していく制度は、スミス夫人のような女性像を生み出してきた。そして女性に対する抑圧の負の連鎖により、イレインは幼少時のいじめに悩んだ。しかし、自ら芸術家として立とうとするときに、家庭で生きるようにと囲い込む社会の力は非常に大きいことを実感する。芸術家としての自

立の過程を描く後半の章は、母性という制度の直接的な影響という点で、前半部とサイクルをなしている。

恋愛に関しては、男性を主人公とする教養小説において、「清浄な愛と肉の愛」というきわめて対照的な二つの愛に対する葛藤が描かれてきた[19]。一方、女性の主人公を扱ったこの作品では、年の離れた年長の男性への憧れと誘惑、および同じ年代の男性との恋愛と結婚がそれに対応する。性愛へのイニシエーションをもたらす男性と、家庭を築く相手との二つの愛である。

この小説で、生物画のクラスの教師、ジョーゼフ・ヒブリックは、最初はクラスメートのスージーと、のちにはイレインとも同時進行の性的な関係を持つ。それは、教師という立場を利用したセクシャルハラスメントであるが、ハンガリーからの亡命者である中年のジョーゼフは、女子学生たちには異文化の香りと大人の男性の魅力を持っていると映り、スージーとイレインは性的な関係へ誘われる。当初、イレインはスージーに対して対抗心を燃やすが、やがて二人とも若い女性に対するジョーゼフの欲望と幻想の犠牲となっていたことがわかる。スージーが妊娠しても、ジョーゼフは彼女との結婚を拒む。進退窮まった彼女は自ら中絶を試みて人事不省に陥り、イレインに助けを求め、病院へ運びこまれる。この事件では、イレインとスージーがダブル（分身）の関係にあり、スージーの中絶はイレインの問題を映し出す鏡像となっている。

若い女性への性的な誘惑と妊娠に対する警告、そして倫理的な罰としてのヒロインの死は、ビクトリア朝の小説のひとつの常道であったが、二〇世紀のこの作品では、イレインはかろうじてその罠から脱出する。しかし、スージーの中絶には、命の危険を冒さざるを得ない、当時の若い女性が直面していた問題が浮き彫りにされている。伝統的な家族制度に対するプロテストとして、第二次大戦後の性解放的な男女関係に若い女性たちが踏み出して行くとき、避妊と中絶が問題となっている。

避妊を真剣に考えないまま、二人の男性と肉体関係を持っていたイレインは、ジョンとのあいだに子どもができると、結婚という母性の制度のなかに入ることで問題の決着を図る。しかし、家事・育児のジェンダー的役割分担の上に、夫婦間には画家としてのライバル意識がある。またイレインが絵を描くのをジョンがだんだんと好まなくなるという変化を見せ、結婚生活はまもなく破たんをきたす。窮地に追いつめられたイレインは強い自殺願望にかられるが、トロントを離れバンクーバーに移り、そこで新天地を見出していく。それ以後初めてトロントに戻ってきて、回顧展を開くイレインのコメントには、芸術家としての自己形成の道に立ち塞がるさまざまな力に挑戦し、試練をくぐり抜けてきた女性の万感の思いが込められている。

さらにこの作品全体では、分身的な人物設定と同時に、男女関係が常に複数であることが特徴である。ジョーゼフは二人の女子学生と同時進行の情事を持ったが、ジョンも結婚生活を送りながら、愛人を家に連れてきていた。イレイン自身も、ジョーゼフとジョンの二人と同時に関係を結び、かつ、再婚したのちに回顧展のために訪れたトロントで、前夫のジョンとも再び性的な関係を持つ。

このように開かれた性的な関係は、男女関係や夫婦関係を不安定なものにしていく。また、常に女性の友人がライバルとして意識され、女性同士のつながりを作ることが難しくなっていく。女性たちが社会で活躍していくときには、お互いの協力関係は不可欠となってくるが、彼らには分断されてきたこれまでの歴史がある。しかし、相互の協力がなければ、次に続く女性たちもまたイレインのような困難な生き方を、また初めから繰り返さざるを得ない。そこで、最後に作品における女性たちの絆について考えてみたい。

3　許しと和解への道——女性たちの絆の回復

イレインも意識しているように、この作品を通じて印象的なことは、彼女が女性たちと親しい関係を結んでいくことができないという事実である。彼女と娘たちとの関係は詳述されないが、そのほかのほとんどの女性たちに対して、イレインは冷たいまなざしを投げかけている。それは、幼少時のいじめ体験の後遺症といえるだろう。

スージーの中絶事件の際に、瀕死の彼女を介抱しながら、イレインの心の中の声は、これは「(スージーにとっては)当然の報いだ」(三四九)とつぶやく。この、“*It serves her right*”は、実はイレインがいじめられるのを見たスミス夫人が満足してつぶやいた言葉でもある。ここでも、心理的な負の連鎖が続いていることが示されている。

また、ジョンとの離婚に悩んだとき、イレインは自殺未遂事件を起こし死の淵まで追い詰められる。その時にコーデリアの声が聞こえてきて、彼女はイレインに早く自殺するよう高圧的な口調でそそのかす。このようなことからも、女性たちの関係は分断され、敵対していることがわかる。

さらに、トロントでの回顧展のためのインタビューにおいて、二〇代の女性新聞記者アンドレアに対して、イレインはコミュニケーションを拒絶したような受け答えに終始する。「あなたの服装はばかげている」「あなたの絵はくずだ」（九七）と思われているのではないかと恐れ、流行の服装あるいは若さに対する劣等感のために、ほとんど回答にならないことを言って、記者を怒らせる発言を繰り返している。

ところで、この作品には鏡のイメージがしばしば用いられ[20]、イレインの絵でも鏡は重要な道具として使われている。たとえば、『半顔』という絵には女性の横顔が描かれ、奥の鏡にもう一つの見えない、醜い横顔が描かれている。この構図は、女性の姿態を前面からと後方から描き鑑賞する伝統的な美人画の構図で、女性の肉体の見える部分と見えない部分を同時に鑑賞者へ示し、全体として窃視的な視点を提供する[21]。この構図を利用して、イレインは女性の外見とその内面を同時に示し、自己省察の結果としての二面的な自画像を描いている。

鏡はまた、おとぎ話の『白雪姫』のお妃の鏡を連想させる。この鏡は一般に女性のナルシシズムを表しているとされるが、同時に男性の視点から好ましい女性を評価するスタンダードの象徴でもある。この評価する鏡によって、女性は競争にさらされる。イレインが描いた鏡に映る醜い顔は、白雪姫の鏡によって分断され、同性に対する嫉妬にかられた女性の内面を映している。

おとぎ話を分析した論考の中で、コルベンシュラーグは「シスターフッド」という言葉が表す、女性の「結束」の必要性について分析している。最近は盛んに論議されているにもかかわらず、依然として男性は「結束」し、女性は「結束」しないという。しかし、「現実と幻想を比べてみれば、男の結束神話も母性神話と同じくらい、過大評価されていることがわかる」と論じる。(22) さらに女性が社会進出すれば、仕事の推進とエンパワーメントのためにシスターフッドが要求され、そしてそれは学習していくことができるとする。(23)

一方、イレインはフェミニスト画家というレッテルを貼られているにもかかわらず、若いころに参加した女性たちの交流会に集まったフェミニストの女性たちに対して、かなり違和感を感じている。男性に対する怒り、レイプ、暴力、差別など被害者である女性の怒りの発言が会合で繰り返されるが、彼女たちの怒りは山を動かしそうな勢いで、イレインはショックを受ける。しかし、怒りの発散は同時にイレイン自身の芸術の原点でもあるのだ。この怒りをどう処理していくかが、両者にとって次の課題となる。

イレインが他の女性と関係性を築くことは難しく、あくまで一人で画家の道に邁進する。その様子は、彼女が描く雌ライオンの顔をした聖母マリアの姿で表現されている。

> 女性同士の友情は、私には難しい考え方だ。（三七五）

私は聖母を青いドレスと普通の白いベールで描いた、しかし頭部は雌ライオンの姿にした。

……とにかく、美術史に出てくる、ミルクと水でできているような、昔ながらの血の気のない聖母の姿より、母性についてもっとよく表しているような気がした。私の聖母は、獰猛で野生的で、危険を敏感に察知する。（三七五）

画家として次第に名を上げたイレインは、バンクーバーでもフェミニストの集会に招かれるようになる。しかし、女性の集会での「告白」や「分かち合い」などの活動や、多くのメンバーがレズビアンであるということにまたしてもなじむことができず、遠ざかっていく。[24]イレインがまだ駆け出しのころ、三人の女性たちと展覧会を開催し、彼女はスミス夫人をテーマにした作品を陳列する。『癩病』『目には目を』『白い贈り物』『命取りのベラドンナ』（三八三）などであるが、夫人に対する憎しみがあふれ、絵の内容が言葉によって説明されるだけでも読者は圧倒されるほどである。彼女はフェミニストと違って、男性ではなくむしろ女性に対して激しい怒りを感じている。しかしやがて、カナダの社会的状況、スミス夫人の経歴などを理解するにつれて、夫人に対して許しの感情を取り戻していく。そして、世の中を見回してみると、だんだんと女性同士の友人を持つ人が増えてきていることに気がつく。女性同士の友情が結びやすくなってきて、セジウィックが家父長制の権力構造の基盤と捉えている「男同士の絆――ホモソーシャルな欲望」を女性もまた築こうとしつつあるようだ。

彼らはみんな私よりたくさんの友だちを持っているように見える、もっと多くの親密な女友だちである。今まで、女の友だちがいないことについて、考えたことはなかった、ほかの人も自分と同じだろうと思っていた。かつては、そうだった。でも今は違う。（三八二）

イレインは芸術家として、日ごろは孤独な仕事に取り組んでいるが、才能のある彼女は女性のメンターとして、またロールモデルとしてまわりから期待されている。女性たちの「結束」の核となっていく人物として、いろいろな集会に招待される。たしかに、フェミニズムの集会について、あるいは女性たちについてのイレインの批判は、ある程度妥当するところもある。ロマンティック・カップルの伝統の強い西欧の社会では、性的な関係以外の友情の可能性は難しいといわれている。[25]セジウィックが「女の利益を促進する女」の結びつきという「女性のホモソーシャルな絆」をいうとき、男性の評価にさらされている女性たちは、共通の利益を見出すことがむずかしい。竹村が指摘するように、男性のホモソーシャルな欲望は制度化されているが、女同士の絆は「制度によって否定され、制度の隙間で構築される個別的で私的な出来事である」からだ。[26]

しかし、イレインも感じているように時代は確実に変わっている。「男性を許すことは、女性を許すことに比べれば、はるかに簡単なことだ」（二九二）というイレインの感覚が変わり、女同士の友情を築いていくことができれば、フェミニスト芸術家としてのイレインは女性の新たな関係性の構築に資することができる。そもそも、いじめを書き終えたら、次は何を画題にするのかというのは、イレインにとって切実な問題である。イレインの絵の画題も怒りから協調へと変えて、もっと大きな問題と取り組む必要があるだろう。作家としてのアトウッドのその後の作品、『またの名をグレイス』（一九九六）においては、一九世紀の労働者階級の女性たちの連帯が取り上げられ、高い評価を受けた。その後『オリクスとクレイク』や『洪水の年』（二〇〇九）では、女性の問題というテーマを越えて、地球環境問題がクローズアップされるなか、人類全体のサバイバルをテーマにし、カナダという周縁でのサバイバルというローカルな歴史体験をグローバルな規模に広げ展開している。したがって、『キャッツ・アイ』は、アトウッドの作品の大きなターニングポイントとなったということができる。

まとめ

イレインはコーデリアを自分の隠された半身ととらえ、長い間憎んできた彼女を許し和解することで、ＰＴＳＤを克服し、自我の「統一理論」が完成する。バンクーバーに帰る前に、イレインは神秘体験に遭遇した渓谷にかかる橋を再び訪れる。この再訪には、過去の苦しい体験に許しと和解という橋をかけ、さらに女性同士の結びつきをつないでいくという意味が付与されている。イレインは、再会することができなかったコーデリアへ向かって呼びかける。神経症のコーデリアは迷える子どもとして描かれいる。

大丈夫よ、と私は彼女に言った。もう、おうちに帰っていいのよ。（四五九）

この言葉は、四〇年前に彼女が聖母マリアから言われた言葉と全く同じセリフである。

もう、おうちに帰っていいのよとマリアはいった。大丈夫よ、おうちに帰りなさい。（二〇九）

大人になり母性を内面化することのできたイレイン自身が、救いの聖母マリアとなって橋から同じ言葉をコーデリアへ投げかけ、二人の間で和解が完成する。それは二人の分身として表現された自我が統一されたことを意味する。また、そのことを裏付けるかのような飛行機内での仲のいい老女たちのイメージ、「お茶を飲みながら、くすくす笑いあっている二人の年取った女性たち」（四六二）が示され、過去という時間への旅が完了する。自分たちの体験を容認し、そこから未来への道筋を明らかにする物語が語られたのである。このようにして、過去の苦しい体験に許しと和解という橋をかけることができ、さらに女性同士の結びつきをつないでいくことの重要性が示されるという点で、『キャッツ・アイ』はアトウッド文学の分岐点を示す作品となっている。

注

（1）テキストとして、Margaret Atwood, *Cat's Eye*（1988; New York: Anchor Books, 1998）を使用した。以下、この本からの引用はカッコ内にページ数のみを記す。
（2）Howells, 153.
（3）川本、二二八－三二、二五五－七五。
（4）Woolf, 125.
（5）Ressing, 8.
（6）Heilbrun, 12-3.
（7）Sedgwick, Introduction.
（8）竹村、三〇三。
（9）Ingersoll, 43-4.
（10）Carr, 30.
（11）「自分という場（アイデンティティ）に起きた出来事はその時代、その社会的文化的状況との関係においてしか語られず、それ自体では存在しない」（伊藤、一一〇）。
（12）Friedan, 5-20.
（13）Atwood (a), 153-74.
（14）Atwood (b).
（15）島田、一九六－九九。
（16）島田、二一〇。
（17）伊藤、四。
（18）Rich, 98-116.
（19）川本、二五。
（20）Jong に詳細な分析がある。
（21）若桑、三三二－四九。
（22）Kolbenshlag, 51.

（23）東は「シスターフッド」は、女同士の連帯や緊密な結びつきを示すフェミニズム用語であるが、この概念の有する理念的な性格に当てはまらないような関係性を扱いにくいとして、「女性のホモソーシャリティ」という用語の使用とその有効性を主張している。

（24）作品におけるフェミニズムに対する批判については、『キャッツ・アイ』が出版された当時に、フェミニスト作家たちから反論があった。（MacMurraugh-Kavanagh, 116）

（25）Kolbenshlag, 53.　東、七一―八五。

（26）竹村、三〇三。

引用参照文献

Atwood, Margaret.（a）*Survival: A Thematic Guide to Canadian Literature*. 1972, Toronto: McClelland & Stewart Ltd, 2004.

______.（b）*The Handmaid's Tale*. 1985, London: Vintage, 1996.

______.（c）*The Robber Bride*. 1993, New York: Anchor Books, 1998.

______.（d）*The Blind Assassin*. 2000, New York: Anchor Books, 2001.

______.（e）*Oryx and Crake: A Novel*. New York: Anchor Books, 2004.

Carr, E. H. *What is History? The George Macaulay Trevelyan Lectures Delivered in the University of Cambridge January-March 1961*. 2nd edition, 1961, London: Penguine Books, 1987.

Friedan, Betty. *The Feminine Mystique*. 1963, London: Penguin, 2010.

Heilbrun, Carolyn G., *Writing a Woman's Life*. 1988, London: The Women's Press, 1997.

Howells , Coral Ann. *Modern Novelists: Margaret Atwood*. Houndmills: MacMillan Press, 1996.

Ingersoll,Earl G. ed., *Margaret Atwood: Conversations*. Princeton: Ontario Review Press, 1990.

Jong, Nicole de. "Mirror Images in Margaret Atwood's *Cat's Eye*". *NORA* No.2 1998, Volume 6. Scandinavian UP, pp.97-107.

Kolbenshlag, Madonna. *Kiss Sleeping Beauty Good-Bye*. New York: Harper & Row, 1988.

MacMurraugh-Kavanagh, Madeleine. *York Notes Advanced: Cat's Eye*. London: York Press, 2000.

Ressing, Doris. *The Golden Notebook*. 1962. London: Harper Perennial, 2007.
Rich, Adrienne. *Of Woman Born: Motherhood as Experience and Institution*. 1976. New York: Bantam Books, 1977.
Sarton, May. *Journal of a Solitude*. 1973. New York: Norton, 1992.
Sedgwick, Eve Kosofsky. *Between Men: English Literature and Male Homosocial Desire*. New York: Columbia UP, 1985.
Woolf, Virginia. *A Room of One's Own*. 1929. London: Penguin, 2004.
伊藤節「記憶の中のブラックホール――『キャッツ・アイ』における「わたし（アイ）――」『東京家政大学研究紀要』第46集（1）、東京家政大学、2006年。
川本静子『イギリス教養小説の系譜――「紳士」から「芸術家」へ』研究社、1973年。
島田眞杉「五〇年代の消費ブームとそのルーツ――夢の実現と代償と」常松洋・松本悠子編『消費とアメリカ社会――消費大国の社会史』山川出版社、2005年。
竹村和子「〈悪魔のような女〉の政治学――女の『ホモソーシャルな欲望』のまなざし」海老根静江・竹村和子編『女というイデオロギー　アメリカ文学を検証する』南雲堂、1999年。
東園子「女同士の絆の認識論――『女性のホモソーシャリティ』概念の可能性」『年報人間科学』27号、大阪大学大学院人間科学研究科、2006年。
平林美都子『待たされた眠り姫――一九世紀の女の表象――』京都修学社、1996年。
若桑みどり『隠された視線――浮世絵・洋画の女性裸体像』岩波書店、1997年。

第一八章

トニ・モリソンの『マーシイ』
――「マーシイ」の両義性と「黒い」テクストの生成――

石本哲子

はじめに

トニ・モリソン（一九三一―）の第九作目の小説である『マーシイ』は取り返しのつかない悲劇へと滑り落ちて行きながら、なお且つそれが「幸い」のように見えるという両義的な小説である。(1)二〇〇八年に出版されたこの小説は、彼女の処女作である『青い眼がほしい』（一九七〇）の執筆の意図と戦略が成熟を伴って一段と効果的に生かされているという意味で記念碑的な作品である。『青い眼がほしい』において考えられた戦略とは以下の三点であった。①子供である語り手クローディアによってもたらされる「親しさ」（二一二）の効果と子供特有の視点。②ピコーラという最も弱い立場にある犠牲者の「不在という欠如」（二一五）或いは沈黙の形成。③「フェミニン・モード」

（二一五）の言葉の使用、即ち白人男性以外の人物たちの視点からの語りを取り入れること。『青い眼がほしい』の語りにおけるこれら三つの特徴は、「黒い」テクストを書き表したいという作者の意図に奉仕しており、『マーシイ』においても繰り返される。(2) つまり、子供であるフロレンスの語りから小説が始まり、弱い立場にある彼女の犠牲者としての苦境に焦点があてられるが、そこで重要な役割を果たすのは、特権をもつ白人男性以外の視点、主には有色人種の女性の視点なのである。だが、『青い眼がほしい』ではピコーラの想像上の友人との会話を通してしか表されていなかった犠牲者の沈黙は、『マーシイ』においては、当事者であるフロレンスもまた彼女の言葉を使って作者の意図であるところの「黒い」テクストの創造に取り組もうとしているという形で破られる。この点で後者は前者をさらに発展させた小説であると言うことができるだろう。例えば『青い眼がほしい』の冒頭においてディックとジェーンの物語が形式的には解体されつつも白人の中産階級の家庭の幸福は損なわれる気配がないのに対して、『マーシイ』では白人の一家が事実上崩壊していき、それは黒い女性が彼女の視点で切り返し、読み、書くきっかけとなる。モリソンはこの小説の時代を「人種主義以前」つまり「人種主義が奴隷制度と分かちがたく結びつく以前の時代」（ブロフィーウォレン）に設定することで、当時の白人の「黒さ」への近しさを描き出そうとしたとも言える。(3) また、『マーシイ』という「黒い」テクストは『青い眼がほしい』においてはピコーラの沈黙（とクローディアの語りの分裂）でしかなかったものをフロレンスの語り書く行為に変え、それによって、他の作家の過去のテクストの新たなる書き直しを行っている。(4)

『マーシイ』において黒い女性であるフロレンスが「黒い」テクストを書き始めることができるとすれば、それは彼女が内面化された黒人の劣等感に向き合った結果である。『青い眼がほしい』の最後には「愛と愛する者」についての箴言が語り手であるクローディアの言葉として書かれていたのと同じように、『マーシイ』でも「自分自身の支配権」についての箴言が記されている。それはフロレンスの母親ミーニャ《私の》・マンイ《お母さん》の言葉であるのだが、それをもって振り返るならば、『青い眼がほしい』における沈黙がどのように『マーシイ』における言葉に結実したのかがよく理解できる。

> お前がわたしの知っていること、どうしてもお前に話したいことを理解するまでは、毎日毎晩、わたしの心は塵のなかに留まるだろう。他の人間に対する支配権を与えられるのは、難しいこと、他の人間に対する支配権をもぎ取るのは間違ったこと、自分自身の支配権を他人に与えるのは悪いことだ、ということを。（一六七）[5]

この箴言の意味をこの小説に即して考えるなら、これは主人と奴隷の関係及び母親と子供の関係についての言及であると言える。さらに宗教者と信者の関係や、ロマンティックな文脈にも適用できるだろう。「自分自身の支配権を他人に与えるのは悪いことだ」というのは、自らのうちに芽生える承認の願望を指している。奴隷が自発的に奴隷となることを選び、それに満足するならば、その時支配者と被支配者は互いに補完しあうということになる。この自発的な隷属は『青い眼がほしい』においては、一九四〇年代を生きる、白人の美のイメージに魅せられたピコーラの悲劇を引き起こした。他方、一六八〇年代を舞台とした『マーシイ』においては、隷属は内面の問題というよりは物理的かつ必然的な外的条件であるが、それにも関わらず隷属への意志が批判的に取り上げられるのであり、それから解き放たれることの重要性をフロレンスは自らの力で学びとっていく。フロレンスの「黒い」言葉は悲劇的な状況によって形をなし、磨きこまれ、鈍い希望の光を放つ。「黒さ」を体現するフロレンスその人は「先行する文脈からすでに断ち切られて」、「自己定義の困難な道を歩き始めている」のである（バトラー 二五二）(6)。

1　「白い」家庭の崩壊とレベッカの視線の放棄

『マーシイ』において「黒い」テクストが黒い視点でもって構築されていく過程は、白人一家の崩壊していく過程に対応している。ディックとジェーンの物語の「人種主義以前」の原型を貿易業者ジェイコブ・ヴァークとその妻レベッカの物語のうちに読みとることはできるかもしれないのだが、彼らの家庭はここでは事実上壊れていく。彼らは時として「黒さ」に近づきながらそれとの差異を強調するために「白さ」を選択する。例えばジェイコブの強い希望で彼らの「白い」スウィート・ホームとなるはずの邸宅が建設されていくのだが、彼の理想を裏切って、その中に住む筈の家族は次々と病に倒れ、生き残りはレベッカだけとなる。彼らは、一六八〇年代の北米大陸に生きる者たちを襲う苦境の最中にあって、「白さ」と「黒さ」の間で翻弄されている。最終的には幽霊となって建物のまわりをうろつくジェイコブの転落は、当時の「法なき法」（一〇－一一）の支配するヴァージニア州メリーランドにあるジュビリオというプランテーションを訪れた時から始まる。彼は奴隷を商いするドルテガによる、借金の返済を目的とした夕食の招待に応じるのである。ドルテガには「カトリックを超えたもの、何か汚れてただれたもの」（一二三）があるので、ジェイコブは彼に対する嫌悪感を抑えられない。ジェイコブはドルテガとは異なり、自分の身の危険を冒してもアライグマを助ける情け深い男であるからだ。ジェイコブは農夫としては力がないが、彼が奉じる「プロテスタンティズムの残滓」（二八）故に「人間は彼が扱う商品ではない」（二二）と考え、「刺繍を施した絹物やレースの衿飾り」を着用し「こってりと味付けされた料理」（一七）を提供するドルテガの商い及び彼の住む家や家人を不気味に感じる。ジェイコブは本来ならドルテガほど「白い」印象を与えない人物である。

だが、同じ白人でありながらカトリックとプロテスタントの相違を示しているように思われたドルテガとジェイコブの差異は、ジェイコブが感じるほどには明確ではない。身分の差は所有物の差であるとの認識を得たジェイコブは、ドルテガの「蜂蜜色をした石の家は、事実、家というよりは裁判が行われる場所のようだ」（一四）と考えつつ、「あれくらいの大きさの家」（二七）の建設を夢見始め、その実現の手段として、バルバドスの労働力を利用する商売に着手することになる。ジェイコブはドルテガの邸宅から帰途につく際、居酒屋で三角貿易の一端である「投資しても損は出ない」（三一）というラム酒の商売の情報を得て、乗り気になる。「その計画は砂糖を基礎にしており、砂糖のよう強欲さにおいてドルテガに似始める。

然しながら、もし崩壊する白人一家の主人であるジェイコブとドルテガの相違が辛うじて保証されるとすれば、それは彼らを描写するところの黒い視点による。ドルテガが奴隷たちの半日の休みの折に彼らを小屋に並ばせ、ジェイコブにそのうちの一人を借金返済の肩代わりとして選ぶよう促す時、彼が奴隷たちを見るというだけではなく、奴隷たちもまた彼を見ていることが描写される。「それはよそを向いており警戒してはいるものの、何よりも自分たちを評価している男たちを逆に評価している目」（二二）であり、奴隷の側が視線を切り返していることが示される。ジェイコブはドルテガに強いられて家におくのに相応しい奴隷を選んでいるのであるが、ジェイコブもまた彼女の娘を託そうとするミーニャ・マンイに選ばれている。彼女が見抜いた通り、ジェイコブは家畜の虐待を嫌い、孤児や浮浪者には憐憫を感じる男であった。ジェイコブは動物が「目をうるませ、黙って、反撃もできずに屈従せざるをえない」（二八）のに同情し、また市場や港などに「あふれていた孤児や迷子たちと自分自身の悲しい思いを忘れず、彼らに心が乱れるほどの哀れみの感情」（三三）を感じ続けている。というのも、母親が出産で死に、アムステルダム出身の父親にも引き取られることのなかった彼は、救貧院でいじめられて育ったのだ。自らの意志に反して、フロレンス、その以前には巻き毛のガチョウ番の少女ソローを引き取ることになるジェイコブを「彼の心に獣はいなかった」（一六三）とミーニャ・マンイは観察する。ミーニャ・マンイはその背の高い男性がフロレンスを「人間の子として」見ていることが分かったので、彼の前に「奇跡を願いながら」（一六六）跪き、ドルテガの魔手から解放すべく彼女を彼に託すことを選ぶのである。

さらにジェイコブとドルテガの差異を示すものとしてジェイコブの結婚がある。贅沢と腐敗の匂いがするドルテガ夫妻とは違って、ジェイコブは幸福な結婚をしている。新大陸に居住する夫が旧大陸から妻を娶るという手続きの踏まれたこの結婚は、「売却」（七四）とも呼ばれるような、幾分人身売買に似た趣があったとはいえ、彼らの結婚は幸運にもお互いにとって好ましいものであることが判明する。彼は新大陸へ渡ることを厭わない健康で貞節な妻を求めていた。妻もまた欧州での閉塞的な生育環境を抜け出したいと考えていた。彼らは結婚の定められた配偶者を目の当たりにして、どちらも「新しくゆたかな人生に対する期待」（八六）を抱くことができた。彼らは契約のように「彼は彼女を甘やかさず、甘やかしたとしても彼女はそれを受け付けず」「前方に横たわっている仕事に対しては、完全に平等」（八六）に立ち向かおうとした。彼らの家はドルテガ夫妻の、奴隷の存在を完全に経済効果としてのみ捉える「汚れてただれた」システムとは異なる仕方で運営されることになる。ジェイコブとレベッカの結婚は非常に少ない確率のもとで一旦は成功を収める。だが彼らの一家の例外的な安定は、やがて重なる不幸によってその土台を切り崩されることになる。まずは三人の子供たちが立て続けに死に、五歳になったパトリシアンも事故で命を奪われる。次いで邸宅の完成を間近にジェイコブが天然痘を患い、レベッカもまた同じ病を患って、彼らの土地は荒れ果てる。

崩壊する「白い」家庭の中の唯一の生き残りとなるレベッカは、自らの視線を維持することを放棄し、彼女だけが持ち得た白い女のヨブの視点を手放すことを選択する。それは言わば彼女の「黒い」と呼んでもよい視線を放棄することによって心の平安を得るという意志的な態度である。子供たちを次々と失くし、夫にも先立たれたレベッカは「救済」の道に縋るしかないと考えるのだ。ジェイコブがドルテガに出会い邸宅の建築への憧れを実行に移す以前は、彼らの農園は楽園であり、「幸運という奇跡」（九四）であり続けた。主人と奴隷の関係にあたる女たちは友情を育み、それなりの調和と安定が生み出された。然しながら、事態は一変する。「この清潔なニューイングランドまで海を渡ってきて、たくましく丈夫な男と結婚し、男の死後すぐ、完璧な春の夜に膿疱に覆われて横たわる」というのは「まるで冗談のよう」であり、「悪魔よ、おめでとう」（九〇）とレベッカは思わずにはいられない。レベッカの価値観は覆され、彼女は「アナバプティストの人たちは正しかったのだろうか」（九七）と考えるに至る。彼らの見解によると「罪にはさまざまなレベルがあり、位が下の人々がいる」（九八）のであり、「ネイティブ・アメリカンやアフリカ人は神の恩寵に近づくことはできるが、天国――彼らが自分の家の庭のようによく知っている天国――には行けない」（九八－九）。つまり、レベッカの家に住む女たちの中で、白人であるレベッカだけが救済と死後の生活を約束されるのだ。レベッカは最終的にはその見解を受け入れ、疑念を抱くことをやめてしまう。レベッカ自らが彼女の「黒さ」への近しさを視界から排除するのである。

注目すべきは、レベッカの物語がそのように完結することを見抜く他の視線があるということである。『青い眼がほしい』が、白さを理想として崇めるピコーラが黒い視線を放棄するという話であったとしたら（それがクローディアの視線において捉えられる）、『マーシイ』ではレベッカが白い女の「黒く」もあり得た視線を放棄する。だが、彼女の決断に基づいた復讐譚にも似た結末が用意された後で、彼女はなお天国から追放されるであろう人々によって観察され続けている。例えば二〇歳前後の奉公人の同性愛者スカリもその一人である。彼はかつては「一種の家族」であったところの「男の虜になった女たち」或いは「男のいない女たちの成り行き」（一五五）を見守りつつ、レベッカの変化を「敬虔さの下には、残酷さとは言わないまでも何か冷たいものがあるように思われた」（一五三）と考えている。怨恨はレベッカを変える。彼女の母親が彼女に対してそうしたように、彼女は友達を売る手筈を整え、自分自身の救済と復讐だけを考えるようになる。レベッカが建設された豪邸に入ろうとしないのは「彼女自身のみならず全ての人間、とくに死んだ夫に対する罰だ」（一五三）とスカリは感じ取る。『青い眼がほしい』におけるクローディアの視線がピコーラの発狂を「黒い」テクストの枠内で理解可能なものにする手助けをしているとすれば、『マーシイ』ではレベッカを取り巻く人々の「黒い」視線の下で「白い」スウィート・ホームの崩壊とレベッカの「救済」という名の視線の放棄が具に読みとられ分析されるのである。

レベッカが放棄したのは、アメリカが国の形をなす以前の厳しい時代を生きる白人女性特有の視線であり、それは即ち彼女の「黒さ」であった。レベッカは病の床でヨブの苦難は男のものであると考える。ヨブを驚かせ、謙虚さと新たな信心へと導いた出来事は、女ならば常に味わっている種類のものだ。

だが、ヨブは男だった。見えない人間であることは、男たちには耐え難いのだ。では、女のヨブはどんな苦情を述べればいいのか。そして、彼女が苦情を述べ、神のほうはもったいなくも、いかに彼女は弱くて無知な存在だったかを思い出させるとしたら、そのどこに新しさがある？　ヨブに衝撃を与えて、彼を謙虚にし、信仰を蘇らせたのは、女のヨブであればわかっていて、一分ごとに耳にしていただろうメッセージだ。いいえ。何も慰めがないよりは、偽の慰めのほうがいい……（九一）

レベッカは娘としては母親の宗教を無条件に信奉することができなかったし、また自分自身の子供の死に際しては、より純粋な分離派の教条的な原則に彼らの洗礼を拒否されて、屈辱を味わったのである。だが、夫に先立たれた彼女は「偽の慰め」を選ぶ。女のヨブである筈のレベッカは、それでも、白さを唯一の拠り所として「救済」の道を選ぶのだ。その結果、新世界の農園で緩やかに結ばれていたリナ及び他の奴隷たちとの友情は断ち切られる。「マダムは治ったけれど具合が悪い。彼女のハートは背信的だ」（二五九）。

女のヨブであるところのレベッカは、彼女が生きる文脈を相対化することもできた筈だが、彼女は自らの転覆的な疑問（女のヨブはこの上にまだ何を学ぶのか）を封じ込め、彼女のこれまでの不信心を悔い改める。こうして、レベッカの「白い」家庭の物語は罰と救済で幕を閉じ、同じ土地に住まいながら室内に寝床を与えられない彼女の奴隷たちは、彼女にとっては完全に見えない存在となる。ドルテガとジェイコブの差異が曖昧になってしまうように、レベッカは「ふしぎな憎しみによって燃えあがる炎」（七四）としての宗教を信奉していた、彼女を棄てた彼女の母親に似始める。視線を放棄することによって彼女は「白い」家庭の崩壊の最後の一突きを担う。だがレベッカが見て聞くことを放棄した後も、レベッカを見つめ続ける視線はそこここにある。白くはない女のヨブたちは、今や家を追われる「孤児」（五九）のような立場にいるが、この有色の住人たちは彼女たちの視線を手放しはしない。彼女たちは一体何を見て、どのように「黒い」テクストの生成に貢献するのか。

2　「黒い」テクストの生成と哀れみの行為

アンドレア・オライリーによれば、マザーフッド、とりわけアフリカ系アメリカ人の子供たちが、人種差別的な社会で彼らのアイデンティティを獲得し、先代から文化や価値観を継承していくのに不可欠であるところのブラック・マザーフッドは「モリソンのフィクションにおける中心的なテーマである」（TMM 一）。実際、『マーシイ』においても、フロレンスと彼女の母親であるミーニャ・マンイの関係に強く見出されるこのテーマは、非常に重要である。だがそれは必ずしも「ブラック・マザーフッドの日々の伝統と実践の再表明を中心に」（同掲 一七二）展開していることを意味しない。

モリソンは「黒い」テクストの創作を意図しているのだが、同時に彼女の小説は「ブラック・マザーフッド」の本質を掘り崩してもいる。『ビラヴド』の母と娘の愛憎、『パラダイス』の女たちのユートピア的な空間、『ラヴ』のレズビアン連続体を振り返ってみれば、女性たちの関係においては、一九世紀の奴隷制度の時代から二〇世紀、そして現在に至るまで「ブラック・マザーフッド」の喪失及び断片化こそが中心的な問題であったことが分かる。(7)「ブラック・マザーフッド」の頓挫を繰り返し描いてきたモリソンのテクストの「黒さ」と「母性」はともに決して本質主義的なものではない。これは、「人種主義以前」の時代を描く『マーシイ』においては、より一層当てはまる。母親が娘を守るために放擲するという点でも、ネイティブ・アメリカンのリナや白人のジェーン（『ビラヴド』のエイミー・デンバーを彷彿とさせる）がフロレンスを育て、生かすことになるという点でも、「ブラック・マザーフッド」の喪失或いは断片化こそが意義深い。ジェイコブとレベッカの「白い」家庭が立ち行かなくなれば、一家を支えていた有色の女たちはたちまち居場所を奪われる。だが、既にこれまでの小説でも描かれてきたように、家を奪われる女たちの拠り所は言葉であり身体である。母が娘を自ら手放す『マーシイ』では、娘が幽霊となって現われる『ビラヴド』におけるような熱烈な母と娘の邂逅が描かれることはないが、フロレンスはミーニャ・マンイの夢を見続ける。そして、混じり合うことのない彼女たちの言葉は、確かに響き合い、「黒い」テクストを形作っているのである。

一七世紀末を生きる女たちは、人種を問わず、居場所を奪われる傾向にある。白人女性であるレベッカでさえ、大西洋を渡るアンジェラス号の「暗い船倉」（八一）にある三等船室においてスリと娼婦を含む七人の女性たちと「過去からしつこく悩まされもせず、未来が手招きしているわけでもない空白」（八五）を共有したのであった。一時的な絆を育んだ、無力な女たちは共闘するが、やがて離散する運命にある。さらにアメリカ大陸に上陸してからのレベッカは、彼女の場所を維持するためには継承者を産み育てる必要があった。そしてそれに失敗することは、努力の賜物である「彼らの仕事はツバメの巣以下のものになる」（五八）ということを意味する。白人であるレベッカはともかく、レベッカの奉公人たちは「女で法的身分ではないので」「天涯孤独で、誰のものでもなく」、「誰にとってもやりたい放題の獲物」（五八）になる。一時的な家族であり仲間であった彼女たちは、「それぞれみんなが孤児」（五九）であるということが判明する。リナ、フロレンス、ソローは三人とも母親をもたず、承認を与えられていない存在なのである。しかしだからこそ、彼女たちは、血縁のつながりを問わず母親の役割を果たしたり、また意外な助けを借りて子供を産んだりすることで、一時的にではあれ自らの居場所を確認する。一六八〇年代のヴァージニアにおける女たちの状況は、マザーフッドの概念を異なる光のもとに照らし出す。

マザーフッドは女たちの孤児性とともにある。実際、土地を所有できない女たちは、それぞれ「母親飢餓――母になりたい気持ちと母をもちたい気持ち」（六三）を抱いている。ここで、疑似的な親子関係にあるリナがフロレンスに語って聞かせる母と子供を巡るパラブルについて考えることは興味深い。卵を抱えている鷲は「いまにも生まれてきそうな若鳥を守るため、獰猛」（六二）である。だが、「人間の邪悪な考え」（六二）から身を守ることはできない。ある日旅人が近くの山の頂上で笑い、

「これは完璧だ。これは私のものだ」（六二）と告げる。旅人の姿を見つけた鷲は、その笑いと不自然な音を爪に引っかけて持ち去ろうと舞い降りる。攻撃を受けた旅人は杖を振り上げ、全身の力をこめて鷲の羽を叩き、鷲は鋭い声を上げて、真っ逆様に落ちて行く。

そのとき、フロレンスがささやく。「いま彼女はどこにいるの？」「いまだに落ちているのよ」とリナ。「永遠に落ち続けるの」フロレンスは息をつめている。「卵はどうなるの？」と訊く。「ひとりで孵るわ」とリナは言う。「生きられるの？」フロレンスの囁きが切羽詰まる。「わたしたちも生きてきたじゃないの」とリナは言う。（六二—三）

旅人は「彼」（六二）と呼ばれる。母親は「彼」の所有欲から子供を守ろうとして攻撃され、落ち続ける。彼女の自己犠牲には終わりがない。だが、放置された卵はそれ自身の力で孵化する。リナは彼女たちが卵と同じであることを「私たち」という言葉で表す。「母親飢餓」は母親から承認されたい、或いは子供を所有したいという気持ちであるが、これが彼女たちのおかれた状況にあってかなえられない願望であることは想像に難くない。母親であるミーニャ・マンイがあえて自分の子供であるフロレンスを自分の手元から離すということは、飢餓を最大限にする悲劇的な行為であるが、それは必ずしも悲劇をもたらさないことをこのパラブルは物語っている。

なぜなら、女たちはいずれにせよ、「ひとりで生きる」を実践せねばならないからだ。例えば、ネイティブ・アメリカンであるリナは、疫病が彼女の村一帯を襲い、彼女だけがプレスビテリアンたちの手に委ねられ、メッサリナと名付けられて以来、「ひとりで生きる」を実践してきた。独りぼっちのリナは、川で水浴することや毛皮を着ることを禁じられ、また腕のビーズを切り取られ髪には鋏を入れられて、怒り傷つきながらも、「母親が苦しみながら死ぬ前に教えてくれた事柄の切れ切れを繋ぎあわせて」（四八）わが身を守ってきたのだ。ジェイコブに雇われてからレベッカが到着するまでのリナは、孤独に押しつぶされそうになりながら、選択と消去の「自己発明」（五〇）を編み出したのだった。それは彼女にとっての人生を生き延びる方法であり、「やむにやまれぬ」（五〇）ものとなる。そのように自らを生かすリナは、レベッカの出産と育児を手伝い、フロレンスの母親代りも務める。だが、彼女が恐れつつ予感していたように、フロレンスは鍛冶屋の虜となり、さらにはレベッカとの友情も断たれてしまう。「爆発寸前」（一四五）のリナを辛うじて支えるのは、彼女の民族の視点であり、落ち続ける鷲と「ひとりで生きる」雛についてのパラブルである。

混血のソローは死産を一度経験した後で母親になる喜びを体験するのだが、これは彼女自身のエンパワーメントに役立つものである。これは子供と同様、母親に活力を与えるマザーフッドの典型と言えそうであるが、この場合においても子育ては「ひとりで生きる」ことと矛盾しない。また、それは多様な産婆ぶりに手助けされていることが明らかになる。船長である父親から「将来の船乗り」

（一一七）として育てられたソローは、常に女性よりもむしろ男性との交流によって救われてきた。彼女が難破した船の上でそれと知らずに作り出した想像上の友人トゥインの存在は『青い眼がほしい』のピコーラの想像上の友達を思わせるが、彼女の場合は少なくとも自分の父親ではない、助祭の子供を身ごもり、出産することで独り立ちをする。彼女のことをジェイコブとレベッカの息子たちに死をもたらした「自然の呪い」（五五）として忌み嫌っているリナにではなく、近くに居住する男性の奉公人のウィラードとスカリの「すてきな産婆ぶり」（一三三）に助けられて、彼女は子供を産み、育て始める。不運続きの彼女は、落ちて行くことを躊躇わずに卵を守る責任を引き受けることによって、彼女の新しい名前の通り「完全」（一三四）になる。やがてはパラブルの結末が彼女を待ち受けているとしても、子供の誕生によって母親飢餓を満たされたソローは「まずは自分を信じる必要性」（一四六）に気付く。彼女の子育ては出産の時点から父親ではない男性たちに産婆の作業を行わせることによって成り立っており、血縁でもなく、女性でもない人間にまでマザーフッドの領域を拡大している。

フロレンスはマザーフッドの欠如と母親飢餓が問題となる顕著な例である。八歳にして目の前で母親に捨てられたフロレンスは、リナやソロー以上に強烈に母親飢餓に悩まされる。フロレンスは母親に拒否された承認を諦めきれず、まずはリナに慰めを見出し、次いで現われた自由人である黒人の鍛冶屋を愛することになる。それは彼女の存在が全面的に肯定される至福の瞬間である。「あなたがわたしを形作り、同じようにわたしの世界も形作る」（七一）。鍛冶屋はいずれフロレンスを裏切り、立ち去るだろうというリナの忠告に耳を貸すことなく、フロレンスは彼だけを世界の中心のように思い込む。病を患うレベッカによって鍛冶屋を呼びに遣わされたフロレンスは、彼女の元に戻らない覚悟すらある。フロレンスは鍛冶屋の前に自分を投げ出して彼の奴隷になることを選ぼうとし、彼に呆れられる。鍛冶屋の彼女の錯乱への答えは「自分を所有しろ」(一四一)というものである。彼は「お前は自分で奴隷になったのだ」(一四一)と彼女を非難する。鍛冶屋は血縁でない男の子供のマライクを養っており、フロレンスを引き受けることを拒む。フロレンスは鍛冶屋に自己承認の為に隷属することの邪悪さを教えられ、追い払われる。ここでもマザーフッドの領域は出産を手伝うどころか、血縁でない男児を養育する責任を負いさえする黒人男性にまで拡大されている。マライクを育てる鍛冶屋は、母親飢餓を共有せず、フロレンスにもそれから解放されるべきだと伝える。フロレンスは拒否されたことに耐えられず、やっとこを振り回し鍛冶屋に傷を負わせる。フロレンスが真に鍛冶屋の言葉を理解するのは彼女が「黒い」テクストを立ち上げる時である。

承認の問題は視線の問題と深い関係をもつ。鍛冶屋が非難するところのフロレンスの隷属の願望は、白人の価値観とそれを知った時の彼女の受動的な姿勢に通じる。フロレンスは、鍛冶屋を探しあてる旅の途中で、イーリング未亡人に助けを求め、食べ物と寝る場所を提供されるのだが、そこで未亡人の娘のジェーンを訪れた魔女狩りの人々に服を脱がされ、検査される。白い視線が遠慮なく注がれ、また「アフリック」(一一一)という名前を与えられて、フロレンスは自分が黒い女であるという自覚を初めて持つ。彼らにとっては肌の黒さは邪悪さを意味するのである。白人たちの白い視線のもとで捉えられる世界は、二〇世紀のディックとジェーンの物語と『青い眼がほしい』のピコーラの悲劇を予感させるものであるが、その中において彼女は「アフリック」としてしか存在することがない。白人たちが認めるのは、レベッカがフロレンスにもたせた手紙であり、フロレンスの「左手の手の平の焼型」(一一二)であって、フロレンスの言葉でも身体でもない。リナの言葉通り「世界がわたしたちを形作る」のであって「わたしたちは決して世界を形作ることはない」(七一)。フロレンスの視界は、それまでは主に母親飢餓と鍛冶屋への思慕によって占められていた。だが、この体験を通して、そこには新たに白い視線のもとに委縮する犠牲者としての彼女自身の姿が映し出されることになるのであり、それは取返しがつかないほどに彼女を傷つけ苦しめる。中傷的名称は「手足のなかに入り込み、身ぶりをつくり、背骨を曲げさせている」(バトラー 二四五)ということを彼女は身をもって知る。それ自体が「黒い」テクストである『マーシイ』は、このように白い視線のもとで構成された「白い」世界観に黒い人間をさらしつつ、これをもって「黒い」テクストを生むきっかけとする。

フロレンスは自らの内側が委縮していることを以下のように述べるのだが、逆説的なことにそのような言語化を通じて、フロレンスは白い視線に絡め取られることを免れている。

　わたしははぐれものだ。手紙があれば、わたしは居場所がある合法的な存在だが、それ［女主人であるレベッカの手紙］がなければ、群れから見捨てられた弱い仔牛、甲羅のない亀、生まれつきの闇のほか素性を明かすものを持たない手先にすぎない。確かに外側は闇だが、内側もおなじ闇。内側の闇は小さく、羽があって、歯が突き出ている。母さんが知っていたのは、こういうことか。どうして母さんは、わたしが母さんなしで暮らすほうを選んだのか。わたしが言うのは、わたしたち、つまりミーニャ・マンイとわたしが共有している外側の闇のことではなく、わたしたちが共有していない内側の闇のことだ。(一一五)

魔女狩りの人々を「豚でさえ飼葉桶から顔をあげるときは、もっと繋がりのある表情で私を見るのに」(一一三)と彼女が感じる時、彼女の黒い視線は白い視線を切り返している。さらにまた、白人たちも一枚岩ではないことをフロレンスは知る。フロレンスを逃がす手助けをするジェーンは、彼女自身が「ブラック・マン」(一〇九)つまり悪魔であると疑われて鞭打たれている。白人であるジェーンの「黒さ」は「石炭のように黒い」(一〇七)目が斜視であったり、「肉はリボンのように切れ切れにされたけれど、鞭打ってもそれは変えられはしない」と「男の声のように深い」(一〇八)声で言うところに表れている。黒人が視線を切り返す時、また白人のなかの異端者が行動を起こす時、「白い」世界観は確実に相対化される。

フロレンスの「黒い」テクストの生成は、彼女が死んだジェイコブの建設した邸宅の床に釘で語り書くことによって始まる。恋人に拒絶された痛みを感じながらフロレンスは最初に喪失した愛の対象である母親に呼び掛ける。不在の恋人に語りかけながら、フロレンスはミーニャ・マンイの行為の真意を解読することを試みる。それは「私に向かって夢見返す夢を夢見る」（一三七）行為である。母親の謎めいたメッセージを読みとるよう努めつつ、彼女自身の読まれるあてのない文字がいつか誰かに読まれることを願って書き綴る。予め意思の疎通が妨げられたこのコミュニケーションの試みは、色々な点で複雑なものとならざるを得ない。まずはフロレンスの「告白」（三）は書かれた語りである。そして彼女のモノローグは不在の相手への呼び掛けである。その語りが生み出す緊迫感は「あなた」の指示対象を母親、鍛冶屋、さらには読者へと変えて行く。フロレンスの言葉は「外の世界の空気」（一六一）を必要としており、この言葉の部屋には恐らく誰も訪れることはないのだが、同時にこの小説を通して誰もが訪れることができる。何よりも、室内の寝床を与えられないフロレンス自身にとって、言葉の部屋がその居場所を提供していることは注目に値する。

言葉の部屋だけでなく、フロレンスの身体が彼女に居場所を提供する。かつては「ポルトガルのお姫さまみたい」（四）で生きて行くのに役立たなかった彼女の足は、今や「イトスギ」（一六一）のように固くなっている。言葉と同様、身体は唯一彼女がもつことを許された「わたしたちの家」（一一五）なのである。(8) その家を他人に明け渡すことなくそこに住むことができるというのは恩寵に等しい。というのも、そもそもが彼女らは「ネグリタ」（一六五）なのであり、「言葉、衣服、神々、ダンス、習慣、装飾、歌――そういうものすべてが私の肌の色のなかにいっしょに混ぜ合わされていた」（一六五）。ましてや彼女らは女である。女であることが「開いた傷」（一六三）となるような世界で、ジェイコブがフロレンスを選んだことは、やはり「幸い」なのである。フロレンスに伝えられることのない、「でも、あれは奇蹟ではなかった。神から与えられたものではない。あれは哀れみの行為だった。人間が捧げたもの」（一六六―六七）という、ミーニャ・マンイの独白がそれを裏書きしている。フロレンスがドルテガの害を免れ、生き延びていること自体が「幸い」なのである。鍛冶屋と「ダンス」（一二八）のような愛を交わし、その上で彼が奴隷になるなと彼女を突き放したこともまた「幸い」なのである。聞くことのできずにいる母親の言葉をフロレンスはリナやイーリング親子や鍛冶屋の言葉を通して間接的に学んでいる。その学びこそがフロレンスの身体と「黒い」テクストを形作っていく。

家なき女たちは、既に各々がマザーフッドの破綻が書き込まれている鷲と雛のパラブルを生きている。彼女たちには身体がある。彼女たちは「ひとりで生きる」しかない上に、これからの行き先に当て所はないのだが、それでも彼女たちは「哀れみの行為」によって生き続ける可能性をもつのである。ジェイコブの幽霊は死後一三日たって墓を離れ悲願であった豪邸のまわりをさまよい歩き、レベッカは彼の家には入らないことによって彼に復讐する。これが「白い」スウィート・ホームの末路であるとしたら、「黒い」テクストはフロレンスの手によって生成が始まったばかりである。彼女の文字群は釘によって刻まれて、「ぐるぐるまわり、端から端へ、下から上へ、上から下へ、部屋を横切って」「閉じて、大きく開き、独白する」（一六一）。彼女の「黒い」言葉は読む者を母親飢餓を克服し、隷属とは異なる道を選ぶよう鼓舞する。子供を手放す悲劇をあえて「マーシイ」と呼ぶことで、彼女（たち）の身体は「自分たちの支配権を他人に与える」過ちから救われるのである。

おわりに

『マーシイ』は、「黒い」テクストの生成を目的とするモリソンの、処女作『青い眼がほしい』の特徴を発展させた、記念碑的な作品である。だがこのテクストの「黒さ」は本質主義的なものではない。「黒さ」とは、言わば一六八〇年代の新世界の逆境で虐げられつつ、生きて抵抗する者たちを包摂し表す言葉なのである。小説に登場する白人の奉公人、アフリカ人、ネイティヴ・アメリカンは誰もが安定した居場所を与えられず、各々の窮状を生き延びるしかない。一次的な共闘は別離の予感で満たされており、母と子供の絆でさえ失われ、断片化されている。そのような状況下では、彼らは自らの言葉と身体を拠り所とするほかはない。偶然に文字を学ぶ機会を得たフロレンスは、母親と恋人を失う体験を経て、ついに自らの「黒い」テクストを書き表すに至る。やがて不幸な死をとげる白人男性ジェイコブ・ヴァークに娘を譲り渡し、彼が彼女を引き受けたことを「哀れみの行為」とする母親ミーニャ・マンイは、まさに娘の隷属からの自立を願っていたのであり、その願いはフロレンスの「黒い」テクストに共鳴する。フロレンスがその言葉と身体で犠牲者精神から解き放たれることは、母の望みとの予期せぬ一致をみて、悲劇は思いがけない僥倖へと転ずるのである。

注

（1）ジョン・アップダイクによれば、「［初期の小説に比べて］モリソンはさらに幻想的なリアリズムへと進んでいき、それにともなって恍惚としたペシミズムが希望が人間の冒険に与える鬼気迫るプロットをむしばんでいく。」

（2）モリソンの試みは、『青い眼がほしい』の後書きで述べられているように「アメリカ黒人文化の複雑さとゆたかさをその文化にふさわしい言語に変形する」（二一六）ことであり、それは一般に流通している言葉に抗うことである。「議論の余地のないくらい黒い書き物を目指して奮闘する」モリソンは予め「それがどういったものか分かっているわけではない」（二一二）のだが、それを追求する責務を引き受ける。

（3）『マーシイ』出版後のインタビューで、バラク・オバマの大統領任命と小説の出版の関係について尋ねられて、モリソンは前者の「人種主義以後の状態」と後者の時代設定が「人種主義以前」であることの相違を説明している（ブロフィーウォレン）。

（4）『マーシイ』において、モリソンはゾラ・ニール・ハーストンを書き直したアリス・ウォーカーをさらに進化させて、フロレンスに語らせつつ書かせる。ヘンリー・ルイス・ゲイツ・ジュニアは黒人の伝統には二重の声があるとして、「トーキング・ブックの文彩、つまり他のテクストに語りかける二重の声のテクストという文彩」（二五）に注目した。さらに黒人文学の間テクスト性の一形式を考察し、「もしハーストンの小説の意図が、実際、黒人方言でテクストは書けると明示することにあったのであれば、『カラー・パープル』でのウォーカーの狙いは、［書簡体形式を通して］ハーストンの明示的かつ暗示的な語りの戦略が、直接的に改変できると明言することにあった」（二七）としている。

（5）『マーシイ』からの引用は、大社淑子の翻訳を参考にした上で、拙訳を試みた。

（6）ジュディス・バトラーはJ・L・オースティン、ピエール・ブルデュー、ジャック・デリダを批判的に検証しつつ、言語を自律的に作りだす統治的「主体」ではなく、言語を使用する「行為体」という概念を編み出している。また、言語そのものも言語をおこなう動態的な「行為体」となると述べる。バトラーは、モリソンがノーベル賞受賞講演で、言語を「生き物」にたとえた比喩に通じる身体性にも着目しつつ、憎悪発話が言語的生に疑問を投げかけていること、名称（蔑称）を言われることは、中傷の現場になりうるということ、そして同時に「人を傷つける言葉は、それが作用している先行領域を破壊するような再配備をおこなうさいに抵抗の手段となる」（二五二）ことを主張する。

（7）オライリーは「男性が規定する抑圧の場」である家父長的な制度としての「マザーフッド」と「女性自身の体験」であり「力の源」である「マザリング」とを区別し、後者を擁護する（FMM 二）。オライリーによれば、モリソンは「マザリングの規範的な言説を脱構築し」、マザリングを「文化的に決定される体験」つまりブラック・マザーフッドのそれに基づいたものとして小説に刻みつけている（TMM 三二）。オライリーはモリソンの小説における「マザリングの喪失」と「母子関係の断片化」の描写に留意しており、それは「不在ゆえに生ずる喪失と苦しみを示すことでマザリングの決定的な重要さを強調しようとする」（同掲 一七二）ものだと述べる。だが、そのように、失われ断片化されている以上、「ブラック・マザーフッド」の真正さは疑問視されているとも言えるだろう。

（8）精神分析、神経生物学、文化社会理論などの見地からモリソンの作品を読み解くイブリン・ジャッフェ・シュライバーは二〇〇六年秋のルーブル美術館とモリソンの合作であるイヴェント「外国人の家」のエコーを『マーシイ』に見出し、彼女の「家、主体性、トラウマからの回復」（一五七）への関心が持続していることを指摘している。母親の裏切りと未開地での生活の困難という『マーシイ』の二つの主題は「家を創造する必要性」（一六三）を強調しており、「喪失と欠如からの自己の創造を通してトラウマを生き延びることによって人は哀れみの行為を自らにもたらすことができる」（一六四）ことを示している。

引用参照文献

Brophy-Warren, Jamin. "A Writer's Vote: Toni Morrison on Her New Novel, Reading Her Critics and What Barack Obama's Win Means to Her." *Wall Street Journal Weekend Journal* 7 Nov. 2008. http://online.wsj.com/article/SB122602136426807289.html

Morrison, Toni. *Beloved*. New York: Plume, 1987.

———. *The Bluest Eye*. 1970. New York: Plume, 1994.

———. *Jazz*. 1992. New York: Plume, 1993.

———. *A Mercy*. New York: Alfred A. Knopf, 2008.

———. *The Nobel Lecture in Literature*. New York: Alfred A. Knopf, 1999.

———. *Paradise*. 1997. New York: Plume, 1999.

O'Reilly, Andrea, ed. *From Motherhood to Mothering: The Legacy of Adrienne Rich's* Of Woman Born. New York: State U of New York P, 2004.

———. *Toni Morrison and Motherhood: A Politics of the Heart*. New York: State U of New York P, 2004.

Shreiber, Evelyn Jaffe. *Race, Trauma, and Home in the Novels of Toni Morrison.* Baton Rouge: Louisiana State UP, 2010.

Updike, John. "Dreamy Wilderness: Unmastered Women in Colonial Virginia." *The New Yorker*, November 3, 2008. http://www.newyorker.com/arts/critics/books/2008/11/03/081103crbo_books_updike

ゲイツ、ヘンリー・ルイス・ジュニア『シグニファイング・モンキー――もの騙る猿／アフロ・アメリカン文学批評理論』松本昇・清水菜穂監訳、南雲堂フェニックス、2009年。

バトラー、ジュディス『触発する言葉　言語・権力・行為体』竹村和子訳、岩波書店、2004年。

モリソン、トニ『マーシイ』大社淑子訳、早川書房、2010年。

Ⅳ　エスニシティ

第一九章

ハーンから八雲へ
——国籍選択の問題——

横山孝一

はじめに

ラフカディオ・ハーン（一八五〇―一九〇四）はギリシャのレフカダ島で生まれ、アイルランドのダブリンで育ち、アメリカのシンシナティとニューオーリンズで新聞記者として活躍し、仏領西インド諸島で約二年間過ごした後、日本へ来た作家である。イギリス国籍だったが、小泉セツと結婚して長男の一雄が生まれると、自分の財産を家族にのこすため日本に帰化した。小泉八雲という日本名をもち、日本国籍で亡くなった。まさに「越境」という言葉を体現したような人物である。没後百年の再評価を総括するとき、長岡真吾氏はハーンの「越境性と浸透性という相反する特質の共存」に着目し、「境界の越境者としての外部の視点を保ちながらも、境界の内部に同化しなければ獲得できない視点も持ち合わせていたこと」（長岡　四八二）に今日的意義を見出した。「世界文学」「異文化共存」といったグローバル時代の価値尺度と結びつき説得力があるが、素朴な疑問がのこる。ハーンの文学が異文化を共存させる二つの視点をもった世界文学であるとしても、それを書いたハーン自身はいったいどこの国の人間とみなせばいいのだろうか。本稿では、さまざまなとらえ方を紹介したうえで結論を出してみたい。

1　ハーンはイギリス国籍のアイルランド人？

まず法律上の国籍を考えてみよう。ハーンがイギリス国籍であったのは事実だが、イギリス人の意識は意外と希薄だった。長男の一雄によると、日本に帰化したあと「旧イギリス人」と言われたことに対し、「否々、私イギリス人でした覚えありません」（小泉一雄　五九）と否定したという。現在の研究者のあいだではアイルランド人とみる見方が主流になっている。これは、一九九〇年の小泉八雲来日百年記念フェスティバルからいっきに広まった。島根県松江市で開かれたこのイベントでは駐日アイルランド大使館が後援に力を入れ、シンポジウム「小泉八雲とアイルランドと日本の伝統文化」や、「アイルランド民族音楽と舞踊」の上演も同時開催された（松江市・八雲会　一一－一四）。一九九三年には、アイルランドの背景からハーンの生涯と作品を新解釈したポール・マレイの労作『ファンタスティック・ジャーニー』も出版された。ハーンの『怪談』にアイルランド・ゴシックの要素を認めるのはもはや常識になっている。来日百年から没後百年の一四年間の再評価でもっとも目覚ましい成果が、このアイルランド性の発見であったといっても過言ではないかもしれない。ダブリンの作家博物館にはいまやハーンのポートレートが陳列物に加わっており、曾孫の小泉凡氏ですら「アイルランド人（当時はイギリス国籍）パトリック・ラフカディオ・ハーンこと小泉八雲」（小泉凡 二）と書いているほどだ。

なるほど晩年のハーンは、子供時代を過ごしたアイルランドに対してなつかしさを感じるようになっていた。[1] だが、自らをアイルランド人と考えたことはない。たしかに渡米当初はアイルランドから来た「パディ・ハーン」であったが、ニューオーリンズでみごとギリシャ人に変身した。父親からもらったパトリックの名前を捨て去り、代わりに「ラフカディオ・ハーン」と名のったのだ。ラフカディオ・ハーンは、ギリシャ人の母の国を自分の心の故郷とし、古代ギリシャ文明に終生あこがれを抱きつづけた。[2] 来日以前、フランスの作家ピエール・ロチに宛てた一八八五年四月五日付の手紙では、事実、「ギリシャ人」（舩岡 一一五）と自己紹介している。母からもらった風変わりなギリシャ名を使うことでアイデンティティと自信を獲得したといえよう。

2　新説「ハーンはアメリカ人だった」？

アメリカにおいてギリシャ人として自己をアピールしたということは、アメリカ人社会に溶け込めずそれだけ疎外感を感じていたということだ。その意味で、ハーンをアメリカ人とみなす見方は奇異に感じられる。大著『ラフカディオ・ハーンの生涯』三部作を完成した工藤美代子氏は、最後の日本編『神々の国』の結論として「常に英語で、英語圏の読者に向かって情報を発信し続けたハーンは、やはり死ぬまで、日本に住むアメリカ人だったのではないだろうか」と新説を発表している。その根拠とは何だろうか。以下を引用しよう。

なるほど、彼の生まれ故郷はギリシアであり、幼少期をアイルランドで過ごした。だが、十九歳で渡米し二十年の日々をアメリカで費したハーンは、どれほど本人が否定しようと、やはりアメリカ文化の影響を最も強く受けたと思われる。
また、アメリカ人としての常識、文化、教養を持ち合せていたからこそ、あれだけの名作の数々を生み出せたのである。彼の作品を支持して愛読したのは、まぎれもなくアメリカの人々だった。イギリスでも好評を持って迎えられてはいるが、アメリカのほうが、はるかにハーンの名声は高かった（工藤 三二五―二六）。

アメリカの影響をいちばん受けてアメリカで最も活躍したからアメリカ人だという論理は明らかに変だ。しかも、「どれほど本人が否定しようと」と書いて、ハーン自身が否定することを暗に認めてしまっている。アメリカの白人社会で居心地が悪かったから、黒人女性と同棲し、クレオール文化がのこるニューオーリンズに移り住んでラフカディオと名のり、仏領西インド諸島に脱出し、大都市ニューヨークが象徴するアメリカの物質文明を毛嫌いしたのではなかったか。事実、ハーンはアメリカ人ではなかったし、アメリカ人になるつもりもなかった。アメリカ国籍を取得するチャンスはいくらでもあったのに、あえてアメリカ人にはならなかったのだ。

それではいったい、どこの人であったのか。おそらく、現代の日本人、特に知識人はハーンが「世界市民」であったと考えたがるのではないか。世界文学をめざした世界人の先駆けであると。じつは、こうした見方は昔からあった。戦前に、厨川白村がこう書いている。「東西両洋の間に立つ紹介者として、先生をして其天職を全うせしめたものは、独り其流麗明快なる筆舌と該博なる学殖とのみではなかった。徹頭徹尾眞の世界人たる先生の特異なる人格が然らしめたのである」（厨川　一一）。「世界人」にはわざわざ「コズモポリタン」とルビをふっている。国境に縛られない自由人といったイメージで一種あこがれを込めて賛辞として使われている。が、この「世界人」という言葉は、響きは魅力的だが空虚なのだ。どの国にも属すことのできない本人の孤独感など想像すらしていないからである。ハーンはアメリカ人社会に溶け込めずにギリシャ人を名のった。本人が言うのだから、来日以前のハーンはギリシャ人であったのだ。しかし、彼のいうギリシャは実体がなく、未知の世界に等しかった。名前の由来となった島はハーンがいた当時はイギリスの保護下にあり、しかも、わずか二歳で離れて以来二度と訪れることはなかった。残念ながら、ラフカディオ・ハーンがギリシャを祖国として実感できたかどうかは甚だ疑わしい。

3　ハーンは日本人小泉八雲になった

ハーンは日本を旅し、白人社会でコンプレックスを抱いていた自分の低い身長が目立たぬことを喜んだ。「どこか遠い田舎からでもきた、へんな面つきをした日本人だぐらいに、わたくしのことを見ていたらしい」(Hearn 三一四、平井呈一訳)と、旅先で日本人の中に溶け込んだ経験を誇らしげに報告している。ハーンは日本に来て初めて人々の間でくつろぐことができたのだ。とりわけ、古きよき日本の風物がのこる松江では日本の人々と親しく交流して、生涯その地を愛した。なるほど熊本に移ってからは友人もできず疎外感に苛まれた。結局、西洋人の集まる神戸へ引っ越し、松江にいる親友の西田千太郎に「私は決して日本人にはなれない」(『教育者ラフカディオ・ハーンの世界』二四八)と弱音を吐いている。この言葉を平川祐弘氏は「祖国(＝西洋)への回帰」(平川一九八八、二七五)と見る。しかし、すでに見たように西洋にはハーンの帰属する国はどこにもなかったのだ。キリスト教信仰を捨てていたハーンは、西洋人社会に本当に回帰することなどできず、一年半後には、「私は開港場から逃れるのが嬉しいです。ここでの外国人にはもううんざりで、以前ほど彼らが好きではありません」(『教育者ラフカディオ・ハーンの世界』二六三、常松正雄訳)と西田に書き送っている。日本人にはなれぬと書いたあとで、ハーンは日本国籍を取得し、「小泉八雲」になった。神戸で西洋への回帰が不可能だと痛感したのではあるまいか。以後のハーンを「日本人」

と考えてはいけないのだろうか。ハーン研究の世界的権威である平川祐弘氏は『小泉八雲とカミガミの世界』の中で、ハーンを日本人とみなすことに断固反対している。「日本人の内懐に深くはいった」八雲の作品を読んで日本に回帰する日本人がいまもなお跡を絶たないと述べたあと、平川氏はこうつづける。

その際、ナルシシズムの傾向の強い日本人は「英国人であったハーンも小泉八雲となって日本国籍を取得した以上、文化的にも精神的にも日本に帰化したのに決っている、ハーンは日本に新しい祖国を見つけたのである」と安直に結論しがちです。

だが法律上の国籍ははたして文化上の国籍を決定するものでしょうか。そうでないことは日本統治下の朝鮮で朝鮮の人は民族の文化を維持していたことからもわかります。ハーンが日本の市民権を得たから文化的にも日本人なのだと錯覚するのは、かつて日韓併合が行われ朝鮮の人も日本国籍となった、よって半島の人は文化的にも精神的にも日本皇民となったのである、と独断した錯誤と大差ない（平川 一九八八、二七三）。

法律上の国籍は文化上の国籍を決定しないと平川氏は言う。ハーン再評価の中心的学者である平川氏の意図は「作家ハーンを世界大の視野の中で捉え直そうとする」（平川 二〇〇四、三二六）ことである。日本一国の枠組みの中に閉じ込めていては、ハーンという多様な文化を併せ持つ作家は理解できない、といった意味で出た言葉だと推測できるが、はたして引用文のように考える日本人はそもそも存在するのだろうか。ギリシャ、アイルランド、アメリカといった文化的精神的背景が日本に帰化したとたん消えてしまうなど、非科学的でありえない話である。たぶん平川氏は、来日以前のハーン研究を軽視する小泉八雲ファンに苛立っていたのかもしれない。ともあれ、「ナルシシズムの傾向の強い日本人」とか「日韓併合後の朝鮮人を日本皇民と独断した錯誤と大差ない」とまで言われては、ハーンを日本人と言うには相当の勇気がいる。小泉八雲となったあともハーンはアメリカ人だったとする工藤美代子氏の新説も、ハーン研究のこうした主潮の中で出されたものと思われる。

しかし、自分の意志で好んで日本人になったハーンを、日本人になることを強制された朝鮮人に例えるのは明らかにおかしい。それに、日本人になるためにそれまでの文化的背景を捨てる必要などない。もし、西洋人の考え方をすべて捨て去らなければ日本人として認めないと言うのであれば、それはあまりにも狭量で無謀な条件だ。日本国籍を獲得し、日本が大好きで日本人の中で暮らしたいのであれば、日本人として受け入れるのが世界に通用するマナーであろう(3)。ハーンが日本人となったかどうかは、ハーンが日本に新しい祖国を見つけたか否かを考えれば容易に答えがでる。結論を先に言えば、ハーンは日本に新しい祖国を発見した。より正確に言うと、生まれて初めて帰属すべき国を見つけ、社会の一員になった。

これは意外にも、工藤美代子氏自身が認めている。妻にやさしく接するよう友人の田村豊久に忠告した手紙について「ハーンがいかに日本の社会に溶け込み、その一員となっていたかも示している」、

「日本社会の部外者からのものではなく、明らかに同じ社会に属する人間同士の心の通い合いが感じられる」（工藤 二五〇－五一）と指摘している。日露戦争については、「日本の生活も長くなり、日本に対する愛国心も強く、家族の身の上を思うと、恐ろしくて仕方がなかったようだ」（工藤 三一二、傍点筆者）とまで書いている。ここから自然に導き出されるのは、ハーンが西洋人として生まれ文化的精神的背景を保持しつつも、日本人小泉八雲として日本に新しい祖国を見出したという結論である。実際に、長男の小泉一雄はそのように考え、「ああ、病気のため……」と日本語を発して亡くなった父親について「日本人八雲として消えて行きました」と書いている（小泉一雄 五六四）。

帰化して小泉八雲となった生身のハーンを最も詳細に描いたのは、昭和六年に出版された小泉一雄の『父「八雲」を憶う』である。この本で一雄は、冒頭から父親を「日本人」と位置づけている。ハーンについてさまざまなことが言われていた中、身近にハーンを見ていた一雄は次のように明言している。

> しかし父ハーンは、誰が何といおうが日本好きで、常に日本の味方であったことは確実です。この日本好きとか日本の味方とかいう言葉が、すでに今日西洋鍍金された日本の新しい人達の間には流行ってもいないし、気に食わんかも知れませんが……（小泉一雄 五八）

満州事変のあった年に出た戦前の本なので、狂信的な愛国心が渦まいていたのだろうと勘ぐる人もいるかもしれないが、見てのとおり、出版当時はむしろ「日本好き」を嫌う「西洋鍍金された」日本人が幅を利かせていた。一雄がハーンを日本人と位置づけたのは、日本を称揚する軍国主義とは無関係と考えるべきである。日本での三作目『心』から遺作の『日本』までをあげて、「著者八雲は日本人であるが故に」他の西洋人の著書とは別格だという指摘（小泉一雄　五八）は傾聴に値する。『心』は帰化後に出した本である。帰化以前の『知られぬ日本の面影』『東の国から』と比較すれば実際に何らかの違いが浮かび上がってくるかもしれない。それは今後の研究課題とすることにして、なぜこれほどまでに一雄が父親を「日本人」と強調したのかをここで考えてみたい。

まずは純粋に、日本に対する父親の強い愛情を目の当たりにしていたからだろう。「私この小泉八雲、日本人よりも本当の日本を愛するです」（小泉節子　三二）と言ったことを妻のセツが記憶していたが、こうした言葉は小泉家の中でよく耳にしていたはずだ。たとえば、『思い出の記』にこんな話がのこっている。

或る時散歩から帰りまして、私（＝セツ）に喜んで話したことがございます。「千駄ヶ谷の奥を散歩していますと、一人の書生さんが近よりまして、少し下手の英語で、『あなた、どこですか』と聞きますから『大久保』と申しました。『あなた国どこです』『日本』ただこれきりです。『あなた、どこの人ですか』『日本人』書生もう申しません、不思議そうな顔していました。私の後について参ります。私、言葉ないです。ただ歩く歩くです。書生、私の門まで参りました。門札を見て『はあ小泉八雲、小泉八雲』といいました」といって面白がっていました（小泉節子 四三、カッコ内の説明は筆者）。

研究者の間で「ヘルンさん言葉」と呼ばれるたどたどしい日本語ながら、ハーンが心から楽しんでいる様子がうかがえる。外見が外国人なので、書生が、勉強している英語を試してみたのだろう。西洋の話が聞けると期待したのかもしれない。ところがハーンは、自分は「日本人」だと答え、門札がその証明となる。そこには誇らしさのようなものさえ感じられる。これが帰化以前であったら、何と答えたのだろうか。「私イギリス人でした覚えありません」と言ったハーンである。「ギリシャ人」と答えたかもしれないが、その国については具体的に何も語ることはできなかっただろう。やはり、日本に帰化して初めて自分の属する国家を得たと言ってよいのではないか。

一雄がハーンを日本人だと言ったもうひとつの理由は、異国の血を引く者として自分の帰属する国を明確にしておきたかったからだろう。「異人の子供」「混血児」と指をさされた子供時代、一雄は自分がどこの国の人間なのか意識せざるを得なかった。同時に、世界を放浪してきた父親も同じ問題を抱えていたことを感じとったにちがいない。ハーンが愛した昔かたぎの日本人が暮らす焼津へいっしょに避暑に出かけたときは、地元の子供たちが「坊ッちゃん」と連呼し、またからかわれるのではと一瞬警戒したが、何の悪意もなく仲間として受け入れてくれたことを大喜びした。「彼等は皆私の親友でした」（小泉一雄 三一一）となつかしく回想している。ハーン自身も漁師や農夫たちから「先生さん」と慕われ、焼津では心からくつろぐことができた（小泉一雄 三五六）。

「父はその鼻や皮膚や言語は日本人に成りきれませんでした」（小泉一雄 八九）と一雄が認めるとおり、外見はたしかに外国人のものであった。そのために「異人」「毛唐」と日本人の酔っ払いにからまれることもあった（小泉一雄 四五一―五五）。しかし、東京であっても近所では日本人社会の一員として受け入れられていた。一雄の友達の次の言葉からもわかる。「ヤアー、異人がいらア！ 何アんだ小泉のお父っツあんじゃアねえか」（小泉一雄 五二五）。国内で「小泉八雲」を名のったハーンは明らかに日本人として扱われることを望んでいた。セツ夫人によると、上野公園の商品陳列所で「これは何ほどですか」と日本語で尋ね、女性の店員が英語で値段を言ったとき、不快な顔をして買わずに去ったという（小泉節子 三二）。つづけて、対照的な次のエピソードをセツ夫人は回想する。

早稲田大学に参るようになりました時、（学監の）高田さんから招かれまして参りました。奥様が、玄関にお出迎え下さいまして「よくお出で下さいました」と仰って案内されたのが英語でなくて上品な日本語であって嬉しかったというので、帰りますと第一に靴も脱がずにその話をいたしました（小泉節子 三一、カッコ内の補足は筆者）。

先に引用した散歩の話同様、おもしろいことがあると、ハーンはすぐにセツ夫人に報告し、その楽しい気分を分かち合った。夫婦の仲睦まじさが感じられ、小泉家においてハーンがどんなに幸福であったかがわかる。晩年のハーンが不幸であったように見えるのは東京帝国大学の一方的な解雇通知のためだが、その後、移った早稲田大学では前記の引用文のとおり、日本人の一員として扱われ満足した。東大では避けていた「講師室」も利用し、雑談にも加わり、早稲田の諸博士の来訪を楽しんだという（関田　一四一）。早稲田には和服を着た人が多いと喜んだが、これは、東大生たちの留任運動で慌てた井上哲次郎学長が、小泉家の「日本風の邸宅」を訪問した際に見たハーンの徹底した日本人ぶりから理解できる。「その時に自分は座敷に案内されて洋服を著し坐って居るのに、氏は生れを云へば西洋人であるが、和服に羽織を引っ掛けて日本風に丁寧に、お辞儀をされたのであるから、それだけでも奇妙な配合と思はれるところに、氏は赤銅の煙管で刻煙草を喫って時々火鉢の縁をカチカチと叩かれるのには驚かざるを得なかった」（井上　七一〇）。ここには、家を建てるとき「万事、日本風に」（小泉節子　一八）と注文をつけ、「私西洋くさくないです」（小泉節子　三二）と言った日本人小泉八雲の姿がある。西洋人としての生まれは消せないが、日本に帰化してから西洋物質文明をあからさまに批判し、日本の伝統文化をよしとした事実は否定できまい(4)。

こうした状況でハーンは早稲田大学に親しみを感じ、創立者の大隈重信を信頼して、西洋の悪影響によって日本の道徳基盤である祖先崇拝が打撃を受けると、日本の危機を訴えた。通訳者が記した、大隈との会談の様子を次に引用しよう。ハーンがどれほど強く日本という国を愛していたかがわかり、その激しさに胸を打たれるはずだ。

ハーンは其れから急に真面目に日本の善良な風俗は永久に維持しなければならぬといって、スペンサーの社会説などを引照して、西洋の物質文明が日本に入ってから日本特有の文明は堕落しつつある事、日本従来の文明は飽くまで維持しなければならぬ事、もし其れを失った時は其国は自滅すると手をぶるぶると振はせ、蒼白な顔を挙げて恰も愛国者の態度を以て論ぜられた（関田　一四七）。

「異文化理解」とか「民俗学的関心」といった今日のハーン再評価のキーワードでとらえるには、あまりにも強烈な主張である。これらの用語を超越した、日本への傾きが感じられる。文中にあるとおり、「愛国者」という表現がいちばんふさわしい。結論すれば、小泉八雲となったラフカディオ・ハーンは日本で愛する妻子を得て、ついに、守るべき母なる国を見つけたのである。

おわりに

「境界の越境者としての外部の視点を保ちながらも、境界の内部に同化しなければ獲得できない視点も持ち合わせていた」といわれるハーンだが、その波乱万丈の生涯を見れば、常に越境者とならざるを得ない、自分の居場所を探す旅人であったことがわかる。いくつもの境界を越えてやっと日本にたどりついたのだ。そこには共感を持って同化できる国があった。日本人を内部から見ることができたのは、小泉一雄が指摘したとおり、ハーンが日本人になったからにほかならない。西洋生まれの、西洋を直接知る日本人である。そういう日本人がいてもよいではないか。国際化の現在、日本に帰化を望む外国人も珍しくない。日本を熱愛する国籍取得者は、偏見を持たずに仲間として歓迎すべきだ。小泉八雲は、西洋人の顔をもつ日本人の先駆けとなった人である。一雄が危惧したハーンの日本好きを揶揄する風潮はいまだに知識人の間でのこっているが、「来日一二〇年」が過ぎた今、そろそろ、ハーンを本人が願っていたとおり、同胞の日本人と認めてもよい頃ではあるまいか。これは、ラフカディオ・ハーンの多様な文化的背景を否定するものではない。

かつて、仙北谷晃一氏は「日本に帰化してれっきとした日本人である八雲の著作は、鑑三の *How I Became a Christian* や、稲造の *Bushido* や、天心の *The Book of Tea* などとともに、国文学史の中でしかるべき位置を与えられねばならない」（仙北谷　八四）と提言していた。これに応えるかのように、国文学者の浅野三平氏が二〇〇二年に『八雲と鷗外』を上梓したことは喜ばしい。「ギリシア生まれのアイルランド系イギリス人であったラフカディオ・ハーンは、後年日本に帰化して小泉八雲と名のった。日本人になった八雲を日本文学専攻の者が、考察の対象にしても不自然とはいえまい」（浅野　三七一）と浅野氏は書いている。もちろん不自然ではなく、むしろ当然だ。ハーンは比較文学、英米文学、さらには国文学からも研究されるべき作家なのだ。理由は浅野氏があげたとおり、ハーンが「日本人になった」からである。

注

（1）ハーンはW・B・イェイツ宛一九〇一年九月二四日付の手紙で、アイルランドの幽霊話を聞かせてくれた子守に言及しているが、中田賢次氏は、この女性を回想するハーンの自伝的草稿を発見している（中田、一二九―三二）。

（2）平川祐弘氏は「ギリシャへの数多い言及が母親思慕に遠く由来していることはほぼ確かと思います」と、あこがれの背景を四歳の時に母親と生き別れた体験から説明している（平川　一九八八、三六）。

（3）台湾出身の陳艶紅氏は、「外観は西洋人に見えても、ココロは日本人であると認めてもらいたかった」（一四〇）とハーンの内面を推察し、一八九六年二月の帰化について、「これより身も心も「日本人」であろうと、覚悟を決めたはずである」（一四一）と推断している。外国人も本論の主旨を支持してくれそうだ。

（4）牧野陽子氏は、ハーンが「十六桜」の再話作品の冒頭に正岡子規の句をエピグラフとして置いたことについて「花や木、自然の万物に霊魂が宿り、その自然の中の魂に、人々は歌いかけるという」古代から連綿と伝えられてきた日本の伝統にハーン自身もつらなろうとしたことを明らかにしている。牧野氏はあくまで「西洋近代の人」（六三）としてハーンを見ているが、筆者にはむしろ、日本人であろうと決意した小泉八雲の姿が見える。

引用参照文献

Hearn, Lafcadio. *Glimpses of Unfamiliar Japan, The Writings of Lafcadio Hearn* VI, 16 vols. Boston and New York: Houghton Mifflin, 1922.『日本瞥見記』（平井呈一訳）恒文社、1975年。

Murray, Paul. *A Fantastic Journey: The Life and Literature of Lafcadio Hearn*. Sandgate, Folkestone, Kent: Japan Library, 1993.

浅野三平『八雲と鷗外』翰林書房、2002年。

井上哲次郎「小泉八雲氏（ラフカディオ・ハーン）と旧日本」『講座　小泉八雲Ⅰ――ハーンの人と周辺』（平川祐弘・牧野陽子編）新曜社、2009年。

神奈川文学振興会編『小泉八雲展――生誕一六〇年、来日一二〇年』神奈川近代文学館、2010年。

工藤美代子『神々の国――ラフカディオ・ハーンの生涯【日本編】』集英社、2003年。

厨川白村『小泉先生そのほか』積善館、大正八年。

小泉一雄『父「八雲」を憶う』『小泉八雲・思い出の記・父「八雲」を憶う』恒文社、1976年。

小泉節子『思い出の記』『小泉八雲・思い出の記・父「八雲」を憶う』恒文社、1976年。

小泉凡「柳田國男と小泉八雲――「五感力」の継承をめざして」『成城大学民俗学研究所紀要』第三一集、平成一九年三月、2-32頁。

島根大学付属図書館小泉八雲出版編集委員会・島根大学ラフカディオ・ハーン研究会編『教育者ラフカディオ・ハーンの世界――小泉八雲の西田千太郎宛書簡を中心に――』ワン・ライン、2006年。

関田かをる『小泉八雲と早稲田大学』恒文社、1999年。

仙北谷晃一『人生の教師ラフカディオ・ハーン』恒文社、1996年。

陳艶紅「小泉八雲と池田敏雄――妻に描かれた人間像」『講座　小泉八雲 I――ハーンの人と周辺』（平川祐弘・牧野陽子編）新曜社、2009年。

長岡真吾「あとがき――記憶としての小泉八雲――」『教育者ラフカディオ・ハーンの世界――小泉八雲の西田千太郎宛書簡を中心に――』ワン・ライン、2006年。

中田賢次「「バレット文庫」に見る自伝的草稿の判読文」『へるん』第三九号、2002年、129-31頁。

平川祐弘『小泉八雲とカミガミの世界』文藝春秋、1988年。

――『ラフカディオ・ハーン――植民地化・キリスト教化・文明開化』ミネルヴァ書房、2004年。

船岡末利『ラフカディオ・ハーンの青春――フランス・アメリカ研究余話』近代文芸社、2004年。

牧野陽子「聖なる樹々――ラフカディオ・ハーン「青柳物語」と「十六桜」について」『講座　小泉八雲 II――ハーンの文学世界』（平川祐弘・牧野陽子編）新曜社、2009年。

松江市・八雲会『小泉八雲来日百年記念フェスティバル――プログラム・案内』小泉八雲来日百年記念事業実行委員会、1990年。

横山孝一「小泉八雲の共生の思想――「十六桜」と返り咲き」『八雲』第二〇号、2008年、35-38頁。

――「平川祐弘氏と世界の中のラフカディオ・ハーン」『へるん』第四七号、2010年、51-53頁。

――「小泉八雲はアメリカ人か?――工藤美代子著『神々の国』を読む」『八雲』第二二号、2010年、23-26頁。

第二〇章
モダニスト、アロン・ダグラスのハーレム・ルネサンス

寺山佳代子

はじめに

筆者はハーレム・ルネサンス（一九一九―一九四〇頃）に関心があり、『新しい黒人』（一九二五）や『クライシス――黒い人種の記録』誌を紐解くと、アフリカや奴隷制度やアメリカ黒人の芸術をテーマにして、白と黒のシルエットで人物を描く新鮮なイラストに惹きつけられる。自由、解放、希望、未来を感じ、「新しい黒人」のメッセージが伝わってくる。評論、解説、詩、小説、戯曲、記事を読むつもりで『新しい黒人』や『クライシス』誌を開いたのに、イラストに目も心も奪われる。これらを読まずして内容が伝わってくるような気がして圧倒される。このような経験をした読者は多いことだろう。イラストの制作者であるアロン・ダグラス（一八九九―一九七九）は何者だろうかと思

いを馳せる。

1　アロン・ダグラスの人生と作品

アロン・ダグラスは一八九九年五月二六日、父アロン・ダグラスが四七歳、母エリザベス・ロスは二七歳の時にカンザス州首都トピーカに生まれる。[1] 出生地トピーカはダグラスの人生を思わせる現在も進取の気性に富んだ土地柄である。北トピーカにあるマッキンリー黒人小学校に入学し、聖ヨハネ・アフリカン・メソジスト監督教会の青少年活動に参加する。「父親は労働者であったが、母親は主婦をしながら巡回絵描きによる絵の教室に参加していたので、母の絵を見て育つ」（Shockley によるインタビュー）。入学した北トピーカ高校の学校新聞『世界』にスケッチを描き好評を得て、卒業アルバム『ひまわり』の表紙をデザインし、商業美術家なる前途を嘱望され一九一七年六月に卒業する。「小学校から大学まで、エマソン、ベーコン、モンテーニュ、ユーゴー、デュマの熱心な愛読者である」（『自伝』一　以後Aと略す）。一九一八年一月ネブラスカ大学美術学部に入学しデザインで一等賞を取り、大学美術クラブの会員に選ばれ、美術学部の人気者として有名になる。その年の夏はミネアポリス鋼鉄会社で働く。一〇月ネブラスカ大学を退学しミネアポリスに戻り、ミネアポリス大学の学生陸軍訓練隊に志願するが年末には去る。

一九一九年ネブラスカ大学に戻り、「詩や創作が他誌とは違う、黒人による黒人についての進歩的な雑誌『クライシス』誌や『オポチュニティ』誌を定期的に購読する」（ディラド大学での講演「ハーレム・ルネサンス」六－七　以後ＨＲと略す）。「数年間、注目すべき文体の詩、短篇、エッセイが、実に長いこと語られないままだった人生の期待、喜び、勝利と敗北への反応を芸術的な言語で表現する若い黒人作家による真剣な努力が『クライシス』誌、『オポチュニティ』誌、『メッセンジャー』誌に表れる」（Ａ　一〇）。こうしてダグラスは苦しみや喜びの感情、知性の豊かな内面を十分に表現されて来なかった長い歴史を持つ黒人の生存が、三誌には人間として生き生きと語られていることを初めて知り、生きることに歓喜の声を上げる。三年生の終わりに、ある先生が彼にパリ旅行の資金をつくるために、卒業後ニューヨークへ移り作品を売ることを助言する。一九二二年六月美術学士が授与され卒業する。

一九二三年夏、太平洋連合短距離列車の食堂車ウエイターとして過ごしたが、秋にはミズーリ州カンザス市のエリート黒人高校であるリンカーン高校で美術講師として採用される。七〇人の生徒にデザイン、油絵、水彩、ステンシル、ろうけつ染めを教え、美術クラブを教える。「そこで作曲家ウィリアム・Ｌ・ドーソンと知り合い、長く続く友情を育む」（ＨＲ　七）。教鞭を執った最初の一年が終わった一九二四年六月、ローレンスにあるカンザス大学の夏の授業に入学し商業美術通信教育課程に登録する。

一九二五年三月、『サーヴェイ・グラフィック　ハーレム特集号――新しい黒人のメッカ』（一九二五）誌がキャンサス市にいるダグラスに届く。「結局わたしの顔をニューヨークへ向けたもっとも説得力のあるひとつの要因は、ドイツ人画家フリッツ・ウィノルド・ライスによって見事な黒人の肖像画を表紙に描いた『サーヴェイ・グラフィック』誌の創刊号の出版である」（HR 八）。彼の現実から未来の目的を達成するには不安があったので、三ヶ月後リンカーン高校を辞職する。「教職に就いた二年目の終わりに進歩の見込みがなく、むしろ岐路に再び達しているのを知った。ひとつの道は平穏無事で楽しい老後に向かい、他の道は深い谷に下りて暗くて道なき森に入り高い山に立つことだった。この点で実際に意味のある人生は、肉体の苦痛から解き放された単に安全と自由を追求するより、むしろ精神の飢えと貧困に立ち向かい戦うことにあるに違いないと、わたしには思えるようになった」（A 一〇）。人生の成功か失敗かを賭けて六月にニューヨーク行きの列車に乗ることを決意する。無名の青年が新しい黒人の芸術運動の勃興に身を投じ、そこに自己の未来を見出すためにハーレムを目指す。ハーレム・ルネサンスは中産階級の運動といわれており、一般大衆は失業と貧困の中で生きている時代であったから、ダグラスを奮い立たせたルネサンスはどれほど魅力的だったことだろう。後に結婚することになるアルタ・メイ・ソーヤーはすでに既婚者であったが密会を重ねて親密な関係にあったので、ニューヨーク行きを手紙で知らせる（A 八）。「当時はどの画家もパリで学ぶことが最高の希望であり、わたしもパリが目的であったがパリへ行く前にニューヨークへ一時立ち寄る計画であった。予想に反しニューヨークは黒人画家に関する限り活気がある場所だったので、ニューヨークに腰を降ろすことになる」（A 一〇）。しかもハーレムは若い中西部の青年の心を虜にする。「美術に関してはしなければならない多くのことがあり、誰も喜んでやろうとする者はなかった」(ＨＲ　一〇)と後になって思い出す。ニューヨークの畏怖と機会に、ダグラスは画家としては安っぽく未熟な悪名をつけられるのを避けようと慎重になる。黒人画家には偏見があるので、まして作品が低級であったり通俗的であれば、「黒人画家」とレッテルを貼られることはわかりきっているので、芸術作品を制作し充実した到達点へ達する戦略を練るのは、野心家ではあるが真面目なダグラスらしい意気込みである。画家が芸術作品の制作を目指すのは当然である。

中西部からニューヨークへ、田舎から都会へ出ることを青年に瞬く間に選択させた『サーヴェイ・グラフィック』誌は、ハワード大学哲学科教授アレン・ロックが、台頭するハーレム・ルネサンスの黒人文芸の成果を精選し、ハーレム特集号としてまとめてその真価を世に問うたものである。ジェイムズ・ウェルダン・ジョンソン、チャールズ・S・ジョンソン、ルードルフ・フィッシャー、W・A・ドミンゴ、W・E・B・デュボイス、J・A・ロジャーズ、アルバート・C・バーンズ、アーサー・A・ションバーグ、メルヴィル・J・ハースコヴィッツ、コンラッド・ベルコヴィッチ、ウォルター・F・ホワイト、ケーリー・ミラー、ユニス・ロバータ・ハントン、エリス・ジョンソン・マクドガルド、ウィンスロップ・D・レイン、ジョージ・E・ヘインズが、新しい時代の黒人の課題、ジャズ、リズム、美術、彫刻の評論を寄稿している。カウンティ・カレン、アン・スペンサー、アンジェリナ・グリムケ、クロード・マッケイ、ジーン・トゥーマー、ラングストン・ヒューズは詩を、ウィノルド・ライスは肖像画を載せている。一冊の雑誌から新しい時代の社会科学と人文科学が洪水のように溢れ出ている。この雑誌を原型として、ロックは同じく一九二五年一一月、『新しい黒人』

を刊行している。ハーレムはこの中西部出身の青年の心を奪う。

ダグラスは、特別に印象的な雑誌『サーヴェイ・グラフィック　ハーレム特集号』に肖像画を描いている、ウィノルド・ライスの美術学校で勉強することを計画する。「ライス氏は父も画家で第一次世界大戦前にヨーロッパで、美術学校の名匠の技巧を正確にしかも徹底して訓練されていた。このほかに特に彼の作品のデザインは現代世界美術に、アフリカ美術への認識と共感を明らかに示していた。これがもちろんその時代にわたしがまさに必要とする影響であった。あらゆるアフリカの仮面劇と呪物の表面下で動く恐ろしい亡霊の前で、大変大きい姿を現しているように見えるわたしの疑いと恐怖があった。ライスは、わたしを急き立てようとした。その時の氏のいらだちを思い出す。遂にわたしは少しずつポイントを押さえ、知らないものに入って行くので二つか三つためらいつつ、おっかなびつくりしながら歩みを始めた。まず中途半端に覚えている部族の歌、子守歌、労働歌とプロテスタントの讃美歌の断片や端っこをいっしょに繋ぎ始めた。南北戦争前の古い黒人の歌を視覚化して目に見える香気や表現になると考えたものを、絵の具と絵筆でまず客観化しようとする。だから、わたしは始めから自分の感情を述べることはしてはいない」（ＨＲ　一一）。彼はすでに優れた眼識を培っており、ヨーロッパ美術の賜物であるライスの作品からモダニズムにアフリカの影響を見抜く。ライスを師と選んだことが後の成功へ導く。その頃絵を描く黒人に出会うのは初めてだという、小説家、写真家、ピアニスト、批評家でしかもルネサンス最大のパトロンでありスポンサーであるカール・ヴァン・ヴェクテンと出会う。「カール・ヴァン・ヴェクテンは『ヴァニティ・フェア』誌の編集者フランク・クローネンシールドをすぐ紹介してくれたので会ったところ、わたしのスケッチを念入りに見て数枚購入する。その瞬間からわたしは自信を得る。カール・ヴァン・ヴェクテンは、優れているが論争を引き起こした『黒ん坊天国』(一九二六)の著者であり、ハーレム地区だけでなく、ニューヨーク、全米の顕著な文化人のひとりである」(HR 一二)。また「ロックから『サーヴェイ・グラフィック』誌を発展させた近刊の『新しい黒人』に、イラストを依頼される」(HR 一一)。アセナムの一九七〇年版『新しい黒人』には、「瞑想」、「再生」、「サージ」、「詩人」、「太陽神」、「皇帝ジョーンズ」、「ロール・ヨルダン・ロール」、「星が降り始める」、「音楽」、「アフリカの精神」、「新世界から」の一一作品が掲載されている。ただしダグラスは「初版には一二作品」(HR 一一)を掲載したと述べている。

瞬く間に自分の作品が受け入れられたことに驚き、その理由として「黒人の魂を画像にすることを深く必要とする人たちに、奇跡的な方法で天が遣わしたのが答えのように思えた。結果的にお気に入りとなり、放蕩息子のように扱われる」(HR 一二)と述べている。このようにダグラスはハーレム・ルネサンスの中へのデビューに成功する。田舎者のダグラスがパリへ直行せず、まだ行ったことのない憧れのニューヨークへ立ち寄ったことはタイムリーであり、成功への道筋でもあった。

ダグラスは秋に始まるライスの美術学校から二年間の奨学金を得る。「ライスの美術学校で二年間の奨学金をくれたのでライスにいつも最大の感謝をしています。この献身的な男はわたしとほかのすべての学生たちの作品を専門家の高いレヴェルに引き上げるのを、いつも喜んで助けた」(A 一二)。

授業料は免除されたにもかかわらず経済的な問題があったが、都市同盟の機関誌『オポチュニティ』で自由契約で仕事をするようになってそれが改善される。またW・E・B・デュボイスは、編集長を務める全国黒人向上協会の機関誌『クライシス』の郵便室での仕事を与える。こうしてルネサンスを代表する二誌のほか、『ファイア』誌に、ジョージア・ダグラス・ジョンソン、ヒューズ、ユージン・オニール、ジェイムズ・ウェルダン・ジョンソン、デュボイス、ロック、チャールズ・S・ジョンソン、ルードルフ・フィッシャー、クロード・マッケイ、カウンティ・カレンらと共に作品を多数発表することとなる。瞬く間にルネサンスをリードする人たちの潮流に身を置き、まだ登場していない分野であった美術をその運動の中に確立する。

次に一九二五年『新しい黒人』のイラストを担当し、ルネサンスの中へのデビューに成功してからフィスク大学の壁画完成までの期間に、ダグラスの作品を採用した雑誌、書籍、展覧会、ホテル、大学、受賞した賞、授与した奨学金と助成金を紹介する。

一九二五年　ジョージア・ダグラス・ジョンソン「黒人走者」の線画を『オポチュニティ』(九月号)誌に掲載。ダグラスの描いた『混血児』が『オポチュニティ』誌一〇月号の表紙。ウィノルド・ライスの美術学校から二年間の奨学金の授与。

一九二六年　ラングストン・ヒューズ『もの憂いブルース』のカバーをデザイン。ヒューズの詩「リロイの店で真夜中のナンへ」のイラストを『オポチュニティ』誌一月号に掲載。ユージン・オニール『皇帝ジョーンズ』における四つのハイライトのイラストが雑誌『月刊劇場美術』二月号に掲載。六月、アルタ・メイ・ソーヤーと結婚。一〇月『アフリカの酋長』のイラストでエミイ・スピンガーン賞受賞。この受賞は一〇月二七日にニューヨーク・タイムズで報道される。『オポチュニティ』誌一〇月号の表紙にはヒューズの詩と共に、「二人の芸術家」とタイトルのついた記事には五編の詩と共にイラストが載る。一一月にウォーレス・サーマン、ゾラ・ニール・ハーストン、ジョン・P・デービス、リチャード・ブルース・ヌジェント、グウェンドリン・バーネット、ヒューズと共に『ファイア』誌を創刊。『クライシス』誌と『オポチュニティ』誌の八月号、九月号、一一月号、一二月号の表紙。

一九二七年

三月にデュボイスの要請で『クライシス』誌の美術評論家として編集に加わり、三月号「詩と絵画」と五月号、九月号の表紙を担当する『オポチュニティ』誌と自由契約を維持し、雑誌『月刊アメリカ人』とも仕事をする。四月に五日間、ダグラスの素描はサーマンによるニューヨークでの若い黒人画家の展覧会に出品される。ジェイムズ・ウェルダン・ジョンソン『神のトロンボーン——黒人説教詩七編』のイラストはハーモン基金賞受賞。人種関係を担当するシカゴ女性クラブ委員会による全市民のプログラム「黒人美術週間」に出品。木版『ブルータス・ジョーンズ』と『皇帝ジョーンズ』、アレン・ロックとモントゴメリー・グレゴリー編『黒人生活の戯曲』のイラストを制作する。

ジェイムズ・ウェルダン・ジョンソン『元黒人の自叙伝』、イザ・グリン『小さな水差し』、ヒューズ『晴れ着を質屋に』、アーサー・ハフ・フォーセット『自由のために――アメリカ黒人の伝記物語』、カウンティ・カレンの『クリスマス祝歌を歌う夕暮れ――黒人詩人の詩撰集』のカバーをデザインする。

一九二八年

一月にバーンズ基金から一二〇〇ドルの奨学金を得て壁画制作前と制作中に通算して約一年間パリ留学。ダグラスはこのパリ留学を『自伝』では触れていない。ニューヨークにあるインターナショナル・ハウスでの美術の展覧会「アメリカ黒人画家の作品」に出品。『ニューヨーク・タイムズ』(四月一五日)はダグラスを「新しい黒人」の指導者として認める。『クライシス』誌五月号の表紙担当。『サーヴェイ』誌五月号ではチャールズ・S・ジョンソンの論文「黒人労働者と労働組合」のイラストを担当。五月、ニューヨークのヘラルドスクエアでR・H・メーシと会社百貨店による産業美術の国際博覧会に二枚の装飾パネルを出品。一一月『ファイア』誌は廃刊になったので、ウォーレス・サーマンと『ハーレム――黒人生活のフォーラム』誌を新たに創刊し、表紙の装飾とヒューズの短篇『ジャングルのルアニイ』のイラストを担当するが、この雑誌も一号のみの刊行となる。

クロード・マッケイのベストセラー小説『ハーレムへの帰還』、ルードルフ・フィッシャーの第一作『ジェリコの壁』、ジョージナ・A・ゴロックの『アフリカの息子たち』

と選集『アメリカ黒人――年鑑』の表紙を担当。ジェームズ・ウェルダン・ジョンソンが『月刊ハーパーズ』誌一五七号の論文で、ダグラスは黒人を描いて芸術作品を制作したので、黒人画家と蔑まれず、アメリカのイラストレイターの位置を獲得していると認めている。

一九二九年　『黒いマジック』、『黒いヴィーナス』、『黒いいちご』、『バンジョー』のカバーを担当。フィスク大学壁画制作の依頼が学長トーマス・エルサ・ジョーンズからあったので、契約し来春の制作開始に備える。

一九三〇年　『クライシス』誌一月号の表紙を担当。フィスク大学初代学長（一八七五―一九〇〇）エラスト・ミルオ・クレヴァス記念図書館の壁画制作のため、画家として春の学期始めから学内に定住し一〇月に完成する。チャールズとエドワード・ベイフェルドからシカゴのシャーマンホテルの壁画を依頼される。ジェイムズ・ウェルダン・ジョンソン『聖ペテロはキリスト復活の事件を語る』の表紙をデザインする。

以上のように、田舎である中西部出身の無名の青年ダグラスは、ハーレム・ルネサンスに魅せられデビューに成功しただけでなく、その波に乗り、最盛期に代表的な雑誌、詩、小説の多くのイラストやデザインを発表し、壁画も制作する。その過程にルネサンスに開花した美術の軌跡を辿ることができる。ルネサンスは評論、解説、詩、小説、戯曲、歌、踊り、演奏、ミュージカル、ショーが主なものであったのに、彼の活躍により美術が加わりその運動に貢献したことの功績は大きい。「わたしは人生の未知の道に対して冒険、危険、失望、敗北の想いはもたなかった。それはどんな困難もわたしに留まることがなく、古代の伝説に魅せられ、前途に迫る不安にもかかわらずその魅力に無我夢中になったことによると確信している」（A 一）と『自伝』の冒頭で、歩んで来た長い道を回想し、彼の人生哲学を述べる。ネブラスカ大学を卒業しても思うような就職がなく、リンカーン高校の美術教員にようやく採用されたのに二年ほどであっさり辞職し、画家なら誰でも目指すパリには直行せず、田舎者はニューヨークへ行った。彼は自分人生の潮時を読むことに鋭敏だったのかもしれない。

2　アロン・ダグラスのハーレム・ルネサンスについて

この章ではダグラスがハーレム・ルネサンスをどのように考え、どんな人たちと交流していたのか、黒人口述歴史証言コレクションに残されたコリンズとショックリーによるふたつのインタビュー、アロン・ダグラス・コレクション[2]の『自伝』、フィスク大学とディラド大学でのハーレム・ルネサンスについての講演から探ってみたい。

ダグラスはアメリカ社会における黒人の境遇について次のように述べる。黒人は南北戦争（一八六一―六五）から第一次世界大戦（一九一四―一八）まではアメリカの夢から閉め出され、スラム街に住まざるをえない状態に置かれる。ブッカー・T・ワシントンはスラム街を改築しようと努力し、W・E・B・デュボイスは怒りをこめてアメリカの夢の鉄のドアを叩き続ける」（HR　一―二）。「黒人は、アフリカを遠く離れて遅れてしまった先祖探しにマーカス・ガーヴェイの運動の力強い影響力を忘れてはいけない。当時黒人は“nigger,”“coon,”“shine”の嘲笑的な言葉で打ち砕かれ、黙殺される。ハーレム・ルネサンスに先だって、一九一四年から一九二〇年に黒人が南部の綿畑から全米の大都市へ移住し、工業社会の労働力となって輝く。第一次世界大戦中黒人兵がフランスやベルギーで功績を残す。これらのことは黒人生活のすべての面での仕事に予期せぬ強烈な興奮となる」（HR　五）。このような歴史認識に立ち彼は画業に励んでいる。

ダグラスは一九二四年から一九三四年に活躍したルネサンスの芸術家と文化人を三つのグループに分けている。「台頭する黒人意識を形成し、『ファイア』誌や『ハーレム』誌の出版につながった人々――ラングストン・ヒューズ、ジョン・P・デービス、アナ・ボンタン、ドロシー・ウエスト、ゾラ・ニール・ハーストン、ウォーレス・サーマン、オーガスト・サーヴェイジ、ブルース・ヌジェント、エリック・ウォルロンド、ヘレン・ジョンソン、グウェンドリン・バーネット、ウォーニング・カネイ。次は芸術家としてもっと本質的な成功を考え、少々年長だが人種アイデンティティに関係や意識はそれほどしない人たち――ジーン・トゥーマー、クロード・マッケイ、ユージーン・ゴールドン、ポール・ロブソン、ルードルフ・フィッシャー、ジュールズ・ブレッドソー、リチャード・B・ハリソン、ジェシー・フォーセット、ローズ・マッククレンドン、チャールズ・ギルペンとローランド・ヘイズ。第三グループは黒人内部のより若くより活動的なメンバーの車輪のような存在で案内人、助言者、解説者、スポンサー――W・E・B・デュボイス、チャールズ・S・ジョンソン、アーサー・A・ションバーグ、アレン・ロック、アレリア・ウォーカー、ジェイムズ・ウェルダン・ジョンソン、E・フランクリン・フレイジア、ジョージ・E・ヘイズ」（HR 一三―四）。この分析によればルネサンスの芸術家と文化人は三層の流れを形成する。

ルネサンスが花開いたのは、芸術家や文学者の実力よりも、彼らを支えた機関誌の出版活動や助成金によるとするところにダグラスの実感がこもっている。彼らは作品を発表する機会を求めていただけでなく生活は困窮を極めていた。「チャールズ　S・ジョンソンの『オポチュニティ』誌とデュボイスによる『クライシス』誌とハーレムの小劇場運動への貢献がある。ハーモン基金の監督メアリ・ビーティ・ブラディが四〇年間以上も、アメリカの芸術と特に大恐慌の難しい期間にも黒人芸術家にしばしば賞や賞金を出して、寛大な助成をした貴重な貢献は大きな功績と評価されなければならない」（HR 一四）とする。ハーレム・ルネサンスという芸術運動の仕掛け人は白人のパトロンであり、彼は最高の感謝を表明する。

ダグラスはハーレム・ルネサンスの実際を次のように語る。「当時黒人はゴルフ、テニス、ヨットクラブ、海辺や山の避暑地と繋がりがあるもっと気取って優雅に使う金がなかったので、娯楽はナイトクラブ、家でのパーティー、時には有料パーティーのようなものに制限されていた。ナイトクラブは黒人の好みの場所でもあったがひどく騒がしく、一般に耐え難いほどタバコの煙が立ちこめ、時々危険でもある。まれには小さな殴り合いの間、途中で警戒していなければならなかった。楽しい土曜の夜、嫉妬深い恋人同士、あるいは夜の更けないうちに熱狂し過ぎたり刺激し過ぎるパトロンとダンサーの間で、ひとつかふたつの小競り合いがあるのがほぼいつものことであった。黒人と親しくなった白人の友達はそんな時にハーレムを発見し、群衆に交じって住宅に立ち寄り始め、その後一〇年以上も来続けた。しかもその頃は絶大な力を発揮して、注意深い用心棒によってすぐ止められない、黒人と白人の争いや喧嘩さえも見たことがなかった。実のところルネサンスの時代には、ニューヨーク市内で人種間の平和な関係は最高潮に保たれている」（ＨＲ　一五）。このような現実の話は、黒人と白人の息づかいが伝わってくる貴重な歴史証言である。

この時代にハーレムを訪れた外国人の中に日本人がいる。「この時代に海外からハーレムを訪れたのはエチオピア大使、エチオピア国王、そのほか二名のエチオピア人、インドネシアにいるオランダ人国会議員で作家、お忍びでやって来た三井か三菱の若い日本人がいる」（ＨＲ　一七）。

一九二七年秋、エボニー・クラブのオープニングのためにダグラスは壁画を制作し完成する。エボニー・クラブのオープニングには、「カール・ヴァン・ヴェクテン、現代美術について当代最も深い眼識と洞察力で美術評論を発表しているバーンズ基金の創立者であるアルバート・Ｃ・バーンズ博士、『白いアフリカ人と黒人』の著者サイルス・リロイとキャロリン・ボールドリッジ、フローレンス・ミルズ、アレン・ロック、チャールズ・Ｓ・ジョンソン、ポール・ロブソン、Ｗ・Ｅ・Ｂデュボイスらの名士が出席する。また新しいダンスであるリンドバーグ・ホップの後にチャールストンとして最近はツイストとして世界中に知られているダンスの披露があった。夜が更けて帰る時、バーンズ博士はわたしの自尊心を荒々しく挫いたが、その後晩年まで作品を導く指標となる批評、わたしの壁画の色はパステル調の技法は十分満足するが、ペルシャの細密画、東洋の絨毯、中世のステンドグラス、ビザンチンのモザイク、ティツィアーノの画における深さ、豊かさ、プラスチックの質に欠けている」(フィスク大学での講演（HR 一四）[3]とその限界を指摘する。豪華な来客の顔ぶれと最新のダンスの披露から、華やかなエボニー・クラブの往時を偲ぶことができる。そもそもハーレム・ルネサンスは一九二一年、ミュージカル・レヴュー『シャッフル・アロング』がコットンクラブで上演されたことが幕開けとなる。

ダグラスがウィノルド・ライスの作品にいち早くアフリカへの美術の認識と共感があることを見出していることは先述のとおりであるが、モダニズムとアフリカの美術をどのように連動させて考えているのか、ルネサンスについての講演原稿をさらに読み進めよう。「美術のモダニズム運動は疑いもなくアフリカの美術からその刺激を得ていて、ほかからであるはずがなかった。その事実に感謝するのは、フランスは美術の王権を振るっている印象主義以来、本質的にアフリカではないことを示すことができる主なる証明はなかったためである。例えばピカソ、モジリアーニ、スーティンのような若い画家の作品は新しい状況の中で、アフリカ的な感情の作品をある程度拡大していることである。同じように、アルキペンコ、リプシッツ、エプスタインの彫刻にはアフリカニズムが浸み込んでいる。バーナード、サティ、プーランク、オーリエ、オネゲルは簡単にいえば、ドビッシー以来その音楽のすべてがアフリカ的である。ランボーからバリセ、リバルディ、アポリネール、ゴビノーの詩については芸術が沸き上がる源泉は黒人の血のなかに潜んでいることをうまく書いているといえる。この源泉を知ることは必要である。だが芸術家の想像力については、黒人芸術の影響が十分行き渡った状態からはほど遠い」（ＨＲ 二〇）。現代美術、音楽、文学はアフリカを消し去ることはできないと説く。「この精神によると芸術のなかの最高のモダニズムはアフリカの芸術であり、最高の古代でもある。遙かに遠い画期的な時代に幾世紀もの沈黙の後、世界で最初に自発的な人たちは黒人であつた。これらの人たちは最初の創造者であり、最初の戦士であり、最初の詩人であつた。黒人は火を発明したように芸術を創造した。黒人が征服した野蛮な白人のことをアフリカ東部でわたしたちが聞くのは、たぶん後になってからである。征服は白人の要素に黒人の血がたくさん混ざることなしに成し遂げられなかった。結果は森に逃げ撃退されなかった黒人を征服し、再生したのは白人であつた。白人は去ったが、アフリカの東部と北部に白人種は自分たちの出現の足跡を残す」（ＨＲ 二一）。ダグラスは、アフリカを単に黒人のルーツとしてばかり見るのではなく、『種の起源』の著者であるダーウィンが「アフリカは人類のゆりかごである」といった言葉に繋がる世界の文明の発祥の地であり、芸術が産声をあげた地として畏敬の念を表す。ダグラスはこのように芸術の起源はアフリカ人から始まっていることを敷衍し、モダニズムはアフリカから始まっているとする。制作の初期からアフリカを念頭に置き、ハーレム・ルネサンスをモダニズムとして捉え、現代美術にアフリカ美術の認識と共感のあるドイツ人画家ライスに感動して師事し、モダニストとしての作品を発表し続けたのである。ダグラスの画業は当時現代芸術の先端であった潮流を、黒人としての自分の視野から捉え直して生まれている。

3　フィスク大学壁画[4]について

フィスク大学はテネシー州ナッシュヴィルの北に位置する貧しい黒人居住区にある。ダウンタウンから北へ向かい最近立て替えたばかりの低所得者住宅を通り抜けると正門の右手に、卒業生であり歴史家のジョン・ホープ・フランクリンの名がつけられている図書館がある。正面に黒人霊歌を歌う学生達のコーラスグループであるジュビリー・シンガーズが、一八八六年のヨーロッパ・コンサートで得た資金で建てたヴィクトリア調の建物ジュビリー・ホールが、そびえ立つ。フィスクを訪ねる誰もが、学生が母校の財政難を救うために建てたこの美しく荘厳な建物に目を奪われる。ダグラスの壁画はジュビリー・ホールに向かう左手に、旧図書館で現在は管理棟であるネオ・ゴシックの建物クレヴァス・ホールにある。フィスク大学は南北戦争直後の一八六六年に創立され、校名はテネシー州解放民局のクリントン・フィスクの名に因んでいる。

ダグラスの壁画創作の目的は、クレヴァス・ホール三室にある壁画にはそれぞれ物語があることを明らかにし、「アフリカの集約された記憶、アフリカ文化の誇り、失われていく歴史のアイデンティティ、究極の生存と勝利を劇的に表現することである。黒人のアフリカでの豊かな過去と白人が築いた歴史の中で否定された過去と共に黒人をアメリカ人として強調する。アフリカから始まり、この半球つまり新世界での黒人の発展をパノラマとして循環する」（A 一四―一五）。ダグラスは教育は未来を築くことを信じ、フィスクの学生が壁画を見ることにより生きる糧を得て励まされることを望んで制作する。ダグラスは思想では汎アフリカ民族主義運動の影響を受けている。美術の面では「アフリカ美術――象牙海岸とリベリアからダンマスク、マリのバマナ・バンバラ族の人物、コンゴ黄金海岸、現代ガーナ、エジプトのレリーフの美術、統合キュービズム、マチスの平板スタイル、オルフィスム、ヨーロッパの画家ロバート・デラウニィ、フランティスク・カプカ、アメリカのスティントン・マクドナルド、ライトの作品の影響を受けている」（ＦＭＲ 一一六）。壁画は油彩でキャンバスに描かれ、壁に貼られ、フレスコ画となる。これはヨーロッパの中世やイタリア・ルネサンスの壁画の伝統的な技法と同じである。クレヴァス・ホールの二階のラウンジは元はカード・カタログ室であったが、そこにあるシリーズになった五枚の絵にはそれぞれ物語がある。テーマは科学、詩、音楽、演劇、哲学、昼と夜である（付録図版参照）。どの絵も青年が天空に向かって叫んでいる。色彩は暗い灰色と白である。最初の絵は学生が天に向かって炎を燃やしている。ギリシャやエジプトの美術を想わせる。次は学生が丘に立って山、星、月に向かって言語を語っている。三枚目は学生が山頂でトランペットを吹き、バンジョーを叩き、歌を歌っている。山頂での演奏会である。四枚目は都市の劇場で上演されている悲劇と喜劇を学生が演じている。五枚目は学生が空に向かって瞑想している。校舎が過去を都市が未来を表現している。さらに男と女が対になっている二枚の絵がある。ダイアナはローマ神話のディアナ、ギリシャ神話のアルテミスは美神として描かれている。神話ではダイアナとは狩りをする美しい女性の意味であるからこの絵では犬と駆けながら弓を引いている。これと対になっているのがローマ神話のマルス、ギリシャ神話ではアレスであるが、戦の神なので馬車に乗って疾走している。色彩は濃い緑と濃い茶色である。

旧図書館の北閲覧室は、現在は履修登録、奨学金、アルバイト、学生生活全般を扱う事務室であり、南閲覧室は理事の会議室になっている。これら二室の閲覧室は黒人の農夫が中央アフリカから現代アメリカへ向かう旅がテーマであり、壁画はパノラマとなっており、ダグラスの野心的な制作である。北閲覧室のテーマはアフリカの黒人と黒人霊歌である。アフリカでは楽しく豊かな生活をしていたが捕らわれの身となり、奴隷船に積み込まれてアメリカへ送られる。岸壁で奴隷船を見送ったアフリカ人が悲嘆にくれる。奴隷船がすべてを変えた物語である。奴隷の出身地であるジャングルから始まり、「エジプトへ下りて」、重荷に耐えた人々はピラミッドと共に表される。猟師と戦士は礼拝で壁の中央に置かれ、ダグラスが「魔法の呪物」と呼ぶ先祖を導く。ダグラスはエメラルドの中に明らかにバマナ・バンバラ族の美術に霊感を得て、これと同じ「魔法の呪物」を使う。トム・トム太鼓打ちは捕らわれの身となった者が壁画の隅にある奴隷船に乗せられる時、出陣の踊りのリズムをたたく。奴隷が体験した胸が張り裂ける悲しみ、苦痛、ひどい痛手は感情と情熱で表現されている。制作者はアメリカ黒人のもっとも偉大な貢献は音楽と労働にあるとする。アフリカの黒人とテーマがつけられている絵とは反対側の窓を挟んで北側の壁に、黒人霊歌を表現する壁画がつぎつぎと並ぶ。「ガブリエルは角笛を吹く」、「二四人の長老が跪いて祈った」、「二つの翼が欲しい」、「立て、主の光が輝く方向に輝きなさい」、「そっと行け」、「下りて行け、モーゼ」、「わたしの船は大洋に浮かんでいる」が描かれている。

南閲覧室のテーマは奴隷から自由へであり、アメリカ黒人と労働である。ダグラスはアメリカ黒人の歴史をたどる。奴隷商人は多くの奴隷が中間航路で耐えた恐怖と死のあの壮大な絵を思い出さざるを得ない。ダグラスは奴隷の行進や重い荷物を引いている奴隷と、競り台で跪く奴隷を描く。アメリカ黒人の霊的な光となる最初の大きな源泉は、広げられた翼のついた頭蓋骨となり、キリストが磔になったゴルゴダの丘に象徴される。翼はしばしば死から永遠の命に魂の飛行を象徴するために霊歌に現れる。人間の手は第二の光である解放の巨大な星を翳す。第三の光であるフィスクのジュビリー・シンガーズに象徴される教育の光は、光の中でくっきり見えるように描かれている。ジュビリー・シンガーズのヨーロッパ・コンサートによる基金によって建てられた南部の黒人大学における最初の恒久建造物としてのジュビリー・ホールは、「自由になった初期の時代にはどこを向いてもほとんど真っ暗闇の中でかがり火となったのである。黒人の魂の深みから湧き上がったこの建物は黒人教育の完全な象徴となる」（A　一四－五）。フィスク大学の卒業生はさまざまな職に就いて校舎を去る。最後の学生は小さく描かれた人物であるが、星の出ている丘の頂上にあるピラミッドによって象徴されて、真理を探究して世界に出て行く。アフリカの集約された歴史の記憶を通して、理解された黒人グループのアイデンティティについて制作者の解釈と共に、人種差別と貧困からの脱出としてダグラスは教育に強い信頼を寄せて来たのである。彼の美術はあの集約された記憶を明らかにすることが重要な構成要素である。

南閲覧室の南側の壁には鉄道建設者、農夫、綿花摘み、道路建設者、抗夫によって、労働者が代表されている。壁の隅に小さな人物が都市に向けて疑問のあるまなざしを向けている。黒人は機械化された都市の住民になるのか、田舎に留まるのが良いかと問う。ダグラスは「フィスクの学生が労働は黒人の発展に最も重要な面のひとつであったことを認識し、黒人がアメリカの建設に貢献したことを誇りにしてもらいたい」（Collins によるインタビュー以後Cと略す）と語る。ダグラスの壁画の色彩は本来、柔らかい青、ピンク、黄色、淡い緑が主であったが、その後、彼は制作者の意図を強く表現するために深い緑、黒、珊瑚色、藤色を使って塗り替えたのである。これは彼が若い画家から円熟した画家へと成熟したことを示している。

一九七一年ダグラスはコリンズとのインタビューで、彼はW・E・B・デュボイスと仕事をしたことがあったので、「アイデンティティと集約された記憶の証明への興味はデュボイスと共有していたことを明らかにする」（C）。このような考えを持ったインテリたちが一九二五年のハーレムでは討論し、執筆に励む。ダグラスは汎アフリカ民族主義運動もまた、デュボイスに吹き込まれていたのである。彼はフィスクの壁画に着手するまでに、『オポチュニティ』誌と『クライシス』誌に多くのイラストを発表する。ダグラスは壁画が後世への遺産となったことに喜びを表明して、「私はあまりにも楽しんだので、もう修復したりするつもりはないよ。実に楽しいことである。君も壁画を見たらそれが解りそんな気持ちになるでしょう」（C）。彼は一九七九年に死去しているが、これが晩年の壁画制作が成功したことへの達成感と満足感であろう。「自分たちの世代はただ始めただけだが、それを乗り越えて行き大きくすることを次世代に期待している」（C）。二〇〇二年秋、壁画はクリスティアナ・カンニングハム・アダムズとジョージ・アダムズによって修復作業が行われる。

ダグラスはカール・ヴァン・ヴェクテン宅の浴室を皮切りに幾つかの壁画を制作している。――ハーレムのエボニー・クラブの「ジャングルとジャズ・パネル」（一九二七年）、フィスク大学「象徴的な黒人歴史シリーズ」（一九三〇年）、シカゴのシャーマン・ホテル「カレッジ・イン・ルーム」の「ジャズの歴史」（一九三〇年）、長い間傑作と評価されているションバーグ黒人文化研究センター「黒人生活のさまざまをテーマとする四枚のパネル・シリーズ――塔の歌――アフリカ時代の黒人――深南部の田園詩――奴隷から南部再建へ」（一九三四年）、ノース・カロライナ州グリーンズボロのバーネット大学「ハリエット・タブマン研究」（一九三四年）、ウィスコンシン州マディソンの知事公邸「カウンティ・カレン図書館の模型」（一九六八年）、フィスク大学の壁画装飾「あなたにもっとしっかりした住処を建てなさい」（一九四四年）。

クレヴァス・ホールの真向かいに小さな建物のカール・ヴァン・ヴェクテン・ギャラリーがある。ダグラスの作品は「アルタ」（一九三五年）、「あなたにもっとしっかりした住処を建てなさい」、「静かな生活」（一九六九年頃）である。ハーレム・ルネサンス以前でしかもダグラス以前の黒人画家三人のものもある。初の黒人画家ヘンリー・オサワ・ターナー「三人のメアリー」（一九一〇年）、ウィリアム・ヘンリー・ジョンソン「ゲティスバーグのリンカーン」（一九四一年）、「ブッカー・T・ワシントンの授業」（一九四二年）、ジェームズ・アモス・ポーター「壷を持った女」（一九三〇年）の作品がある。図書館三階には訪問者がいれば開館し案内してくれる物置同然のアロン・ダグラスギャラリーがある。ダグラスが描いた五点の肖像画「初の黒人学長チャールズ・S・ジョンソン」、「女子学生」、ほか三点、イラスト二点がある。図書館一階にはウィノルド・ライス・コレクションがあり、ライスが描いた肖像画「黒人マドンナ」、「ゾラ・ニール・ハーストン」、ほか一三点が壁に飾られている。これらはライスが寄贈したものである。

おわりに

ダグラスは人種偏見の強い時代に黒人を描いて芸術作品を制作している。しかも作品はモダニズム、ジャズ・モダン、後にアール・デコへと発展する。その成功の要因を探ってみる。まず彼の出生地であるカンザスは歴史が浅く、ヨーロッパからの移民が移住を始めたのは一八五四年であり、南北戦争の後まで大量の移民が移住して来なかったのである。精神面では南部のような長く重い歴史はなく、新しい物事を受け入れ易い土地柄に育ったのである。このことが幸いしてか新しい知識に柔軟性がある。少年時代から人間探求に関心があり、エマソン、ベーコン、モンテーニュ、ユーゴー、デュマを大学まで愛読し、本質的なものを求めて立ち向かう姿勢を養う。ネブラスカ大学を卒業しただけでなく、ドイツ人画家ライスの美術学校やパリで学ぶ。ヨーロッパ美術がアフリカの源泉を残していることをライスの作品に見出し、ライスに師事したことが後の成功を導く。すでに四五歳にもなり、しかもフィスク大学美術学部長の要職に就いていたが、一九四四年コロンビア大学教員養成大学で修士を取得する。長い人生において常に新しい知識を吸収することに貪欲であり、努力が続く。ライスの奨学金、スピンガーン賞、ハーモン基金賞、バーンズ基金から奨学金、ジュリアス・ロゼンワールド基金からの助成金一五〇〇ドルは白人から授与される。これは白人により作品が認められアメリカ文化に寄与していることを証明する。

ジェイムズ・ウェルダン・ジョンソンが『月刊ハーパーズ』誌一五七号の論文で、アメリカでは黒人画家に偏見があるにもかかわらず、ダグラスは芸術作品を発表したのでアメリカのイラストレイターの位置を獲得していると論評する。またラングストン・ヒューズは彼の芸術論（NARM）で、ダグラスが「白人化している黒人中産階級の意識変革を引き起こす」と彼の才能を買っている。

次に『ニューヨーク・タイムズ』のダグラスに関する記事を紹介する。一九二八年四月一五日五四頁でダグラスは「新しい黒人」の指導者と認める。一九三三年五月二八日X七頁でニューヨーク・タイムズ美術評論家ハーワード・ディヴリーは、五月二〇日のニューヨーク　カズ・ディルグロ・ギャラリーでのダグラスの初めての個展である出世作展は、ダグラスが達成している業績より控えめであると講評する。一九三四年七月一五日　X七頁ではションバーグ黒人文化研究センターの公会堂に、壁画プログラムをつくるための美術計画プロジェクトの委託を報じる。四枚のパネルシリーズのことである。一九三五年七月二八日にはダグラスの近刊『アメリカ黒人の肖像画』の宣伝のため、通常は掲載されない『オポチュニティ』誌八月号と『クライシス』誌九月号の広告が載った。ただしこの本は現在ではどこにも存在しない。一九三九年四月九日　X一〇頁において、大胆な初期のスタイルから穏やかな地方色の印象主義へのダグラスの色彩の変化が指摘された。『ニューヨーク・タイムズ』がダグラスのハーレム・ルネサンスのデビューから注目し、作品の成功だけでなく色彩の推移まで評論していることは、彼を時代を代表するアメリカの画家として評価している証拠である。

以上のようにダグラスは黒人だけでなく白人も満足させる。

ダグラスは子供の頃から愛読書から開かれた視野を培っている。そんなこともあって『クライシス』誌、『オポチュニティ』誌、『メッセンジャー』誌に黒人の喜怒哀楽や知性が表現されていることに歓喜の声を上げ、ハーレム・ルネサンスに身を投じることとなる。アフリカを祖先の出身地としてだけではなく、世界文化の発祥の地としての認識を持つ。芸術の源泉をアフリカとして、モダニズムがアフリカに連結しているとする。現代芸術には、源泉であるアフリカの残像を垣間見ることができると主張する。彼は黒人を描き近代工業社会を批判したが、それは尽きない人間の追求であった。デュボイスはアメリカ黒人の意識の二重性について『黒人の魂』の中で、次のように言及している。「このアメリカの世界、――それはどんな真の自意識も黒人には生まれない世界、だが別の世界の啓示を通して、黒人に自分自身を悟らせる。――人は自分の二重性を感じる。アメリカ人、黒人――アメリカ黒人の歴史はこの闘争の歴史である。自意識のある大人になり、黒人の二重性をよりよい真実の自己に融合するこの憧れ」（SBF 二一四―一五）。アメリカ黒人の歴史は二重意識の葛藤の歴史であり、自意識に目覚めた人間になろうとし二重の自己を、より豊かで本質的な自己に統一しようとする切望の歴史なのだ。アメリカに黒人として生まれたからにはこの言葉が心に鳴り響いていただろうが、中西部カンザスで育ったことにより、柔軟性に富み、人種偏見の苦しみを噛みしめても、白人文化の中で芸術を求めた黒人画家としての成功コースを乗り切るすべを心得ていたのである。ジーン・トゥーマーのように黒人詩人ではなくアメリカ人種だと主張して喧嘩をしたり、カウンティ・カレンのように黒人詩人というジャンルに限定させまいとしてキーツばりの詩を書きつつ、人種意識の苦悩を吐露したりはしない。親交の深かったコリンズやショックリーは、ダグラスは穏やかで控えめな人柄であったことを語る。ダグラス・コレクションには彼の人種意識の苦悩を述べる文書は見つけることはできない。むしろダグラスは統合社会でアイデンティティを維持することに与する。先見性があり常に新しい知識を吸収していたダグラスは選択を誤らなかったのである。現在の多文化主義のアメリカ社会についての討論の心臓部にある概念の先駆者である。今やダグラスは二〇世紀の重要なアメリカの画家として位置づけられる。

注

（1）アメリカは韓国や日本などに比べるとブロードバンド通信の普及が遅れている。ネット検索大手グーグルが、自力で高速通信網を整備しないで済む、試験事業の参加を自治体、地域に呼びかけたところ、この三月にトピーカは市の名前を「グーグル市」と改称してまで名乗り出る。全米一一〇〇以上の自治体が殺到したなかでは目立つ。トピーカ市は一九九八年八月、任天堂の人気ゲーム「ポケットモンスター」のキャラクターに因み、市の名称を一時的に「トピーカチュウ」に

したこともある。（『朝日新聞』、二〇一〇年三月二九日）

（2）アロン・ダグラス・コレクションには『自伝』、手紙、絵、スケッチ、写真、論文、エッセイ、雑誌、美術学部や授業に関する文書、請求書、領収書、展覧会についての記述、カード、パンフレット、新聞や雑誌の記事、遺品の一四二五点が収集されている。

（3）ダグラスのハーレム・ルネサンスについての講演原稿は二本ある。フィスク大学での講演が先であり、原稿はタイプで打たれているが、それに手書きで加筆してタイプで打たれたのが　ディラド大学でのものである。ただし引用箇所のみ後者から削除されている。その理由は謎である。後者の講演は晩年だったのでこれは推測の域を出ないが、バーンズ博士の指摘は世界遺産級とダグラスの才能を比較しているので、生涯かかっても克服できなかったと悟ったのであろうか。

（4）フィスク大学壁画についての記述はアロン・ダグラス・コレクションとは別に、ファイルにされているものもスペシャル・コレクションに収蔵されているが、一九三〇年に壁画が完成した時のもので、現在はクレヴァス・ホールの内部が変わっており、説明はずれている。

引用参照文献

Douglas, Aaron. "An Autobiogrphy," typescript, box 1, folder 1, Aaron Douglas Collection.

———. Interview by Dr. Leslie M. Collins, July 16, 1971. Black Oral History Collection.

———. Interview by Ann Allen Shockley, November 19, 1973. Black Oral History Collection.

———. *Sunflower* (Topeka, Kans.:Topeka High School, 1917), 30. Box 9, Aaron Douglas Collection.

———. "The Harlem Renaissance," Dillard University Scholars-Statemen Lectures Series, March 18, 1971, 2c., 23p.:3p (incomplete), Aaron Douglas Collection.

———. "The Harlem Renaissance," Fisk University Negro Culture Workshop. n. d., 17p, Aaron Douglas Collection.

DuBois, W. E. B. "The Souls of Black Folk," *Three Negro Classics.* New York:Avon Books, 1965.

Hughes, Langston. "The Negro Artist and the Racial Mountain", *Nation.* June 23, 1926.

Kirschke, Amy Helene. "The Fisk Murals Revealed." *Aaron Douglas:African American Modernist,* Ed. Susan Earle, New Haven: Yale UP, 2008, pp. 115-35.

付録　図版（撮影は著者）

科学

詩

山頂の演奏会

演劇

哲学

第二一章

ハーストンの『ヨナのとうごまの木』
――小説家としての出発点――

山下　昇

はじめに

トニ・モリソンやアリス・ウォーカーをはじめとする今日のアフリカ系アメリカ人女性作家の活躍の礎となったのが二〇世紀初頭のハーレム・ルネサンス時代の女性作家の台頭であったことは今では周知のことである。なかでもゾラ・ニール・ハーストン（一八九一―一九六〇）の存在は圧倒的で、彼女が残した諸作品は今日ではアフリカ系アメリカ女性文学の「正典」として高く評価されている。ハーストンは生涯に四冊の小説と二冊のフォークロア集、一冊の自伝と五〇を越す短編やエッセイを書いている。

一九七五年のアリス・ウォーカーによる「発見」以来、ハーストンは大いに注目され、とりわけ彼女の代表作『かれらの目は神を見ていた』は頻繁に論じられている。しかし彼女の第一作目の小説である『ヨナのとうごまの木』は米国においても論じられることが少なく、本邦においては筆者の知るかぎりでは前川裕治氏の著書に収められたものと紀要論文二編のみである。[1] だがこの作品はハーストンの文学のエッセンスを包含し、『かれらの目』に発展するテーマを胚胎した重要な小説であり、詳細な検討に値するものである。

ヘンリー・ルイス・ゲイツ・ジュニアは著書『シグニファイング・モンキー』において、黒人文学の特徴的な形式のひとつとして「スピーカリー・テクスト」という考えを示し、その実例としてハーストンの『彼らの目』を詳細に論じている。「スピーカリー・テクスト」とは、「その修辞上の戦略が口承文学の伝統を体現するよう意図されたものであり、『実際の会話の音韻的、文法的、語彙的形態を模倣し、「口承の語りという幻想」を生み出すよう』意図されたものである」(一八一)。黒人の言葉は、「黒人は象形文字によって思考する」とハーストンが述べるように、絵画的あるいは装飾的比喩などを端的な特長としている。また、分裂した自己を表現するひとつの方法である自由間接話法を語りの方法として効果的に使用している。『彼らの目』は、このような特質をもった「スピーカリー・テクスト」の典型であり、傑作であるというのがゲイツの主張である。

たしかに「スピーカリー・テクスト」としての要件、作品としての完成度の高さから言えば『彼らの目』に及ばないものの、語りの方法と作品構成、登場人物、社会的背景などを勘案すれば、『とうごま』は代表作『かれらの目』の敷石であると見なすことができる。すなわち『とうごま』での模索が『かれらの目』に結実したというのが筆者の考えである。そこで小論においては、以下の五点に渡ってこの作品の特質を探り、ハーストンの創作過程における本作品の位置づけを行なうこととする。1．作品の方法と構成、2．人物と主題、3．タイトルの意味、4．社会的背景と作品の意義、5．『彼らの目』との関係。

1　作品の方法と構成

『ゾラ・ニール・ハーストン伝』の著者ロバート・ヘメンウェイが指摘しているように、『ヨナのとうごまの木』は彼女の両親をモデルとする「自伝的小説」である。そのことがこの作品の性格を良かれ悪しかれ規定している。ヘメンウェイは、例えばジョンが死の床にあるルーシーを殴り、それから彼の没落が始まるのだが、彼が妻をなぐるような人物として提示されていないように、この小説がプロット進行（構成）や人物描写（展開）の上で不十分であると指摘している。[2] それはひとつにはこの小説が「物語というよりは南部黒人の生活を描く一連の言語的瞬間（＝フォークロア）」であるからだと主張している。またハーパーペレニアル版の序文において詩人のリタ・ダヴはこの作品の欠点のひとつが「作者の饒舌なコメント」だと述べている。一方でジョン・ロウは、アメリカ黒人文化のなかに豊かなアフリカ文化が息づいていることをフォークロアや説教などを通して立証し、必ずしも失敗作とは言えないと述べている。ヘメンウェイやダヴの指摘が的を射ているのか、あるいはロウの主張に説得力があるのかを念頭に置きながら作品について考えてみたい。

多くの批評家が指摘するように、『とうごま』がさまざまの点で「対比」の構造を持っているのは明らかである。白人的なものと黒人的なもの、男と女、アメリカ的なものとアフリカ的なもの、キリスト教とヴードゥー教、ナラティヴとフォークロア、標準英語と黒人ヴァナキュラー、これらが相互に連関しながらひとつの小説を作り上げているように見える。それはそもそもアメリカ黒人自身が、W・E・B・デュボイスが『黒人のたましい』で言うところの、アメリカ人であることと黒人（アフリカ人）であることの「二重の意識」を持つことを余儀なくされる存在であることに起因している。白いキリスト教のアメリカにおいて、アフリカ的なものが奪われて無になっていると思われていた黒人たちの生活に、いかにアフリカ的なものが息づいているかを、ハーストンは心底理解していたと思われる。それは彼女が、当時のアメリカにおいては例外的な存在であった黒人だけの町、フロリダ州イートンヴィルで育ったことに大いに関係していると思われる。

黒人だけの町という環境に育ったハーストンが、みずからの中に息づくアフリカ文化の重要性を自覚して人類学を学び始め、最初に取り組んだのがヴードゥーを含むフォークロアの収拾であった。出版は一九三五年と前後するが、『騾馬とひと』と題されるフォークロア集は、『とうごま』が三四年に出版される前に完成されていた。このことが小説の語り口と視点（場面）に強い影響を与えたであろうことは想像に難くない。『とうごま』は地の文は標準英語で書かれているものの、会話や説教など発声される英語はほとんどそのままの南部黒人方言として記述されている。そうすることによって田舎の黒人たちの日常生活のありのままがいきいきと再現されている。これは白人読者にとってはものめずらしさもあっておおむね好評であったが、黒人作家たちからは黒人の劣等性・後進性を証明するようなものだとして非難された。とりわけ有名なのは、『アメリカの息子』の出版によってプロテスト作家として黒人文学の新境地を切り拓いたリチャード・ライトが、彼女のこのような作品を「くだらない無価値なものだ」として徹底的に批判したことである。これに対してハーストンが、自分は「社会学の論文」を書いているのではないと反論したことは有名である。しかし政治的メッセージを主張する自然主義重視の当時の黒人文学界の風潮の中で、ハーストンの文学は次第に忘れさられていく。

構造面から見ればこの作品はそれほど複雑なものではない。主にジョン・ピアソンという混血黒人の三回の結婚と不倫がもたらした立身と零落の物語をほぼクロノロジカルに展開している。舞台は、ジョンが育った一九〇〇年代初頭のアラバマ州ビッグ・クリーク下の町、ルーシーと出会うノタサルガのピアソン農場、一時的に出向するオペリカ、所払いにされてたどり着くフロリダ州サンフォード、説教師として登り詰めるイートンヴィル、安住の地となるはずであったプラント・シティなどである。この時代設定と場所の移動には小説の社会的背景が色濃く反映されているが、これについては後述する。

この小説は語り手が標準英語で語る以外は直接話法の黒人口語で書かれていることが第一の特徴だが、当時黒人の言葉で小説を書くということは非常識と思われていた。しかし全員が黒人の町という特別な環境に育ったハーストンは、黒人の生活や言葉に誇るべきものが、アフリカ的なものが染み込んでいることを体感していた。また人類学を学びフォークロアを収拾するなかでその考えは強化されていった。そのような作家が、黒人英語で黒人の物語を書くことは至極当たり前のことであった。つまり黒人英語で書くこと自体が黒人の文学であるという信念を彼女はこの作品において実践したと言えるだろう。

この作品は大半が会話によって占められているのだが、言うまでもなく会話は黒人のヴァナキュラーを再現する綴り字で表記されている。音読すれば実感できるのだが、そのことによって立体的な臨場感が表現されている。またスピーカリー・テクストの特徴のひとつである自由間接話法の使用は随所に見出すことができる。例えば第一章末尾でジョンが育った村を出て行く時のようすや、第二章冒頭ジョンがノタサルガにやってきた場面で次のように表されている。「ジョンは、朝日に向かって勝ち誇ったようにラッパでも吹きたい気分であった」(John almost trumpeted exultantly at the new sun)(一二)、「そうだ、これが彼も聞いたことのある学校に違いない」(This must be the school house that he had heard about)(一三)、「彼女は親分に違いない」(She must have been a leader)(一三)。このようにジョンの心に生起した感情や推測を、本来なら直接話法で表現すべきところを、語り手がジョンの心に入り込むかたちで表現している。

黒人口語による会話にとどまらず、学校での「かくれんぼ」の歌(二一)、綿花の収穫後の祝いでのアフリカの太鼓に合わせて歌われる歌(三〇―三一)、ルーシーが学校で暗唱する詩(三三、三七)

など、直接提示される口承詩も頻繁に用いられ、この作品の「スピーカリー」な性格を増強している。その最たるものは牧師となったジョンが不実を咎められて自己弁明として行なう説教（一一二）と、最後の長い説教（一七四－八一）である。この説教では合間に「あぁ、はぁ！　ノー！　それで」などの間投詞が繰り返し使われ臨場感を高めている。

このように小説全般に渡って口語的な黒人英語が潤沢に使用され、演劇的な躍動感や立体感を高めている。あるいは作品全体が朗読されれば一層その音楽性を感じることができるものとなっている。

これと絡み合うようにして絵画的、装飾的表現が随所に用いられているが、その実例を同じ第二章冒頭の引き続く場面から取り出してみよう。「ちびの後ろにいた胸のふくらみかけた少女が、口を挟んだ。彼女も肘を張って、腰をふりながら前へ出て来て、じろじろ見たけりゃ見るがいいとばかりの態度を示した」(*the budding girl* behind the little talker chimed in. She *threw herself akimbo* also and came walking out hippily from behind the other, challenging John to another appraisal of her person)（一四）（強調筆者）。このような例も枚挙にいとまがない。

またこの作品における蛇と汽車とドラムのシンボルの使用が、物語の主題の表明に力を添えている。蛇は創世記以来人間を堕落に誘う悪魔のシンボルであるが、この物語においては誘う女性およびジョン自身の性欲＝「おらん中さいるけもの」（de brute-beast in me）（八八）の象徴である。ジョンが家を出るとき母エイミーが「蛇に気をつけろ」(so's yuh don't git snake bit)（一一）と警告することを初めとして、蛇は数回（三三、一八五など）言及される。

また汽車も作品中に数回登場する。ノタサルガに到着したジョンは初めて汽車を眼にして「蒸気を吐いている怪馬」（the panting monster）（一五）だと驚く。ジョンの汽車に対する入れ込みようは尋常ではなく、汽車を目の前にして呆然自失の状態である（四一）。彼はフロリダへ行くのがはじめての汽車旅行であり、この初乗車にジョンは興奮する。「リズミカルなエンジンの響き」を始めとする諸要素が彼の追放の惨めさを忘れさせるほどであった（一〇四）。サンフォードで最初は鉄道の仕事に就く（一〇五）。そして最後に彼は汽車との事故で死ぬのだが、この汽車も性的なものを含めたパワーの象徴である。

ドラムはアフリカ性の象徴だが、三度登場する。一回目が綿花収穫後の祝いの踊りの席に合わせて打ち鳴らされるアフリカのドラムである（二九）。二回目は彼が洪水で死にかけた後の祈祷集会で、コンゴの神々をキリスト教の名で呼び、祭壇に太鼓を供えた時のことである（八九）。最後は彼の葬式で鳴らされる太鼓である。それはオ・ゴ・ドー＝死の声であるとされる（二〇二）。

加えてアフリカ的なフォークロアとして取り込まれているのがヴードゥーである。ハッティがジョンの気を引き、ルーシーを呪うためにアント・ダンジーに習って用いる怪しげなまじないの数々（木の根っこを煎じて飲む、豆を食べて皮をまき散らす、パンツやシャツの切れ端をビンに詰めておくなど）が、ジョンの没落の実際の引き金になることが物語の展開上欠くことのできない要素となっている。また出産の後産の始末や臨終の際に枕をはずして頭を東に向けるといった独特の儀式ないし作法が描き出される。このようにアフリカ的なものが直接取り込まれることによって、小説の主題のひとつである黒人の文化と生活におけるアフリカ性がより増大する。

以上見てきたようにさまざまな形でアフリカ的なものがフォークロアとして黒人英語によって語られ、自由間接話法を駆使したナラティヴと融合しているのがこの作品の特徴である。

2　人物と主題

この小説の主筋と思われるのは、ジョン・ピアソンが説教師として成長していく一方で、結婚していながらも婚外の女性関係が絶えず、遂には家庭崩壊と失職をもたらす「悲劇」である。もっともこれを「悲劇」と言えるかどうかは検討が必要なことがらである。

ジョンの評価に密接に関係するのが、この作品に登場する女性たちの描き方である。彼はルーシー・ポッツ、ハッティ・タイソン、サリー・ラブレイスという三人の女性と結婚し、それ以外に数名の女性と関係をもつ。最も重要な女性はルーシーである。そのルーシーを巡っては異なる評価が見受けられる。一九八六年にアディソン・ゲイルはルーシーの描写が新南部、新時代の黒人女性として重要だという指摘をしている（三八）。だが九八年に出版された本のなかでパーリー・ピーターズは「家庭内における黒人女性の役割に関してルーシーは伝統主義者で」、「ジョンの保護者、彼のとうごまの木」（一一三）だと述べている。スーザン・マイセンヘルダーもほぼ同様な指摘をしている。

このルーシーの原型とも言えるのが、ジョンの母エイミー・クリッテンドンである。彼女は白人との間に産まれたジョンの保護者として、夫ネッドとも堂々と渡り合う。「黒いライオンのように」(二)、「ネッドに負けないほどの力持ちで」(八)、「牝虎」(八)と描写されるほどである。実際、ジョンにこの地を出てクリークの向こうのピアソン屋敷に働きに行くよう勧めるのはエイミーであり、「足許しっかり気いつけて、蛇さかまれねように」(一一)と忠告するのも彼女である。

ノタサルガに入って初めにジョンが目にするのが学校であり、そこで彼はルーシーと出会う。ルーシーは身体も小さく、まだ一二歳の少女だが、すばしこくて記憶力も抜群に秀でている。ポッツ家は当地では上層であり、母のエメラインは彼女を土地持ちのアーティ・ミムズと結婚させたがっているが、最終的にルーシーは自分の判断と決断で一文なしのジョンと結婚する。その後フロリダ州に移って七人の子どもの母となり、夫のジョンは説教師・町の有力者となるが、それはひとえに彼女の尽力のおかげである。彼は人びとから「かみさんあっての男」(一一三)と言われるほどであり、彼女の存在の大きさは時にはジョンには目障りでさえある。そのせいで夫婦の関係が冷めて来て対立するようになり、「おらもれっきとした男一匹だ。後見人なんか要んねえ。おらに、もう下んねえことはほざくな」(“Ah don’t need you no mo’ nor nothing you got tuh say, Ahm uh man grown. Don’t need no guardzeen atall. So shet yo’ mouf wid me”)(一二八)とジョンは彼女を煙たがるようになる。最期を迎えて、夫に身を正しく保つように意見して殴られた時も「隠れた罪だっていつか陽の目をみるんだから」(De hidden wedge will come tuh light some day, John)(一二九)と警告を発しているように、ルーシーは徹頭徹尾、理性的、良心的存在である。

一方これと対照的なのが、ルーシー亡き後にジョンの二回目の結婚相手となるハッティ・タイソンである。ハッティは普段から身持ちの良くない女として評判であり、まだルーシーが生きているうちにジョンと浮気をしていた。ジョンを自分のものにしたい一心で彼女が頼りにするのが、ブードゥー使いのアント・ダンジー・ドウォーである。ダンジーの教えの下に、ハッティはヴードゥーの怪しげな妖術を使ってジョンの気を引き、ルーシーに呪いをかけて死なせる。ルーシーが理性的であったのとは対照的に、ハッティは情念的、不合理な人物である。結婚して七年、牧師の妻としてのハッティの悪評のおかげでジョンは降格され、教会から追放されようとしている。なぜお前なんかと結婚したのだろうと後悔を口にするジョンに対してハッティは「あたいは、ルーシーじゃねんだから。あんたのやったへまをかばったりしねえど」（Naw, Ah ain't no Miss Lucy, 'cause Ah ain't goin' tuh clak yo' dirt fuh yuh.）（一四五）と述べ、彼女の方から離婚を求める。この後二二章においてハッティがジョンと結婚するためにヴードゥーを用いていたことが友人のハンボによって明らかにされ、離婚裁判が行なわれ、二人の結婚は解消される。ルーシーとまったく対照的なハッティの存在はこの作品においてアフリカ的性格を示す重要な役割を果たしているが、物語の中心的存在にまでなってはいない。

物語の最後になって町を追われ失意の内にプラント・シティに行き着いたジョンはサリー・ラブレイスと出会い、望まれて三度目の結婚をする。サリーは財産持ちの成熟した女性で、ジョンの保護者のような存在である。彼女についてアディソン・ゲイルは「ルーシーの年配版」（三八）と呼んでいる。そのように考えて差し支えないだろう。むしろこの結婚において注目すべきはジョンの変貌である。テキストによれば「彼はまるで少女のようにはにかんだ。あの夜のルーシーのように」（一九〇）、「まるで子供みてえだから」（一九四）とあるように、ジョンは二度の結婚（二人の女性）を通してようやく自分を客観視することができるようになったように見える。これで終わればめでたしめでたしと言うところだが、最後にもう一ひねりが加えられ、ジョンは又しても過ちを犯したあげくに列車事故で死んでしまう。

ここまではジョンの三度の結婚相手となった女性たちを見てきたが、それ以外に彼が相手にしてきたデルフィン、エクシー（デュークの妻）、ムヘイリー・ラマー、ビッグ・オーマン、オラ・パットンらがいる。ムヘイリーの場合はジョンの説得により幸せな結婚に至るが、他の女性たちはいずれもジョンの躓きの元となる。蛇に気をつけろという母やアルフ・ピアソンの忠告どおり、これらの女性たちはジョンを誘惑して堕落をもたらす蛇であり、これらの女性によってジョンの体のなかの蛇（性欲）が掻きたてられ、堕落の道を歩むのである。

ではジョン自身はどのように造形されているのだろうか。この作品においてハーストンが描き出そうとしていたのは、ジェームズ・ウェルドン・ジョンソン宛の手紙に記されている次のような人物である。「彼はふざけた説教師でも、やかまし屋のピューリタンを見習った説教師でもないのです。ただふつうの人間で、黒人の演壇で成功したかもしれない詩人です」（ヘメンウェイ“A Series”二九一三〇）。確かにジョンはそのような説教師として提示されている。彼と対照的なピューリタン的な説教師として登場するのがハリス牧師である。「あいつが何をしようとかまわねえちゅう人が多くてな」

（一四六）、「ヨナのとうごまの木切り倒す時さ、来たみてえだな」（一五四）という発言に見られるように、ハリスは、ジョンが説教のうまい好男子で会衆に人気があること、ジョンの女性関係を会衆が大して問題視しないことが気に入らず、ジョンの追放を画策する。

彼がジョンの代わりとして推薦するフェルトン・コージー牧師は「あれは説教というよりは講義だ」（一五九）と会衆に言われるような、人種問題に関する説教（一五八－五九）をする類の人物であり、あきらかにこれらの牧師たちはジョンと対照する形で批判的に提示されている。ハーストンがこのような牧師たちを登場させている背景には、黒人でありながら白人的な（ピューリタン的）キリスト教およびキリスト教会の影響を強く受けた倫理的、政治的な黒人牧師が少なからず存在することに対する不満ないし抵抗、揶揄があったのだろうと推測できる。しかしながら、作者がジョンの生き方を無条件に肯定しているわけではない。

カーラ・ハロウェイは「ジョンはパラドックスであり、聖人であるとともに罪人である」（六九）と指摘する。またエリック・サンドキストは彼を「ハーストンによるアフリカ系アメリカ文化の媒介者としてのテストケース」（四一）と解釈している。エヴァ・バーチは「黒人のキリスト教化は肉体性の否定で、作者はこのフィクショナル・ステレオタイプを擁護しているように見える」（六一）と述べる。ジョンに対して最も手厳しいのはスーザン・マイセンヘルダーで、彼女はルーシーがこの物語の主人公であるという立場から、ジョンは信用のおけない道徳的偽善者であり、ルーシーを破滅させた害虫であると指弾している（四〇）。このようにジョンの評価を巡っては一刀両断に結論を下すことができるものではなく、タイトルの意味とも関連して作者の意図について考える必要があると思われる。

3　タイトルの意味

『ヨナのとうごまの木』というタイトルはいうまでもなく聖書のヨナ書に由来している。ヨナ書のうち「とうごまの木」に直接関わる部分は第四章だが、ヨナ書全体がこの物語に関係していると考えられるので概略を見てみよう。

ヨナはイスラエルの敵国アッシリアの首都ニネベに回心を求めに行くようにと神の命令を受けるが、これにそむいて逃亡をはかる。ヨナの乗った船は神の起こした嵐に遭い、ヨナは大魚に飲み込まれるが三日三晩の後に神の命により陸地に吐き出される。

ヨナは悔い改め、ニネベに行って神のことばを告げる。するとニネベの人びとは悔い改め、「神」を受け入れる。敵であるニネベの人びとを許した神にヨナは激怒する。すると神は「お前は怒るが、それは正しいことか」とヨナをたしなめる。そこでヨナは都から出て小屋を建て、彼のなりゆきを見届けようとする。ヨナがニネベの方を見ていると、神はとうごまを生やして彼の頭上に日陰をつくってくれた。ヨナは大層喜んだが、神は翌日の明け方に虫に命じてとうごまを噛ませて枯れさせてしまった。ヨナは暑さに弱りはて、死ぬことを願い、怒る。すると神はヨナがとうごまのことで怒るのは間違いだと述べ、「おまえは労せず、育てず、一夜にして生じて、一夜にして滅びたとうごまを惜しんでいるが、私は一二万の人びとがいるニネベを惜しんでいるのだ」とヨナを諭す。(『聖書』(旧)一六七四－七七)

このようにヨナ書においては、敵味方を超えた神の広い全人類的な愛に比べれば、ヨナの正義の怒りはささいな自己愛(エゴ)にしかすぎないことが告げられ、熱血的な愛国者で国粋主義的預言者ヨナへの批判が戯画として示される。なおこのことは、「異邦人(非ユダヤ人であるニネベの人びと)の方が神の意思に従っており、むしろヨナに代表されるユダヤ人の方が神の意思を理解できていない」として、「イスラエルの民の選民思想・特権意識を否定しており、当時のユダヤ人には驚くべき内容であった。この点においてヨナ書は旧約聖書文書の中で異彩を放っている」(「ヨナ書」)と指摘する者もある。その背景には紀元前五～四世紀当時の選民主義、国粋主義的傾向が強まってきた中命記神学の批判文学書としてヨナ書が書かれたという事情がある。

そのような内容を持つヨナ書を下敷きとしてハーストンのこの小説は書かれているのだが、それは作品にどのように反映されているのだろうか。ヨナ書自体は、戯画的にではあれ、ヨナと神とのやりとりとヨナの行動を中心として展開されている。そのように『とうごま』におけるヨナはジョンであるというのが一般的な解釈である。物語はジョンがおそらくは実の父と思われるアルフ・ピアソンに

「ある種の病気の唯一の治療法は離れた場所に行くことだ。ノタサルガ以外にも町はたくさんあるのだから。」（九九）と言われてフロリダ州サンフォードへ、そしてイートンヴィルへやって来ることから本格的に進行する。つまりイートンヴィルがニネベである。彼は、ヨナが労せずしてとうごまの木を得たように、この町において説教師となり、市長にもなり成功する。しかし虫が噛んだことによって一夜にしてとうごまの木が枯れてしまったように、妻ルーシーが亡くなり、彼がハッティ・タイソンと再婚するとともに彼は苦境に陥り、転落の一途をたどる。

このようなプロット展開から見て、ジョンがヨナであり、彼の成功をとうごまの木を得ることと考えるのは無理のないところであるが、転落をもたらす虫についてはいくつかのケースが考えられる。彼が亡くなる直前のルーシーを打ち据えたこと、目的のために手段を選ばないハッティ、あるいはハッティに協力するハリス牧師が二度に渡って「ジョンのとうごまの木を切る」と明言していることからも（一四六、一五四）、彼も虫と考えることもできる。いずれも相互に関連しあっていることなので、その「虫」を単一のものと特定する必要はないかもしれない。なかにはこの作品におけるルーシーの重要性を強調するマイセンヘルダーのように、ヨナはルーシーであり、ジョンが虫であると主張する者もある。

カーラ・ハロウェイは、「神」は創造主であり破壊者でもある（六七）と指摘しているが、するとこの作品における神は、アルフ・ピアソンに代表される白人、ルーシー、共同体、あるいはジョン自身のエネルギーなどいくつかの解釈が考えられる。そもそもアルフ・ピアソンは、おそらくジョンの父であり、女性問題を引き起こすなと言う忠告を与え、仕事や衣服を与えるなどさまざまな援助をしながら、面倒を起こしたジョンに他の町へ行くことを勧める。その結果ジョンは全員が黒人の町イートンヴィルへやってきて成功する。同様にルーシーも持ち前の懸命さで夫を支えてジョンの立身をもたらす。イートンヴィルの人びとも当初はジョンを有能な説教師として、町長として受け入れる。またジョンの有り余るエネルギーは女性関係の逸脱ともなっていく。ヨナ書においては揶揄されているのはヨナ（人間）の自己愛であり、神の広い人類愛が讃えられているが、この作品においてはどうやらそれは一筋縄では行かないようである。

もちろんジョンの生き方が全面的に肯定されているわけではない。説教における自己弁護や物語の結末に見られるように、ジョンは最後まで十全な自己認識に至らないと思われる。そして神と思しき人々はピューリタン的な狭い正義や愛の人びとであり、「広い」心の持ち主であるジョン（ヨナ）は不品行を咎められている。ハーストンはこの作品においては聖書のヨナ書をネガとして用いているようであり、実際はジョンの生き方を肯定しないまでも、彼の生き方を受け入れられない周りの人びとや社会に対しても批判的な姿勢を暗示していると思われる。

4　社会的背景と作品の意義

この作品の社会的背景は空間、時間、階級、白人と黒人の関係などに関してかなり詳しく書き込まれている。空間的には二〇世紀初頭の南部アラバマ州とフロリダ州を背景としている。またアラバマにおいてもビッグ・クリークを挟む二つの土地が対比される。とりわけジョンが育った川下の村は、貧しく、奴隷制時代と変わらないシェア・クロッピング社会であることが、義父ネッド・クリッテンドンの発言や、アルフ・ピアソンの「クリークの向側の辺地では、白人たちは、黒人をだまして搾り取って暮らしているんだからね」（二一）という指摘に如実に表されている。これに対して川上のノタサルガは比較的裕福で近代化が進行していることが見てとれる。やがてジョンとルーシーの一家はフロリダに移り住む。サンフォードとプラント・シティも重要な役割を果たしているが、フロリダにおける主たる場所はイートンヴィルである。イートンヴィルは当時でも稀な「黒人の黒人による黒人のための」町である。この町が主要な舞台として設定されていることには、自伝的な理由もあるものの、黒人の文化と生活のエッセンスを純粋な黒人共同体という形で示すという意図が考えられる。

時間的背景を考える上で重要なのは一九章である。ここでは「国じゅうに新たな噂が広まっていた」（二四七）という書き出しで第一次世界大戦と黒人の大移動のことが詳しく言及される。とりわけ黒人の北部への大移動はこの作品で重要な役割を果たしている。「道という道が南部の黒人たちの心一ぱいに広がり、すべての道は北部へ通じていた。（中略）南部の農業地帯は、黒人の離脱で荒廃していった」（一五二）と描き出されるように、北部への大移動は実際は南部からの大脱出（エクソダス）であった。イートンヴィルでジョンが牧師になったシオン希望教会も、最高時には会員数九〇〇名を誇っていたが、近年の大移動による急激な会員の減少によって会員数が三ヶ月で二〇〇人も減り（一四九）、今では六〇〇名になったことが述べられる。あるいは第一次世界大戦に参加した黒人兵士がフランスなどでの経験から人種差別に対して不平を持ち始めたことも告げられる。そして世間は戦後の解放感と好景気で「あげて金に狂って」いる。移動の手段として汽車と自動車が用いられ、社会変化の牽引役をこれらの新たな乗り物が果たしている。また会員の世代交代もあって、牧師の行状に比較的寛容だった会衆が、ジョンの行動に眉を顰めるようになっている。ハッティと結婚したジョンが牧師の地位を奪われるようになる背景には、このような共同体の質の変容がある。

ジョンが白人プランターのアルフ・ピアソンと黒人使用人のエイミーとの混血として誕生したらしいように、時代が変わってもアメリカ南部においては白人と黒人の人種の問題は厳然と存在していた。ジョンがルーシーの兄バッドに対して犯罪をおかして窮地に陥った時にアルフ・ピアソンが救ってくれるが、ハッティとの離婚裁判においてジョンは申し開きを拒否してハッティの不品行をかばい次のように述べる。「白人はな、黒人ちゅうもんは皆同じだと思ってんだよ。白人は、黒人についちゃ、よく働いて生意気言わねえ奴と、働かねえ奴の区別しか知んねえ。よく働く奴は良い黒人《ニガー》だ」（一六九）。対白人と言う観点から見れば、この作品は一見白人のことを問題にしていないかのように思えるが、本質的な点についてはこのように正確に発信していることがかいま見える。

ジョンの「悲劇」は彼の女性問題が引き起こした個人的なものであるものの、時代的・社会的背景が大きく関係していることが、以上見てきたように作品には随所に書き込まれおり、社会性が希薄なつまらない作品という批判は的外れであるといえよう。

5　『彼らの目』との関係

自伝的作品であることに由来する制約があるとはいうものの、ハーストンの小説第一作『とうごま』には、代表作『彼らの目』に繋がり、発展していくモチーフや人物が少なからず登場している。人物配置が一番はっきりしているので、そこに着目してみよう。『とうごま』の主要人物は、多少の議論はあろうが、ジョン・ピアソンと見做されるだろう。この物語はジョンがさまざまな女性との出会いの中で「成長」し、最後に没落することが主筋となっている。妻や不倫の相手など多数の女性が登場するが、女性はこの作品では副次的な存在である。もっとも重要な存在である妻のルーシーも途中で亡くなってしまう。またルーシーは正しく強い女性だが、スタティックなキャラクターである。

ルーシーはある時期までの『彼らの目』の主人公ジェイニーである。ルーシーが土地持ちのミムズと結婚させられそうになるように、ジェイニーは実際に土地持ちの年配者ローガン・キリックスと最初の結婚をする。ルーシーにとってのジョンは、ジェイニーにとっての二番目の夫ジョー・スタークスである。ルーシーはジョンに殴られて死ぬが、ジェイニーはジョーをやり返して却って彼に死をもたらす。ジェイニーの三番目の夫となるのがティー・ケイクだが、これは『とうごま』のサリー・ラブレイスと結婚して変貌した後のジョンの姿である。またジェイニーには『とうごま』の悪女ハッティの要素が取り入れられている。ジェイニーは最終的にはピューリタン的な品行方正と物資的豊かさを捨てて、「遊び人」のティー・ケイクを最愛の夫とする。

このように『とうごま』において副次的な存在でしかなかった女性を主人公として展開する物語が『彼らの目』である。『とうごま』のルーシーにはハーストンの母という実在のモデルという制約があったが、『かれらの目』では自由な創作が可能となったことによって、主人公ジェイニーは『とうごま』の全ての女性を併せたような多面的な性格を有する自由な人物となり、逆に男性たちが副次的な存在となる。人物配置においてこのように『とうごま』から『彼らの目』に発展したように、語りの方法や作品構成、比喩表現などスピーカリー・テクストとしても『とうごま』から『彼らの目』は発展を示している。『彼らの目』はジェイニーが友人のフィービーを相手に自分の経験したことを回想として語るという対話形式をとっている。使用される言語は『とうごま』で導入された黒人ヴァナキュラーであり、フォークロアやヴードゥーなども取り入れられている。梨の花に集まる蜜蜂の比喩など絵画的な描写もより一層効果的に用いられている。このように、主題の深化、人物面、語り口、構成面いずれにおいても『彼らの目』はハーストンの代表作といえるものに仕上がっている。

そのような『彼らの目』から見れば、『とうごま』は構成や人物造形の上で十分に発展させられていない点があることは事実だが、黒人文化の称揚、黒人言葉の使用、興味深い人物たちの登場、豊かな言語表現、社会的背景への目配りなどにより、「スピーカリー・テクスト」としての要件も十分に満たしている。これらのことを考慮に入れるならば、小説家ハーストンの出発点として『とうごま』が果たした役割の重要性はもっと注目されてしかるべきであろう。

注

※本文中の『ヨナのとうごまの木』の訳文は徳末愛子訳を参照したが、必要に応じて改訳した。

（1）前川裕治『ゾラ・ニール・ハーストンの研究』大学教育出版、2001 年。
氷見直子「ハーストンの『ヨナのひさごの蔓』を読む――その表象の企みにおいて――」『駿河台大学論叢』10（1995）77-93。
長沢しげ美「ゾラ・ニール・ハーストンの『ヨナのとうごまの木』についての考察　『Aurora』7（岐阜女子大学、2003）65-73。

（2）ジョンが妻を殴るような人物として提示されていないとヘメンウェイは主張するが、ジョンの暴力的傾向は義兄のバッドに暴行を働いて裁判沙汰になることなどの伏線がある。またルーシーのみならず二番目の妻ハッティにも彼は暴力を用いている。

引用参照文献

Birch, Eva Lennox. *Black American Women's Writing*. New York: Harvester Wheatsheaf, 1994.

Gates, Henry Louis, Jr. *The Signifying Monkey: A Theory of African-American Literary Criticism*. New York: Oxford UP, 1988. 松本昇・清水菜穂監訳『シグニファイング・モンキー――もの騙る猿／アフロ・アメリカン文学批評理論』南雲堂フェニックス、2009 年。

_______. and K. A. Appiah, eds. *Zora Neale Hurston: Critical Perspective Past and Present*. New York: Amistad, 1993.

Gayle, Addison Jr. "The Outsider" *Zora Neale Hurston*. Ed. Harold Bloom. New York : Chelsea, 1986. 35-46.

Hemenway, Robert E. "A Series of Linguistic Moments." Hurston, *Jona's Gourd Vine*, 24-37.

———. *Zora Neale Hurston: A Literary Biography*. Urbana: The U of Illinois P, 1977. 中村輝子訳『ゾラ・ニール・ハーストン伝』平凡社、1997年。

Holloway, Karla. "The Emergent Voice: The Word within Its Texts" Gates and Appiah, 67-75.

Hurston, Zora Neale. *Jonah's Gourd Vine: A Novel*.1934 New York: Harper, 1990. 徳末愛子訳『ヨナのとうごまの木』リーベル出版、1996年。

———. *Their Eyes Were Watching God*. 1937 Urbana: U of Illinois P, 1978. 松本昇訳『彼らの目は神を見ていた』新宿書房、1995年。

Lowe, John. *Jump at the Sun: Zora Neale Hurston's Cosmic Comedy*. Urbana: U of Illinois P, 1994.

Meisenhelder, Susan Edwards. *Hitting a Straight Lick with a Crooked Stick: Race and Gender in the Works of Zora Neale Hurston*. Tuscaloosa: U of Alabama P, 1999.

Peters, Pearlie Mae Fishers. *The Assertive Women in Zora Neale Hurston's Fiction, Folklore, and Drama*. New York: Garland, 1998.

Sundquist, Eric J. "'The Drum with the Man Skin': *Jonah's Gourd Vine*" Gates and Appiah, 39-66.

共同訳聖書実行委員会『聖書　新共同訳――旧約聖書続編つき』日本聖書協会、1987年。

「ヨナ書」『ウィキペディア日本語版』。2010年8月8日。

第二二章

スコティッシュ・ルネサンス期の文学作品にみる地域ナショナリズムとその課題

坂本　恵

はじめに

ブリテン島北部に位置するスコットランドは、古代から独自の文化と地域言語を発達させてきた。とくにこの地域の言語は、アングロ＝サクソン語を祖語とする点で、英語と共通点を持ちながらも、表記、文法、発音の点で独自の派生を遂げ、英語やスコットランド・ゲール語と区別する形で「スコッツ語」と呼ばれてきた。スコッツ語は、歴史的変遷を経て今日でも、おもにローランド地方と島嶼部、北アイルランドの一部で話されている。「蛍の光」の原詩として知られるロバート・バーンズ（Robert Burns）の「遥かなる遠い昔」（'Auld Lang Syne'）は、この原題のつづりからもわかるとおり、バーンズが、故郷、エアシャーのスコッツ語で書いた作品である。

スコッツ語は、地域特有の言語であるとともに、この地域の文化的アイデンティティの象徴としての役割も果たしてきている。二一世紀の今日において、スコッツ語は、依然としてスコットランドの総人口の三分の一にあたる一五〇万人が使用する言語であるとされている。しかし、とくに一七〇七年のイングランドによるスコットランド併合と、その後の「英語」導入政策によって、スコッツ語はつねに衰退の危機にさらされてきたことも、また事実である。近代、とくに、第一次世界大戦期の英国による中央集権政策の強化は、この地域の社会と、言語に深刻な影響を与えるものであった。他方で、第一次世界大戦後の一九二〇年代初頭から三〇年代にかけての時期、スコットランドが英国から受けた社会的影響に抗する形で、あらたな地域文化の再生を待望し、文学伝統を復興する試みが、スコッツ語を使用する形で隆盛した。「スコティッシュ・ルネサンス」と呼ばれる、詩、小説、演劇などを中心としたこの文芸運動は、一九世紀末以降の「ケルトの夜明け」と称されたアイルランドの地域文芸運動や、ウェールズでの活発な地域主権獲得運動の高まりと軌を一にするものであった。また、他方で、第一次世界大戦期、ロンドンを中心にすすめられた戦時中央集権体制の強化にたいして、地域文化の保持をかかげて抗するという、政治的・社会的側面をともなうものであった。日本の英米文学研究において、紹介がすすんできたケルティック・ルネサンスに対して、このスコティッシュ・ルネサンスは、紹介・導入の余地を充分残しているといえるだろう。

そのような見地から、本論ではまず、スコティシュ・ルネサンスが勃興した背景と、その広がりについて概観し、なぜこの時期にコミュニティ固有の言語や、地域文学の復興が求められたのかを明らかにしたい。さらに、小説の分野を代表する作家、ニール・ミラー・ガン（Neil Miller Gunn）の『ハイランドの川』（*Highland River* 一九三七）と、ルイス・グラシック・ギボン（Lewis Grassic Gibbon）の『夕暮れの歌』（*Sunset Song* 一九三二）を取り上げ、二作品に共通する部分を分析することを通して、スコティッシュ・ルネサンス期の文学作品にみる地域ナショナリズムとその課題について論じてみたい。この二作品は、ともに、スコッツ語を使用した文学作品であるとともに、その主題において、地域アイデンティティの再興がかかげられているこの時期を代表する小説であり、日本への導入・紹介がいっそう期待される。

1　スコティッシュ・ルネサンス期の文学とその歴史的背景

スコットランドの歴史家T・M・ディバインは、著書『スコティッシュ・ネイション』（一九九九）のなかで、「マクダーミッドは、古いスコットランドの言葉を用いることによってスコットランドという国家を再興させることを夢見た。彼は同時に、真に民族的な文化を取りもどすために果敢に闘ったのである」と述べている。ディバインがここであげている、ヒュー・マクダーミッド（Hugh MacDiarmid）は、一九二二年に月刊誌『スコティッシュ・チャップブック』（*The Scottish Chapbook*）を刊行し、この時期、もっとも早くスコッツ語を用いた抒情詩家としての地位を確立し、政治詩、諷刺詩を書き、スコティッシュ・ルネサンスの先駆者となった人物である。マクダーミッドは、『スコティッシュ・チャップブック』第一巻冒頭で次のように述べている。

私から見れば、何世代にもわたってスコットランド文学は見向きもされず、耳も貸されず、それが何を引き起こすものであるのか理解もされてこなかった。それゆえスコットランド文学は多くの巨人たちの背に隠れた小人のような存在でありつづけた。

マクダーミッドは、ここでロバート・バーンズやウォルター・スコットが没して以降、約一世紀にわたってスコットランド文学に向けられてきた評価を不当に低いものとして、再考をもとめている。

このマクダーミッドの呼びかけにも応える形で、一九二〇年から三〇年代、多くの地方文学の興隆がもたらされ、エジンバラ、グラスゴー、アバディーンなどを中心として、地方文化や歴史・風土を表現する作品がいっせいに花開いた。

詩作の主なものをあげるだけでも、マクダーミッド自身の代表作『酔人アザミを見る』（一九二六）、マクダーミッドとグラッシック・ギボンが共同執筆した『スコットランドの風景』（一九三四）、オークニー諸島の農民詩人エドウィン・ミュアや、アバディーンのチャールズ・マリー、エジンバラのヘレン・クルイクシャンクらの詩集が登場した。さらに、マクダーミッドとともに運動の先駆的役割を果たしたマリオン・アンガスは、北東部の伝統的なバラッドや民謡の影響を受け、スコッツ語を用いた詩作を発表し、代表作にはスコットランド女王メアリーを詠った「メアリー女王」がある。ジョージ・ブルースは、『スコットランドの文芸復興』(*The Scottish Literary Revival*) のなかで、マクダーミッドの『酔人アザミを見る』を評して、「マクダーミッドは、新たな重要性と幅のひろがりをスコットランド詩にもたらした。その結果、スコットランド詩は、ヨーロッパの文芸界に地位を占めるにいたった。スコッツ語は重要な文学言語としての地位をふたたび取りもどしたのである」と述べている。

小説の分野では、グラシック・ギボン、ニール・ミラー・ガンにくわえ、歴史家・脚本家であり、スコティッシュ・ナショナリストとしても知られるコンプトン・マッケンジー、五〇篇以上の小説を発表したナオミ・ミチスン、生まれ育った東海岸モントローズを舞台にした小説と『スコットランドの女性たち』、『スコットランドのミセス・グランディ』などのエッセイを残したウィラ・ミュア、北東部のグランピアン山脈の風景を忘れがたく描き出したナン・シェパードらが登場し、「それぞれグラスゴー、東海岸、北東部を舞台に中流階級や農民出身の女性を主人公とした印象的な作品」[1]を残している。また、一九三四年には、国際PEN会議がスコットランドで開催され、自国の文学に対する新たな意識が醸成される契機ともなった。

では、両大戦をはさむ短期間に、なぜこれほどの地方文学の隆盛が生じたのか。ここでは、その歴史的背景と特徴について、二点をあげておきたい。

スコットランド史家、W・ファルガスンは著書『近代スコットランドの成立』のなかで、世界規模の穀物市場の確立による国際経済競争によって、一八八〇年代以降つづいた長期にわたる小作農業の低落傾向と農業就労人口の減少に最終的な打撃が与えられたのがまさにこの時期であり、その主たる原因が第一次世界大戦の総動員体制の確立であったことを指摘している。『夕暮れの歌』のなかでは、主人公クリス・ガスリが生活するスコットランド北東部、ストンヘブン近くのキンラディ村の農村コミュニティの崩壊が描かれている。スコティッシュ・ルネサンスの運動とは、この地域の伝統的社会、とりわけ歴史的にその中心を担ってきた小作農の農村共同体が世界規模の資本主義経済体制の変化のなかで、決定的な打撃を受け、崩壊していく歴史的背景と不可分のものであったことが第一の特徴としてあげられる。

さらに、スコティッシュ・ルネサンスをめぐる第二の特徴は、この時期の社会的変動が引き起こした政治的変化が、この文芸運動の背景となっている点である。それは一九一四年のアイルランドの自治法案の成立にも刺激されたスコットランドの自治権拡張運動の高まりである。これに先立つ一八八六年には、「スコットランド自治協会」が結成され、一九三二年には、「スコットランド国民党（SNP）」が結成される。つまり二〇世紀初頭のスコットランドは自治権拡張を求める流れと、他方でそれを阻止し、「統一」の名の下に大英帝国との緊密性と総動員体制を確立しようとする二つの流れが激しくぶつかり合い、せめぎあっていた時期にあたる。(2) W・ファルガスンは、イングランドがとった「行政改革と温和な［地方］分権によっても、［スコティッシュ・］ナショナリズムという国民感情の怒涛のような盛り上がりをせき止めることができなかった」（三六四）と指摘する。

グラシック・ギボンの『夕暮れの歌』が一九三二年に、ニール・ガンの『ハイランドの川』が一九三七年に出版されていることを考え合わせると、こういったダイナミックな歴史的文脈のなかにこれらの作品を位置づけ、読み解くことの重要性をあらためて指摘することができるだろう。

2 二作品にみる学校教育と帝国主義政策

『ハイランドの川』は、スコットランド北部の河口の町で小さな漁船を持つ漁師の家庭に育った少年ケンの九歳から三七歳にいたる物語である。一方、『夕暮れの歌』は、アバディーン近郊の寒村の農場ブレウェアリで小作の両親と兄を持つ少女クリス・ガスリの一五歳から二二歳までの生活を描いている。この二つの物語は、主人公がそれぞれ、第一次世界大戦をはさんで成長するストーリーという点で類似しているだけではなく、物語のカギとなる部分でもまた重要な重なりあいを見せている。ここではそのうち、二点の重なりあいを指摘したうえで、さらに先に述べた歴史的背景のなかにそれらを位置づけることで何が浮かび上がってくるのかを論じていきたい。

類似点の一つ目は、これら二つの物語の主人公が、それぞれ学校に通い始める場面に見てとることができる。『ハイランドの川』で、ケンが学校で学ぶ場面は次のように描かれている。

校長がいつものように大声でしゃべっても、ケンはへっちゃらな様子で、感情はたくみに面には出さない。学校のなかは校長の大声が響くけれど、学校の外には自由と人生の興奮がある。

……校長が教えることには、中身もなければ面白いことなど何もない。今日は、歴史と地理の授業。歴史はイングランドの王と王女、それに戦いがあった時代のこと。プランタジネットが出てくるかと思えば、今度はチューダー。ヘンリー八世に妻が六人いようが、そんなことは子供には何の関心もない。六〇〇人いようが、子供にはあくびのでるような話。六という数字が大切なようだけれど、七人だろうが八人だろうが、校長がライオンのような大声でしゃべるのに変わりはない。（二〇―二一）

ケンはここで、ライオンのように大声を張り上げる校長から、歴史と地理の授業を受けている。この場面で描かれるのが、「歴史」と「地理」の授業であることはもちろん偶然ではない。一見、コミカルにも思えるヘンリー八世のこのエピソードは、スコットランドが経験してきたイングランドによる併合と支配の歴史に照らせば、スコットランドにとって忘れることのできない重要な歴史の局面が描かれているからである。チューダー朝のイングランド王ヘンリー八世は、王妃との離婚問題で国教会を成立させたことで有名であるが、スコットランドとの関係では一五一三年の「フロッデンの戦い」においてスコットランド王ジェームズ四世を破り、イングランド王とともにスコットランド王をかねた人物である。

「フロッデンの戦い」によってもたらされたのはそれまで大陸、とりわけ、フランスと関係を結ぶことでブリテン島のなかで自らの存在を維持し、イングランドとの対等な関係を図ってきたスコットランドのフランスとの関係が事実上断たれ、反フランスの立場をとるヘンリーに支配されることでイングランドとの対等な関係の根拠が断たれる形で、ヨーロッパ規模の地位の変化をこうむる、という結果であった。ヘンリー八世はその後のイングランドによるスコットランドの行政支配と大英帝国の絶対王政を築く、さきがけとなった人物として、スコットランドの歴史のなかで記憶される人物にほかならない。そのイングランド王のことを自らの「王」として「歴史」の授業で校長が声高に語り、スコットランドはイングランドの一部であるとする「地理」の授業が行われる。それを聞くことに集中できないでいるケンは二度ムチで打たれている。(3)

さらに、校長が大声で語る様はここで「ライオン」にたとえられている。英国の国章（*Royal coat of arms of the United Kingdom*）の図像を想起すると、校長が「ライオン」にたとえられていることからもう一つの意味が浮かび上がる。英国章は、盾を二頭の動物が左右から支える構図から成っている。向かって、右に配されるのがスコットランドを象徴するユニコーン、そして左から支えるのが、イングランドを意味するライオンである。重要なのは、図像の意味上、左に配されるものが、つねに優位にあることである。つまり、英国章そのものが、イングランドによるスコットランド支配を象徴しているのである。さらに詳細にみると、右に配されるユニコーンは鎖でつながれており、自由を享受するライオンとは対称的構図となっている。「ノアの箱舟」に乗ることさえ拒む、飼いならしのきかない無敵さゆえに、百獣の王ライオンに唯一立ち向かうことができると考えられたユニコーンも、英国章においては、その「凶暴さ」ゆえに鎖につながれ、自由を奪われているのである。『ハイランドの川』の刊行に先立つ一八七〇年、英国が行った「教育法改正」は、それまで各地方や教区、自治都市が管理してきた教育システムを、ウェストミンスターが管理するシステムに再編し、中央集権的教育システムを導入した。視学官がロンドンから派遣され始め、各学校長は管理者としてロンドン中心の歴史観、言語教育をスコットランドの学校区の隅々にまで普及させる役割を担った。この場面で、校長がユニコーンではなく、「ライオン」にたとえられている比喩的意味は、スコットランドの読者にとっては容易に判別できるものであったであろう。

一方、『夕暮れの歌』の学校が描かれている場面では、主人公クリス・ガスリが生まれてから使ってきたローランド・スコッツ語ではなく、学校で「標準」英語で書かれた本を読み、視察に訪れた視学官のまえで覚えたてのフランス語の発音を練習させられるシーンがある。この場面でクリスは、スコットランドに対する愛着と、他方で感じ始めたイングランドや南の国に対するあこがれのあいだで心が揺れる(4)。

クリスは学校教育のなかで、ローランド・スコッツ語ではない標準英語を「国語」として学び、ケンはヘンリー八世にいたるプランタジネット朝やチューダー朝といったイングランド王家の系譜をスコットランドの「歴史」として教えられている。また、二人はともに奨学金を受けている。二人の主人公が受ける学校教育の内容は、一八七〇年に行われた英国の「教育法」の改正以降強められたロンドンを中心とした中央集権的義務教育制度による「英国語教育」と、帝国の正当性を論じる「歴史」教育の遂行の一端を描きだしている。クリスとケンが受ける奨学金自体が、伝統的な地域の教会による「教区教育」を廃し、低階層や都市の遠隔地から必要な人材を確保し、大学のある大都市に集積し、活用することを可能にする帝国規模の新制度でもあった。

従来の共同体とその歴史のなかに個人は帰属するのか、あるいは固有の共同体から引き離されたうえで中央集権的国家の一員、歴史的国家再編の覇権競争を効率的にすすめる帝国の一員として帰属させられるのか、ケンとクリスの学校教育をめぐるこれらの場面は、この時期ひとり一人の個人にせまられたであろう運命のひとつの縮図を象徴しているのである。

もう一点、二つの作品で類似する箇所を指摘しておきたい。それは第一次世界大戦のフランス戦線の戦場の場面である。『ハイランドの川』でケンは、大学在学中の一八歳のとき、第一次世界大戦に参加することを決意する。

しかし、ケンは背も高く足も速い。しばらくのあいだ、徴兵官や自分よりも年上の者に向けられるような人々の目にあらがってはみたが、しかし、結局、その感受性の繊細さゆえに抵抗することはできなかった。そこで、まだ一八歳だけれども「参加する」、と答えた。母親がこのことを知ったらどんなに悲しむことだろう。自分も母親も戦争になにかの理想があるなんて、これっぽちも考えていなかったのだから。（三四）

この一節で描かれているのは、従軍を一時拒むものの、背も高く、足も速いことで向けられる周囲の期待に、結局は「義勇兵」になることを受け入れざるをえない主人公ケンの姿である。そのケンは、大戦末期のフランス戦線の戦闘中に、ふと子供時代、自分が鮭を取ったことのある川を思い出し、また、目の前で兵士が撃たれるのを目にし、突然、戦線から離脱し逃亡を図る。

> ケンは逃げ出した、野うさぎのように駆けだした。もう誰もつかまえることはできなかった。その背後を撃ちぬく以外には。森の性（さが）が目覚めさせたのだ、孤独が命じたのだった。心のなかの本当の自分が、戦争の理想になんてだまされはしない、と。（三七）

これとほぼ同様の場面が、『夕暮れの歌』にもみられる。クリスが結婚したハイランド出身の青年イワン・タベンディルは、第一次世界大戦に従軍するものの、やはりフランス戦線の塹壕のなかで一瞬、故郷のブレウェアリの風のにおいをかいだように感じ、戦線を離脱し、結局、敵前逃亡の罪で銃殺刑にかけられる。銃殺される前の晩に面会を許された友人にイワンが語るのが次の言葉である。

> 朝日と一緒に出てきた風や、風でブレウェアリを思い出したんや。あのにおいで目が覚める思いやった。それで塹壕にいるのが自分やとは信じられんかった。あんなところにおるのは、ほんまにあほうなこっちゃ。それでうしろむいて出てったんや。（二二六）[5]

ここで指摘したいのは、先の学校で学ぶ場面が、歴史的コンテクストのなかに位置づけられることで重要な意味が浮かび上がったように、やはりこの戦場での逃亡の場面も歴史的背景に照らすことで特別な意味が浮かび上がるということである。第一次世界大戦当時、スコットランド出身の兵士は帝国兵士のなかでもとりわけ「ハイランド連隊（Highlanders）」と呼ばれ、もっとも勇敢に敵に向かう部隊として、当時の新聞メディアの写真やイラストを通じてたびたび描き出され、イメージが形成・流布されていた。メディアによる世論形成はもちろん、このことは、時の英国政府の政策を忠実にうつしとったものでもあった。第一次世界大戦時に海軍相を務め、戦後、陸軍相、植民地相を歴任し首相となったウィンストン・チャーチルは、ハイランド部隊のひとつ「ゴードン・ハイランダー連隊」を「世界最高の連隊である（The Finest Regiment in the World）」とまで賛美した。

敵の砲火や毒ガスを浴びても、バグパイプを吹き鳴らして一歩も引かずに戦う帝国兵士。個々人の出自や記憶や生活、五感によってものを感じ取る個人のありようを消し去り、すべて「勇敢なハイランド兵士」として均質化したうえで利用する、このような国家によるメディア操作によって作り出されるイメージに対し、故郷の川や、土の匂いを思い出し、敵前逃亡するこの「勇猛果敢でない」ケンとイワンの姿は、メディアを通じて流布されてきたイメージを疑問に付し、再考を迫る役割を果たしえたのではないだろうか。

スコティッシュ・ルネサンスがもちえた、地域ナショナリズムを土台とした批判的機能、なかでも帝国主義政策への批評作用について、文学史家ロデリック・ワトソンは、マクダーミッドに代表されることの時期の文学がそれまでの文化的・政治的リバイバルの運動と連動する形で当初から、国際的な風刺的・批判的役割をもっていたことを指摘している。

ルネサンスという考えは、かならずしも新しいものではなかった。文化的・政治的リバイバルの兆しは二〇世紀初頭にたどることができる。もちろんマクダーミッドの創作の例は、彼のナショナリズムと根気強いプロパガンダはいうにおよばないとしても、問題の核心を突くにいたった。同時に彼のヨーロッパを見通した力強い主張と、返す刃での自国民への諷刺的批判は、スコティッシュ・ルネサンスになくてはならない国際的・批判的広がりをもたらすことになった。[6]（三二五）

ワトソンは、フランス文学をはじめとする欧州のすぐれた文学伝統に比肩するものとしてスコットランド文学をとらえている。その背景には、歴史上もイングランドとではなく、むしろフランスなど欧州との国家関係をスコットランドは維持してきたのであり、今後のスコットランドの独立を含む将来も、そのような枠組みで語られるべきであるとする思いがうかがえる。ここで「国際的」とのべるのは、そのような枠組みを意識してのことである。そのうえで、ワトソンがここで指摘するスコティッシュ・ルネサンスの批判的機能は、この二作品にも当てはまるといえる。特に二つの作品が第一次世界大戦期を描きながらも、実際の出版年がそれぞれ一九三二年、一九三七年という、ヨーロッパがあらたな再編に向かう時期であったことを考え合わせる必要がある。ケンとクリス、イワンという個人の内面を描きだしたこの二作品は、第一次世界大戦を契機に崩壊していくコミュニティと失われていく地域言語、さらに、ひとつの時代の終わりに対するノスタルジーでもあった。しかし同時に、ネイル・ガンとグラシック・ギボンが描いたものが、回顧的ノスタルジーだけにとどまっていないこともまた明らかである。二作品の主人公らは、作られ、利用される「スコットランド人」のイメージをあらためて問い直す役割を果たした。さらに、ワトソンが指摘するように、欧州規模でのあらたな再編劇と英国の総動員体制への強化が持つ歴史的意味を鋭く察知し、第二次世界大戦の勃発を先取りする形で批判するという、歴史的役割を果たしていたとみることができるのである。

ワトソンがあらためてつぎのように指摘するように、一八八〇年代以降イングランド中央政府が強力な国家統合を進め、地域独自の歴史や文化、なかんずくスコットランドの地方言語を「劣った」、「正確でない英語」として排斥する一方で「標準」英語と画一的歴史観によって、地域文化を根こぎにしようとしてきた近代的国家編成政策に対する危機意識が、スコティッシュ・ルネサンス勃興の背景には存在したのであった。

彼らはスコットランドについて強い意識を持ち、一九二〇年代にはやや流行遅れとなっていた類の愛国者と見られることを、少しも恥じなかった。彼らは「今ここで」という点に関心を寄せていて、けっして未来のユートピアという約束の地のために興奮することはなかった。また、彼らは現実的な傾向を持っていたから、地方根性という非難を受けてもこれに肩をすくめて嫌悪の情を示すことができた。彼らは確信をもって、自己の活動記録に希望を託し、またその点で正当な評価を受けた　（三六二）

3　スコティッシュ・ルネサンスの今日的意味

一九二〇年代、三〇年代のスコティッシュ・ルネサンスの運動と地域ナショナリズムは、第二次世界大戦期の英国の総動員体制の強化のもとで低落を余儀なくされた。これらの運動が、ふたたび勢力を取りもどすには、大戦後の一九六〇年代後半をまたなければならなかった。

ニール・ガンとグラシック・ギボンら自身が一九二八年にその創設に携わり、スコットランドの英国からの完全独立をかかげるスコットランド国民党は、「一九五八年に労働党がスコットランドの自治を目指す政策から撤退すると、代わってスコットランド・ナショナリストの願望を反映する唯一の政党となり力を持ち始めた。事実、一九六〇年代後半から一九七〇年代の多くの補欠選挙において、労働党に代わってめざましい躍進を遂げ、一九七九年には英国議会にたいして、スコットランドへの権利委譲の住民投票を行うように働きかけた」[7]。スコットランドへの権利委譲は一九九九年になって実施され、一七〇七年のイングランドによる議会統一以来三〇〇年ぶりにエジンバラに「スコットランド自治議会」が設置され、現在にいたっている。スコットランドは、徴税権の一部と外交・軍事政策以外で広範な自治権を獲得することになった。一九六〇年代以降のこのような自治権拡大の歴史が、スコッツ語教育の拡大と、スコティッシュ・ルネサンス期の作品をはじめとした地域文学運動の再興と相まって進んでいる点は、特筆されなくてはならない。

とりわけ、さきにあげたスコティッシュ・ルネサンス期の諸作品は、一九七〇年代以降再版が重ねられた。そのなかで代表的な作品となった『夕暮れの歌』は、一九七一年にBBCスコットランドでテレビドラマ化され、さらに、二〇〇二年にはエジンバラの劇団「プライム・プロダクション」、二〇〇八年には脚本家ジャック・ウェブスターによる舞台化が続いている。また、二〇〇〇年代後半に、学校選定図書に選ばれ、中高生らが学校の授業のなかでこの作品に触れる機会が増えている。ニール・ガンは、大戦後まで著作を続け、二〇作におよぶ作品を発表した。ハイランド行政区などが、一九八八年以降隔年でとり組んでいる「ニール・ガン文学賞」は、二〇一一年に一一回目を迎え、スコッツ語をもちいた文学作品の発掘に貢献している。(8)

おわりに

二〇一一年は二つの点で、スコットランドにおいて歴史に残る年となった。

その一つは、同年五月のスコットランド自治議会総選挙での、スコットランド国民党の躍進である。労働党の後退は予想されていたものの、この総選挙で国民党は予想をはるかに上回り、全一二九議席のうち六九議席を獲得。英国からの完全独立をかかげる政党が議会でも単独過半数を得るにいたった。スコットランドが今後、この国民党の躍進をふまえて独立に向けてさらに着実な歩を進めることは確かであろう。

さらに、二〇一一年の国勢調査において、はじめてスコッツ語使用状況についての質問項目が調査内容にとり入れられ、スコッツ語使用人口数が客観的に把握されることになった。約二〇年にわたる「スコッツ語協会（SLS）」、「スコッツ語情報センター（SLC）」、「スコッツ語に関するスコットランド議会超党派委員会」、「スコットランド文学研究協会（ASLS）」などの文学者、教師、市民らによる国民的運動の成果といえる。[9]

二〇一一年の現在から、スコティッシュ・ルネサンス期を振り返るうえで、当時の作家たちについてJ・デリック・マクルーアが述べたつぎの言葉は、あらためて想起されなくてはならないだろう。

印象深く、心に刻まれる言葉や言い回しにあふれるスコッツ語の表現は、もしその本来の地位を取り戻すことができるのであれば、スコットランドのみならず、世界の知的生活により大きな影響を及ぼすことができるのかもしれない。……マクダーミッドとその後継者たちが、スコッツ語が持つ十二分な伝統を回復させたことは、スコットランド文学に汲めども尽きぬ力をもたらすことになった。もし、知識人や学者だけではなく、スコットランドの人々がすべて、スコッツ語を広める努力をするならば、他の国の教養のある読者や作家たちの関心を呼び起こ

し、スコッツ語が持つバイタリティは、すべての英語圏で有効な影響力を発揮することに、ならないだろうか。(10)

注

（1）「スコティッシュ・ルネサンス（文芸）」（松井優子）、『スコットランド文化事典』（七〇四―〇五）（木村正俊・中尾正史編、原書房）を参照のこと。国際ペン会議開催に関する指摘も、松井優子氏による。

（2）拙論『国家編成期の言語変容――スコットランド作家 Lewis Grassic Gibbon, Sunset Song 論』（福島大学『行政社会論集』第一三巻四号、三四―五八、二〇〇〇年）を参照のこと。

（3）『ハイランドの川』に関する記述は、二〇〇二年に行った新英米文学会個人研究発表での原稿をもとに加筆・修正した。

（4）拙論『国家編成期の言語変容』（前掲書）および、「ルイス・グラシック・ギボン　地域言語の使用と文芸復興の試み」、『スコットランド文学』木村正俊編、三五〇―六七、二〇一一年）を参照のこと。

（5）*Sunset Song* からの引用はすべて以下の翻訳を用いた。本文内の頁数は翻訳書のページ数をさしている。『夕暮れの歌』久津木俊樹訳、三友社出版、一九八六年

（6）ロデリック・ワトソン著 *The Literature of Scotland* からの引用はすべて拙訳による。

（7）『スコットランド文化事典』一三。

（8）これらスコティッシュ・ルネサンス期の作品の再興とともに、広く文芸運動では政治的運動と不可分に新しいうねりがみられる。文学の分野で主なものをあげるだけで、「グラスゴーを舞台に、マクダーミッドの文学的要素を継承しつつ、ポストモダン的要素をとりいれたアラスター・グレイス、スコッツ語の会話を効果的にとりいれながら労働者階級の生活を描いたウィリアム・マッキルヴァニー、さらに、グレイスらとともに一九八〇年代以降のスコットランドの文学界の活性化に貢献したジェイムズ・ケルマンや、『スコットランド女王メアリーの処刑』の原作者であるリズ・ロックヘッド、エジンバラを舞台に、現代スコットランドを代表する推理作家となったイアン・ランキン、また、オークニー諸島にはこの地域の風土と歴史に根ざした作品を残したジョージ・マッカイ・ブラウンがおり、その数と広がりからするとスコティッ

シュ・ルネサンス期に優るとも劣らない作家たちの活動が見られる」。(『スコットランド文化事典』六九八頁「スコットランド文学略史[二〇世紀以降]」を参照のこと)。また、演劇界ではスコティッシュ・ルネサンス期からみられた、スコットランドの作家による作品や、この地域を舞台にした演劇を上演する機運がいっそう拡大した。「グラスゴー・レパートリー・シアター」(一九〇九年創設)、「ダンディ・レパートリー・シアター」(同一九三九年)、エジンバラの「ロイヤル・ライシーアム・シアター」(同一八八三年)など各地に多くの劇場が存在しているが、とくに第二次世界大戦後、伝統的演目だけではなく、積極的に現代スコットランドが直面する社会問題を取りあげ、若年層にたいする教育の場としての役割も果たしている。二〇〇六年に、悲願であった「スコットランド・ナショナル・シアター」が誕生し、各地の劇場と一体となった演劇普及に貢献しはじめたことは、こういった国民的演劇運動の高揚を象徴している。

(9) 二〇一一年スコットランド国勢調査に関する詳細は、拙論「地方議会によるスコットランド語の社会的認知促進の取り組み 二〇一一年国政調査にむけた取り組みの現状と課題」(多言語社会研究会『年報』第四号、九五―一〇九、二〇〇七年)を参照されたい。

(10) デリック・マクルーア著、*Why Scots Matters* からの引用は、拙訳『スコットランド語とは何か ～なぜそれが問題なのか～』(福島大学『行政社会論集』第二〇巻第四号、二〇〇八年)をもちいた。

引用参照文献

Bruce, George (ed.). *The Scottish Literary Revival: An Anthology of Twentieth Century Poetry* . London: Collier-Macmillan, 1968.
Gibbon, Lewis Grassic. "Sunset Song", A Scots Quair, Penguin Books,1986.
Gunn, Neil Miller. Highland River, Canongate Classics, 1991.
McClure, J.Derrick. *Why Scots Matters*, Saltire Society, Edinburgh, 1997.
Watson, Roderick. *The Literature of Scotland*, Palgrave Macmillan, 2007.
W・ファルガスン『近代スコットランドの成立』飯島啓二訳、未来社、1987年。

第二三章

新たな「窓」を開く
――『知られざる神に』が描く西漸運動とカリフォルニア――

林　直生

はじめに

ジョン・スタインベック（一九〇二―一九六八）は、生涯にわたって、友人たちにあてて多くの手紙を書き、その中で、自分の作品について語った。彼の書簡集は、膨大な数にのぼる書簡のうちの一部を掲載したものだが、そこには、作品の構想や執筆中の作品の進捗状況や編集者とのやりとりについて語る手紙が多く含まれている。もうひとつ、彼の創作中の習慣として知られているのが、詳細な創作記録である。たとえば後期の代表作『エデンの東』を執筆中、彼が毎日のようにつけていた創作日記は、『「エデンの東」創作日誌』として死後に出版され、作品の執筆過程やスタインベックの創作に対する姿勢を知る重要な資料となっている。

このような習慣は、執筆活動のごく初期にも見出せる。スタインベックの三冊目の長編小説となった『知られざる神に』の執筆に際して、彼は、簿記帳を作り、それを大学時代からの友人であるカールトン・シェフィールドに送っている。その中で、彼は、この作品について次のように述べている。

ぼくはときどきこの小説がとても怖くなる。この小説が内包するものがとても恐ろしくて、これを邪悪すぎるものとして、焼いてしまいたいと思うほどだ。でもこれは邪悪なものではない。これは善であり、時を超越したものなんだ。ジョウゼフはいくつもの時代を肩で押し分けて進み、神への道を切り開くために星を押し分けて進む巨人だ。そしてこの神は――これが一番大切なのだ。神に到達すれば――誰かがそれを信じるだろうか。（ヴァルジーン　一一三）

大きなテーマを掲げた若い作家の、作品への意気込みとともに、執筆に悪戦苦闘する様子がうかがえる。この作品については、ここでスタインベックが言及する神の問題も含め、ピーター・リスカをはじめとして、従来からスタインベック研究において、キリスト教や神秘主義、心理学など、さまざまな観点から論じられてきた。作家自身は、友人カール・ウィルヘルムソン宛の手紙のなかで、この作品をファンタジーと呼び（八七）、イーディス・ワーグナー宛の手紙では、象徴主義的な側面について述べている（八九）。また、ジャクソン・J・ベンソンは、スタインベック周辺の人びとへの取材をふまえて、この作品に見られるユングの影響を指摘している（二〇七）。

『知られざる神に』は、一九三三年に出版されたが、その執筆は、彼がまだ作家修業中であった一九二〇年代から始まっている。もともと大学の友人ウェブスター・ストリートが戯曲としての構想に行き詰まってスタインベックに譲り渡したもので、スタインベックはその原稿を小説にして連名で出版しようと試みたが、なかなかうまくいかず、その後何度も書き変えることになった。結局、スタインベックは、一九二〇年代の終わりから一九三〇年代初めまでの数年間を費やして執筆し、最終的には舞台設定やプロットなど全く異なる作品となった。こうして『知られざる神に』は、途中、初めての長編小説『黄金の杯』、二作目の長編『天の牧場』の執筆・出版を経て、ようやく三作目の長編として出版された。

作家としてのきわめて初期のこの作品には、粗削りではあるが、この作品以降のスタインベックの作品世界に共通する要素が、すでにある。たとえばスタインベック作品においては、カリフォルニアの自然が重要な位置を占めていることが大きな特徴であるが、『知られざる神に』においてもその特徴は表れている。カリフォルニアの豊かな自然やその中での人びとの生活が多く描かれ、それらに対するスタインベックの強い関心がわかる。エドマンド・ウィルソンは、初期スタインベック作品の登場人物像について、原初的であり、動物と同等の次元にあると論じ、その後のスタインベック批評に大いに影響を与えたが、この作品が、原始的な自然に傾倒し、やがて自然の一部となっていく人間の物語として従来受け入れられてきたことを考えても、この作品においても、人間と自然との距離は非常に近いように思われる。また、人間を自然界のルールに従って生きる種のひとつととらえ、種の生存をかけた闘争を観察するような、しばしば生物学的世界観と評される態度が、この作品にもすでに見受けられ、この作品での自然、特に大地と、人間をめぐる、原始的で暴力的なまでの荒々しさは、この物語の根幹を成し、ダイナミックでエネルギッシュな世界を作っている。スタインベック自身、自らを「自然の中の人間の本質的な人間ドラマを追求する作家」ととらえていた（ベンソン　一一六〇）。

しかし雄大な自然と同一化する人間の物語であって、作品の中心にあるのは自然であると単純に言い切ることはできない。作品のダイナミズムを生み出しているもうひとつの要素には、西部開拓というきわめて人間臭い歴史があるからである。未開の新天地である西部を目指して、多くの人びとが移住し、東部の社会とはまったく異なる風景と経験に晒された。そうした人びとの移動の積み重ねによる西部開拓が建国期のアメリカに及ぼした影響は、非常に大きい。アメリカ文学・文化においても、移動は重要なテーマである。『知られざる神に』は、東部から開拓農民として西部へ移住した男を描いており、彼もまた、そうした人びとの一人である。アメリカ大陸の最西端に位置し、自然豊かなカリフォルニアは、その人口大移動の終着地であった。このような人の移動、旅、そしてその終着地としてのカリフォルニアが重要なモチーフとなるのも、スタインベック作品の特徴のひとつである。

スタインベックは、「自分のおかれた環境を鑑みて自身のアイデンティティを再発見するように我々を導く特別な窓として、アメリカ西部の経験を使用していると考えていた」（ベンソン　一一六〇）。本稿では、自然と人の関係の描かれ方、およびアメリカやカリフォルニアの歴史における人の移動に注目し、『知られざる神に』を中心に、この作品とほぼ同時期のものを含むいくつかの作品も参照しながら、「特別な窓」としての西部がどのように作用しているのかを探る。

1　国家建設と西漸運動

『知られざる神に』が描くのは、二〇世紀が明けたばかりのアメリカである。アメリカ北東部に位置するニューイングランドのヴァーモント州で農場を経営するウェイン家の三男、ジョウゼフが、家族を離れ、一人西部地方へと旅立つ決心をするところから、物語は始まる。

物語の冒頭に語られるジョウゼフが父の農場を出て行く理由は、この作品において重要である。ジョウゼフは、兄弟たちが相次いで結婚し家族が増えることを考えると、この農場は手狭で、農場にはもうジョウゼフのための土地がないからだと、父親に説明する。しかし実際は、年老いた父親は、他の兄弟たちではなくジョウゼフに農場を継がせようと考えているのであり、ジョウゼフ自身もそれを知っている。したがって、ジョウゼフが農場を出て行かなくてはならない必然性はない。ジョウゼフが家族の農場から出ていく本当の理由は、「自分自身の土地への渇望」(三) からである。そして彼は、西部への移住を父親に告げる。

スタインベックは、シェフィールド宛の覚え書きにおいて、以下のように述べている。

この物語は寓話なのだ、デューク。ある人種の生長と死の物語なのだ。小説中の各人物は

それぞれ特定の住民集団を象徴し、石、木、たくましい山は世界なのだ……（ヴァルジーン 一二三）

この言葉に従うならば、土地を手に入れようとヴァーモントからカリフォルニアへ向かうジョウゼフもまた、ある人間集団の象徴と言える。

一八世紀後半にイギリスからの独立を果たしたアメリカは、国家の建設と国力増強に着手する。その政策の要となったのは、領土の拡張であった。領土拡大の動きは目覚ましく、一九世紀初頭のルイジアナ購入により、西部進出への道が開かれると、一九世紀半ばからは加速度的に拡張は進められ、一八四五年のテキサス併合、翌一八四六年のオレゴン併合と続く。テキサス併合はアメリカとメキシコとの関係の悪化を決定的にし、オレゴン併合と同じ一八四六年にアメリカ＝メキシコ戦争が勃発した。この戦争は、アメリカの勝利に終わり、一八四八年、アメリカは、現在のニューメキシコ、ユタ、ネバダ、アリゾナ、カリフォルニアの諸州を自国の領土とした。こうして、アメリカは、西部進出の最終目的地である太平洋岸へ達したのである。

西部へ行くと言うジョウゼフを父親は引き留めようとするが、ジョウゼフは、次のように言う。

でも、お父さん、みんなが西部の土地に入植しています。その土地に一年間住んで、家を建て、少し耕すだけで、その土地が自分のものになるのです。誰もその土地を取り上げることは絶対

に出来ないんです。（三）

この言葉から、ジョウゼフの野心のよりどころとなっているのは、ホームステッド法であることがわかる。

獲得した新たな土地へと人々が移り住むようになると、国家によるそうした動きに対する後押しとなったのが、ホームステッド法であった。この法律は、領土拡大が進む一八四〇年代にはすでに法案として提案されており、紆余曲折を経て一八六二年に制定、一九世紀アメリカにおける西漸運動の一翼を担った。ホームステッド法は、新しく獲得した土地に人々を入植させ、自営農民として定着させて、その地に新しい共同体を作りあげる、との発想において、ジェファソン的農本主義の影響を色濃く反映するアメリカの国家構築の基本的な理念に、大いに貢献したといえる。一九世紀半ばには、賃金労働者と資本家という階層の固定化の防止と社会・経済の活性化を目指す動きがアメリカ北東部を中心に起こり、自由土地党は、そうした社会の基盤を形成するものとして、自由な土地の所有と自由な労働形態を追求した。彼らは自営農民をそのモデルと見なし、低賃金労働の状況緩和への期待から、ホームステッド法を支援した。さらに、土地投機が西漸運動において果たした役割も、たとえば、ジェイムズ・メイランなどの歴史研究者によって指摘されている。ホームステッド法は、現実には、個人による開墾・農場経営よりもむしろ、東部の大企業による開発や土地投機に利用されることが多く、また、移住を繰り返す入植者による土地の売買やホームステッド法によって必要以上に多くの土地取得に成功した入植者による余分の土地の転売もよく行われた（岡田 二二一―三六）。このように、理念やイデオロギーの形成とフロンティアの現実とのいずれにせよ、西部開拓が急速に進んだ背景には、ホームステッド法の影響が大きかったと言える。

こうしてジョウゼフは、西部開拓農民となって入植地に農場を作り、やがて兄弟たちが彼のもとに集まって、カリフォルニアに一族の所有地を広げる。ウェイン家の族長となって、一族をまとめ、農場を広げ、発展させようとするジョウゼフの姿は、これまでの研究においても指摘されてきたように、ひとつの王国を構築しようとするかのようである。こうした彼の姿を旧約聖書のアブラハムになぞらえる語り（四二）は、ジョウゼフの王国建設をキリスト教の文脈においてとらえさせ、神の王国の建設を掲げて新大陸へ渡ってきたピューリタンたちを思い起こさせる。そもそも西進神話の始まりはヨーロッパ大陸から西方にある新大陸への移動であった。このように、東部から西部へ入植するジョウゼフは、アメリカの国家建設史を担った大勢の人々のうちの一員となり、ピルグリム・ファーザーズによる植民地建設に端を発し、ファウンディング・ファーザーズによる建国を経て続く、国家の生長の歴史を再現することになる。兄弟の目には異常に映るほど熱心に、作物や家畜に対して産めよ殖やせよと熱意を注ぎ、農場を繁栄させようとするジョウゼフは、強力な国家を建築しようとしていた当時のアメリカと重なり合う。ジョウゼフが持っている唯一の知識はアメリカが独立宣言を発した一七七六年という年号だけである、という彼の妻エリザベスの指摘は、ジョウゼフがアメリカ国家を作り上げてきた人びとの象徴であることを示唆している。

領土の拡大と、それに伴う未開拓地への大規模な人口移動やそうしたフロンティアでの人々の体験は、アメリカの歴史に独特のものであり、アメリカの政治や経済だけでなく、精神面に与えた影響も非常に大きかった。その例として指摘されるものは、たとえばフロンティア・スピリット、民主主義の普及、個人主義、合理主義、実利主義などである。アメリカ人の国民性や民主制の構築においてフロンティアが果たした意義を主張したのが、フロンティア学説を唱えたフレデリック・ジャクソン・ターナーである。この学説は、当時の思潮的傾向のもと受け入れられ、スタインベックが執筆を開始した一九二〇年代まで有力であった。

2　神の意志としての西進

荒々しい自然や先住民との争いなど、目の前に立ちはだかる難敵を打ち負かして開拓を推進し、西進の困難を乗り越えるために有用であったのは、「明白な運命」（マニフェスト・デスティニー）とのスローガンであった。これによって自らの行為の正当化が行われ、西部の土地は、征服されるべき土地となった。すなわち、征服されるべき土地に征服すべき者が招かれているのだ、という認識によって、西進は行われたのである。

初めてカリフォルニアにやってきた時、自分のものとなった土地を見下ろすジョウゼフの様子は、次のように描写される。

細長い緑の谷間を見下ろしていると、目のなかの渇望は強欲となった。彼の所有欲は熱情となった。「ここはおれのものだ」と、彼は繰り返して言った。「地の底まで、地球のど真ん中までおれのものだ」彼はやわらかい大地を踏みつけた。するとその歓喜は、彼の体内を熱い川となって流れる鋭い欲望のうずきとなった。彼は身を投げて草の上に顔を伏せ、濡れた草の茎に頬を押しつけた。彼の指は濡れた草をつかみ、引きむしり、再びつかんだ。彼の両腿は激しく大地をたたいた。（一三－一四）

自分自身の土地の獲得を目指してはるばるやってきたジョウゼフにとって、夢が叶った瞬間である。眼前に広がる土地に対して、ジョウゼフは強烈な所有欲にとりつかれ、自分のものとなった大地に対して熱情をぶつける。

我に返ったジョウゼフは、自分の中に起きた激しい感情と振る舞いを振り返って、「しばらくの間、大地は彼（ジョウゼフ）の妻になっていたのだ」（一四）と思い至る。この場面で、大地は女性として提示されている。女性としての自然のイメージは、この場面に限らない。たとえばこの直前、取得した自分の入植地へと近づいていくジョウゼフが、森の中を通り抜けて行くときの描写にも現れている。

馬で進むにつれて、ジョウゼフは、才色兼備の女性と密会するためにこっそりと忍んでいく若者のように、おどおどした、それでいて、いそいそした気持ちになっていた。彼は、ヌエストラ・セニョーラの森に、半ば幻惑され、圧倒されていた。樹木や鮮やかな下草を通り抜ける川に切り込まれた長い緑色の洞穴のあたりや、絡み合っている大枝や小枝のあたりには、何か奇妙な女らしさがあった。（八）

ここでもカリフォルニアの自然や大地は、女性として提示されている。ミミ・レイセル・グラッドスタインは、「スタインベックの女性の登場人物たち」の中で、「おそらく女性と大地を最も同一視している作品は『知られざる神に』である」と述べ、「その同一性は露骨に明らか」であり、「実際、主人公にとって、大地と女性は一つのものとして存在している」と指摘して、先程の引用部分について、「明らかに性的な含みのある情熱で大地を所有したいと願」い、「象徴的な性交で彼の所有を完成させている」（二三）と論じている。

しかし、ジョウゼフの行為からは、もう一つの意味を読みとることができる。彼が自分の土地を「踏みつけ」るという身振りは、征服者の身振りであり、土地を征服の対象として見ていることがわかる。また、ジョウゼフが入植する谷間は、ヌエストラ・セニョーラと名付けられていることからもわかるように、女性性を付与されているが、ヌエストラ・セニョーラとは、聖母マリアを表すスペイン語である。聖母マリアのもとへと進んでいくジョウゼフは、新大陸へとやってくるアメリカ初期入植者の姿と重なり合う。ヨーロッパによって「発見」された新大陸は、かつて何者にも所有されたことのないvirgin land（処女地）としてヨーロッパに紹介され、植民地獲得を目指してヨーロッパ諸国が次々にアメリカ大陸へ押し寄せた。このように考えると、先程の引用において提示されるジョウゼフと彼の土地に、一六世紀から一七世紀における新大陸の絵画表象を重ね合わせることは、難しくないであろう。たとえば、ヨハンネス・ストラダヌスによる「アメリカ」と題された版画では、新大陸のさまざまな動植物が描き込まれた風景をバックに、アメリゴ・ヴェスプッチと裸体の女性が中央に大きく描かれている。ハンモックから身を起こし手を差し伸べて、上陸するヴェスプッチを迎え入れるこの女性は、擬人化された新大陸である。このように当時、新大陸は、若い女性の姿として表されることが慣習となっていたのである。

さらに、マニフェスト・デスティニーは、先住民を征服されるべき民族とみなした。そこには、白人のアメリカ人による明らかな人種的・文化的優越感がある。先住民たちは、非キリスト教徒であり、したがって、異教徒である彼らの文化は野蛮で未発達とされた。彼らは、未開の原始の土地の一部であり、西洋キリスト教文化の下位におかれ、征服されるべき存在であると考えられた。この優越感をジョウゼフも共有している。彼は自分がインディオの上位にいると考えており、彼がそうした認識を持っていたことは、エリザベスに求婚する時の、自分と兄弟は財産があり、「混血ではない（Our blood is clean）」（六三）から求婚する資格がある、という彼の言葉に現れている。

マニフェスト・デスティニーとは、白人による西進は神の意志である、との認識を示すものである。

神に認められた行為であるから、その目的を達するためには、その障害を暴力によって屈服させ、あるいは排除することも正当化されるのである。『知られざる神に』において、ジョウゼフが自分自身の土地の所有を主張し、西部へ向かう時、彼の意志を承認するのは、彼の父ジョンである。ジョウゼフは、父親について、次のように述べている。「おれの父は、自分を神のように思っている。事実、そうなんだ」(二〇)。

ジョンはジョウゼフに、彼と共に西部へ行く、と言う。

わしはおまえにぴったりとついていくさ。お前の頭上を、空を飛んで。わしはおまえがどんな土地を選ぶか、おまえがどんな家を建てるかを、見ることができるのだ。わしはそれが知りたくてたまらんのだよ。わかるだろう。ときには、わしがおまえを助けてやれるようなことがあるかもしれん。(四)

ジョウゼフが父のもとを去ってからまもなく父親は死ぬが、その最期の様子をジョウゼフに語る兄バートンの言葉を借りれば、父ジョンは、「その新しい土地に取り付かれていた」(三〇)。そして、父親は生前の言葉通り、空を飛んでジョウゼフのところへやってくる。ジョウゼフは、カリフォルニアの自分の家のそばに立つ樫の木に父親を見出すのである。こうして父親はジョウゼフと彼の王国を見守る神となる。

3　カリフォルニア――アメリカの夢／悪夢の地

カリフォルニアの地にやってきたジョウゼフを迎えるのは、干魃の予兆である。彼は、自分の入植地を見るよりも前に、鬱蒼と茂る森の中ですでにそれを予感し、「馬でどんどん進んでいくにつれて、この土地は夢の幻影であり、乾いた埃っぽい朝に変わるかもしれないという恐怖」(八)に襲われる。その不安は、入植し、農場経営を始めてからも、干魃の悪夢にうなされるウィリーとの出会いや、その土地に住む人びととの会話によって強まっていく。ジョウゼフは、以前この地を干魃が襲ったこと、さらに、干魃は、一度きりではなく繰り返し起こっていることなどを知る。そして、物語の後半、実際、干魃がジョウゼフとその家族に襲いかかるのである。干魃は、豊穣を約束するかに見えた西部の土地が、決して地上の楽園ではなかったことをジョウゼフに知らしめる。

新たな土地に再生の夢を託す西進は、その最果てにあるカリフォルニアにおいて、人びとが望んでいたものとは異なる苛酷な現実に直面するとき、約束の地としてのカリフォルニアが幻想であったことを暴露する。希望と喜びの地のはずが、一転、悪夢の地へと変貌する、というテーマは、スタインベックの作品において、繰り返し描かれている。『知られざる神に』より一足早く出版された『天の牧場』もその一例である。豊かな自然に囲まれ、満ち足りた天国のように美しい谷間に広がる農村を舞台に、その住民たちの悲劇の物語が語られる。『怒りの葡萄』も、中西部での生活の基盤を失った人びとが、新たな生活を求めて辿り着いたカリフォルニアで直面した悲劇を描いている。

また、カリフォルニアへ行き着いた人びとは、さらなる西進を望んでもそれが叶わないことを悟って、呆然とする。短編「人びとを導く者」に描かれる老人は、大勢の開拓者のリーダーとして大陸を横断した若き日の開拓時代の逸話を、繰り返し家族に語り聞かせることで、思い出の中に生きている。自分もいつかは人びとをどこかへ導きたいという孫の言葉に、老人は我にかえってこう答える。

もうどこへも行くところはないんだよ。海があるから、その先へは行けないんだ。海岸には、自分たちの邪魔をしたといって海を憎んでいる老人があちこちにいるのだよ。（三〇三）

これ以上進む先を失ったアメリカの夢の最終地だからこそ、抱えざるを得ないむなしさは、恨めしそうに、そして呆然と、太平洋を見つめる老人たちに体現される。

アメリカの基盤を形成したとターナーが主張する西漸運動も、西海岸に達したことによって事実上終結し、一八九〇年には、公式にフロンティア消滅が宣言される。カリフォルニアに到達したことは、アメリカの国家的な大事業の成功を意味するが、それは同時に、この先、拡大する余地がないことをも示す。個人の人生を切り開き、国家を成長させてきた西進の終結は、土地の獲得に基盤をおく西進と再生の神話の概念の転換を迫るものであった。「人びとを導く者」に描かれる時代は、フロンティア消滅宣言後の二〇世紀初頭である。そして、『知られざる神に』もまた、西部開拓時代の真っ只中ではなく、そうした歴史を通り抜けたあとの時代を背景としているのである。

このように、アメリカ大陸の最西端という地理的な条件により、国全体が拡大主義に邁進した結果、最後にたどり着く場所であるために、カリフォルニアは、アメリカの夢と幻滅を一身に背負い、アメリカの夢の最終目的地として存在しながら、同時に、アメリカの夢とは何だったのかを問い返す場として機能することになる。

4　西洋の知と原始の自然

フロンティアは、西洋的知の世界と原始的な世界とが境界を接するところであり、西洋文明が異文化と出会うところである。前述の「登場人物はある集団の象徴である」とするスタインベックの言葉を考え合わせるとき、カリフォルニアは、集団と集団、文化と文化が出会い、衝突する場として、スタインベックの作品に現れる。

この作品において、登場人物たちの土地や自然との関わり方は、それぞれの人物が抱える文化的背景を反映すると考えられ、文化と文化の出会いと衝突の場としてのフロンティアをよく表していると思われる。西部開拓農民であるジョウゼフにとって、自然は、支配するべきものとして現れる。彼は、入植地について「ここはおれのものだ。だから、おれがこいつの世話をしなくてはならない」（一二）と宣言し、自分を大地の所有者であり保護者でもあると考えている。土地を開墾し、作物や家畜を育て、原野を農場へと変える。彼は、自然を自分の力でコントロールしようとし、またそれが可能であると考えている。

ジョウゼフは、干魃が来るという地元の人々の言葉を信じようとせず、干魃は二度と起こらない、と否定し続ける。実際に干魃が襲って来ると、彼は、自分の力で出来る限り農場を守ろうとし、家族が水を求めて土地を去っても、彼自身は、土地が死にかけており、「自分は土地を守るために残るのだ」(二七八)と考え、ただ一人留まる。彼にはまだ、自然は人間による制御の対象であるという認識がある。農場を離れてわき水のある松林の中へと避難した彼は、岩に生えている苔を守ろうとして水をかけ続けるが、そのかいもなく苔は枯れていく。自然の猛威の前に、人間一人が抵抗しても太刀打ちできないことに、ジョウゼフは焦りを感じる。追いつめられたジョウゼフは、以前に出会った、夕日に生け贄を捧げる老人を思い出し、仔牛を生け贄に雨乞いをするが、彼の試みは失敗する。なぜなら、生け贄の死と同時に太陽と一体化する老人とは異なり、ジョウゼフは、生け贄を殺しても、自然と一体にはなれないからである。ついに「死んだ」土地から出ていこうと決心するが、そのとたんに、彼は偶然手首を切る怪我を負ってしまい、死ぬことになる。

このようにアメリカ東部の、つまりは西洋の文明を、西部の大自然へと移植する開拓者である一方で、ジョウゼフは、原始的な自然に魅了されている。父の魂を古い大きな樫の木に感じてその大木を守り神と考えたり、その木に生け贄を捧げたりするジョウゼフの姿には、自然の中に神を見出す原始的な宗教の様相を見出すこともできるであろう。

ジョウゼフの周りの者は、彼が非キリスト教的な世界へと傾倒していく姿に不安を抱き、忠告する。信仰熱心なピューリタンであるバートンは、樫の木に対するジョウゼフの信仰を非難する。父ジョンも、その最期に、大地や自然と人間との合一について語り、その言葉は「キリスト教徒の使うような言葉ではなかった」ために、バートンには到底受け入れがたいものであった。木に化身する父親は、自然の神であり、キリスト教的な世界とは異なる世界を体現する。また、キリスト教をヌエストラ・セニョーラに教え広めているアンジェロ神父も、木に捧げものをするジョウゼフを目にして、やんわりと咎める。しかし、ジョウゼフは彼らの言葉に耳を貸さない。

ジョウゼフは、キリスト教から離れ、何か別の信仰の対象を得ようとしているように見える。松林のなかで苔に水をかけ続けながら雨を待つジョウゼフは、クリスマスが過ぎたことにも気づかない。雨乞いを依頼するために神父を訪ねた際には、アンジェロ神父から、キリストを信じるかと問いかけられ、それに答えずそのまま教会を立ち去ってしまう。彼は、インディオの岩と苔のある松林へと戻っていく。

ジョウゼフは、キリスト教が表す西洋的で知的な世界よりも原始的な世界へと傾倒していくが、こうした傾向は、ホフスタッターが反知性主義とする思想に通じる。歴史と伝統に支えられ高度で洗練された文化をもつヨーロッパに未開の原野が広がる文化的に未熟なアメリカを対置させながら、成熟と腐敗よりも無垢を、文明よりも自然を、知的なものよりも反知的なもの、粗野で原初的なものを、価値あるものとして位置づける、こうした知に対する態度は、アメリカの文化的風土に特徴的なものであり、アメリカに入植者たちが渡って以来受け継がれ、フロンティアでの経験を経て育まれていった。

ジョウゼフの妻エリザベスも、こうした傾向を持っている。元教師で、知識人を自任し、西洋的な知を信奉する彼女は、知識や教養が極端に欠落したジョウゼフと対照的な人物であるが、彼女もまた、原初的な世界に魅了されている。彼女はジョウゼフの粗野な言動に驚き、彼を感情的で理性がないと批判的に見ていながらも、彼に惹かれていく。また、「あまりに山々に溶け込んでしまうと、もとのエリザベスに戻れないのではないか」（一〇五）という恐怖を抱いていながらも、インディオの聖地である松林と泉を訪れずにはいられない。

西洋的な知の世界と原始的な自然との間に立って揺れ動くジョウゼフに、ファニートをはじめとするインディオたちは、ジョウゼフとは対照的な自然との関わり方を提示する。ファニートは、自分はカスティリア人だと主張してみせるが、実際は、母親がインディオであり、彼自身、自分の中のインディオの血を強く意識している。彼は、ジョウゼフにインディオの世界観を伝え、ジョウゼフをカリフォルニアの土着の文化に引き合わせる仲介者の役割を果たしている。松林のわき水とインディオに神聖視されている岩へとジョウゼフを導くのは、ファニートである。また、生命は大地から生まれ大地へと帰るのだという考えをジョウゼフに示すのも彼である。

インディオたちは、干魃について、それは周期的に起こること、土地が干上がり、一見死んだようにみえても、やがてまた雨が降り、大地が再び命を生み出すことを知っている。彼らは、土地が死ぬことはないことを理解している。だからこそ、ファニートは雨の前兆を感じ取ることができる。ファニートは、その予兆をジョウゼフに教えようとする。しかし、土地が死んだと思い込んでいるジョウゼフは、彼の言葉を受け入れることが出来なかった。従来、ジョウゼフが自らの命を犠牲にして雨を降らせたと論じられることが多い。確かにジョウゼフは自分の血管を切り開き、乾いた大地に血を流すことによって、大地を潤そうとし、その行為と同時に雨が降り始める。しかし、彼のその行為より前に、雨の予兆はあったのであり、ジョウゼフの死と雨に因果関係はなかったのだ。この時点でのジョウゼフはまだ、ルイス・オーエンズが指摘するように、現実認識の甘い目的論者であったと言える。

インディオたちが抱くような神秘的で悠久の自然に対するスタインベックの認識は、多くの作品において示されている。たとえば『エデンの東』で語り手は、カリフォルニアの地層から、はるか昔はその地が海の底であったことやそれよりも前の時代には深い森であったことなどが分かると述べ、そのとてつもなく長い時間を感じ取った深夜の神秘的な経験を語っている。こうした大地の歴史についての記述は、その直後に続けて語られる、さまざまな民族によるカリフォルニアの土地の奪い合いの歴史と対照を成し、深遠で偉大な自然の前では、人間の意志など些少なものに過ぎないことを示唆している。

ジョウゼフが自然の不死性を悟るのは、自らの死に直面するときである。死の間際、彼の体は軽くなって空に浮かび、彼は、高みから大地を見下ろす。

「どうしてわからなかったのだ」と彼はつぶやいた。「おれが雨なのだ」それでもなお彼は、いくつもの丘が混沌へと落ち込んでいく自分の体の山並みをぼんやりと見下ろしていた。……「おれは土地なのだ」と彼は言った。「そしておれは雨なのだ。ほどなく、おれの体から草が生えてくるだろう」（三三二）

最期を迎えて初めてジョウゼフは自然に近づくことができるのである。彼は、自分が土地であり雨であると悟ることで、自分が自然のサイクルへと回収され、その一部となることを知るのである。このようにして、「ジョウゼフは不滅」（一二一）であり「人間ではなく全ての人間」であり、「何よりも、大地の魂の象徴なのです」（一二一）というラーマの言葉が裏書きされる。ジョウゼフは、西進を担った開拓者たちの象徴であると同時に、彼が求め続けた自然の神との合一をみることによって、自然そのものの一部となるのである。

5　先住民族とその文化

ジョウゼフの死とほぼ時を同じくして、雨が降り出す。しかし、物語は、ジョウゼフの死で終わらない。物語は、雨の中で狂喜乱舞するインディオたちとその様子を眺める神父の描写で終わる。インディオたちが理解していた通り、結局、雨は再び降ったのであり、土地は死んではいなかったのである。かれらの思いを理解する神父もまた、土地は死なない、ということを知っている人物である。インディオたちが、キリスト教の教えに反して饗宴に興じ、カーニバルの様相を呈するのを、彼は黙認する。

西漸運動は、アメリカ国家にとっては、発展の歴史であったが、アメリカ先住民にとっては悲劇の歴史であった。『知られざる神に』の舞台であるカリフォルニアでも、侵略と植民が繰り返された。『怒りの葡萄』のある章は、かつてメキシコ領であったカリフォルニアにアメリカ人入植者たちが押し寄せ、メキシコ人から力ずくで土地を奪い、さらにアメリカ政府からの払い下げ地を奪い合い、自分の土地として囲い込み、所有権を主張した、というカリフォルニアの歴史の語りから始まる。その後もたとえば『エデンの東』や『アメリカとアメリカ人』などの作品において繰り返される、土地の奪い合いと先住民征服の歴史への言及は、カリフォルニアの土地に刻み込まれた暴力的な記憶への作家の認識を示している。

政府が払い下げたかつてのインディオの土地に自らの王国を築こうとするジョウゼフもまた、こうした流れの一部を担っている。フロンティア消滅宣言の年である一八九〇年には、ウンデット・ニーの大虐殺が行われ、これによって、白人のアメリカ人とネイティヴ・アメリカンとの関係は、一応の決着を見る。その後の時代を背景とする『知られざる神に』において、獲得した土地に颯爽と乗り込んでいくジョウゼフと、町では神父の教えに従い、農場では白人入植者に雇われて働くインディオの姿が、対照的な両者の関係を映し出している。彼が入植地を見下ろして「ここは俺の土地だ」と宣言するとき、彼は、白人による征服によってその地から追われた先住民のことを少しでも思ったであろうか。国家的事業として推し進められた西進についての物語には、このように、不可避的に暴力が潜む。神によって承認された西進というアメリカ史の表舞台の輝かしさの裏で何が起こっていたのかを、スタインベックは繰り返し確認しようとする。

しかしながら、ジョウゼフがカリフォルニアの自然に惹かれていったように、また、西洋の知を象徴するエリザベスが、いやおうなく、インディオの聖地に魅了されたように、カリフォルニアの自然やカリフォルニアの大地に深く結びついた先住民の文化は、白人侵略者が認識するよりもずっと深く大きな影響を及ぼしたといえる。カリフォルニアに初めて足を踏み入れた際に、カリフォルニアの自然に魅了されてしまいそうになったジョウゼフの不安は、自然の脅威に晒されるなかで、より明確に、そして激しいものとなってジョウゼフを襲う。ジョウゼフは、周辺一帯の土地が乾ききったように見えるなか、松林の中ではまだ水分が残っていることを目にして、土地の生命の源を感じ取りながら、その生命力の強さに驚嘆する。

水をかけられた苔の湿り気が、シャツを通して浸みてくるのを彼は感じ、彼は考え続けた。「土地は、死んでいるのに、なんて執念深く見えるのだろう」あたりの丘が、ぼろぼろになり、皮がむけ、目の見えなくなったヘビのように、まだ水が流れているこの砦のまわりにじっと横たわって待っている姿を彼は想像した。彼の小さな水の流れが一〇〇ヤードも行かないうちに、土地がそれを吸いつくしてしまうことを思い出した。「土地は凶暴だ」と彼は思った。「飢えきった犬のようだ」彼はその考えをもう少しで信じそうになって苦笑した。「土地は、いつかここへ入ってきて、この流れを吸いつくし、そして、できればおれの血までも飲み干してしまうつもりだ。土地は喉が渇いて、狂っている」（二八六－八七）

彼は、土地が水の流れを吸いつくし、自分の血も飲み干してしまうと思う。そして「少しでも水を飲んで味をしめたら、あの土地がおれたちを襲ってくる」（二八七）と思う。土地に人間が侵略され、圧倒され、征服されるという両者の関係の転倒が、ジョウゼフのなかで起きるのである。

人間が土地を侵略し征服するという考え方は、白人入植者たちが新大陸の土地とその土地に生きる先住民たちに対して行ってきた行為と重なり合う。とするならば、土地が人間を侵略するとは、どのようなことを意味するのであろうか。カリフォルニアの歴史において、まずはスペイン人たちが、次いでアメリカ人たちが、侵略し、先にその地に住んでいた人々を征服し、あるいは追い散らした。侵略者たちの論理がその地を覆い、先住民たちは周縁に追いやられた。しかし、アンジェロ神父はジョウゼフに言う。

新たに征服された国におけるように、古いしきたりは長い間、ときにはひそかに、ときには新しい規則の方向に少し合わせ、少し姿を変えたりして行われ、ここでも、わが子よ、キリストの支配を受けていながら古いしきたりが続いているのです。（一五八）

このように、侵略者たちの文化が先住民文化を圧倒し屈服させたように見えながらも、じつは決して絶やされることなく、生き続ける先住民の文化のしたたかさと強い生命力が指摘されている。

水の流れを狙って執念深く待ち構えるヘビのように、いつかは支配者の足下へ迫ってくるかもしれない被支配者たちの姿を、ジョウゼフは見たのである。ピューリタンによる植民地において、ヘビの死が、新大陸での神の国の建設に対する希望的前兆と解釈され、人びとに受け入れられたというエピソードや、植民地建設を意図するピューリタンたちにとって脅威であったネイティヴ・アメリカンが悪魔として表象されていたことを考えると、ピューリタニズムの色濃く残るヴァーモント出身のジョウゼフの目には、ヘビのような丘は、自らの存在に対する脅威を潜ませたものとして映ったのである。

一見、支配者の論理に従っているように見えながら、征服者によってその土地の中心に君臨する「支配者」の価値観に揺さぶりをかけ、転倒を企てる。それは、被支配者たちからの「異議申し立て」であり、こうした被支配者たちの声は、たとえば『天の牧場』にも現れている。『天の牧場』の冒頭には、カリフォルニアに植民したスペイン軍によって美しい谷間が「発見」されたいきさつと、先住民族の弾圧の歴史が語られる一章が置かれ、その後の章で語られる住民たちの悲劇を生む呪いの正体についての示唆となっている。

一族の繁栄というジョウゼフの夢が結局実現を見ずに終わった一因は、ウェイン家の者たちが、その地に生きる人びとの論理を受け入れ尊重することがなかったことにある。放蕩息子として描かれる彼の弟ベンジャミンは、農場の仕事もろくにせずに遊び歩き、他人の妻にも平気で手を出すが、彼がその対象とするのは、非白人たちの妻であり、同胞である白人たちの妻ではない。それは、ベンジャミンの中にあるインディオに対する傲慢さの現れとみなすことができるが、彼は、ファニートの妻を凌辱したためにファニートに殺される。エリザベスは、松林の中のインディオの神聖な岩を踏みにじり自らに屈服させようとしたために、足を滑らせ、岩から滑り落ちて死ぬ。ウェイン家の農場は干魃によって打撃を受けただけでなく、その干魃が周期的な土地のサイクルであることをウェイン家の人々が理解しなかったために、かれらは農場を捨てて去らねばならなかった。一族の族長としてのジョウゼフも物語の最後に死を迎え、こうして、ジョウゼフが築こうとした一族の王国は、最終的に崩壊する。

しかし、王国建設の物語にはまだ続きがあることが、物語の終盤に暗示されている。別れを告げるジョウゼフに、ファニート夫妻は、息子を会わせる。ジョウゼフと名付けられたその子供に、ジョウゼフは、祝福を与える。ファニートの息子がジョウゼフの名を継ぐことは、彼がジョウゼフの後を継ぐ者となることを示唆する。彼がインディオの子であることは、重要である。将来、彼が、一族の王国建設を夢見た白人入植者ジョウゼフの後継ぎとして、もともと祖先のものであったカリフォルニアの大地の継承者となり、その地に再び彼らの王国を築くことになる可能性が示されているのである。

スタインベックは、カリフォルニアにおける侵略と征服の暴力の歴史に対する認識のもと、様々な作品において、先住民やメキシコ人、パイサーノとよばれるスペイン人やネイティヴ・アメリカンやメキシコ人などの混血の人びとを描いている。『トーティーヤ・フラット』は、パイサーノの浮浪者たちを主人公にしたユーモラスで哀愁に満ちた英雄譚である。「大連峰」は、死を前に、今は白人の農場になっている生まれ故郷へ戻ってきたパイサーノの老人と、彼に当惑すると同時に強く惹きつけられる農場の人びとを描く。『真珠』は、メキシコの伝説をもとにした、一粒の真珠をめぐるメキシコ・インディアンの家族の悲劇の物語である。これら以外の作品にも、物語のあちこちに先住民やその文化が描き込まれている。

スタインベックの作品に描かれているネイティヴ・アメリカンやパイサーノの描写は、苛酷な歴史を経験し、現在もなお社会の周縁に置かれがちな先住民に対するスタインベックの認識の表れといえる。それは、社会の底辺や周縁にいる者たちに深い理解と同情をもつ、としばしば指摘されるスタインベック文学の特徴を示す。しかし、それだけでなく、侵略者である白人の文化が支配的になる以前にカリフォルニアにいた人々と彼らの文化について描くことは、その地にさまざまな民族がいる（あるいは、いた）ことによるカリフォルニアの文化的財産の豊かさを示し、一度は周縁に追いやられた先住民文化に光を当てる役割を果たしているといえるのではないだろうか。

おわりに

この作品は、西部の土地に入植した開拓者ジョウゼフを中心に据えて彼の視点から描いている物語のように見える。しかし、本稿を通して検証したように、この作品は、自然や先住民の文化がジョウゼフに作用していく物語ともいえるのである。『知られざる神に』執筆時、彼は、シェフィールドに宛てて、「ここ西部では、新たな目が開かれるのです、新たなものの見方が」（ヴァルジーン　一二三）と書いている。西部カリフォルニアの大自然を体験し、インディオの文化に触れ、生命のサイクルを知ったジョウゼフもまた、新たなヴィジョンを獲得して自分自身を再発見し、「特別な窓」（ベンソン　二六〇）を開いたのである。

＊本稿は、二〇一〇年五月三一日、京都府立医科大学において開催された日本スタインベック学会第三四回大会シンポジアム「スタインベック初期作品と文化的景観」において、講師として発表した原稿に加筆したものである。

引用参照文献

Benson, Jackson J. *The True Adventures of John Steinbeck, Writer*. New York: Penguin, 1984.
Foner, Eric. *Free Soil, Free Labor, Free Men: The Ideology of the Republican Party Before the Civil War*. New York: Oxford UP, 1995.
Gladstein, Mimi Reisel. "Female Characters in Steinbeck: Minor Characters of Major Importance?" in *Steinbeck's Women: Essays in Criticism*. Ed. Tetsumaro Hayashi, 17-25. Steinbeck Monograph Series, No. 9. Muncie, Ind., John Steinbeck Society of

America, Ball State University, 1979.

Hofstadter, Richard. *Anti-intellectualism in American Life*. New York: Knopf, 1963.

Leesberg, Marjolein. comp. *Johannes Stradanus*. Ed. Huigen Leeflang. Vol. 3. The New Hollstein Dutch and Flemish Etchings, Engravings, and Woodcuts, 1450-1700 9. Ouderkerk aan den IJssel: Sound & Vision Publishers. [Amsterdam]: In co-operation with the Rijksprentenkabinet, Rijksmuseum Amsterdam, 2008. 3 vols.

Lisca, Peter. *The Wide World of Steinbeck*. New Brunswick, NJ: Rutgers UP, 1958.

Owens, Louis D. *John Steinbeck's Re-Vision of America*. Athens, GA: U. of Georgia P., 1985.

Steinbeck, Elaine, Robert Wallsten. eds. *Steinbeck: A Life in Letters*. New York: Penguin, 1989.

Steinbeck, John. *America and Americans* (1966). New York: Bonanza Books, 1966.

_______. *Cup of Gold: A Life of Sir Henry Morgan, Buccaneer, with Occasional Reference to History* (1929). New York: Penguin, 2008.

_______. *East of Eden* (1952). New York: Penguin, 1992.

_______. *The Grapes of Wrath* (1939). New York: Penguin, 1986.

_______. "The Great Mountains." *The Red Pony*.

_______. *Journal of the Novel:* The East of Eden *Letters* (1969). New York: Penguin, 1990.

_______. "The Leader of the People." *The Long Valley*. 283-304.

_______. *The Long Valley* (1938). New York: Penguin, 1986.

_______. *Of Mice and Men* (1937). New York: Penguin, 1994.

_______. *The Pastures of Heaven* (1932). New York: Penguin, 1982.

_______. *The Pearl* (1947). New York: Penguin, 1992.

_______. *The Red Pony*. (1937). New York: Penguin,

_______. *To A God Unknown* (1933). Kyoto: Rinsen Book, 1985. Vol. 3 of *The Complete Works of John Steinbeck*. Ed. Yasuo Hashiguchi. 20 vols.

_______. *Tortilla Flat* (1935). New York: Penguin, 1986.

Steinbeck, John and E. F. Ricketts. *Sea of Cortez: A Leisurely Journal of Travel and Research* (1941). New York: Paul P. Appel,

1989.
Turner, Frederick Jackson. *The Frontier in American History*. New York: Holt, Rinehart and Winston, 1962.
Valjean, Nelson. *John Steinbeck: The Errant Knight*. San Francisco: Chronicle Books, 1975.
Wilson, Edmund. "The Boys in the Back Room." *Classics and Commercials: A Literary Chronicle of the Forties*. New York: Farrar, Straus, and Co., 1950.
岡本泰男『フロンティアと開拓者――アメリカ西漸運動の研究』東京大学出版会、1994年。

第二四章

『カウンターライフ』における主体とアイデンティティ
――ことば、身体、パストラル――

杉澤伶維子

はじめに

フィリップ・ロス（一九三三―）は、『ゴースト・ライター』（一九七九）から始まる三部作およびエピローグで構成される『ザッカーマン・バウンド』[1]、『カウンターライフ』（一九八七）、「アメリカ三部作」と総称される三作品[2]、そして『ゴースト退場』（二〇〇七）まで三〇年近くに及ぶ一連の「ザッカーマンもの」において、ネイサン・ザッカーマンを主人公もしくは語り手として、個人と共同体との緊張関係を扱ってきた。特に、『ザッカーマン・バウンド』ではアメリカのユダヤ・コミュニティにおけるザッカーマン自身の、「アメリカ三部作」ではアメリカ社会における彼の知人たちの、自己形成・自己探求・自己変容を中心として物語が展開する。

「アメリカ三部作」から数年を隔てて書かれた『ゴースト退場』を「ザッカーマンもの」のエピローグ的存在とするならば、年代的に『カウンターライフ』はそのほぼ中ほどに位置している。「ザッカーマンもの」の他の作品が伝統的ストーリーテリングの手法で語られているのに対し、『カウンターライフ』は文学作品の虚構性を徹底的に暴露したメタフィクショナルな作品である。ユダヤ人のアイデンティティの問題が、分裂・交換・偽装する不確かな主体という視点から描かれた、ポストモダンの秀作として評価されている。また、作品の半分がイスラエルとイギリスという外国が舞台となっている点でも、『カウンターライフ』は「ザッカーマンもの」の中で特異な作品である。『ザッカーマン・バウンド』において主人公が抱える問題はフロイト的家族劇、そしてアメリカのユダヤ・コミュニティとの軋轢といった身近な問題であった。その中で扱われる自己は、西欧の伝統的な啓蒙思想のもとで育まれた、理性への信頼を基礎とする自由で揺るぎのない自己であった。しかし『カウンターライフ』では、社会・国際情勢の変化、人文学におけるパラダイムの転換によって、従来のとらえ方では納まりきらないアイデンティティと主体の問題が、内容にも手法にも立ち現れてくる。

一九八〇年代には、英米文化圏において多文化主義が称揚され、ディアスポラ的思考が高まるにしたがい、従来の民族・国家アイデンティティに対して疑問が投げかけられるようになっていた。なかでもイスラエルは、一九八二年パレスチナ解放機構（PLO）壊滅を目的としたレバノン侵攻から、一九八七年ヨルダン川西岸とガザ地区で起こったインティファーダ（民衆の一斉蜂起）にいたるパレスチナ紛争の激化によって、ホロコースト犠牲者としての立場から一転して国際的な批判を浴びることになった。アメリカ社会に同化していたユダヤ系の人々も、あらためて自分たちのアイデンティティを問い直す必要性を痛感した。

さらに、哲学・思想・文学といった世界において、モダンからポストモダンへと、物語や主体に関する意識が劇的に変化していた。同じユダヤ系としての出自を持つポール・オースター（一九四七－）が、主体の不確かさや、自己と他者との境界の消失、歴史に対する内省と虚構性を特徴とするポストモダンの作品『シティ・オブ・グラス』を出版したのが一九八五年である。たしかに、『シティ・オブ・グラス』はポストモダンの代表とも言える作品であるが、そこにユダヤ人固有のアイデンティティの問題を見出すことはできない。それに対してロスは、アメリカ社会への同化を体験するとともに、ホロコーストとイスラエル建国を目撃した、二〇世紀半ば以降のユダヤ系アメリカ人のアイデンティティに対する複雑な思いをフィクション化することで、主体の問題や、歴史と虚構をめぐる問題に迫った作家である。アンドルー・ファーマンは、

ポストモダンの美学の出現によって、ロスは、彼がすでに知っており劇的に表現してきたこと——すなわち、意識、特にわれわれの世紀におけるユダヤ人の意識が不安定で、粉砕され、断片化されているということ——を、より自由に芸術的に表現できるようになったにすぎない（三七）。

と述べ、「ユダヤ人のアイデンティティのとらえどころのなさ」（二八）を表現したポストモダンのユダヤ系作家として、ロスを評価している。

ティモシー・パリッシュが要約するように、ロスの作品は、「本質的で真正なユダヤ的自己の位置の探求と、いかなる社会的あるいは文化的制限によっても拘束される必要のない自己の発見と創造への試み」（REI 一三〇）が常に競合しあっている。その歴史と想像力との緊張関係は、ポストモダンの意識と表現に一致するものである。なかでも『カウンターライフ』では、ユダヤ人のアイデンティティの問題が、主体、物語、作者―登場人物―読者といったポストモダン特有の論点と、車の両輪のように互いに不可欠な要素となっているテクストである。デレク・ロイヤルは『カウンターライフ』を「民族的自己を充分に、しかもポストモダンの枠組みの中で扱った彼［ロス］の最初の作品」（四一三）と位置づけている。

本論では、極度なまでの虚構性を持つテクストを歴史的コンテクストに組み込んだ『カウンターライフ』が、「ザッカーマンもの」のテーマである個と集団の問題を扱うにあたり、主体性と（文化）アイデンティティへの当時の意識の変化をどのように創作に取り入れているのかを検討する。『ザッカーマン・バウンド』では自己構築に対してことばが主要な役割を果たしていたが、『カウンターライフ』では身体にも重要な意味づけがされていることにも注意を払い、主体性とアイデンティティ構築に対することばと身体の関係を分析する。また、作品の舞台がアメリカ、イスラエル、イギリスと複数であることの意味を、パストラル幻想という観点から吟味することで、ロスの創作において『カウンターライフ』がどのような位置を占めているのかを考察したい。

1　兄と弟のテクスト

ロスの初期の作品では、勤勉と道徳遵守によって個人は自由にその能力を発揮することができるというアメリカ的自己実現への信念と、実現へ向けての主人公の努力を妨げる集団との葛藤が描かれている。作家として自己実現を果たそうとするザッカーマンは、自分たちの生活を題材に使われたことに対する彼の家族・親戚からの怒り、さらに、ユダヤ教の伝統を冒涜したとして、彼の作品を酷評するラビや批評家を中心とするユダヤ・コミュニティからの攻撃にさらされる。そういった激怒や攻撃に対して、精神分析的知識を援用しながら想像力を駆使して、家族とユダヤ・コミュニティを題材にして創造した作品群が『ザッカーマン・バウンド』である。

このように『ザッカーマン・バウンド』が、個人と集団との葛藤をアメリカのユダヤ系家族とユダヤ・コミュニティという身近な視点から描いているのに対し、『カウンターライフ』では、国家としての存続の基盤を軍事力に求めようとするイスラエル、反ユダヤ主義の歴史を温存するイギリスという外国からの視点が加えられ、国際的・歴史的に個人対集団の問題が発展的に提示される。その結果、居場所との関わりから生じるユダヤ人の複雑なアイデンティティの問題が、アメリカのユダヤ系のアイデンティティと対比する形で提示されている。

カレン・カプランが『移動の時代』（一九九六）で述べているように、居場所とは時間軸と空間軸が交差する地点であり、それぞれの居場所にその地に固有のアイデンティティが形成される（一八三一一八四）。特にユダヤ人にとって居場所とアイデンティティの問題は重要である。反ユダヤ主義、ホロコースト、移民と同化、ユダヤ国家建設、といった彼らの祖先や仲間たちが経験したその土地独特の歴史がある。ロスはたまたま一〇〇年前に祖父母がアメリカに移住、同化したディアスポラのユダヤ系アメリカ人というアイデンティティを持つが、もし祖父母がヨーロッパに残っていたら、もし祖父母がイスラエルに移住していたら、という「もし～だったら……」という仮定に基づいた想像が、常に彼の意識にはあった。

「もし～だったら……」という仮定に基づいたロスの想像は居場所だけではない。『カウンターライフ』では、兄と弟の生と死についてもそれぞれ二つずつの状況が用意されている。心臓病治療薬の副作用で性的不能になった弟ヘンリーが心臓手術を受けて死亡する場合、手術に成功するが精神的に不調をきたす場合、性的不能になったザッカーマンが手術を受けて死亡する場合、そして不能から回復したザッカーマンがもうすぐ父親になろうとしている場合、という四つの矛盾しあう物語が、前の物語に侵略するような形で唐突に出現する。誰がこのテクストを書いたのかという作者をめぐる問いかけも含めて、『カウンターライフ』は複雑な構造を持っているため、どのストーリーを信じるべきか読者は混乱状態に置かれる。

『カウンターライフ』の出版に先立って、ロスは以下のような説明をしている。

作者と読者の一般的約束事に従って、彼ら［読者］は語られたストーリーを信じることに同意しているのだが、『カウンターライフ』では矛盾するストーリーが語られる。……どれが本当でどれが間違っているのか？ 全ては等しく本当であり、等しく間違っている。……なぜわざわざそんな面倒なことをするのか？ なぜなら誰かが自分自身の話を変えていくことは珍しいことではないから。人々は絶えず自分たちの話を変えている——人はそのようなことに日々直面している。（RMO 一六一）

『カウンターライフ』は、アイデンティティの相対性、主体の不確実性、物語の断絶や奪取といったポストモダンの要素が百花繚乱とも言えるテクストだが、実際には人生のさまざまな可能性、つまり「われわれの人生のフィクション上の異なる場合を、常に矛盾しつつも互いに絡み合うストーリー」（二六二）として提示しているにすぎない。兄と弟のテクストを並置することによって、一つの出来事・事実・人生に対して常に複数の視点・解釈・物語があり得ることを示している。

したがって、ザッカーマンとヘンリーの語りは作品内で互いに矛盾しているが、読者はどちらが真実を語っているのかを考える必要はない。ホームであると信じるイスラエルへの移住と、ディアスポラの地での同化という選択肢を、ヘンリーとザッカーマンの人生によって提示しているにすぎない。

仕事と家庭の両者において成功したアメリカ人であることを捨て、民族の歴史とそのイデオロギーを具現化する集団に身を投じるのがヘンリーである。民族集団のアイデンティティを優先させて個を否定する生き方に対して、ザッカーマンが精神分析的観点から分析・批判する。その反対に、人類の「普遍性」という近代西欧の理想を信じ、父親になるという個人的な欲望を優先させるのがザッカーマンである。過剰な理想と個の欲望充足の優先に対しては、ヘンリーが新たな民族アイデンティティの立場から批判を加える。このように作品は兄と弟の「カウンターテクスト」により構成されることで、「すべて捻じれてはいるが統一性」（RMO 一六二）を持ったものとなる。

しかし、カウンターテクストの存在は、生き方に対する兄と弟の別個の選択肢というより、ヘンリーは、『ザッカーマン・バウンド』において自己確立に苦労していた生真面目なザッカーマンの分身とも考えることができる。ザッカーマン自身は「中年になって、昔のように自分自身をかき乱したり引き裂いたりするよりも、冷静に離れたところから観察して他人の苦しみを見抜くスパイ」（三二〇）となる。しかも、ヘンリーの苦しみが第三者の立場から客観的に描かれているだけでなく、ザッカーマンの苦悩も彼自身によって距離をおいて、冷静に描写され分析されている。その結果『カウンターライフ』はロスの以前の作品に比べると笑いの要素に欠けるものの[3]、読者は次第に、作者が創りだしたフィクションの構造そのものの「遊び」に巻き込まれていく。

2　ことばと主体性

「歯科医院では口を扱っているだけのように見えても、実はその人の全人格を扱っているのです」(三六)、といみじくも歯科医師ヘンリーの助手ウェンディが言うように、口はことばを作り出す器官という点でその人の人格に極めて近い。が、同時にこれもウェンディが言うように、「口は身体の一部」(三七)である。「空洞」もしくは「無」(三七)である口は、ことばを発する身体として言語との不可分性を示す。『ザッカーマン・バウンド』に収められた三部作の最後『解剖学講義』(一九八四)では、転倒して顎を砕いたため食事を取ること(＝身体機能)も喋ること(＝言語機能)もできなくなったザッカーマンが描かれている。

『カウンターライフ』には、"pretend," "impersonate," "disguise," "perform" という単語が再三使用され、主体をめぐるパフォーマンス性が強調されているが、パフォーマンス理論は、ロスの長年の関心事であった自己形成・変容の表現を強化するのに役立ったと考えられる。もし自己が「ふりをする」ことによって獲得可能なものであれば、自己変容は可能である。たしかに、「演劇的な自己変貌の才能」(二一四)を持つ作家は、さまざまな自己を行為することに没頭できる、人々から羨まれる職業であると言えよう。だが現実に、作家がさまざまな自己を演技できるのはあくまで言語空間においてである。

心臓病治療薬の副作用によって性的不能になったというヘンリーの物語が、実はザッカーマン自身の経験の変形であることを、読者が本の二〇〇ページを過ぎるまで知らずに騙されてきたとするなら、人物は言葉によって造形されることを証明することになる。「僕は口の修理に生涯を捧げてきたのに、彼［ザッカーマン］は口を封じて、皆の喉にことばを押し込むことに生涯を費やしてきた！」（二三六）と、ヘンリーは作家の兄を批判する。ヘンリーが憤るのは、「重要なことがすべて歪曲され、偽装され、捻じ曲げられ、……絶え間なく事実を他の恐ろしいものに変えてしまう」（二三六）ことばの力に対してでもある。ザッカーマンの死とその遺稿の処分の物語は、ことばの持つ計り知れない力に対する想像上の復讐である。

マリアは、彼女が語ったエピソードや人々に関する話を、ザッカーマンが小説の中で「リアリティ――といっても彼独特のリアリティ」（二五一）に変えてしまうと言う。ザッカーマンによる想像／創造によって書かれた「キリスト教国」の原稿を二回読むと、本の中の女性と、ここで自分だというふりをしている女性と、どちらが本当の自分かわからなくなるとも告白している。だが、このように主体性を構築、あるいは揺さぶることばの力を行使するのは作家ザッカーマンだけではない。ヘンリーの死を事実とかけ離れた美しい夫婦愛の物語に仕上げた妻キャロルの弔辞は、それを聞く者に実像とは異なる故人の像を作り上げてしまう。以上の例からもわかるように、語ることばがその人を形成する。

言語学者バンヴェニストは人称に焦点を置いたディスコースの分析から、「ことばにおいて、そしてことばによって、人間はみずからを主体 *sujet* として構成する。……《主体性》とは、話し手がみずからを《主体》として設定する能力のことである。」（二四四）と述べている。デブラ・ショスタックはバンヴェニストを引用して、[4]「自己は発話を通して自らを生成し、……ロスがパフォーマンスとして思い描くのはこの生成(と『他者化』)のプロセスである」(一三一)と、ロスがことばを通して主体性を構築する過程に関心を抱いていることを指摘する。これまで、『男としての我が人生』(一九七四)や『ザッカーマン・バウンド』においてロスが示した作家としての自己成長の物語は、作家である主人公が、ことばを書くことによって主体を構築していく過程を提示したものである。

主体がことばによって自在に創造されるように、文化(民族)アイデンティティもことばによって創造される。「ロスにとっては、親から譲り受けた人種がその人が誰であるかを決定するのではなく、そのことについて語る物語が決定する」(WB 一五一)とパリッシュが論じるように、ロスはこれまでユダヤ系としてのアイデンティティ構築を、主人公たちが語ることばによって行なってきた。イスラエル武装強硬派モーディカイ・リップマンから、アメリカへの完全な同化を誇りに思うと宣言するキャロルにいたるまで、『カウンターライフ』の登場人物たちは、彼らの経験や主張を語ることによってそのアイデンティティを形成している。トレサ・グラウアーが指摘するように、ロスを筆頭とするユダヤ系アメリカ作家たちは、流動的で相対的な現代のユダヤ系アメリカ人のアイデンティティを、「かなりの程度ナラティヴの仲介に依存している」(二七二)のである。

「ザッカーマンであるとは一つの長い演技であり、本人自身だと思われていることの正反対です」(三二三)、「自己が必要とされる時呼び出すことができる一群の役者」を抱える「私は劇場です」(三二五)、「私たちはなりたい者になったふりをすることができる。必要なのは演技です」(三二五)

と、ザッカーマンがマリアへの手紙で語る「演技」とは、言語すなわち口によるパフォーマンスである。

口は変装・分裂・交換する不確かな自己を内包する空洞として自由にその形を変える。たしかにリンダ・ハッチオンが言うように、「一貫性・連続性・自律性を持った自由な主体という考え方そのもの」は、「歴史的に条件づけられ、歴史的に構築されている」(三六)のだが、「物語であれ歴史であれ、語る人は、出来事に特別な意味を与えることでまさにこれらの事実を構築する。……語る人が事実のために語り、これらの過去の断片を全体的な言説に作り上げる」(五六)。『カウンターライフ』は、ことばが事実、人格、アイデンティティを構築する力を持つことを強調するために、複数の語りを絡み合わせた構造を持つフィクションである。

3　ペニスとアイデンティティ

『カウンターライフ』が提示しているのはことばの力だけではない。作品が性的不能という現象から始まり割礼の話題で終わる『カウンターライフ』は、アラン・クーパーが指摘するように、ペニスがシンボルの中心として機能している(二二四)。ヘンリーは妻以外の女性との性行為の継続を、ザッカーマンは四度目の結婚で初めて父親となることを望むゆえに、ともに生命の危険を冒してまで心臓手術を受ける決心をする。このことはとりあえず、一人のアメリカ人男性が自己の欲望に従って行動することを意味する。

異教徒の女性との関係がロスの主人公たちの「ユダヤ系アメリカ人男性」としてのアイデンティティの確立に深く関与していることは、ロスの初期作品を読むと明白である。『ポートノイの不満』の主人公ポートノイにとって、異教徒の女性と性的関係を持つことは、「アメリカ人男性」として認められることを意味する。彼らは、移民であった彼らの父親や祖父たちが刻苦勉励して獲得したアメリカ社会への同化を、いわばペニスの力を通して完成させようとする。

したがって、アメリカにおけるアイデンティティの確立と、男性性の問題を緊密に関連づけてきたロスの主人公たちにとって、性的不能という事実はそのアイデンティティをも揺るがしかねない出来事である。無意識のうちにも、ペニスは力強いアメリカ人男性としての能力を誇示する必要性を担っていた。それゆえ、危険な心臓手術に踏み切ったヘンリーとザッカーマンの背後には、単なる個人の欲望を超えたユダヤ系アメリカ人男性としてのアイデンティティ構築の必要性が隠されている。

人種とジェンダーが思想・文学・言論界で頻繁に論議されるようになって以来、割礼を施されたペニスは、歴史的にユダヤ人男性のアイデンティティの象徴的役割を担うと解釈されるようになった。サンダー・ギルマンの著述にしたがえば、ヨーロッパにおいて、割礼はユダヤ人の差異化を可視化するために身体にほどこされた印とみなされ（JB 九一―七）、さらに、ユダヤ人男性の身体の女性化と、アーリア人より劣った病弱な人種というレッテルの役割を果たした（FRG 九、二五、三八―三九など）。ディアスポラを生き延びるために女性化したともいわれるユダヤ人男性(5)に対して、イスラエルのユダヤ人男性は、その男性性すなわち身体的強靱さを強調することによって「真正なユダヤ人」であることを立証しようとする。

ウォレン・ローゼンバーグは、ロスは『ポートノイの不満』でアメリカのユダヤ系家庭におけるジェンダーの役割の逆転を示し、『カウンターライフ』を通してユダヤ人の男性性の能力を可視化するようにしたと述べている（一九〇）。『ポートノイの不満』では、主人公の母親がペニスの象徴といわれるナイフで主人公を威嚇し、『カウンターライフ』では同じくペニスを象徴する銃をリップマンが、そしてリップマンを代理父として受け入れたヘンリーが携えることになる。

しかし、イスラエルのヘブロン付近の入植地で、ハノックと名前を変えてヘブライ語を学習するヘンリーを動かしているのは、男性的強さを主張して「真正なユダヤ人」になるためではなく、「自己刷新への巨大な衝動」（一五二）であるとザッカーマンは考える。イスラエルは、「自分自身の反神話であるカウンターライフの構築」（一五一）を行なうことができる場所、「もし望むならユダヤ人が新しい人間になることができる」（一五一）、すなわち自己変容可能な場所として存在する。かつて、ザッカーマン兄弟の父祖たちが、新しい人間になることができる土地としてアメリカを選んだように。

4　パストラル幻想と割礼

その一方で、イスラエル移住とは反対方向への自己変容願望、すなわち同化願望は、牧羊を家業としてきたイギリス上流階級出身で、霧や牧場について小説を書いているというマリアと結婚して、田舎を想起させるテムズ河畔に建つ家で父親になることを願うザッカーマンに体現される。この絵に描いたような願望は「パストラル幻想」という言葉に要約することができるであろう。(6) この『カウンターライフ』におけるパストラル幻想について、ボニー・リヨンズは、「それぞれの登場人物のパストラルの夢はその人の現在の生活・人生（life）のカウンターライフであり、一般にパストラルとは生活・人生そのものへ対抗するものである」（一二二）と述べている。居住地の移動（displacement）には、たいてい新しい生活への一種の憧れ――パストラル幻想――が伴うものである。

パストラルはアメリカの起源を論じる際の基本概念ともなっている。レオ・マークスは『楽園と機械文明』（一九六四）において次のように述べている。

> よき羊飼いを支配する動機は……偉大な世界から退いて、新鮮な緑の風景で新しい生活を始めることである。……それ［調和と喜びのオアシスへの退却の夢］は、アメリカを西欧社会の新たな始まりにするためのさまざまなユートピア的図式に具体化された。（三）

アメリカ建国の起源は、旧世界の悪弊を逃れて新世界の無垢な土地で新生活を始めるという「パストラルの夢」の具体化であった。

一九世紀末から二〇世紀初頭へかけてのユダヤ人のアメリカ移住は、パストラルを求めて旧世界から新世界へというアメリカ建国の起源に一致するものである。紀元七〇年の第二神殿破壊以後、世界各地に離散したディアスポラのユダヤ人が、一九世紀末から二〇世紀初頭にかけて、「乳と蜂蜜の流れる約束の地」として見出したのがアメリカであった。宗教上の迫害がなく、自由と平等が保障されたアメリカは、ユダヤ移民にとって旧約聖書にある「エデンの園」（＝パラダイス）であった。さらに、第二、第三世代になると、アメリカ社会への完全な同化をめざし、イギリスの文学伝統につながる田園牧歌（＝パストラル）を想起させるホームを築くことを求めた。

実際、「ザッカーマンもの」では、『カウンターライフ』の次の作品のタイトルは『アメリカン・パストラル』である。第三世代の主人公スイードは、アメリカ独立戦争の由緒ある地域に一〇〇エーカーの土地と石造りの家を入手、そこにミス・ニュージャージーであった美貌のカトリック教徒の妻とともに、田園的な生活を送ることに喜びを感じる。北欧系を思わせる金髪碧眼のスイードは、「軽くまとっていたユダヤ性」（AP 二〇）を軽やかに脱ぎ捨てて、ワスプとして「パッシング」することで、新しい自己を身にまとうことに成功したかにみえた。

『カウンターライフ』では、「イギリスの薔薇」（七七）マリアを妻としたザッカーマンがテムズ河畔の家を改築中、という設定である。ザッカーマンによれば、改築中の川辺の家は「合理性」と「暖かな人間的抱擁」を表し、彼にとっての「自分自身の変容」（三一二）を表すはずのものであった。スイードのようにワスプに成りすますのではなく、出自を超えて、理想的な人間性に満ちた生き方への自己変容をする場としてのパストラルを求めていた。

ザッカーマンのこの理想的自己への変身願望を砕くきっかけとなるのが、ロンドンのレストランで見知らぬ老婦人から受けた、ユダヤ人の体臭に言及する反ユダヤ主義的発言である。アメリカでは「人々は車のバンパーステッカーのように無造作に『アイデンティティ』を身につけたりはがしたりする」(三一二)のだが、イギリスでは、「生まれながらに持っているものに永遠に包み込まれている」(三一二)。これまで知識では知っていても無視することができた「ユダヤ人苦難の歴史」を、イギリスでの体験によって、今やザッカーマンは「ついに肌で感じるようになった」(三一一 強調筆者)、と告白する。

さらに、「今まで長い間ユダヤ人を結びつけてきた習慣」(七七)である割礼が、やがて二人の間に生まれてくる子供に対する割礼の是非をめぐって、マリアとの間で口論の火種となる。子宮というパストラルから胎児が産み落とされた瞬間、人は歴史に投げ入れられることを、ザッカーマンはマリアへの想像上の手紙で語りかける。

割礼はパストラルとは正反対のものです。……歴史以前のイノセントな美しい状態にある子宮の夢のような生活、人間によって作られた儀式によってさえぎられることなく「自然に」生活するという魅力的な牧歌がすべて嘘であることを、説得力を持って割礼は示しています。生まれるとはそれらすべてを失うことです。人間の価値観という重い手が、人生の始まりに、性器にそれ自身の印を刻むのです。(三一七)

マリアという共演者を得て、あらゆる偏見から自由な人間として演技する自らの劇場を信じていたザッカーマンは、割礼が象徴する過去の歴史が個人の理想や欲望を凌駕する現実に直面する。ことばによって構築されるはずであった文化（民族）アイデンティティが、実はユダヤ民族のペニスすなわち身体に刻銘されていることを認めることになるという点で、『カウンターライフ』はロスの他の作品とは異なる、アイデンティティと歴史に対する見解を示している。

一方、イスラエルの砂漠の地への入植者たちが、開墾・灌漑に精を出してそこを緑の土地に変えようとしたのも、一種のパストラルへの憧憬ととらえることができる。だが、シオニストたちにとってはイスラエルの起源という無垢な時間に戻る行為のつもりであっても、実はそこに二〇〇〇年にわたるパレスチナの歴史が存在していることを、もはや無視することはできないはずである。「イギリスとは異なり、わずか七日で創造され……そのまま放置されたような」（一一七）原初的なユダヤの地にどのような夢を託して移住しても、そこに「他者」パレスチナの歴史がある限り、当然パストラルになりえないことを、「ユダヤの地」と題された章は暗示する。

「歴史の塑像型を破壊し、汚れや損傷のある年月の蓄積を脱ぎ捨てて」、「カインとアベル以前の分裂が始まる前のパストラル神話の生活」（三二六）に逃避しようとする幻想を、ザッカーマンはイギリスとイスラエルの現実を直視することによって、また、割礼の意味を探求することによって現実に引き戻している。人間は子宮というパストラルから生れ落ちた瞬間に歴史の中に投げ入れられる。割礼はその儀式であり、「一人のわれわれ、単一の彼や私ではない一人のわれわれ」（三二八）の存在を確認している。ルービン＝ドースキーが「再生可能なアメリカ的自己と再構築不可能なユダヤの歴史という自己と歴史との記念碑的対立」（九三）と要約している対立は、作品内ではパストラルと割礼に象徴的に表される。小説の最初では性的不能という個人的な欲望の場であったペニスは、子宮（＝無垢な世界としてのパストラル）と対比することで、最終的には割礼という民族の歴史を刻む身体器官として提示される。

おわりに

以上のように身体に注目して論を進めていくと、『カウンターライフ』は、個の自律性や自由が、集団の歴史によって支配されるという結論に行き着く。しかし、『カウンターライフ』は奇妙な終わり方をする。ザッカーマンは、ユダヤ人の定義からあらゆるユダヤ的要素を"without"という単語で排除した後、ユダヤ人は「グラスやリンゴのようにただ物体としてのみ」（三二八）存在すると断言する。さらに最終パラグラフ、ザッカーマンは彼の勃起、すなわち「ユダヤの父の割礼を受けたペニスの勃起」（三二八）の思い出でこの作品を閉じる。それはザッカーマンの勃起するペニスを初めてそっと手にした時のマリアの感嘆の声である。「ええ、素敵だわ。……とても素早く変化するように見える」（三二八）。そして最後、ザッカーマンはマリアへの手紙を次のように締めくくる。「この人生はあなたや私、そして私たちの子供が望むことができる人生に近いものです」（三二八）。

民族の刻印を受けたペニスが個人の欲望によってその形を変えることは、欲望する個である身体が、「グラスやリンゴのようにただ物体」である「われわれユダヤ人」に対して抵抗していると解釈できないだろうか。また、家族、特に個人の欲望の結実である子どもを持つ人生を肯定的に想定していることも示唆的である。このように、ペニス（身体）も口（ことば）と同様、集団に対する個の自律性と自由を主張する器官であることを仄めかして作品は終わる。『カウンターライフ』の謎めいた終わり方それ自体、主体とアイデンティティの不確実性、あるいは可変性のようなものを暗示している。「人生は、小説家のように変容しようとする力強い衝動を持つ」（RMO 一六二）と、ロスは人生においても創作においても変容を強く肯定する。アイデンティティは「決して完成されたものではなく、常に過程にあり、表象の外部ではなく内部で構築される『生産物』として」（九〇）考えられるべきものであると主張するスチュアート・ホールの論に見られるように、当時アイデンティティの定義がその流動性や可変性をめぐって論議されていた。ここに、自己・人生・人間の変容に対するロスの願望と、主体とアイデンティティをめぐる当時の考え方との幸運な結合があった。

一九八〇年代のディアスポラ的思考の流行とイスラエル・パレスチナ紛争の混迷・激化によって、ユダヤ系アメリカ人としてのアイデンティティだけでなく、歴史的視野からユダヤ人としてのアイデンティティを見直す必要性が生じたことは、ユダヤ系作家ロスの作品に重層性を与えることになった。その一方で、変幻自在な想像力によって自己形成・探求・変容を描いてきたロスは、主体をめぐる論議――主体の分裂・虚構性・流動性・不安定性――を彼の作品に積極的に取り込むことで、イスラエルと反ユダヤ主義という彼の作品中最もユダヤ的な素材を使いながら、最も豊かな、場合によっては奇想天外ともいえる想像力――遊びの要素――を駆使する作品を創ることができた(7)。

『ザッカーマン・バウンド』では、従来の西欧的（＝アメリカ的）自己、自由と自立性を重んじる自己を獲得するために、生真面目に集団（＝ユダヤ・コミュニティ）に抵抗するザッカーマンが描かれている。『カウンターライフ』では、ユダヤのアイデンティティの問題を歴史的視点から再考するために、ザッカーマンの「カウンターライフ」がクローズアップされ、主体をめぐるポストモダン的理論がアイデンティティ論議に絡み合うように表現される。「アメリカ三部作」では、アメリカの理想である自己実現や変容が否定され、個人が集団に飲み込まれていくプロセスが、語り手ザッカーマンによって他者に投影される(8)。

二〇一〇年、ロスは日本流に言えば喜寿を迎えたが、年齢による執筆の衰えを感じさせることなく、ほぼ毎年のように作品を出版している。しかし、直接的にイスラエルを扱い、主体の揺らぎを「遊んだ」作品は、『カウンターライフ』以外には『オペレーション・シャイロック』（一九九三）だけである。以後、ロスの関心はアメリカ史やアメリカにおけるユダヤ人の体験、彼自身に迫り来る老病死の問題となり、自己の不安定性を問題にすることはなくなった。その表現方法もほぼ伝統的なストーリーテリングに戻っている。『カウンターライフ』は「ザッカーマンもの」のみならず、ロスの作品の中でも特異な位置を占めている。それゆえ、個人と集団、アメリカ的自己実現と民族の歴史、ディアスポラとホームといった対立を、ことば、身体、パフォーマンス、主体、アイデンティティに関する当時の理論を援用して書かれたこの作品は、一九八〇年代のアメリカを逆照射する作品として読むことができるであろう。

注

（1）『ゴースト・ライター』（一九七九）、『解き放たれたザッカーマン』（一九八一）、『解剖学講義』（一九八四）の三作に、エピローグとして「プラハの狂宴」を加えて一九八五年に一冊の本として出版された。
（2）『アメリカン・パストラル』（一九九七）、『私は共産主義者と結婚した』（一九九八）、『ヒューマン・ステイン』（二〇〇〇）の三作である。
（3）二〇一〇年に出版された *Playful and Serious: Philip Roth as a Comic Writer* はユーモアや笑いの観点からロスのほぼ全作品を論じているが、『カウンターライフ』は扱われていない。
（4）ショスタックが引用しているのは、邦訳で二四八頁の四行目から一五行目である。
（5）ボヤーリン&ボヤーリン、三七―九頁参照。
（6）『ウェブスター』辞書によれば「パストラル」とは、「羊飼いの生活もしくは田舎の生活を、たいていは技巧的方法そしてしばしば古文体で扱う文学作品（詩あるいは戯曲）であり、単純な生活のイノセンスと清廉さを、都会や特に宮廷生活の悲惨と腐敗に、慣習的に対比させて描くのを典型とする」。
（7）イスラエルを舞台にしてホロコーストを新たな歴史的視点からとらえた『オペレーション・シャイロック』も、主体の曖昧性の問題と絡めることで遊びの要素を取り入れ、ホロコーストとイスラエルを踏まえたユダヤ人のアイデンティティの問題に迫る。
（8）「アメリカ三部作」で語り手となったザッカーマンが描くのは、出自を捨てて主流の「アメリカ人」になろうとしたものの、彼らが置かれたアメリカ歴史の流れの最も過激な部分に巻き込まれて自己創造に失敗した、アメリカ社会の「他者」たちである。「アメリカ三部作」では、アメリカの周縁部に位置していた「他者」のアイデンティティ問題と自己実現を探求することで、アメリカ建国の起源にまでさかのぼることのできるアメリカ固有のメンタリティを解明する。「アメリカ三部作」はアメリカ的自己の脆弱さと歴史の決定性を暴露する。詳細な論の展開については拙論「フィリップ・ロスの『ヒューマン・ステイン』における個人と共同体――怒り、汚れ、浄め――」参照。

引用参照文献

Boyarin, Jonathan and Daniel Boyarin. *Powers of Diaspora: Two Essays on the Relevance of Jewish Culture*. Minneapolis: U of Minnesota P, 2002.

Cooper, Alan. *Philip Roth and the Jews*. Albany: State U of New York, 1996.

Furman, Andrew. *Contemporary Jewish American Writers and the Multicultural Dilemma: The Return of the Exiled*. Syracuse: Syracuse UP, 2000.

Grauer, Tresa. "Identity matters: contemporary Jewish American writing." *The Cambridge Companion to Jewish American Literature*. Ed. Michael P. Kramer and Hana Wirth-Nesher. Cambridge: Cambridge UP, 2003. 269-84.

Gilman, Sander L. *Freud, Race, and Gender*. Princeton: Princeton UP, 1993.

_______. *The Jew's Body*. New York: Routledge, 1991.

Hutcheon, Linda. *The Politics of Postmodernism*. 2nd ed. New York: Routledge, 2002.

Kaplan, Caren. *Questions of Travel: Postmodern Discourse of Displacement*. Durham: Duke UP, 1996.

Lyons, Bonnie. "En-Countering Pastorals in *The Counterlife*." *Philip Roth: New Perspectives on an American Author*. Ed. Derek Parker Royal. Westport: Praeger, 2005. 119-27.

Marx, Leo. *The Machine in the Garden: Technology and the Pastoral Ideal in America*. 1964. Oxford: Oxford UP, 2000.

Parrish, Timothy. "Roth and ethnic identity." *The Cambridge Companion to Philip Roth*. Ed. Timothy Parrish. Cambridge: Cambridge UP, 2007. 127-41.

_______. *Walking Blues: Making Americans from Emerson to Elvis*. Amherst: U of Massachusetts P, 2001.

"Pastoral." *Webster's Third New International Dictionary Unabridged*. CD-ROM. Springfield: Merriam-Webster, 2000.

Rosenberg, Warren. *Legacy of Rage: Jewish Masculinity, Violence, and Culture*. Amherst: U of Massachusetts P, 2001.

Roth, Philip. *American Pastoral*. 1997. New York: Vintage, 1998.

________. *The Counterlife*. London: Jonathan Cape, 1987.

________. *Reading Myself and Others*. New York: Vintage, 2001.

Royal, Derek Parker. "Postmodern Jewish Identity in Philip Roth's *The Counterlife*." *Modern Fiction Studies* 48.2 (Summer 2002): 422-43.

Rubin-Dorsky, Jeffrey. "Philip Roth and American Jewish Identity: The Question of Authenticity." *American Literary History* 13.1 (Spring 2001): 79-107.

Shostak, Debra. *Philip Roth—Countertexts, Counterlives*. Columbia: U of South Carolina P, 2004.

Siegel, Ben, and Jay L. Halio, eds. *Playful and Serious: Philip Roth as a Comic Writer*. Newark: U of Delaware P, 2010.

杉澤伶維子「フィリップ・ロスの『ヒューマン・ステイン』における個人と共同体――怒り、汚れ、浄め――」『*NEW PERSPECTIVE*』、182号、2006年2月、75-82頁。

E・バンヴェニスト『一般言語学の諸問題』岸本通夫監訳・河村正夫他訳、みすず書房、1983年。

スチュアート・ホール「文化的アイデンティティとディアスポラ」小笠原博毅訳『現代思想』、26巻4号、1998年、90-103頁。

第二五章

ティム・バートンとコロニアリズム
——『チャーリーとチョコレート工場』——

新屋敷健

はじめに

ハリウッド映画における人種表象・コロニアリズム表象は常に物議を醸してきた。いわゆるポリティカル・コレクトネスを満たしているかどうかが、異人種・異文化表象を評価する際の唯一の基準となっている。その結果、人種主義的と見なされる表象を含む作品は批評家から批判される。近年ではティム・バートンの『チャーリーとチョコレート工場』(二〇〇五)が、そのネイティヴ表象に関して批判を浴びた。

しかし、この映画の異人種表象を批判するだけでは十分ではない。何故ならこの作品は、その表象への自己言及的な語りの構造を持っているからである。そしてこの語りの構造は、その人種主義的表象が産み出されるメカニズム自体を明示している。従って、この表象の産出のメカニズムを示すことによって、この映画はコロニアリズム表象を結果的に批判している、というのが筆者の解釈である。

更に、この映画の人種主義的表象について考察することは、従来のティム・バートン研究に新たなパースペクティヴをもたらす効果もあるだろう。実際、彼の最新作『アリス・イン・ワンダーランド』（二〇一〇）もそのコロニアリズム的設定に関し批判されているので、バートン作品をコロニアリズム批判の観点から分析することが必要なのではないか。

以下、『チャーリーとチョコレート工場』のネイティヴ表象の分析を行ない、それを産み出すメカニズムがどのようにして自己言及的な語りの構造によって示されるのかを論じていきたい。なお、以下の論証では、植民地主義という一般的な意味で、コロニアリズムという言葉を使用する。

1　『チャーリーとチョコレート工場』へのコロニアリズム批判

以下の論証のために、最初にこの映画の粗筋を簡単に説明する。主人公は、チャーリー・バケットという貧しい家庭の男の子で、彼は他の四人の子供達とともに、世界的に有名なチョコレート会社のオーナーのウィリー・ウォンカによって、彼のチョコレート工場に招待される。ウォンカは、彼の製品のレシピを盗む目的でライバル会社がスパイを工場に送りこんだことから、従業員を全員解雇し工場を閉鎖していたが、数年前に工場の操業を再開した。しかし工場で誰が働いているのかは、誰も知らなかった。チャーリー達は工場の中で、小人のような人々を目撃する。ウォンカの説明によると、彼らは「ウンパ・ルンパ」という人種で、「ウンパ・ランド」と呼ばれる国で彼が発見した。彼らがチョコレートの原料であるカカオ豆を非常に好むことを知ったウォンカは、彼らを工場に連れてきてカカオ豆と引き換えにそこで働かせていたのだ。

このウンパ・ルンパという人種は、イギリスの児童小説家ロアルド・ダール（一九一六－九〇）の、映画と同名の原作『チャーリーとチョコレート工場』（一九六四）に登場しているが、一九七二年にその表象が人種主義的だと批判された。何故ならウンパ・ルンパは、「アフリカのジャングル」から連れてこられた「ブラック・ピグミー」と設定されていたためである（Treglown 一四〇）。批判を受けたダールは、編集者の説得に応じてウンパ・ルンパの描写に変更を加え（Treglown 一四二）、一九七三年の版では、彼らは「『黄金色の』長髪で『薔薇色がかった白い』肌の小さいヒッピー」（Treglown 一八八）になり、出身地もアフリカからウンパ・ランドに変わった。現在出回っている一九九八年の版でも、小人の原始人のような彼らのイラストが載っている。

このウンパ・ルンパ表象のポリティカル・コレクトネス的修正は、ダール自身が脚本を担当した最初の映画版である、メル・スチュアート監督の『夢のチョコレート工場』（一九七一）で既におこなわれている。この映画では、ウンパ・ルンパは非常に小柄な俳優一〇人によって演じられ（Goffe）、彼らは皆緑色のかつらとオーバーオールを身に着け、肌の色はオレンジ色だ。この「ブラック・ピグミー」からの修正は、ダールに無断でスチュアート監督が別の脚本家に書き直させた結果だった

(Treglown 一七五)。更に、彼らの出身地のウンパ・ランドは全く映画の中に現れない (McIntosh)。

しかし、このウンパ・ルンパ表象に対する前述の修正を無視し、「一九七一年の映画と一九七三年の改訂版が控えめにしようと試みた人種主義とコロニアリズムを呼び戻した」(McIntosh) と批判されたのが、バートン版『チャーリーとチョコレート工場』である。何故ならこの映画では、一九七一年版が描かなかったウンパ・ランドが、ジョニー・デップ演ずるウィリー・ウォンカの回想シーンで現れるからだ。ウォンカはアフリカのジャングルを連想させるウンパ・ランドに、お菓子に使う新たな香料を探しに行って、ウンパ・ルンパ達を発見する。更にダールの原作に出てくる、ウォンカがウンパ・ルンパの族長を説得して、カカオ豆と引き換えに彼の工場で彼らが働くことに同意させる逸話も、この回想シーンに含まれる。また、ウンパ・ルンパ達の苦境と彼らがいかにカカオ豆を欲しがっていたかということも強調されている。ところが、彼らがウォンカによって救われること自体も、コロニアリズム的だと批判されている。というのは、いわば白人植民者であるウォンカによって(Jones)、苦境から「『救われる』幸せな有色人種」がウンパ・ルンパであると解釈でき (Fuchs)、この図式自体がコロニアリズム的だからだ。このように、バートン版『チャーリーとチョコレート工場』は、原作と最初の映画版のウンパ・ルンパ表象の修正を台無しにし、いわば改悪していると見なされているのである。

更に、バートンのウンパ・ルンパ表象は単なるポリティカル・コレクトネス的修正の「改悪」に留まらず、いわば「新発明」(McIntosh) をも含んでいる。というのは、バートンはケニヤ生まれのインド系で非常に小柄な男優のディィープ・ロイに、ウンパ・ルンパの登場人物全員を演じさせているからである。具体的には、CGや様々なデジタル合成技術等を駆使することで、たとえば一〇人のウンパ・ルンパが登場する場面では、ロイに一〇通りの役柄をそれぞれ演じさせ、それをデジタル合成して完成させる、といった具合だ。原作や一九七一年版の映画でもウンパ・ルンパ達は皆同じ様に見えるが、バートン版のウンパ・ルンパ達はロイ一人が演じているため、服装が違う場合でも皆同じ顔をしており、文字通り同一の存在になっている。

このウンパ・ルンパ達の文字通りの同一性は、更に人種主義的との批判を受けている。すなわち、「白人達は非白人系の人々を同一で皆同じに見えると見なす」（McIntosh）ことの反映だというのだ。実際のところ、非白人系の人々を同一で個別性を持たない存在だと白人達が考えるというこの習性は、あるポストコロニアル批評家によると、コロニアリスト言説の特質と考えられている。

ヨーロッパ作家はネイティヴの個性や主体性を否定することで彼を商品化し、その結果、ネイティヴは今や他のどのネイティヴとも交換可能な一般的な存在と見なされている（彼らは皆同じに見え、同じように行動し、等々）。（JanMohamed 八三）

従って、バートン版ウンパ・ルンパは、このネイティヴ表象の人種主義的同一性の論理を文字通りに実行し現実化していると考えられるだろう。

2　『チャーリーとチョコレート工場』の語りの構造分析

以上のようにバートンのウンパ・ルンパ表象はコロニアリズム的論理の具現化であり、監督が非難されても仕方がないのかもしれない。しかしバートン版『チャーリーとチョコレート工場』の形式に目を向ければ、問題の表象を人種主義的だと決め付けて一件落着ではないことに気づかされる。ここでいう形式とはこの映画の語りの形式のことで、具体的には、映画の物語世界で展開される出来事に関して、画面にかぶさる誰かの声が説明をする形式のことである。この語りの形式は、「ヴォイス・オーヴァー」と呼ばれる。この映画では、画面上に姿を見せない匿名の語り手のヴォイス・オーヴァーが全編にわたって用いられており、最初の場面での主人公チャーリーの紹介に始まって、彼の家族の苦しい経済状態の説明や、ウィリー・ウォンカがチャーリー達を連れて彼の工場内を案内する場面で挿入される、ウォンカが少年時代を回想する場面の導入や、映画の最後の場面での結論的なコメントなどが、このヴォイス・オーヴァーによってなされる。ウォンカがウンパ・ルンパを発見し工場に連れて来る経緯を語る回想場面では、ウォンカを演じるジョニー・デップのヴォイス・オーヴァーが使われているが、この回想場面を含めた映画の物語世界全体が、匿名の語り手のヴォイス・オーヴァーによって語られる形式になっている。この映画のように、ヴォイス・オーヴァーが映像で示される物語世界から独立している場合は、その声は語り手として現れ、いわば「メタフィクション的な声」であり、「語りの起源を示す点」だと見なされる（Silverman 五一）。従ってこのヴォイス・オーヴァーは、この映画の物語世界に関して全てを知る、いわば権威を持った匿名の語り手の声として機能している、と考えても差し支えないと言える。

そしてこのヴォイス・オーヴァーが、映画の最後の場面の最後のショットで、物語の結末について解説する。ウォンカは、チャーリーに彼の工場を譲りそこで一緒に住むことを提案するが、チャーリーが家族を連れて来ることは拒否し、自分の家族を大事にしているチャーリーから断られる。実はウォンカ自身が父親と確執を抱えていたため、チャーリーの家族と暮らすことをいやがったのだ。そこで、チャーリーはウォンカと共に彼の父親を訪ね、二人の和解の手助けをする。映画の最後は、チャーリーの家族と共に暮らすウォンカが、彼らと一緒に夕食を食べるシーンで終わる。ここでカメラは家の中から外に出て、最後のショットと共に、全知の語り手のヴォイス・オーヴァーが、ウォンカが自分の家族を得たことの重要性をコメントする。

ところが、ここで奇妙なことが起こる。それまでヴォイス・オーヴァーが聞こえてくる時には、その声の持ち主は画面には決して姿を現さなかった。しかしこの時、ジャケット姿のディープ・ロイが画面に現れる。それだけではなく、彼はヴォイス・オーヴァーのコメントにあわせてリップシンクをしている。このヴォイス・オーヴァーは、映画のクレジットによるとジェフリー・ホールダーという人が担当しているが（Knight）、どちらかといえば社会的階層が比較的高そうな白人中年男性の声のイメージがあり、金属的で甲高いディープ・ロイ自身の声ではありません。しかし最後のコメントにあわせてリップシンクすることで、あたかも彼自身がしゃべっているかのように見える。（このリップシンクに関する、監督の意図は不明。）

この結果、どのような効果が生じるのだろうか。映画の音響や音楽や声の研究者であるミシェル・シオンは、映画の中の音響・音楽・声の位相を、画面との関係によって、フレーム内／フレーム外／オフの三つの領域に分けています（シオン　三二―三五）。フレーム内の音とは、画面にその音の音源が見える場合のことで、喋っている登場人物などがフレームの中に現れる場合を指す。フレーム外の音は、その音源が画面に見えないが、隣接する場所に属する場合の音で、画面に見える部屋の隣から聞こえてくるラジオの音などの場合である。そしてオフの音とは、画面に音源が見えず、なおかつその映画の物語世界にも属さない音のことで、一般的な映画音楽や音響効果や姿を現さない語り手のヴォイス・オーヴァーなどが該当する。そして、これら三つの領域の境界を超えることによる効果について、フレーム内／フレーム外、フレーム内／オフ、オフ／フレーム外の三通りに分けている。

ここでバートンの映画の最後のショットにおけるヴォイス・オーヴァーを、シオンの映画の音の三つの領域に即して考えると、この最後のショットの前までは、この語りの声は画面に声の持ち主が現れず、なおかつ映画の物語世界にも属さないので、オフの声だと言えるだろう。ところが最後のショットではこのヴォイス・オーヴァーにあわせてロイがリップシンクをしているので、あたかも彼がこの声の持ち主であるかのように見えてしまう。そうすると、最後のショットでこのヴォイス・オーヴァーは、画面に音源である声の持ち主の見える、フレーム内の音に変わったかのような効果が生まれている。それでは最後のショットにおける、このオフの声からフレーム内の声への見かけ上の変化は、どのような意味があるのだろうか。シオンはオフの声がフレーム内へ移行する際の効果についてこう述べている。

オフの空間で、まだ位置の定まらないナレーターの声が聞こえる場合、それをオフからフレーム内へ越境させることは、しばしばそのナレーション本来の場で映画を締めくくることを意味し、誰がどこから、いつ話しているのかを見せることになる。（シオン 五一）

更にシオンは、音楽がオフからフレーム内へ越境した場合の効果に関して述べている個所で、オフからフレーム内へ移動した声の場合も例に挙げこう説明する。

こうして露見させることの意味は何だろうか。それは、いわば「失効」させることであり、オフの声にとって、それを視覚化することがそうであったのと同様だ。視覚化によって、オフの声は、包み込まれ閉じ込められ、肉体を持った声となる。（シオン 二二七）

次にバートンの映画の最後のショットでのヴォイス・オーヴァーが、オフの声からフレーム内に移行し視覚化されることの意味を考えてみよう。まずシオンによると、「誰がどこから、いつ話しているのかを見せることになる」という効果があるわけだが、この映画では「誰がどこから、いつ話しているのか」がはっきりしない。中流の白人中年男性らしく聞こえる声が、アフリカ生まれのインド系男優のロイの「肉体を持った声となる」となるわけだから、果たしてこの語り手は誰なのだろうか。ロイが一人で全ての役柄を演じてきたウンパ・ルンパなのだろうか。私がこの映画を劇場で最初に見た時は、この物語はウンパ・ルンパの視点から語られているのかと思った。しかし映画の中では、ウンパ・ルンパは英語を話せない設定だ。またロイの服装はジャケット姿だが、映画に出てくるウンパ・ルンパはウォンカの精神分析医らしき人物以外は、そんな格好をしていなかった。だとすると、この精神分析医なのだろうか。しかし映画の中でウンパ・ルンパ達は、音声言語を何も喋っていないし、この医者も例外ではない。彼らが音声言語を話すのは、チャーリー以外の子供達が彼らの貪欲さや我侭によって工場でひどい目に会う際に、彼らを皮肉る英語の歌詞の歌を歌う時だけだ。（ちなみに歌のパートは、この映画の音楽を担当しているダニー・エルフマンが全て吹き替えている。）

また、この語り手が英語を話すウンパ・ルンパだとすると、「自らの言語を奪われて、支配者の言語である英語しか話せないネイティヴ」（吉田）だと解釈することも可能である。しかしこの場合は、画面に現れてヴォイス・オーヴァーにあわせてリップシンクするロイの肉体に別人の声が「包み込まれ閉じ込められ」た結果、あたかも物語の語り手であるかのように見えているのだ。従って、たとえば、アルフレッド・ヒッチコックの『サイコ』（一九六〇）の最後の場面で登場する、自分が殺した（ことで罪悪感に駆られ、そのこと自体を否認するためにその人格を演じてきた）母親の声によって精神まで乗っ取られたノーマン・ベイツのような、声が違う肉体に閉じ込められた結果生み出された、肉体化された語り手だと考えることは難しいだろう。サウンドトラック上の音声とリップシンクするロイの映像とのパラレルな距離を、ナレーターという存在に具現化して考えるのではなく、あくまでその距離を保持したまま分析するべきだろう。つまり実体化され肉体を持った語り手ではなく、いわば語り手効果とでもいうべきものなのだ。以下の論証ではこの語り手効果（を担う画面のロイ）を、語り手と呼ぶことにする。

実際、この語り手がウンパ・ルンパであるかどうかもわからない。というのは、彼がどこで喋っているのかが、実ははっきりしないからだ。彼は画面の右端に位置しているが、左下に見えるチャーリーの家はドールハウスのように小さく見え、彼が通常の人間よりはるかに小柄なウンパ・ルンパだとすると、彼とチャーリーの家とのサイズの比率が合わない。つまり彼が喋っている場所が、チャーリーの家があるはずのウォンカの工場かどうかもわからないのだ。だとすると、男優ディープ・ロイとして話しているのだろうか。その場合は、それまで語られたことが全てロイの視点からだということになるが、そうするとこの映画は、メタフィクション的な錯綜した語りの視点の映画ということになり、ますますわけがわからなくなる。シオンによると、オフの声がフレーム内の声になることでその語りの権威が「失効させ」られるわけだが、この映画の場合はそれだけではなく、「誰がどこから、いつ話しているのか」も、わからなくなっている。従って、この語り手が誰なのかも、どこで話しているのかも、決定不可能だと言える。

3　『チャーリーとチョコレート工場』における語り手と語りの対象との関係性

以上のように、バートンのウンパ・ルンパ表象は、コロニアリズム的論理を具現化する一方で、彼らの表象も含めた物語世界をヴォイス・オーヴァーで語る全知の語り手が誰でどこで話しているのかを、ウンパ・ルンパを演じたディープ・ロイに最後のショットでナレーションにあわせてリップシンクさせることで、最終的に決定不能にしている。従って唐突かもしれないが、ここで問いを変えなければならなだろう。つまりこの語り手は誰なのか、という問いから、この語り手と、彼によって語られる対象であるウンパ・ルンパ表象との間の関係性、という問いへ、変える必要があるだろう。この語り手と彼によって語られる対象との関係性という視点は、ティム・バートンの前作『ビッグ・フィッシュ』（二〇〇三）において展開されている。この映画は、ほら話ばかりする父親と反対に事実を重んじる息子とが前者の死の間際に和解するという家族ドラマだ。映画のタイトルであるビッグ・フィッシュ（大きな魚）とは、息子のウィルが生まれた日に結婚指輪を餌代わりにさおにつけて、誰も捕まえたことのなかった伝説の巨大な魚を釣り上げた、という父親のエドワード・ブルームの十八番のほら話のことを意味し、ほら話の語り手であるエドワードによって語られる対象になっている。ところが、映画の最後の病気で入院中の父親が亡くなる場面で、ウィルはエドワードに、彼がどのようにして死ぬのか（ほら）話してくれ、と懇願される。それまで父親から彼の死に方の話しだけは聞かされていなかった息子は、即席でほら話をでっち上げる。ウィルによると、彼とエドワードは病院を抜け出して車で川に向かい、そこでエドワードのほら話に出てくる登場人物全員に見送られ、最後は彼がいつもその話をしていたビッグ・フィッシュに変身し、川の中を泳ぎ去る。以上が、ウィルが語る、エドワードの死に方のほら話で、父親はその話に満足して、息を引き取る。

この父親のほら話での最期に関して、小説家で映画評論家の阿部和重は「実在する親父が最期に『大きな魚』に変貌し虚構化することによって語り手自身が語られる対象と化す」（二三九）と述べている。つまりほら話の語り手としてのエドワードが、彼によって語られる対象であるビッグ・フィッシュになるわけだ。この「語り手自身が語られる対象と化す」前作に対して、『チャーリーとチョコレート工場』では、逆に語られる対象が最後に語り手として現れる。すなわち、全知の語り手のヴォイス・オーヴァーによって語られる対象であるウンパ・ルンパを演ずるロイが、映画の最後のショットでヴォイス・オーヴァーにリップシンクすることによって、あたかもその語り手であるかのように現れるのだ。従って、前作とは語り手と語られる対象との関係が逆になっているが、この映画でも語り手と語られる対象の関係性が描かれていると考えられるだろう。実際に前作同様、脚本はジョン・オーガストによるものだし、『ビッグ・フィッシュ』ではエドワードとウィル、『チャーリーとチョコレート工場』ではウォンカと彼の父親の歯科医、というように両方の映画とも父親と息子という関係が描かれているから、主題の共通性があっても不思議ではない。そこで以下の論考では、語り手が誰でどこから語っているのかという決定不能な問いを、語られる対象（ウンパ・ルンパ）と、最後に現れる語り手との関係性という問いに変えて、考察していきたいと思う。

まず語られる対象と語り手との関係性に関して言えることは、両者の同一性という点だ。映画に登場するウンパ・ルンパはロイ一人で演じているために、全員同じロイの顔をしている。

その一方で、ウンパ・ルンパと最後に登場する語り手との間には様々な違いがある。第一にサイズが違う。ウンパ・ルンパは人間の数分の一の大きさの、小人といってよい種族という設定だが、最後に現れる語り手は、画面に見えるチャーリーの家との比率で言うと、ロイ本人の「四フィート四インチ（約一メートル三二センチ）」（Salisbury 二四二）のサイズのように見えるから、小人の種族のウンパ・ルンパと非常に小柄な男性のロイとでは、サイズの点で差異がある。また、服装も異なる。ウンパ・ルンパは原始的な格好や、工場労働者としての様々な仕事に応じた様々なユニフォーム姿で登場するが、最後に現れる語り手は、ジャケットとセーターにスラックスという服装だから、だいぶ違う。唯一の例外は、ウォンカの精神分析医らしきウンパ・ルンパのスーツ姿で、この語り手の服装に近いが、厳密に言うと同じではない。更に音声言語の能力も違う、ウンパ・ルンパはウンパ・ルンパ語という彼ら固有の言語を持っているという設定だが、映画の中では歌の場面で英語で歌う以外は一切音声言語を話さず、ジェスチャー等（による言語らしきウンパ・ルンパ語）でウォンカとコミュニケートしている。それに対して語り手は英語のヴォイス・オーヴァーで語っているので、歌の場面以外では音声言語を話さないという点で、違いがある。逆に言うと、顔が同じロイの顔と言う点以外にウンパ・ルンパと語り手の間には共通点はない。

以上のようにウンパ・ルンパと最後に現れる語り手は、顔が同じと言う点以外はサイズも服装も（英語の歌以外の）音声言語能力も違うが、だとすると両者の関係性をどう考えるべきだろうか。ここで語られる対象としてのウンパ・ルンパと語り手との間には、「投射」のメカニズムが働いていると仮定してみよう。この投射とは精神分析理論の用語で、以下のように定義付けられる。

　　精神分析独特の意味では、主体が、自分の中にあることに気づかなかったり拒否したりする資質、感情、欲望、そして「対象」すらを、自分から排出して他の人や物に位置づける作用をいう。これは太古的な起源を有する防衛であり、それはとくにパラノイアの場合に働くが、迷信のような「正常な」思考様式の場合にも見られる。（ラプランシュ／ポンタリス 三五〇）

そして注目すべきは、ラプランシュとポンタリスがこの用語の様々な意味を挙げていく中で、最後の例は人種主義的言説において機能するメカニズムであることだ。

　　主体は、自らのうちに認めようとしない欲望や傾向を他の人々に転嫁する。たとえば人種偏見をもつ人が、自分自身の過誤やかくれた性向を、自分がさげすむ人種へ投射する場合である。（ラプランシュ／ポンタリス 三五二）

つまり自分自身の中にある認めたくない要素を、主体は自分が差別する対象の上に投射すると言うわけだ。想定される例としては、日本人男性が自分自身の中にある理性的でなく感情的な部分を自分で認めたくないので、差別的な感情を持つ対象、たとえば在日コリアンの人々に投射し、彼らは感情的だと見なして自らの差別意識を正当化する、というような場合などがあるだろう。実際のところ、コロニアリスト言説におけるネイティヴ表象にも、この投射のメカニズムが機能している。というのは、「コロニアリスト文学はネイティヴを、コロニアリストの自己イメージを映し出す鏡として使う」(JanMohamed 八四)からだ。この場合の「鏡」とは、語り手の中にある自分では見たくない要素が、語られるネイティヴ表象に投射され、あたかもそれがそのネイティヴの属性であるかのように見せる語りのメカニズムを指す。それでは、映画の場合はどうだろうか。映画と人種主義的・植民地主義的表象との関係性を論ずるスタムとスペンスは次のように述べている。

みずからのイメージを築きあげたヨーロッパは、続けて他者のイメージ――「野蛮人」や「人食い」――も同じようにしてつくりあげていったが、これは男性優位主義が女性を欠陥品扱いしようとするのと似通っている。なぜならここでも欠陥品［lack］として定義されたほかならぬその女性が、男性の思いあがった姿を映し出す鏡となっているからである。(一七九)

言うまでもなくこの場合の「鏡」も、ヨーロッパ／男性優位主義が自らの中にある認めたくない要素を「欠陥品」としての他者／女性の上に投射してその属性とし、同時にこの他者／女性を「鏡」として使うことで、その欠陥とは無縁な自己イメージを、ヨーロッパ／男性優位主義に向けて映し出させるという、投射のメカニズムを指している。

ここで、バートンの映画のウンパ・ルンパ表象と最後に現れる語り手の議論に戻ろう。この場合にも投射のメカニズムが働いているとすれば、語り手が自分の中の認めたくない要素をウンパ・ルンパ表象に投影していると考えられる。たとえば、自分自身の中にあるが認めたくない、プリミティヴな部分を彼らの表象に投射することで、彼らを原始的な生活をする存在だとすることができる。だとすると、語り手とウンパ・ルンパが同じロイの顔をしていることは、この語り手が彼らの表象に対して投射をおこなっていることを明示しているのではないだろうか。つまり、両者の顔の同一性こそが、語り手からの投射のメカニズムがウンパ・ルンパ表象において機能していることを示していると考えられる。

それでは、この語り手の投射のメカニズムがウンパ・ルンパ表象において機能していることの明示には、どのような意味があるのだろうか。ここでこれまでの論点を確認すると、ウンパ・ルンパ達が皆同じ（ロイの）顔をしていることは、コロニアリスト言説におけるネイティヴ表象の同一性の論理（彼らは個別性を持たない均一な存在）を示しており、原作や最初の映画化のウンパ・ルンパ表象と比べても、ロイ一人で全ての役柄を演じることでその同一性は極端化されている。その一方で、ヴォイス・オーヴァーに画面でリップシンクさせることによる語り手効果の担い手をロイにすることで、語り手からの投射のメカニズムが彼らの表象において機能していることが、両者の顔の同一性によって明示されている。だとすると、この顔の同一性による、語り手の語る対象への投射のメカニズムの可視化を、どう考えればいいのだろうか。ここで人種主義的表象による表象批判、という観点から考えることが、この問いに答える助けになるだろう。すなわち、コロニアリスト言説におけるネイティヴ表象の同一性を文字通りに過剰なまでに現実化しているという点で、この映画のウンパ・ルンパ表象は人種主義的だ。しかし同時に、語り手と語られる対象としてのウンパ・ルンパとを同じ男優にすることで、コロニアリスト言説の語り手が自らの否認する要素を語られる対象であるネイティヴ表象に投射していることが明示され、そのメカニズムが、監督の意図の如何にかかわらず、結果的に可視化されていると解釈できるだろう。この人種主義的ネイティヴ表象への語り手の投射のメカニズムの明示は、このような表象自体を批判していると、筆者は考える。つまり、バートン版『チャーリーとチョコレート工場』は、そのウンパ・ルンパ表象の語り手と語りの対象の同一性を最後に見せることで、語り手の中の否認する要素が語られる対象へと投射されるという、コロニアリズム的ネイティヴ表象を産み出すメカニズムを示しているという点で、結果的に人種主義的表象批判になっていると解釈できるのだ。まさに、コロニアリズム的ネイティヴ表象の同一性を極端化しつつ、その表象が産み出されるメカニズムを明示することでそれを批判しているのが、この映画だといえるだろう。

おわりに

以上、バートン版『チャーリーとチョコレート工場』におけるウンパ・ルンパ表象が人種主義的ネイティヴ表象の同一性を極端化しているという点でコロニアリズム的であること、ウンパ・ルンパを演じた男優を最後に登場させて全知の語り手のヴォイス・オーヴァーにリップシンクさせることで語り手として機能させていること、語り手が自らの中の否認したい要素を語られる対象へと投射するというメカニズムを両者の顔の同一性によって明示していることを論じ、そのことによって、人種主義的表象を結果的に批判していると結論付けた。この映画がコロニアリズム的表象を、それを産み出すメカニズムを示すことで批判していると論じることは、ハリウッド映画の異人種・異文化表象研究においてて人種主義的表象による表象批判という視点を示すだけでなく、ティム・バートン研究において、コロニアリズム批判という新たなパースペクティヴを提示したと言えるだろう。

＊この論文は、二〇〇七年一二月一日に京都大学で開催された日本映画学会第三回年次大会での口頭発表「物語の語り手は誰か――『チャーリーとチョコレート工場』試論」及び、二〇一〇年八月二一日に昭和女子大学で開催された新英米文学会四〇周年記念大会での口頭発表「ティム・バートンとコロニアリズム――『チャーリーとチョコレート工場』と『アリス・イン・ワンダーランド』」に大幅な加筆訂正を加えたものである。なお本文中の引用は、参照文献に翻訳者が明記されているもの以外は新屋敷訳である。

引用参照文献

スチュアート、メル『夢のチョコレート工場』ロアルド・ダール脚本、ジーン・ワイルダー、ピーター・オーストラム、ジャック・アルバートソン出演、1971年、DVD、ワーナー・ホーム・ビデオ、2001年。

バートン、ティム『ビッグ・フィッシュ』ジョン・オーガスト脚本、ユアン・マクレガー、アルバート・フィニー、ビリー・クラダップ、ヘレナ・ボナム＝カーター出演、2003年、DVD、Collector's ed. ソニー・ピクチャーズ・エンタテイメント、2004年。

――――『チャーリーとチョコレート工場』ジョン・オーガスト脚本、ジョニー・デップ、フレディー・ハイモア、ディープ・ロイ、ヘレナ・ボナム＝カーター出演、2005年、DVD、Two-disk ed. ワーナーホームビデオ、2006年。

阿部和重「映画覚書第二一回――歴史の授業」『文学界』2004年7月号、238-41頁。

サイード、エドワード・W『オリエンタリズム』板垣雄三・杉田英明監修、今沢紀子訳、平凡社、1986年。

シオン、ミシェル『映画にとって音とは何か』川竹英克、ジョジアーヌ・ピノン訳、勁草書房、1993年。

スタム、ロバート＋ルイス・スペンス「映画表現における植民地主義と人種差別　序説」『「新」映画理論集成　①歴史／人種／ジェンダー』奥村賢訳、フィルム・アート社、1998年、176-99頁。

蓮實重彦「『作家主義』にさからってティム・バートンを擁護することの困難――『Planet of the Apes　猿の惑星』をめぐって」『批評空間』III-I（2001年10月）230-34頁。（後に『映画崩壊前夜』青土社、2008年、304-14頁に収録）。

吉田俊実「ティム・バートンとコロニアリズム――『チャーリーとチョコレート工場』と『アリス・イン・ワンダーランド』」へのコメント、新英米文学会40周年記念大会、昭和女子大、2010年8月21日。

ラプランシュ／ポンタリス『精神分析用語辞典』村上仁監訳、みすず書房、1977年。

Chion, Michel. *Audio-Vision: Sound on Screen*. Ed. and trans. Claudia Gorbman. New York: Columbia UP, 1994.

Dahl, Roald. *Charlie and the Chocolate Factory*. Rev. ed. New York: Puffin Books, 1988.

Fuchs, Cynthia. Rev. of *Charlie and the Chocolate Factory*, dir. Tim Burton. *PopMatters. com*. 15 Jul. 2005. 19 Aug. 2007 <http://popmatters.com/film/reviews/c/charlie-and-the-chocolate-factory.shtml>.

Goffe, Rusty. “My Life as an Oompa.” *Guardian Unlimited*. 27 Jul. 2005. 25 Jul. 2007 <http://film.guardian.co.uk/features/featurepages/0,,1536978,00.html>.

Howard, Kristine. “Charlie and the Chocolate Factory: Politically Correct Oompa-Loompa Evolution.” *Roal Dahl Fans.com*. n. d.

7 Jul. 2007 <http://www.roalddahlfans.com/books/charoompa.php>.

JanMohamed, Abdul R. "The Economy of Manichean Allegory: The Function of Racial Difference in Colonial Literature." Ed. Henry Louis Gates, Jr. "*Race,*" *Writing, and Difference*. Chicago: UP of Chicago P, 1986. 78-106.

Jones, J.R. "It's Still Wonka's World." Rev. of *Charlie and the Chocolate Factory*, dir. Tim Burton. *Chicago Reader*. 15 Jul. 2005. 7 Jul. 2007 <http://www.chicagoreader.com/movies/archives/2005/0705/050715.html>.

Knight, Tim. Rev. of *Charlie and the Chocolate Factory*, dir. Tim Burton. *Reel.com*. n. d. 19 Aug. 2007 <http://www.reel.com/movie.asp?MID=140369&buy=closed&Tab=reviews&CID=13#tabs>.

McIntosh, Jonathan. "Willy Wonka and the Racism Factory." *Znet*. 30 Aug. 2005. 7 Jul. 2007 <http://www.zmag.org/content/showarticle.cfm?SectionID=30&ItemID=8609>.

Salisbury, Mark ed. *Burton on Burton*. 3rd ed. London: Faber and Faber, 2006.

Silverman, Kaja. *The Acoustic Mirror: The Female Voice in Psychoanalysis and Cinema*. Bloomington: Indiana UP, 1988.

Stam, Robert and Louise Spence. "Colonialism, Racism, and Representation:An Introduction." Ed. Bill Nichols. *Movies and Methods* Vol II. Berkeley: U of California P, 1985. 632-49.

Treglown, Jeremy. *Roald Dahl: A Biography*. London: Faber and Faber, 1995.

あとがき

いまとなっては昔話、と笑うひともいるかもしれないが、新英米文学会は「たたかい」の中から生まれた。雪のちらつく二月、古書街に程近い喫茶店で、誠実な熱意と共に、文学研究で以て、世界へ新しい問いかけを始めようとした若き学者たちから、どうやら、この会は始まったらしい。

四〇年間というのは、そうした誕生譚が、それなりに時間の砂塵に覆われるにも十分な、しかし、埃を払えばしっかりと鮮やかさを取り戻す、それくらいの時間である。四〇年という歳月を経るなかで、学術的な文脈においても、社会的な趨勢においても、私達が向かい合う「たたかい」の意味も色合いも変化してきた。新英米文学会は、現在も、何かへ挑む場所であり続けているだろうか。この論集も、そうした挑戦を伝える媒体となり得ているだろうか。読者の皆さんからの返答を待ちたい。

弛まず続けられてきた月例会や大会、運営委員会を通じて、様々な変化を体験しながら、それでも一貫して会員が共有し保持してきたことが、確かに一つある。それは、とにかく徹底的に素朴に議論してみるという姿勢だろう。だから、この記念論集にしても、何かの区切りや頂点という看板を掲げて畏まるのは、どうにもしっくり来ないのは当然かもしれない。そもそも、五〇でも百でもなく、なぜ四〇周年なのか。それは、そうして、ひたすらに進んできたとき、ふと気が付いた節目が、たまたま四〇周年だっただけだと一笑に付すほうが、会の雰囲気に馴染んでいるかもしれない。四〇年という歳月の積み重ねの手ごたえに、喜びと驚きの念を感じながら、あと一〇年の区切りを待つのは惜しい、そんな機運や活気が、この学会に宿っていることの無垢な表れなのだろう。そして、この論集のひとつひとつの論文に、そうした精神風土から培われた、真っ直ぐな問題提起が込められている。

第Ⅰ部「歴史」において、それぞれの論文は、テクストという歴史というテーマを手繰り寄せながら、作品の世界や、作家の思考に迫り、論者自らの主張を投げかける。歴史というテーマを意識したからこそ、作品の直接的な時代性だけを説明して終わるのではなく、むしろ、現在の筆者たちの視座が浮上する。そういった現代的な問題意識を次々と発する論者たちは、実に「若々しい」魅力に満ちていることを、編集員として、読者の皆様に是非お伝えしておきたい。そして、歴史的な資料を精査し、その時代性を意識しながら議論を進めるのは、むしろ第Ⅱ部「階級」の論者たちであることは、新英米文学会の真骨頂と言えるだろう。テクストの生成過程や、社会的背景、夥しく生産された作品群といった、歴史の波を泳ぎ切りながら、論者たちが提示しようとする論点は、この論集の枠を超えてもなお、オリジナリティの光彩を放っている。第Ⅲ部「ジェンダー」に収められた四篇は、未来を希求する逞しさを、それぞれの作家たちの営為のなかに見出し、私達に学術的に明示してくれた。フェミニズムから派生した数々のジェンダー批評は、史実やテクストの中に希望を見出すリーディングを実践した。それによって文学研究に活気が与えられてきた意義を、今日の私達は忘れてはならないが、第Ⅲ部の論文も、そうした文学史的功績を誠実に反映した労作ばかりである。第Ⅳ部「エスニシティ」の各論文は、従来の研究領域の枠からすれば、境界線上か越境したところにある題材を扱った意欲的な論文といえるだろう。こうした部分に潜んでいる奇妙で複雑な性質に、筆者たちは対峙し、それを言語化することを果敢に試みている。こうした実直な取り組みこそが、新英米文学会の活動の根幹をなしていることを此処に改めて記しておきたい。

思えば、編集委員にとっても、編集作業とは闘争の場に他ならないと実感した月日であった。総計二五本の論文に対して、九名の編集委員が査読にあたった。もっと正直にいえば、闘争の場所であるはずの編集作業において、どれほど有益な鬩ぎあいや対決を立ち上げることができたのか、自分自身に問うてみると、甚だ頼りない返答しか思い浮かばない。未曾有の震災も、編集工程に直接的な影響を与えることとなった。しかし、編集委員一同が、各論文を読み起こし、(もはや紋切型になりつつある「対決」を選ばなかったものの、)現在の自分たちが抱える問題系に即した形で、執筆者に問いかけ、編集作業を行ってきた。そして、六〇〇ページを超える大部の本の最初の読者として、ゲラの紙を何百回も繰り続けた。新英米文学会の生命力を、自らの身体にも精神にも、痛切なまでに刻み込んだということで、編集委員としての任を果たしたこととしたい。

新英米文学会の「新しい」という形容詞は、既存にない、現状に甘んじない、そんな挑戦意欲の愚直な表現であることは、(仮に命名した方々が否定したとしても)、この四〇年の間に、その名前の下に集ってきた人間にとっては、どうにも受け入れざるを得ない事実である。そこに何某かの気恥ずかしさも抱えながらも、毎月開催される月例会の場所には、そんなストレートな熱意を求めて人々が集まっている。この論集もまた、次なる議論を呼び起こし、新しい地平を開く契機となることを、心から願っている。

新英米文学会四〇周年記念論集編集委員会

副編集長　杉本裕代

執筆者紹介（執筆順）

松本節也（まつもと・せつや）
法政大学、元教授、イギリス文学
『一八世紀英文学散歩』（単著、本の泉社、二〇〇九年）『英米文学――イギリス篇　名作への散歩道』（共著、三友社出版、一九八六年）『いま英米文学をどう読むか――新しい方法への試み』（共著、三友社出版、一九八一年）

植月惠一郎（うえつき・けいいちろう）
日本大学、教授、イギリス文学
『二つのケルト』（共著、世界思想社、二〇一一年）、『実像への挑戦』（共著、音羽書房鶴見書店、二〇〇九年）。『農耕詩の諸変奏』（共著、英宝社、二〇〇八年）

青木晴男（あおき・はるお）
高知県立大学、教授、イギリス文学
『D・H・ロレンス全詩集【完全版】』（共編訳、彩流社、二〇一一年）、「エコクリティシズムの観点からの文学研究」（『ふまにすむす』第二一号、二〇一〇年）、『チャタレー夫人の恋人』考　ジェンダーと歴史の境界を読む」（共著、国文社、一九九九年）

袖野浩美（その・ひろみ）
首都大学東京大学院博士後期課程　イギリス文学

「ヒロインたちの旅立ち――アン・ラドクリフ『森のロマンス』における空間表象」(『メトロポリタン』第五三号、二〇〇九年)、「"The Castle Spectre is a Spectre indeed"――M. G. ルイスのゴシック演劇とロマン主義的視覚」(『New Perspective(新英米文学研究)』第一八七号、二〇〇八年)、「"Conservative Gothic"――Remapping of Clara Reeve's *The Old English Baron*」(『メトロポリタン』第五二号、二〇〇八年)

村山淳彦(むらやま・きよひこ)

東洋大学、教授、アメリカ文学

「ポーの復讐」(『New Perspective(新英米文学研究)』第一九三号、二〇一一年)、「米国一九三〇年代ルポルタージュの読み直し」(『世界文学』第一一三号、二〇一一年)、『文学・労働・アメリカ』(共編著、南雲堂フェニックス、二〇一〇年)

松井恭子(まつい・きょうこ)

慶応大学、日本女子大学、非常勤講師、イギリス文学

「マノハール・マルゴンカールの『ガンジスのうねり』における英雄像――インド民族運動から分離独立の激動時代を生きた人々」(『現代インド英語小説の世界――グローバリズムを越えて』、共著、鳳書店、二〇一一年)、「*A Passage to India* に見る複合的視点――Edward Carpenter の同志愛と E. M. Forster」(『日本女子大学文学研究科紀要』第一七号、二〇一一年)、「断片的意識の意味すること――『かくも悲しい話を……』におけるフォード・マドックス・フォードの語りの本質」(『読書する女性たち――イギリス文学・文化論集』、共著、彩流社、二〇〇六年)

藤田秀樹(ふじた・ひでき)

富山大学、教授、アメリカ文学・アメリカ映画

「異邦の「父」――アメリカ映画『ベスト・キッド』を見る」(『New Perspective(新英米文学研究)』第一九三号、

二〇一一年)、"Liminal Ambiguity in John Steinbeck's 'The Snake'"(*Steinbeck Studies* Vol. 21、一九九八年)、「魅惑とおぞましさ——Tennessee Williams の *Battle of Angels* における女性なるものの両義性について」(『関西アメリカ文学』第三三号、一九九六年)

加藤良浩(かとう・よしひろ)
北里大学、非常勤講師、アメリカ文学
「キャサリン・アン・ポーター「マリア、コンセプシオン」——主人公の曖昧な立場をめぐって」(『Fortuna』第二一号、欧米言語文化学会、二〇一〇年)、「フラナリー・オコナー「啓示」——幻影を見たターピン婦人が理解したこと」(『New Perspective(新英米文学研究)』第一八九号、二〇〇九年)、「フラナリー・オコナー「火の中の輪」」(『New Perspective(新英米文学研究)』第一八五号、二〇〇七年)

三村尚央(みむら・たかひろ)
千葉工業大学工学部教育センター、助教、イギリス現代小説
『英文学の地平』(共著、音羽書房鶴見書店、二〇〇九)、「A Study of the Function of Distance in Kazuo Ishiguro's *The Remains of the Day*」(『中国四国英文学研究』第三号、二〇〇六年)、「未来に向けてのノスタルジー——Kazuo Ishiguro の *When We Were Orphans* が示す探偵の想像力」(『中国四国英文学研究』第一号、二〇〇四年)

井川眞砂(いがわ・まさご)
東北大学大学院、教授、アメリカ文学
『文学・労働・アメリカ』(共編著、南雲堂フェニックス、二〇一〇年)、『マーク・トウェイン文学/文化事典』(共編著、彩流社、二〇一〇年)、デイヴィッド・R・ローディガー著『アメリカにおける白人意識の構築——労働者階級の形成と人種』(共訳、明石書店、二〇〇六年)

山根久之助（やまね・きゅうのすけ）
高知女子大学名誉教授、イギリス文学
「『一九八四年』の意味」（『ふまにすむす』第二十二号、二〇一一年）、「*Trumpet-Major* 論」（『ふまにすむす』第二十一号、二〇一〇年）、「*Two on a Tower* 論」（『ふまにすむす』第二十号、二〇〇九年）

髙橋和代（たかはし・かずよ）
流通経済大学、非常勤講師、イギリス文学
「感謝の祭儀――『ダロウェイ夫人』におけるクラリッサの変容――」（『New Perspective（新英米文学研究）』第一八九号、二〇〇九年）

後藤史子（ごとう・ふみこ）
福島大学、教授、アメリカ文学
「フィルム・ノワールと文化戦線――『ボディ・アンド・ソウル』を中心に」（『New Perspective（新英米文学研究）』第一八九号、二〇〇九年）、『「シスター・キャリー」の現在――新たな世紀への読み』（共著、中央大学出版部、一九九九年）、『いま「ハック・フィン」をどう読むか』（共著、京都修学社、一九九七年）

中垣恒太郎（なかがき・こうたろう）
大東文化大学、准教授、アメリカ文学文化
『マーク・トウェイン文学／文化事典』（共編著、彩流社、二〇一〇年）、『アメリカの旅の文学――ワンダーの世界を歩く』（共著、昭和堂、二〇〇九年）、『九一一とアメリカ――映画にみる現代社会と文化』（共著、鳳書房、二〇〇八年）

森本美樹（もりもと・みき）
早稲田大学、東京理科大学、非常勤講師、イギリス文学
「『タイタス・アンドロニカス』試論――ラヴィニアの死をめぐって――」（『演劇研究センター紀要Ⅷ』、早稲田大学演劇博物館、二〇〇七年）、「劇場閉鎖とダヴナントの挑戦――*The Siege of Rhodes* を中心に」（『New Perspective（新英米文学研究）』第一八三号、二〇〇六年）、『オセロー――愛の旋律と不協和音』（単著、文芸社、二〇〇三年）

作間和子（さくま・かずこ）
上智大学、非常勤講師　アメリカ文学
「もう一人の移民の娘――Willa Cather の *My Ántonia*」*Soundings* 第三一号、二〇〇五年）、『境界を越えるアメリカ演劇――オールタナティブな演劇の理解』（共著、ミネルヴァ書房、二〇〇一年）、『アメリカの嘆き――米文学史の中のピューリタニズム』（共著、松柏社、一九九九年）

松田雅子（まつだ・まさこ）
長崎大学、准教授、英文学・英語圏文学・英語教育
「『盲目の暗殺者』におけるナラティブ・ストラテジ――（『カナダ文学研究』第一七号、二〇〇九年）、「アンチ・ユートピアの幻想空間――マーガレット・アトウッド『侍女の物語』における歴史記述、語り、言葉」（『New Perspective（新英米文学研究）』第一八七号、二〇〇八年）、『英文学と道徳』（共著、九州大学出版会、二〇〇五年）

石本哲子（いしもと・てつこ）
大谷大学、講師、アメリカ文学

「Holly Golightly の『賢い』反知性主義――*Breakfast at Tiffany's* 考察――」(『西洋文学研究』第三一号、二〇一一年)、「フィルム・ノワールと黒い小説――トニ・モリソンの『ラヴ』考察――」(『文学と評論』第三集・第七号、二〇一〇年)、「『アニー・ジョン』における母の愛、母への愛」(『New Perspective (新英米文学研究)』第一八六号、二〇〇八年)

横山孝一(よこやま・こういち)
群馬工業高等専門学校、准教授、英米文学
『講座 小泉八雲 II――ハーンの文学世界』(共著、新曜社、二〇〇九年)、「『日本の面影』が『異人たちとの夏』に与えた影響――山田太一とラフカディオ・ハーン」(『八雲』第二一号、焼津市小泉八雲顕彰会、二〇〇九年)、『実像への挑戦――英米文学研究』(共著、音羽書房鶴見書店、二〇〇九年)

寺山佳代子(てらやま・かよこ)
國學院大學北海道短期大学部、教授、アメリカ文学
『英語文学とフォークロア――歌、祭り、語り――』(共著、南雲堂フェニックス、二〇〇八年)、『ジーン・トゥーマーの文学』(北星堂、二〇〇四年)、カウンティ・カレン『色』(共訳、国文社、一九九八年)

山下 昇(やました・のぼる)
相愛大学、教授、アメリカ文学
『メディアと文学が表象するアメリカ』(編著、英宝社、二〇〇九年)、『二〇世紀アメリカ文学を学ぶ人のために』(共編著、世界思想社、二〇〇六年)、『冷戦とアメリカ文学』(編著、世界思想社、二〇〇一年)

坂本　恵（さかもと・めぐみ）
福島大学、教授、スコットランド文学
『スコットランド文学　その流れと本質』（共著、開文社出版、二〇一一年）、「地方議会によるスコットランド語の社会的認知促進の取り組み」（『多言語社会研究会年報』第四号、三元社、二〇〇六年）、『スコットランド文化事典』（共著、原書房、二〇〇六年）、『ジェンダーと歴史の境界を読む「チャタレー夫人の恋人」考』（共著、国土社、一九九九年）、

林　直生（はやし・なお）
滋賀大学、准教授、アメリカ文学
『文学・労働・アメリカ』（共著、南雲堂フェニックス、二〇一〇年）、『アメリカ文学必須用語辞典』松柏社叢書言語科学の冒険25（共訳、松柏社、二〇一〇年）、"Elisa's Garden: Space, Moving, and Women" (*Steinbeck Studies* vol. 30. The John Steinbeck Society of Japan. 2007.)

杉澤伶維子（すぎさわ・れいこ）
同志社女子大学、教授（特別契約教員）、アメリカ文学
「The Role of Zuckerman in Philip Roth's 'American Trilogy.'」（『シュレミール』第一〇号、日本ユダヤ系作家研究会、二〇一一年）、『ユダヤ系文学の歴史と現在――女性作家、男性作家の視点から』（共著、大阪教育図書、二〇〇九年）、『ソール・ベロー研究――人間像と生き方の探求』（共著、大阪教育図書、二〇〇七年）

新屋敷健（しんやしき・たけし）
大阪大学、非常勤講師、ポストコロニアル映画研究

「『救済のノワール』――ブライアン・デ・パルマ『ファム・ファタール』、『ブラック・ダリア』とトニー・スコット『ドミノ』、『デジャブ』」（『New Perspective（新英米文学研究）』第一八九号、二〇〇九年）、「Orientalism as a 'Reverse' Discourse: Ferzan Özpetek's *Hamam and Harem Suare*」（『New Perspectve（新英米文学研究）』第一七八号、二〇〇三年）、「September 11 without an Image: 'God, Construction and Destruction' in *11'09"01*」（『New Perspective（新英米文学研究）』第一七七号、二〇〇三年）（コメンタリー）

や行

ら行

わ行

な行

は行

ま行

さ行

た行

【作品名】

は行

ま行

ら行

わ行